TIRS CROISÉS

CAROLINE FOUREST et FIAMMETTA VENNER

Tirs croisés

La laïcité à l'épreuve
des intégrismes juif, chrétien et musulman

CALMANN-LÉVY

Ce livre est dédié à tous ceux qui résistent aux intégrismes et à toutes ses victimes, notamment :

à Latifa, une étudiante franco-marocaine perforée de vingt-quatre coups de couteau par son père, musulman, parce qu'elle voulait se marier avec un non-musulman ;
à Spring Adams, une jeune Américaine de treize ans assassinée au fusil à pompe par son père, un militant chrétien prolife, *parce qu'elle voulait avorter d'un enfant qu'il lui avait fait lors d'un viol ;*
et aussi :
à Anouar el-Sadate, assassiné par un intégriste musulman parce qu'il voulait faire la paix avec Israël ;
à Yitzhak Rabin, assassiné par un intégriste juif parce qu'il voulait faire la paix avec les Palestiniens.

AVANT-PROPOS

Le 11 septembre a sonné le début d'une prise de conscience : celle du danger représenté par l'islamisme. En revanche, il n'a pas débouché sur une réflexion en profondeur sur le retour en force de tous les intégrismes. Pourtant, ce choc traumatique – que certains ont volontiers interprété comme un *choc des civilisations* – ne peut être compris sans un regard sur la reconquête religieuse entreprise simultanément par les intégristes juifs, chrétiens et musulmans depuis la fin des années 70, la *Revanche de Dieu* pour reprendre l'expression de Gilles Kepel[1].

Cette période marque un tournant dans la mesure où les trois monothéismes ont connu une radicalisation politique à des dates étonnamment rapprochées. En mai 1977, pour la première fois dans l'histoire d'Israël, les partis religieux font une percée électorale paralysante – qui empêche les travaillistes de former un gouvernement, au profit du Likoud. L'année suivante, Karol Wojtyla, un cardinal polonais connu pour son intransigeance, devient le pape Jean-Paul II. Avec lui s'ouvre une ère de radicalisation des positions de l'Église catholique, notamment due à la réintégration des catholiques traditionalistes qui étaient allés jusqu'au schisme en guise

---

1. Kepel Gilles, *La Revanche de Dieu : chrétiens, juifs et musulmans à la reconquête du monde*, Paris, Seuil, 1991, 282 pages.

de protestation contre Vatican II. 1979, une année charnière, est placée sous le sceau d'une double actualité : celle de l'islamisme et celle du fondamentalisme protestant. En février, l'ayatollah Khomeyni proclame la République islamique d'Iran, le premier symptôme d'une conquête du pouvoir par les islamistes. 1979 est aussi l'année de naissance officielle de la droite religieuse américaine, notamment des grandes coalitions comme la Moral Majority, ce qui signifie le début de l'emprise des fondamentalistes protestants sur la vie intérieure et sur la politique étrangère des États-Unis.

Depuis ce tournant, les analyses promettant un retour de bâton religieux ont souvent été relativisées. Le temps passant sans qu'aucune contagion mondiale n'ait lieu de façon spectaculaire, certains furent tentés de croire à une forme d'intégration des intégristes. Le 11 septembre est bien venu troubler cet optimisme mais il a surtout été perçu comme un acte terroriste, devant nous rendre conscients du seul danger islamiste. Par sa violence spectaculaire, cet événement a eu un effet focalisateur – où l'action kamikaze est non seulement devenue l'incarnation d'une barbarie intrinsèque à l'islam mais d'une barbarie devant nous faire oublier toutes les autres. On s'est ému lorsque Silvio Berlusconi est allé jusqu'à revendiquer la supériorité de l'Occident, mais l'on s'est rangé à la mode du « choc des civilisations », et même de la guerre de l'Occident contre l'Orient, du Bien contre le Mal, de celle des chrétiens contre les musulmans... À l'inverse, effrayés par le risque d'une contagion raciste, certains intellectuels européens ont rivalisé d'énergie pour dénoncer ce qu'ils appellent l'« islamophobie », quitte à restreindre l'espace nécessaire à une critique laïque de l'islam.

À cheval entre ces deux tentations, celle de la diabolisation et celle de l'angélisme, est née l'envie d'étudier l'influence respective mais aussi conjointe des intégrismes juif, chrétien et musulman. Pour être précis, il s'agit de comparer

① back-firing, thus 'backlash'?

ici les manifestations politiques radicales de mouvements se revendiquant des monothéismes dits aussi « religions abrahamiques » : judaïsme, christianisme (catholicisme et protestantisme) et islam. Cette approche transversale nous a paru le seul moyen d'éviter la stigmatisation au profit d'une analyse concrète et circonstancielle. Les intégristes chrétiens, juifs et musulmans partagent-ils réellement une seule et même vision du monde ? Si oui, leur impact sur la vie des autres est-il tout à fait le même ? Sinon, doit-on chercher une explication à cette différence dans la nature même de leur religion ou dans le contexte – notamment le poids des contre-feux – ①
où ils évoluent respectivement ? Mais la vraie question posée par ce livre reste la suivante : les intégristes sont-ils en guerre entre eux ou œuvrent-ils de concert pour détériorer la démocratie et la laïcité, dans le but d'assouvir un objectif commun, quitte à mutuellement se renforcer ? Autrement dit, la ligne de fracture en cours est-elle comparable à un choc des civilisations ou bien au contraire à un choc des idées entre théocrates et démocrates ?

Pour tenter de répondre à ces questions, précisons ce que nous entendons par « intégrisme ». Nous assumons le parti pris laïque qu'il présuppose. Il n'est pas question ici de comparer les religions du Livre mais bien de comparer les revendications politiques faites au nom de ces religions. Nous ne sommes pas exégètes. En revanche, nous estimons que tout citoyen a le droit d'interroger les références mises en avant par des mouvements intégristes pour lui imposer une vision de la vie en société – en l'occurrence une loi divine jugée supérieure à celle des hommes [1]. À nos yeux,

---

1. Nous avons principalement travaillé sur les textes bibliques juifs et chrétiens et le Coran. Les citations proviennent, sauf exception signalée, de la traduction de la *Bible du rabbinat* parue aux Éditions Colbo (© 1966-1989), de la version chrétienne de la *Bible de Jérusalem* aux Éditions du Cerf (© 1997) et du *Coran*, « Points Seuil » (© 1979), traduit par Jean Grosjean, traduction revue et corrigée selon les indications de l'Institut de recherches islamique d'Al Azhar, ou de la traduc-

l'« intégrisme » désigne la manifestation d'un projet politique visant à contraindre une société, depuis l'individu jusqu'à l'État, à adopter des valeurs découlant non pas du
consensus démocratique mais d'une vision rigoriste et moraliste de la religion. Dans son *Dictionnaire philosophique*,
Voltaire parlait déjà des « fanatiques » comme des gens
« persuadés que l'Esprit Saint qui les pénètre est au-dessus
des lois ». C'est effectivement ce trait de caractère que nous
cherchons à traquer chez les « intégristes », même si le mot
« fanatique » a pris avec le temps une sonorité trop confuse
pour que nous puissions l'employer de façon systématique.

Nous n'avons pas retenu le terme de « fondamentaliste »
ou de « néo-fondamentaliste »[1], souvent employé pour désigner les intégristes protestants ou musulmans. En soi, le fondamentalisme signifie un retour aux fondements de la foi, à
des textes sacrés que l'on souhaite lire de la façon la plus
littérale et originelle possible. Si ce projet débouche très souvent sur une vision rigoriste et archaïque du monde – au
sens d'un retour au message originel – elle ne signifie pas
pour autant que ses acteurs souhaitent systématiquement
imposer leur vision aux autres. Non seulement le fondamentalisme n'est pas une démarcation pouvant caractériser l'ensemble des extrémistes religieux[2], mais aucune désignation

tion de 1970 par Hadj Noureddine Ben Mahmoud, ancien directeur
adjoint de l'Institut musulman de la mosquée de Paris pour le CED.
Cette dernière version est plus utilisée par les fondamentalistes. Parmi
les textes consultés, nous trouvons notamment des extraits du Talmud
et des commentaires rabbiniques utilisés par les intégristes juifs
contemporains, les écrits des Pères de l'Église tels que diffusés par les
traditionalistes, et des choix de Hadiths comme les *Choix de hadiths :
science, foi et bon comportement*, Beyrouth, Al Bouraq, 1999.
    1. Utilisé par Olivier Roy *in* ROY Olivier, *L'Islam mondialisé*, Paris,
Seuil, 2002, 214 pages.
    2. Elle ne correspond pas à la démarcation religieuse revendiquée par
les catholiques traditionalistes (attachés à la tradition plus qu'au message
originel des Évangiles) ni par les juifs orthodoxes (qui souhaitent se distinguer par une pratique religieuse particulièrement contraignante).

strictement théologique ne peut être satisfaisante pour qui souhaite étudier la tentation autoritaire incluse dans l'intégrisme. Les intégristes invoquent toujours en premier lieu une spécificité religieuse. Elle peut prendre la forme du piétisme, du fondamentalisme, de l'orthodoxie mais cette démarcation n'est souvent qu'un alibi, un prétexte à une radicalité autrement plus politique. Nous ne conserverons ces termes que pour rendre compte des spécificités théologiques, propres à chaque mouvement, mais il s'agit avant tout d'étudier l'impact politique des intégristes. Autrement dit, il est moins question de décortiquer le « fondamentalisme musulman » que l'« islamisme ». L'islamisme désigne « les utilisations politiques de l'islam », selon la définition de Bernard Botiveau et Jocelyne Cesari[1]. Si nous retenons cette définition de l'islamisme, nous lui préférerons souvent le terme d'« intégrisme musulman ». Comme le souligne Maxime Rodinson, le terme « islamiste » présente un risque de confusion avec celui d'« islamique »[2]. Tandis que le mot « intégriste » présente l'avantage de pouvoir se décliner sous la forme d'intégrismes juif, chrétien et musulman ; ce qui facilitera notre entreprise comparatiste. Enfin il fait immédiatement penser à l'emprise autoritaire, nécessairement politique, qu'exercent certains groupes sur la vie en société

---

1. « Il doit être distingué du fondamentalisme qui peut être défini comme un retour aux textes fondateurs, le Coran et la tradition du prophète Mohammed, en tentant d'être le plus près possible dans sa pratique de l'esprit initial de la Révélation. » Les auteurs précisent : « Le fondamentalisme devient islamisme lorsqu'il est utilisé comme idéologie dans la compétition politique avec comme objectif de transformer la société et l'État, afin de les mettre en conformité avec le message coranique qui fonctionne alors comme un idéal politique. » Botiveau Bernard, Cesari Jocelyne, *Géopolitique des islams*, Paris, Économica, 1997, p. 95.

2. Rodinson Maxime, *L'Islam : politique et croyance*, Paris, Fayard, 1993 ; Pocket, 1995.

au nom de la religion. Ce qui les distingue et même les oppose aux religieux tolérants et aux laïcs.

Pour étudier et comparer toutes les facettes des intégrismes, nous avons choisi cinq thèmes, tous hautement politiques, même s'ils peuvent être perçus comme allant du plus « privé » au plus « public » : la question des droits des femmes, celle des droits reproductifs et sexuels, celle de la tolérance culturelle, celle de l'emprise politique – au sens de *lobbying* sur l'État – et celle de l'action violente et terroriste. Gilles Kepel a l'habitude de différencier la « reconquête par le haut », lorsque les ultra-religieux tentent de conquérir des positions de pouvoir au sommet de la hiérarchie politique, de la « reconquête par le bas » – lorsqu'ils se concentrent sur un effort prosélyte sur le terrain [1]. Nous partageons cette distinction, qui traversera notre analyse, tout en essayant de ne pas céder à la tentation de considérer que l'un est plus important que l'autre. Beaucoup d'observateurs ont tendance à ne prêter attention aux phénomènes d'ingérence des mouvements radicaux que lorsqu'ils s'expriment dans la sphère jugée officiellement politique – la participation à une élection ou une action terroriste – là où nous avons l'habitude de ne jamais sous-estimer l'impact de cette même ingérence sur les libertés individuelles, comme les droits des femmes ou des minorités.

Comme la tâche est immense, notre étude est nécessairement focalisée sur quelques exemples : les catholiques traditionalistes en France, la droite religieuse américaine, les ultra-orthodoxes juifs vivant en Israël et certains mouvements islamistes sunnites. Ce qui ne nous a pas empêchées, lorsque l'analyse l'imposait, d'élargir notre spectre à d'autres pays et à d'autres mouvements, comme le régime chiite en Iran ou les ultra-orthodoxes juifs américains. Le

---

1. KEPEL Gilles, *La Revanche de Dieu : chrétiens, juifs et musulmans à la reconquête du monde*, op. cit.

lecteur sera peut-être surpris de trouver également mentionné le Vatican ou des mouvements catholiques non lefebvristes. Bien qu'institutionnalisée, cette vision du catholicisme n'est pas exempte d'effets secondaires intégristes sur le droit à l'avortement, la prévention du sida ou les droits des homosexuels – contre lesquels le Vatican mène une croisade active à la fois comme État et comme groupe d'intérêt, notamment dans les instances internationales. Dans ce cas, nous nous intéressons moins aux intégristes en tant que groupes définis qu'aux manifestations de l'intégrisme. Il en est de même pour les juifs orthodoxes, englobés dans ce terme malgré des degrés de fanatisme souvent très différents. Nous garderons cette appellation mais nous nous intéresserons seulement aux juifs orthodoxes tenant des discours ou ayant un impact que nous avons jugés intégristes.

On pourra nous objecter que les différents intégrismes n'ont ni le même impact, ni la même reconnaissance publique, ni la même chance de réussite. Mais le 10 septembre 2001, personne ne prenait au sérieux la capacité de nuisance de Ben Laden. Certaines minorités agissantes, certains réseaux, n'ont pas besoin de représenter un mouvement populaire pour être à l'avant-garde d'un processus qui peut changer le cours de l'Histoire. Ben Laden n'était rien d'autre qu'un mécène d'une cellule aussi floue qu'informelle mais ce réseau s'appelle Al Qaïda et il est soudainement devenu un modèle que l'on ne peut plus ignorer.

Depuis des années nous travaillons sur des mouvements qui sont souvent moins pris au sérieux qu'un parti comme le Front national : les groupes antiavortement, les chrétiens traditionalistes, les nationaux-radicaux. Ces groupes n'ont effectivement pas du tout le même positionnement et donc le même impact. Pourtant, les catholiques traditionalistes et les antiavortement constituent l'une des forces militantes et idéologiques du FN et leur étude est indispensable pour anticiper l'évolution de ce parti. Quant aux nationaux-radicaux, avant le 14 juillet 2002 et la tentative d'assassinat de Jacques Chirac, tout le monde se demandait quel intérêt nous portions à ces illuminés... Non seulement il ne faut jamais sous-estimer le rôle clé de réseaux apparemment marginaux mais il ne faut pas perdre de vue le fait que ces réseaux puissent impulser un mouvement dont d'autres organisations, autrement plus implantées, pourront tirer profit.

C'est dans cet esprit que nous avons cherché à comprendre comment pouvaient s'articuler des groupes intégristes apparemment très différents voire opposés, qu'ils soient marginaux ou reconnus pour leur pouvoir d'influence. Dans l'espoir que cette méthode nous permette non pas de confirmer les lignes de fracture et les manifestations les plus évidentes de l'intégrisme mais de révéler celles que l'on ne pouvait ou que l'on ne voulait pas voir.

I

« Quand Dieu est le chef de l'homme, l'homme est le chef de la femme »

Ce verset n'est pas extrait du Coran, souvent perçu comme le Livre le plus hostile aux femmes, mais d'une épître de saint Paul. Il est régulièrement cité dans la petite église de Saint-Nicolas-du-Chardonnet, le siège des catholiques lefebvristes parisiens. On aurait tort de croire que l'islam est la seule religion susceptible de justifier l'oppression des femmes. Le sexisme fait partie des valeurs les mieux partagées par l'ensemble des intégristes. Tous ont l'embarras du choix pour justifier le maintien de la domination masculine. La Torah formant les premiers livres de la Bible et l'islam reconnaissant comme siens les récits de la Bible et ses prophètes[1], l'idée que les

---

1. La Torah (nom donné dans le judaïsme aux cinq premiers livres de la Bible et qui remonte au XIIIᵉ siècle avant Jésus-Christ) devient une partie de l'Ancien Testament chez les chrétiens après que Jésus, un juif, leur inspire un Nouveau Testament (dont la rédaction se fait au Iᵉʳ siècle après lui). Les premiers chrétiens n'imaginent pas le christianisme autrement que comme une branche du judaïsme. De même, Mahomet est très clair sur le fait que l'islam n'est que la prolongation du judaïsme et du christianisme. Le Coran lui est révélé entre 612 et 632 après J.-C., de la bouche de l'ange Gabriel (le même qui s'adressa

femmes sont à l'origine de la tentation et du mal,
issue du mythe d'Adam et Ève, fait partie de ces
références majeures communes aux juifs [1], aux chrétiens et aux musulmans. Or les intégristes des trois
religions ont en commun de vouloir appliquer,
encore aujourd'hui et de façon intransigeante, des
préceptes que d'autres croyants jugent archaïques.
Comment s'étonner, dès lors, de les retrouver au
coude à coude dès qu'il s'agit de lutter contre la libération des femmes ? Toute la question est de savoir
si cette volonté partagée se manifeste de la même
manière et si elle a le même impact...

à Marie pour lui annoncer la naissance de Jésus) et une bonne partie
de cette révélation consiste à réaffirmer certains extraits de la Torah
pour mieux la compléter. L'islam reconnaît donc comme siens les Prophètes du judaïsme et du christianisme. Tabari, chroniqueur du
IXᵉ siècle, estime ainsi qu'il y a eu 1,2 million de prophètes (le premier
d'entre eux étant Adam), dont 316 apôtres et 7 prophètes reconnus
comme des envoyés de Dieu aptes à promulguer une nouvelle religion :
Adam, Noé, Abraham, Moussa (Moïse), Daoud (David), Issa (Jésus),
et Mahomet. À noter : David est parfois considéré comme prophète,
parfois non. En général, il est tout simplement supprimé par les intégristes. CHEBEL Malek, *Dictionnaire des symboles musulmans. Rites,
mystique et civilisation*, Paris, Albin Michel, 1995, p. 352.

1. Nous tenons à faire ici une note typographique. Lorsque nous
parlerons des Juifs en tant que groupe racisé, discriminé parce que
Juif, nous emploierons le terme avec une majuscule, il sera l'équivalent
d'« Arabe », comme lorsque l'on dit « Sale Juif » ou « Sale Arabe ».
Lorsqu'en revanche nous emploierons le terme « juif » en tant que
membre d'un groupe d'individus liés par une pratique religieuse, nous
emploierons le terme « juif » avec une minuscule comme « musulman ».

Les femmes face à la Torah
des juifs ultra-orthodoxes

Avec la Torah s'amorce une période rigoureuse, celle de la constitution d'un peuple élu pour « croître et se multiplier » – selon les termes de l'Alliance passée entre Dieu et Abraham. La reproduction reposant sur les femmes, elles ne sont pas considérées comme des humains à part entière, plutôt comme des réceptacles qu'il est impératif de maintenir en état de soumission par rapport aux fécondateurs sous peine de voir compromise la descendance. Cette forme de servage n'est pas une invention biblique mais nul, avant la Bible, ne l'a consacrée avec autant de force. Au fardeau naturel de la reproduction, la Genèse ajoute celui du péché. Pour avoir croqué le fruit défendu, sur les conseils du Serpent, Ève endosse la responsabilité de la fureur divine. Celle qui vaudra aux humains d'être chassés du Paradis. L'opprobre qui pèse depuis sur le sexe dit « faible » tient en deux phrases, énoncées sous le coup de la colère par celui que la Bible nomme l'« Éternel » : « À la femme il dit : J'aggraverai tes labeurs et ta grossesse ; tu enfanteras dans la douleur ; la passion t'attirera vers ton époux, et lui te dominera[1]. » Depuis ce mythe, la femme a hérité du statut peu enviable de tentatrice. Décrite comme un scorpion malfaisant, elle devient même l'équivalent de la « mort » dans le Kohelet : « Et ce que j'ai trouvé de

---

1. Genèse III, 16, *La Bible du rabbinat*, Éditions Colbo.

plus amer que la mort, c'est la femme, dont le cœur n'est que guet-apens et pièges et dont les bras sont des chaînes [1]. » À noter, ce n'est pas le Serpent, pourtant à l'origine de la tentation, mais Ève – et à travers elle toutes les femmes – qui devient responsable de tous les maux de l'humanité, et ce dès les premières pages du premier des textes guidant les monothéistes pour des siècles et des siècles.

« *Loué soit Dieu de ne pas m'avoir créé femme* »

La journée de tout homme juif ultra-orthodoxe commence par la récitation de cette prière. En se familiarisant avec la vie d'une communauté juive intégriste, on comprend bien vite les raisons de ce remerciement. Il devrait toutefois s'adresser aux hommes et non pas à Dieu. En effet, ce sont les actes d'hommes intégristes – et non la fatalité divine – qui tendent à faire de la vie un paradis pour les hommes et un enfer pour les femmes. La Bible hébraïque révèle bien un Dieu jaloux, qui ordonne aux Hébreux de jeter l'anathème et de lapider à mort tous ceux qui ne suivent pas ses commandements. Mais au fil des âges, la volonté divine a multiplié le nombre de ses interprètes. Depuis Moïse, les rabbins ont la charge d'organiser – et souvent d'assouplir – l'appli-

---

1. Le Kohelet (Ecclésiaste des chrétiens) est l'œuvre d'un « homme de l'assemblée » (de *qahal*, « assemblée ») vers le IIIe siècle av. J.-C. En grec, le terme donne *ekklèsia*, d'où « église ». Ce livre est considéré comme le plus pessimiste de toute la Bible. Kohelet VII, 26, *La Bible du rabbinat*, Éditions Colbo.

cation de cette loi archaïque, dotée d'une rigueur
d'un autre âge, au travers du Talmud. Dès lors, ce
sont des hommes qui, époque après époque, endos-
sent la responsabilité de perpétuer et non d'adoucir
les considérations misogynes véhiculées par ce testament, vieux de deux mille huit cents ans.

Les rabbins rédacteurs du Talmud ont établi une
liste de neuf malédictions frappant la femme depuis
la chute d'Adam et Ève : « À la femme Il donna neuf
fléaux et la mort : la peine du sang des règles et de
la virginité ; le fardeau de la grossesse ; la souffrance
de l'accouchement ; la charge d'élever les enfants ;
sa tête est couverte comme en deuil ; elle se perce
les oreilles telle l'esclave à vie, qui sert son maître ;
elle n'est pas assez crédible comme témoin ; et après
tout cela : la mort [1]. » Si certains de ces fléaux sont
bien le fruit de la nature, la plupart pourraient être
épargnés aux femmes si des intégristes ne les encou-
rageaient pas, notamment en s'opposant au moyen
de transformer la grossesse en choix et non plus en
fardeau au travers de la lutte contre le droit à l'avortement. Ce cercle vicieux est d'autant plus difficile
à déjouer que les hommes – et non les femmes –
prétendent détenir le monopole interprétatif des
textes sacrés qu'ils invoquent contre les droits des
femmes. Légitimés dans leur désir de domination,
ceux qui n'ont pas décidé de replacer les commandements divins dans leur contexte ont profité des
siècles pour superposer leurs préjugés d'hommes au
message de la Genèse. On pourrait nous objecter

---

1. Midrash, Pirché, Rabbi Eliezer, chapitre XIV.

qu'il est anachronique de vouloir lire comme « sexistes » des textes ayant servi à fonder les religions du Livre il y a plus de trente-trois siècles. Il faut donc rappeler que ce sont les intégristes eux-mêmes qui souhaitent faire de ces écrits des commandements intemporels. Des croyants plus éclairés, désireux de replacer la Bible ou le Coran dans leur contexte, en tirent des enseignements autrement plus modernes ; mais les intégristes s'opposent justement à cette lecture au nom d'une vision littéraliste, fondamentaliste ou orthodoxe.

Les juifs orthodoxes se distinguent des autres Juifs par leur volonté d'appliquer à la lettre la Halakha, définie comme « l'aspect légal du judaïsme qui comprend les relations personnelles, sociales, nationales et internationales ainsi que toutes les autres pratiques et observances du judaïsme [1] », soit une codification extrêmement stricte de tous les aspects de la vie – 613 obligations et interdits alimentaires, sexuels, etc. Cette façon intransigeante d'appliquer la loi juive, ce degré d'orthodoxie, leur donnent le sentiment d'incarner les seuls « vrais Juifs » par rapport aux « faux Juifs » que sont à leurs yeux les juifs conservateurs ayant introduit quelques réformes, et plus encore les juifs réformateurs ou libéraux. Influencés par le libéralisme du XIXe siècle, ces derniers réfutent une interprétation littérale des Écritures, l'autorité de la Halakha, les prières traditionnelles demandant le rétablissement des sacrifices ou le retour en Terre d'Israël, pour lui préférer un message

---

1. *Encyclopædia judaica*, Jérusalem, 1974, p. 1156.

de fraternité et d'égalité entre les hommes et les femmes. C'est en réaction aux juifs progressistes que s'est joué le retour à une pratique orthodoxe. Dans les années 70, au moment même où des protestants américains sont de plus en plus nombreux à se dire *born again* en signe de retour à la religion, le judaïsme a connu un mouvement de *techouvah*. Un « retour à la foi » par lequel de nombreux juifs disent vouloir revenir à une pratique plus stricte et intégrale de la religion[1]. Ce mouvement a été favorisé par l'après-Shoah, vécue par certains ultra-orthodoxes comme le signe d'un châtiment divin, un holocauste venu punir les Juifs s'étant éloignés du vrai judaïsme à force de chercher à s'intégrer aux sociétés sécularisées. L'influence dévastatrice de la philosophie des Lumières se lit selon eux depuis la Révolution française jusqu'à l'avènement du nazisme.

Il existe un degré de différenciation entre les orthodoxes et les ultra-orthodoxes. Parmi les juifs orthodoxes, les *hassidim* (de *hassid* : « pieux ») sont les héritiers d'une mystique apparue au milieu du XVIIIᵉ siècle en Pologne et en Ukraine, dans une Europe déchirée par les pogroms. À l'opposé du rituel rigide qui prévaut alors dans les synagogues, c'est une religion populaire, où le surnaturel et la vie quotidienne sont étroitement liés. Son fondateur, le rabbin Ba'al Shem Tov, suscite une expression plus spontanée de la foi, à la limite du fanatisme. Souvent catalogués comme sectaires, ceux qui se désignent

---

1. Kepel Gilles, *La Revanche de Dieu : chrétiens, juifs et musulmans à la reconquête du monde, op. cit.*, p. 195.

comme hassidim ont l'habitude de se soumettre par petits groupes à l'autorité d'un *rebbe,* un personnage central auquel on se remet pour toutes les décisions de sa vie. Ils forment aujourd'hui le gros des bataillons orthodoxes, notamment du mouvement Loubavitch. Un degré supplémentaire d'orthodoxie est franchi par les *haredim*, les « craignant Dieu ». En s'autodésignant ainsi, ils soulignent leur crainte constante de commettre un acte en contradiction avec les commandements divins. « Le haredi a peur de transgresser ne serait-ce que le plus infime des commandements divins et appréhende même de s'approcher d'une telle faute[1]. » Cette peur de chaque instant rythme la vie d'un ultra-orthodoxe depuis le lever jusqu'au coucher. Elle est parfaitement restituée dans le film *Kadosh* d'Amos Gitaï, l'histoire d'un couple ultra-orthodoxe déchiré par les recommandations du rabbin – lequel oblige le mari à répudier sa femme parce que leur couple ne parvient pas à procréer.

Sois mère et tais-toi

Une juive ultra-orthodoxe n'est rien en dehors de son rôle d'épouse ou de mère. Si elle n'est pas féconde, elle sera répudiée et remplacée auprès de son mari, tout comme l'héroïne de *Kadosh*. Elle n'aura plus qu'à attendre la mort dans le logement

---

1. GREILSAMMER Ilan, *Israël. Les hommes en noir*, Paris, Presses de la Fondation nationale des sciences politiques, 1991, p. 118.

misérable où son ex-époux aura bien voulu l'installer. À l'inverse, rien n'est plus difficile pour une femme que de changer de mari[1]. De par la loi juive, le mariage ne peut être dissous que par la mort d'un des contractants ou par la délivrance du *get* – du nom donné par le Talmud à la procédure de divorce. Or, seul le mari peut délivrer le *get*. Cette donnée pose régulièrement problème aux femmes souhaitant s'affranchir. Même aux États-Unis, des femmes divorcées civilement ne peuvent parfois pas se remarier parce que leur ex-mari refuse toujours cette délivrance[2]. En théorie, le Talmud prévoit que l'on fasse éventuellement pression sur le mari récalcitrant jusqu'à ce qu'il consente, mais même les principes les plus sacralisés dépendent des hommes qui les appliquent. Les femmes se voyant refuser le droit d'étudier la Torah et le Talmud, elles sont logiquement peu nombreuses à se révolter lorsque la loi des hommes s'écarte de la logique des Textes. Comment

---

1. Dans son livre sur les femmes et le judaïsme, le rabbin Pauline Bebe raconte les difficultés auxquelles sont confrontées les femmes qui cherchent à se séparer de leur conjoint. BEBE Pauline, *Isha, dictionnaire des femmes et du judaïsme*, Paris, Calmann-Lévy, 2001, 440 pages.

2. Ce fut le cas en 1996. Lorsque Boaz et Susan décident de se marier, ils signent la *Conservative Ketubah* stipulant qu'en cas de divorce civil ils acceptent de reconnaître le Beth din de l'assemblée rabbinique comme tribunal devant lequel ils soumettront leur demande de divorce. Après avoir obtenu un divorce civil en 1978, Susan demanda à son ex-mari de lui donner le *get* mais il refusa. La cour d'appel de New York donna raison à Susan. En 1984, l'État de New York fit passer une loi impliquant qu'un époux ne peut obtenir un divorce civil sans avoir donné le *get*. DALIN David, SARNA Jonathan, *Religion and State in the American Jewish Experience*, Notre Dame, Indiana, University of Notre Dame Press, 1997, 332 pages.

se réclamer de principes théologiques que l'on vous interdit de maîtriser ?

Après avoir loué le Seigneur de ne pas les avoir « créés femmes », les hommes orthodoxes ajoutent : « Loué soit Dieu de ne pas m'avoir créé ignare. » En principe, rien dans la Torah n'interdit à une femme de se cultiver, y compris en matière de théologie. Ce sont les rabbins qui ont introduit cette interdiction. Il est vrai qu'elle présente plusieurs avantages, notamment celui de prévenir toute tentative de révolte contre une répartition des tâches servant l'intérêt des hommes au détriment des femmes. Pendant que leur épouse veille au bon fonctionnement du foyer, à ce qu'il y ait toujours quelque chose sur la table, les hommes passent leurs journées à étudier le Talmud – qu'ils seront ensuite les seuls à pouvoir interpréter. Même si des femmes parviennent à étudier la Torah en plus de leurs obligations domestiques et familiales, leur savoir n'est jamais reconnu et elles n'ont pas le droit de participer aux rétributions symboliques, comme la danse ou la lecture publique censées récompenser ce même effort dès lors qu'il est produit par des hommes. Une frustration dont se plaignent régulièrement des « féministes juives orthodoxes ». Ce type de révolte ne serait pas concevable de la part de juives ultra-orthodoxes, totalement soumises, mais les juives orthodoxes bénéficient, elles, d'une certaine marge de manœuvre qui leur permet d'interpeller leur communauté à ce sujet. Le débat ainsi ouvert a alimenté plusieurs numéros de *Jewish Action*, le magazine de l'Union des juifs orthodoxes d'Amérique[1]. Juive orthodoxe, Batya Gold y raconte combien elle a souffert de ne pouvoir participer, comme les hommes, aux joies de la lecture de la Torah, ainsi qu'à celles procurées par la danse, alors que ses connaissances théologiques grandissaient : « J'ai ressenti très durement le fait qu'alors que j'apprenais activement la Torah, j'étais supposée assister de façon passive à sa célébration[2]. » La frustration exprimée ici doit se comprendre au regard de la nature fondamentalement piétiste de l'orthodoxie juive, surtout hassidique, où l'on est habitué à exprimer sa foi par la danse. En leur interdisant de danser, les hommes haredim refusent aux femmes plus qu'une simple distraction : ils les privent du plaisir de communier avec Dieu. N'arrivant pas à se résigner, Batya Gold et une amie ont fini par demander la permission à leur rabbin de pouvoir se rendre de temps à autre dans une congrégation plus libérale où elles pourraient participer aux danses. Après réflexion, le rabbin, pourtant orthodoxe, convint qu'il ne pouvait décemment pas priver ces deux

---

1. Dans un texte appelant à « fortifier la Tradition par l'innovation », Chana Henkin, mariée à un rabbin, raconte qu'elle a fondé le Centre de Jérusalem sur l'étude avancée de la Torah pour les femmes afin de leur permettre de trouver directement dans la Torah des réponses à des questions parfois proprement féminines (notamment des questions relatives à leurs règles et à leur grossesse), là où elles doivent normalement passer par l'interprétation d'un rabbin, voire par leur mari pour qu'il demande au rabbin. HENKIN Chana, « Yoatzot Halachah : fortifying tradition trough innovation », *Jewish Action*, hiver 1999, p. 17-19.

2. GOLD Batya, « Dancing on the edge », *Jewish Action*, hiver 1999, p. 19-21.

femmes du plaisir de louer Dieu à travers la danse, mais il leur demanda de ne parler de cette autorisation à personne, « pour que cela ne soit pas mal interprété ». Trahissant cette promesse, son article n'a pas manqué de susciter des réactions vives et passionnées dans le journal des juifs orthodoxes américains. « Pourquoi les orthodoxes dénient une telle joie aux femmes ? » demande une autre juive orthodoxe qui a eu la chance de connaître la « joie suprême » de pouvoir lire la Torah en public dans une congrégation libérale. Vivement interpellé, le rabbin Emmanuel Feldman lui rétorque que si « l'orthodoxie est favorable à la joie », « la joie n'est pas le critère majeur de la vie religieuse juive »[1]. Après avoir rappelé que le judaïsme était une religion contraignante pour les hommes comme pour les femmes, il défend l'inégalité de statut entre les uns et les autres. Ce n'est pas parce que les juives orthodoxes se permettent de poser des questions qu'elles n'obtiennent pas les mêmes réponses que les femmes ultra-orthodoxes...

Comme tous les intégristes ayant épuisé les arguments religieux, le rabbin fait appel à la différence biologique comme source d'évidence : « Sûrement, les féministes orthodoxes ne peuvent nier que les femmes ont un rôle à jouer différent de celui des hommes, qu'elles sont différentes non seulement biologiquement mais spirituellement, et qu'en conséquence leur approche de Dieu est différente. » La

---

1. FELDMAN Rabbi Emmanuel, « Orthodox feminism and feminism orthodoxy », *Jewish Action*, hiver 1999, p. 12-17.

rhétorique utilisée ici ressemble à une boucle infernale faussement savante. Elle s'appuie sur un désir conservateur de maintenir une différence de traitement au nom du biologique. Qu'importe que cet argument soit régulièrement démenti par la nature elle-même, l'exception confirme la règle. À New York, un rabbin d'Agoudat Israël, l'un des groupes les plus orthodoxes, nous a conté avec émotion l'histoire de Sara Shenirer, une femme dont le parcours n'est pas sans faire penser à Yentl, ce personnage de fiction magistralement interprété par Barbara Streisand. Dans les années 20, à Vienne, une femme s'est longtemps déguisée en homme pour pouvoir étudier le Talmud. Lorsqu'elle fut découverte, ses connaissances impressionnèrent tellement les rabbins qu'ils la laissèrent œuvrer à leurs côtés pour un judaïsme ultra-orthodoxe. Néanmoins, malgré son érudition et même si les rabbins hommes lui demandaient souvent conseil, elle ne bénéficia jamais du titre de rabbin, réservé aux hommes au nom de leur supériorité biologique. Cette anecdote illustre la marge de manœuvre accordée exceptionnellement à certaines femmes pour maintenir le système coûte que coûte : si certaines femmes font preuve de qualités qui démentent l'infériorité naturelle dont les hommes les affublent, on leur accorde d'exercer leurs talents contre le sécularisme et la libération des femmes. Pour les autres, la règle – même démentie – reste valable. Puisque au moment de l'invention du judaïsme les femmes étaient plus « ignares » que les hommes, elles n'ont pas à étudier la Torah... ce qui les maintient dans l'ignorance et la différence. Une différence élevée au rang de principe qui finit par mener à la ségrégation.

Téhéran en plein cœur d'Israël

Comme leurs homologues musulmans, les juifs orthodoxes sont tout particulièrement attachés à la distinction vestimentaire entre les hommes et les femmes. Les hommes sont tenus de revêtir un costume noir extrêmement chaud, d'arborer la barbe et de porter un chapeau noir, quelle que soit la température extérieure. Tandis que les femmes mariées sont priées de dissimuler leur chevelure, soit en se voilant soit en se rasant les cheveux et en portant perruque. Ce double costume n'est pas prescrit par la Torah. C'est une libre interprétation destinée à prolonger une pratique évoquée en filigrane dans un passage de la Bible, où Rebecca prend un voile pour se couvrir à l'approche d'un homme inconnu[1]. Elle correspond surtout à la volonté de ne pas confondre les hommes et les femmes grâce au vêtement, cette fois très clairement énoncée par la Torah : « Une femme ne doit pas porter le costume d'un homme, ni un homme s'habiller d'un vêtement de femme ; car l'Éternel, ton Dieu, a en horreur quiconque agit ainsi[2]. » Plus qu'un symbole, le maintien de cette distinction vestimentaire est le symptôme apparent d'une ségrégation sociale constituant le socle de l'idéologie intégriste.

---

1. Genèse XXIV, 65, *La Bible du rabbinat*, Éditions Colbo.
2. Deutéronome XXII, 5, *La Bible du rabbinat*, Éditions Colbo.

Constitués en groupes d'intérêts et même en partis politiques, les ultra-orthodoxes ont obtenu une ligne de bus réservée aux haredim, où les femmes et les hommes sont séparés : les hommes montent devant et les femmes à l'arrière. La radio est bien sûr interdite[1]. Cette répartition géographique n'est pas sans rappeler la règle prévalant dans les bus américains du temps de la ségrégation entre les Noirs et les Blancs. L'assignation à une place d'inférieur fonctionne de la même façon, tout aussi humiliante. Des femmes touristes se font ainsi régulièrement remettre à leur place pour avoir osé s'asseoir du côté des hommes[2].

La ségrégation ne s'arrête pas là. En quelques années, l'implantation massive des ultra-orthodoxes a considérablement transformé l'apparence de certains quartiers, de ceux où régnait jadis une ambiance de kibboutz utopiste. Dans les rues de Mea Shéarim – un quartier haredi que des journalistes et des laïcs israéliens ont rebaptisé « Téhéran en plein cœur d'Israël[3] » – les magasins ont désormais des files d'attente séparées : une pour les hommes, l'autre pour les femmes. Les rues s'assombrissent d'hommes portant chapeau et costume noirs, tandis que les femmes sont priées de rester habillées « mo-

1. *Haaretz*, 24 octobre 2001.

2. HEMRICOURT Patricia de, « À Jérusalem, une récente ligne, la 402, est réservée aux ultra-orthodoxes », *Proche-Orient Info*, 20 février 2003.

3. De nombreux Israéliens mettent en avant la ressemblance des rabbins orthodoxes et des ayatollahs dans leurs buts, ainsi que la ressemblance entre la Halakha et la loi religieuse telle qu'elle est établie en Iran, d'où les slogans « Israël ne sera pas un nouvel Iran » ou « Israël ne sera pas gouverné par des ayatollahs juifs ».

destement ». Comme dans tout univers intégriste, tout le monde surveille tout le monde, mais en prime les riverains de Mea Shéarim ont instauré des patrouilles de moralité. Une « police de vertu » chargée de punir celles et ceux qui se laisseraient aller. Un coup sur l'épaule, un pincement, parfois une tape avec une branche, remettent les rebelles dans le droit chemin, ce qui n'est pas sans faire penser aux régimes de surveillance afghan ou iranien. Le « couvre-feu » ne concerne d'ailleurs pas uniquement les femmes des communautés orthodoxes... les Israéliennes ayant le malheur de s'égarer dans le quartier ou d'habiter à proximité font aussi les frais de cette police de la vertu. Pour avoir parqué sa voiture à proximité du quartier des ultra-orthodoxes, une femme s'est fait lyncher à coups de pierre et d'œufs. Sur son pare-brise, elle trouva ce mot : « Le parking en tenue indécente est interdit. » De larges banderoles accrochées à l'entrée du quartier avertissent en effet le visiteur tête en l'air. À l'intention des femmes, il est expressément demandé de venir en tenue décente. Ce qui autorise « les blouses fermées à longues manches » et interdit « les pantalons ». Pour n'avoir pas respecté cet avertissement, près de 30 femmes ont porté plainte après avoir été attaquées par des habitants de Mea Shéarim qui les ont aspergées d'encre, leur ont craché dessus ou leur ont jeté des pierres. Pour celles qui vivent à proximité du quartier sans en partager l'esprit, la vie est même devenue un enfer. En juin 1999, deux femmes suisses chrétiennes ont vu leur appartement mis à sac et entièrement brûlé par 500 juifs orthodoxes leur reprochant de vouloir convertir les juifs au christianisme. Heureusement, Israël étant en principe un État laïque, les incendiaires ont dû rendre des comptes. L'homme qui mena le commando, Aharon Kornblit, fut condamné à un an de prison. Le jugement a même été rendu par une femme juge[1]. De quoi pousser les ultra-orthodoxes au comble de l'agacement. Le 14 février 1999, 250 000 haredim – soit tout de même 10 % de la population israélienne – ont manifesté contre cette décision dans les rues de Jérusalem[2]. Une telle démonstration de force anti-laïque n'aurait sans doute pas été possible en France, chargée d'une autre histoire. Pourtant, ce pays chrétien laïque abrite, lui aussi, des intégristes défendant une vision moyenâgeuse des droits des femmes.

Les femmes face à la Bible
des intégristes chrétiens

La Bible comprenant les cinq premiers livres de la Torah, les livres des Prophètes et des hagiographes, on ne s'étonnera pas de retrouver dans le christianisme les mêmes préjugés antifemmes que dans le judaïsme. À commencer par ceux découlant du mythe d'Adam et Ève. Vivant treize siècles après Moïse, dans un contexte où le judaïsme lui-même s'est assoupli, Jésus

---

1. *Associated Press*, 9 juin 1999.
2. Outre la libération de leur camarade, les manifestants exigeaient la fermeture obligatoire des magasins le samedi.

se veut porteur d'une alliance moins rigoriste que l'ancienne. En ce qui concerne les femmes, il tente à deux reprises d'aller contre le sexisme de ses concitoyens. Il ne condamne pas la prostituée, même lorsqu'elle se montre impudique en essuyant ses larmes avec ses cheveux découverts, et refuse de voir une femme lapidée pour adultère. Il existe bien des chrétiens progressistes pour s'inspirer de cette tolérance mais c'est la voie des intégristes que nous suivons... Or il leur est relativement facile d'ignorer ces anecdotes. Car même s'ils témoignent d'une volonté plutôt progressiste pour l'époque, ces deux gestes accomplis par Jésus ne dépassent pas le cadre de la compassion envers quelques femmes. Se considérant comme une branche du judaïsme, la Nouvelle Alliance ne remet pas en cause le mythe de la Genèse. Résultat, pour deux gestes accomplis par Jésus, il existe des pages et des pages de propos misogynes tenus par ses disciples, notamment Paul et Pierre, dans le Nouveau Testament...

Saint Paul revendique ouvertement le principe de la domination masculine : « Je veux cependant que vous le sachiez : le chef de tout homme, c'est le Christ ; le chef de la femme, c'est l'homme », déclare-t-il dans son Épître aux Corinthiens [1]. Il ne s'agit pas d'une simple citation mais d'un mot d'ordre structurant les recommandations de celui qu'on appelle parfois l'« architecte » du christianisme [2]. Sa position n'est

---

1. Iʳᵉ Épître aux Corinthiens xi, 3, *La Bible de Jérusalem*, Éditions du Cerf. Ce passage est régulièrement cité dans les revues et bulletins des traditionalistes français.

2. Juif érudit, Paul a d'abord fait partie des persécuteurs de chrétiens avant de se convertir. Ami de Luc, l'évangéliste est le premier à transmettre le message de Jésus, qu'il n'a pas connu, aux pays voisins. C'est

pas isolée au sein de la doctrine chrétienne, on la retrouve sous la plume de l'apôtre Pierre. Le mythe de l'Ève tentatrice hante également les Pères de l'Église comme Tertullien. Il ne mâche pas ses mots vis-à-vis de celles qui portent à ses yeux le sceau du péché éternel : « La sentence de Dieu sur ce sexe vit encore de nos jours. Eh bien, oui, qu'elle vive ; il faut que ce crime demeure comme un opprobre éternel. Ô femme ! Tu es la porte par où le démon est entré dans le monde ; tu as découvert l'arbre la première ; tu as enfreint la loi divine ; c'est toi qui as séduit celui que le démon n'eut pas le courage d'attaquer en face ; tu as brisé sans effort l'homme[1]. »

Un croyant offusqué par le rappel de ces citations peu glorieuses pourrait nous objecter que ces références misogynes n'ont plus cours chez les chrétiens. Il n'en est rien. Si les propos sexistes de saint Paul ou de Tertullien peuvent paraître dépassés aux yeux d'un chrétien modéré, ils sont en revanche constamment cités dans les revues et les sermons des catholiques traditionalistes. Cette lecture volontairement ultra-réactionnaire de la Bible, des Évangiles et des Pères de l'Église est même à l'origine du mouvement traditionaliste. Souvent résumés au mouvement lefebvriste – du nom de Monseigneur Lefebvre, l'un des princi-

---

lui qui diffuse le christianisme. On le considère même comme son « architecte ». Bien que publiées après les Évangiles dans le Nouveau Testament, les Épîtres de Paul ont été écrites antérieurement.

1. TERTULLIEN poursuit dans le *Traité de l'ornement des femmes*, Paris, M. Charpentier, 1844, livre II, 7, livre I, 1.

paux opposants à la réforme de Vatican II[1] – ces
catholiques radicaux se démarquent moins du reste
des fidèles par un attachement au rite tridentin et à sa
messe en latin que par une radicalité politique s'expri-
mant sur des sujets comme la famille, les femmes,
l'IVG ou la nation. Même lorsqu'ils revendiquent une
fronde essentiellement liturgique[2], comme les militants de la Fraternité Saint-Pie X créée par Monseigneur Lefebvre, leur démarcation témoigne surtout
d'un engagement politique. La résistance à Vatican II
n'est qu'un symbole. Leur attachement à la tradition
de l'Église signifie surtout une volonté conservatrice :
celle de résister à une vision plus libérale de la foi et du
monde. Elle exprime la colère de militants catholiques
opposés à la vague de mai 1968 et aux libérations qui
ont suivi. La réforme prônée par Vatican II signe à
leurs yeux une dérive historique infernale nous éloi-
gnant sans cesse des fondements de la religion chrétienne. Ce que Monseigneur Lefebvre appellera le
« sida » de l'Église[3].

---

1. Le concile Vatican II s'est déroulé de 1962 à 1965. Dès la première session, deux approches antagonistes se dessinèrent : un courant
de l'ouverture animé par Jean XXIII et l'autre préoccupé par la sauve-
garde de la tradition, la continuation de la liturgie et le centralisme de
l'Église. Bruyant et démonstratif, ce dernier donne un temps l'impression d'être majoritaire avant d'être réduit à une portion congrue suite
au vote du Concile.

2. Les opposants à la réforme liturgique de Vatican II s'alarment
notamment de la désacralisation de plusieurs sacrements, comme le
baptême, les cérémonies pénitentielles, la confirmation, l'extrême-onc-
tion, et même l'ordination.

3. « Les autorités de l'Église et le clergé sont atteints du sida »,
déclare-t-il lors de l'occupation de l'église Saint-Louis de Port-Marly
par des catholiques traditionalistes (*Le Monde*, 10 mars 1987).

Si certains catholiques radicaux sont devenus schismatiques après son excommunication en 1988, la plupart des militants pouvant être définis comme intégristes sont aujourd'hui ralliés au Vatican et continuent leur engagement antichoix – antiféministe, provie, antiPaCS, antieuthanasie, etc. – depuis l'intérieur de l'Église. C'est par exemple le cas des associations et journaux catholiques traditionalistes proches du Front national : le journal *Présent*, le Centre Charlier, Chrétienté-Solidarité, l'Agrif, le monastère du Barroux... À leur tête, des militants comme Bernard Antony, leader catholique traditionaliste et militant Front national, ou Jean Madiran, directeur de publication de *Présent* – le quotidien des catholiques traditionalistes proches du FN –, ont préféré faire preuve d'un certain réalisme politique plutôt que de subir une marginalisation qui aurait nui à leurs combats. Cela n'empêche pas leurs sympathisants de continuer à écouter la messe en latin dans une paroisse lefebvriste comme Saint-Nicolas-du-Chardonnet, où les femmes sont priées de se voiler au nom de saint Paul et de Tertullien...

Voilées pour suivre la messe en latin

À deux pas du marché Maubert-Mutualité et du Collège de France, la petite paroisse Saint-Nicolas-du-Chardonnet résiste à la laïcité qui l'encercle de toute part. Les militants lefebvristes l'ont arrachée à la hiérarchie catholique à la suite d'une occupation sauvage en 1977[1]. C'est le seul lieu parisien où l'on peut suivre une messe selon le rite tridentin. Fait peu connu, les femmes qui viennent y prier ont les cheveux recouverts d'un voile ou d'un fichu. Il ne s'agit pas d'une fantaisie inventée par les catholiques traditionalistes. Pour rappeler à l'ordre les plus récalcitrantes, l'abbé de Saint-Nicolas-du-Chardonnet n'a qu'à citer saint Paul et son Épître aux Corinthiens : « Toute femme qui prie ou prophétise le chef découvert fait affront à son chef ; c'est exactement comme si elle était tondue. Si donc une femme ne met pas de voile, alors, qu'elle se coupe les cheveux ! Mais si c'est une honte pour une femme d'être tondue ou rasée, qu'elle mette un voile[2]. »

Le christianisme est aussi riche en préceptes misogynes que le judaïsme et l'islam. Comme dans ces deux autres religions, le principe d'une hiérarchie défavorable aux femmes transparaît derrière l'exigence d'une différenciation vestimentaire. Seule amélioration, saint Paul se montre suffisamment précis pour que les femmes n'aient à porter un voile que lorsqu'elles « prient ou prophétisent », là où le flou de la Torah et même du Coran permet aux intégristes juifs et musulmans de l'imposer en quasi-permanence. Les chrétiennes intégristes peuvent retirer

---

1. Le 24 février 1977, un groupe d'intégristes catholiques s'est introduit dans l'édifice pour en expulser *manu militari* l'occupant d'alors, l'abbé Pierre Bellego. Ils sont restés dans l'église et n'ont jamais accepté de rendre les lieux malgré les multiples injonctions judiciaires. Il semble qu'aujourd'hui le squat de Saint-Nicolas-du-Chardonnet soit un des plus vieux de Paris.
2. Ire Épître aux Corinthiens XI, *Nouveau Testament*, TOB, Éditions du Cerf.

leur fichu sitôt à l'extérieur de l'église et leur foulard ne rappelle le tchador musulman que dans le symbole : il laisse entrevoir les cheveux et n'est que provisoire. D'ailleurs, malgré la proximité de valeurs existant entre l'islam et le christianisme, ces femmes – souvent proches du Front national – n'apprécieraient guère la comparaison. Un paradoxe que l'on retrouve dans les propos de Jean-Marie Le Pen, leader d'un parti porteur de valeurs intégristes mais qui ne peut ignorer le racisme antimusulman de ses électeurs. Interrogé à propos du voile islamique par un journal israélien, Jean-Marie Le Pen n'a pas stigmatisé cette pratique, pourtant perçue par certains de ses électeurs comme le signe de l'arriération islamique. Au contraire, le président du FN la justifie en ces termes : « Il nous protège des femmes laides[1]. » En quelques mots, Jean-Marie Le Pen vient d'exprimer toute la subtilité de la position catholique intégriste frontiste. D'un côté, il fait passer un message raciste en laissant entendre que les musulmanes sont des « femmes laides ». De l'autre, il approuve les pratiques sexistes de l'islam dans la mesure où elles font écho aux valeurs chrétiennes intégristes. D'ailleurs, sa réponse n'est pas sans faire penser à une libre interprétation de Tertullien, qui justifiait le port du voile ainsi : « Dieu veut que vous soyez voilées. Pourquoi ? Sans doute afin qu'on ne voie pas la tête de certaines femmes[2]. »

Si le voile recommandé par les théoriciens chré-

---

1. Entretien de Jean-Marie Le Pen à *Haaretz*, mars 2002.
2. Tertullien, *Traité de l'ornement des femmes*, *op. cit.*, livre II, 7.

tiens semble à première vue moins contraignant que celui imposé aux musulmanes et aux juives, son symbole reste tout aussi misogyne. Saint Paul est très clair sur ce point : si les femmes doivent se voiler, c'est en signe de « sujétion » : « L'homme, lui, ne doit pas se couvrir la tête, parce qu'il est l'image et la gloire de Dieu ; quant à la femme, elle est la gloire de l'homme. Ce n'est pas l'homme en effet qui a été tiré de la femme, mais la femme de l'homme ; et ce n'est pas l'homme, bien sûr, qui a été créé pour la femme, mais la femme pour l'homme. Voilà pourquoi la femme doit avoir sur la tête un signe de sujétion, à cause des anges [1]. » Bien qu'il fasse référence aux anges, le terme de « sujétion » n'est pas vide de sens. Toujours dans son Épître aux Corinthiens, saint Paul passe naturellement de la recommandation du voile à celle de ne pas autoriser les femmes dans les assemblées : « Que les femmes se taisent dans les assemblées, car il ne leur est pas permis de prendre la parole ; qu'elles se tiennent dans la soumission, selon que la Loi même le dit. Si elles veulent s'instruire sur quelque point, qu'elles interrogent leur mari à la maison ; car il est inconvenant pour une femme de parler dans une assemblée [2]. » Autrement dit, saint Paul ordonne de maintenir les femmes dans l'ignorance et la dépendance. Dans l'Épître à Timothée, il insiste pour que les femmes restent soumises et ne puissent se libérer par le savoir : « Pendant

---

1. Iʳᵉ Épître aux Corinthiens xi, 4-10, *La Bible de Jérusalem*, Éditions du Cerf.
2. Iʳᵉ Épître aux Corinthiens xiv, 34-35, *La Bible de Jérusalem*, Éditions du Cerf.

l'instruction, la femme doit garder le silence, en toute soumission. Je ne permets pas à la femme d'enseigner ni de faire la loi à l'homme. Qu'elle garde le silence. C'est Adam en effet qui fut formé le premier, Ève ensuite [1]. »

Encore une fois, ces commandements n'ont rien de désuet aux yeux des catholiques traditionalistes. Lors d'un entretien réalisé à Saint-Nicolas-du-Chardonnet en 1991, nous avons pu constater à quel point la soumission de la femme, même dans un milieu aisé parisien, n'avait rien d'une demi-mesure [2]. Menant une enquête sur les femmes d'extrême droite françaises, nous cherchions à interviewer des militantes proches du Front national. La responsable de la permanence de l'église donna son accord pour l'interview puis se ravisa en disant : « Ça ne pourra pas marcher si nous n'avons pas l'accord d'un homme. » Après en avoir cherché un pendant plusieurs minutes, elle aperçut un électricien en train de changer une ampoule. C'est à lui qu'elle demanda l'autorisation de pouvoir répondre à nos questions. Un peu étonné par le ton solennel avec lequel cette respectable bourgeoise lui demandait sa permission, l'électricien nous donna sa bénédiction et nous pûmes commencer l'entretien... Au-delà de l'anecdote, cette soumission symbolique est significative de l'importance cruciale qu'elle revêt aux yeux de

---

1. Ire Épître à Timothée II, 11-12, *La Bible de Jérusalem*, Éditions du Cerf.
2. VENNER Fiammetta, « Une autre manière d'être féministe ? Le militantisme féminin d'extrême droite », *French Politics and Society*, avril 1993, vol. XI, n° 2, p. 32-54.

militantes catholiques intégristes, même françaises, même aisées.

« *Votre mission : être des porteuses d'hommes !* »

À première vue, malgré les références bibliques que nous venons de lire, les militantes chrétiennes intégristes donnent souvent l'impression d'être plus libérées – en tout cas d'être plus actives – que leurs homologues juives orthodoxes ou islamistes. Cet effet d'optique s'explique par le fait que les chrétiens intégristes ont compris, mieux que quiconque, l'intérêt de mettre en avant des militantes femmes pour mener des combats antiféministes [1]. Cette stratégie est vraie pour les trois intégrismes mais elle s'avère surtout nécessaire dans les pays où il existe une opinion publique susceptible de faire le procès du sexisme : ce qui est plus le cas en France ou aux États-Unis que dans les pays arabo-musulmans ou même en Israël – où l'avancée des droits des femmes est noyée par l'actualité du conflit israélo-palestinien. On retrouve donc systématiquement des militantes femmes dans les instances de nombreuses associations antiféministes et antiavortement occi-

---

1. Claudie Lesselier a parfaitement analysé cette astuce consistant à mettre en avant des femmes pour défendre des valeurs contraires à leurs intérêts. Elle a notamment étudié en détail le cas du Front national, où militent de nombreuses femmes malgré un programme ouvertement patriarcal. LESSELIER Claudie (dir.), VENNER Fiammetta (dir.), *L'Extrême Droite et les Femmes*, Villeurbanne, Golias, 1997, 300 pages.

dentales [1]. Un combat que ces militantes n'hésitent pas à présenter comme l'incarnation du « vrai féminisme » par opposition au féminisme « décadent » du MLF. À en croire l'Union féminine pour le respect et l'aide à la maternité (UFRAM) [2], une association antiavortement française, « le féminisme ne travaille plus pour le bien de la femme, il est au service d'une idéologie qui nie la féminité et se révèle destructrice pour la famille et le pays [3] ». « Un vrai féminisme doit respecter notre féminité et notre vocation à la maternité », peut-on lire dans ses tracts.

En théorie, dans un monde en tous points conforme à l'ordre naturel et divin, les militantes provie intégristes sont supposées se consacrer à une seule activité digne de ce nom : la maternité. L'abbé de Saint-Nicolas-du-Chardonnet invite d'ailleurs régulièrement les femmes de sa paroisse à se rappeler que leur mission est d'être « des porteuses d'hommes ». Car les théoriciens chrétiens sont tous d'accord sur ce point : la reproduction est le seul lieu où les femmes peuvent racheter leur faute originelle. Une conception une fois de plus inspirée par saint Paul : « Ce n'est pas Adam qui se laissa séduire, mais la femme qui, séduite, se rendit coupable de

---

1. LESSELIER Claudie, « De la Vierge Marie à Jeanne d'Arc. L'extrême droite frontiste et catholique et les femmes », *in* LESSELIER Claudie (dir.), VENNER Fiammetta (dir.), *ibid.*, p. 41-70.

2. L'UFRAM est la suite donnée au Manifeste des femmes paru sous le titre : « 3000 femmes revendiquent le droit à la maternité (une autre manière d'être féministe) », pétition-publicité, *France Soir*, 22 octobre 1982. Cette association est présidée depuis sa création par Françoise Rollin.

3. Citations tirées des lettres d'informations de l'UFRAM non datées et non numérotées entre 1983 et 1992.

transgression. Néanmoins elle sera sauvée en devenant mère, à condition de persévérer avec modestie
dans la foi, la charité et la sainteté[1]. » C'est aussi
l'opinion de saint Augustin, lorsqu'il écrit à un ami :
« Nous devons toujours prendre garde à l'Ève tentatrice qui subsiste dans chaque femme. Je ne vois pas
quelle utilisation peut faire l'homme de la femme, si
on exclut la fonction d'élever les enfants. »

Voilà pour la théorie. En pratique, l'urgence de
restaurer les valeurs patriarcales est telle que même
les hommes intégristes encouragent leur femme à
prendre parfois des initiatives, surtout s'il s'agit de
militer contre le féminisme. Légitimes au sein de
leurs familles dans le domaine de l'éducation des
enfants, de la maternité et de la reproduction, les
femmes intégristes sont les premières à partir en
croisade lorsqu'il s'agit de donner des leçons aux
autres femmes, de surveiller qu'aucune émission de
télévision ou manuel scolaire ne perturbe les enfants,
ou encore lorsqu'il s'agit de lutter contre l'avortement. La vie individuelle de ces militantes ressemble
alors bien peu à l'idéal qu'elles prônent. Malgré ses
huit enfants, Claire Fontana, la présidente de la
Trêve de Dieu, l'une des associations antiavortement
les plus radicales, n'a rien d'une simple femme au
foyer : militante acharnée du retour des femmes à
leur rôle de mère, elle a organisé une trentaine de
commandos anti-IVG au cours des dix dernières
années. Côté Parlement, Christine Boutin – une

---

1. Ire Épître à Timothée II, 14-15, *La Bible de Jérusalem*, Éditions
du Cerf, 1973.

députée chrétienne radicale qui ne manque jamais de rappeler qu'elle est catholique avant d'être une élue de la République – a milité de toutes ses forces contre l'adoption du projet de loi sur la parité, pensé pour améliorer la représentation des femmes en politique. Pourtant, celle que l'on surnomme la « Madone des Yvelines » est elle-même députée. Une promesse qu'elle s'est faite à l'âge de quinze ans, après la mort de son demi-frère et quand il n'y a plus eu d'homme dans sa famille pour reprendre le flambeau de la politique...

On retrouve le même paradoxe aux États-Unis où de nombreuses militantes de la Nouvelle Droite ont réussi à faire échouer l'amendement pour les droits égaux (ERA), prévu pour inscrire l'égalité des sexes dans la Constitution américaine à la fin des années 70[1]. Parmi elles, Phyllis Schlafly, l'apôtre des valeurs familiales retrouvées, des « vraies femmes », est issue d'une famille de républicains catholiques ultra-conservateurs. Marquée par les problèmes financiers de son père – qui obligent sa mère à prendre un emploi – elle a un temps travaillé dans une usine d'armement dans le but de financer la poursuite de ses études dans un collège catholique non mixte avant de devenir l'« héroïne de la Nou-

---

1. Adopté en octobre 1971 par la Chambre des représentants puis au Sénat, l'amendement n'a plus qu'à être ratifié par les trois quarts des États pour être définitivement adopté lorsque la Nouvelle Droite s'empare du dossier. Présenté comme l'œuvre d'un complot communiste, l'ERA est ainsi décrit par Phyllis Schlafly et ses amis comme le point de départ d'une décadence menant tout droit aux toilettes publiques unisexes et au mariage des homosexuels. La Floride – où les militants de STOP-ERA ont été particulièrement actifs – rejette l'ERA par 64 voix contre 54 en 1973. D'autres défaites suivront.

velle Droite ». Alors qu'elle participe depuis 1956 à toutes les conventions nationales du Parti républicain sans parvenir à se faire élire, la campagne contre l'égalité des sexes lui donne l'occasion de prouver qu'elle peut être aussi radicale que les hommes de son parti. Elle lance sa carrière politique. En octobre 1972, devant le succès annoncé de l'amendement, celle que l'on retrouvera plus tard à la tête de multiples organisations *prolife* prend la tête d'une croisade, STOP-ERA, qui va sonner le rassemblement de toutes les tendances de la future droite religieuse. On retrouve côte à côte des membres de la John Birch Society, un groupe anticommuniste de la Nouvelle Droite, des groupes de femmes d'extrême droite comme Women Right's to be a Women – « Les femmes qui veulent avoir le droit d'être des femmes »[1] –, des mormons, des congrégations baptistes du Sud, les Églises du Christ ou encore des congrégations néo-pentecôtistes telles que les Assemblées de Dieu. Cette alliance aura finalement raison de l'amendement pour les droits égaux et jamais l'égalité homme-femme ne fera son entrée dans la Constitution des États-Unis.

Cette campagne symbolise le consensus antiféministe susceptible de réunir tous les courants chrétiens. À propos de l'ERA, Jerry Falwell, l'un des plus célèbres pasteurs fondamentalistes, déclare : « Nous sommes contre l'amendement pour des droits égaux parce que nous croyons que cela dégrade la

---

1. Fondé par Lottie Beth Hobbs, une autre militante antiféministe, ce mouvement compte rapidement 50 000 adeptes.

féminité, et obligera peut-être un jour nos femmes à utiliser des toilettes unisexes et à se battre dans les tranchées, sur les champs de bataille, qui sont les domaines des hommes[1]. » Bien que protestant et américain, le leader de la Moral Majority partage la même vision patriarcale que les catholiques traditionalistes français. Logique puisque leurs références sont les mêmes.

De même que les catholiques traditionalistes se distinguent des catholiques modérés par leur radicalité politique et liturgique, les protestants fondamentalistes se distinguent des protestants libéraux par leur attachement à une lecture particulièrement littéraliste et réactionnaire de la Bible. Au nom de ce littéralisme, les fondamentalistes du XIXe siècle se sont opposés aux théories de Darwin sur l'évolution, ainsi qu'à toute tentative de développer un christianisme social plus ouvert et plus moderne[2]. À partir de la fin des années 70, leurs héritiers ont revendiqué cette même intransigeance pour s'opposer à toutes les évolutions sociales qu'ils jugeaient perverses : la fin de la ségrégation et de la prière obligatoire dans les écoles, certaines lois interdisant la discrimination des homosexuels mais surtout l'ERA. Depuis, ils militent pour le retour à un ordre social soumis aux

---

1. MARTIN William, *With God on our Side. The Rise of Religious Right in America*, New York, Broadway Books, 1996, p. 163.
2. Depuis le XIXe siècle, la doctrine fondamentaliste repose sur cinq points : une foi littéraliste (il faut interpréter littéralement les Écritures, qui sont infaillibles), la croyance en l'Immaculée Conception, la croyance en la Crucifixion comme rachat du péché originel (qui concerne tous les hommes), la croyance en la Résurrection, et celle en la venue du Millenium.

préceptes chrétiens les plus archaïques, que ce soit au sein de la droite religieuse américaine – des coalitions réunissant républicains et intégristes dans le but de réimposer les valeurs chrétiennes au niveau de l'État – ou depuis des associations indépendantes centrées sur les questions familiales et le combat *prolife*[1].

Le retour de la domination masculine

C'est incontestablement dans le domaine de la lutte contre l'avortement que l'intégrisme chrétien a le plus d'impact sur la vie des femmes occidentales (voir chap. II), mais il suscite également des mouvements dont l'objectif affiché est tout simplement de restaurer le patriarcat. Les Promise Keepers, l'un des mouvements remportant à l'heure actuelle le plus de succès aux États-Unis, ne se contentent pas d'un antiféminisme voilé : ils prônent ouvertement le retour à la domination masculine.

Entraîneur de football américain mais aussi militant *prolife*, son leader, Bill McCartney, dit s'être réveillé un jour avec le sentiment que l'Amérique avait désespérément besoin d'être sauvée par un

---

1. Bien que contestable, le mot « provie » ou *« prolife »* est le terme par lequel les groupes intégristes chrétiens se désignent quand ils militent contre les droits reproductifs et sexuels. Le terme « antiavortement » serait d'ailleurs réducteur au regard de la variété des combats antichoix – antiavortement mais aussi antigay ou antieuthanasie – que mènent ces groupes au nom d'une vision de « la vie » au singulier. Nous utiliserons le terme *« prolife »* lorsqu'il s'agira de désigner le mouvement antichoix américain et le mot « provie » lorsqu'il s'agira de désigner les mouvements français ou de l'utiliser comme adjectif.

grand mouvement d'hommes chrétiens : « *I had a dream* »... que les Promise Keepers « purgent l'Amérique du sécularisme ». Lancé en 1990, son mouvement réussit là où toutes les coalitions ultra-religieuses ont toujours échoué : il rassemble au-delà du public WASP – anglo-saxon, blanc et protestant. Qu'ils soient Noirs ou Blancs, catholiques ou protestants, les militants des Promise Keepers se sentent soudés par des valeurs chrétiennes dès lors qu'il s'agit d'exiger le retour de la domination masculine[1]. « Ce qui est fondamental pour les Promise Keepers, c'est le pouvoir, explique Russ Bellant, spécialiste de l'extrême droite américaine. Le pouvoir des hommes sur les femmes, le pouvoir des chrétiens sur les non-chrétiens[2]. » Et ça marche. En octobre 1997, les Promises Keepers faisaient défiler plus d'un million d'hommes dans les rues de Washington DC. Ses meetings remplissent également régulièrement des stades entiers. Les hommes qui s'y pressent par centaines de milliers ne viennent pas voir un match ; ils se retrouvent entre hommes pour écouter, sur écran géant, des prédicateurs leur promettre l'éradication de l'adultère, de l'homosexualité, du divorce et de l'avortement... autant de fléaux censés ravager l'Amérique depuis la libération des femmes. À côté des grands rassemblements

---

1. Pratiquement composé à 40 % d'hommes noirs, le mouvement des Promise Keepers n'a pourtant rien d'un mouvement antiraciste. Même dans un élan de grande fraternité, cette droite-là n'emploie jamais le terme d'égalité entre Noirs et Blancs. Elle lui préfère celui de complémentarité, très significatif des spécificités naturelles que l'on attribue à chacun.

2. Entretien avec Russ Bellant, janvier 2003.

tenus dans les stades, les Promise Keepers fonction-
nent ainsi à partir d'une mosaïque de petits groupes
où une douzaine d'hommes se retrouvent chaque
semaine pour se confier les uns aux autres. Problèmes de couple, de sexe, financiers, tout y est
abordé et rien ne doit être dissimulé. Chaque chef de
famille reçoit ses ordres d'un autre chef de famille
et ainsi de suite. Pas question de faire le difficile sur
l'élu qui décidera de son destin : « Comme pour le
mariage, le divorce n'est pas une option », explique
un leader. À chaque question que pourraient se poser
ses adeptes, la Bible des Promise Keepers propose
des réponses extraites des Évangiles. Le livre
conseille également de s'interroger quotidiennement
sur son comportement : avez-vous regardé une
femme d'une mauvaise façon cette semaine ? Avez-
vous prié pour les autres membres du groupe ? De
petites anecdotes métaphoriques sont alors censées
éclairer les pécheurs sur la voie à suivre. Dans un
texte intitulé *Reconquérir votre virilité*, Tony Evans,
orateur des Promise Keepers, écrit par exemple à ses
troupes : « Asseyez-vous à côté de votre femme et
dites quelque chose comme : "Chérie, j'ai commis
une terrible erreur. Je t'ai donné mon rôle. J'ai abandonné ma position de chef de famille et je t'ai forcée
à prendre ma place. Maintenant, je dois réclamer ce
rôle. [...] Ne te méprends pas. Je ne te suggère pas
de me rendre mon rôle. Je t'ordonne de me le rendre,
pour la survie de notre culture." »

Ce conseil fait étrangement penser à un autre discours, tenu par un autre mouvement intégriste américain qui a, lui aussi, fait défiler un million de fidèles

dans les rues de Washington : Nation of Islam. « Allah dit dans le Coran que les hommes sont un degré au-dessus des femmes, explique son leader, Farrakhan. Or, cela peut choquer les féministes. Je ne veux pas vous choquer. Nous ne sommes pas un degré au-dessus de vous dans notre condition actuelle, nous sommes plusieurs degrés en dessous. Mais selon la nature que Dieu t'a donnée en te créant, mon frère, il t'a créé un degré au-dessus de la femme. Autrement la femme ne pourrait pas te respecter. Chaque fois qu'une femme ne te respecte pas, mon frère, tu as des problèmes [1]. » On le voit, en Amérique, les intégristes musulmans et protestants tiennent à peu près les mêmes discours, leurs modes de vie sont également très proches, ce qui semble accréditer l'idée selon laquelle l'impact de l'intégrisme dépend moins de l'appartenance confessionnelle que du contexte où il s'exerce.

L'islam, les islamistes et les femmes

La relecture des textes sacrés juifs et chrétiens nous apprend combien la domination masculine – y compris dans ses formes les plus extrêmes – n'est pas une invention islamique. La justification de l'es-

---

1. Déclaration de 1996, citée par Nina ASCOLY, « La place de la femme dans la nation : analyse du discours de la "Nation de l'islam" », *Femmes sous lois musulmanes*, Dossier 20 (États-Unis), 1997.

clavage[1], le fait de trancher la main aux hommes qui
se masturbent[2], la recommandation des châtiments
corporels, tout cela existe déjà dans la Bible[3]. Il en
est de même pour les principes les plus patriarcaux
tels que le voile pour les femmes, la lapidation pour
adultère ou la polygamie. En les reprenant à son
compte, le Coran ne manifeste aucune spécificité
religieuse. Au contraire, il s'inscrit dans la tradition
monothéiste. Ce trait d'union n'est pas surprenant.
De même que Jésus baignait dans le judaïsme lorsqu'il inaugura un Nouveau Testament, Mahomet
connaissait les textes du judaïsme et du christianisme
lorsqu'il fonda l'islam. Comme les caravaniers de
son époque, Mahomet voyageait beaucoup. Il était
en contact avec des juifs et des chrétiens depuis
l'Abyssinie jusqu'en Syrie et il vivait au contact des
communautés juives et chrétiennes établies à
La Mecque et à Médine, à une époque où l'on était
capable de retenir des pages entières de la tradition
orale. Non seulement le Prophète cite en permanence
des passages de la Torah et des Évangiles mais le
Coran prend pour acquis le fait que ses lecteurs
connaissent par cœur les deux premières religions du
Livre : « Vous qui avez le Livre, vous ne serez pas

---

1. Les Noirs, descendants de Cham (fils impie de Noé), y subiraient
pour cette raison la malédiction de l'esclavage.
2. « Dans le cas d'un homme, la main qui descend plus bas que le
nombril devrait être coupée » (Nidda 13a).
3. Le site *Webshas*, un site de référence pour les intégristes juifs,
détaille par exemple la procédure à suivre pour donner des coups de
fouet. Voir Sanhédrin 2a ; nombre de coups de fouet dans une séance :
Makkot 22a, 22b ; infliger les coups de fouet par trois : Makkot 22a,
22b, 23a.

dans le vrai sans appliquer la Torah, l'Évangile, la révélation de votre Seigneur[1]. »

Révélé sept siècles après la Bible, entre 612 et 632 apr. J.-C., le Coran se montre en réalité moins sexiste que la Bible, malgré l'image que peuvent en donner les islamistes aujourd'hui. Chaque fois que Mahomet évoque les femmes, il laisse espérer des évolutions plutôt progressistes face aux coutumes contre lesquelles a déjà essayé de se battre, sept siècles avant lui, un Jésus-Christ. On trouve bien dans les propos du Prophète de l'islam le signe d'une distinction de statut entre les hommes et les femmes – « À elles, à leur gré, les droits que leur donnent leurs devoirs. Mais les hommes ont le pas sur elles, et Dieu est le puissant, le sage[2] » – mais cette formulation apparaît comme un progrès au regard des envolées misogynes de saint Paul ou des Pères de l'Église. Mahomet est le premier à ressentir le besoin de justifier la domination masculine autrement que par l'évidence biologique ou l'évocation du péché originel. Dans la sourate sur « Les femmes », il explique : « Les hommes dirigent les femmes à cause des qualités par lesquelles Dieu a élevé ceux-là au-dessus de celles-ci[3]. » Là où les écrits juifs et chrétiens énoncent comme allant de soi la supériorité de l'homme sur la femme, le Coran fait moins cette distinction pour le principe que pour établir des règles de partage en cas de succession. Il édite notamment une

---

1. Sourate v (« La table »), 68, *Le Coran*, Points Seuil.
2. Sourate ii (« La vache »), 228, *Le Coran*, Points Seuil.
3. Sourate iv (« Les femmes »), 38, *Le Coran*, édition du CED. Dans la version Points Seuil, la référence est iv, 34.

règle qui n'est pas sans rappeler celle qui a prévalu dans toutes les familles paysannes de l'Occident chrétien en matière de partage des terres : « Dieu vous commande, dans le partage de vos biens entre vos enfants, de donner au garçon la portion de deux filles[1]. » Cette quantification, du simple au double, est brutale mais elle ne fait que retranscrire clairement une inégalité de traitement ayant cours depuis des siècles.

Mahomet a plusieurs fois tenté de corriger les injustices faites aux femmes de son époque, notamment en leur garantissant un droit à la propriété et à l'héritage, en limitant le recours à l'excision et le nombre de femmes par mari. Il refuse par exemple que les hommes déshéritent les femmes qu'ils répudient : « Si vous désirez changer une femme contre une autre, et que vous avez donné à l'une d'elles cent dinars, ne lui ôtez rien. Voudriez-vous les lui arracher par une calomnie et une iniquité évidentes[2] ? » De même que des chrétiens libéraux voient en Jésus un modèle de tolérance à imiter, Mojtahed Shabestari, un intellectuel iranien, perçoit Mahomet comme un leader plutôt progressiste envers les femmes : « Il a changé les inégalités flagrantes contre les femmes selon la compréhension de la justice qui existait de son temps[3]. » Malheureusement, le VIIe siècle du Prophète est loin des valeurs que nous considérons aujourd'hui comme étant le mini-

---

1. Sourate IV (« Les femmes »), 12, *Le Coran*, édition du CED.
2. Sourate IV (« Les femmes »), 24, *Le Coran*, édition du CED.
3. Cité dans KIAN-THIÉBAUT Azadeh, « L'islam, les femmes et la citoyenneté », *Islam et démocratie*, *Pouvoirs,* nº 104, janvier 2003.

mum en matière de dignité humaine, si bien que les quelques progrès accomplis par le Coran sont aussi décevants que ceux accomplis par le christianisme au regard des siècles écoulés depuis la première prophétie monothéiste. Pire, en s'inscrivant dans cette filiation sans tenir compte des mille quatre cents ans écoulés depuis Moïse, il fige chaque préjugé patriarcal qu'il ne combat pas. Des dizaines de pratiques archaïques se trouvent ainsi relégitimées pour des siècles des siècles. Ainsi, Mahomet recommande-t-il clairement le recours aux châtiments corporels envers les femmes insoumises : « Celles dont vous aurez à craindre la désobéissance ; vous les reléguerez dans des lits à part, vous les battrez ; mais dès qu'elles vous obéissent, ne leur cherchez point querelle [1] ! » Le plus choquant n'est pas qu'un prophète du VIIe siècle ait pu prononcer cette phrase mais bien que des intégristes et même des États continuent de vouloir l'appliquer au XXIe siècle. La tentation d'appliquer à la lettre des commandements archaïques est d'autant plus forte chez les musulmans qu'ils bénéficient d'un livre sacré qu'ils considèrent comme révélé et donc infaillible. Paradoxalement, le fait que le Coran soit dicté à Mahomet par Dieu lui-même n'empêche pas le recours à des interprétations abusives. À la rigueur d'un autre âge s'ajoute alors la mauvaise foi des hommes. Non contents de vouloir imposer à tous un code vieux de treize siècles, certains ajoutent le poids de coutumes patriarcales non

---

1. Sourate IV (« Les femmes »), 38, *Le Coran*, édition du CED. Dans la version Points Seuil, la référence est IV, 35.

recommandées voire dénoncées par le Coran lui-même.

Excision, mariage forcé, polygamie :
le poids des coutumes patriarcales

La plupart des pratiques sexistes imputées à l'islam sont en fait souvent le fruit de coutumes patriarcales que certains musulmans refusent de remettre en question. Le mufti de Marseille, Soheib Bencheikh, qui milite pour une lecture ouverte et laïque du Coran, rappelle par exemple que « l'excision est une pratique ancestrale répandue dans l'est de l'Afrique par certaines populations islamisées ou non, christianisées ou non. Il ne s'agit ni d'une recommandation de l'islam ni d'une pratique qu'il a adoptée [1] ». De son vivant, le Prophète a plutôt tenté de modérer le zèle de ses concitoyens. Il conseilla notamment à une femme – dont le travail était de pratiquer l'excision – de ne pas trop entamer le clitoris car « cela est meilleur pour la femme et apporte plus de plaisir à l'époux ». Il ne sera guère écouté par ses disciples à ce sujet... Malgré les recommandations coraniques, et bien qu'interdite par nombre d'États musulmans, l'excision continue d'être pratiquée dans les familles musulmanes. Elle est infligée à quelque 2 millions de fillettes en Égypte, en Éthio-

---

1. BENCHEIKH Soheib, *Marianne et le Prophète*, Paris, Grasset, 1998, p. 146-147.

pie, au Kenya, au Nigeria, en Somalie et au Soudan[1].
À Djibouti et en Somalie, 98 % des filles sont muti-
lées. Et le moins que l'on puisse dire, c'est que cette
pratique est effectuée sans modération. Si la mutilation sexuelle la plus courante est l'excision dite « cli-
toridectomie » (soit l'ablation partielle ou intégrale
du clitoris et des petites lèvres), sa forme la plus
grave (l'infibulation aussi appelée l'« excision pha-
raonique ») n'est pas rare. Lors de cette opération,
on procède à l'ablation du clitoris et des petites et
grandes lèvres. La vulve est ensuite suturée à l'aide
de fils de soie ou d'épines. Seul un orifice étroit est
aménagé pour l'évacuation de l'urine et l'écoulement du flux menstruel. Dans les deux cas, la plupart
des femmes excisées souffrent à vie de douleurs
chroniques, d'infections internes, de stérilité ou de
dysfonctionnements rénaux. Lors des accouche-
ments, l'excision est également à l'origine de graves
complications, qui coûtent fréquemment la vie à la
mère ou à l'enfant. Les rapports sexuels, quant à eux,
s'apparentent à une véritable torture. On est loin des
recommandations formulées par le Prophète...

Le même phénomène d'intransigeance sous le prétexte de la religion – en réalité dicté par l'attachement aux coutumes patriarcales – existe à propos de
la polygamie et du mariage forcé. Beaucoup d'observateurs fantasment sur la polygamie, qu'ils voient
non seulement comme le signe de l'arriération islamique mais aussi comme une pratique censée sub-

---

1. Selon les statistiques du ministère de la Santé, 3 600 petites filles
sont excisées chaque jour en Égypte ; 85 % des opérations sont pratiquées hors des hôpitaux et des cabinets médicaux.

merger les coutumes françaises. Non seulement la polygamie n'est pas autorisée pour les musulmans vivant en France – elle est reconnue dans les TOM par dérogation pour les coutumes animistes polynésiennes – mais elle n'est pas spécialement recommandée par l'islam. Le fait que Mahomet ait autorisé ponctuellement le mariage avec plusieurs épouses correspond à un moment particulier de l'histoire, où le « plein mariage » laissait de nombreuses femmes sans mari. Cette autorisation est d'ailleurs soumise à la condition que l'homme ait les moyens d'entretenir décemment toutes ses épouses. Quant à la pratique des mariages forcés, elle est pour le coup en totale contradiction avec les recommandations du Prophète. De son temps, il a lui-même vivement sermonné un père qui voulait marier sa fille de force, ce qui fait dire à Soheib Bencheikh : « Selon une idée toute faite, confortée par la pratique de certains musulmans, les Occidentaux pensent que le droit musulman ou le Coran donnent le droit au père (ou au tuteur) de marier sa fille de force. Quoi qu'il puisse exister, le mariage forcé n'a non seulement pas le moindre fondement en islam, mais il est explicitement interdit et juridiquement nul[1]. » Les quatre écoles juridiques de l'islam sunnite sont en effet unanimes à ce sujet, elles se basent toutes sur le Hadith suivant : « La veuve a plus de droit de regard sur son propre mariage que son tuteur, et la vierge n'est mariée qu'avec son consentement. » Selon cette lecture de l'islam, non seulement les musulmanes sont

---

1. BENCHEIKH Soheib, *op. cit.*, p. 139.

libres de choisir leur époux, mais elles peuvent s'en séparer bien plus facilement que dans le judaïsme ou dans le christianisme tels que les pratiquent les intégristes de ces deux confessions. « À tout moment, la femme musulmane peut en théorie réclamer une séparation d'avec son mari en invoquant son impuissance sexuelle, son avarice, son mépris ou sa violence », rappelle Soheib Bencheikh qui s'appuie sur un Hadith précisant : « La femme de Abd Yazîd qui accusait son mari d'impuissance sexuelle a dit au Prophète : sépare-moi de lui. Le Prophète a ordonné à Abd Yazîd de divorcer. »

En théorie donc, l'islam est plutôt tolérant concernant les possibilités offertes aux femmes de refuser d'être mariées de force ou de divorcer. Malheureusement, nous parlons en théorie. Car, dans la pratique, les femmes vivant sous le joug des islamistes sont privées de l'accès au savoir et ignorent tout de leurs propres droits. Elles peuvent donc difficilement les invoquer.

Quand bien même il y aurait un esprit suffisamment libre pour se référer à l'un de ces Hadiths, il faut faire confiance aux intégristes pour ne pas se laisser aussi facilement déposséder de leur pouvoir d'interprétation. C'est tout particulièrement le cas en Iran, où le clergé chiite n'a eu aucun mal à justifier les mariages forcés malgré les recommandations du Prophète. Un conseiller de Khomeyni ayant occupé plusieurs postes clés à la Justice, Ahmad Azari Qomi, présente ainsi les choses : « Dans l'islam, le mariage d'une jeune fille vierge n'est pas autorisé sans la permission du père et le consentement de la jeune fille. Les deux doivent donner leur accord, mais en même temps, la loi du guide divin a préséance sur le père et la fille dans la question du mariage et le Vali-e-Faghih peut imposer son point de vue à l'encontre de l'opinion du père et de la jeune fille[1]. » Autrement dit, le régime des mollahs comprend mieux l'islam que le Prophète lui-même et se réserve le droit d'agir en totale contradiction avec ses préceptes, au nom de l'islam bien sûr. Peu importe alors que l'islam soit ou non responsable des crimes commis en son nom, la réalité – celle qu'il ne faut pas perdre de vue – c'est qu'une femme musulmane est soumise, du simple fait de naître dans une famille ou un pays musulmans, à ces risques de mutilation, de mariage forcé, et même d'assassinat pur et simple. En 1993, à Colmar, une jeune fille turque, Nazmiye, trouve la mort après plusieurs séances de torture, infligées par sa mère, ses frères et ses oncles parce qu'elle sortait avec un non-musulman. Le 5 novembre 2001, Latifa, une étudiante franco-marocaine, subit le même sort à Nice. Son père la perfore de vingt-quatre coups de couteau alors qu'elle s'apprête à se marier avec un Corse. De sa prison, ce père infanticide expliquera : « Mieux vaut une vie en prison que d'être libre mais désho-

---

1. Cité par Maryam RADJAVI, *La Misogynie : le pilier du fascisme religieux*, édité par le Conseil national de la résistance iranienne (commission Femmes). Son organisation, les Moudjahidine du peuple, milite contre les mollahs iraniens. Ils n'en sont pas moins fondamentalistes et radicaux. Sa présidente porte le voile et les Moudjahidine ont longtemps prêté main-forte à la police secrète de Saddam Hussein chargée des opposants.

noré[1]. » Là encore, les musulmans n'ont malheureusement pas le monopole de la barbarie. Que penser de ce père, pieux protestant et militant *prolife*, qui assassina sa fille au fusil à pompe parce qu'elle voulait avorter... d'un enfant qu'il lui avait fait à force de viols répétés[2] ? Dans les deux cas, c'est bien la brutalité odieuse d'un père qui est à l'origine du pire mais cela ne disculpe pas les extrémistes religieux de leurs responsabilités. Au lieu de lutter contre l'inceste, les fondamentalistes protestants préfèrent lutter contre l'avortement. Au lieu de lutter contre les coutumes sexistes contraires aux enseignements de Mahomet, les islamistes préfèrent inciter à la haine des femmes. Un exemple en atteste plus qu'aucun autre : l'imposition du voile aux femmes, dont la recommandation coranique est surinterprétée par les islamistes de façon à la rendre la plus extrémiste possible.

L'instrumentalisation du voile

Le hidjab est devenu aux yeux de nombreux Occidentaux le symbole d'un sexisme propre à l'islam. L'histoire de sa prescription est pourtant révélatrice d'une coutume patriarcale enregistrée avant lui et

---

1. « Tu n'épouseras pas un chrétien », *Corriere della Serra*, 16 novembre 2001.
2. À treize ans, Spring Adams, violée et mise enceinte par son père, finit par trouver une clinique dans l'Oregon (l'avortement n'étant pas légal dans son État au-delà de trois mois), mais juste avant de prendre le bus, elle est assassinée au fusil d'assaut par son père... opposant à l'avortement.

perpétuée par les trois religions du Livre. Son interprétation actuelle traduit surtout une grossière manipulation des textes au détriment des femmes. Une
fois encore, ce n'est pas au Coran lui-même mais
aux extrémistes religieux que l'on doit ses aspects
les plus contraignants et les plus misogynes.

Commençons par le commencement. Nous
l'avons vu, ce n'est pas dans le Coran mais dans la
Torah que le voile fait sa première apparition.
Rebecca est en train de parler – tête dévoilée – avec
un serviteur dans un champ lorsqu'un homme s'approche. Il s'agit d'Isaac, son futur époux, mais elle
ne le connaît pas encore. Et voici très exactement ce
que dit l'Ancien Testament : « [...] et elle [Rebecca]
dit au serviteur : "Quel est cet homme, qui marche
dans la campagne à notre rencontre ?" Et le serviteur
répondit : "C'est mon maître." Elle prit un voile et
s'en couvrit[1] ». Que couvre-t-elle exactement ? Le
visage ? Les cheveux ? Les épaules ? Le texte ne
nous dit rien de précis. Et pour cause, ce passage ne
traite du voile que de façon anecdotique : il est surtout destiné à nous raconter la rencontre de Rebecca
et d'Isaac. Il ne nous renseigne pas non plus sur le
pourquoi de ce geste : est-ce par pudeur ou par tradition ? Jusqu'ici, Rebecca parlait tête nue avec un
homme... Il ne s'agit donc pas d'une règle absolue.
À la rigueur, on peut supposer que les femmes de
son époque avaient l'habitude, à l'occasion, de porter un voile. Il existe des écrits mésopotamiens faisant état de cette pratique, notamment le Code

---

1. Genèse XXIV, 65, *La Bible du rabbinat*, Éditions Colbo.

d'Hammourabi, qui entérinent une pratique anté-
rieure. Si les premiers récits de la Torah nous parlent
du voile de Rebecca, ce n'est pas pour le recommander mais simplement pour le décrire. Le voile fait
seulement partie du décor et n'est en rien érigé en
exemple à suivre. Son enseignement est d'autant
plus confus qu'il existe un autre passage où le fait
de se voiler le visage signifie tout au contraire se
déguiser en prostituée. En effet, la Genèse raconte
l'histoire de Thamar, la belle-fille de Juda (fils de
Jacob), qui souhaitait avoir un enfant de son beau-
père malgré son statut de veuve. Sachant qu'il va
passer par un carrefour pour aller tondre ses brebis,
elle s'y installe et se déguise en prostituée. Et la
Bible nous dit : « Elle quitta ses vêtements de veuve,
prit un voile et s'en couvrit ; et elle s'assit au carrefour des Deux-Sources, qui était sur le chemin de
Timma. » La suite est encore plus surprenante
puisque, l'apercevant, Juda la prend pour une prostituée et s'empresse d'avoir avec elle une relation
sexuelle sur le bord du chemin : « Juda, l'ayant aper-
çue, la prit pour une prostituée ; car elle avait voilé
son visage. Il se dirigea de son côté, et il lui dit :
"Laisse-moi te posséder"[1]. » Le fait que Juda ait
aussi facilement une aventure avec une prostituée (il
ignore alors qu'il s'agit de sa belle-fille) n'a pas
troublé outre mesure les religieux puisqu'il reste présenté comme un modèle. De même, bien qu'elle se
soit prostituée, Thamar sera pardonnée par les exégètes chrétiens. Ils estiment qu'elle n'a pas été

---

1. Genèse XXXVIII, 14-15, *La Bible du rabbinat*, Éditions Colbo.

« poussée par l'impudicité mais par le désir d'avoir un enfant de son mari défunt[1] ». En revanche, personne n'a jugé bon de relever le rôle joué par le voile dans ce passage. Les commentaires rabbiniques du Talmud, comme le Nouveau Testament, par la bouche de saint Paul, s'entendent au contraire pour faire du port du voile une recommandation. Dans les deux cas, ce sont des observateurs, des commentateurs, et non des prophètes qui posent les jalons de cette nouvelle contrainte à imposer aux femmes. Le Coran ne fait que la reprendre en la précisant. Que dit-il exactement ? « Dis aux croyantes de baisser les yeux, d'être chastes, de ne montrer que le dehors de leur parure, de rabattre leur voile sur leur gorge, de ne montrer leur parure qu'à leur mari, leur père, leur beau-père, leurs frères, leurs neveux, leurs servantes, leurs esclaves et leurs eunuques ou aux impubères[2]. »

Voilà ce que dit le Prophète. Rien de plus, rien de moins. Nulle part, il n'est question d'une prison de toile couvrant les femmes des pieds à la tête. Mahomet recommande un simple voile, destiné à couvrir la poitrine et qui peut être ouvert dans de nombreuses circonstances. Comme pour tout texte religieux, il existe plusieurs versions de chaque verset selon les traductions. Chaque version emploie des termes différents pour désigner la parure, que l'on peut retrouver retranscrite comme « atours » ou « agréments », ou la zone à voiler, tantôt désignée

---

1. Note a, p. 47, *La Sainte Bible*, Éditions du Cerf. Dans la Bible chrétienne Thamar se nomme Tamar.

2. Sourate XXIV (« La lumière »), 31, *Le Coran*, Points Seuil.

comme « gorge » tantôt comme « échancrure », mais les exégètes reconnaissent tous que la zone ainsi désignée n'est autre que la poitrine. Non seulement cette recommandation est limitée mais elle correspond à un contexte bien particulier. Comme pour l'excision ou la lapidation pour adultère, le voile nous montre l'influence que peuvent exercer les hommes sur les préceptes, même les plus sacralisés. Ainsi, c'est sur l'insistance du futur calife Umar que Mahomet semble s'être résolu à recommander le voile à ses femmes[1]. Il semble particulièrement inquiet à l'idée qu'elles puissent se faire agresser par les Hypocrites – du nom donné par le Coran aux Médinois convertis à l'islam à contrecœur, par peur de perdre tout pouvoir sur la ville. Leur chef, Abdallah 'ibn 'Ubayy, tente de déstabiliser le Prophète en accusant l'une de ses femmes, 'Aysha, d'adultère. On le décrit plus généralement comme quelqu'un qui n'hésite pas à abuser de ses esclaves féminines. Or lui et ses hommes prétendent pouvoir confondre facilement leurs esclaves avec les femmes du Prophète... Afin qu'elles ne soient pas agressées sexuellement, notamment lorsqu'elles sortent de nuit pour faire leurs besoins, le Coran fait cette recommandation : « Prophète, dis à tes épouses, à tes filles, aux femmes des croyants de se couvrir de leur voile : c'est le meilleur moyen pour elles d'être reconnues

---

1. Le contexte des versets recommandant le voile, leur interprétation abusive, ont été remarquablement analysés par Leïla Babès dans « Le voile comme doxa », *MSR*, juillet-septembre 2002. Voir aussi Babès Leïla, Oubrou Tareq, *Loi d'Allah, loi des hommes. Liberté, égalité et femmes en Islam*, Albin Michel, 2002, 364 pages.

et de n'être pas offensées[1]. » À noter, il ne s'agit
nullement de se couvrir les cheveux. D'ailleurs, il
existe mille et une manières de l'interpréter selon
que l'on soit libéral ou fondamentaliste : du plus
sexiste vers le plus féministe.

Les musulmans progressistes, comme le mufti
Soheib Bencheikh ou la sociologue Leïla Babès[2],
entendent les deux versets relatifs au voile ou à la
mante comme des incitations plutôt métaphoriques, au
sens où ils témoignent d'une volonté de protéger les
femmes de l'offense. Au VIIe siècle, cette protection
pouvait prendre la forme d'un voile, mais à quoi ressemble ce qui protège les femmes de nos jours ? À un
voile ou à l'éducation ? Le mufti de Marseille, Soheib
Bencheikh, a choisi : « Paradoxalement, aujourd'hui,
ce qui préserve la personnalité et assure l'avenir de
la jeune fille, c'est l'école. C'est en s'instruisant que
la femme peut se défendre contre toute atteinte à sa
féminité et à sa dignité. Aujourd'hui, le voile de la
musulmane en France, c'est l'école laïque, gratuite
et obligatoire[3]. » Voilà le point de vue d'un mufti
modéré et laïque. On pourrait même aller plus loin.
Puisque le voile a été recommandé pour protéger
les femmes de l'offense, c'est bien que les hommes
ne doivent pas offenser les femmes... Dans ce cas,
il n'est pas interdit de penser que le sexisme, son
lot d'injures et de discriminations misogynes, sont

---

1. Sourate XXXIII, 59, « Les ligues », *Le Coran*, Points Seuil.
2. Directrice de recherches à l'université de Lille III et engagée dans
la construction de l'islam libéral français, Leïla Babès, islamologue, est
une spécialiste de la sociologie des religions.
3. BENCHEIKH Soheib, *op. cit.*, p. 145.

contraires au Coran. Plutôt que de tenter de prévenir les manifestations de ce sexisme – notamment les agressions sexuelles – en condamnant les victimes (les femmes) à vivre cachées, ne devrait-on pas contraindre les agresseurs (les hommes) à plus de tempérance ? N'est-ce pas à eux de maîtriser leurs pulsions et de respecter les femmes ? Bien entendu, ce n'est pas du tout ainsi que les patriarches intégristes entendent la recommandation du voile. Pour reprendre l'expression de Leïla Babès, coauteure d'un livre, *Loi d'Allah, loi des hommes*, les intégristes ont instauré une véritable « doxa du voile », propre à épouser leurs désirs politiques à défaut de respecter l'intention originelle du Coran[1].

Bien qu'ils disent vouloir suivre à la lettre les recommandations du Prophète, bien qu'ils se disent prêts à réformer les traditions ayant dévoyé le message du Coran, les intégristes musulmans n'ont aucunement l'intention de remettre en question la coutume du voile. Au contraire, ils font tout ce qui est en leur pouvoir d'hommes-interprètes pour la rendre contraignante et en faire un symbole politique. Alors que le Prophète n'a fait qu'indiquer une zone à voiler – la poitrine –, la plupart se sont lancés dans une surenchère vestimentaire qui va jusqu'à couvrir entièrement le corps des femmes. Il est vrai qu'il est plus facile d'en faire trop, surtout si les femmes et non les hommes paient le prix de cette surenchère...

---

1. « Le voile comme doxa », *MSR*, juillet-septembre 2002.

Chez Hassan al-Banna, le fondateur des Frères
Musulmans, le voile correspond clairement à un désir
ségrégationniste : celui de voir évoluer distinctement
les « sociétés pour les femmes » et les « sociétés pour
les hommes ». Il explique : « L'islam interdit à la
femme de découvrir son corps, d'avoir une entrevue
particulière [et] de fréquenter autrui. Elle a l'obligation de faire la prière chez elle. Le regard est comme
une flèche d'Iblis ; elle ne doit pas porter un arc, ce
qui l'assimilerait à un homme[1]. » Il faut noter cette
digression inquiétante faisant du regard des femmes
une « flèche » et même une arme dont il faut les
priver sous peine de les laisser être les égales des
hommes. On retrouve cette même ambiguïté chez
le théoricien contemporain le plus apprécié des
Frères Musulmans, Youssef Qaradhawi : « La femme
musulmane doit baisser le regard [...] ; éviter toute
promiscuité avec les hommes [...] ; ses vêtements
doivent couvrir tout le corps sauf ce que le Coran a
autorisé[2]. » Mais quelle zone le Coran a-t-il autorisée ? Tout sauf la « parure », c'est-à-dire la poitrine.
Les oreilles, le front, les doigts font-ils partie de la
« parure » ? Dans le doute, les talibans semblent
avoir tranché. Le regard des femmes afghanes peine
à percer le grillage de leur burka. Leur prison de toile
ressemble à celle enserrant la plupart des femmes
saoudiennes ou iraniennes.

Ce que les partisans du voile complet nomment

---

1. Cité par Leïla Babès dans « L'identité islamique européenne
d'après Tariq Ramadan », *Islam de France*, n° 8.
2. Qaradhawi Youssef, *Le Licite et l'Illicite en islam*, Paris, Éditions
Al-Qalam, 1992, p. 170-171.

niqâb – un voile recouvrant intégralement le corps à l'exception de petits trous permettant de voir au travers – ne correspond à aucune recommandation coranique. Cette pratique est essentiellement destinée à prouver que les musulmans radicaux contrôlent leurs femmes, contrairement aux hommes de l'Occident. C'est aussi ce symbole politique qui explique la ferveur avec laquelle des femmes musulmanes ont accepté de porter le voile. Ce n'est pas par attachement à l'islam mais à l'islamisme ou à l'islam traditionnel, et en signe de défi aux valeurs occidentales, qu'un certain nombre d'entre elles se sont mises à remettre le hidjab, alors que cette coutume avait presque disparu. Certaines musulmanes avaient réussi à ouvrir la voie en jetant leur voile à la mer, pourtant le port du voile – le plus ostensible et le plus envahissant possible – a refait son apparition dès la seconde moitié du XXᵉ siècle, en signe de défi à l'Occident colonisateur et à ses valeurs. Le prétexte religieux doit alors bien être compris comme étant avant tout la manifestation d'une fierté identitaire et politique davantage que religieuse. Quand bien même une femme musulmane souhaiterait respecter la recommandation formulée par le Prophète, pourquoi ne porte-t-elle pas une casquette ou une perruque ? Pourquoi est-elle obligée de subir la burka ou le tchador, des vêtements sombres recouvrant le corps de la tête aux pieds même par 40 degrés à l'ombre ? Qaradhawi est là pour préciser ce point qui aurait pu faciliter la vie des femmes modernes : « Ce vêtement ne doit pas ressembler à ce que portent les mécréantes, les juives, les chrétiennes et les idolâtres. L'intention d'imiter ces femmes est interdite en islam qui tient à ce que les musulmans se distinguent et soient indépendants dans le fond et dans la forme. C'est pourquoi il a ordonné de faire le contraire de ce que font les mécréants. »

Cet exemple est révélateur du fait que, malgré leurs ambitions affichées, les fondamentalistes musulmans voient moins l'intransigeance religieuse comme un moyen de suivre sincèrement l'exemple de Mahomet que comme un instrument de défi et de résistance aux valeurs occidentales. Leur discours est constamment à géométrie variable selon les époques et les besoins. Ainsi, lorsqu'il n'était pas encore question de défier l'Occident mais au contraire de rassurer les femmes susceptibles de l'aider à prendre le pouvoir contre le Shah, voilà ce que déclarait Khomeyni : « La femme n'a absolument aucune différence avec l'homme. » Et il ajoutait : « Selon l'islam, la femme doit être voilée mais elle n'est pas obligée de porter le tchador. Elle peut choisir n'importe quel vêtement qui lui servira de voile[1]. » À l'époque, le futur ayatollah promettait même aux femmes le droit à l'éducation, la liberté de voyager et le droit à l'activité économique. Autant de promesses qu'il s'est empressé de bafouer une fois sa dictature théocratique installée. Moins d'un mois après son arrivée au pouvoir, le 7 mars 1979, Khomeyni adopte le slogan « le voile ou un coup sur la tête ». Quant à son successeur, Khatami, bien qu'il

---

1. KIAN-THIÉBAUT Azadeh, « L'islam, les femmes et la citoyenneté », art. cité.

ait promis d'incarner le changement, il n'a jamais remis en question cette politique. Au contraire, ses deux conseillères femmes, Massoumeh Ebtekar et Zahra Chodja'i, ont confirmé le tchador comme « vêtement national supérieur des femmes iraniennes [1] ».

Il ne faut jamais céder à la naïveté qui consisterait à sacraliser la parole des intégristes, simplement parce qu'il s'agit de leaders religieux ultra-rigoristes. Qu'ils soient hommes ou femmes, les intégristes sont toujours des politiciens ou des militants avant d'être des croyants. Ils ne sont ni infaillibles ni dénués de stratégies personnelles. Ce sont même des traits de caractère que l'on retrouve chez tous les intégristes. Ironiquement, de toutes les inspirations intégristes, le fondamentalisme musulman sunnite est sans doute celui qui présente le plus de similitudes avec le fondamentalisme protestant américain. Probablement parce que ces deux confessions sont construites sur un mode horizontal, sans hiérarchie centralisatrice, là où le catholicisme et le judaïsme se régulent de façon plus verticale. Comme les fondamentalistes protestants, les islamistes ont l'art de sélectionner ce qui les arrange dans les textes. Comme eux, ils se présentent comme les champions de l'esprit originel de ces commandements pour mieux les instrumentaliser. Ils refusent de les voir actualisés quand il s'agit de soutenir le progrès social, mais sont prêts à les

---

1. IRNA, 8 mai 1998, cité par Maryam RADJAVI, *La Misogynie : le pilier du fascisme religieux*, op. cit.

tordre dans tous les sens si cela peut servir leurs ambitions réactionnaires. Mais à la différence du fondamentalisme protestant, très vite repéré comme une tentative réactionnaire, le fondamentalisme musulman a réussi à brouiller les cartes en prétendant faire cette démarche au nom de la « réforme » supposée débarrasser l'islam de ses coutumes dévoyant le message originel. Cette apparence de réformisme – toute stratégique – repose pourtant sur un vrai faux pari.

Retour aux fondements ou stratagème intégriste ?

En théorie, puisque le pire de l'islam semble être le fruit des traditions et non du Coran, le fondamentalisme musulman – de par sa volonté d'appliquer une Charia originelle s'inspirant uniquement des commandements et des actes du Prophète – peut donner l'impression de représenter un progrès, notamment pour les droits des femmes. En réalité, le fait de se présenter comme les champions de la réforme antitradition fait partie de ces stratagèmes permettant aux islamistes d'esquiver la critique. Leur volonté réformiste est terriblement trompeuse. Si le statut de la femme peut se trouver légèrement amélioré sur certains points – excision moins profonde, divorces plus souvent prononcés, polygamie réduite – il ne faut pas perdre de vue que ces concessions se feront dans le cadre d'un retour général à une vie sociale archaïque, peuplée d'interdits, calquée sur la vie observée au VIIe siècle et sans possibilité d'évolution aucune.

Arrêtons-nous un instant sur les sources de ce fondamentalisme. Son maître à penser, Ibn Taymiyya, est un théologien qui a vécu au XIVe siècle. Il est alors le principal penseur de l'une des quatre écoles juridiques sunnites : l'école hanbalite, connue pour être la plus orthodoxe[1]. En temps normal, les sources du droit islamique sont relativement variées et permettent une véritable capacité d'adaptation. Les sources principales sont constituées par le Coran (livre sacré, perçu comme révélé), la Sunna (la Tradition des Hadiths, rédigés par des témoins directs des dires et des actes du Prophète), mais aussi l'*ijmâ'* (le consensus de l'opinion), le *qiyâs* (le jugement selon l'analogie juridique). S'y ajoutent des sources complémentaires comme *Al-istihsân* (le fait de pouvoir dévier d'une règle établie au nom d'un précédent au profit d'une règle justifiée par une raison légale), *Al-istiçlâh* (le jugement sans précédent motivé par l'intérêt public, même si le Coran ou la Sunna n'y font pas explicitement référence) et *Al-'urf* (la coutume et l'usage d'une société). En théorie, la variété de ces sources permet à l'islam d'épouser les besoins de ses contemporains avec une remarquable capacité d'adaptation, lui évitant – peut-être plus qu'une autre religion – la sclérose. Mais dans sa rigueur fondamentaliste, l'école hanbalite coupe toute possibilité d'évolution en réduisant

---

1. Son fondateur, Ahmad ibn Hanbal (mort en 855), s'est surtout distingué pour avoir restreint les sources du droit islamique au strict minimum.

les sources légitimes du droit islamique, la Charia, au seul Coran et à la seule Sunna ; soit à des commandements et des prescriptions transmis du temps du Prophète, au VIIᵉ siècle, ou dans le siècle qui a suivi – lorsque les témoins de ses dires et de ses actions se sont appliqués à les consigner sous forme de Hadiths[1]. Suivre à la lettre le Coran et la Sunna suppose une foi littéraliste qui fige l'esprit d'un texte pourtant difficilement interprétable sans son contexte. Le Coran est un récit qui se répète souvent et parfois se contredit. La règle de l'abrogation donne raison au dernier verset qui a parlé. Or la compilation de ces versets n'a pas été réalisée du vivant du Prophète mais sous le troisième calife (Othman) et celui-ci semble avoir préféré un assemblage allant de la sourate la plus longue à la plus courte, sans le moindre souci de cohérence chronologique. Sa sélection s'est également avérée partiale, ce qui lui a valu la haine de certains de ses contemporains. D'après les chroniqueurs, il aurait fait recopier certains versets mais détruire d'autres n'allant pas dans le sens de sa politique. Ce contexte ne trouble pas outre mesure les intégristes qui feignent de l'ignorer pour mieux sacraliser leurs diktats.

En réduisant les sources de la Charia aux textes primitifs, sans possibilité d'évolution, la dernière-née des quatre écoles juridiques sunnites, l'école

---

1. Si leur collecte a commencé au VIIIᵉ siècle, ce n'est qu'au Xᵉ siècle, sous le règne finissant mais glorieux des Abbassides, que des intellectuels finirent de les assembler. Dès cette époque, l'exégèse coranique fait débat au sein des intellectuels, venus de disciplines différentes et qui tentent d'apporter leur contribution au regard de leur culture.

hanbalite, pose les jalons d'une vie sociale ne devant jamais décoller du VIIe siècle. Si Ibn Taymiyya ne faisait que s'inscrire dans cette vision réductrice et figée de la Charia, il ne serait qu'un hanbalite de plus, mais il ajoute un élément qui va faire basculer le rigorisme hanbalite dans un fondamentalisme propice à tous les excès : il restaure le recours au jugement personnel (*Al-ijtihâd*) comme moyen de compléter le Coran et la Sunna. Pour cela, il remet à l'honneur ce Hadith rapporté par Mu'âdh Ibn Jabal, désigné par le Prophète pour être juge au Yémen. Le Prophète lui demanda : « Selon quoi vas-tu juger ? » Il répondit : « Selon le Livre de Dieu. » « Et si tu n'y trouves rien ? » « Selon la Sunna du Prophète de Dieu. » « Et si tu n'y trouves rien ? » « Alors je m'efforcerai de former mon propre jugement. » Le Prophète dit alors : « Loué soit Dieu qui a guidé le messager de Son Prophète vers ce qui plaît à Son Prophète. » Cette possibilité d'interpréter directement le Coran et la Sunna n'est pas en soi une démarche intégriste. Au contraire, le recours au raisonnement personnel fait avant tout partie des instruments utilisés par les réformateurs modernistes souhaitant interpréter l'islam en fonction des nouveaux défis posés par la modernité. Mais dans la restauration du jugement personnel tel que l'entend Ibn Taymiyya celui-ci n'a pas pour but de « moderniser les doctrines de l'islam, mais au contraire de retourner à la pratique de la communauté primitive[1] ».

---

1. GIBB, *Muhammadanism*, New York, New American Library, 1955, p. 73-74.

Loin d'être une source de souplesse, la restauration d'*Al-ijtihâd* associée à la plus pure orthodoxie a ouvert la voie à toutes les interprétations arbitraires et abusives au cœur de l'islamisme. Si l'école hanbalite est en soi déjà fondamentaliste – puisqu'elle limite les sources du droit aux seuls faits et dires du Prophète – son fondamentalisme avait peu de chances de pouvoir épouser une cause politique contemporaine du fait même de cette rigidité. Hanbal lui-même souhaitait limiter au maximum le recours au jugement personnel, ce qui laissait peu de place à des aspirations politiques. Ibn Taymiyya, au contraire, ouvre la boîte de Pandore. En reprenant le fondamentalisme archaïque de l'école hanbalite mais en y ajoutant une dose de souplesse, il la rend propre à épouser les contours du premier projet politique venu.

En fait de progressisme, cette marge de manœuvre a surtout permis aux fondamentalistes d'adapter les textes en fonction de leurs désirs d'hommes. Leur intransigeance sexiste vient alors s'ajouter au poids des traditions – qu'il est facile d'accuser de tous les maux. Un échange de courrier intervenu sur le site Internet de la Jamaat-i-Islami, une organisation islamiste pakistanaise, en témoigne. Une Américaine convertie y raconte son désarroi : après avoir dû appeler la police pour être protégée de son mari – musulman et pratiquant – qui abusait d'elle et la maltraitait, elle s'est vue mise au ban de la communauté musulmane. Embarrassé, le responsable de l'organisation pakistanaise lui fait cette réponse : « Puisse Allah vous bénir grâce aux nobles enseignements de l'islam et vous sauver de ce que l'on nomme des Traditions musulmanes[1]. » Pourtant cette fois, ce n'est pas dans la tradition mais bien dans le Coran que l'on trouve une incitation à battre les femmes désobéissantes : « Celles dont vous aurez à craindre la désobéissance, vous les reléguerez dans des lits à part, vous les battrez ; mais, dès qu'elles vous obéissent, ne leur cherchez point querelle. Dieu est élevé et grand[2]. » Cet art d'esquiver la critique en mettant systématiquement sur le compte de la tradition des torts imputables à l'islam politique montre bien que la réforme de l'islam par le fondamentalisme est une impasse... puisqu'elle ne remet pas en question l'utilisation politique de la religion. Tous ceux qui refusent de replacer les préceptes de Mahomet dans leur contexte historique et social ne font que tirer la vie en société vers le Moyen Âge. À force de perpétuer des commandements vieux de plusieurs siècles, ils portent la responsabilité d'entretenir une violence domestique et politique anachronique. Voici ce que Youssef Qaradhawi recommande aux jeunes musulmans vivant en Europe dans *Le Licite et l'Illicite en islam*, un ouvrage parfaitement contemporain : « Quand le mari voit chez sa femme des signes de fierté ou d'insubordination, il lui appartient d'essayer d'arranger la situation avec tous les moyens possibles en commençant par la bonne parole, le dis-

---

1. Extrait du site http://www.jamaat.org/qa/wabuse.html. Selon les régions, le *j* se prononce *dj* (au Maghreb), *g* (en Égypte) ou *j*. « Gamaat » ou « Jamaat » se retrouvent l'un et l'autre dans le texte selon l'appellation que le groupe s'est choisie.
2. Sourate IV (« Les femmes »), 38, *Le Coran*, édition du CED.

cours convaincant et les sages conseils. Si cette méthode ne donne aucun résultat, il doit la bouder au lit dans le but de réveiller en elle l'instinct féminin et l'amener ainsi à lui obéir pour que leurs relations redeviennent sereines. Si cela s'avère inutile, il essaie de la corriger avec la main tout en évitant de la frapper durement et en épargnant son visage[1]. » Malheureusement pour les intégristes, l'incitation à battre sa femme est à peu près le seul passage du Coran à la hauteur de leurs espoirs antiféministes. Heureusement pour eux, leur fondamentalisme ne va pas jusqu'à refuser le recours aux Hadiths, où il puise ce qui leur manque pour justifier leur vision sexiste de l'islam.

C'est en se référant à un Hadith – retenu par certains mais réfuté par d'autres – qu'Hassan al-Banna refuse d'accorder aux femmes le droit de prier à la mosquée. En revanche, il a visiblement choisi d'en ignorer un autre disant que la recherche du savoir est une obligation pour tout musulman et toute musulmane[2]. Selon lui, une femme ne doit pas être éduquée en dehors de ce qui pourrait être utile « à sa mission et à sa fonction pour laquelle Dieu l'a créée : la gestion du foyer et l'éducation de l'enfant[3] ». Cette façon de trier parmi les Hadiths n'est qu'un exemple parmi d'autres du pouvoir politique que confère le fait de pouvoir s'y référer. Cette réserve

---

1. Ibn Sa'd cité par Youssef QARADHAWI, *Le Licite et l'Illicite en islam, op. cit.*
2. Voir BABÈS Leïla, « L'identité islamique européenne d'après Tariq Ramadan », *Islam de France,* nº 8.
3. Cité par Tariq RAMADAN, *Être musulman européen. Étude des sources islamiques à la lumière du contexte européen, op. cit.*, p. 11.

quasi inépuisable d'anecdotes rapportant les actes et les propos du Prophète – de façon plus ou moins identifiée – permet de couvrir un champ inouï de sujets. Malgré la science censée entourer leur étude, calquer le droit sur la tradition des Hadiths demande que l'on n'ait aucun doute quant à leur exactitude et leur origine. Pourtant, à force d'allégorie, leur formulation est souvent opaque et leur nombre lui-même varie entre 40 000 et 300 000. « En réalité, les Hadiths sont très souvent apocryphes et reflètent les préoccupations et les choix des musulmans aux premiers siècles de l'islam », explique Françoise Micheau[1]. De même, leur interprétation, à des siècles de là, reflète surtout les préoccupations et les choix des musulmans contemporains. N'importe quel imam peut dénicher n'importe quel Hadith et l'interpréter à sa guise, ce qui ouvre la porte à toutes les dérives. Mieux encore, lorsque la boîte de Pandore est vide, la rigueur affichée par les fondamentalistes ne les empêche nullement de faire travailler leur propre imagination...

Quand le Coran ne suffit plus,
il reste l'inspiration personnelle...

Puisque le Coran n'est pas toujours à la hauteur de leurs ambitions sexistes, les fondamentalistes musulmans redoublent d'efforts pour produire une

---

1. MICHEAU Françoise, *Les Pays de l'islam, VIIe-XVe siècles*, La Documentation française, février 1999.

littérature justifiant le maintien de la domination masculine. Afin de mieux terroriser les musulmanes, un mollah iranien a propagé cette fable censée rapporter les propos du Prophète lors de son ascension au Paradis : « J'ai vu une femme pendue par les cheveux et dont le cerveau bouillait parce qu'elle ne s'était pas couvert la tête. J'ai vu une femme pendue par la langue et l'eau bouillante de l'Enfer se déversait dans sa gorge parce qu'elle avait irrité son mari. J'ai vu une femme dans un four brûlant, pendue par les pieds parce qu'elle était sortie de chez elle sans la permission de son mari[1]... » Lorsque l'imagination ne suffit plus, comme tous les théoriciens à bout d'arguments les islamistes cherchent dans la nature les signes d'un ordre divin pouvant expliquer l'infériorité des femmes[2]. Avec un certain sens de la métaphore, le professeur Jamal, un scientifique proche du ministère de la Santé du Koweit, semble avoir trouvé le fin mot de l'histoire en observant le corps d'une femme : « La femme est comparable à une bouteille dont la cassure est irréparable[3]. » L'ancien président des mollahs iraniens, Akbar Hachemi Rafsandjani, est allé plus loin encore dans l'explication biologisante censée démontrer l'infériorité des femmes : « La différence en taille, en vitalité, en

---

1. Bagher Majlessi Mollah Mohammad, « Hayat-al-Qoloub ».

2. On se référera aux textes de Colette Capitan et Colette Guillaumin qui ont parfaitement analysé la manière dont on parle des femmes en politique. Capitan Colette, Guillaumin Colette, « L'ordre et le sexe. Discours de gauche. Discours de droite », *Futur antérieur*, 1992, nº 9, p. 44-51.

3. Ahmad Mohammad Jamal (1973), cité et traduit par Ghassan Ascha dans Ascha Ghassan, *Du statut inférieur de la femme en islam*, Paris, L'Harmattan, 1989, 238 pages.

voix, en développement, en qualité musculaire et en
force physique entre un homme et une femme
montre que les hommes sont plus forts et plus
capables dans tous les domaines... Le cerveau des
hommes est plus grand... Ces différences affectent
la délégation des responsabilités, des devoirs et des
droits[1]. » Une chose est sûre, c'est au nom d'obser-
vations biologiques voire racistes que des hommes
attribuent des fonctions sociales inférieures aux
femmes. Bien sûr, cette justification de la domination masculine ne prend pas toujours une forme aussi
tranchée. Comme les intégristes chrétiens ou juifs,
les intégristes musulmans ont appris à déguiser leur
conception misogyne sous les atours du respect dû à
la « nature féminine » : « Toutes les femmes aiment
à être dirigées... La supériorité spirituelle des
hommes sur les femmes a été conçue par mère Nature », nous dit l'un des théoriciens de l'islamisme iranien, Morteza Motah-Hary[2].

Ce recours à « mère Nature » a ceci de pratique
qu'il confère un semblant de caution scientifique ou
biologique là où le spirituel ne convainc pas toujours. Il peut s'imposer avec la force de l'évidence
à ceux qui ne font pas l'effort de la réflexion, même
s'il a le tort de s'effondrer dès qu'on y objecte des
contre-exemples. Question : si c'est par nature que
les femmes sont plus faibles, comment se fait-il que
certaines femmes soient plus musclées que certains
hommes ? Si ce sont leurs hormones qui les guident

---

1. Cité par Maryam RADJAVI, *op. cit.*
2. « L'ordre des droits des femmes dans l'islam », cité par Maryam
RADJAVI, *op. cit.*

vers la soumission et les emplois subalternes – comme secrétaire plutôt que chef d'entreprise –, comment se fait-il que certaines femmes soient juge, patron ou présidente ? N'est-ce pas que la nature leur permet d'être l'égale des hommes ? Heureusement Ghazali[1], un théologien opposé aux droits des femmes, a une explication qui permet de mettre sa théorie à l'abri de toute contradiction empirique : « Nous savons que chez certaines femmes les hormones mâles peuvent devenir prédominantes au point qu'il leur arrive de se rebeller contre la nature de la femme et de pouvoir participer, avec les hommes, aux tâches difficiles[2]. » On ne comprend pas bien en quoi le fonctionnement hormonal des femmes actives est moins « naturel » que le fonctionnement hormonal des femmes passives mais on mesure combien ce type d'arguments présente l'avantage de pouvoir tantôt justifier la soumission

---

1. À ne pas confondre avec le célèbre théologien persan du XIe siècle. Né en 1917, le Ghazali qui nous concerne ici raconte pourquoi il porte le même nom que son prestigieux homonyme : « Mon père, puisse Allah bénir son âme, aimait le cheikh de l'islam Abu Hamid al-Ghazali. [...] Il m'appela Muhammad al-Ghazali à la demande de l'imam Abu Hamid, qu'Allah lui fasse miséricorde, qu'il vit en songe. Cependant, bien que son nom soit associé au mien, il n'est pas forcément associé à mon école de pensée [...]. Si al-Ghazali a l'approche d'un philosophe et Ibn Taymiyya celle d'un juriste, alors je me considère comme un élève des deux écoles, celle de philosophie et celle de jurisprudence islamique. » Ayant suivi un cursus religieux, Ghazali est marqué par l'exécution de Hassan al-Banna, le fondateur des Frères Musulmans. « Ce qui me marqua le plus, c'est le martyr, l'imam Hassan al-Banna. Il fut un savant en religion – au plus haut niveau qui existait en matière d'Aquida (credo) et Shariah (législation islamique). » Il sort diplômé d'Al Azhar en 1942.

2. GHAZALI Mohammad al, *Les Droits de l'homme*, 1963. La citation a été traduite par Ghassan Asha. ASHA Ghassan, *Du statut inférieur de la femme en islam, op. cit.*

des femmes et tantôt leur capacité à aider les hommes... Notamment dans leur lutte contre les droits des femmes.

Les intégristes juifs, chrétiens et musulmans ne partagent pas seulement le goût de la domination masculine, ils ont également en commun de ne pas vouloir se priver de toutes les bonnes volontés, fussent-elles féminines. De même que le mouvement des Promise Keepers dispose d'un groupe de femmes, de même que le Front national compte un Cercle national des femmes d'Europe, une organisation aussi ouvertement patriarcale que les Frères Musulmans peut se vanter d'avoir ouvert une branche féminine dès 1944 : les Sœurs Musulmanes. Précisons tout de même que ces Sœurs ont comme mission prioritaire de lutter contre l'émancipation féminine, comme l'indique un extrait de son règlement : « Lutter contre les innovations, les inepties, les mensonges, les pensées erronées, les mauvaises habitudes qui se répandent et qui se sont diffusés parmi les femmes » – sous l'effet de l'occidentalisation bien sûr [1]. Même un islamiste aussi radical que Mawdudi, le père du fondamentalisme pakistanais, a un temps prêché la nécessité d'apprendre aux femmes à se battre aux côtés des hommes... lorsqu'il voyait se profiler la guerre d'indépendance : « Nous sommes en face d'un pouvoir oppressif qui n'hésite pas à franchir les limites de l'humanité. Il est donc

---

1. Cité comme un exemple de l'ouverture d'esprit des Frères Musulmans concernant les femmes par Tariq RAMADAN, *Aux sources du renouveau musulman. D'al-Afgani à Hassan al-Banna, un siècle de réformisme islamique*, Lyon, Tawhid, 2002, note p. 329.

nécessaire que nous préparions les femmes aussi à
la défense. [...] Elles ne devraient pas seulement pouvoir se défendre elles-mêmes, mais en cas de besoin
pendant une guerre, pouvoir partager le travail des
hommes[1]. » Bien sûr, l'homme promet de remettre
les femmes à leur place sitôt un véritable État islamique instauré. Un retour à la maison que Mawdudi,
stratège, s'empresse de déguiser en respect de la
féminité propre à distinguer l'Islam de l'Occident
colonisateur : « La différence entre nous et l'Ouest
est que la civilisation occidentale ne donne des droits
aux femmes que si elles deviennent une synthèse des
hommes et prennent des responsabilités d'hommes.
La civilisation islamique donne à la femme tout le
respect, l'honneur et les droits tout en lui permettant
de demeurer une femme. » Est-il besoin de rappeler
que c'est au nom de cette vision « respectueuse » des
femmes que l'Iran ou l'Arabie saoudite traitent les
femmes comme ils le font ?

Arabie saoudite : de l'intégrisme au sexisme d'État

Depuis la fin du régime des talibans, la palme de
la persécution en raison du genre revient sans
contexte à l'Arabie saoudite. Prendre le temps de
détailler la manière dont ce pays gouverne les droits
des femmes au nom d'une vision particulièrement
rigoriste de l'islam nous renseigne sur l'impact,

---

1. Mᴀᴡᴅᴜᴅɪ Sayyid Abdul al-, *Come let us Change this World*, Markazi Maktaba Islami (Delhi), p.112-113, 1353 après l'Hégire, soit 1975.

concret et quotidien, que peut avoir l'intégrisme musulman lorsqu'il n'est plus seulement revendiqué par des groupes mais par un État.

L'Arabie saoudite n'est pas n'importe quel pays musulman. C'est le pays de La Mecque, une monarchie où le pouvoir repose autant sur la religion que sur l'afflux des pétrodollars. À ceux qui voient le capitalisme comme un puissant moyen de démocratisation, l'histoire de ce pays oppose un démenti cinglant. Là où l'économie de marché a poussé comme autant de gisements de pétrole, la situation des femmes est restée l'une des plus archaïques au monde. Comme beaucoup de mouvements islamistes, le wahhabisme – l'islam prôné par la famille royale saoudienne – prétend dépasser les quatre écoles juridiques sunnites au profit d'une Charia intransigeante mais originelle ; ce qui a pour effet de maintenir les femmes dans une société patriarcale vieille de treize siècles. La discrimination des femmes est élevée au rang d'institution et il n'existe aucune possibilité de recourir à l'État pour s'en protéger[1].

C'est sans doute dans le domaine du droit de la famille que la différence de statut entre les hommes et les femmes est la plus flagrante. Aux termes de la législation saoudienne, un homme peut non seule-

---

1. Ce qui suit est largement inspiré du rapport produit par Amnesty International : « Le triste sort réservé aux femmes en Arabie saoudite ». Nous avons aussi été surprises de constater que des quotidiens, notamment *Arab News*, s'insurgent régulièrement contre les discriminations faites aux femmes. C'est le cas du chef du bureau de Riyad, Raid Saud Qusti, qui publie tous les mercredis un éditorial critiquant le frein à l'évolution des mœurs.

ment épouser jusqu'à quatre femmes, mais il peut divorcer instantanément. À l'inverse, une femme n'a bien sûr pas le droit de prendre plusieurs époux et elle ne peut divorcer qu'après avoir démontré le bien-fondé de sa demande devant un tribunal. Le divorce lui est accordé dans les cas suivants : si le mari n'a pas subvenu aux besoins de son épouse ; s'il a refusé à sa femme l'exercice de ses droits conjugaux ; s'il a fait preuve d'une extrême cruauté ; s'il s'est montré infidèle ; s'il est atteint d'impuissance ou frappé d'incapacité ; s'il a abandonné son épouse pendant trois ans. Bien entendu, les pressions sociales découragent bien souvent les femmes d'engager une telle procédure. Selon le docteur Abdullah bin Sultan al Sabii, professeur de psychologie saoudien : « Toute femme craint de divorcer, de se retrouver sans mari et d'être accusée d'avoir détruit son foyer... Elle est également forcée par sa famille d'accepter la situation [de violence domestique] car le mariage constitue dans notre pays un lien entre deux familles. [...] En outre, les membres de notre société tribale se connaissent les uns les autres et les femmes craignent le scandale [1]. » Malgré cette pression sociale, une étude du département de sociologie de la King Saud University de Riyad montre que les tribunaux islamiques prononcent 12 775 divorces par an. La plupart surviennent lors des trois premières années de mariage et concernent des femmes qui ont été mariées avant l'âge de vingt ans. La principale raison des divorces étant le refus de la polygamie, à

---

1. *Al Majalla*, n° 1063, 25 juin-1er juillet 2000, p. 27.

55 %[1]. En cas de divorce, les femmes ne peuvent bénéficier de la garde des enfants que jusqu'à l'âge de sept ans pour les garçons et de neuf ans pour les filles. Elles ne peuvent compter sur une pension alimentaire de la part de leur mari que durant trois mois, délai au terme duquel elles doivent faire appel à leur famille ou à la charité d'autrui[2].

Bien entendu, la discrimination et la ségrégation dont sont victimes les femmes dans la sphère privée trouvent naturellement écho dans la sphère publique. En terre wahhabite plus qu'en aucune autre, la ségrégation sexuelle commence dès l'enfance. Bien qu'ayant ratifié la convention de l'UNESCO – censée lutter contre la discrimination dans le domaine de l'enseignement[3] – le gouvernement saoudien applique un système éducationnel non seulement séparé mais différencié selon le sexe. Deux ministères distincts (l'un pour les filles et l'autre pour les garçons) sont chargés de l'éducation. L'article 153

---

1. *Arab News*, 4 septembre 2002.

2. Au moment du mariage, l'époux verse à sa femme une dot, que celle-ci doit conserver et ne pas utiliser pour subvenir aux besoins de la famille. Cet argent revient à l'épouse en cas de divorce et peut lui apporter une certaine sécurité financière si elle ne dispose pas d'autres moyens de subsistance.

3. L'article 2 de cette convention spécifie que la création ou le maintien de systèmes ou d'établissements d'enseignement séparé pour les élèves des deux sexes ne constituent pas en soi une violation de la convention « lorsque ces systèmes ou établissements présentent des facilités d'accès à l'enseignement équivalentes, disposent d'un personnel enseignant possédant des qualifications de même ordre, ainsi que de locaux scolaires et d'un équipement de même qualité, et permettent de suivre les mêmes programmes d'études ou des programmes d'études équivalents ». Ce qui n'est pas le cas en Arabie saoudite, où cette ségrégation se traduit souvent par une inégalité de traitement et de chances au détriment des femmes.

de la Politique du Royaume d'Arabie saoudite résume bien la politique menée en matière d'éducation des filles : « L'éducation dispensée à une fille vise à lui apporter un enseignement islamique satisfaisant afin qu'elle puisse devenir une maîtresse de maison accomplie, une épouse exemplaire et une bonne mère... » L'article 154 précise : « L'État est responsable de l'éducation des filles et fournit dans la mesure du possible tous les moyens nécessaires pour satisfaire aux besoins de toutes celles qui atteignent l'âge scolaire pour leur permettre d'accéder aux disciplines correspondant aux dispositions naturelles des femmes. »

Malgré leurs « dispositions naturelles » visiblement handicapantes, malgré surtout les nombreux obstacles que le gouvernement met sur leur route, les femmes représentent tout de même 55 % des diplômés d'université du pays [1]. Mais cette réussite ne trouve guère l'écho qu'elle devrait sur le marché de l'emploi [2]. On estimait à 7,3 % la part des femmes dans la population active en 1980 [3] et à 5,5 % au milieu des années 90. Selon certaines sources, les femmes ne représentent que 2 % de la population

---

1. Voir US Department of State, *Saudi Arabia Country Report on Human Rights Practices for 1998* (Département d'État des États-Unis. Rapport sur la situation des droits humains en Arabie saoudite en 1998), publié le 26 février 1999.

2. « Educated for indolence, thousands of Saudi women get university degrees. Few get jobs » (Formées à l'indolence, des milliers de femmes saoudiennes obtiennent des diplômes universitaires. Peu d'entre elles trouvent des emplois), Hirst David, *The Guardian*, édition du 3 août 1999.

3. Arabie saoudite, ministère de la Planification, *IIIᵉ Plan de développement (1980-1985)*, Riyad, 1980, p. 3-7.

active – et encore si l'on y inclut les 6 millions de travailleurs migrants. Ce ne sont pourtant pas des « dispositions naturelles » qui sont à l'origine de cet écart considérable entre le pourcentage de femmes diplômées et celui de femmes trouvant un emploi. Les femmes savent marcher et conduire mais des décrets, édictés par des hommes au nom de la Charia, leur interdisent cette liberté de déplacement. Cette contrainte est plus difficile à contourner selon que l'on soit riche ou moins riche. Les femmes les plus aisées peuvent se faire conduire par un chauffeur mais les autres sont dépendantes du bon vouloir de leur mari ou de n'importe quel homme de leur famille susceptibles de les accompagner chaque matin à leur travail. Même lorsqu'elles parviennent à résoudre ce problème, un autre obstacle érigé au nom de la religion les attend. L'article 160 du Code du travail saoudien indique qu'elles doivent être préservées du regard des hommes, ce qui débouche sur une peur traumatique de la mixité au travail : « La mixité sur le lieu du travail ouvre la porte grande devant la tentation *(fitna)* ; les relations conjugales s'en trouvent détériorées non seulement en raison du tête-à-tête illicite entre les hommes et les femmes, fréquent sur les lieux de travail, mais aussi à cause de la relation qui s'établit entre les hommes et les femmes du fait de la mixité[1]. » Ainsi, celles qui parviennent à exercer une profession travaillent dans des environnements cloisonnés ou réservés aux

---

1. Ahmad Kanaan Muhammad, *Les Fondements de la vie conjugale*, Paris, Éditions Maison d'Ennour, 2002, p. 186.

femmes : banques et universités pour femmes, services de santé et d'enseignement exclusivement destinés aux femmes et aux fillettes, etc.

La ségrégation ou la mort

La ségrégation imposée par l'État saoudien peut se révéler criminelle. Un événement survenu dans un lycée en mars 2002 en témoigne[1]. Dans ce lycée comme dans tous les établissements scolaires d'Arabie saoudite, les filles et leurs enseignantes sont enfermées dans un immeuble entouré de hautes murailles destinées à protéger leur pureté des regards masculins. Il n'y a qu'une sortie. En cas d'incendie, la procédure veut que la directrice appelle la présidence de l'Éducation féminine saoudienne pour obtenir l'autorisation d'appeler les pompiers. En mars 2002, un feu se déclare mais l'autorisation arrive trop tard : quinze jeunes filles sont retrouvées mortes, la plupart collées contre la porte de sortie, fermée de l'extérieur par le gardien. Cet homme de soixante-deux ans a préféré les laisser se consumer plutôt que d'enfreindre la loi religieuse en les laissant sortir sans autorisation. Malgré l'arrivée des pompiers, la police religieuse n'a pas donné l'autorisation de sortir aux jeunes filles parce que toutes n'avaient pas de voile à portée de main. Les policiers ont également interdit aux passants volontaires de se

---

1. « School tragedy should sound alarm bells », Qusti Raid, *Arab News*, 15 mars 2002.

porter au secours des fillettes pour éviter tout contact mixte[1] !

L'émotion suscitée par cette affaire a été immense dans le pays. C'est néanmoins sans un mot de regret ou de compassion pour les jeunes filles et leurs familles que le responsable de la présidence, le docteur Ali al-Murshid, a annoncé la nouvelle[2]. Dans *Arab News*, le journaliste Raid Saud Qusti proteste. Il dénonce l'archaïsme des procédures de sécurité. On apprend ainsi que 800 élèves étaient parquées et qu'il n'y avait qu'une porte d'entrée et de sortie, fermée de l'extérieur. En juillet, il publie un autre article, cette fois dans le *Washington Post*, où il explique : « La solution est claire : les hommes saoudiens doivent ouvrir leur esprit et élargir leurs horizons. La société saoudienne doit réaliser qu'elle ne peut pas se passer des talents et des capacités de la moitié de sa population si elle veut se développer et prospérer. Dans la plupart des pays du Golfe, des femmes ont des fonctions de ministre et d'ambassadeur. Sont-elles plus qualifiées que les femmes saoudiennes[3] ? »

Cet article n'a pas pu paraître dans *Arab News* mais la presse américaine est lue par l'élite saoudienne. Pourtant bien peu de voix s'élèvent en Arabie pour demander qu'il soit mis fin à cette

---

1. *BBC News*, 15 mars 2002 : l'information est aussi reprise dans *Saudi Gazette*, « Saudi religious police », 29 mars 2002.

2. Suite à cela, la présidence de l'Éducation féminine saoudienne a fusionné avec le ministère de l'Éducation – immense bouleversement pour la société saoudienne qui avait jusqu'à présent des systèmes éducatifs séparés pour les garçons et pour les filles.

3. « Our "female problem" », Qusti Raid, *Arab News*, 9 juillet 2002.

ségrégation. Les interdits patriarcaux ne reculent que lorsqu'ils gênent les intérêts financiers des hommes. En 1991, des dizaines de femmes ont protesté contre l'interdiction faite aux femmes de conduire. Elles ont défilé au volant de leur voiture dans les rues de Riyad. En guise de réaction, le ministère de l'Intérieur a transformé ce qui n'était qu'une interdiction traditionnelle en loi. Cette mesure a été suivie de l'adoption d'une fatwa interdisant formellement aux femmes de conduire. Les choses se passent tout autrement lorsque la discrimination des femmes nuit au commerce. En 1997, le ministère du Commerce s'est arrangé pour que l'industrie hôtelière puisse recruter des femmes pour l'organisation de dîners d'affaires [1], sans qu'aucune violation de la Charia ne soit invoquée. En Arabie saoudite, rien n'est jamais véritablement interdit pour les hommes d'affaires. À l'inverse, même si elles possèdent suffisamment de ressources financières pour se passer d'un emploi, les femmes sont constamment obligées de contourner la bureaucratie et ses règlements pour s'assurer un semblant d'indépendance économique. Aujourd'hui, elles détiennent 40 % des biens privés, possèdent 15 000 entreprises commerciales et sont 5 000 à être membres de la Chambre de commerce [2]. Cela n'est pas sans poser de question puisqu'un expert saoudien consulté par Amnesty International affirme que la tradition interdit à une femme d'entrer au

---

1. « Saudi women given green light in hotel industry » (Feu vert à l'embauche des femmes dans l'industrie hôtelière), JAVID Hassan, *Internet Arab View*, en anglais, 28 février 1997, 11 mars 1997.
2. *Saudi Gazette*, 23 octobre 1998.

ministère du Commerce, même pour accomplir les formalités nécessaires à toute activité économique. On imagine qu'il ne doit pas être trop difficile à une princesse royale de trouver un serviteur masculin pour effectuer ces démarches en son nom et la représenter dans le cadre de transactions commerciales, mais qu'en est-il pour les autres ?

Lorsqu'elles sont employées de maison, le sort des femmes s'apparente purement et simplement à de l'esclavage. Diah binti Didih, une jeune Indonésienne, n'avait que seize ans – une enfant selon la convention des Nations unies – lorsqu'elle est partie travailler en Arabie saoudite comme employée de maison. Selon le récit qu'elle fera aux représentants d'Amnesty International, son employeur l'a violée dès son arrivée : « Le mari me violait régulièrement ; il m'a fait des avances dès que j'ai commencé à travailler pour la famille. Il me frappait sur la tête et les épaules si j'essayais de lui résister et il me battait souvent sans aucune raison. Il me violait généralement quand sa femme était au travail. Outre les viols répétés que je subissais à peu près deux fois par semaine, et les coups sans provocation, il m'insultait sans cesse en me traitant de "souillon" et de "mocheté". » En plus des coups et des viols, son salaire ne lui était pas versé. Mais à qui s'adresser dans un pays qui méprise à ce point les droits des employés et qui érige la domination des femmes au rang d'institution ? « Je n'ai pas pensé à m'adresser à la police. De toute façon, je ne savais même pas où se trouvait le poste de police. Je n'ai pas eu un seul jour de congé en dix-sept mois, je ne suis pas sortie et j'étais enfermée dans la maison. » Comment aurait-elle pu espérer un soutien de la part de l'État dans un pays qui traite les non-Saoudiens comme des esclaves et les femmes comme des sous-êtres ?

Érigé en modèle par les plus hautes instances morales et juridiques, le sexisme d'État encourage les bourreaux en même temps qu'il prive les victimes de tout recours. Cette situation fait les délices du Comité pour la propagation de la vertu et la prévention du vice (CPVPV), chargé de veiller à ce que les codes de conduite soient rigoureusement respectés. Les membres de sa police religieuse, les Mutaween, sont connus pour leur brutalité. Ils n'hésitent pas à frapper toute personne surprise à ne pas prier aux heures de prière. Ils peuvent aussi décider d'arrêter ou même de battre toute femme qui aurait laissé voir ses chevilles ou son visage. Pour s'être aventurées dans un souk vêtues d'une *abaya* (robe longue traditionnelle), la tête couverte mais sans un voile cachant leur visage, une infirmière canadienne, Margaret Madil, et une amie ont vécu un véritable cauchemar. Nous sommes en avril 1993. Il fait très chaud et ce n'est pas encore le ramadan. Les deux femmes en profitent pour acheter un jus d'orange avant de héler un taxi lorsque deux policiers les interpellent brutalement. Après avoir confisqué leur carte de séjour, ils les enferment dans une pièce, jusqu'à ce qu'elles acceptent de signer un papier rédigé en arabe – qu'elles ne comprennent pas. Brutalisées – l'une d'elles a eu un œil au beurre noir –, ignorantes de ce qu'on leur reproche, elles sont transférées à la prison de Malaz : « Nous sommes restées deux jours dans cet endroit [avant d'être relâchées]. Nous n'avons pas eu le droit de téléphoner, bien que nous en ayons fait la demande à plusieurs reprises. Plusieurs semaines plus tard, le service de sécurité de l'hôpital a déclaré que les poursuites avaient été abandonnées. J'ai demandé de quoi nous avions été accusées. On nous a demandé de signer quelque chose. J'ai refusé. En fait, c'était une déclaration d'excuses pour avoir eu une conduite contraire à l'islam. »

Ce type d'arrestation arbitraire n'est pas rare. S'y ajoute le spectre permanent du risque de la condamnation à mort. En Arabie saoudite, la peine capitale est infligée pour un grand nombre d'infractions, y compris pour l'apostasie (avoir renié sa foi) ou certains comportements sexuels commis par des personnes consentantes. Autant de condamnations souvent proclamées à l'issue de procédures judiciaires non conformes aux normes les plus élémentaires d'équité. Bien entendu, les femmes sont les premières victimes de cet arbitraire meurtrier. Il arrive que la peine de mort soit infligée uniquement sur la base d'aveux non corroborés. Or en islam le témoignage d'une femme ne vaut pas celui d'un homme [1]. On imagine donc sans peine combien certains rapports de force sont perdus d'avance. À la connaissance d'Amnesty International, au moins 28 femmes ont été exécutées en Arabie saoudite depuis 1990. On ignore pratiquement tout de leur procès ou

---

1. Selon la sourate de la vache (II, 282), il est clairement dit qu'en matière de témoignage la parole d'un homme vaut celle de deux femmes.

même des raisons de leur condamnation[1]. Dans un pays où la famille royale vit des pétrodollars, l'oppression des femmes sert ainsi de symbole, destiné à montrer que le pays ne succombe pas à la modernité occidentale malgré les apparences.

L'Arabie des Saoud n'est pas la seule à instrumentaliser le sort des femmes de façon si meurtrière. L'Iran chiite n'a rien à envier à sa rivale sunnite dans ce domaine. Soi-disant réformateur, le régime de Khatami a rejeté la convention sur l'élimination de toutes les formes de discriminations contre les femmes et l'apartheid sexuel sévit toujours. En 1997 et 1998, le pays s'est même doté de nouvelles lois renforçant cette ségrégation dans les écoles et les hôpitaux, malgré les pétitions et les manifestations du corps médical[2]. De nombreux autres pays, même ceux se revendiquant d'une certaine forme de séparation entre la religion et l'État, appliquent la Charia et les coutumes patriarcales qu'elle sacralise. Ses oripeaux se retrouvent dans les codes personnels établis à la fin du XIXe siècle sur le modèle ottoman. Le code marocain, par exemple, a été établi en 1881 et n'a pas été modifié depuis. Il poursuit les femmes migrantes dans tous les pays où elles élisent domicile, y compris en Europe. La plupart des ressortissants étrangers de pays musul-

---

1. Parmi elles figurait Fatimah bint Abdullah, citoyenne saoudienne exécutée le 27 mars 1995 à Jizan, après avoir été accusée de tenir une maison de prostitution et détenu du *qat* (substance narcotique très utilisée dans la Corne de l'Afrique et dans certains pays du Moyen-Orient). Mukhtiara Khadem Hussein, ressortissante pakistanaise, a quant à elle été exécutée le 18 juillet 2000 à Djedda, pour trafic de stupéfiants.

2. En 1998, les forces de l'ordre ont chargé un rassemblement de 1 800 chirurgiens qui protestaient contre ces mesures.

mans vivant en France dépendent non pas du droit civil français mais du statut personnel de leur pays d'origine. C'est le cas des Marocaines vivant en France depuis une convention signée entre la France et le Maroc en 1981. Ainsi une femme marocaine musulmane vivant en France peut être considérée comme mineure dans certains cas – comme la conclusion de son mariage ou la gestion des biens de ses enfants – et majeure pour d'autres, comme l'administration de son patrimoine ou l'exercice de ses droits civiques.

Intégrisme privé contre intégrisme public

Dans son esprit comme dans ses références, l'intégrisme musulman ne se distingue pas fondamentalement des deux autres monothéismes. Le Coran n'a rien à envier au sexisme de la Bible ou de la Torah. Comme les juifs orthodoxes, les catholiques traditionalistes ou les fondamentalistes protestants, les islamistes se caractérisent par une volonté anachronique de maintenir les coutumes patriarcales les plus violentes enregistrées dans leur livre de référence. Tous poursuivent en fait des objectifs politiques ou des intérêts sous l'égide du sacré pour pouvoir continuer à profiter des avantages de la domination masculine. Or rien mieux que la religion ne permet de légitimer un pouvoir arbitraire. En s'appropriant le monopole de l'interprétation spirituelle, ils espèrent résister le plus longtemps possible à l'émancipation féminine ; l'ignorance entretenue des femmes étant le plus sûr moyen de pouvoir les manipuler, de les opprimer, sans jamais être contredits. L'association Femmes sous lois musulmanes a bien compris cet enjeu et distribue un commentaire du Coran traduit pour les femmes : *Pour nous-mêmes, des femmes lisent le Coran* [1]. Il est d'autant plus important que les musulmanes prennent conscience de cette manipulation grossière qu'elles sont celles qui paient le plus lourd tribut à l'intégrisme. Car, si les discours des extrémistes des trois religions du Livre sont extraordinairement similaires, c'est incontestablement du côté de l'impact de ces discours qu'il faut chercher un degré de différenciation entre l'intégrisme musulman et les autres. À l'évidence, aujourd'hui, lorsqu'on est une femme, il vaut mieux naître en Europe ou en Amérique qu'au Moyen-Orient ou au Maghreb. Ce constat tient au fait que les États musulmans sont les derniers à rendre la justice au nom de la religion. Quel serait le sort des citoyennes israéliennes si leur État se confondait avec Mea Shéarim ? La projection est assez facile à imaginer, des laïcs israéliens l'ont déjà fait : Israël ressemblerait à l'Iran.

La différence d'impact entre le sexisme exercé par des intégristes vivant en Israël et celui exercé par des intégristes vivant en Arabie saoudite tient au rôle joué par l'État. Dans un cas il s'interpose, dans l'autre il est complice. Dans un cas la religion justifie le politique, dans l'autre l'intérêt collectif prévaut sur les diktats d'une minorité – fût-elle religieuse. Les Israéliennes victimes de persécutions de la part

---

1. http://www.wluml.org

de juifs orthodoxes savent qu'elles peuvent demander à l'État de les protéger. Les femmes victimes du
sexisme des intégristes musulmans, elles, n'ont
aucun recours. En Arabie saoudite, l'État est leur
plus grand ennemi. À la différence de Mea Shéarim
ou de Saint-Nicolas-du-Chardonnet, qui ne sont que
des communautés, l'intégrisme musulman et ses préceptes misogynes exercent une pression directe, sans
contre-pouvoirs et par le biais d'un État, sur le quotidien des femmes du monde arabe et/ou musulman.
Voilà bien l'une des clefs expliquant le surcroît de
dangerosité de l'islamisme : il débouche sur une
contrainte juridique publique, là où les intégrismes
chrétien et juif agissent par le biais d'une contrainte
privée.

Unis contre les droits
reproductifs et sexuels

Le sexisme que partagent les intégristes juifs, chrétiens et musulmans se retrouve dans leur façon commune d'aborder la sexualité. Même si les textes religieux de chacune de ces religions sont finalement relativement muets ou confus sur ce chapitre, leurs interprètes les plus radicaux consacrent tous beaucoup d'énergie à maintenir des interdits sexuels. Il est vrai que rien plus que la sexualité ne fournit l'occasion d'apeurer puis de télécommander des êtres humains. En s'improvisant théoriciens du licite et de l'illicite dans un domaine aussi intime, les intégristes ont en commun de rechercher un pouvoir absolu sur la vie privée de leurs fidèles.

Dans les trois religions, cette mise sous terreur frappe plus durement les femmes que les hommes et plus violemment les homosexuels que les hétérosexuels. Mais elle s'exprime plus ouvertement chez les chrétiens que chez les juifs et les musulmans. D'abord parce que le christianisme est incontestablement la religion la plus pudibonde. Aussi et surtout parce que les groupes chrétiens radicaux agissent dans des pays comme la France ou les États-Unis, où la sexualité et l'avortement font partie du débat public, tandis que la loi du silence et du tabou règne encore dans les pays musulmans. Quant à Israël, ses intégristes ont souvent d'autres préoccupations. En d'autres termes, les intégristes chrétiens ont plus de grain à moudre dans le domaine des droits reproductifs et sexuels que leurs équivalents juifs ou musulmans, ce qui explique leur surcroît de visibilité. En revanche, dès que l'on se place sur un plan international, comme à l'ONU, les différences s'effacent au profit d'une union sacrée alliant les fondamentalistes protestants de la droite religieuse américaine, les militants *prolife* proches du Saint-Siège et les délégués des pays de la Conférence islamique. Tous unis contre les libertés reproductives et sexuelles au nom de la morale religieuse.

Codifier le désir
pour mieux contrôler les esprits

Même si les trois religions et leurs extrémistes divergent très légèrement quant à savoir si la sexualité doit être totalement régulée ou partiellement seulement, il est un point sur lequel ils sont unanimement d'accord : il doit s'agir expressément d'une sexualité à deux, entre homme et femme, et dans le cadre du mariage. Avant même d'être autorisés à avoir des rapports sexuels, les futurs époux doivent répondre aux critères, très sélectifs, du mariage religieux. Les juifs orthodoxes, par exemple, sont très stricts sur l'obligation d'endogamie. La judéité se transmettant uniquement par les mères, tout mariage entre un juif et une non-juive est susceptible d'être interprété comme une forme de trahison communautaire. À l'inverse, conformément à sa logique de conquête prosélyte, l'islam autorise les hommes musulmans à épouser des « femmes du Livre », juives ou chrétiennes, mais surtout pas athées ou « idolâtres ». Les musulmanes, elles, ne peuvent pas épouser des non-musulmans sous peine d'encourir la peine capitale. Chez les chrétiens intégristes, l'intransigeance concerne davantage l'impossibilité de rompre l'engagement marital et se traduit par une réelle hostilité au divorce. Entre ces deux obstacles, celui du mariage et celui de la rupture sous conditions, deux époux hétérosexuels pratiquant la même religion ne sont pas au bout de leurs difficultés en matière de codification sexuelle.

Sexualité = reproduction

Lorsque la sexualité est mentionnée dans le judaïsme, elle est immédiatement cadrée et contrôlée par des rites précis. L'interdiction d'avoir des rapports sexuels est souvent liée à la peur fantasmagorique des menstruations féminines exprimée par la Torah. Quand une femme a ses règles, le Lévitique

interdit à un homme de l'approcher[1] : « Lorsqu'une
femme éprouvera le flux (son flux, c'est le sang qui
s'échappe de son corps), elle restera sept jours dans
son isolement, et quiconque la touchera sera souillé
jusqu'au soir. » Suit une description précise et même
médicale de tout ce que le contact avec les règles
des femmes rend impur : le meuble sur lequel elle
s'assoit, son lit, et même les objets posés sur son lit.
Il est à noter que le même passage existe à propos
des hommes : « Tout homme qui a un flux [décou-
lant] de sa chair, son flux le rend impur. » Pourtant,
ce sont surtout sur les « écoulements » des femmes
et non des hommes que vont insister, avec hantise,
les commentaires rabbiniques : « Si une femme en
règles passe entre deux [hommes], si c'est au début
de ses règles, elle tuera l'un des deux, et si c'est
à la fin de ses règles, elle causera un conflit entre
eux[2]. »

Cette superstition stigmatisante est à l'origine
d'une incroyable littérature restreignant la vie
sexuelle et conjugale. À Paris, le mouvement des
Loubavitch distribue des brochures sur les lois de
pureté familiales expliquant qu'à partir du moment
où une femme a observé un écoulement de sang, elle
devient *nidda* et « doit s'abstenir de tout contact physique et de tout ce qui pourrait mener à ce contact
(ne pas dormir dans le même lit, etc.) ». La vie
commune ne peut reprendre qu'après un certain
nombre de rites extrêmement précis qui commencent

---

1. Lévitique xv, 19, *La Bible du rabbinat*, Éditions Colbo.
2. *Talmud de Babylone*, Pesachim, 111a.

par un examen interne : l'« Interruption de Pureté ».
« Pour cela, il lui faudra, tout d'abord, se laver soigneusement la région corporelle intéressée puis prendre un morceau de tissu blanc et souple, préalablement lavé, l'entourer autour du doigt et l'introduire en elle le plus profondément possible et le tourner dans tous les sens, le retirer ensuite et l'examiner à la lumière du jour pour voir s'il est entièrement propre, dépourvu de toute trace de sang. » La peur de voir le diagnostic faussé est telle qu'un second examen est recommandé : « Ceci fait, la femme introduit profondément en elle, avant le coucher du soleil, un autre morceau de tissu qu'elle maintiendra en elle jusqu'à l'apparition des étoiles. Elle examinera ce morceau de tissu "témoin" le lendemain matin, à la lumière du jour, pour voir s'il est resté totalement dépourvu de tache. » Si aucune trace de sang n'est constatée, la femme entre dans la phase dite des « sept jours de netteté », au cours de laquelle elle doit vérifier l'absence de taches de sang pendant toute la semaine. Ce n'est qu'à la fin des sept jours, et après avoir pris un bain de purification *(Mikvé)*, qu'elle peut reprendre une vie sexuelle avec son époux[1].

En dehors de ces recommandations extrêmement strictes concernant les menstruations, le judaïsme n'exprime pas à proprement parler une hantise de la sexualité. Les orthodoxes considèrent plutôt le sexe

---

1. Dans la Torah, l'immersion dans l'eau fait partie du rituel qui transforme une personne de l'état d'impureté ou tabou *(tamei)* à l'état de pureté *(tahor)*, marquant ainsi la transition de la mort à la renaissance.

comme naturel puisqu'il mène à la procréation. En principe, selon la tradition juive, les époux peuvent même continuer à avoir des relations sexuelles après la ménopause. En revanche, toute éjaculation en dehors du vagin d'une femme est clairement réprouvée. Les intégristes juifs condamnent la masturbation en se référant à l'histoire d'Onan rapportée par la Genèse[1]. Juda avait deux fils, Er et Onan, mais Er est tué par Dieu qui lui reproche sa méchanceté. Juda dit alors à Onan : « Épouse la femme de ton frère en vertu du lévirat, afin de constituer une postérité à ton frère. » En effet, dans la Bible, lorsqu'une femme est veuve, sa descendance peut être assurée par le frère du défunt mais Onan a du mal à l'accepter. « Onan comprit que cette postérité ne serait pas la sienne ; et alors chaque fois qu'il approchait de la femme de son frère, il corrompait sa voie, afin de ne pas donner de postérité à son frère. » Il subit la colère divine pour avoir choisi de se répandre en dehors du vagin de sa belle-sœur : « Sa conduite déplut au Seigneur, qui le fit mourir de même. » Plus que la masturbation – dont le Talmud dit : « Dans le cas d'un homme, la main qui descend plus bas que le nombril devrait être coupée[2] » – le péché d'Onan concerne toute dispersion inutile de sperme. Au nom de quoi les hommes ultra-orthodoxes refusent de se soumettre aux tests de stérilité, quitte à répudier leurs femmes sans se remettre en cause lorsque leur couple ne parvient pas à avoir d'enfants.

---

1. Genèse xxxviii, *La Bible du rabbinat*, Éditions Colbo.
2. Nidda, 13 a.

Si le lien devant nécessairement unir sexualité et reproduction est déjà présent dans la Bible, ce n'est qu'avec le christianisme, notamment sous l'influence de l'apôtre saint Paul, que le plaisir sexuel prend une dimension définitivement coupable : « Fuyez la fornication : quelque péché que l'homme commette, il est hors du corps, mais le fornicateur pèche contre son propre corps[1]. » Au chapitre VII de la même Épître aux Corinthiens, saint Paul se résout à recommander le mariage. Mais il le fait moins par glorification de la sexualité entre époux, même reproductrice, que par résignation face au fait que les hommes sont trop faibles pour rester chastes : « Il est bon à l'homme de ne pas toucher de femme ; mais, à cause de la fornication, que chacun ait sa propre femme, et que chaque femme ait son mari à elle. » En théorie, l'apôtre aimerait voir les humains suivre son exemple : à savoir l'abstinence sexuelle. En pratique, il recommande vivement le mariage pour éviter de céder à la tentation de la fornication tous azimuts : « Or je dis à ceux qui ne sont pas mariés et aux veuves qu'il leur est bon de demeurer comme moi. Mais s'ils ne savent pas garder la continence, qu'ils se marient, car il vaut mieux se marier que de brûler[2]. »

Même si les intégristes des trois religions aiment à manier les interdits en matière de sexualité, seul le christianisme se détache clairement des deux autres

---

1. Iʳᵉ Épître aux Corinthiens VI, 18, *La Bible de Jérusalem*, Éditions du Cerf.
2. Iʳᵉ Épître aux Corinthiens VII, 1-9, *La Bible de Jérusalem*, Éditions du Cerf.

religions par son obsession à glorifier l'abstinence sexuelle. Le catholicisme est d'ailleurs la seule religion à exiger la chasteté de ses ecclésiastiques, là où les rabbins, les imams et même les pasteurs mènent une vie conjugale conforme aux recommandations de mariage qu'ils prodiguent à leurs fidèles. Comme le note Gilles Kepel, « l'islam ne connaît pas les pudeurs de notre victorianisme, car, si ce qui est taxé de *zina* (fornication) est dénoncé sur tous les tons – ce qui impose à la société une désexualisation publique apparente –, par contre la sexualité, dès lors qu'elle est licite, est considérée comme excellente chose, parce qu'elle procure du plaisir (à l'homme en tout cas), autant que parce qu'elle perpétue l'espèce [1] ». Kepel a raison de préciser que la sexualité licite est encouragée en ce qu'elle procure du plaisir à l'homme. Si l'islam se montre capable de justifier et même d'encourager le désir sexuel, les islamistes le font clairement selon un mode relationnel asymétrique, où la femme est clairement l'objet sexuel de l'homme.

« *Une femme ne doit jamais se refuser à son mari* »

Plusieurs Hadiths montrent à quel point la satisfaction des pulsions sexuelles n'est envisagée que du point de vue masculin : « Une femme ne doit jamais se refuser à son mari, fût-ce sur le bord supérieur

---

1. Kepel Gilles, *Le Prophète et Pharaon. Aux sources des mouvements islamistes*, Paris, Seuil, 1984, p. 201.

d'un four embrasé[1] » ou bien encore : « Une femme ne doit jamais se refuser à lui, fût-ce sur le bât d'un chameau. »

La satisfaction des « besoins naturels » des hommes va même jusqu'à une certaine clémence pour la masturbation masculine malgré l'obligation de n'avoir des relations sexuelles que dans le cadre du mariage. À une question posée au sujet de la masturbation sur le site Internet *Fatwa Bank* – qui donne des avis religieux en ligne – le cheikh responsable du site se montre moins sévère que ne le serait sans doute saint Paul dans pareil cas : « D'après le Coran, ceux qui recherchent satisfaction hors du mariage sont des transgresseurs. [...] Néanmoins selon certains savants, si une personne est tellement tourmentée par un désir sexuel qu'elle a peur de tomber dans la fornication, dans ce cas seulement la masturbation est permise comme le moins mauvais des deux maux. » Cette capacité à se montrer plutôt clément envers les pulsions masculines n'est pas un phénomène isolé. Même en Iran, le régime des mollahs a envisagé l'ouverture de certaines « maisons de vertu » – des maisons closes – où les hommes pourraient satisfaire leurs besoins selon « les règles islamiques[2] ». Seule condition exigée : apporter la preuve qu'ils sont veufs, célibataires ou encore qu'ils sont mariés à des femmes « malades ou folles ». En vertu de quoi, ils pourront bénéficier des services

---

1. « Wa in kânat 'alâ ra'-si tannûrin » ; *'Aînî*, IX, p. 484.
2. « C'est le bordel en Iran », *Marianne*, 5-11 août 2002.

sexuels de prostituées sans que la morale islamique y trouve à redire.

L'absence de culpabilisation du plaisir sexuel chez les musulmans doit toutefois être relativisée. S'ils sont loin de vouer un culte à la chasteté comme les intégristes chrétiens, les intégristes musulmans vivent dans la peur constante de commettre un acte sexuel illicite. Cette question torture particulièrement ceux qui n'ont pas suivi des cours de théologie précis. En effet, les interprétations divergent, même parmi les théologiens, quant aux limites que la religion est censée fixer en matière de sexualité. Ainsi, si l'on trouve des imams proches des Frères Musulmans pour donner leur bénédiction aux relations sexuelles orales et anales hétérosexuelles, il en est tout autrement lorsque l'on s'adresse au cheikh Omar Bakri, leader du mouvement Al Muhajiroun, un mouvement salafiste londonien. Ses disciples ne devaient pas espérer tant de verve lorsqu'ils lui ont demandé son avis sur ce qui était licite en matière de vie sexuelle. Illustration. À la question « Que puis-je voir du corps de ma fiancée ? », le cheikh Bakri fait cette réponse : « Vous pouvez regarder ses yeux, son visage, ses cheveux et ses mains. » « Puis-je avoir des loisirs avec elle ? » : « Non c'est un sacrilège. Vous ne pouvez la voir qu'en présence de ses parents et uniquement pour parler de l'islam et de la préparation du mariage. Ce n'est pas votre amie, encore moins votre petite amie. » À ceux qui espéraient justement profiter du mariage pour jouir enfin d'un peu plus de liberté, la liste d'interdits proclamés par Bakri n'apporte guère de réconfort. « Quels types de

relations sont permis entre les maris et les femmes ? » Réponse du cheikh Bakri :

« Tout est permis sauf :

1. Le sexe oral
2. Le sexe anal (même avec les doigts ou un objet)
3. La pénétration pendant les règles
4. Le sexe avant de s'être purifié des règles
5. Boire le lait du sein de sa femme
6. Le sexe avec des objets
7. Le sexe pendant le ramadan
8. Le sexe dans une mosquée
9. Le sexe pendant le jeûne
10. Le sexe en présence d'un tiers
11. Le sexe le vendredi
12. Le sexe avec ses deux femmes. Toute relation sexuelle entre deux hommes, deux femmes, un adulte avec un enfant, un adulte avec une poupée, un homme et une femme non mariés est un sacrilège [1]. »

Même dans le mariage, les relations sont tellement codifiées que certaines maisons d'édition islamiques se sont spécialisées dans la production de modes d'emploi. Dans *Le Mariage en islam. Modalités et finalités*, un livre que l'on trouve dans les librairies islamistes proches des Frères Musulmans, il est par exemple recommandé de réciter une invocation avant chaque rapport sexuel : « Lorsque l'un de vous va à sa femme, s'il dit alors "Au nom de Dieu, ô Dieu écarte Satan de ce que tu nous donneras" et qu'un enfant leur soit alors assigné, Satan ne saurait

---

1. Avis du cheikh Bakri, 2002.

lui nuire, ni avoir sur lui de pouvoir[1]. » Certaines
positions sont clairement interdites. C'est le cas de
la sodomie. Selon un Hadith cité par Youssef Qaradhawi, le Prophète aurait dit : « Ne visitez pas vos
femmes par l'anus » car « c'est de la petite homosexualité[2] ». À un autre homme qui l'interrogeait
pour savoir s'il pouvait faire l'amour à sa femme
par-derrière, Mahomet aurait également fait cette
réponse : « Fais-le à l'endroit ou à l'envers, mais
évite les menstrues et l'anus. » La plupart de ces
anecdotes ne sont pas tirées du Coran lui-même mais
de récits sur la vie du Prophète, ces fameux Hadiths
plus ou moins identifiés. Cela ne facilite pas la tâche
des musulmans souhaitant savoir précisément ce
qu'il est permis ou non mais cela garantit un fonds
de commerce inépuisable aux théoriciens islamistes.
Les sites comme *Fatwa Bank* ou *Fatwa on Line* sont
assiégés de questions extrêmement précises trahissant une peur de transgresser que les leaders intégristes s'empressent d'entretenir : « Qu'est-ce qui
entre dans le terme de fornication ? Est-ce que la
masturbation via une prostituée est considérée
comme une fornication ? » demande par exemple un
internaute. Réponse du mufti cheikh Sayyed Sabiq,
l'un des intervenants du site : « Dieu commande
avec des termes explicites et sans équivoque : "Ne

---

1. BOUDJENOUN M., *Le Mariage en islam. Modalités et finalités*,
Paris, Éditions Maison d'Ennour, 2001, 80 pages.
2. Cette expression reste étonnante lorsqu'on sait que le mot « homosexualité » n'est apparu qu'au XIXe siècle. Cité par Youssef QARADHAWI,
Le Licite et l'Illicite en islam, op. cit., p. 199.

t'approche pas de l'adultère. C'est une abomination et la voie du Diable"[1]. »

Les hommes jettent toujours la première pierre

Si la culpabilisation en matière de sexualité concerne à l'évidence les hommes comme les femmes, la façon dont les transgressions sont sanctionnées révèle en revanche une réelle inégalité de traitement entre les uns et les autres. La façon dont est puni l'adultère illustre particulièrement combien les interdits sexuels ne font que prolonger leur vision sexiste du monde. On y retrouve à l'œuvre les mêmes phénomènes arbitraires, où les hommes tirent de leur contexte des textes écrits il y a plusieurs siècles pour mieux justifier leur ascendant sur les femmes.

Le risque d'adultère angoisse les trois religions. Dans la Torah, l'adultère est défini comme la relation d'un homme avec une femme mariée ou promise. Une femme « promise » à un homme ne peut en aucun cas s'« offrir » à un autre. Par contre, un homme peut entretenir des relations extra-conjugales avec des femmes si celles-ci n'appartiennent pas à

---

1. Cheikh Sayyed SABIQ, « Fatwa sur la Zina », *Fatwa on Line*, 25 août 2002. D'obédience salafiste, *Fatwa on Line* est proche du pouvoir saoudien. Le cheikh Sabiq, lui, est l'auteur du plus important traité de jurisprudence islamique (*Fiqh al Sunna*, 3 volumes). Proche de Hassan al-Banna, il est d'abord professeur à Al Azhar, puis responsable de la Shariah Graduate Studies Department de l'Um Al-Qura University en Arabie saoudite. Décédé en 2000 au Caire, plusieurs milliers d'officiels lui ont rendu hommage.

un autre homme. C'est donc le statut marital de la femme qui détermine l'adultère, davantage considéré comme une violation de propriété masculine qu'une offense morale en matière de sexualité, le mari détenant un droit exclusif sur la sexualité de sa femme. Ces pratiques sont encore en cours dans le judaïsme orthodoxe. Si de nos jours la femme soupçonnée d'adultère n'est plus vouée à la lapidation, les enfants, eux, portent encore le poids de la condamnation. Ils sont considérés comme *mamzerim*, illégitimes et exclus de la communauté, tandis que les enfants nés d'un homme marié et d'une femme célibataire sont acceptés. Cette stigmatisation de l'adultère n'est pas près de s'estomper puisqu'elle est clairement recommandée par la Bible, ainsi que par le Nouveau Testament et le Coran. L'interdiction de relations sexuelles en dehors du mariage fait partie des Dix Commandements transmis à Moïse par l'« Éternel » : « Tu ne commettras point l'adultère[1]. » La sanction prévue en cas de transgression est sans pitié : « Si un homme commet un adultère avec la femme d'un autre homme, avec la femme de son prochain, l'homme et la femme adultères doivent être mis à mort[2]. » Le Livre de Job fait d'ailleurs le lien entre le risque d'adultère et la nécessité de voiler les femmes pour le prévenir : « Les yeux de l'adultère guettent le crépuscule du soir : "Nul ne me verra", dit-il, et il se couvre le visage d'un voile. » En réalité, si le terme « adultère » revient à de mul-

---

1. Exode xx, 14, *La Bible de Jérusalem*, Éditions du Cerf.
2. Lévitique xx, 10, *La Bible du rabbinat*, Éditions Colbo.

tiples reprises dans les cinq premiers livres de la Bible et sous la plume des Prophètes, c'est qu'il sert de métaphore pour décrire la non-fidélité d'Israël aux commandements de Dieu. L'adultère est moins une faute morale ou sexuelle en soi qu'une trahison ramenant les Hébreux au stade de la barbarie idolâtre. C'est dire si les rabbins orthodoxes souhaitent se montrer intraitables à son sujet. Pourtant cette intransigeance – l'un des commandements centraux du judaïsme – connaît quelques entorses selon les besoins politiques de ses interprètes. Ainsi, bien qu'il ait admis avoir commis l'adultère quelques mois avant les élections de 1996, Benyamin Netanyahu a largement bénéficié du soutien des intégristes juifs. Une femme du Parti travailliste n'aurait sans doute pas connu la même clémence... D'ailleurs, si la condamnation de l'adultère est censée concerner les deux sexes, ce sont systématiquement des femmes – et non des hommes – que l'on désigne à la lapidation lorsque cette pratique existe encore malgré les tentatives répétées des différents prophètes pour l'assouplir.

Jésus ne sauve-t-il pas de la lapidation une femme accusée ? Pour mesurer l'ambiance patriarcale qui régnait à l'époque, les résistances que pouvait rencontrer un prophète pour avoir seulement voulu modérer les habitudes sexistes des Pharisiens, il faut restituer le contexte dont on extrait « Que celui qui a péché lui jette la première pierre ». Lorsque Jésus arrive au mont des Oliviers, « les Pharisiens lui amènent une femme surprise en adultère ». L'ayant placée devant lui, ils lui disent : « Maître, cette femme

a été surprise sur le fait même, commettant l'adultère. Or, dans la loi, Moïse nous a commandé de
lapider de telles femmes : toi donc, que dis-tu ? »
Amené à se prononcer treize siècles après lui, Jésus
sera plus clément. Il tente un moment de se dérober
aux questions des Pharisiens puis, devant leur insistance, se résout à leur indiquer la voie de la tolérance
par cette pirouette : « Que celui de vous qui est sans
péché jette le premier la pierre contre elle. » Ce
changement d'attitude trahit moins une différence
majeure entre le christianisme et le judaïsme qu'une
continuité entre le Nouveau Testament et le Talmud.
Les commentaires rabbiniques de la Torah sont
beaucoup plus lus que le texte lui-même[1]. Or, une
majorité de rabbins vivant à l'époque de Jésus
dénonce alors la lapidation et les condamnations à
mort arbitraires[2]. En sauvant une femme adultère de
la condamnation à mort, Jésus-Christ se range du
côté des juifs modérés, alors en désaccord avec les
juifs plus « intégristes » que sont les Pharisiens. Car
les Pharisiens résistent à son invitation à une justice

---

1. Le Talmud est rédigé entre le IIe siècle av. J.-C. et le Ve siècle apr.
J.-C.
2. Dans le traité Sanhédrin, le Talmud jalonne également d'obstacles
l'application de la peine de la mort. Selon lui, si un tribunal de 71
rabbins prononce la peine de mort par 36 voix contre 35, il faut isoler
ces rabbins sans boire et sans manger jusqu'à ce qu'une majorité claire
se dégage. Et encore, si une condamnation est prononcée à l'unanimité
elle serait annulée, car comment 71 personnes pourraient-elles être
d'accord pour exécuter un être humain ? Sur l'adultère mais plus largement sur la violence et le judaïsme on se référera à l'excellent article
du rabbin Daniel Farhi, cofondateur du Mouvement juif libéral de
France. Farhi Rabbin Daniel, « Le judaïsme devant la violence de la
Bible », *in* Gaudin Philippe (dir.), *La Violence. Ce qu'en disent les
religions*, Paris, Éditions de l'Atelier, 2002, p. 28-49.

moins sévère envers les femmes adultères : « Tu rends témoignage de toi-même ; ton témoignage n'est pas vrai », lui disent-ils. « Vous, vous jugez selon la chair ; moi, je ne juge personne », leur répond Jésus. Il adopte la même attitude lorsqu'il refuse de juger une prostituée : « Ses péchés, ses nombreux péchés, lui sont remis parce qu'elle a montré beaucoup d'amour [1]. » Malheureusement, de même que Mahomet a bien du mal à se faire entendre de ses fidèles lorsqu'il tente de modérer la pratique de l'excision, Jésus n'est guère écouté par ses disciples. Ses apôtres ont préféré durcir le message des Dix Commandements plutôt que de suivre l'exemple du Messie. Voici ce que nous dit l'apôtre Matthieu dans les Évangiles : « Vous avez entendu qu'il a été dit : Tu ne commettras pas l'adultère. Eh bien moi, je vous dis que quiconque regarde une femme pour la désirer a déjà commis, dans son cœur, l'adultère avec elle [2]. » Il est suivi par Marc qui élargit la notion d'adultère au remariage : « Quiconque répudiera sa femme et en épouse une autre commet un adultère à son égard ; et si une femme répudie son mari, et en épouse un autre, elle commet un adultère [3]. » Décidément, les hommes ne renoncent pas facilement à la tentation d'entretenir les interdits et le pouvoir de jugement qu'ils confèrent...

En théorie, sur la lancée du Talmud et de Jésus, le Coran tente lui aussi d'adoucir le sort réservé aux individus reconnus coupables d'adultère puisqu'il

1. Luc VII, 47, *La Bible de Jérusalem*, Éditions du Cerf.
2. Matthieu V, 27, 28, *La Bible de Jérusalem*, Éditions du Cerf.
3. Marc X, 11, 12, *La Bible de Jérusalem*, Éditions du Cerf.

transforme la recommandation de la lapidation en une condamnation à « cent coups de fouet » : « La débauchée et le débauché, fouettez-les chacun de cent coups de fouet. N'ayez pas d'indulgence, respectez la religion de Dieu, si vous croyez en Dieu et au jour dernier. Qu'un groupe de croyants soit témoin de leur châtiment[1]. » Il existe bien un verset, plus conforme à l'Ancien Testament, qui réclamait la lapidation à mort pour les adultères mais Mahomet l'a abrogé de son vivant. On ne peut être plus clair, et pourtant il faut faire confiance aux intégristes pour ne retenir que ce qui les arrange des commandements divins. Une fois encore, il semble que Mahomet ait eu bien du mal à se faire entendre par ceux qui prétendent pourtant appliquer ses commandements à la lettre. En effet, n'étant pas satisfaits par la clémence du Coran, les intégristes musulmans ont préféré s'inspirer de la loi juive[2] ! Moralité, c'est bien à mort à non à cent coups de fouet que sont condamnées les personnes se rendant coupables d'adultère dans les pays se revendiquant de l'islam. En Iran, la lapidation fait partie de la Constitution. Elle est réglementée par la « loi des châtiments islamiques » comportant 497 articles et 103 amendements. L'article 102 précise par exemple : « Pour la lapidation, les hommes doivent être enterrés jusqu'à la taille et les femmes jusqu'à la poitrine. » L'article 104 insiste, lui, pour que le châtiment dure le plus longtemps possible : « Les pierres ne doivent pas

---

1. Sourate XXIV (« La lumière »), 2, *Le Coran*, Points Seuil.
2. Comme le signale très justement Juliette Minces. MINCES Juliette, *Le Coran et les femmes*, Paris, Hachette Littératures, 1996, p. 116.

être trop grosses pour que l'offenseur soit tué par une ou deux pierres. Elles ne doivent pas non plus être aussi petites que des cailloux. » L'arrivée des « réformateurs » ne laisse espérer aucun changement. L'actuelle conseillère aux Affaires féminines de Khatami, Zahra Chodja'i, a déclaré : « La lapidation a été mise en place pour préserver la dignité de la famille et des valeurs familiales[1]. » Moralité, vingt-six personnes – dont dix-huit femmes – ont été lapidées depuis l'entrée en fonction du nouveau régime[2].

En théorie, l'homme comme la femme soupçonnés d'adultère sont censés encourir les mêmes foudres. En pratique, ce sont bien souvent les femmes musulmanes qui paient de leur vie ce que Mahomet lui-même ne condamnait pas si sévèrement. Le cas de la jeune Safiya Hussaini est là pour nous le rappeler. Le 9 octobre 2001, la Cour supérieure de la Charia de Gwadabawa (Sokoto), au Nigeria, a condamné cette mère de cinq enfants à la peine de mort par lapidation[3]. La sanction prévoit de l'enterrer jusqu'au cou, puis de la tuer à coups de pierres. Précisons tout de même que cette femme est divorcée et que l'acte sexuel qu'on lui reproche est

---

1. *Quotidien officiel*, Ressalat, 6 juillet 2002.
2. Selon la presse gouvernementale.
3. Devant les pressions, le 25 mars, la cour d'appel islamique de l'État de Sokoto a fini par acquitter Safiya pour vice de procédure, mais combien d'autres femmes continuent d'être lapidées chaque fois que le monde ne s'empresse pas de réagir ? Trois jours avant cet acquittement, le tribunal de Bakori (Katsina) condamnait une autre femme, Amina Lawal (trente ans), à la mort par lapidation parce qu'elle avait eu un enfant hors mariage le 22 mars 2002. Suite aux pressions d'Amnesty International, un autre procès devait se tenir le 27 août 2003.

en fait un viol dont elle a été victime. Elle a dénoncé son violeur, mais celui-ci a été relaxé faute de preuves... tandis qu'elle, la victime, a dû répondre du crime d'« adultère » – et ce malgré la mobilisation mondiale que cette affaire a suscitée[1].

Non seulement les femmes sont les premières victimes des condamnations à mort pour adultère mais elles subissent aussi de plein fouet une ségrégation sociale pensée pour que les hommes ne soient pas tentés de commettre un acte adultère. L'auteur d'un livre sur *Les Fondements de la vie conjugale*, Muhammad Ahmad Kanaan, met en garde contre « les poignées de main avec les femmes » à l'origine « de la tentation et du mal[2] ». La ségrégation sexiste prônée par les islamistes est bien le fruit de cette crainte permanente de céder à une pulsion illicite. Les hommes préfèrent ne pas être soumis à la tentation plutôt que de se remettre en question. Toujours dans un livre portant sur *Le Licite et l'Illicite*, un autre théoricien des Frères Musulmans, Shaarawi, rejette clairement la faute sur les femmes libérées : « Certains me demandent : "Est-il exact qu'il est interdit de regarder une femme étrangère ?" Je réponds : "Certes !" Ils me rétorquent : "Que devons-

---

1. Parmi les mobilisations, notons la pétition d'Amnesty (650 000 signataires). La ville de Naples a fait de Safiya une citoyenne d'honneur. Les 14 et 15 mars, en sommet à Barcelone, les pays de l'Union européenne ont demandé au Nigeria de respecter les droits humains, et 148 femmes parlementaires de 130 pays participant à la 107ᵉ Conférence de l'Union interparlementaire ont adopté une motion à Rabat, au Maroc, demandant une amnistie pour Safiya et condamnant la peine de mort prononcée contre elle.

2. Ahmad Kanaan Muhammad, *Les Fondements de la vie conjugale*, *op. cit.*, p. 181.

nous faire à la vue de ces femmes qui emplissent les rues, et qui nous poussent à commettre des péchés par dizaines ?" À quoi je réponds : "Il existe une différence entre un interdit qui retombe sur celui qui regarde et que celui qui regarde tombe sur un interdit[1] !" »

C'est à la lueur de cette volonté de déresponsabiliser les hommes face à toute tentation qu'il faut comprendre la volonté des islamistes de maintenir par tous les moyens une distinction entre les hommes et les femmes. Rien ne les angoisse plus que l'androgynie, visiblement susceptible de les induire en erreur. « Quand la femme imite l'homme et que l'homme imite la femme » c'est un cauchemar pour Qaradhawi : « Le Prophète a déclaré qu'une des choses interdites à la femme est de porter une tenue masculine, et à l'homme de porter une tenue féminine. Il a maudit en outre les hommes qui prennent l'apparence des femmes et les femmes qui prennent l'apparence des hommes. [...] Quand l'homme se féminise et que la femme se virilise, c'est le signe du chaos et de la dégradation des mœurs[2]. » Une recommandation qui fait terriblement penser au précepte de la Torah voulant qu'une femme ne s'habille pas en homme et inversement sous peine de fâcher l'« Éternel »[3]...

---

1. SHAARAWI Metwalli al-, *Le Licite et l'Illicite*, Paris, Éditions Essalam, 2002, p. 65.

2. QARADHAWI Youssef, *Le Licite et l'Illicite en islam, op. cit.*, p. 91.

3. Deutéronome XXII, 5, *La Bible du rabbinat*, Éditions Colbo.

La haine partagée de l'homosexualité

Les trois religions du Livre s'accordent pour condamner l'homosexualité. Non seulement il s'agit d'une sexualité hors mariage, puisque le mariage est souvent réservé aux couples hétérosexuels, mais il s'agit surtout d'une sexualité non reproductrice ; ce qui achève de la rendre odieuse aux yeux de militants intégristes habitués à ne tolérer l'accouplement que dans la mesure où il perpétue l'espèce. À ce titre, le lesbianisme représente le mal absolu puisqu'il fait s'écrouler le mythe de la femme naturellement soumise à l'homme et dont l'unique mission est d'être une « porteuse d'hommes ». Ceci dit, les intégristes ayant tendance à nier la sexualité féminine, ils fustigent surtout l'homosexualité masculine, elle-même réduite à la sodomie. Lorsqu'il s'agit de s'opposer aux droits des gays et des lesbiennes, ils se réfèrent unanimement à un épisode de la Bible, repris et réécrit dans le Coran : la destruction des villes de Sodome et Gomorrhe. Cet événement, rapporté dans la Genèse, ne fait pourtant pas explicitement allusion à l'homosexualité. Ce n'est qu'à l'issue d'une longue série d'interprétations qu'il est devenu la justification suprême du combat homophobe.

Une autre lecture de Sodome et Gomorrhe

Nous sommes dans les vingt premières pages de la Bible, après que l'« Éternel » a sauvé Noé et sa famille du Déluge et lui a donné pour mission de « perpétuer les espèces sur toute la face de la terre[1] » : « Croissez et multipliez, foisonnez sur la terre et devenez-y nombreux[2]. » Cette injonction revient très souvent entre les chapitres VII et IX de la Genèse, Dieu ayant choisi Noé et ses descendants pour incarner une nouvelle race d'êtres humains. Celle-ci est destinée à remplacer une génération d'humains jugés indignes et que Dieu a noyés grâce au Déluge. Conformément à ces recommandations, Noé et ses fils vont enfanter à tour de bras, jusqu'à se disperser au-delà de l'Orient. Ce n'est qu'après plusieurs générations, issues des rescapés du Déluge, qu'intervient Abraham, le père de tous les mono-théismes. C'est avec lui que Dieu passe une alliance, un pacte qui en fait le « père d'une multitude de Nations[3] ». L'« Éternel » lui ordonne de s'éloigner de son pays natal pour établir une « grande nation » dans le pays de Canaan. Abraham emmène dans ses bagages sa femme Saraï et Loth, le fils de son frère. Après un séjour en Égypte pour cause de famine, Abraham et Loth se partagent les terres où paîtront leurs importants troupeaux. Loth choisit toute la plaine du Jourdain et se dirige vers le côté oriental, où se trouve la ville de Sodome, tandis qu'Abraham

1. Genèse VII, 3, *La Bible du rabbinat*, Éditions Colbo.
2. Genèse IX, 7, *La Bible du rabbinat*, Éditions Colbo.
3. Genèse XVII, 4, *La Bible du rabbinat*, Éditions Colbo.

demeure dans le pays de Canaan. La Genèse dit alors
ceci : « Loth s'établit dans les villes de la plaine et
dressa ses tentes jusqu'à Sodome. Or les habitants
de Sodome étaient pervers et pécheurs devant l'Éternel, à un haut degré. » On ne sait pas encore ce qu'il
faut entendre par « pervers à un haut degré ». Il faut
poursuivre la lecture jusqu'au chapitre xix, au
moment où la ville va être réduite en poussière, pour
se faire une idée. Entre-temps, les rois des villes de
la région ont beaucoup guerroyé les uns contre les
autres. Apprenant que certains rois se sont emparés
des richesses et des habitants (notamment de Loth)
de la ville de Sodome, Abraham part en campagne
pour délivrer son neveu. Vainqueur, il restitue ses
biens au roi de Sodome – qui ne devait pas être si
mécréant puisqu'il proposa à Abraham de garder le
butin en guise de remerciement. Le père des religions du Livre lui fait cette réponse : « Je jure que,
fût-ce un fil, fût-ce la courroie d'une sandale, je ne
prendrai rien de ce qui est à toi[1]. » Abraham tente
également de modérer les envoyés du Seigneur, des
anges prenant l'apparence humaine, lorsque ceux-ci
envisagent des sanctions contre les villes de Sodome
et Gomorrhe. Les deux envoyés reprochent surtout
aux deux villes de ne pas encore appartenir à leur
protégé. Leur décadence pourrait fournir un prétexte
à leur annexion : « Comme le décri de Sodome et
Gomorrhe est grand ; comme leur perversité est
excessive, je veux y descendre ; je veux voir si,
comme la plainte en est venue jusqu'à moi, ils se

---

1. Genèse xiv, 23, *La Bible du rabbinat*, Éditions Colbo.

sont livrés aux derniers excès ; si cela n'est pas j'aviserai [1]. »

Lorsque les deux envoyés arrivent à Sodome, ils rencontrent Loth, assis à la porte de la ville. Ils envisagent un temps de passer la nuit à la belle étoile, sur la voie publique, mais Loth se montre inquiet de ce qui pourrait leur arriver. Il les en dissuade et insiste pour leur offrir son hospitalité. Le bruit de l'arrivée en ville de deux nouveaux visiteurs se répand vite. Avides de faire leur connaissance, les habitants de Sodome – « jeunes et vieux », précise le texte – viennent frapper à la porte de Loth : « Où sont les hommes qui sont venus chez toi cette nuit ? Fais-les sortir que nous les connaissions ! » À ce stade, il faut comprendre que le verbe « connaître » doit s'entendre au sens biblique du terme : il trahit davantage l'envie d'avoir un rapport sexuel qu'une quelconque envie de faire réellement connaissance. « Loth alla à leur rencontre, à l'entrée de sa maison, dont il ferma la porte sur lui ; et il dit : "De grâce, mes frères, ne leur faites point de mal ! Écoutez ! J'ai deux filles qui n'ont pas encore connu d'homme, je vais vous les amener, faites-leur ce que bon vous en semblera ; mais ces hommes, ne leur faites rien, car enfin ils sont venus s'abriter sous mon toit". » Avec cette phrase, on comprend que les habitants de Sodome ont l'habitude de pratiquer une sexualité débridée. Une sexualité que l'offre de deux jeunes vierges aurait en théorie pu combler. Malheureusement, ce soir-là, les deux vierges seront dédaignées.

---

1. Genèse XVIII, 20-21, *La Bible du rabbinat*, Éditions Colbo.

En effet, sur le principe, le refus de Loth scandalise les habitants, habitués à plus d'hospitalité sexuelle : « Va-t'en loin d'ici ! Cet homme, ajoutèrent-ils, est venu séjourner ici, et maintenant il se fait juge ! Eh bien nous te ferons plus de mal qu'à eux ! » C'est au moment où les habitants de Sodome s'apprêtent à forcer la porte, dans l'intention de contraindre sexuellement les habitants de la maison, que les deux anges réagissent. Après avoir invité Loth et sa famille à fuir vers une ville voisine sans se retourner, « l'Éternel fit pleuvoir sur Sodome et sur Gomorrhe du soufre et du feu [1] ».

Étonnant moment d'histoire biblique, suffisamment mystérieux pour que chacun puisse y lire ce qui l'arrange. Dans la mesure où Loth propose de calmer les ardeurs des habitants de Sodome en leur offrant deux filles vierges, c'est bien que la pratique répandue à Sodome n'est pas l'homosexualité mais la sexualité débridée, entre hommes et femmes comme entre hommes. Certes, il semble que ce soir-là les habitants aient préféré faire la connaissance des deux nouveaux arrivants que Loth voulait absolument leur cacher, mais cette obstination révèle davantage un désir de contraindre à la sexualité qu'une quelconque orientation sexuelle. En fait, Sodome semble bien être une habituée des orgies, au milieu desquelles l'homosexualité n'est qu'une option parmi d'autres. L'« Éternel », ses anges, sont au courant de ces pratiques depuis un certain temps, puisqu'ils en parlent à Abraham dès son arrivée dans

---

1. Genèse XIX, 24, *La Bible du rabbinat*, Éditions Colbo.

la région. Quand leur colère s'abat-elle sur la ville ?
Pourquoi à ce moment-là et pas avant ? Sodome et
Gomorrhe sont réduites en poussière parce que les
habitants de la ville s'apprêtent à entrer de force dans
une maison pour forcer des anges à des relations
sexuelles non consenties. Cette punition vise donc
moins l'homosexualité que le viol [1]. D'ailleurs, si le
châtiment divin devait s'appliquer aux actes sexuels
en tant que tels, que penser de la clémence accordée
à l'inceste que va commettre Loth, le protégé de
Dieu, dans les jours qui ont suivi la destruction de
Sodome ?

Le péché de Loth et l'amalgame
pédophilie/homosexualité

S'étant retournée dans sa fuite, la femme de Loth
a été rattrapée par le cataclysme et s'est transformée

---

1. Plus précisément, cet épisode est parfois lu comme une double
condamnation du viol et surtout de l'hospitalité. Les deux notions se
retrouvent dans une anecdote, extrêmement similaire à l'épisode de
Sodome et Gomorrhe, racontée dans le Livre des Juges. Un Hébreu et
sa femme font escale à Gibéa, habité par les Benjamins. Un vieillard
les héberge mais une foule s'attroupe devant sa maison et demande à
connaître le nouveau venu. Contrairement à Loth, le vieillard prend
peur et livre la femme de son hôte en pâture. Elle est violée toute la
nuit, jusqu'à la mort, par des habitants de Gibéa. Aucun feu ne s'abat
sur la ville mais son époux va découper sa femme en douze morceaux et
envoyer un morceau à chaque tribu pour dire sa colère. L'affaire
émeut les tribus d'Israël et les Benjamins sont punis pour « leur crime »
(Livre des Juges, 19-20). Ce qui montre que le viol est réprouvé. À
noter toutefois, cette réprobation se fait moins au nom des droits des
femmes qu'en tant que violation de la propriété des hommes. La Bible
ne trouve rien à redire aux viols de guerre, lorsqu'il s'agit de prendre
possession des femmes de tribus ennemies.

en « statue de sel ». Veuf, Loth monte s'établir dans la montagne avec ses deux filles – celles qu'il proposait d'offrir aux habitants de Sodome. Deux nuits de suite, tantôt avec l'une tantôt avec l'autre, ce père va successivement « connaître » bibliquement ses deux filles, donnant naissance à deux lignées. Selon la Bible, les filles auraient pris l'initiative de cet inceste en faisant boire leur père deux soirs de suite pour venir « partager sa couche ». Celui-ci n'aurait pas reconnu sa fille, ni la première fois ni la seconde. Ainsi cet homme, qui vit seul dans une grotte avec deux filles, n'aurait pas reconnu sa propre fille pendant toute la durée de l'acte sexuel. Mieux, il n'aurait pas non plus réalisé ce qu'il était en train de faire le lendemain quand, de nouveau gris, il coucha avec l'autre. À noter : le seul fait que l'un de ces incestes soit nécessaire pour sauver la lignée familiale suffit à les justifier. Aucune foudre ne s'est abattue sur la grotte de Loth. Comme si l'« Éternel » approuvait. Moralité, autant l'épisode de Sodome et Gomorrhe a donné lieu à un déluge de citations stigmatisant l'homosexualité, autant l'inceste de Loth laisse les théologiens chrétiens aussi muets que l'Éternel. Ce n'est pas le moindre des paradoxes lorsqu'on sait que les intégristes religieux combattent souvent les homosexuels en les accusant de pédophilie...

En 1997, peu avant que le débat sur le PaCS ne commence en France, Avenir de la Culture [1] – une

---

1. Créée le 24 avril 1986, présidée par Luc Berrou, Avenir de la Culture a réussi à faire parvenir à Matignon plus de 70 000 cartes postales à l'encontre de ce qu'elle qualifie d'« infâme » et « répugnant » projet de « mariage » homosexuel. Cela fait plus de dix ans que cette organisation extrémiste milite contre les droits des homosexuels : cam-

association chrétienne proche de la secte brésilienne Tradition-Famille-Propriété [1] – écrivait au président de la République pour le mettre en garde contre toute tentation d'ouvrir aux homosexuels le mariage : « La sodomie est un vice abominable, contre nature, très sévèrement condamné par l'Église catholique et par les saintes Écritures. [...] Le projet de loi instituant un pseudo-"mariage" homosexuel est [...] une révolte ouverte contre l'ordre naturel des choses établi par Dieu. Faudra-t-il que le feu tombe du ciel sur notre patrie comme autrefois sur Sodome et Gomorrhe pour que cesse cette abomination [2] ? » Une page plus loin, Avenir de la Culture poursuit sur ce ton : « Si l'accès au plaisir sexuel en venait désormais à constituer un droit inaliénable de la personne, reconnu par l'ordre juridique, à quand donc le "droit à la pédophilie" ? » La rhétorique est exactement la même aux États-Unis, où des leaders comme Donald Wildmon, le président de l'American Family Association, se répandent en courriers électroniques accusant les homosexuels d'être des violeurs d'enfants :

---

pagnes de courriers à l'encontre de la prévention du sida, menaces écrites vis-à-vis des émissions télévisées abordant l'homosexualité, invitations au boycott des sponsors de la Gay Pride.

1. Lancée en 1960 par Plinio Correa de Oliveira, la TFP s'est distinguée en France en participant à de grandes campagnes de protestation contre les films *Je vous salue Marie* de Jean-Luc Godard et *La Dernière Tentation du Christ* de Scorsese. Au fil des années, l'organisation a développé plusieurs groupes de pression à travers une quinzaine de pays dont une bonne partie en Europe de l'Est où la TFP mène croisade contre le communisme. On la voit aussi intervenir en Afrique du Sud et en Namibie aux côtés de l'extrême droite blanche et pro-apartheid. Aux États-Unis, son ambassadeur n'est autre que Paul Weyrich, le fondateur de la droite religieuse américaine.

2. Rapporté par un bulletin interne d'Avenir de la Culture.

« Pour l'amour de nos enfants et de notre société, nous devons nous opposer au développement de l'activité homosexuelle ! Exactement comme nous nous opposons au meurtre, au vol et à l'adultère ! Puisque les homosexuels ne peuvent pas se reproduire, la seule façon de "procréer", c'est de recruter ! Et qui est la cible de ce recrutement ? Les enfants[1] ! » En 1998, sous la pression de cette droite religieuse, la Chambre de l'Oklahoma a adopté une loi interdisant aux écoles de passer des contrats avec des entreprises employant des homosexuels, par peur de la pédophilie. Ainsi, un châtiment qui était à l'origine le signe d'une colère divine contre le viol s'est transformé au fil des âges en une réprobation de l'homosexualité, accentuée par le fait qu'on l'amalgame désormais à de la pédophilie. Cette confusion présente un énorme avantage : l'homosexualité a tous les torts, y compris ceux des pères incestueux. Une preuve supplémentaire que l'intransigeance religieuse varie selon les interprétations. Aucun juif intégriste n'a promis un déluge de feu en 1996, lorsqu'une habitante du quartier ultra-orthodoxe de Bnei Braq dénonça son mari, un instituteur ultra-religieux, qui abusait sexuellement de ses enfants. Tout au contraire, les rabbins ultra-orthodoxes punirent cette mère de famille en renvoyant ses filles de l'école religieuse pour avoir confié cette affaire à la justice laïque et non à la justice communautaire[2]. Un réflexe qui est à mettre en relation avec la Torah, où le viol

---

1. Cité par David ELLIOTT, *Anti-Gay Politics and the Religious Right.*
2. HAYMANN Emmanuel, *Au cœur de l'intégrisme juif. France, Israël, États-Unis*, Paris, Albin Michel, 1996, p. 103.

des petites filles n'est pas condamné dès lors qu'il s'agit de prendre possession des jeunes vierges enne-mies. Dans les Nombres, Yahvé ordonne à Moïse de mener une expédition punitive contre les Madianites, une tribu dont l'« Éternel » veut se venger. Or Moïse, son interprète, donne cette consigne : « Tuez tous les enfants mâles, et toute femme qui a connu un homme par cohabitation, tuez-la. Quant à celles qui, encore enfants, n'ont pas cohabité avec un homme, conser-vez-les pour vous[1]. » La traduction de l'école biblique de Jérusalem est encore plus explicite puis-qu'elle dit : « Ne laissez la vie qu'aux petites filles qui n'ont pas partagé la couche d'un homme, et qu'elles soient à vous[2]. » Le viol des femmes et même des enfants dès lors que l'on a triomphé d'un ennemi était une pratique très courante à l'époque et ne représente en rien une spécificité hébraïque. En revanche, le fait de continuer à lire la Torah de façon littérale et non contextualisée facilite le maintien de ces pratiques archaïques, où le viol des petites filles est relativement toléré tandis que certaines relations sexuelles consenties sont facilement stigmatisées.

Le choix de retenir un message de haine envers l'homosexualité

La Genèse ne dit rien d'explicite sur l'homosexua-lité. Ce n'est qu'avec le Lévitique que les choses se

---

1. Nombres xxxi, 17-18, *La Bible du rabbinat*, Éditions Colbo.
2. Nombres xxxi, 17-18, *La Sainte Bible*, Éditions du Cerf.

précisent : « Tu ne coucheras point avec un homme
comme on couche avec une femme. C'est une abomination[1]. » À noter, le texte ne fait aucune référence à Sodome et Gomorrhe. Il s'inscrit en fait dans
une incitation générale à la pureté caractérisant le
Lévitique. Contrairement à la Genèse, le Lévitique
n'est pas un récit mais un recueil de prescriptions
compilé durant et à la suite de l'exil à Babylone (de
680 à 500 av. J.-C.). Les Hébreux vivent en exil et
la déportation de leurs élites fait craindre la perte de
leur identité. Le Lévitique multiplie les menaces vis-
à-vis des transgresseurs et parle de les « retrancher »
de la communauté des purs. Cette communauté étant
bien sûr censée se distinguer de tout ce que prati-
quaient les païens. L'interdiction de l'homosexualité
intervient au milieu des nombreux interdits et rituels
de purification, comme la hantise des règles, le refus
de la prostitution ou les interdits alimentaires, édictés
comme autant de conditions *sine qua non* permettant
d'espérer le retour de Yahvé. Un espoir qui est à la
mesure des peines requises contre ceux qui met-
traient en danger la « pureté » de la communauté. La
punition envisagée est alors la même que celle prônée contre l'adultère : « Quand un homme couche
avec un homme comme on couche avec une femme,
ce qu'ils ont fait tous les deux est une abomination ;
ils seront mis à mort, leur sang retombe sur eux[2]. »
Encore une fois, aucune promesse de « déluge de
feu » laissant à penser qu'il existe un lien avec

---

1. Lévitique xviii, 22, *La Sainte Bible*, Éditions du Cerf.
2. Lévitique xx, 13. Dans la Mishna, le partenaire actif est puni de
lapidation. Plus tard, le Talmud punit les deux, condamnés à mort.

Sodome et Gomorrhe. Ce n'est que bien plus tard, avec le Nouveau Testament, que réapparaît le lien avec la destruction des deux villes. Jude écrit : « Quant à Sodome et Gomorrhe et aux villes d'alentour, qui s'étaient livrées de semblable manière à la prostitution et avaient couru après des êtres d'une autre nature, elles gisent comme un exemple sous le châtiment du feu éternel[1]. » D'autres versions parlent de « vices contre nature » mais l'expression reste allusive. Paul, en revanche, condamne explicitement l'homosexualité. Il témoigne de la même volonté de purification que celle exprimée par le Lévitique, à une différence près : ce ne sont plus les Juifs mais les chrétiens que saint Paul souhaite ériger en « communauté des purs » : « Ni les débauchés, ni les idolâtres, ni les adultères, ni les pédérastes de tout genre, ni les voleurs, ni les accapareurs, ni les ivrognes, ni les calomniateurs, ni les filous, n'hériteront du Royaume de Dieu[2]. » Après les Corinthiens, ce sont les Romains que saint Paul met en garde contre la tentation d'agir comme les païens de Sodome et Gomorrhe : « Aussi Dieu les a livrés à des passions avilissantes : car leurs femmes ont échangé l'usage naturel en celui qui est contre nature. Pareillement les hommes, abandonnant l'usage naturel de la femme, ont brûlé de désir les uns pour les autres, perpétrant l'infamie d'homme avec homme, et recevant en leurs personnes l'inévi-

---

1. Épître de Jude VII, *Nouveau Testament*, TOB, Éditions du Cerf/Société biblique.
2. Iʳᵉ Épître aux Corinthiens VI, 9-10, *Nouveau Testament*, TOB, Éditions du Cerf/Société biblique.

table salaire de leur égarement [1]. » Contrairement au Lévitique, le Nouveau Testament ne dit rien de précis sur la punition à envisager. Les premières chasses aux homosexuels dont nous avons la mémoire remontent à 521, à l'époque où l'un des premiers grands théologiens chrétiens, du nom de Jean Chrysostome, met toute son énergie à combattre l'homosexualité. Une pratique qu'il hait par-dessus tout : « Non seulement leurs passions sont sataniques, mais leurs vies sont diaboliques. [...] Il n'y a rien, absolument rien de si insensé et nocif que cette perversité [2]. » Non sans ironie, ses premières victimes sont deux évêques : Isaïe de Rhodes et Alexandre de Diospole. L'empereur Justinien décide de les punir par là où ils ont péché : en les castrant. Il explique que s'ils avaient volé, on leur aurait coupé les mains...

Le Coran s'inspire clairement de la Genèse. L'homosexualité y est désignée comme « ce que font les gens de Loth ». Le rappel de Sodome et Gomorrhe surgit régulièrement, notamment au milieu de la sourate 26, intitulée « Les poètes », racontant comment Moïse a mis en garde ceux qui se permettaient de traiter les « envoyés » de Dieu d'« imposteurs ». Il les enjoint à redouter la colère divine en rappelant

---

1. Épître aux Romains I, 24-37, *La Sainte Bible*, Le Cerf, p. 1492-1493. Dans la version de 1982, peu de changements de taille : la fin du verset 26 est traduite par « leurs femmes ont échangé les rapports naturels pour des rapports contre nature », dans le verset 27 les hommes ne « brûlent » plus de « désir » mais sont « enflammés » et reçoivent l'inévitable salaire de leur égarement dans leur personne au singulier et non plus au pluriel.
2. Ad Rom. Hom. IV.

ce qui est advenu au « peuple de Loth ». Dieu, à travers la bouche de Mahomet, dit les avoir mis en garde ainsi : « Parmi les créatures de l'univers, vous préférez le commerce avec les mâles. Abandonnant les femmes que Dieu a créées pour vous. En vérité, vous êtes un peuple de transgresseurs[1]. » Autant le Coran s'inspire de la Genèse, autant la Sunna se range aux recommandations du Lévitique. « Lorsque vous trouvez deux hommes accomplissant le péché de Loth, mettez-les à mort, le passif comme l'actif », aurait dit le Prophète d'après un Hadith. Ils sont nombreux à mettre en garde contre la tentation vis-à-vis des éphèbes – dont le regard est jugé plus captivant que celui des splendides vierges attendant les martyrs au Paradis. Le Coran ne manque pas d'ambiguïté à ce sujet puisqu'il promet aux croyants un paradis où ils seront servis par des « éphèbes immortels » qu'il dit « semblables à des perles cachées[2] ».

L'extrême sévérité des trois religions du Livre vis-à-vis de l'homosexualité masculine ne les a jamais empêchées de tenir une forme de double langage sur le sujet : fait de condamnation officielle mais de permissivité officieuse. La Torah ne contient pas que des amours masculines réprouvées. Le cantique de Salomon raconte l'amour de David et Jonathan. Les exégètes libéraux soutiennent que les prêtres ont gommé les aspects les plus sexuels de leur histoire mais quelques traces demeurent. On peut ainsi lire

---

1. Sourate XXVI (« La lumière »), 165-166, *Le Coran*, édition du CED.
2. LVI, 17 ; LXXVI, 19 ; LII, 24 « Islam », HAMEL Christelle *in Dictionnaire de l'homophobie*, Paris, PUF, 2003, p. 242-248.

que « Jonathan s'attacha à David et l'aima comme lui-même[1] ». Lorsque Jonathan meurt au combat, voici ce que David lui déclare : « Ton affection m'était précieuse plus que l'amour des femmes[2]. » À l'image de cette référence biblique, le christianisme a parfois été représenté par des papes ouvertement homosexuels. Benoît IX (1021-1052) était connu pour organiser des orgies, au point d'être régulièrement ostracisé par l'empereur Henri III. Mécène de Michel-Ange et de Raphaël, le pape Jules II (1443-1513) sera destitué pour sodomie sous la pression des souverains Louis XII, roi de France, Henri VIII, roi d'Angleterre, et de l'empereur Maximilien lors du concile de Pise de 1511. Ce qui n'empêchera pas son successeur, Jules III, d'organiser des fêtes homosexuelles ni de nommer cardinal son jeune amant de dix-sept ans[3]. On peut se demander comment certains religieux parviennent à faire un tel grand écart entre leurs recommandations et leurs pratiques. Mais ce serait une fois de plus oublier combien la religion est un instrument entre les mains des hommes. Même les théologiens ne sont pas infaillibles. Et la liste est longue de dignitaires religieux ayant pratiqué la foi comme l'homosexualité, quitte à devenir violemment homophobes au nom de la foi...

Saint Augustin a confessé avoir aimé un homme.

1. Ier Livre de Samuel XVIII, 1, *La Bible du rabbinat*, Éditions Colbo.
2. IIe Livre de Samuel I, 26, *La Bible du rabbinat*, Éditions Colbo.
3. On trouvera les biographies des papes homosexuels dans LARIVIÈRE Michel, *Homosexuels et Bisexuels célèbres*, Deletraz éditions, 1997, 394 pages.

À la mort d'un ami, il se souvient combien cette passion le consumait : « Il me semblait que nos deux âmes étaient une seule dans deux corps, c'est pourquoi ma vie était une horreur, car je ne voulais pas vivre comme une moitié. » Il ajoute : « J'ai contaminé la source de l'amitié par la souillure du désir et en ai assombri la lumière par la noirceur de ce désir [1]. » Ses tourments sont-ils totalement étrangers au fait que saint Augustin soit l'un des Pères de l'Église les plus culpabilisants vis-à-vis de l'homosexualité ? « Quand même tous les peuples imiteraient Sodome, ils tomberaient tous sous la même culpabilité en vertu de la loi divine qui n'a pas fait les hommes pour user d'eux-mêmes », écrit-il [2]. Le même phénomène existe dans toutes les religions du Livre. Ainsi Ibn Khaldun, un historien musulman, recommande de lapider les homosexuels alors qu'il écrivait lui-même des poèmes homo-érotiques. Ghazali – un grand théologien du XIIe siècle qui a donné son nom à l'un des prédicateurs les plus intégristes du XXe siècle – écrivait lui aussi des poèmes en l'honneur de ses amants. Ces parcours nous enseignent combien, malgré les recommandations de la Bible et du Coran, la haine des homosexuels reste un choix que ne sont pas obligés de faire tous les croyants. Certains retiennent les passages les plus constructifs de leurs textes de référence (« Dieu est amour », « Dieu est grand et miséricordieux »).

---

1. SPENCER Colin, *Histoire de l'homosexualité, de l'Antiquité à nos jours*, Paris, Le Pré-aux-Clercs, 1998 (1re éd. 1995), 472 pages.
2. *Confessions* III, 8.

D'autres, au contraire, n'entendent que les interdits et les appels à la haine...

Les intégristes partagent l'idée selon laquelle l'homosexualité n'est pas seulement une affaire privée mais un crime commis contre Dieu et la Trinité. En bon fondamentaliste, Paul Weyrich, l'un des pères de la droite religieuse américaine, exècre le slogan féministe tendant à considérer que « le privé est politique », pensé pour dénoncer le viol conjugal, mais il est prêt à considérer que la vie privée des homosexuels, elle, a des conséquences politiques catastrophiques : « Le problème principal que pose la question homosexuelle est que des actes privés ont des conséquences publiques. Nous avons été faits à l'image de Dieu. Dieu est à la Trinité. La Trinité est la communauté. Nous faisons partie de la communauté[1]. » On retrouve cette même dénonciation de l'homosexualité comme « une révolte contre Dieu » sous la plume du sociologue Abdelwahab Bouhdiba, pourtant non islamiste : « L'islam demeure violemment hostile à toutes les autres formes de réalisation du désir sexuel qui sont dénaturantes car elles vont purement et simplement à l'encontre de l'harmonie antithétique des sexes ; elles violent l'harmonie de la vie ; elles plongent l'homme dans l'ambiguïté ; elles violent l'architectonique cosmique elle-même[2]. » En fait, cette peur panique de voir l'homosexualité se répandre jusqu'à frapper de malédiction le cosmos

---

1. WEYRICH Paul, Conférence nationale de la Christian Coalition, 1992.
2. BOUHDIBA Abdelwahab, *La Sexualité en islam*, Paris, PUF, 2001 (6e éd.), p. 44.

tout entier, présente chez les chrétiens comme chez les musulmans, vient une fois encore de la peur de subir le même sort que Sodome et Gomorrhe. C'est dire si les intégristes chrétiens et musulmans ont en commun d'avoir perçu l'arrivée du sida comme le signe du châtiment divin attendu, l'incarnation d'un nouveau Sodome et Gomorrhe venu rappeler à l'ordre les pécheurs égarés.

Le sida : un châtiment divin inespéré

Le discours homophobe contemporain est né avec l'apparition du VIH. Jusque-là, la question gay était suffisamment taboue pour que les extrémistes religieux n'aient pas à s'exprimer. Avec le sida, les mentalités changent. La communauté homosexuelle, l'une des plus durement touchées, réagit et interpelle. Les intégristes se sentent investis de la mission de la rappeler à l'ordre et produisent un argumentaire des plus apocalyptique. Le professeur Germain, président de l'Académie de pharmacie, sert de référence aux militants de l'Œuvre française contre la perversion des mœurs, une organisation catholique traditionaliste française. Elle cite abondamment la façon dont il interprète l'apparition du VIH : « Ce virus a eu le génie de s'attaquer à ceux qui ont transformé la physiologie de la reproduction en plaisirs frelatés[1]. » Dans le même esprit, les Éditions du Ranelagh ont

---

1. DUTONNERRE Désiré, *La Marée noire de la pornographie. Un fléau aux origines et aux conséquences souvent mal connues*, Carrières-sous-Poissy, Cercle de la Cité vivante, 1992, 364 pages.

publié un livre, *Sida, la stratégie du virus*, dans
lequel l'auteur fait de l'« inversion sexuelle » la
cause de la pandémie [1]. Écrit par un chrétien, ce livre
ressemble comme un jumeau à un autre, écrit celui-
là par un musulman, *La Crise du sida : une consé-*
quence logique de la révolution sexuelle moderne.
Né au Liban, Malik Babikir Badri préside l'Association internationale des psychologues musulmans, ce
qui lui vaut de représenter régulièrement le point de
vue islamique lors de conférences internationales.
D'après lui, l'homosexualité est apparue en même
temps que la sécularisation et les musulmans doivent
d'urgence prendre des mesures sous peine de
connaître le même sort que les Occidentaux : « Les
intellectuels musulmans devraient comprendre la
leçon de la tragédie occidentale due à la sécularisation de la religion [2]. » Une crainte que l'auteur justifie bien entendu en se référant à Sodome et
Gomorrhe : « Si l'homosexualité est déterminée biologiquement, alors c'est Dieu qui a créé cette préférence et s'il la punit de manière massive comme avec
Sodome ou dans la Charia c'est que cette action est
juste [3]. »

En terre musulmane, où il est encore plus tabou
d'aborder un tel sujet, la réaction à la pandémie s'est
traduite par un immense déni, au risque de conforter
les islamistes dans l'idée que ce châtiment divin ne

1. KÉRALY Hugues, *Sida, la stratégie du virus*, Paris, Éditions du
Ranelagh, coll. « Qui croire ? », 1987, 126 pages.

2. BADRI Malik, *The AIDS Crisis : a Natural Product of Modernity's*
Sexual Revolution, Kuala Lumpur, Medeena Books, 2000 (3e éd., 1re
éd. 1997), p. 100.

3. BADRI Malik, *ibid.*, p. 285.

frappe que les Occidentaux, punis par Dieu pour leur décadence. Aux États-Unis, où il existe un discours public sur la sexualité et un mouvement gay et lesbien important, ce déni n'a pas pu se faire malgré les efforts de la droite religieuse américaine. C'est de son côté que l'on trouve la plus importante production d'argumentaires mais aussi la plus forte mobilisation destinées à stigmatiser les gays au prétexte du VIH. Plusieurs livres les accusent de profiter du sida pour faire du prosélytisme. Celui que cite sans cesse la droite religieuse a été écrit en 1989 par Dannemayer. L'auteur y attribue l'apparition du sida au style de vie « débauché » des homosexuels. À ses yeux, les gays et les lesbiennes sont de redoutables ennemis, une « armée de Gengis Khan » : « Nous devons défaire l'homosexualité militante sinon elle nous envahira[1]. » Dannemayer n'est pas un extrémiste marginalisé. Ce sympathisant de la droite religieuse américaine est membre du Congrès, d'où il a tenté de faire supprimer l'anonymat des tests HIV. Toujours à la fin des années 80, un autre républicain, David Duke, candidat au poste de gouverneur de Louisiane, a proposé que l'on instaure un tatouage pour séropositifs : « Je crois à un tatouage indélébile, où il y aurait inscrit SIDA. Il serait placé dans une zone intime, peut-être même avec des caractères rouges et noirs. Ce tatouage sauverait des vies. » Des leaders fondamentalistes ont également proposé de mettre en quarantaine les malades du sida. En 1995, Pat Robertson, leader de la Christian Coalition, a

---

1. *Shadow in the Land : Homosexuality in America.*

profité de l'un de ses shows télévisés pour lancer cette alerte : « Les homosexuels veulent venir dans nos églises, déranger le déroulement de nos cultes, et déverser plein de sang pour essayer de transmettre le sida aux gens[1]. »

Ce type de discours pourrait faire sourire si Pat Robertson et ses alliés de la Nouvelle Droite n'avaient été au pouvoir pendant les années Reagan : celles où la maladie aura été la plus meurtrière. En 1981, Reagan a nommé au ministère de la Santé le docteur C. Koop, célèbre pour son livre intitulé *Qu'est-ce qui est arrivé à la race humaine ?*, dans lequel il fustige l'avortement, les homosexuels et l'euthanasie comme autant de signes de la décadence morale frappant l'Amérique[2]. Il faudra attendre 1986 pour voir ce ministre de la Santé arriver à prononcer le mot « préservatif » et presque autant d'années pour le voir se résoudre à prôner l'information en matière de prévention. Entre-temps, le manque de prise en compte des malades du sida, la chape de plomb moraliste qu'aura fait peser la droite religieuse sur le débat public, auront fait beaucoup de morts... Au début des années 90, après plus de 106 000 morts et dix ans d'épidémie, l'Amérique est toujours incapable de mettre en place le moindre programme intelligent de lutte contre le VIH. Le

---

1. *Les 700 Clubs*, 12 janvier 1995.
2. L'annonce de sa nomination suscita une controverse. Soutenues par treize quotidiens comme le *New York Times* et le *Los Angeles Times*, les associations gays et lesbiennes manifestent vivement leur opposition, tandis que la Marche pour la vie, organisée chaque année par des organisations chrétiennes intégristes, apporte son soutien à cette nomination.

début du XXIᵉ siècle ne s'annonce pas meilleur. Face au risque de reprise des contaminations à la suite du phénomène dit de *relapse*, le gouvernement de George W. Bush n'a qu'une seule priorité sanitaire : soutenir les campagnes prônant l'abstinence sexuelle et geler les budgets des associations de prévention !

La différence entre les intégrismes chrétiens américain et français, notamment leur impact sur les questions de société, tient au fait qu'ils n'ont pas du tout le même accès au pouvoir politique. Aux États-Unis, ils sont extrêmement proches du Parti républicain et donc du pouvoir, tandis qu'en France les intégristes doivent se contenter de faire du lobbying comme n'importe quel groupe d'intérêts. Ceci dit, même en France, les campagnes de prévention ont particulièrement souffert du lobbying mené par des associations comme Avenir de la Culture. Dans ses statuts, l'association déclare vouloir lutter « contre toute atteinte aux valeurs chrétiennes (blasphèmes, sacrilèges, etc.), aux bonnes mœurs, à la pudeur, à la moralité publique ou à la morale naturelle ». Dans la pratique, elle met toute son énergie à stopper la moindre initiative permettant de déstigmatiser l'homosexualité ou de freiner la courbe des contaminations liées au VIH. Début 1992, elle se mobilise contre une campagne de prévention en direction des lycées et des collèges proposée par Véronique Neiertz, alors secrétaire d'État aux Droits des femmes. Lionel Jospin, ministre de l'Éducation nationale, avait donné son accord mais il recule. Quant au Premier ministre, Pierre Bérégovoy, il revient sur ses engagements et va même jusqu'à déclarer : « Nous devons ensemble poursuivre le redressement moral, la France nous le demande. » La campagne est abandonnée.

La défense des privilèges face aux revendications d'égalité

En combattant plus que jamais l'éducation sexuelle et donc la prévention, les intégristes ont contribué de façon coupable à la diffusion de la maladie, avec un seul effet positif : celui de pousser une génération de malades à se révolter, comme en témoigne la création d'Act Up et d'autres associations qui ne vont plus seulement militer contre le sida mais aussi contre les discriminations. Les Lesbian and Gay Pride, ces manifestations de fierté où les gays et les lesbiennes marchent à visage découvert dans la joie et la revendication, annoncent le début d'une visibilité publique qui hérisse tout particulièrement les intégristes. Eux qui ne supportent pas les homosexuels – même sur le point de mourir du sida – sont révoltés de les voir aussi vivants et revendicatifs. En 2002, à l'occasion de la première Lesbian and Gay Pride de Jérusalem, 4 000 manifestants ont marché sous les huées d'une centaine de haredim venus les insulter. La police a même dû arrêter un militant du mouvement Kach qui avait prévu de bombarder le cortège avec des œufs et des tomates. Les autres se sont contentés de se poster tout le long de la marche avec des pancartes où l'on pouvait lire :

« Voilà Sodome ! », « Retournez au placard[1] ! ». En France, les Lesbian and Gay Pride recueillent un tel succès – jusqu'à 700 000 manifestants – qu'il serait vain de vouloir contre-manifester. En revanche, des associations intégristes comme Avenir de la Culture se chargent d'inonder de lettres d'insultes ses sponsors éventuels. En 1997, après une campagne particulièrement agressive, Kronenbourg, Avis et la FNAC n'ont pas renouvelé leur soutien à la marche parisienne. Mais c'est bien entendu aux États-Unis, pays de confrontation entre les identités par excellence, que le bras de fer est le plus visible.

Dès ses débuts, le combat contre les droits des gays et des lesbiennes a fait partie des combats que souhaitait mener la Moral Majority, au même titre que la lutte contre l'avortement. Lorsque les démocrates reviennent au pouvoir avec l'élection de Bill Clinton, après douze années de présidence républicaine, l'agenda antigay devient même la priorité des priorités. Peu de temps après son élection, Clinton va connaître une véritable tempête pour avoir osé envisager de lever l'interdiction faite aux homosexuels de servir dans l'armée[2]. Le révérend Louis Sheldon organise une conférence de presse où il menace de faire exploser le standard téléphonique

---

1. Les militants homosexuels israéliens et palestiniens ne se sont pas laissé intimider. Aussitôt la Gay Pride terminée ils ont porté plainte devant la Cour suprême israélienne. Le 27 avril 2003, cette dernière a ordonné à la Ville de Jérusalem de subventionner rétroactivement la première Pride organisée par le Jerusalem Open House.

2. Une interdiction instaurée pour la première fois en 1943, renforcée sous Reagan en 1982, et à laquelle la droite provie tient viscéralement.

du Capitole. Pari tenu, le 27 janvier, le standard du Congrès est pris d'assaut : 434 104 coups de téléphone dont 90 % protestent contre la levée de l'interdiction[1]. Clinton – que toute la droite religieuse accusait d'être homosexuel jusqu'au Monicagate ! – est vite dépassé par l'ampleur de la réaction. Il finit par faire en partie machine arrière mais cela ne fait qu'encourager la droite religieuse à rester mobilisée.

L'une des formes d'action très courantes des groupes antichoix américains consiste à menacer de boycott une entreprise ou un média qui auraient cessé de faire une distinction entre leurs clients hétérosexuels et homosexuels, ou qui auraient diffusé un programme bienveillant à l'égard des gays. À l'origine d'un grand nombre de campagnes, l'American Family Association a ainsi menacé de boycott la compagnie aérienne American Airlines, simplement parce qu'elle ne faisait pas de discrimination entre ses passagers voyageant en couple homosexuel ou hétérosexuel pour leur accorder une réduction de tarif[2]. Ces campagnes deviennent d'autant plus féroces chaque fois que l'homophobie menace d'être mise hors la loi. En 1995, neuf États américains se sont dotés de législations interdisant les discrimina-

_____

1. GALLAGHER John, BULL Chris, *Perfect Enemies, the Religious Right, the Gay Movement, and the Politics of the 1990's*, New York, Crown Publishers, 1996, p. 149.
2. L'AFA est l'une des principales associations *prolife* et familialistes américaines. Elle a été fondée en 1977 par Donald Wildmon. Dans une lettre, diffusée à des millions d'Américains, l'association se plaint que cette politique humilie les employés croyants, dans la mesure où ils se sentent ridiculisés par leur compagnie auprès de leurs proches. American Airlines a accepté de rencontrer les leaders mais a rejeté leur demande de cesser de faire du marketing *gay friendly*.

tions « en raison de l'orientation sexuelle ». Cette évolution rencontre aussitôt l'opposition des groupes religieux. Pour éviter d'apparaître comme des partisans de l'inégalité entre les citoyens, ils développent l'idée selon laquelle les homosexuels demandent en fait des « privilèges »[1]. Au Colorado, les groupes *prolife* imaginent par exemple se servir du dispositif de l'« initiative » – qui permet à des citoyens suffisamment nombreux de proposer un amendement – pour créer un précédent et bannir ce type de législation antidiscriminations[2]. En 1991, la région est l'objet d'un assaut en bonne et due forme : Focus on the Family de James Dobson, un leader connu pour son engagement ultra-moraliste, débarque avec plus de 750 employés[3]. Grâce à un budget de 70 millions de dollars par an, l'organisation met en place un collectif réunissant plus de 50 organisations et personnalités proches de la droite religieuse, notamment le mouvement des Promise Keepers. Le 3 novembre

---

1. C'est l'une des idées mises en avant par *The Anti-Gay Agenda*, reprises par l'un des anciens bras droits de Robertson, le révérend Sheldon, aujourd'hui leader de Traditional Values Coalition.

2. L'initiative permet à un nombre de citoyens légalement précisé (en général 8 à 10 % de ceux qui ont participé à la précédente élection du gouverneur) de signer une pétition pour qu'un amendement constitutionnel ou une loi soient proposés à l'ensemble des électeurs.

3. Né en 1936 en Louisiane, pédiatre de formation, docteur de l'université religieuse de Steubenville, licencié en psychologie et conseiller familial, Dobson a écrit de nombreux livres sur l'éducation des enfants comme *Children at Risk*, dans lequel il se montre favorable aux châtiments corporels. Mais c'est surtout à la radio qu'il exerce ses talents de psychologue et de pédiatre moraliste. À ses auditeurs, il explique que le but de Focus on the Family pourrait s'appeler Focus on Jesus et que lui-même n'est qu'un instrument au service d'une « droiture spirituelle en Amérique ». L'organisation est à l'image de son leader : ultra-moraliste, implacable, ultra-conservatrice et férocement intolérante.

1992, l'amendement proposé pour empêcher toute législation visant à interdire les discriminations en raison de l'orientation sexuelle est soumis aux électeurs qui l'approuvent à 53,4 %. Le Colorado se dote donc d'une loi instituant l'inégalité entre ses habitants. Mais si les États-Unis sont un pays où, plus qu'en France, la droite religieuse dispose d'une véritable capacité de nuisance, il s'agit aussi d'un pays où il existe de solides contre-pouvoirs. L'amendement 2 du Colorado sera éconduit par la Cour suprême après que huit gays et lesbiennes, un hétérosexuel et une femme séropositive ont porté plainte pour violation du 14e Amendement – lequel garantit en principe un traitement égal pour tous les citoyens. Le 26 juin 2003, la Cour a également cassé une loi texane interdisant la sodomie entre hommes au motif qu'elle contrevenait au respect dû à la vie privée. À terme, cette décision devrait avoir un impact sur l'ensemble des lois similaires édictées sous la pression de la droite religieuse dans certains États comme l'Arkansas, le Kansas et le Missouri. En attendant, en Oklahoma, la sodomie reste un « crime » passible de dix ans de prison.

Le bras de fer autour du mariage gay

On imagine sans peine ce que le spectre de la démocratisation du mariage peut représenter aux yeux des extrémistes religieux : si le mariage s'ouvre aux couples homosexuels, c'est qu'il n'est plus cette étape obligée vers l'accouplement à visée reproductive mais un contrat destiné à organiser la vie commune de deux personnes le souhaitant. C'est une révolution aussi importante que peut l'être la légalisation du droit à l'avortement. Une évolution que l'on ne trouve que dans les pays occidentaux et qui mobilise donc principalement les intégristes chrétiens, même si les extrémistes juifs et musulmans les soutiennent dans leur action.

Aux États-Unis, c'est en 1993 qu'une décision rendue par la Cour suprême d'Hawaï laisse espérer, pour la première fois, une évolution vers la légalisation des unions homosexuelles [1]. Trois ans plus tard, profitant d'un retour en force des républicains au Congrès, la droite religieuse obtient le vote d'un « Acte de défense du Mariage » définissant pour la première fois le mariage comme « l'union légale entre un homme et une femme » par 342 voix contre 67 [2]. L'acte est ratifié par le président Clinton. Il ne fait pas jouer son veto comme il l'a fait pour bloquer des lois anti-avortement [3]. Résultat, les gays et les

---

1. L'arrêt Baehr *vs* Lewin, rendu en 1993 par un juge hawaïen, laisse en effet entrevoir la possibilité d'un droit au mariage pour les gays et les lesbiennes, en tout cas il reconnaît que le fait de ne pas accorder des droits équivalents à un couple homosexuel et à un couple hétérosexuel constitue une forme de discrimination. C'est en suivant ce même raisonnement que, le 3 décembre 1996, pour la première fois, la Cour suprême d'Hawaï ouvre la voie au mariage entre partenaires de même sexe, au nom du principe de non-discrimination. Fassin Éric, « Homosexualité et mariage aux États-Unis, histoire d'une polémique », *Actes de la recherche*, n° 125, décembre 1998.

2. Il est ratifié au Sénat le 10 septembre 1996 par 85 voix contre 14.

3. Lorsqu'il était gouverneur de l'Arkansas, Clinton s'était opposé au mariage homosexuel. Après son fiasco à propos des gays dans l'armée, le président accumule les trahisons vis-à-vis de l'électorat gay et lesbien, dont un sondage montre qu'il vote à 66 % pour le président démocrate.

lesbiennes américains sont toujours exclus du droit
de se marier, sauf dans le Vermont où la Cour
suprême a estimé que l'État ne pouvait exclure certains citoyens des bénéfices du mariage et se devait
de proposer des contrats de partenariat équivalents[1].
Pendant ce temps, en France, les intégristes catholiques n'auront pas du tout le même impact lorsqu'ils
essayeront de s'opposer coûte que coûte au vote du
PaCS, le Pacte civil de solidarité prévu pour instaurer des contrats de partenariat ouverts aux couples
hétérosexuels comme homosexuels. Contrairement à
la droite religieuse américaine – qui affiche son
homophobie au nom des valeurs chrétiennes –, la
droite radicale catholique française a tout fait pour
ne pas apparaître comme un mouvement religieux et
homophobe. Une preuve supplémentaire que les
deux intégrismes, américain et français, ne sont pas
du tout confrontés aux mêmes contre-pouvoirs.

En France, chaque fois que le mouvement gay et
lesbien ou des journalistes ont pu déceler la trace
d'une inspiration intégriste, cela a desservi le camp
de l'opposition au PaCS. Moralité, si des associations clairement ultra-religieuses comme Avenir de

---

1. Décision du 20 décembre 1999. Le 19 avril 2000, le Sénat de
Nouvelle-Angleterre a également ratifié une loi instituant la possibilité
d'une « union civile » entre personnes de même sexe par 19 voix contre
11. Bien sûr, pour l'instant, l'union n'est pas valide en dehors de l'État,
mais plusieurs centaines de couples homos font déjà le déplacement,
ne serait-ce que pour s'unir symboliquement. Entre juillet et octobre
2000, 565 unions de ce type concernent des non-résidents. L'ultra-
droite vit surtout dans la hantise de l'effet boule de neige au niveau
fédéral. Le 28 décembre 1999, Concerned Women for America a lancé
une campagne : « Chers amis, la bataille dans le Vermont pour la redé-
finition du mariage n'est pas finie ».

la Culture, l'Association pour la promotion de la famille ou les Associations familiales catholiques ont très tôt participé à des mobilisations anti-PaCS, les leaders du mouvement ont tout fait pour gommer la référence chrétienne au profit d'un collectif – Générations anti-PaCS – dont la stratégie de communication était d'apparaître comme le plus spontané, jeune, moderne et œcuménique possible[1]. L'Alliance pour les droits de la vie, l'association provie de la députée Christine Boutin, finance par exemple l'impression de tee-shirts de toutes les couleurs pour habiller les manifestants, dont les plus jeunes sont poussés en avant. Malheureusement, lorsque les journalistes cherchent à les interviewer, la gaieté de leur tee-shirt ne fait plus illusion. Olivier (26 ans) déclare ainsi au journal *Le Parisien* : « On ne peut pas mettre sur le même pied mariage traditionnel et union d'homosexuels. C'est intolérable et grave pour l'avenir de notre société. Dans la vie j'ai trois idéaux : Dieu, la famille et la patrie[2]. » Pauline (20 ans) est encore plus explicite : « Dieu nous a créés pour être en couple, non du même sexe mais un homme et une femme ! ! ! [...] Tout ce qui se passe de nos jours quand on parle de sexe est absolument contre nature. Le péché est vraiment rendu à son comble. Malheureusement, on en est rendu là car

---

1. L'APPF s'est notamment révélée à l'initiative de la pétition de 15 032 maires contre le PaCS. Quant aux Associations familiales catholiques, comme au moment des mobilisations pour l'école privée, elles ont organisé les premières manifestations anti-PaCS.

2. *Le Parisien*, 1er février 1999. Entretien avec des manifestants le 31 janvier 1999.

Satan se déchaîne et défait tout ce que Dieu a créé de bon et de beau[1] ! ! ! »

Les organisateurs des manifestations anti-PaCS ont tout fait pour dissimuler l'intolérance de leurs militants. La Confédération des Associations familiales catholiques[2] – à l'origine des premières actions anti-PaCS – va notamment s'employer à donner l'illusion d'un mouvement anti-PaCS qui ne soit pas uniquement catholique mais plutôt œcuménique. Tout en prenant l'initiative du Collectif pour le mariage et contre le PaCS (le futur Génération anti-PaCS), elle prend soin d'y associer Familles de France[3], les Associations familiales protestantes[4] et

---

1. Entretien avec l'une des manifestantes réalisé en 1999.

2. « Enracinées dans l'Église pour la promotion et la vitalité de la famille », les AFC (Associations familiales catholiques) sont membres de l'UNAF et dotées du prestige historique d'avoir organisé les grandes manifestations pour l'« école libre ». C'est aussi l'organisation familiale provie la plus proche de la droite radicale. À titre d'exemple, les AFC de Versailles participent depuis 1991 à des Journées nationales organisées par l'Action familiale et scolaire et la Trêve de Dieu, l'une des associations antiavortement les plus violentes. Les AFC de Paris sont également partie prenante de tous les grands événements provie de la capitale. Pour justifier la participation de son association à la Marche pour la vie du 17 janvier 1998, Arnaud Rivière, président des AFC du VIIIe arrondissement, a déclaré dans *Présent* : « L'AFC VIIIe est résolument contre le génocide silencieux que constitue l'avortement légalisé » (*Présent*, 13 février 1988).

3. Créée en 1932, membre de l'UNAF (Union nationale des associations familiales), Familles de France compte 137 361 familles adhérentes. En collaboration avec des psychiatres, l'association s'est surtout fait connaître par ses campagnes contre les minitels roses ou la violence dans les jeux CD-ROM.

4. Dirigées par Pierre-Patrick Kaltenbach, les Associations familiales protestantes revendiquent 6 000 familles, 3 000 adhérents et 37 associations. Sa vice-présidente, Évelyne Sullerot, est bien connue des milieux féministes puisqu'elle y a appartenu dans les années 60 avant de changer de camp et de devenir une antiféministe déclarée.

l'Union des familles musulmanes. La mise en avant de sa diversité religieuse fait partie d'une stratégie de communication destinée à convaincre l'opinion publique française que l'opposition au PaCS ne relève pas d'une volonté catholique intégriste et anti-laïcité. La présence d'associations musulmanes est surtout symbolique. L'Union des Familles musulmanes de France est une association toute récente. Sa participation n'en reste pas moins instructive. Même relativement superficielle, cette alliance contre le PaCS ne pourrait avoir lieu si certains catholiques et musulmans de France ne partageaient pas des valeurs communes comme l'intolérance envers l'homosexualité. Interrogé en octobre par *La Croix*, son président, Foudil Benabadji, justifie sa participation aux campagnes anti-PaCS en ces termes : « Ce projet nous agite. Il sera un frein supplémentaire à l'intégration des 4 millions de musulmans dans la société française[1]. » Et d'ajouter : « Le gouvernement ne peut à la fois prétendre intégrer les jeunes musulmans et faire éclater leur modèle familial[2]. »

Prôner le repentir ou la mort selon le contexte...

Si les campagnes homophobes sont plus souvent à l'initiative de mouvements chrétiens que juifs ou musulmans, nous avons vu que ce décalage tenait surtout au fait qu'il existe davantage d'associations

---

1. MONROE Laurence, « Des familles se fâchent contre le Pacs », *La Croix*, 3 octobre 1999.
2. *Le Monde*, 1er février 1999.

gays et lesbiennes revendiquant des droits en Occident qu'en Orient. La sexualité hors norme est particulièrement taboue dans les pays arabes. Pour autant, les intégristes juifs ou musulmans sont prêts à être tout aussi violents que les intégristes chrétiens lorsque le débat l'exige. Les écrits produits par les musulmans vivant dans des pays occidentaux sont là pour nous le rappeler. À une question posée à propos de l'homosexualité sur le site Web *Fatwa Bank*, le docteur Muzammil Siddiqi, l'ancien président de la Société islamique d'Amérique du Nord, fait cette réponse : « Normalement, les musulmans trouvent dégoûtant d'engager la discussion sur un sujet pareil parce que nous savons que parfois le diable s'immisce dans la conversation [...] mais de nos jours, cet acte est devenu un phénomène. Il existe des agences et des lobbies qui travaillent à sa propagation et qui veulent en faire un mode de vie acceptable et légitime. Pour cette raison, il est important de parler contre. Nous devons avertir la jeunesse et les enfants contre ce mode de vie démoniaque [1]. » Bien sûr, leur mode d'expression épouse alors les règles minimales du débat public selon le pays où ils se trouvent. De même que les intégristes chrétiens tentent de laïciser les mobilisations anti-PaCS pour ne pas choquer l'opinion laïque française, les intégristes musulmans vivant en Occident ont appris à modérer leur discours pour le rendre plus acceptable. Si *Fatwa Bank* condamne très clairement l'homosexualité, l'ancien président de la Société islamique

---

1. http://www.islamonline.net

d'Amérique du Nord précise : « Si nous voyons une personne qui a commis ce péché et qui veut s'en repentir, nous devons aider cette personne autant que nous le pouvons pour la sortir de cet enfer. Nous ne devons pas le ou la laisser face à la tentation de Satan. » En fait, sous prétexte de se montrer charitables, les intégristes musulmans vivant en Occident adoptent très exactement la même stratégie que leurs homologues juifs et chrétiens. Ceux-ci ont mis en place toute une rhétorique invitant les homosexuels à se repentir et à guérir pour ne pas donner l'impression de vouloir tous les condamner à rôtir en Enfer. La droite religieuse américaine s'imagine par exemple pouvoir guérir les homosexuels en les faisant participer à des stages où ils suivent un programme de « thérapie réparatrice ». Les femmes sont alors invitées à se réconcilier avec les robes et le maquillage, tandis que les hommes sont priés de retrouver le chemin de leur virilité.

En dépit d'apparences plutôt innocentes, les dégâts psychiques provoqués par ce type de stage sont souvent dramatiques. En août 1998, Human Right Campaign a édité un rapport pour démontrer le caractère dangereux de ces thérapies où certains patients sont soumis à des séances d'électrochocs, de castration chimique et de prise d'hormones. L'American Medical Association, l'Ordre des médecins américain, pourtant très conservateur, a pris position contre. Mais la droite religieuse et le mouvement provie ne sont pas prêts à renoncer à des campagnes aussi stratégiques, permettant d'apporter la preuve que les intégristes ont trouvé un moyen tout à fait

chrétien d'« aider » les homosexuels. Cette rhétorique est tellement pratique qu'on la retrouve chez
les Loubavitch, plus investis dans la vie sociale que
d'autres haredim. En général, les juifs orthodoxes
résistent à la modernité par des actions davantage
communautaires que tournées vers le lobbying, ce
qui explique qu'ils soient moins présents sur le terrain de la lutte contre les droits des gays et des lesbiennes. Cela ne veut pas dire qu'ils sont moins
homophobes. Eux aussi espèrent pouvoir pousser les
homosexuels à se repentir. Dans un texte intitulé
Rights or Ills – signifiant à peu de chose près : les
gays ont-ils besoin de droits ou d'une thérapie ? – le
rabbin Loubavitch Schneerson explique que « tout
le monde a le pouvoir de changer » son orientation
sexuelle grâce aux bienfaits de la « thérapie réparatrice ». Sur ses traces, le mouvement Loubavitch a
créé une organisation basée au New Jersey :
JONAH, les Juifs Offrant de Nouvelles Alternatives
à l'Homosexualité. Ses membres ont pour mission
de convaincre ceux qui les contactent des bienfaits
de l'hétérosexualité[1]. Ainsi, si les juifs orthodoxes
vivant en Israël se montrent peu préoccupés de militer contre les homosexuels, ils adoptent très exactement la même attitude que la droite religieuse
chrétienne lorsqu'ils évoluent dans le même pays et
dans le même contexte.

La démocratie américaine ne peut contenir les
intégristes chrétiens au point d'empêcher leurs

---

1. *Shalom & Welcome to Jonah's Web Site : Jews Offering New Alternatives to Homosexuality.*

appels à la haine. Se basant sur des extraits du Lévitique disant que l'homosexualité est une « abomination », le groupe chrétien américain Christian Reconstructionism ne perd pas une occasion de rappeler que « les cités de Sodome et Gomorrhe ainsi que les villes voisines, toutes vicieuses, ont été rayées de la carte ». Selon eux, les homosexuels n'ont pas accès au royaume de Dieu ni au Paradis. S'ils ne se repentent pas, ils doivent assumer les conséquences de leurs actes et endurer la mort... Entre 1988 et 1997, 24 gays ont été tués au Texas et de nombreux gays et lesbiennes ont été agressés. Tous les ans, l'association People for the American Way publie un rapport sur l'homophobie aux États-Unis. L'association – qui a dénombré plus de 300 incidents dans 47 États – note que le nombre d'agressions a doublé entre 1997 et 1999, ce qu'elle met en relation avec la reprise des mobilisations anti-gay de la droite religieuse[1]. En 1998, l'assassinat d'un jeune étudiant gay, Mathew Shepard, a particulièrement bouleversé l'Amérique. Il a été retrouvé battu à mort le 7 octobre, en pleine campagne de la droite religieuse enjoignant les homosexuels à se convertir ou à devenir abstinents. Certains sympathisants de l'American Family Association, comme le révérend Fred Phelps, ont dépensé des fortunes pour imprimer des autocollants où il était écrit : « Dieu hait les pédales ». Les mêmes ont tenté d'organiser une manifestation contre l'enterrement religieux de Shepard. Lors du procès, la défense de l'un des

---

1. Voir leur rapport de 1999, *The Hostile Climate*.

meurtriers, Aaron McKinney, a invoqué la « panique homosexuelle », une sorte de « circonstance atténuante » parfois retenue par les magistrats pour expliquer l'attitude d'agresseurs homophobes. On fait ainsi valoir que leur violence est due au sentiment d'être agressés lorsqu'ils sont au contact de gays. Pour la presse gay américaine, cette panique homophobe est incontestablement favorisée par la propagande antihomosexuels déployée depuis des années par la droite religieuse. Dans une tribune intitulée « J'accuse ! », parue dans *The Advocate*, Gore Vidal se souvient de toutes les attaques homophobes portées comme autant de coups de revolver par les leaders conservateurs et leurs alliés fondamentalistes.

Ainsi, si l'incitation à la haine des chrétiens intégristes américains s'exerce dans un pays où il existe un mouvement gay et lesbien capable de réagir, il lui arrive tout de même de toucher ses cibles. De ce point de vue, la haine des intégristes chrétiens américains n'est pas différente de celle exprimée par les islamistes prônant la peine de mort pour les homosexuels. Omar Bakri, le leader londonien d'Al Muhajiroun, la résume à sa façon lorsqu'il déclare : « L'islam, le christianisme et le judaïsme condamnent unanimement l'homosexualité, la pédophilie et la bestialité et prescrivent la mort pour ce type d'actes[1]. » Un mort égale un mort, même si la violence exercée au nom d'un État donne le sentiment d'une tout autre ampleur. Cette fois, rien n'empêche

---

1. Tract d'Al Muhajiroun.

les mouvements intégristes d'appliquer le plus officiellement du monde des châtiments sanctionnant
l'homosexualité au nom de la religion. C'est donc
incontestablement du côté des intégristes musulmans
que l'on trouve le plus d'écrits en faveur d'une
condamnation à mort des homosexuels suivie d'effets. Un théoricien islamiste comme Qaradhawi
hésite quant au châtiment à leur réserver : « Est-ce
que les deux partenaires reçoivent le châtiment du
fornicateur ? Est-ce que l'on tue l'actif et le passif ?
Par quel moyen les tuer ? Est-ce avec un sabre ou le
feu, ou en les jetant du haut d'un mur [1] ? » En Arabie
saoudite, les juges islamiques semblent avoir
tranché... pour la décapitation. Le 1er janvier 2001,
trois hommes ont été condamnés à mort pour « sodomie, mariage entre eux et incitation à la pédophilie [2] ». En cela, l'un des plus gros partenaires
commerciaux des États-Unis ne se distingue en rien
du régime des talibans, sous lequel on construisait
un mur de pierres pour ensevelir les prévenus sus-
pectés de « perversion sexuelle homophile ». Si la
victime survivait à une demi-heure de supplice, elle
était graciée et lavée de tout soupçon. En Somalie,
deux femmes ont été condamnées à mort pour
« comportement contre nature [3] ». En Iran, selon l'or-

---

1. QARADHAWI Youssef, *Le Licite et l'Illicite en islam, op. cit.*
2. Ali Ben Hatan Ben Saad, Mohamed Ben Suleiman Ben Mohamed
et Khalil Ben Abdallah.
3. Les deux femmes ont été condamnées lundi 19 février par un
tribunal en vertu du Code criminel somalien, dérivé de la loi islamique,
la Charia. L'une des deux femmes revenait des États-Unis quand elle
a commencé à vivre avec la seconde. Peu après, celle-ci s'est rendue
dans un commissariat de police pour s'y plaindre que sa compagne la
maltraitait, en particulier ne voulait pas payer pour des soins médicaux

ganisation d'homosexuels musulmans Al Fatiha, exilée à New York, près de 4 000 homosexuels auraient été mis à mort par le régime des ayatollahs.

La croisade contre l'avortement

Malgré des dogmes divergents sur la question, les intégristes des trois religions donnent l'impression d'être à l'unisson concernant la réprobation de l'avortement. Cet alignement est moins le fruit de références communes que d'une manipulation politique conjointe des textes. Les juifs, les chrétiens et les musulmans se réfèrent bien à un passage de l'Exode, le seul à aborder clairement la question de l'avortement, mais ils en tirent un enseignement autrement plus sévère que celui prôné par le texte lui-même. Que dit l'Exode[1] ? « Si des hommes, en se battant, bousculent une femme enceinte et que celle-ci avorte mais sans autre accident, le coupable paiera l'indemnité imposée par le maître de la femme, il paiera selon la décision des arbitres. » Autrement dit ce n'est qu'en cas d'« accident », si

dont elle avait besoin. Elle a raconté dans le détail ses relations avec sa compagne. Les policiers ont immédiatement arrêté les deux femmes. Après l'énoncé de la sentence, les deux femmes ont été écrouées à Bossasso. Le Puntland dispose de ses propres institutions et administration. La peine capitale a rarement été appliquée au Puntland. Les condamnées à mort sont passées par les armes par un peloton d'exécution (rapporté le mardi 20 février par le quotidien somalien *Qaran* à Mogadiscio).

1. Exode XXI, *La Bible du rabbinat*, Éditions Colbo.

l'agression entraîne un dommage pour la mère et non pas seulement un avortement, que la Torah demande réparation : « Mais si un malheur s'ensuit, tu feras payer corps pour corps, œil pour œil, dent pour dent, main pour main, pied pour pied, brûlure pour brûlure, plaie pour plaie, contusion pour contusion. »

En principe, les juifs font la distinction entre l'être vivant (la femme) et l'être non né (le fœtus). Ils suivent en cela strictement l'événement rapporté par l'Exode – où il s'agit clairement de réparer un préjudice subi par la mère et non de répondre d'un crime envers l'enfant à naître. « Le fœtus n'est pas considéré dans la loi talmudique comme un être indépendant, mais comme faisant partie de la mère », explique Pauline Bebe, la seule femme rabbin libérale en France : « Un fœtus est la cuisse de sa mère[1]. » « Et jusqu'au moment de la naissance, il peut être détruit pour sauver la vie de la mère[2]. » Effectivement, dans le cas théorique où une femme enceinte serait condamnée à être exécutée, la Mishna ne recommande pas d'attendre qu'elle ait accouché : « Les tossafistes expliquent qu'il serait cruel pour une femme qui sait qu'elle est condamnée d'avoir à attendre la naissance de son enfant, car la loi prévoit qu'il ne peut y avoir de délai entre la condamnation et l'exécution de la peine. » Ainsi l'intérêt de la femme, même condamnée, est incontestablement prioritaire sur le fœtus ; ce qui n'empêche pas les

---

1. Houlin 58a ; Guittin 23b.
2. Oholoth 7 : 6, cité par Pauline BEBE, *Isha, dictionnaire des femmes et du judaïsme, op. cit.*, p. 39.

lectures de diverger selon les appartenances. Tout en considérant qu'il doit rester exceptionnel, les juifs libéraux peuvent tolérer le recours à l'avortement jusqu'à un stade avancé de la grossesse, tandis que les plus rigoristes ne le tolèrent qu'en cas extrême, lorsque la vie de la mère est en danger. La Halakha – qui est pourtant extrêmement stricte – autorise l'avortement si la vie de la mère est menacée. Les juifs ultra-orthodoxes sont censés l'appliquer à la lettre. Pourtant le grand rabbin d'Israël, Issar Unterman, assimile l'avortement à un meurtre. Certains orthodoxes et ultra-orthodoxes s'arrangent pour aller encore plus loin. Rabbi Yishmaël détourne la réparation exigée envers la mère au profit du fœtus : « Celui qui verse le sang de l'homme, par l'homme son sang sera versé » ; or « qu'est "l'être humain dans l'être humain ?" Il s'agit du fœtus[1]. » Cette interprétation tend à gommer la distinction – pourtant claire dans l'Exode – entre le fœtus et la mère comme personne vivante. C'est le début d'une lecture politique et radicale de l'avortement tendant à rejoindre l'idéologie plus globalement patriarcale des intégristes.

Le phénomène est également à l'œuvre chez les musulmans. En principe, en l'absence de recommandation claire à ce sujet dans le Coran, les imams sont encore plus tolérants que les juifs, notamment en ce qui concerne les avortements ayant lieu avant la période de formation du fœtus. Même les plus intégristes ne sont guère motivés pour condamner

---

1. Genèse IX, 6, *La Bible du rabbinat*, Éditions Colbo.

l'avortement en soi. Le comité de *Fatwa on Line* rappelle ainsi qu'en accord avec un propos du Prophète un embryon ne peut être considéré comme un fœtus – donc comme un être humain – durant les trois premiers mois de la grossesse, après quoi Qaradhawi rappelle que l'avortement est considéré comme *haram* (sacrilège). Les intégristes musulmans sont également nettement plus tolérants que les juifs et les chrétiens concernant la contraception, qu'ils tiennent à distinguer de l'avortement. Pour cela, ils se basent sur un Hadith où le Prophète aurait permis à un homme de « se retirer » pour éviter que sa femme ne soit enceinte : « Ô, messager de Dieu, j'ai une bonne et je détesterais qu'elle soit enceinte, et je désire ce que tout homme désire, mais j'ai entendu les juifs dirent que *azl* [le fait de se retirer au moment de l'éjaculation] est une "petite mort". » Voici ce que Mahomet lui répondit : « Les juifs sont des menteurs. Si Dieu avait voulu que tu crées, il ne t'aurait pas permis de le prévenir[1]. » En réalité, seuls les musulmans les plus radicaux se rallient à une cause provie telle que l'entendent les intégristes chrétiens, souvent sous leur influence. Dans ce domaine, les chrétiens sont en effet nettement plus radicaux que leurs homologues juifs et musulmans.

Autant les intégrismes juif et musulman sont incontestablement plus sévères à l'égard du statut des femmes en général, autant les intégristes catholiques et protestants ont tendance à exprimer leur antiféminisme au travers d'une opposition intransi-

---

1. Rapporté par Abu Dawood.

geante à la planification des naissances. Il existe plusieurs raisons à cela. D'abord, le christianisme est sans aucun doute la religion la plus hostile à toute possibilité de déconnecter la sexualité de sa vocation reproductrice. Ensuite, les intégristes chrétiens évoluent souvent en Occident, où l'opposition à l'avortement est la seule prise de position antidroits des femmes encore audible. Cette fenêtre politique les a conduits à nettement durcir un jugement sur les droits reproductifs qui était à l'origine bien plus proche des deux autres religions...

L'opposition à l'avortement
comme symptôme de l'antiféminisme chrétien

Les catholiques et les protestants radicaux considèrent aujourd'hui l'avortement comme le péché absolu, un crime qu'ils font commencer dès la conception et qu'ils ne tolèrent en aucun cas – même si la grossesse est le fruit d'un viol ou que la vie de la mère est en danger. On pourrait penser qu'il s'agit d'un réflexe puisé dans la Bible. Pourtant, il n'en a pas toujours été ainsi... Les chrétiens se basant sur le même épisode rapporté par l'Exode, les Pères de l'Église catholique ne trouvaient rien à redire contre les avortements ayant lieu avant le quarantième jour de grossesse. Aux États-Unis, l'Église catholique elle-même tolérait le droit d'interrompre sa grossesse jusqu'à la période dite de l'animation – tant que la femme n'avait pas ressenti les premiers mouvements

du fœtus[1]. Cette pratique était non seulement
communément admise mais elle représentait l'une
des principales activités médicales jusqu'à ce qu'un
mouvement issu de l'Ordre des médecins la fasse
interdire, à la fin du XIXe siècle. Il s'agissait alors de
réaffirmer le magistère des médecins hommes
diplômés, en mettant fin à une technique abortive
essentiellement pratiquée par des femmes non diplômées – et qui commençait à sonner le début d'une
certaine émancipation féminine[2]. Ce n'est qu'en
1973, au moment de la relégalisation de l'avortement
par l'arrêt Roe *vs* Wade, que des militants provie
intégristes s'empareront réellement de cette croisade.
Nous sommes alors en pleine campagne des ultra-
conservateurs et des ultra-religieux contre l'amendement prévu pour inscrire l'égalité des sexes dans la
Constitution. Bien que déjà engagé dans cette campagne, Jerry Falwell, le futur leader de la Moral
Majority, n'hésite pas à présenter la légalisation de
l'avortement comme le début de sa révélation politique : « Pour la première fois de ma vie, j'ai senti
que Dieu me demandait de le rejoindre », écrit-il
dans son autobiographie[3]. Pasteur et animateur d'un

1. EZEKIEL Judith, « A history of abortion in America », *Living
Archives*, nº 2. Pour une histoire de l'avortement aux États-Unis, on se
référera aussi utilement à MOHR James, *Abortion in America : the Ori-
gins and the Evolution of National Policy 1800-1900*, Oxford, Oxford
University Press, 1978. Voir aussi FOUREST Caroline, *Foi contre Choix.
La droite religieuse et le mouvement prolife aux États-Unis*, Villeurbanne, Golias, 2001, 336 pages.

2. FASSIN Éric, « L'avortement aux États-Unis. Histoire d'une politi-
sation, des origines à Roe *vs* Wade », *Les Études du CERI*, nº 22,
janvier 1997.

3. FALWELL Jerry, *An Autobiography*, Lynchburg, Liberty House
Publishers, 1997, p. 360.

show télévisé religieux à succès, il mène désormais campagne contre ce qu'il dénonce dans ses shows télévisés comme « le péché américain national » ou encore une « solution finale » comparable à celle de Hitler, « un holocauste biologique » contre la nation [1].

Par-delà les mots et les surenchères, il faut bien comprendre ce qui choque profondément les intégristes chrétiens. S'il s'agissait d'une simple question éthique, les militants provie se contenteraient de réclamer une loi conforme aux enseignements de l'Exode ou aux interprétations des Pères de l'Église. Or ils militent pour une interdiction absolue et sans conditions du droit à l'avortement. À leurs yeux, ce droit a surtout le tort de soustraire les femmes à leur mission de « porteuses d'hommes ». Non seulement il libère la femme de son rôle procréateur mais il libère la sexualité de sa vocation reproductrice. Randall Terry, du groupe Operation Rescue, l'un des groupes *prolife* les plus violents aux États-Unis, est très clair à ce sujet. Son ennemi mortel s'appelle le « féminisme radical » qui a, selon lui, « accouché des meurtres d'enfants [2] ». Parce qu'elles revendiquent le droit de ne pas être contraintes à la maternité, et donc de sortir de leur rôle assigné par la famille traditionnelle, les féministes représentent tout ce que les *prolife* détestent. L'antiféminisme et la lutte contre l'avortement font indissociablement partie des piliers de toutes les grandes coalitions formant la droite religieuse américaine,

---

1. Falwell Jerry, *ibid.,* p. 359.
2. Faludi Susan, *Backlash*, New York, Crown Publishers, 1991 ; Paris, Éditions des Femmes, 1993, 744 pages.

qu'il s'agisse de la Moral Majority ou de la Christian Coalition. Ce phénomène n'est bien entendu circonscrit ni aux intégristes protestants ni aux États-Unis.

La France, « fille aînée de l'Église », détient le triste record d'une soixantaine d'associations provie en activité sur son sol. Contrairement à ce que l'on pourrait croire, elles ne sont pas loin d'être aussi radicales que leurs homologues américaines. Les provie français et américains dénoncent avec la même fermeté et la même violence les avortements comme « le pire des crimes contre l'humanité », ce qui justifie de s'y opposer par tous les moyens. D'un certain point de vue, les provie français tiennent un discours plus radical dans la mesure où ils dénoncent comme « crimes » des interruptions de grossesse effectuées au maximum à douze semaines de grossesse, selon la loi française, là où les *prolife* américains crient au meurtre pour des avortements ayant parfois lieu au-delà de six mois de grossesse. Pourtant, contrairement aux Américains, les provie français n'ont jamais eu recours au meurtre. Encore une fois, le contexte et les contre-pouvoirs qu'ils rencontrent jouent un rôle dans cette moindre radicalité. Deux associations françaises sont passées à l'action commando au milieu des années 80 : SOS Tout-Petits [1] et la Trêve de

---

1. Créée en novembre 1986 par Françoise Robin et Xavier Dor, chercheur en embryologie, médecin à l'hôpital de la Salpêtrière et militant de longue date de l'extrême droite (Parti des Forces nouvelles, Front national) et du catholicisme traditionaliste, l'association n'a pas été déclarée au *Journal officiel* de crainte d'être dissoute. En janvier 1995, ses membres ont déclaré avoir attaqué 100 CIVG. En septembre 2002 on peut estimer à 220 le nombres d'attaques provenant de ce seul groupe.

Dieu[1]. Ce sont précisément celles qui ont eu des contacts avec des militants *prolife* américains. La Trêve de Dieu a par exemple plusieurs fois organisé des conférences avec des leaders américains, notamment Don Treshman, l'un des théoriciens *prolife* ayant justifié le meurtre des médecins pratiquant des avortements[2]. Le chef d'Operation Rescue, l'une des organisations *prolife* les plus violentes, dit avoir eu l'idée de mener des commandos à l'intérieur des cliniques – et non plus seulement des attentats ou des actions à l'extérieur – après une rencontre avec le docteur Xavier Dor, le leader français de SOS Tout-Petits, en 1986[3]. Mais la continuité et la radicalité des intégristes chrétiens ne s'expliquent pas seulement par les contacts outre-Atlantique. Par-delà les frontières et les confessions, les militants provie partagent un modèle et un mécène dans ce domaine : le Vatican. Fait peu connu, c'est sous son impulsion que le mouvement provie est né en Amérique et s'est ensuite développé dans le reste du monde...

---

1. Créée au moment de la visite du pape en Alsace en 1988, la Trêve de Dieu a été la première association à pratiquer le commando violent appelé aussi « sauvetage ». Elle a aussi une politique de lutte contre Roussel Uclaf, qu'elle harcèle par des procès. La Trêve de Dieu donne naissance en 1997 au groupe des Survivants qui pratique des commandos massifs (200 personnes), quatre fois par an.

2. Théologien de l'homicide justifié (cette théorie qui consiste à légitimer l'assassinat des défenseurs de l'avortement), Treshman est signalé comme venant en France par le bulletin *La Trêve de Dieu* de janvier/ février 1993.

3. Terry Randall, *Operation Rescue*, Withaker House, 1988, 288 pages.

Et le Vatican créa le mouvement provie

Au début des années 70, c'est tout simplement la hiérarchie vaticane qui donne son nom au mouvement provie. Le premier dimanche d'octobre 1972, alors que des référendums sur l'avortement sont organisés État par État, et que l'arrêt Roe *vs* Wade s'apprête à le légaliser dans tous les États-Unis, la Conférence des évêques américains lance un « Programme pour le respect de la vie » dans lequel elle appelle au réveil de la communauté catholique et plus généralement à un sursaut œcuménique contre l'avortement. Face à la multitude de confessions protestantes, l'Église catholique joue un rôle particulièrement important : à la fois comme caution, comme moteur, comme soutien organisationnel, mais aussi comme agent d'une nouvelle stratégie discursive. C'est à elle que l'on doit l'idée de mettre en avant une rhétorique provie qui ne soit plus simplement « antiavortement » mais « provie ». Le terme présente plusieurs avantages. Il valorise l'opposition à l'avortement en la faisant passer d'une dénomination négative, « anti », à une dénomination positive, « pro », inattaquable. Qui serait contre la vie ?

Sous l'impulsion du Vatican, les premiers groupes américains antiavortement comprennent rapidement l'intérêt de cette nouvelle appellation et l'adoptent dans leurs brochures. En 1973, le tout premier groupe antiavortement américain, La Voix des nonnés, change de nom pour prendre celui des Citoyens du Michigan pour la vie, avant de devenir Right to

Life of Michigan – le Droit à la Vie du Michigan[1].
La plupart des structures provie émergentes peuvent
désormais compter sur les moyens et les relations de
l'Église catholique pour voir leurs idées portées au
plus haut niveau de l'État américain. La Conférence
des évêques américains prévoit d'affecter un fonds
spécial à la création d'un Comité national pour un
amendement pour la vie humaine[2]. Le vote de cet
amendement devient désormais l'objectif de tout le
camp provie et l'Église catholique se donne les
moyens de sa réussite. L'un de ses leaders, Mark
Gallagher, commence à faire pression sur les
congressistes américains de confession catholique
(30 % du Congrès). Résultat, l'année suivant Roe *vs*
Wade, plus de 50 projets de lois visant à en limiter
l'application sont déposés. Le sénateur James Buck-
ley propose même un amendement constitutionnel
visant à l'annuler. Il n'est pas adopté mais un autre
cheval de bataille de l'Église catholique est en bonne
voie. Selon ses vœux, une discussion parlementaire
s'engage pour faire restreindre le financement par
l'État des centres pratiquant des avortements. Afin
d'accélérer le mouvement, le 25 novembre 1975, le
Conseil national des évêques catholiques adopte un
« Plan pastoral pour les activités pour la vie », une
sorte de programme destiné à susciter la création de
groupes *prolife* et à mener campagne en faveur des

---

1. Le groupe a été fondé à l'occasion du référendum organisé sur
l'avortement dans l'État du Michigan, quelques mois avant que l'arrêt
Roe *vs* Wade ne le légalise au niveau fédéral.

2. CRAIG Barbara, O'BRIEN David, *Abortion and the American Politics*, Chatham, Chatham House, 1993, p. 44.

hommes politiques prêts à se battre contre l'avorte-ment[1]. Le lobby provie enregistre sa première vic-toire grâce à un sénateur catholique, Henry Hyde. En 1976, le sénateur républicain parvient à faire adopter un amendement mettant fin au remboursement de l'avortement dans le cadre du Medicaid, un système permettant aux plus pauvres de bénéficier d'une cou-verture sociale. En pleine période électorale, après un lobbying actif de l'Église catholique, le principe a convaincu une large majorité de sénateurs, tant républicains que démocrates. Il est vrai que l'avorte-ment ne départage pas encore clairement les deux partis. L'amendement Hyde entre donc en applica-tion le 14 août 1977 par la voix de Jimmy Carter. Moins de quatre ans après Roe *vs* Wade, grâce aux efforts du Vatican, les femmes les plus pauvres se retrouvent de nouveau à la merci d'une grossesse non désirée.

Depuis, le parcours d'une Américaine qui souhaite avorter est un cauchemar annoncé. Paniquée à l'idée de croiser sur son chemin un « conseiller » anti-avor-tement qui agitera sous son nez une photo de fœtus en lambeaux, elle doit parfois avoir recours à des escortes pour se faire accompagner. Quant aux médecins et responsables des Centres de planifica-tion familiale, leur vie est devenue un enfer. Menacés en permanence, certains vivent entourés de gardes du corps et peu de jeunes médecins se préci-pitent pour assurer la relève. Beaucoup se retran-chent derrière l'objection de conscience pour ne pas

---

1. Craig Barbara, O'Brien David, *ibid.*, p. 47.

exercer. Or, rien n'oblige un hôpital à remplacer ces praticiens. Depuis l'amendement Hyde, des lois sont systématiquement votées pour réduire voire interdire le subventionnement des centres où l'on pratique l'avortement ainsi que des Centres de planification familiale. Résultat, les endroits où l'on peut avorter ferment les uns après les autres. Entre 1977 et 1989 ce type de service diminue de moitié. Une Américaine moyenne qui n'a pas la chance d'habiter en ville et n'a pas les moyens de prendre un billet d'avion peut avoir à effectuer plusieurs jours de voyage avant de trouver un centre où elle pourra avorter, à condition bien sûr qu'elle ait l'argent nécessaire pour payer l'intervention. Le 14 septembre 1994, une jeune femme de 19 ans, sans emploi, s'est tiré une balle dans l'abdomen : la seule façon, « médicalement remboursée », qu'elle ait trouvée pour mettre fin à sa grossesse.

Ce ne sont pas les seuls crimes commis par le mouvement provie. Le terme exprime toute une variété de combats menés au nom de « la vie ». Ces groupes s'opposent plus généralement à toute liberté permettant à l'homme de mener sa vie en dehors des commandements divins, que ce soit en matière de sexualité (homosexualité), de reproduction (avortement mais aussi contraception) ou de mort (suicide ou euthanasie). Une idéologie née aux États-Unis qui grâce au Vatican va bientôt franchir les frontières. L'objectif du mouvement provie étant d'exporter, partout où cela est possible, son pouvoir de nuisance.

*Et les chrétiens persuadèrent les
juifs et les musulmans d'être provie*

L'union faisant la force, le Vatican a très tôt
cherché à conquérir de nouveaux alliés dans sa lutte
menée au nom de « la vie ». Tandis que des leaders
fondamentalistes protestants occupent désormais le
devant de la scène aux États-Unis, l'Église catholique
se charge d'exporter la rhétorique provie vers d'autres
pays mais aussi vers d'autres religions. Cette alliance
ne pourrait avoir lieu si les intégristes ne partageaient
pas une seule et même vision de la morale sexuelle,
mais sa concrétisation reste le fruit d'une stratégie
pensée en amont par le Vatican et mise en pratique par
une association américaine amie : Human Life International (HLI). Une répartition des tâches à laquelle le
Saint-Siège a souvent recours. Créée en 1981, HLI –
qui est sans doute la plus importante organisation *prolife* catholique au monde – bénéficie de hauts parrai-
nages dans la hiérarchie pontificale : le cardinal
Lopez-Trujillo, président du Conseil pontifical de la
famille, et surtout le pape, un ami personnel de Paul
Marx, le fondateur de HLI. Confortablement installée
dans ses quartiers généraux à Front Royal en Virginie
– un immense ensemble architectural doté de bureaux,
d'une église, d'entrepôts et d'une station de radio –,
l'organisation est présente dans 53 pays, particulièrement en Amérique latine où un christianisme particulièrement sectaire progresse chaque jour un peu plus
(voir chapitre IV)[1]. Grâce à son budget annuel

1. Très organisé, le groupe comporte plusieurs secteurs d'activités.
HLI Endowement Inc. est une structure destinée à distribuer des infos

(750 millions de dollars) et à ses parrains prestigieux, Human Life International a débuté un patient travail de prosélytisme afin de rallier certains responsables religieux juifs et musulmans à l'agenda provie des chrétiens.

Le lien avec les intégristes juifs se fait dans les années quatre-vingt-dix, malgré un fossé visible entre l'interprétation des uns et des autres de l'épisode rapporté par l'Exode. Le rabbin Norman Lamm, président de la Yeshiva University, déclare : « Nous sommes d'accord avec la proposition provie. L'avortement sur demande est une mauvaise chose. Il est permis uniquement si la vie de la mère est en danger et s'il est accompli avant quarante jours de conception [1]. » Drôle de dialogue de sourds. Car la proposition provie telle que l'entendent les *prolife* catholiques et protestants ne tolère aucune restriction, ni de date ni de danger pour la mère. Qu'importe. L'alliance entre les intégristes catholiques et juifs se concrétise en 1995, lorsque le rabbin Levin

---

aux pays étrangers. C'est par ce biais que s'organisent par exemple les grandes campagnes mondiales contre les vaccinations. À titre d'information, ce poste a dépensé 1,8 million de dollars en 1992. Dans un autre style, Population Research Institute se veut non politique et non partisan. La revue qu'il publie dit seulement essayer de démontrer que la surpopulation est un mythe. Ce qui est toujours plus commode pour lutter ensuite contre l'avortement. Ses articles sont enrichis par les nombreux contacts internationaux de l'organisation. En octobre 1997, deux articles étaient ainsi consacrés aux ex-pays de l'Est, un autre aux campagnes de stérilisations en Inde. Prolife/ProFamily Institute est quant à lui un institut destiné à former en permanence des leaders provie. Il complète le projet de relève mis en place avec un collège *prolife* catholique, The Christendom College, implanté à deux pas du quartier général d'HLI. Enfin, Seminarians Prolife a pour vocation de former de futurs prêtres provie.

1. *Ethics & Religion*, Mike McManus, 12 août 2000.

et le père Mathew Habiger, alors président de HLI, signent une « alliance chrétienne et juive provie ». Une déclaration conjointe destinée à « sauver les bébés juifs et gentils, avec un effort spécial pour inciter les juifs israéliens à être provie [1] ». En clair, HLI va financer l'organisation du rabbin Levin en contrepartie de son soutien à la cause provie. L'organisation catholique américaine a par exemple sponsorisé la création d'Efrat, une « société juive d'encouragement à la maternité » basée à Jérusalem. Le lien reste fort puisque Efrat reproduit le journal publié par HLI. En fait de malentendu, cette alliance est surtout une histoire d'intérêts bien compris. D'un côté, le rabbin Levin bénéficie des moyens colossaux de l'organisation catholique américaine. De l'autre, HLI dispose d'une caution juive inespérée. Elle est d'autant la bienvenue que ses dirigeants ont souvent été accusés d'antisémitisme.

Les leaders du mouvement *prolife* chrétien sont en effet connus pour leurs dérapages comparant l'avortement au pire des « crimes contre l'humanité ». Ils avancent les chiffres de douze milliards de fœtus avortés – qu'ils comparent aux six millions de juifs gazés. L'« avortement holocauste » est une expression qui revient systématiquement dans la propagande provie américaine, ce qui en dit long sur la relativisation du génocide des juifs pendant la

---

1. MARX Paul, *Faithful for Life, the Autobiography of Father Paul Marx*, Front Royal, HLI, 1997, p. 289.

Seconde Guerre mondiale[1]. Dans le même ordre d'idées, le RU486 – la pilule abortive – est comparé au Zyklon B, utilisé par les nazis pour gazer les juifs[2]. Une fois l'amalgame instauré, il va de soi pour les militants provie que, puisque les fœtus sont des juifs persécutés, ceux qui tentent de les sauver sont tout naturellement des « résistants », face aux « nazis » que sont les partisans de l'avortement. Cette rhétorique relève déjà d'un relativisme assez choquant mais elle devient antisémitisme lorsque les militants provie notent que les « nouveaux nazis » – les avorteurs – sont très souvent des juifs... À l'image de Simone Veil que les provie caricaturent en croqueuse d'enfants.

Rencontré dans les locaux de Human Life International en 1998, Paul Marx nous a confié toute la haine que pouvait lui inspirer l'ancienne ministre à l'origine de la loi sur l'avortement en France : « Hum... C'est une mauvaise femme... Elle est juive ! » Ce dérapage est loin d'être isolé. Dans son

---

1. Cet amalgame fait écho au titre d'un livre : *L'Avortement holocauste : la Solution finale d'aujourd'hui*, de William Brennan. Dans cet ouvrage – que diffuse Human Life International – l'auteur n'hésite pas à dresser une série de tableaux comparant les persécutions des juifs à celle des « enfants à naître ». À l'appui de sa thèse, il présente des comparaisons photographiques où l'on voit d'un côté des cadavres empilés, photographiés lors de la libération des camps d'extermination nazis, et de l'autre un montage de fœtus avortés.

2. La pilule abortive inventée par Émile Beaulieu, rebaptisée le « pesticide humain », est produite par Roussel Uclaf. Un laboratoire contrôlé par le groupe Hoechst, créé à partir d'IG Farben, holding chimique allemande dont une des filiales, Degesh, avait livré autrefois du Zyklon B aux nazis. L'amalgame est immédiat : si Roussel est ainsi apparenté à Degesh qui livrait du Zyklon B, c'est donc que le RU486 est un dérivé du Zyklon B !

livre, *The Prolife Missionary*, le fondateur de HLI
n'hésite pas à qualifier de « furieuses objections de
quelques juifs » les protestations qui firent suite à
la réception de Kurt Waldheim, l'ancien chancelier
d'Autriche pronazi, par le pape. Il y a également établi une liste de tous les juifs pro-avortement. Le tout
figure dans un chapitre intitulé « Les juifs pro-avortement et le nouvel holocauste ». Dans son dernier
livre, *Faithful for Life*, il tente de corriger son image
en réservant un paragraphe à « l'antisémitisme » où
il explique qu'il n'en veut pas au peuple juif orthodoxe mais à ceux qui, n'ayant pas compris qu'un
nouvel holocauste était en cours, laissent faire les
« avorteurs juifs »[1]. Et d'ailleurs, s'il était antisémite, pourquoi se serait-il entouré de « quarante-trois
juifs » au cours des dernières années ? S'ensuit une
référence alibi au rabbin Yehuda Levin. Sa seule
caution suffit aux dirigeants de HLI pour se sentir
lavés de tout soupçon d'antijudaïsme : « Il [le rabbin
Levin] figure dans notre comité de soutien.
Comment pourrions-nous être antisémites puisque
nous sauvons des bébés juifs ? » Il est vrai que malgré
cet antisémitisme flagrant, le rabbin n'a pas hésité à
tenir tribune avec le révérend Paul Marx. Yehuda
Levin apporte une caution juive indéniable à la bana-
lisation du génocide juif au profit de l'avortement
lorsqu'il déclare : « Chaque forme de génocide

---

1. Voilà comment commence le chapitre : « En 1987, HLI a fait une
étude sur les forces en présence parmi les partisans de l'avortement. La
conclusion indiscutable de cette étude était qu'un nombre dispropor-
tionné de juifs, opposé aux enseignements juifs, avait mené et menait
les campagnes pour le droit à l'avortement. »

(Holocauste, avortement) diffère de tous les autres dans les motifs et les méthodes de ses bourreaux. Mais chaque forme de génocide est identique à toutes les autres parce qu'elle comporte l'abattage systématique, comme le choix sanctionné des victimes innocentes et sans défense[1]. »

Il faut reconnaître un certain talent à HLI et à son fondateur pour convertir les intégristes juifs et musulmans à la cause provie la plus radicale malgré le fait que Paul Marx ne présente aucune prédisposition naturelle à l'œcuménisme. Lorsqu'il n'accuse pas les juifs d'être des avorteurs, cet Américain d'origine allemande explique qu'il faut militer contre l'avortement des femmes catholiques pour résister à l'invasion musulmane[2]. Dans un chapitre de son livre consacré à l'Allemagne, il écrit : « Les musulmans sont en train d'envahir l'Europe. [...] Si vous n'êtes pas un ami d'Allah, vous êtes un ennemi. » Et pourtant, de même qu'il a persuadé des juifs orthodoxes de collaborer à l'entreprise provie qu'il mène contre les « avorteurs juifs », il a réussi à convaincre des leaders musulmans de l'aider dans sa croisade contre l'invasion des enfants musulmans... Cet exploit est d'autant plus impressionnant que, comme le judaïsme, l'islam est beaucoup moins sévère vis-à-vis de l'avortement que le christianisme. La plupart des musulmans, même intégristes, estiment le recours à l'avortement licite si la santé de la mère

---

1. Cunningham Gregg, *Why Abortion is Genocide*, Center for Bio-Ethical Reform, 2002, p. 1-14.
2. Interview réalisée à son QG de Front Royal en 1998.

est en danger. Cette souplesse ulcère les militants *prolife* chrétiens, opposés à l'avortement à tous les stades de la grossesse même si la mère risque d'en mourir. Un militant *prolife* chrétien a d'ailleurs écrit à la Jamaat-i-Islami du Pakistan pour les inciter à plus de rigueur : « Pourquoi personne dans le monde musulman n'a le courage de dénoncer ce crime odieux ? » Ennuyé d'être aussi injustement accusé de tolérance, le correspondant de l'organisation pakistanaise, proche des talibans, tente de se justifier : « Vous avez absolument raison [...]. Bien sûr, je trouve que l'avortement est le plus odieux des crimes, c'est antinatal et inhumain. » Mais après avoir assuré son collègue chrétien de son opposition à l'avortement, ce militant intégriste ne résiste pas à modérer son propos : « Mais j'aimerais que vous considériez juste une exception que j'ai déjà suggérée. Quand la vie de la mère est vraiment en danger, qu'elle ne peut être sauvée sans avoir recours à l'avortement, et que dans le même temps il n'y a vraiment aucun moyen de sauver la vie du bébé, alors laissons les spécialistes décider d'avoir recours à l'avortement[1]. » Cet avis, rendu par l'une des organisations les plus islamistes, nous donne une idée des convictions politiques qu'il faut pour oublier les commandements du Prophète au profit d'une alliance provie interreligieuse. C'est bien ce que font Omar Bakri et son organisation londonienne Al Muhajiroun lorsqu'ils se mettent au diapason des

---

1. « Is abortion not killing ? », question et réponse sur http://www.jamaat.org

prolife chrétiens. Il n'est pas anodin que l'un des
rares groupes musulmans à collaborer avec la droite
religieuse américaine soit aussi le seul à prohiber la
contraception. Bien que la contraception naturelle
soit permise par le Prophète, Omar Bakri estime que
cette autorisation doit être revue à l'aune de l'enjeu
démographique. Il est vrai qu'Omar Bakri rêve
autant de conquête musulmane que Paul Marx de
croisades... « Le meilleur exemple de l'importance
de l'augmentation démographique est peut-être le
bond fait par la population musulmane en Palestine,
ce qui est le meilleur moyen de se défendre contre
l'occupation juive [1]. » Toujours selon lui : « L'islam
nous interdit de prendre la vie sauf en cas de permission divine comme le Jihad, pour éradiquer les lois
faites par les hommes, la peine capitale pour le
meurtrier et l'homosexuel, l'adultère [...]. Nous pouvons dire avec fierté que l'islam est provie. » Bakri
n'est pas le seul musulman à subir l'influence chrétienne. Un autre intégriste musulman va tomber dans
le panneau de l'alliance interreligieuse tendu par
HLI. Le docteur Hassan Hathout, professeur de
gynécologie en Californie et au Koweit, qui participe
à plusieurs conférences communes avec l'organisation américaine, notamment à Santa Clara en 1991,
aidera surtout HLI à prendre contact avec les dirigeants musulmans lors de la conférence du Caire
consacrée aux populations et au développement. Car
ses contacts interreligieux, HLI ne les prend pas par

---

1. « Islamic verdict on contraception », lu sur http://www.almuhaji-
roun.com

hasard. Il ne cherche pas vraiment à insuffler un mouvement provie en Israël ou dans les pays arabes. Israël dispose d'une loi déjà très restrictive en matière d'avortement[1]. Quant au monde arabo-musulman, la Charia associée au patriarcat suffit à éloigner tout risque de voir de tels droits accordés aux femmes. En fait, c'est surtout en prévision des conférences mondiales organisées par les Nations unies que les organisations *prolife* comme HLI cherchent à convertir des groupes issus d'autres confessions, afin que les représentants de la Conférence islamique appuient l'action que mène le Saint-Siège contre l'adoption de droits reproductifs ou sexuels.

Main dans la main aux Nations unies

En dehors du Conseil de sécurité, ce qui se passe à l'ONU apparaît souvent comme anecdotique. Pourtant ses conférences internationales abritent des négociations qui auront ensuite des répercussions bien réelles sur le quotidien d'hommes et de femmes du monde entier. Ce recours à l'international est parfois le seul moyen d'appuyer des revendications de citoyens muselés dans leur propre pays. Le Vatican

---

1. En Israël, la loi sur l'avortement est extrêmement restrictive : elle n'autorise l'interruption de grossesse qu'en cas de risques majeurs pour la mère, de conception adultérine, de conception chez des mineures, de viol, de possibilité de graves handicaps ou de maladies congénitales et de facteurs socio-économiques qui pourraient empêcher les parents d'assurer un environnement sain à l'enfant.

et les ONG le savent et ils ont compris l'intérêt stratégique d'occuper une tribune pour répandre la bonne parole provie et bloquer les processus de sécularisation en cours dans certains pays.

Les Nations unies réfèrent de leurs décisions au Saint-Siège depuis 1957. Sept ans plus tard, Paul VI obtient qu'un représentant du Vatican siège à l'ONU. Sans qu'aucun vote n'ait eu lieu, voilà le Vatican devenu observateur permanent bien que non-État membre. Ce statut transitoire et exceptionnel lui permet de participer à tous les débats de l'organisation sans avoir pour autant à se conformer aux programmes de l'ONU, notamment ceux sur le contrôle des naissances contre lesquels le Vatican mène bataille à l'intérieur de l'ONU en tant qu'État et à l'extérieur par le biais de groupes d'intérêts « amis ». Son action ne ferait pas tant de dégâts s'il ne pouvait compter sur le soutien des pays de l'OCI (Organisation pour la Conférence islamique [1]), pensée pour réunir les États musulmans en faveur d'une Charte des droits de l'homme davantage inspirée par le Coran que par l'humanisme.

---

1. Créée en 1972 à Djedda, l'OCI offre une vision différentialiste des droits humains basée sur « les valeurs spirituelles, morales et socio-économiques de l'islam ». En 1990, l'OCI publie une déclaration sur les droits de l'homme en islam destinée à remplacer la déclaration de l'ONU. Pour les États signataires, les droits fondamentaux et les libertés publiques sont les droits et les libertés dictés par Dieu dans ses Livres révélés. La Oumma, la communauté des croyants, joue un rôle fondamental puisqu'elle « apporte des solutions aux problèmes chroniques de la civilisation matérialiste ».

Unis contre l'« impérialisme contraceptif »

Même si les extrémistes chrétiens partagent avec les intégristes musulmans un antiféminisme et une homophobie structurels, il existe un contentieux de nuances historiques qui aurait pu nuire à la création d'un front commun christiano-musulman aux Nations unies. D'où l'importance du travail de persuasion mené en amont par HLI. Au niveau des États, le Vatican a lui aussi imaginé une rhétorique permettant aux gouvernants des pays musulmans de militer à ses côtés sans perdre la face. L'ennemi commun est tout trouvé : l'Occident, que le Saint-Siège accuse, non sans malice, d'« impérialisme contraceptif ». C'est avec ce mot d'ordre que le Vatican est parvenu à mobiliser derrière lui la plupart des membres du groupe des 77, le groupe formé par les pays du Sud. La conférence du Caire sur la population et le développement, organisée en septembre 1994, illustre assez bien les dégâts d'une telle alliance.

À l'approche de la conférence, alors que le nombre d'habitants vient de dépasser le cap des six milliards et que des démographes tirent la sonnette d'alarme (les journaux se demandent : « la planète est-elle trop petite ? »), le Vatican accuse les pays occidentaux de mentir sur les chiffres pour mieux planifier la limitation des naissances. Il parle même de la conférence du Caire comme d'une conférence de « Satan ». Ce slogan n'aurait pas rallié les pays du Sud et/ou musulmans si le Saint-Siège n'avait pas axé sa communication sur la dénonciation d'une ten-

tative américaine et européenne pour exterminer les
musulmans par le contrôle des naissances. Qu'importe que les groupes américains *prolife* proches de
Jean-Paul II tiennent des propos racistes, cachant à
peine leur volonté de combattre l'avortement des
femmes catholiques pour faire face au péril musulman, l'argument porte. Pour s'assurer du soutien de
pays musulmans, Jean-Paul II envoie même des
émissaires à Téhéran et Tripoli, où l'initiative papale
est accueillie avec enthousiasme. Quelques jours
avant l'ouverture de la session, l'éditorialiste du
journal égyptien *El Chaab* se lance dans un plai-
doyer révélateur de l'état d'esprit dans lequel sont
certaines élites des pays en voie de développement
à cet égard : « Nous le disons haut et fort. Nous
voulons dévoiler les plans criminels qu'elle dissi-
mule. [...] Ô docteurs de l'islam ! méditez... votre
nation est menacée d'extermination et de stérilité ! »
Les fondamentalistes égyptiens profitent de l'occasion pour se faire un peu de publicité. Un certain
nombre de personnalités islamistes déposent un
recours devant le tribunal administratif du Caire pour
demander l'annulation de la conférence sous prétexte
qu'elle risquerait d'imposer des décisions « contraires à la Charia ». La Gamaat Islamiyya envoie
même un communiqué avertissant « tous les étrangers participant à la conférence du libertinage qu'en
prenant part à cette manifestation, ils mettent leur
vie en danger ». Sous pression, l'Arabie saoudite, le
Soudan, le Bangladesh appellent au boycott de la
conférence. Le ministre iranien de la Santé de
l'époque estime au contraire qu'il faut y participer

mais pour mieux y « dénoncer l'avortement, les relations sexuelles prémaritales et l'homosexualité ». Plusieurs pays d'Amérique latine rejoignent également les positions du Vatican à l'initiative du président argentin. En juin, Carlos Menem a écrit à tous ses collègues d'Amérique du Sud pour leur demander de s'opposer à la planification familiale. « La lettre du pape m'a fait réfléchir, écrit-il. Si nous prenons en compte le taux de mortalité infantile et l'espérance de vie, les populations de notre continent vont vieillir de plus en plus et c'est avec difficulté qu'elles se renouvelleront. » L'Algérie, au nom du groupe des 77, ainsi que la Chine disent elles aussi refuser que l'aide au développement accordée par les Nations unies soit soumise à des conditions en matière de planification des naissances.

À quelques semaines de l'ouverture de la session finale, le Vatican est en position de force pour exiger des concessions. Le 2 juin Bill Clinton est obligé de rendre visite au pape pour tenter de faire retomber la pression. Après quarante minutes de conversation, les deux hommes ne peuvent que constater leur désaccord à propos de l'avortement mais l'entourage du président laisse entrevoir un arrangement. Quelques mois plus tard, la plate-forme américaine – qui prônait un accès universel aux méthodes de contrôle des naissances – est effectivement revue à la baisse. Le vice-président Al Gore parle de « formulation malheureuse » et fait publiquement quelques clarifications : « Partout dans le monde, explique-t-il, on souhaite que l'avortement soit rare. C'est aussi l'objectif de l'Amérique. » Et le vice-

président d'ajouter : « Nous ne faisons pas la promotion de l'avortement, nous ne soutenons pas l'avortement comme méthode de planification familiale,
nous ne voulons pas instaurer un droit international
à l'avortement[1]. »

À l'issue de la conférence, les groupes *prolife* peuvent se féliciter de l'introduction d'un amendement
précisant que les recommandations élaborées à la
conférence du Caire seront appliquées en respectant
non seulement la souveraineté de chacun des pays
mais aussi les différentes « valeurs religieuses et
éthiques » de ses peuples. L'article du chapitre VIII-
25 portant sur « santé-morbidité et mortalité » a été
revu à la baisse ; les États sont libérés de toute
contrainte en matière de plannification familiale :
« Toutes les décisions tendant à légaliser l'avortement et à faire en sorte qu'il soit pratiqué selon des
méthodes sûres dans le cadre du système de santé ne
peuvent être prises qu'à l'échelon national par le
biais de changements d'orientation et de procédures
législatives qui reflètent la diversité des points de
vue sur la question de l'avortement[2]. » Ce type de
concession faite à l'initiative du Vatican ne va aller
qu'en s'accentuant comme le montre l'exemple de
Pékin + 5, une conférence prévue pour faire le bilan

---

1. « Les États-Unis veulent éviter un affrontement sur l'avortement
à la conférence du Caire », *Le Monde*, 2 septembre 1994.
2. La première version, déjà issue d'un compromis, disait : « Tous
les gouvernements, toutes les organisations non gouvernementales intéressés sont vivement engagés à traiter ouvertement de l'avortement
comme d'un problème majeur de santé publique. » Voir *La IIIᵉ Conférence mondiale des Nations unies sur la population, Le Caire, septembre 1994*, dossier du Centre de documentation du Mouvement
français pour le Planning familial.

de celle tenue à Pékin cinq ans plus tôt sur les droits des femmes.

Chaque conférence mondiale est un recul

Du 5 au 9 juin 2000, trois mille délégués gouvernementaux et sept mille activistes s'étaient donné rendez-vous à New York pour dresser un premier bilan et adopter une nouvelle plate-forme d'action, en principe destinée à améliorer la condition des femmes dans le monde [1]. Très vite, les partisans du droit de choisir ont pourtant redouté que Pékin + 5 ne se transforme en Pékin − 5, tellement le rapport de force semblait défavorable. Deux points ont sans surprise figé les oppositions entre les États : la question de l'avortement et celle de l'orientation sexuelle.

Côté gouvernements, les forces en présence étaient comme toujours partagées entre plusieurs grands groupes de pays. Le JUSCANZ – groupe réunissant le Japon, les États-Unis, le Canada et la Nouvelle-Zélande – ainsi que le groupe de l'Union européenne parlent le plus souvent d'une même voix progressiste en ce qui concerne les mœurs. À l'opposé, ceux de la « ligne dure », les plus conservateurs des pays en voie de développement, sont réunis dans un groupe appelé le groupe des 77, bien qu'il compte depuis longtemps plus de 77 pays. Les parti-

---

1. *ProChoix*, n° 15, septembre-octobre 2000, le dossier rendant compte de la conférence sur Pékin + 5.

sans de la « ligne dure » refusent par exemple de faire la promotion des *health services* (services de santé), sous prétexte que l'expression fait penser aux services où l'on pratique les avortements. Pas question non plus pour eux d'entériner la lutte contre les discriminations en raison de l'orientation sexuelle, prévue pour intégrer la nouvelle plate-forme. Certains, comme l'Iran, font savoir que si l'homosexualité doit figurer dans la plate-forme « santé », ils proposent de la mettre au chapitre des pathologies. Le débat porte aussi sur la variété des modèles familiaux que refusent de reconnaître ces pays. D'où l'enjeu de faire admettre le terme « des » familles à la place de celui de « la » famille au singulier. Bien entendu, le Vatican essaie de faire supprimer le terme « avortement » chaque fois qu'il le peut. Il propose également un amendement disant que « les Nations unies doivent s'assurer que toutes les activités pouvant atteindre la famille doivent la renforcer ». Le dialogue de sourds s'installe vite. Les pays occidentaux sont dénoncés comme impérialistes dès qu'ils évoquent la lutte contre les discriminations en matière de mœurs. Les pays du Sud demandent avant tout des moyens économiques pour se développer et ne veulent entendre parler ni d'homosexualité ni d'avortement. À quelques jours de l'adoption de la plate-forme, les négociations entamées semblent bel et bien dans l'impasse.

Tout au long de la semaine, en dépit du peu de pouvoir consultatif qui leur est réellement accordé et de l'absence d'un forum des ONG, les acteurs de la société civile ont donc tenté, chacun à sa manière,

d'influencer le processus. Pendant la session prépa-
ratoire à la rencontre, Catholic Family and Human
Rights Institute, une association initiée par Human
Life International, organisera même un débarquement très spectaculaire de trois cents militants *prolife*, la plupart habillés de soutane et de cornette
quand ils ne portent pas à la boutonnière des badges
« maternité » ou « famille ». Officiellement, cette
structure se veut œcuménique dans la lignée des
actions entreprises depuis des années par HLI. Voilà
comment Austin Ruse, son président, rameutait ses
troupes à quelques jours de la réunion : « Chers
amis, nous sommes en plein Pékin + 5 et nous avons
besoin de vous [...]. Il y a cinq ans des féministes
radicales se sont rencontrées à Pékin à la 4ᵉ Conférence mondiale des femmes. Essayez de nous
rejoindre, car nous ne voulons pas qu'elles laissent
les forces *prolife* dehors. [...] Vous êtes personnelle-
ment utiles à New York, même si vous n'avez jamais
fait de lobbying. Nous vous accréditerons. Nous
vous formerons. Nous vous affecterons dans différentes zones, comme les diplomates. Ce sera la plus
importante expérience de votre vie. Vous travaillerez
aux côtés des catholiques, évangélistes, juifs, musulmans, mormons. Nous sommes les enfants d'Abraham surgissant pour combattre pour la foi et la
famille[1]. » En fait de mouvement spontané et œcuménique, l'opération a surtout réussi à rallier des
intégristes chrétiens, catholiques et protestants. Son
objectif réel était d'ailleurs moins d'influencer les

---

1. Extrait du site de CAPHRI.

négociations que de militer en faveur du maintien du statut consultatif du Vatican, contre lequel une autre organisation de catholiques prochoix, Catholics for a free choice, pétitionne avec succès. Au moment de la session finale, Austin Ruse expliquera aux journalistes que si « le texte final n'est pas achevé », c'est « parce que les États riches de l'Ouest tentent d'imposer l'immoralité au monde en développement dans une sorte de colonialisme sexuel ». On retrouve le même argumentaire dans un tract antigay distribué par des militants *prolife* à l'extérieur de la salle de réunion du groupe Contact, chargé des négociations les plus tendues comme l'avortement et l'orientation sexuelle. Non signé, le document reprend la rhétorique vaticane consistant à mettre en accusation l'Occident : « Qu'est-ce qui se prépare ? Pourquoi l'Ouest est-il obsédé par le sexe ? » interroge le tract. Réponse : « L'Ouest attaque la souveraineté et le droit à l'autodétermination des pays en voie de développement. L'Ouest attaque la famille. Ceci ne va pas aider la femme. Cela va simplement répandre la culture de décadence qui est déjà en train de détruire les familles de l'Ouest en féminisant la pauvreté, en augmentant le nombre de crimes, en dégradant la société et en causant une chute catastrophique de la population à l'Ouest. Ne les laissez pas faire ça à votre pays. » À moins d'un mètre, le groupe Pro-Choix-Paris arborait lui des tee-shirts – « Le Vatican est contre la vie... mon STYLE DE VIE ! » – et distribuait une lettre ouverte aux membres du groupe des 77 invitant les pays du Sud à prendre connaissance du discours raciste des groupes provie, notamment du révérend Marx dont les déclarations antimusulmans ont été filmées et mises à disposition sur Internet par cette ONG[1].

C'est dans cette atmosphère on ne peut plus tendue que furent négociés les derniers points de discorde, le plus souvent lors de sessions se prolongeant tard dans la nuit. Finalement, le vendredi 9 juin, vers dix-sept heures, les délégués des différents pays des Nations unies sont enfin parvenus à un consensus sur la plate-forme de Pékin + 5. Ce n'est pas « Pékin − 5 », comme le craignaient beaucoup d'observateurs, mais ce n'est pas non plus Pékin + 5. Toutes les avancées majeures qui auraient pu être adoptées depuis la plate-forme de Pékin, comme la lutte contre les discriminations homophobes ou le droit à l'avortement, ont finalement été rejetées sous la pression du Vatican et de quelques pays de la « ligne dure ». Il a été impossible de faire mentionner que de plus en plus de pays « prenaient des mesures légales pour interdire les discriminations sur la base de l'orientation sexuelle ». Sous pression des *prolife*, l'avortement n'est toujours pas reconnu comme un droit. L'ar-

---

1. Extraits de la lettre diffusée par ProChoix-Paris auprès des délégués de la ligne dure, « Membres du groupe des 77, savez-vous qui sont vos "alliés" ? » : « Le Vatican et ses amis vous disent que les féministes, les prochoix, les Nations unies, les Occidentaux soutiennent le droit à l'avortement par racisme, par impérialisme... Mais savez-vous ce que disent de vous les partisans de l'ordre moral chrétien ? La plupart des organisations *prolife* sont composées de militants racistes et antimusulmans. À titre d'exemple, voilà ce que dit le père Paul Marx : "Les chrétiens doivent lutter contre l'avortement pour empêcher les musulmans de coloniser l'Europe avec leurs enfants." Paul Marx n'est pas n'importe qui. Ami personnel de Jean-Paul II, il a fondé et longtemps dirigé Human Life International (HLI). »

ticle 107 est rédigé comme suit : « En ce qui concerne l'avortement, les gouvernements rappellent qu'au terme du Programme d'action de la Conférence internationale sur la population et le développement (Le Caire, 1994) l'avortement ne devrait, en aucun cas, être promu en tant que méthode de planification familiale. » Au chapitre des politiques de prévention du VIH à encourager, le Vatican a même obtenu que « l'abstinence » soit incluse au même titre que l'usage des préservatifs ! Les Nations unies ont enfin adopté un article reconnaissant que « la religion, la spiritualité et les croyances jouaient un rôle central dans la vie des hommes et des femmes ».

L'union fait la force des intégristes

L'union des intégristes a prouvé sa capacité de nuisance aux Nations unies. Les intégristes chrétiens ne travaillent pas seulement main dans la main avec les intégristes musulmans, ils collaborent également avec les intégristes juifs. En novembre 1999, le rabbin orthodoxe Daniel Lapin participait au Congrès mondial des Familles organisé à Genève par le Conseil pontifical pour la famille, encore une initiative du Vatican destinée à peser sur les délibérations des Nations unies contre « la prétendue modernité, la globalisation et le progrès ». Le rabbin collabore très régulièrement avec les chrétiens intégristes, notamment avec ceux de la Coalition chrétienne (voir chapitre IV). Toutefois, aux Nations unies, les juifs orthodoxes concentrent généralement leurs efforts de lobbying sur des revendications religieuses essentiellement communautaires – comme la destruction de cimetières juifs ou des protestations face à des interventions antisémites[1]. En revanche, les intégristes chrétiens et musulmans œuvrent constamment ensemble contre les droits reproductifs et sexuels. Ce qui présente en soi un risque de retour de bâton mondial est devenu une menace redoutable depuis que les États-Unis ont quitté le camp de la ligne progressiste pour rejoindre celui de la ligne dure. C'est l'une des ironies de cette histoire. Depuis que George W. Bush a été élu président, les États-Unis participent activement au front d'opposition moraliste mené par le Vatican mais aussi par l'Ara-

---

1. Le principal groupe de lobbying juif religieux est Agudat Israel World Organization, qui abrite de nombreux groupes ultra-orthodoxes. Ils ne sont pas sionistes comme les groupes orthodoxes mais favorables à la défense des juifs en Israël entre autres. L'association bénéficie du statut d'Ecosoc depuis 1948. Le professeur Harry Reicher y est chargé des relations avec les Nations unies. Les dernières campagnes de l'association ont consisté en la protestation concernant les destructions de cimetières juifs en Europe de l'Est, notamment en Lituanie. Reicher a, dans ce cas, pris rendez-vous avec chacun des membres de la délégation lituanienne, et a proposé un décret pour interdire la destruction des cimetières. Bien que non sioniste, le groupe s'est aussi fait connaître par ses protestations suite à la signature par la France de la résolution (2002/8) sur la question de la violation des droits humains dans les Territoires occupés y compris la Palestine. Lors de la première version de la résolution (distribuée dans les couloirs de l'ONU), on pouvait lire que « le peuple palestinien a le droit légitime de résister à l'occupation israélienne par tous les moyens y compris la lutte armée afin d'exercer son droit à l'autodétermination ». Le 29 avril, Reicher proteste auprès de l'ambassadeur de France à l'ONU, rappelant qu'avec la formule « par tous les moyens, y compris la lutte armée » on ne peut qu'entendre les attentats suicides. Un amendement oral fait alors retirer l'expression pour le moins maladroite. Agoudat Israël proteste néanmoins sur le fait que malgré tout aucune condamnation des attentats suicides ne figure dans la résolution.

bie saoudite, le Pakistan, le Nigeria et tous les pays
islamiques au nom de la lutte contre l'« impérialisme
occidental » ! Encore aujourd'hui, après le 11 septembre, on retrouve main dans la main les délégués
du Saint-Siège, ceux des pays islamiques et les républicains de la droite religieuse américaine. « Depuis
trois ans, il existe une alliance qui va du Saint-Siège
à Washington en passant par Islamabad », nous a
confié avec inquiétude un représentant de la mission
française à l'automne 2002. Cette nouvelle ligne
dure, désormais majoritaire, est en passe de faire
basculer des années de droits conquis conférence
après conférence en matière de lutte contre le sida,
les discriminations, de droits des femmes et même
de droits des enfants – que les États religieux ne
jugent pas comme des êtres à part entière
mais comme des éléments du droit de la famille.
Pour résister à cette conception unanimement moraliste des droits humains, l'Union européenne est bien
isolée.

III

L'intolérance culturelle partagée

La liberté d'expression est un cauchemar qui hante les intégristes des trois confessions. Tous sont tentés de museler ceux qui leur paraissent porter atteinte au dogme du sacré. En revanche, ce rappel à l'ordre ne s'exerce pas de la même façon selon qu'ils agissent dans un pays laïque ou dans un pays ouvertement théocratique, où la religion est non seulement sacralisée mais dicte la loi. Contrairement aux islamistes vivant dans des pays appliquant la Charia, les juifs orthodoxes ne peuvent invoquer la loi israélienne pour faire condamner ceux qui ont un comportement contraire à la Halakha, mais cela ne les empêche pas de s'en prendre régulièrement à tout ce qu'ils jugent sacrilège en référence à la Torah. Le Lévitique est effectivement très clair à ce sujet : « Pour celui qui blasphème nominativement l'Éternel, il doit être mis à mort, toute la communauté devra le lapider[1]. » Avec un tel encouragement, il n'est pas étonnant que la pratique de la lapidation

---

1. Lévitique XXIV, 16, *La Bible du rabbinat*, Éditions Colbo.

soit restée si vive chez les plus orthodoxes. Quand
ils ne mettent pas le feu aux publicités dénudées –
des grenades ont même été jetées dans le sex-shop
de Jérusalem – les juifs intégristes lancent régulièrement des pierres en direction de tous ceux dont la
tenue ou le comportement sont jugés indécents ou
blasphématoires[1]. Dans *Jew* vs *Jew,* Samuel Freedman relate le tollé déclenché par un cortège de juifs
conservateurs qui se rendait au mur de l'Ouest[2],
hommes et femmes ensemble. Les étudiants ultra-
orthodoxes ont commencé par leur couper la route
puis leur ont lancé des projectiles, notamment des
cailloux dissimulés dans du papier de chocolat. Le
plus grave, c'est qu'un nombre croissant de responsables politiques israéliens cautionne ce type
d'agressions. Interrogé à propos du guet-apens, le
maire de Jérusalem, proche des orthodoxes, a fait
cette déclaration : « Le simple fait que les juifs
conservateurs, qui symbolisent la destruction du
peuple juif, viennent dans ce lieu sacré pour les juifs
est une provocation. Ils n'ont aucune raison de venir
ici[3]. » Malgré un contexte officiellement laïque,
aucun citoyen israélien n'est à l'abri d'être violenté
pour non-respect du judaïsme, tel que le conçoivent
les intégristes. Les anathèmes concernent également
les personnages publics. En 1992, Yaël Dayan, par-

1. HAYMANN Emmanuel, *Au cœur de l'intégrisme juif. France,
Israël, États-Unis, op. cit.,* p. 105.

2. Le mur de l'Ouest ou mur du Temple est appelé par les non-juifs
mur des Lamentations.

3. L'événement a eu lieu en 1999. FREEDMAN Samuel, *Jew* vs *Jew.
The Struggle for the Soul of American Jewry,* New York, Touchstone
Book, 2000, 398 pages.

lementaire, fut accusée d'avoir profané le judaïsme après avoir été photographiée sur la plage en maillot de bain[1]. Quatre ans plus tard, alors qu'elle visite Hébron, elle est attaquée par un jeune intégriste qui lui jette plusieurs litres d'eau bouillante à la figure. Son agresseur, Yisrael Lederman, vient alors de sortir de prison où il a passé à peine deux ans pour avoir tué un Palestinien. À l'occasion, l'intimidation prend la forme plus conventionnelle de l'accusation de blasphème. En 1992, Shulamit Aloni, ministre de l'Éducation sous Rabin, est au centre d'une polémique pour avoir été vue dans un restaurant non casher. Les ministres du Shas menacent de démissionner, si bien que Rabin doit organiser une confrontation. Refusant de renier ses convictions laïques, Aloni dit notamment ne pas croire que le monde a été créé en six jours. Les religieux hurlent au blasphème et exigent des excuses publiques. Sous la pression de Rabin, la députée s'exécute mais sa rétractation n'apaise pas les esprits et la campagne anti-Aloni reste virulente. Le chef du Shas – le parti intégriste séfarade – a même déclaré que le jour de sa mort serait « jour de fête » !

La police de la pensée s'exerce avec plus de violence encore à l'intérieur même des communautés ultra-orthodoxes comme à Bnei Braq dans la banlieue de Tel-Aviv. En 1995, les ultra-religieux ont mis le feu à un kiosque à journaux parce que son propriétaire exposait côte à côte les grands titres

---

1. Mezvinsky Norton, Shahak Israel, *Jewish Fundamentalism in Israel*, Londres, Pluto, 1999, p. 34-35.

nationaux laïques et la presse orthodoxe[1]. Les habitants de ces quartiers sont constamment soumis au regard inquisiteur voire à la rétorsion de la Milice de la pudeur. La Main des Frères – comme on l'appelle également – est souvent guidée par des lettres de dénonciation anonymes accusant untel d'avoir traîné avec une femme, tel commerçant de ne pas respecter la kashrout, ou encore tel jeune de regarder la télévision. Dans son livre sur l'intégrisme juif, Emmanuel Haymann raconte qu'un jeune habitant du quartier ayant le malheur d'aller au cinéma, de porter des jeans et de lire des livres d'histoire et de philosophie a dû déménager après avoir subi une descente particulièrement musclée de la Milice de la pudeur – qui cassa ses disques, saccagea sa bibliothèque et le brutalisa.

Lorsqu'ils jettent des pierres, mettent le feu à une échoppe ou vandalisent la maison d'un Israélien, les intégristes juifs font preuve de la même intolérance vis-à-vis des laïcs non intégristes que celle qui pousse les intégristes musulmans à condamner des écrivaines comme Nawal el-Saadawi pour apostasie ou Taslima Nasreen pour blasphème. Mais leur violence n'a pas le même impact. La menace que fait peser l'intolérance des intégristes est d'autant plus redoutable si l'on vit dans un pays où la loi commune s'inspire du religieux que si l'on vit dans un pays où la justice se rend au nom des droits de l'homme. En terre laïque ou dans n'importe quel

1. Haymann Emmanuel, *Au cœur de l'intégrisme juif. France, Israël, États-Unis, op. cit.*, p. 104-105.

pays prétendument démocratique, l'intolérance religieuse s'exprime davantage dans l'espace culturel, vis-à-vis de livres ou de films. Les campagnes pour « blasphème » sont alors menées au nom du respect des religions voire au prétexte, plus efficace encore, de la lutte contre le « racisme antireligieux ». Mais dans un cas comme dans l'autre, il s'agit là aussi d'une stratégie visant à sacraliser la religion au détriment de la liberté d'expression.

L'accusation de « blasphème »
comme arme de censure

Les fatwas lancées contre des écrivains comme Salman Rushdie ou Taslima Nasreen ont impressionné l'opinion publique internationale par leur violence, symbolique et réelle. À lui seul le mot « fatwa », qui n'est rien d'autre qu'un avis religieux, semble être devenu le symbole d'une intolérance propre à l'islam. Pourtant les musulmans ne sont pas les seuls à vouloir intimider ceux qui s'aviseraient de présenter une vision critique ou simplement personnelle de leur dogme. L'accusation de « blasphème », définie comme une « parole qui outrage la divinité[1] », se décline dans toutes les religions. Si l'islam interdit formellement que l'on représente

---

1. Selon la définition du *Petit Robert* (éd. 1996) : « Parole qui outrage la divinité, la religion ».

Dieu, le Prophète et ses descendants, le catholicisme ne s'est résolu à la propagation d'icônes qu'à des fins prosélytes, et non sans une vigilance obsessionnelle quant aux règles à suivre en la matière. Les récentes affaires dites de « blasphème » témoignent d'ailleurs d'une intolérance partagée. On y retrouve les mêmes enjeux de pouvoir, la même course au leadership de sa communauté et la même menace de représailles en cas de maintien du blasphème. Comment expliquer alors que la fatwa contre Rushdie lancée par des intégristes musulmans nous donne l'impression d'avoir été bien plus violente que n'importe quelle campagne menée contre Godard ou Scorsese par des intégristes chrétiens ? Il faut accepter de prendre le temps de resituer ces affaires dans leur contexte pour le comprendre.

Une lutte pour le monopole interprétatif

Sans remonter au temps de l'Inquisition – où les procès en sorcellerie relevaient déjà d'une volonté de faire taire ceux qui menaçaient le monopole interprétatif de l'Église catholique espagnole – le catholicisme a toujours lutté pour préserver son dogme de toute lecture critique ou simplement divergente. L'ethnologue Jeanne Favret-Saada, qui travaille sur les passions – ces pièces organisées par l'Église pour représenter le supplice du Christ –, note que cette dernière n'a rien contre le recours à des moyens artistiques et même scéniques lorsqu'il s'agit d'illustrer la Bible pour la populariser mais qu'elle peut se révéler implacable dès lors que l'initiative lui échappe [1]. Les mobilisations contre une représentation jugée sacrilège ou blasphématoire sont alors clairement destinées à protéger son rôle d'intermédiaire entre Dieu et les hommes. Bien entendu, plus le temps passe, plus la religion perd de son statut sacré dans les pays laïcisés, moins ces tentatives de censure peuvent s'exercer ouvertement. En France par exemple, le Vatican ne peut pas se permettre d'intervenir de façon trop directe sans donner l'impression d'une volonté de censure intolérable. Plutôt que d'user de sa force institutionnelle, la hiérarchie vaticane choisit souvent de déléguer ce rôle à des associations. Plus crédibles, elles donnent l'impression d'une communauté chrétienne traumatisée par certains propos ou certaines créations artistiques. En France, dès les années 60, ce sont les réseaux ROC – les Réseaux des organismes culturels – qui se chargent d'initier des campagnes où l'on intervient au nom de la morale et des bonnes mœurs contre tous films ou livres jugés déplacés d'un point de vue chrétien. L'association édite une revue spécialisée sur le cinéma et la télévision et milite plus généralement contre toute mise en cause de l'Église, de la hiérarchie catholique ou des chrétiens. Son fondateur, Pierre d'André, n'est pas n'importe quel militant. Nommé « camérier secret de cape et d'épée » par le pape Pie XII, confirmé à ce poste par

---

1. Concernant l'analyse du monopole interprétatif de l'Église, se reporter aux travaux de Jeanne FAVRET-SAADA, notamment « Préalables à une anthropologie du blasphème », *Paroles d'outrages, Ethnologie française*, n° 3, et « Liaisons fatales », *Esprit*, décembre 1995.

Jean XXIII, Paul VI et Jean-Paul II, sa fonction est donc de soutenir et de protéger les papes. Homme de culture, c'est tout naturellement dans ce domaine qu'il va remplir son devoir. Son association peut être vue comme représentant le point de vue culturel de l'Église catholique en France. Dans les années 80, on la voit protester contre *Je vous salue Marie* de Godard ainsi que contre *La Dernière Tentation du Christ* de Scorsese mais, contrairement aux années 60, elle n'est plus seule sur ce terrain. Au contraire, elle est vite dépassée par la surenchère dans laquelle se lancent à corps perdu les militants catholiques traditionalistes, alors en révolte contre la hiérarchie catholique – qu'ils accusent de ne plus représenter l'Église. Or quoi de mieux pour prétendre incarner l'« Église réelle » contre l'« Église légale »[1] que de s'en faire le gardien, celui qui la protège contre les idolâtres !

Ce n'est pas un hasard si les années 80 ont été si riches en polémiques et en affaires dites de « blasphème ». En France, nous sommes en pleine période préschismatique. Depuis l'entrée en vigueur de la réforme issue de Vatican II jusqu'à l'excommunication de Monseigneur Lefebvre, le mouvement des catholiques traditionalistes a plus que jamais besoin de prouver sa détermination à incarner la foi catholique. Il est devenu bien plus qu'un camp de résistance à l'évolution liturgique de l'Église. À l'image de Jean Madiran ou de Bernard Antony, certains

---

1. Pour paraphraser une expression chère à l'Action française et à Charles Maurras qui distingue le « pays réel » du « pays légal ».

militants ont mis toute leur énergie à passer d'une démarcation religieuse à une démarcation politique partie prenante de la droite radicale française[1]. Philosophe maurrassien, Jean Madiran a posé les fondements d'une idéologie catholique radicale dans les pages de la revue *Itinéraires*, qui inspire encore aujourd'hui les militants d'extrême droite[2]. Quant à Bernard Antony – qui signe dans ces années-là sous le nom de Romain Marie –, ce militant a toujours voulu s'engager « là où ça bouge ». Un temps passé par les nationaux radicaux et la mouvance solidariste, il incarne mieux que personne cette génération de militants catholiques intégristes passés à l'engagement politique au sein du Front national (dont il sera député). En 1975, il participe avec Jean Madiran au lancement du premier journal pour catholiques traditionalistes engagés : *Présent*. Un succès qui le conduit rapidement à l'étape supérieure. En 1979, il fonde la première association catholique intégriste non ecclésiastique : le Centre Charlier. Le Centre se veut en principe une aire de recul et de réflexion par rapport au politique[3]. Pourtant, sous couvert de

---

1. VENNER Fiammetta, *Les Mobilisations de l'entre-soi. Définir et perpétuer une communauté. Le cas de la droite radicale française (1981-1999),* thèse soutenue à l'IEP de Paris sous la direction de Pascal Perrineau, 2002.

2. Dès 1955, Jean Madiran songe à créer une revue catholique indépendante du reste des intellectuels catholiques français, jugés trop modérés. Dans *Ils ne savent pas ce qu'ils font* (1955), il s'en prend à la presse catholique et notamment à *La Vie catholique*, *Témoignage chrétien*, *Actualité religieuse*, qu'il accuse de compromission avec le marxisme et de « prépare[r] insidieusement l'esprit de ses lecteurs à la conversion moderne ».

3. *Romain Marie sans concession. Entretiens avec Yves Daoudal*, Bouère, Dominique Martin Morin, DMM, 1985, p. 88-89.

prôner la résistance liturgique, il organise de véritables campagnes politiques, notamment contre *Je
vous salue Marie* et *La Dernière Tentation du Christ*.

La campagne contre *Je vous salue Marie* démarre
en 1985, soit trois ans avant celle de *La Dernière
Tentation du Christ*. Le film de Godard sort le
25 janvier. Il est le premier à oser une caricature
du christianisme depuis l'existence d'un mouvement
catholique traditionaliste dissident... Après avoir
débarqué à l'aéroport de Genève, l'archange Gabriel
monte dans un taxi conduit par Joseph jusqu'à une
station-service où il annonce à Marie, la fille du
pompiste, qu'elle sera mère. Pourtant Marie, qui
aime Joseph, est restée vierge. Joseph en conçoit
d'abord une certaine jalousie, mais finit par accepter
cette naissance. *A priori* on ne voit pas très bien ce
qui, dans ce scénario, pourrait prêter matière à sacrilège. *Présent,* le quotidien des catholiques traditionalistes, met d'ailleurs un moment à se montrer
choqué. Dans un premier temps, il se contente de
titrer : « *Je vous salue Marie* n'était que de l'eau de
rose [1]... ». L'accroche – qui laisse à penser que le
film n'a rien de dramatiquement blasphématoire –
est en fait une allusion à la couleur politique de ceux
qui sont en train de produire et réaliser le film : Jean-
Luc Godard bien sûr, identifié par les lecteurs de
Présent comme étant un cinéaste engagé très à
gauche, mais aussi Jack Lang. Honni par la droite
radicale, le ministre de la Culture est accusé d'avoir
financé « un film sur les perversions sexuelles du

---

1. *Présent,* 11 février 1985.

Christ ». D'une façon générale, les articles opposés à *Je vous salue Marie* ont bien plus insisté sur le financement du film par le ministre que sur les détails du scénario. *Présent* rapporte notamment une dépêche de L'Action française selon laquelle le ministre de la Culture aurait prêté 250 millions de francs pour la réalisation du film[1]. Ce qui choque la droite radicale tient donc plus à « qui » se permet de traiter un tel sujet qu'au sujet lui-même. Le véritable enjeu consiste à réagir plus vite et plus fort que l'Église catholique elle-même. Un rassemblement de protestation est organisé sur les Champs-Élysées le 13 février, soit plus de deux mois avant que Jean-Paul II ne se décide à condamner le film[2]. Il est suivi d'incidents que *Présent* justifie en ces termes : « Vous ne réagiriez pas si l'on insultait votre mère ? » Cette accroche confirme que la motivation première des militants de la droite radicale n'est pas tant d'empêcher que le film ait une mauvaise influence, mais plutôt de défendre l'honneur de leur « mère », et donc de se poser en enfants du christianisme. Trois ans plus tard, les mêmes réseaux ou presque vont se mobiliser contre un autre film, *La Dernière Tentation du Christ* de Martin Scorsese.

---

1. *Présent*, 20 février 1988.
2. Sous la pression, le pape condamne officiellement *Je vous salue Marie* le 25 avril 1985.

L'affaire Scorsese

En soi, le film n'a rien d'un brûlot anticlérical. Inspiré par le livre du même nom, écrit par Kazantzaki, il évite volontairement les clichés hollywoodiens. Scorsese rend même plutôt hommage à Jésus – dont il tente de faire vivre la double nature, humaine et divine. Sa volonté d'homme est décrite comme ayant suivi trois étapes, présentes dans la Bible elle-même : dans un premier temps, il ne se veut qu'amour et pardon puis, découvrant les injustices de ce monde, il réalise qu'il ne peut rester passif. Son chemin de croix apparaît comme une forme de réponse politique. Bien sûr, en tentant de s'immiscer dans la psychologie même de Jésus, Scorsese explore ses circonvolutions, quitte à en dresser un portrait légèrement maniaco-dépressif. Pourtant, même si son projet n'est sûrement pas une illustration parfaite de la vie de Jésus, il ne présente pas non plus une trahison théologique justifiant la mise à l'index pour blasphème. Ce fut pourtant le cas. Le seul titre – *La Dernière Tentation du Christ* – semble avoir soulevé l'émotion. Comme s'il était impossible de concevoir que Jésus, pourtant homme et prophète, puisse être tenté. Cet émoi pourrait à la rigueur se comprendre s'il venait de la communauté musulmane, à propos d'un film ambitionnant de faire le portrait psychologique de Mahomet. En effet, non seulement l'islam est hostile à toute iconographie mais cette religion insiste sur le fait que le Coran a été révélé et même dicté à Mahomet par la voix de Dieu ; tandis que la Bible assume l'humanité de la

prophétie christique. Alors pourquoi tant d'émoi ?
Que veut dire cette accusation de « blasphème » ? Si
ce n'est que personne, en dehors des Églises chrétiennes, n'a le droit d'interpréter la vie du Christ.

En 1954 déjà, l'Église grecque orthodoxe avait
mis à l'index le livre de Kazantzaki ; l'auteur a
même failli être excommunié. Trente ans plus tard,
pour la sortie du film, l'Église d'Orient n'a rien
perdu de sa détermination et demande l'interdiction
du film de Scorsese le 25 août 1988. Pour l'Église
catholique romaine, en revanche, les choses sont
plus complexes. Au Brésil, les évêques sont très
puissants et appellent au boycott dès le 29 août. Aux
États-Unis et en France, en revanche, les dignitaires
religieux officiels préfèrent abandonner le terrain de
la contestation aux associations. Aux États-Unis, la
Catholic League for Religious and Civil Rights [1] –
qui défend « le droit des catholiques à participer à la
vie publique américaine » – monte au créneau avant
même d'avoir vu le film. La Catholic League fait
partie de ces organisations hybrides de la droite religieuse américaine où les cadres partagent leur temps
entre leur engagement associatif et leurs responsabilités au sein du Parti républicain. Avant d'être président, William Donohue était par exemple conseiller
dans l'administration George Bush senior. Dotée de
moyens considérables, son organisation proteste par

---

1. Créée en 1973 par le père Virgil Blum, un jésuite conservateur,
ses actions passent relativement inaperçues jusqu'en 1988, date à
laquelle la ligue offre son soutien financier et technique aux protestations contre *La Dernière Tentation du Christ*. La Catholic League s'est
aussi illustrée contre le film *Priest*, en 1995.

le biais de manifestations et se fait entendre dans les médias. Universal – qui produit *La Dernière Tentation du Christ* – tente de faire retomber la tension en invitant plusieurs leaders associatifs chrétiens à une projection privée[1]. La production, qui connaît la modération du scénario, se dit probablement que la polémique est le fruit d'un malentendu, que les associations cesseront leurs campagnes sitôt qu'elles auront vu le film, mais c'est méconnaître les véritables raisons de cette polémique. La projection ne fait qu'envenimer les choses. Bill Bright, le président de Campus Crusade for Christ – fondée pour aider les étudiants chrétiens à résister au monde moderne –, offre de rembourser l'investissement d'Universal en échange de la destruction des copies du film. Universal refuse et publie une tribune déclarant qu'aucune pression ne les poussera à remettre en cause le Premier Amendement garantissant la liberté d'expression. Dès lors, les bureaux d'Universal seront quotidiennement bloqués par des manifestants. Le jour de la sortie en salle, les associations organisent un rassemblement de 25 000 personnes devant ses studios de Los Angeles. La droite religieuse américaine lance également une campagne de boycott, largement relayée par les médias[2]. 3 500 salles de cinéma refusent de projeter le film. Qu'en est-il en France, où le contexte a légèrement évolué depuis l'affaire Godard ?

---

1. Notamment le révérend Donald Wildmon de l'American Family Association et Bill Bright de Campus Crusade for Christ.

2. En Californie, plus de 1 200 radios relaient la campagne de boycott.

Dans un premier temps, de mai à juillet 1988, la presse française se contente de consacrer quelques articles à la polémique suscitée aux États-Unis, qu'elle décrit comme un excès typiquement américain[1]. Le 11 août, jour de sa sortie aux États-Unis, *Présent* n'a pas encore vu le film mais il en rend compte sous le titre « Le film blasphématoire est sorti[2] ». Cette manière d'annoncer une campagne aussi prometteuse que celle menée contre le film de Godard fait réagir l'Église catholique française. Deux jours après l'article de *Présent*, et alors qu'il n'a pas vu *La Dernière Tentation du Christ*, le porte-parole des évêques français, l'abbé Di Falco, s'élève contre sa programmation en France. Les observateurs s'étonnent de le voir réagir aussi vivement. On peut effectivement se demander si la précipitation de l'Église française et sa radicalité dans cette affaire ne sont pas dictées par la crainte d'être à la traîne des traditionalistes, comme au moment de la campagne contre *Je vous salue Marie*. Ces derniers n'ont d'ailleurs pas l'intention de lui abandonner la parole publique. *Présent* se dit peu satisfait du communiqué de Di Falco et note que l'Église catholique française est loin de demander l'interdiction du film comme le font des évêques au Brésil ou l'Église grecque orthodoxe[3]. Une fois de plus, les réseaux traditiona-

---

1. À droite, seul *Présent* est ému à l'idée de protestants défendant l'image du Christ. « À Hollywood – Des pasteurs réclament la destruction du film *La Dernière Tentation du Christ* », *Présent*, 23 juillet 1988.

2. « Le film blasphématoire est sorti aux États-Unis », *Présent*, 11 août 1988.

3. « Le film blasphématoire – L'Église demande l'interdiction... mais c'est en Grèce », *Présent*, 25 août 1988 ; « Film blasphématoire

listes tentent de se poser en gardiens de la vertu catholique par le biais d'une surenchère contre *La Dernière Tentation du Christ* [1]. Avec toutefois une différence par rapport aux campagnes menées contre *Je vous salue Marie*. Cette fois le mouvement traditionaliste est au bord de la scission. Un fossé se creuse entre ceux restés fidèles à Monseigneur Lefebvre malgré son excommunication et les catholiques traditionalistes prêts à se rallier au Vatican pour mieux radicaliser l'Église de l'intérieur [2]. Les uns et les autres organisent des manifestations distinctes. Le 8 septembre, la paroisse dissidente de Monseigneur Lefebvre – la Fraternité Saint-Pie X – profite d'une avant-première au festival de Venise pour organiser un « cortège d'expiation et de réparation » à travers les rues du Quartier latin. La procession est très impressionnante. Emmenée par des membres de la Fraternité en habits, portant croix de bois et bougies allumées, on y voit des hommes et

---

– Les évêques appellent au boycott... mais c'est au Brésil », *Présent*, 29-30 août 1988.

1. Le 8 septembre, les ROC se sentent même obligés de rédiger une lettre-circulaire rappelant leur réticence vis-à-vis de l'association Avenir de la Culture (l'association catholique intégriste proche de la droite religieuse américaine), elle aussi engagée contre le film.

2. Le 30 juin 1988, Mgr Lefebvre ordonne 4 évêques contre l'avis du Vatican. Cet acte entraîne son excommunication. Le sort de ses partisans n'est pas clair. Mais parmi ses amis, certains, en général proches du Front national, trouvent la position inconfortable et choisissent sous certaines conditions de se « rallier » à l'Église sous l'égide de Dom Gérard Calvet, abbé du Barroux, le 21 juillet 1988. On parle désormais d'intégristes ou de traditionalistes schismatiques pour les lefebvristes et de traditionalistes ralliés pour les seconds. VENNER Fiammetta, *Les Mobilisations de l'entre-soi. Définir et perpétuer une communauté. Le cas de la droite radicale française (1981-1999)*, *op. cit.*

des femmes se mettre à genoux sur la chaussée pour y réciter des *Pater* et des *Ave Maria*[1]. Le jour même de la sortie du film, deux manifestations séparées ont lieu à Paris. La première est organisée à Odéon par l'abbé Laguérie, le curé lefebvriste de Saint-Nicolas-du-Chardonnet, et rassemble une petite centaine de manifestants. La seconde manifestation est organisée à l'Opéra par les réseaux traditionalistes proches de *Présent* et de l'Agrif – l'Association générale pour le respect de l'identité française et chrétienne fondée par Bernard Antony – et réunit un millier de participants[2]. Ces deux manifestations concurrentes illustrent à quel point le divorce est consommé entre les schismatiques, plus attachés à une fronde liturgique, et les ralliés, désireux de mener un combat politique au nom du catholicisme radical. Leur nouvelle rivalité se traduit par une course à la surenchère, destinée non seulement à s'affirmer vis-à-vis de l'Église catholique mais aussi à asseoir leur leadership à l'intérieur même de la communauté traditionaliste. Parties prenantes de l'option politique, les réseaux « ralliés » emmenés par Jean Madiran et Bernard Antony choisissent de s'illustrer par des mobilisations souvent plus radicales. Le 18 août, *Présent* lance une « Alerte en France contre le film provoca-

---

1. Henri TINCQ décrit la procession pour *Le Monde* : « Hommes et femmes à genoux sur la chaussée, marmonnant des *Pater* et des *Ave*, précédés d'une grande croix de bois et de bougies allumées : le spectacle était insolite pour les convives attablés à la terrasse des restaurants et intrigués par cet envol de soutanes et surplis venus d'Écône et de Flavigny. » « Le calvaire des traditionalistes », *Le Monde*, 9 septembre 1988.

2. D'autres manifestations ont lieu à Avignon, Rennes, Angers, Poitiers.

teur[1] ». Le jour même, Bernard Antony – qui est à la fois leader associatif traditionaliste et député européen FN – organise une conférence de presse dans les locaux du Parlement européen où il menace : cette fois, lui et ses amis ne s'en tiendront pas aux paroles comme pour *Je vous salue Marie*. Procédant comme la droite religieuse américaine, l'Agrif demande à la société United International Pictures, distributrice du film, et à la société Universal France MCA, productrice, de leur organiser une projection privée. Nous sommes le 3 septembre. Le film doit sortir dans les salles françaises le 28. N'ayant obtenu aucune réponse, l'association assigne les deux sociétés en référé devant le Tribunal de grande instance de Paris, toujours pour obtenir la possibilité de visionner le film avant sa sortie[2]. Le 12 septembre, les avocats de l'association obtiennent gain de cause. L'Agrif parvient à voir le film mais engage aussitôt un nouveau référé pour demander son interdiction au nom du « droit au respect des croyances[3] ». D'après le verdict rendu par le Tribunal de grande instance de Paris le 22 septembre, le film constitue une agression insupportable aux yeux des chrétiens. L'Agrif, une association traditionaliste extrémiste, a donc réussi à les représenter devant la loi française ! Le Tribunal ne va pas jusqu'à interdire le film mais prévoit tout de même qu'un texte de réparation soit ajouté au générique, ainsi que sur tous les supports de publicité

---

1. L'article est signé par Rémi Fontaine, le même journaliste qui a couvert la campagne contre *Je vous salue Marie*.
2. *Présent*, 3 septembre 1988.
3. *Lettre d'information de l'Agrif*, décembre 1988.

destinés à promouvoir *La Dernière Tentation du Christ*. Bien que ce jugement représente en soi une formidable victoire contre la liberté d'expression, il ne calme pas les militants catholiques traditionalistes, toujours décidés à faire de la surenchère. Bernard Antony parle de « terrorisme sans précédent » : « Ce film traîne dans la boue ce que les chrétiens ont de plus cher. Les tribunaux auraient dû l'interdire. Mais surtout, c'est la puissance publique, le gouvernement, qui n'auraient pas dû permettre cette agression. » En vertu de quoi, Antony et ses militants déclarent se considérer « comme des résistants authentiques » et « n'excluent pas d'enfreindre la loi » pour marquer leur opposition au film : « Nous irons en prison s'il le faut. » Au nom de l'Agrif et de Chrétienté-Solidarité [1], Bernard Antony profère même des menaces explicites contre les salles de cinéma qui envisagent de projeter *La Dernière Tentation du Christ*.

Le passage à l'acte, lui, est revendiqué par l'Action française. Ses banderoles signent des actions dans plusieurs villes et le journal de l'organisation s'en félicite : « À Lyon, Dijon, Nantes, Nancy, Avignon, la défense du Christ a été assurée et continue de l'être [2]. » À Marseille plusieurs cinémas sont éva-

---

1. Chrétienté-Solidarité est encore une association créée par Bernard Antony. C'est elle qui se charge de coordonner les actions internationales de l'extrême droite catholique française.

2. *Aspects de la France*, 13 octobre 1988. Les mobilisations n'ont pu être datées avec exactitude mais elles se sont déroulées entre le 28 et le 30 septembre 1988. Voir aussi « Sortie mouvementée en France de *La Dernière Tentation du Christ* », *Le Monde*, 30 septembre 1988.

cués[1]. À Grenoble, des militants de l'Action française déclenchent l'opération « Omelette Scorsese » :
un groupe de 200 sympathisants manifeste devant le
cinéma Gaumont en jetant des centaines d'œufs et
de pétards, à l'intérieur comme à l'extérieur[2]. Le
3 octobre, l'incitation à la haine franchit une étape.
Vers une heure du matin, le cinéma Le Building de
Besançon est victime d'un incendie. Une bombe à
retardement a explosé. Malgré l'intervention rapide
des pompiers, le feu s'est propagé jusqu'à l'orchestre,
détruisant l'écran et la salle de projection. Cette
action n'est pas revendiquée. Mais elle n'empêche
pas l'Action française de continuer sa campagne. Le
11 octobre 1988, elle organise l'occupation des
locaux lyonnais de la société Gaumont. La police
mettra plus d'une heure à déloger les militants de
l'Action française, retranchés derrière une barricade.
23 personnes sont placées en garde à vue mais l'Action française a obtenu ce qu'elle voulait : « Lors de
la sortie de la garde à vue, les militants de l'Action
française avaient le sourire aux lèvres fendues et un
regard victorieux, voilé par des paupières enflées,
car, eh oui ! Nous étions victorieux, puisque la
société Gaumont distribution décidait enfin la non-
poursuite de la projection du film dans l'ensemble
des salles françaises[3]. » Le film est retiré de l'affiche

1. Mobilisation des 13 et 14 octobre 1988, *Aspects de la France* ;
Le Monde, 16 octobre 1988.

2. Mobilisation du 18 septembre 1988, *Aspects de la France* ; *Le
Monde*, 16 octobre 1988.

3. *Aspects de la France*, 27 octobre 1988. *Lyon Libé*, 12 octobre
1988.

car les cinémas craignent désormais pour la sécurité de leurs clients.

Le terrorisme chrétien antiblasphème atteint son point d'orgue le 22 octobre, lorsque 3 militants traditionalistes incendient un cinéma à Saint-Michel. Les terroristes sont proches du Centre Charlier, mais ce dernier a démenti être à l'origine de l'attentat qui a fait 13 blessés[1]. L'un d'eux est passé près de la mort et restera handicapé à vie. Une violence qui relativise le fossé béant censé séparer les campagnes antiblasphème orchestrées par l'extrême droite chrétienne et les fatwas lancées par des intégristes musulmans. Puisqu'ils sont les uns comme les autres capables de menacer de mort et même d'organiser des attentats qui font des victimes, à quoi tient la différence de violence ressentie entre l'affaire Scorsese et l'affaire Rushdie ?

Scorsese, Rushdie : même combat ?

Dans son principe, la détermination à détruire tout cinéma qui diffuserait *La Dernière Tentation du Christ* – quitte à tuer des spectateurs – n'est pas différente de celle qui pousse les intégristes musulmans à menacer l'auteur des *Versets sataniques*. Ces deux affaires – qui interviennent toutes deux en 1988 – témoignent non seulement d'une même intolérance pour toute création culturelle irrévérencieuse envers la religion mais elles suivent un déroulement éton-

---

1. *Le Monde*, 1er novembre 1988.

namment similaire. Tout comme l'affaire Scorsese,
l'affaire Rushdie porte le nom d'un créateur jugé
blasphématoire[1]. Dans son livre, Salman Rushdie
met en scène un certain Mahound – du nom utilisé
au Moyen Âge pour railler les « faux prophètes » de
l'islam – qui fait un rêve délirant, peuplé de prostituées, et d'où seraient nées des règles de vie tout
aussi délirantes : « quelle main utiliser pour se net-
toyer le derrière », « quelle position sexuelle a reçu
la sanction divine », etc. La métaphore est évidemment une libre inspiration de la vie de Mahomet, ce
qui suffit à déclencher la fureur des islamistes. Le
seul fait de représenter un prophète sous les traits
d'un humain, soumis aux tentations, aux doutes et
même aux délires, met le feu aux poudres. Plus
encore que les catholiques traditionalistes, qui ne
tirent pas leur intransigeance religieuse de la vie de
Jésus mais de la Tradition, les islamistes se sentent
les véritables héritiers de Mahomet. « Dites ce que
vous voudrez de Dieu, mais ne touchez pas à
Muhammad ! » dira un leader islamiste pendant l'affaire[2]. Comme pour *La Dernière Tentation du
Christ*, le seul titre du livre – *Les Versets sataniques*
– déclenche une levée de boucliers. Sans avoir
besoin de lire l'ouvrage, les fidèles imaginent immédiatement que l'auteur assimile le Coran à une œuvre
satanique.

---

1. Plusieurs textes ont été consacrés à l'affaire Rushdie. On retiendra
surtout la synthèse de Gilles Kepel. KEPEL Gilles, *À l'ouest d'Allah*,
Paris, Points Seuil, 1994, 380 pages.
2. AKHTAR Shabbir, *Be careful with Muhammad ! The Salman Rushdie Affair*, Londres, Belew Publishing, 1989.

La campagne menée contre Rushdie va également s'envenimer du fait de la surenchère entre les groupes, lesquels ont rivalisé pour s'attribuer le rôle de gardiens du Prophète. Mais à la différence de l'affaire Scorsese, qui n'a suscité la polémique qu'aux États-Unis et en France, l'affaire Rushdie a fait parler d'elle aux quatre coins du monde. La campagne a provoqué des manifestations depuis l'Inde jusqu'en Iran en passant par la Grande-Bretagne, le Japon, la France, le Danemark, l'Afrique du Sud, la Tanzanie, la Turquie, etc. [1]. L'ampleur mondiale prise par cette affaire est à l'origine de la première différence d'impact existant entre l'affaire Scorsese – uniquement américaine et européenne – et l'affaire Rushdie. Dans certains pays du Sud, l'effet combiné de l'agitation populaire et de la répression fait ses premières victimes : 6 morts à Islamabad, au Pakistan, et 5 morts et près de 100 blessés à Srinagar, au Cachemire. Les événements n'auraient pas pu prendre cette tournure dans les pays du Nord. Aucune protestation organisée à Londres ou à Paris par des intégristes musulmans n'a fait la moindre victime. La campagne s'est déroulée en plusieurs étapes qu'il faut savoir décrypter en fonction du contexte pour comprendre la tournure violente prise par l'affaire Rushdie.

---

1. À chaque fois, de nombreux intellectuels (iraniens, tunisiens, marocains, syriens et libanais) ont protesté contre cette campagne d'intimidation menée au nom de l'islam. Dans un article sur « L'affaire Rushdie, protestation mondiale et communauté d'interprétation », Émilie René met en garde contre une vision homogénéisante ayant pour effet d'essentialiser l'Umma (la communauté des Croyants), comme si elle s'était levée d'un seul homme pour lancer cette fatwa. « L'affaire Rushdie, protestation mondiale et communauté d'interprétation », *Les Cahiers du CERI*, n° 18, 1997.

L'affaire démarre en Inde en septembre 1988, suite à la parution de bonnes feuilles dans la presse. Le foyer de départ n'est pas anodin. C'est le pays dont est originaire Salman Rushdie. C'est surtout un pays où une critique de l'islam dépasse le cadre du simple blasphème puisque la religion est au cœur d'un bras de fer politique constant entre la communauté hindoue et la communauté musulmane – toujours suspecte de fidélité envers le frère ennemi musulman, le Pakistan. L'émotion est d'autant plus grande que l'attaque, même allégorique, vient d'un individu né musulman ; ce qui en fait un apostat, susceptible d'être condamné à mort au nom de la Charia. La campagne de protestation est orchestrée par deux parlementaires musulmans, Syed Shahabuddin et Khurshid Alam Khan, ainsi que par la Jamaat-i-Islami Hind. Cette dernière constitue la branche indienne de l'organisation pakistanaise du même nom. Selon Gilles Kepel, les premiers acteurs de cette campagne sont tous des disciples proches de Mawdudi, le théoricien fondamentaliste ayant fondé la Jamaat-i-Islami[1]. Deux ans plus tôt, en 1986, cette organisation a favorisé le passage d'une loi à l'Assemblée nationale pakistanaise menaçant de la peine de mort quiconque « profane le nom sacré du Prophète ou de Dieu[2] ». Même en Inde, le chef du gouvernement, Rajiv Gandhi, qui est alors en pleine campagne électorale, ne peut ignorer l'émoi soulevé par le livre parmi les 15 % d'électeurs musulmans.

---

1. KEPEL Gilles, *Jihad*, Paris, Gallimard, « Folio », 2000, p. 288.
2. RENÉ Émilie, « L'affaire Rushdie, protestation mondiale et communauté d'interprétation », *op. cit.*

Le 5 octobre, malgré les protestations d'intellectuels indiens, il cède et accepte d'interdire *Les Versets sataniques*. L'affaire rebondit alors en Grande-Bretagne où de nombreux émigrés pakistanais vont prendre le relais. Sous l'impulsion de la Jammat el-Islami et de son antenne anglaise, la Fondation islamique de Leicester ainsi que plusieurs associations musulmanes britanniques mettent de côté leurs divisions pour s'unir contre Rushdie [1]. Elles émettent des fatwas mais aussi des pétitions demandant l'interdiction de l'ouvrage. Tout en protestant auprès de l'éditeur, Penguin, ainsi qu'auprès des députés anglais, les organisations militent pour l'élargissement de la loi sur le blasphème – qui n'est plus appliquée depuis des lustres et ne concerne que la religion anglicane. La loi pakistanaise interdisant toute satire de l'islam et du Prophète les inspire sans doute... mais la Grande-Bretagne n'est pas le Pakistan. En décembre 1988, la justice anglaise rend son verdict : le roman ne peut être poursuivi pour insulte à l'islam. Tout comme le référé de l'Agrif demandant l'interdiction de *La Dernière Tentation du Christ* n'a pas réussi, le procès intenté par les intégristes musulmans pour faire interdire le livre de Rushdie échoue. Comme en France, la confrontation avec cette réalité juridique laïque contribue à radicaliser les intégristes. *Les Versets sataniques* sont brûlés en public

---

1. Parmi elles : le Hizb ul-Ulama de Blackburn (association d'oulémas déobandis), l'Islamic Society for the Promotion of Religious Tolerance in the UK, l'Islamic Defence Council à Londres, le Bradford Council for Mosques de Bradford (groupe de pression politique pour défendre les intérêts des musulmans indiens).

lors d'un rassemblement organisé par le Conseil des mosquées à Bradford à la mi-janvier 1989. Les groupes musulmans filment l'événement et vendent les images à la presse mondiale qui ne peut s'empêcher de faire le rapprochement avec l'autodafé des nazis [1].

Peu de temps après ses débuts en Grande-Bretagne, la protestation contre le livre de Rushdie s'exporte en Amérique, où elle embarrasse le gouvernement républicain, proche d'une droite religieuse qui vient de mener campagne au nom du blasphème contre Scorsese. « Le gouvernement américain ne soutient ou ne s'associe en aucune façon à quelque activité que ce soit qui serait, d'une façon ou d'une autre, agressive ou insultante envers l'islam ou toute autre religion », déclare l'ambassadeur américain au lendemain d'une émeute à Islamabad visant l'ambassade des États-Unis [2]. Ironiquement, bien que son gouvernement soit soutenu par des intégristes religieux opposés au « blasphème », l'Amérique est associée à ce que les islamistes anglais dénoncent comme étant du « colonialisme littéraire » issu d'un « complot sioniste » [3]. Plus encore que l'affaire Scorsese, l'affaire Rushdie devient l'otage de la politique internationale. Elle se

---

1. Les militants s'empresseront alors de crier à la caricature, même si la vente des images leur a permis de faire vivre leurs organisations pendant quelques années.

2. René Émilie, « L'affaire Rushdie, protestation mondiale et communauté d'interprétation », *op. cit.*

3. Pour l'Islamic Foundation de Leicester, Rushdie est un pion dans un « jeu plus large » et, pour Sher Azam, l'éditeur, Penguin, a agi « sous la pression du lobby juif ». Cité *in* Ruthven M., *A Satanic Affair, Salman Rushdie and the Wrath of Islam*, Londres, The Hogarth Press, 1991.

politise au point d'intéresser les chefs d'État. Le 14 février 1989, au lendemain des émeutes d'Islamabad et alors que la polémique agite les musulmans du monde entier depuis des mois, l'ayatollah Khomeyni décide d'entrer en scène. Il émet une fatwa condamnant à mort Rushdie pour blasphème. Pour Gilles Kepel, il ne fait aucun doute que cette fatwa répond davantage à une préoccupation stratégique que théologique : « Jusqu'alors, la campagne était dirigée contre le roman, même si elle s'accompagnait parfois de slogans vouant Rushdie à la mort. Désormais, en appelant à l'exécution d'un auteur qui se trouvait être un citoyen britannique (et n'avait aucun rapport avec l'Iran), elle changeait de registre, prenant de court les réseaux saoudiens qui n'étaient pas parvenus à empêcher la diffusion du livre, faisant du Guide de Téhéran le héraut incontestable des musulmans offensés [1]. » En effet, comme pour l'affaire Scorsese, c'est bien une affaire de rivalité qui se joue ici. Dans le cas des campagnes contre le blasphème au nom du christianisme, les catholiques traditionalistes tentent de récupérer le leadership au détriment de la hiérarchie vaticane. Dans le cas de l'affaire Rushdie, c'est une rivalité entre sunnites et chiites qui produit la surenchère.

Nous sommes moins de six mois avant la mort du Guide de Téhéran, au moment où ses rivaux sunnites d'Arabie saoudite sont en passe de lui voler le rôle de leader du Jihad mondial. Jusqu'ici, depuis 1979,

---

1. KEPEL Gilles, *Jihad, op. cit.*, p. 292.

seule la révolution islamiste chiite menée par l'ayatollah Khomeyni a su concrétiser les victoires espé-
rées par les islamistes du monde entier. Mais le
15 février 1989 – jour du départ officiel du dernier
soldat soviétique de l'Afghanistan – doit marquer la
victoire du Jihad parrainé par l'Arabie saoudite et les
États-Unis pour libérer l'Afghanistan de l'envahis-
seur soviétique. « Les esprits étaient alors convaincus que l'Arabie allait marquer un nouveau point
important dans l'affirmation de son magistère sur
l'islam mondial[1]. » Khomeyni annonce sa fatwa
contre Rushdie la veille du jour où les Américains
et les Saoudiens vont annoncer leur victoire en Afghanistan, monopolisant de fait une partie de l'attention médiatique. « Khomeyni voulait être le leader
des musulmans et il a fait de la surenchère », nous
dira Omar Bakri, leader londonien d'Al Muhajiroun[2]. Habitué à devoir se justifier devant des journalistes occidentaux, Bakri profite de cette rivalité
pour faire croire à une véritable différence politique :
« Je ne suis pas d'accord avec Khomeyni quand il
a ordonné de tuer Rushdie. Khomeyni n'avait ni le
pouvoir ni le droit de le faire. » Mais ce que le leader
londonien reproche réellement à Khomeyni, ce n'est
pas tant d'avoir appelé à tuer Rushdie que d'avoir
proclamé une fatwa à partir d'un État illégitime
puisque chiite : « L'État islamique n'est pas encore
en place. Khomeyni n'avait que le droit d'émettre un

---

1. Kepel Gilles, *Jihad, ibid.*, p. 287.
2. Nous avons pu le joindre par téléphone le 4 décembre 1999, dans
le cadre d'une longue interview publiée par la revue *ProChoix*. Venner
Fiammetta, « Une fatwa contre un gay », *ProChoix*, nº 12, 1999.

avis islamique. » Il faut bien comprendre ici ce qu'un militant sunnite radical comme Bakri entend par « État islamique ». À ses yeux, l'Iran n'est pas un État islamique parce que chiite. Quant aux talibans, dont il était proche, ou à l'Arabie saoudite, le cheikh leur reproche essentiellement de ne pas avoir réussi à restaurer un califat rayonnant et victorieux sur l'Occident. À ses yeux, cette faiblesse n'a qu'une seule cause : la tentation de la sécularisation contre laquelle il faut se battre par-dessus tout en intimidant ceux qui oseraient désacraliser la religion. Mais il existe une autre raison à la nuance séparant l'approche de Khomeyni et celle d'Omar Bakri. Le premier est à la fois Guide des croyants et chef d'État, il n'a de comptes à rendre à personne et peut se permettre tous les excès. Le second n'est qu'un leader associatif qui vit en Occident, où il doit se plier aux règles juridiques démocratiques, notamment celles sanctionnant l'incitation au meurtre, sous peine de finir en prison. Résultat, Bakri insiste pour faire cette précision : « Je ne dis pas : "Tuez Untel." Je donne un avis islamique. Quand les gens me demandent s'il faut chasser les Américains d'Arabie saoudite, je réponds : "Les Américains sont une cible légitime pour le mouvement musulman." Mais je ne dis pas : "Tuez-les." Le cheikh Ben Laden dira : "Attaquez-les." Moi, je dis juste : "C'est licite." Voilà notre différence. Nous sommes un groupe purement conceptuel. Nous n'incitons pas à l'action, c'est le domaine de l'État. »

Voilà bien la différence existant entre l'affaire Rushdie et l'affaire Scorsese. Elle n'est pas liée à la nature même de la religion musulmane mais au contexte où s'exprime l'intolérance culturelle en son nom. Ce facteur est capital. Il explique pourquoi l'affaire Rushdie fut autrement plus violente que l'affaire Scorsese. Entre les mains d'organisations privées, la campagne contre Rushdie correspondait très exactement à la même volonté de censure que celle exercée par les intégristes chrétiens à l'encontre de Scorsese. Jusque-là, tous les mécanismes observés dans les campagnes antiblasphème des uns se retrouvaient, étape après étape, dans celles menées par les autres. En revanche, lorsqu'en cours de route l'ayatollah Khomeyni comprend l'intérêt de s'approprier la dénonciation de Salman Rushdie, la fatwa change de nature. Ce qui n'était qu'une menace devient une condamnation à mort émise par la voix d'un chef d'État. Relayée dans les médias, son incitation au meurtre est entendue par les musulmans du monde entier. Elle a donc mathématiquement plus de chances de trouver une main fanatique pour la concrétiser... Rushdie ne sera pas tué mais cette consigne, répercutée à l'échelle mondiale, a tout de même fait des victimes. Le 11 juillet 1991, le professeur Hitoshi Igarashi, le traducteur japonais des *Versets sataniques*, est poignardé par un intégriste. À l'autre bout du globe, le 11 octobre 1993, l'éditeur norvégien William Nygaard est atteint de trois balles. Découvert devant son domicile et opéré d'urgence, il survit à ses blessures. Aujourd'hui, l'Iran se défend de continuer à inciter au meurtre

mais la Jamaat-i-Islami du Pakistan, elle, persiste.
Elle rappelle sur son site que la fatwa est toujours
d'actualité. En 2002, un chrétien pakistanais soupçonné d'approuver Rushdie a frôlé l'exécution pour
« injure envers l'islam ». Quatre ans plus tôt, le
14 octobre 1996, un certain Ayub Masih est dénoncé
à la police par un accusateur lui reprochant des propos favorables à Rushdie. La condamnation à mort
de cet homme – dont le nom signifie « chrétien » en
arabe – a déclenché une campagne de protestation
internationale. L'évêque catholique de Faisalabad,
John Joseph, s'est même suicidé pour protester
contre l'injustice de cette loi[1]. Devant l'émoi suscité
par cette affaire, après de multiples rebondissements,
la Cour suprême a finalement annulé cette décision
le 16 août 2002 ; mais la loi contre le blasphème,
elle, est toujours en vigueur[2]. Pendant que des
prêtres humanistes sont prêts à se sacrifier pour
défendre la liberté d'expression au Pakistan, d'autres
pactisent avec les intégristes musulmans au nom de
la sacro-sainte alliance contre le blasphème.

---

1. Le 6 mai 1998.
2. Le mardi 12 mai, un tribunal pakistanais avait décidé de surseoir
à l'exécution du chrétien. Mais le 24 juillet 2001, la Multan Bench of
Lahore High Court a confirmé la condamnation à mort. Il fallut une
seconde campagne de protestation internationale pour que la Cour
suprême annule la condamnation à mort. Ayub Masih aura cependant
passé six ans en prison.

Quand les islamistes défendent l'honneur du Christ

Loin des feux des médias, des intégristes chrétiens et musulmans se sont retrouvés côte à côte pour prendre la défense du Christ au nom de la lutte contre le blasphème. En 1999, Omar Bakri et son organisation islamiste londonienne se sont en effet joints aux campagnes menées par les fondamentalistes chrétiens contre un dramaturge américain, Terence Mac Nally, dont la pièce, *Corpus Christi*, met en scène un Christ gay partageant de nombreux plaisirs avec ses apôtres. Comme beaucoup d'œuvres attaquées pour blasphème, la pièce n'est pas un chef-d'œuvre. La critique parle d'une mise en scène « sans imagination », « beaucoup trop pieuse », et « beaucoup trop révérente »[1]. En effet, l'auteur n'a rien d'un violent anticlérical. Âgé de soixante ans, Terence Mac Nally est né au Texas, à Corpus Christi justement, où il a été élevé dans la tradition catholique. Militant pour la reconnaissance des homosexuels par l'Église catholique, il tente là une grande opération de réconciliation. En substance son message serait, à l'adresse des homos, « Dieu vous aime. Dieu vous comprend. Son fils pourrait être gay » ; et à l'adresse des catholiques, « aimez-nous ». Ce dernier message ne semble pas avoir ému outre mesure les intégristes chrétiens...

La première de la pièce a lieu en mai 1998 au Théâtre de Broadway, à New York. Elle est accueillie par plusieurs alertes à la bombe : « Message pour

---

1. « Newsday's Reviewer », *LA Times*.

le pédé juif Terence Mac Nally. À cause de vous, nous allons devoir exterminer chaque membre de ce théâtre et brûler les lieux jusqu'aux fondations. » La menace est signée du Mouvement pour la Sécurité de l'Amérique. Le groupe fait cette ultime précision : « Mort aux juifs partout dans le monde [1]. » Plus officiellement, la mobilisation contre la pièce est menée par la Catholic League for Religious and Civil Rights que l'on a déjà vue à l'œuvre contre *La Dernière Tentation du Christ*. Elle se joint à ceux qui accusent les producteurs juifs d'être les instigateurs de ce blasphème anticatholique, quitte à omettre que Scorsese est catholique et que Kazantzaki est grec orthodoxe [2]. Tout en refusant de lire la pièce, l'organisation crie immédiatement au blasphème, déclarant que si Mac Nally « a légalement le droit d'insulter les chrétiens, il n'a pas moralement le droit de le faire ». Le bras de fer est engagé et la polémique enfle. Par peur des représailles, les représentations sont annulées. Des dramaturges protestent et parlent de « capitulation face aux extrémistes de droite et aux zélotes religieux ». L'Union pour les libertés civiques américaines, l'ACLU, et la Coalition nationale contre la censure font finalement reculer le théâtre, qui revient sur sa décision. La pièce reprend en septembre. Mais les intégristes chrétiens ne désarment pas. Ils sont rejoints par Tradition-Famille-

---

1. *New York Times*, 29 mai 1998.
2. Il est vrai que l'organisation n'hésite pas à taxer l'Holocaust Museum, le musée de Washington consacré à la Shoah, d'anticatholicisme parce que, dans une biographie sur Hitler, le musée a osé rappeler qu'il était né catholique.

Propriété, cette fameuse secte brésilienne représentée en France par Avenir de la Culture. Ensemble, grâce à des chaînes de courriers, ils parviennent à envoyer au théâtre des dizaines de milliers de lettres dénonçant « ce blasphème innommable » qu'ils « rejettent de toute [leur] âme ». La Catholic League organise alors le passage à la protestation physique. Le 23, plusieurs prêtres en soutane récitent des rosaires devant le théâtre. Le rassemblement est plutôt pacifiste, mais une femme de 71 ans est tout de même embarquée par la police pour avoir refusé d'obéir à leurs injonctions en criant : « Il est mon Dieu. Corpus Christi veut dire quelque chose pour moi. » Pour éviter tout débordement, les policiers surveillent le théâtre et un détecteur à métaux est placé à l'entrée. Le 14 octobre, les rassemblements attirent 2 000 manifestants ! Un chiffre d'autant plus impressionnant que les défenseurs de la pièce n'ont, eux, réussi à mobiliser que 300 personnes. La Catholic League peut se féliciter. Elle se servira de cette réussite pour attirer vers elle de nombreux adhérents, déçus par la tiédeur d'autres leaders religieux. C'est lorsque la troupe part représenter la pièce en Grande-Bretagne, le pays qui a connu tant de déchaînements contre Rushdie, que les intégristes musulmans entrent en scène.

Le 28 octobre 1999, la pièce arrive à Londres. Le jour même de son arrivée, le cheikh Omar Bakri émet une fatwa condamnant la pièce de Terence McNally, comme il l'avait fait quelques années plus tôt contre Salman Rushdie... À l'époque, il s'agissait d'une fatwa partie d'Inde pour intimider un laïc d'origine musulmane ayant osé critiquer l'islam. Cette fois il s'agit d'une fatwa contre un gay non musulman accusé d'avoir blasphémé contre le Christ. Pourquoi cette mobilisation ? Bien sûr, Jésus est un Prophète reconnu par l'islam, mais tout de même... En réalité, comme dans chaque affaire de blasphème, cette campagne semble guidée par des préoccupations bien plus stratégiques que théologiques. Jusqu'en 1999, le cheikh Omar Bakri bénéficie d'une certaine reconnaissance par ses pairs. Son organisation a notamment très clairement approuvé les attentats islamistes contre les ambassades américaines en Afrique. Depuis, le succès semble avoir quelque peu tourné la tête de ce leader. Devenu très médiatique, voire surexposé – il a par exemple accepté d'être filmé pendant des mois par une équipe de *Channel 4* –, certaines de ses déclarations l'ont discrédité. Avec cette fatwa, son groupe donne l'impression de vouloir retrouver sa place parmi les organisations musulmanes radicales. Bakri ne fait d'ailleurs pas mystère de ses envies de surenchère : « L'Église d'Angleterre a négligé [de défendre] l'honneur de la Vierge Marie et de Jésus [...]. C'est un blasphème de leur part que de n'avoir pas réagi. » Et il ajoute : « Qui insulte le Prophète Mahomet et les messagers de Dieu subira la peine capitale [1]. »

Le fait de mener des campagnes contre le blasphème de façon interreligieuse présente un avantage pour un groupe comme celui d'Al Muhajiroun, dénoncé par les médias pour ses excès dans l'affaire

---

1. VENNER Fiammetta, « Une fatwa contre un gay », *op. cit.*

Rushdie. Cette stratégie œcuménique lui permet d'agir sans renforcer l'opinion publique occidentale dans ses préjugés antimusulmans. Elle démontre que les musulmans radicaux savent agir de la même façon que les catholiques radicaux, ni plus ni moins. Chaque fois qu'il s'agit d'élaborer un argumentaire susceptible de convenir aux règles du débat laïque, comme lorsqu'il s'agit de prétendre vouloir guérir les homosexuels ou de lutter contre le blasphème, les intégristes musulmans s'inspirent des intégristes chrétiens[1]. C'est particulièrement vrai lorsque ces derniers imaginent un moyen de contourner la réprobation générale soulevée par les tentatives de censure antiblasphème en s'abritant derrière une démarche antiraciste.

Une nouvelle stratégie : censurer au nom de l'antiracisme

Plus qu'une bataille pour le respect des religions, les affaires dites de blasphème incarnent une forme de rappel à l'ordre, une tentative de museler la créativité et l'esprit critique, de mettre au pas la laïcité au profit d'une resacralisation de l'espace public et culturel. Or à la fin des années 80, ces campagnes

---

1. Nous avons vu, dans le chapitre précédent, que les intégristes musulmans et chrétiens travaillaient ensemble. Les intégristes juifs, eux, ont plutôt tendance à n'investir le champ d'action publique qu'au travers d'actions relativement circonscrites à Israël.

se révèlent non seulement inopérantes mais à la limite de la contre-performance : en voulant censurer au nom de la religion, avec la violence que l'on sait, les intégristes chrétiens et musulmans peuvent se vanter d'avoir surtout contribué à donner l'image d'une intolérance inacceptable en terre laïque. Aux excès des affaires pour blasphème succède alors une stratégie plus discrète mais beaucoup plus efficace : militer contre la critique de la religion au nom de la lutte contre le « racisme antireligieux ».

Les procès pour « racisme antichrétien »

En France, l'attentat contre le cinéma Saint-Michel a laissé des traces dans l'opinion. Le Centre Charlier de Bernard Antony a nié toute implication. Mais cette mise en cause lui inspire une nouvelle façon de lutter contre le blasphème sans endurer la réprobation. Ce revirement stratégique tient également au changement de contexte dans lequel évoluent les leaders intégristes. À cette époque, les militants proches de *Présent* et du Centre Charlier ne sont plus en guerre ouverte contre la hiérarchie catholique. Contrairement aux lefebvristes, ils ont trouvé leur place à l'aile droite du Saint-Siège, ce qui les dissuade de vouloir faire de la surenchère. Leur radicalité s'exprime désormais surtout au Front national. De par cet engagement politique, certains leaders catholiques traditionalistes comme Bernard Antony se retrouvent en première ligne des lois antiracistes, pensées pour modérer les propos incitant à la haine de la droite radicale.

La France des années 70 puis des années 80 est marquée par une écriture législative qui n'ira qu'en se durcissant vis-à-vis des militants d'extrême droite. La loi Pleven, adoptée le 1er juillet 1972, sanctionne la provocation à la haine ou à la discrimination, la diffamation et l'injure raciste[1]. Ce dispositif a été voulu par les associations antiracistes, qui sentent l'extrême droite suffisamment marginalisée et décriée pour pouvoir être classée hors la loi. Cette période correspond donc à une véritable mise à l'index de la droite radicale et de ses discours. Par la suite, la loi Pleven sera sans cesse renforcée. Le 13 juillet 1990, elle est complétée par une autre loi dite loi Gayssot « tendant à réprimer tout acte raciste, antisémite ou xénophobe ». Ses adversaires, de gauche comme de droite, lui reprochent de restreindre la liberté d'expression. Ses défenseurs, eux, lui reconnaissent le mérite d'une certaine efficacité. Pour la première fois, des militants d'extrême droite sont enfin condamnés pour leurs propos incitant à la haine. Les journaux d'extrême droite et les dérapages verbaux de Jean-Marie Le Pen sont désormais passés au filtre des tribunaux, au point de contraindre la droite radicale à revoir son registre lexical et le ton employé à l'encontre de certaines minorités. Un effet pervers, relativement peu connu, va pourtant naître de ces lois. À force d'attaquer, parfois pour

---

1. Elle crée les infractions de discrimination en raison de la race (« vraie ou supposée »), de la religion, de la nationalité, de l'ethnie, et de provocation à la discrimination, à la haine ou à la violence raciale.

le symbole et sans grande préparation juridique, les associations antiracistes ont permis aux militants d'extrême droite de se familiariser avec les failles des lois antiracistes. Leurs avocats, souvent très expérimentés, perdent de moins en moins. Entre 1981 et 1999, sur quarante procès intentés contre la droite radicale, elle en a gagné trente[1] ! Ce chiffre est peu connu de la gauche antiraciste, chaque procès gagné est en revanche célébré par les militants de la droite radicale. Peu à peu, à force de gagner en défense, la droite radicale commence à envisager une autre étape : celle de l'attaque.

Ce déclic revient tout particulièrement à Bernard Antony. En 1984, pour la première fois, il gagne un procès contre le MRAP et la LICRA qui l'accusaient d'avoir tenu des propos antisémites aux Journées d'amitié françaises. Pour la première fois aussi, il ne s'arrête pas là. Puisqu'un tribunal lui a donné raison et le disculpe, il en profite pour attaquer ces associations en diffamation : « Ayant jusque-là toujours répugné à affronter mes adversaires autrement que par la parole et la plume, je décidais alors, faute de pouvoir me défendre dans une presse me refusant généralement toute possibilité d'expression, de contre-attaquer sur le plan judiciaire[2]. » Il attaque aussi le journal *Le Monde* et son directeur, Edwy Plenel, à l'origine de cette affaire puisque le quoti-

---

1. VENNER Fiammetta, *Les Mobilisations de l'entre-soi. Définir et perpétuer une communauté. Le cas de la droite radicale française (1981-1999)*, op. cit.

2. Communiqué de presse de Romain Marie (Bernard Antony) du 23 octobre 1985.

dien est le premier à avoir attribué ces propos antisémites à Antony[1]. Encore une victoire. En l'espace
de quelques semaines, les tribunaux lui donnent raison sur toute la ligne : Antony passe du statut de
suspect désigné du doigt à celui de justiciable obtenant réparation. Un basculement qui lui ouvre de
toutes nouvelles perspectives. Jusqu'ici, les associations intégristes n'ont envisagé le rapport avec la loi
que sous deux angles : être victimes des lois antiracistes ou chercher à censurer en se plaçant du point
de vue des dominants, au nom de la morale religieuse. Ils envisagent désormais de détourner les lois
antiracistes à leur profit en adoptant une posture de
« dominés ». Les lois antiracistes interdisent bien
que l'on discrimine ou incite à la haine « en raison
de la religion » mais cette disposition est essentiellement pensée pour protéger les minorités religieuses.
Se poser en minoritaire est donc indispensable pour
appeler les lois antiracistes à son secours. C'est uniquement à cette condition que la loi républicaine
peut être invoquée pour restreindre la liberté d'expression. Les militants du Centre Charlier viennent
de le comprendre. Il ne s'agit plus d'agir en moralistes conquérants mais en victimes du « racisme
antireligieux », même s'il est en fait toujours question d'empêcher tout propos jugé blasphématoire.
Un raisonnement qu'Antony met à profit au sein
d'un collectif en novembre 1984 : ce sera la naissance de l'Agrif – l'Alliance générale contre le

---

1. Le 19 octobre 1983, dans un article du *Monde*, Edwy Plenel rapporte que Bernard Antony aurait tenu des propos antisémites aux Journées d'amitié françaises.

racisme et pour le respect de l'identité chrétienne et française.

L'association ne vise pas tout de suite l'efficacité juridique. Elle teste d'abord son principe politique et n'attend pas les cinq ans d'existence, exigée de toute association avant d'agir, pour intenter des procès. Une première plainte est déposée contre les auteurs du film *Train d'enfer*. Le tribunal déboute l'association en arguant du fait que « sa décision de lutter contre le racisme antifrançais et antichrétien est toute récente[1] ». Bien que négatif, cet arrêt redonne l'espoir. En effet, la Cour ne refuse pas le principe d'une plainte pour « racisme antichrétien » et « antifrançais », elle exige simplement que l'association attende les cinq ans d'existence requis. Cinq ans plus tard, l'Agrif fait feu de tout bois. Elle porte régulièrement plainte contre les dessins de *Charlie Hebdo* mais aussi contre les artistes, écrivains, journalistes qui osent évoquer la religion en des termes irrespectueux. Le premier journal satirique français est désormais menacé financièrement chaque fois qu'il renoue avec la tradition anticléricale qui a fait son succès. L'efficacité de cette stratégie est telle qu'elle a fait des émules. Même si les catholiques traditionalistes de l'Agrif sont en principe ralliés au Vatican, le Saint-Siège voudrait bien ne pas lui abandonner la défense du catholicisme. Autour de Monseigneur Lagoutte, l'Église catholique française songe, elle aussi, à créer une association qui pourrait porter

---

1. Dans un arrêt du 22 octobre 1986, la Cour de cassation rejette le pourvoi de l'Agrif.

plainte pour « racisme antichrétien »[1]. La reconversion de la lutte antiblasphème en lutte contre le racisme antireligieux n'est d'ailleurs plus la seule spécialité des intégristes chrétiens. Elle semble avoir donné des idées aux intégristes musulmans, d'autant plus à l'aise pour s'approprier les arguments antiracistes que les musulmans d'origine arabe sont, eux, effectivement victimes de racisme ; ce qui rend cette nouvelle stratégie peut-être encore plus dangereuse entre leurs mains qu'entre celles des intégristes chrétiens. En effet, si cette reconversion se détecte lorsque des catholiques intégristes attaquent en justice des journaux comme *Charlie Hebdo* pour « racisme antichrétien », elle se décrypte beaucoup plus difficilement lorsque certains groupes cherchent à soustraire l'islam à toute critique au nom de l'« islamophobie ».

L'ambiguïté de la lutte contre l'« islamophobie »

La notion d'« islamophobie », aujourd'hui couramment répandue dans les médias, est un terme de facture récente. Conscients de la difficulté d'exporter un concept de censure, certains groupes musulmans ont imaginé une voie plus habile pour réussir ce

---

1. L'association Croyance et Libertés, créée en 1997, pose même le problème au journal *La Croix* qui interviewe Monseigneur Lagoutte le 11 février 1997. Celui-ci expliquera en substance : « Nous sommes interrogés fortement face à des abus criants d'attaques contre l'Église. Plusieurs associations sont montées au créneau, reprochant aux évêques d'être muets, alors qu'ils sont eux-mêmes exaspérés par un certain style de polémique. [...] Nous n'allons pas faire une chasse aux sorcières, nous ne revenons pas à l'Inquisition. »

qu'ils ont raté au moment de l'affaire Rushdie. Même s'ils ne visent pas réellement les déclarations racistes mais bien les discours irrévérencieux envers la religion musulmane, ils ont décidé d'emprunter un concept ayant l'apparence de l'antiracisme – la lutte contre l'« islamophobie » – pour dépasser les frontières politiques habituelles. De fait, aujourd'hui en Europe, le terme fait désormais partie du patrimoine discursif commun des groupes islamistes, de la gauche antiraciste et des défenseurs des droits de l'homme. Il a donc atteint son objectif en réussissant à englober, en une seule notion, les critiques constructives et les critiques racistes formulées à l'encontre de l'islam. Ce qui en fait l'une des armes les plus redoutables inventées pour neutraliser toute mise en cause laïque de la religion.

À l'origine pourtant, l'accusation d'« islamophobie » est un concept clairement intégriste. Les premiers coupables désignés comme « islamophobes » ne sont autres que les féministes et les résistants au régime des mollahs iraniens. Dès 1979, Kate Millett, féministe américaine, reçoit le premier soufflet pour avoir encouragé les femmes iraniennes à refuser de porter le voile. Elle a beau avoir soutenu l'opposition au Shah, elle est accusée d'impérialisme et de « racisme à l'encontre de l'islam [1] ». L'accusation d'« islamophobie » est ensuite plus généralement utilisée pour délégitimer les prises de position de femmes osant se révolter contre les décisions sexistes prises

---

1. Millett Kate, *Going to Iran*, New York, Coward, McCann & Geoghegan, 1982, 334 pages.

au nom de l'islam. Mais les années 90 vont bientôt permettre de masquer cet esprit initial. La guerre du Golfe et le déploiement des troupes américaines au Moyen-Orient offrent une opportunité aux islamistes vivant en Occident : celle de pouvoir mener leur combat contre toute critique de l'islam non plus du point de vue des bourreaux mais de celui, beaucoup plus efficace, des martyrs.

Al Muhajiroun, le groupe d'Omar Bakri, ne s'y trompe pas. À la fin des années 90, alors qu'il a participé à toutes les manifestations anti-Rushdie au nom de la morale islamique, le groupe édite des tracts prônant la résistance à l'« islamophobie ». Cette fois, il ne s'agit plus d'invoquer la religion mais de se poser en minorité résistant à l'oppresseur mondialisé : « La guerre contre l'islam existe depuis le jour où l'islam a été révélé à Muhammad. Après mille quatre cents ans d'histoire, la réalité demeure, même si la forme sous laquelle elle se présente à nous a changé. Sous la bannière de la globalisation, de la liberté et des droits de l'homme, de l'ONU, etc., la guerre continue... » Le groupe londonien va même plus loin : « Le fait que la Grande-Bretagne soit une nation de gens qui détestent l'islam, où nous souffrons de discriminations, n'est ni une surprise ni une découverte radicale. La Umma est vilipendée, désignée à la vindicte, et exterminée dans une large mesure. Le but des impérialistes est de nous démoniser, de nous assimiler ou de nous détruire. » Le tract d'Al Muhajiroun ne s'en prend pas qu'à l'Occident mais fustige également les musulmans modérés : « Les musulmans modérés vendent leurs âmes et mettent au jour toute l'évidence de leur mentalité d'esclaves. » Bien que caricaturale, cette rhétorique est loin d'être isolée. Tentant de se faire passer pour la branche arabophone d'Amnesty International, une autre association islamiste radicale, l'Islamic Human Rights Commission, la reprend à son compte. Dans ses statuts, l'association prévoit de « recueillir les informations sur les atrocités, l'oppression, et les autres abus des droits de Dieu [1] ». Fidèle à ces objectifs, elle est aujourd'hui la principale association à entamer des poursuites pour « islamophobie ». Sur son site, elle donne deux exemples illustrant qui sont les principales victimes de ce fléau : les talibans et les islamistes palestiniens – pas les militants palestiniens en général, seulement les militants palestiniens islamistes.

Des groupes musulmans plus libéraux vont eux aussi reprendre le terme d'« islamophobie » malgré son ancrage éminemment radical. En 1997, dans sa lettre d'information, le Parlement musulman de Grande-Bretagne, l'organe représentatif des musulmans anglais, tente même une définition. L'« islamophobie » est présentée en premier lieu comme une

---

1. L'Islamic Human Rights Commission a notamment pour objectifs de : 1. Soutenir les droits et les devoirs des êtres humains. 2. Favoriser un nouvel ordre social et international basé sur la vérité, la justice, la droiture et la générosité, plutôt que l'intérêt égoïste. 3. Exiger la vertu et s'opposer aux mauvaises choses dues à la dérive des puissants dans l'exercice de la puissance quelle que soit sa source – par exemple politique, juridique, médiatique, économique, militaire, personnelle, etc. 4. Recueillir les informations sur les atrocités, l'oppression, et les autres abus des droits de Dieu. 5. Faire campagne pour la réparation de tels crimes. 6. Poursuivre les criminels en justice.

attaque envers le Prophète et le Coran[1]. L'auteur du rapport évoque Dante – pour qui Mahomet gît entre deux cercles de l'enfer – mais surtout *Les Versets sataniques* de Salman Rushdie, désigné comme le « mercenaire de l'Ouest ». Toujours selon le Parlement musulman, une deuxième forme d'« islamophobie » consisterait à décrire l'islam comme ennemi de l'Occident, ce qui inclut le fait de critiquer le Jihad et la violence comme si les chrétiens n'avaient pas mené les croisades. Plus inquiétant, le Parlement musulman considère comme « islamophobe » toute critique des « institutions morales et sociales de l'islam », y compris bien sûr l'intransigeance concernant le statut des femmes ou la condamnation de l'homosexualité. À ce tarif, dire qu'il existe des musulmans homosexuels ou être une jeune femme musulmane qui refuse de porter le voile peut être perçu comme « islamophobe ». Un événement en témoigne. Le 18 mars 1998, deux associations islamiques britanniques officiellement modernes – la Fondation islamique et la Fédération des sociétés étudiantes islamiques – organisent une conférence intitulée « Islamophobie : xénophobie de notre temps ». Elle a pour but de montrer que « l'islam est faussement et injustement décrit comme barbare, irrationnel, primitif, sexiste, violent et agressif[2] ». La tournure prise par le débat est vite contre-performante. Depuis la salle, Muhammad Khan, originaire du Pakistan et militant à Outrage, une association défendant les droits des gays et des les-

---

1. *Majlis al-Shura*, vol. I, Issue 5, décembre 1997.
2. Conférence tenue au King's College de Londres.

biennes, remarque que la tolérance prônée envers l'islam ne s'accompagne pas d'une démarche en faveur d'un islam lui-même plus tolérant : « Les musulmans veulent la tolérance pour eux-mêmes mais pas pour les gays et les lesbiennes. Ils condamnent l'"islamophobie", tout en promouvant la haine et la violence envers les homosexuels[1]. » Il est aussitôt entouré par près d'une centaine de musulmans radicaux, seuls spectateurs de la conférence, lesquels se mettent à l'injurier, à lui cracher au visage et à le canarder de projectiles en tous genres. Le jeune homme est évacué sous la protection des vigiles. À noter, aucun des intervenants présents à la tribune – des représentants des trois religions du Livre – n'a jugé bon de calmer les choses ou même de condamner rétrospectivement cette violence[2]. Sans être contredit, l'imam Abduljalil Sajid, membre éminent du Conseil musulman de Grande-Bretagne, a même pu expliquer, une fois l'événement terminé, qu'il était inutile de se demander ce que les musulmans pensaient des homosexuels : il suffisait de regarder la réaction de l'assistance ! Même dans la bouche d'organisations islamiques dites modérées, l'« islamophobie » reste un concept utilisé pour délégitimer les adversaires de la religion.

---

1. « Muslim fundamentalists threaten to kill gay man, Islamophobia conference ends in violent upgrade », *Outrage*, mars 1998.
2. Parmi les intervenants : Siva Ganeshanadanan (ULU), le docteur Richard Stone (Jewish Council for Racial Equality), Muhammad Risaluddin (Calamus Foundation), et le révérend John Webber, conseiller de l'évêque de Stepney.

Sa transmission à la gauche antiraciste

Par quel chemin tortueux l'accusation d'« islamophobie », pensée pour museler les esprits critiques, est-elle devenue une arme revendiquée par les militants progressistes, antiracistes et laïques ? Le contexte de l'après-première guerre du Golfe a certainement joué. Aux yeux des militants d'extrême gauche européens, ce conflit reste vécu comme une agression occidentale. Beaucoup craignent qu'il ne contribue à relancer le racisme antiarabes. Aussi tiennent-ils par-dessus tout à éviter les amalgames antimusulmans. En Angleterre, c'est en 1996 que l'expression sort du cercle des penseurs musulmans radicaux pour se déconfessionnaliser par le biais d'une organisation antiraciste reconnue : le Runnymede Trust. Suite à une étude menée sur l'antisémitisme en Grande-Bretagne [1], le professeur Conway, alors vice-chancelier de l'Université du Sussex, annonce qu'il a décidé de conduire également un groupe de travail sur les discriminations envers les musulmans : « La Commission sur les musulmans britanniques et l'islamophobie ». Parmi les représentants communautaires participant à la commission figurent des associations [2] aussi peu modérées que l'Islamic Human Rights Commission – dont nous avons vu qu'elle dénonçait surtout l'« islamophobie » comme

---

1. Bien que systématiquement citée comme préalable à l'enquête sur le racisme antimusulman, nous n'avons jamais pu nous procurer cette première enquête.

2. UK Action Committee on Islamic Affairs, World Ahlul Bait Assembly, Q-News, Muslim News, Islamic Human Rights Commission.

une critique injuste du régime des talibans. Début 1997, le professeur Gordon Conway fait paraître le rapport *Islamophobie : un défi pour tous*, dans lequel l'association préconise soixante moyens de lutter contre l'« islamophobie ». On y retrouve notamment la recommandation de subventionner des écoles musulmanes ; laquelle sera prise en compte par le gouvernement britannique. Ces arguments en faveur d'une sensibilisation à l'« islamophobie » rencontrent d'autant plus d'écho que le professeur Conway a quitté son poste de vice-chancelier de l'Université du Sussex pour devenir président de la Fondation Rockefeller. Spécialiste de l'économie solidaire, il a notamment été recruté pour sa participation à la construction de centres interdisciplinaires destinés à développer l'éducation environnementale dans des pays comme le Soudan, l'Indonésie ou les Philippines. En tant que président de la Fondation, il est amené à fréquenter le Forum économique mondial en compagnie des plus hauts représentants du monde arabo-musulman.

La Fondation Rockefeller ne peut pas être soupçonnée de la moindre connivence avec les intégristes. Aux États-Unis, elle est régulièrement la cible des fondamentalistes qui lui reprochent d'avoir financé les premiers centres de planning familial en Afrique et en Amérique latine. Son action a des effets bénéfiques dans le monde entier. Elle est notamment parvenue à une réduction substantielle des taux de mortalité maternelle et néonatale dans de nombreux pays en voie développement. C'est donc vraisemblablement en toute bonne foi qu'elle va diffuser un concept né chez les intégristes anglais. Le paradoxe étant que sa caution donne un élan nouveau au concept d'« islamophobie » en lui permettant d'intégrer le vocabulaire officiel de la lutte contre le racisme. Grâce à cette introduction par la voie royale, il faudra moins de deux mois pour que ce concept atterrisse dans un rapport officiel de l'ONU. Le 14 janvier 1998, lors de la 54e session de la Commission des droits de l'homme, Maurice Glèlè-Ahanhanzo, rapporteur spécial sur les formes contemporaines de racisme, indique : « Le Rapporteur spécial voudrait préciser ici que la plupart des manifestations de racisme et de xénophobie à l'égard des Arabes se doublent de plus en plus d'islamophobie. » Pour preuve, l'auteur renvoie à l'étude réalisée par la Fondation Runnymede sous la supervision du professeur Gordon Conway. L'utilisation de ce concept, cautionnée par une figure du camp des droits de l'homme, peut maintenant franchir les frontières – au grand dam des musulmans anti-intégristes qui voient ainsi leur résistance étiquetée comme raciste par les Nations unies.

L'intronisation en France par Tariq Ramadan

En Grande-Bretagne, avant d'être porté par la Fondation Rockefeller, le rapport présenté par le professeur Conway a été vivement critiqué, dès sa sortie, et par les journalistes britanniques et par les musulmans progressistes. En France, il passe inaperçu sauf dans les pages du *Monde diplomatique,* où il est salué par Tariq Ramadan : « Voilà de quoi rendre difficile, voire impossible, le débat sur la présence musulmane, souvent confondue, dans l'urgence, avec le problème de l'immigration. On peut même parler d'une sorte d'"'islamophobie", selon le titre de la précieuse étude commandée en Grande-Bretagne par le Runnymede Trust en 1997[1]. » Le rôle joué par Tariq Ramadan et par *Le Monde diplomatique* dans la transmission d'un concept antilaïcité à la gauche antiraciste demande que l'on s'y arrête un instant.

Auteur de plusieurs ouvrages et de cassettes à succès, se vendant parfois à plus de 100 000 exemplaires, professeur d'islamologie à l'Université de Fribourg et de philosophie au collège de Genève, Tariq Ramadan est devenu en quelques années l'un des prédicateurs les plus appréciés de la jeunesse musulmane européenne. Ce n'est pourtant pas à proprement parler un théologien. Son savoir religieux est avant tout une philosophie politique, transmise de génération en génération par une lignée d'illustres théoriciens islamistes. Son grand-père, Hassan al-Banna, n'est autre que le fondateur des Frères Musulmans, l'organisation égyptienne dont s'inspirent tous ceux qui optent pour une lecture politique et radicale de l'islam. Dès l'origine, l'organisation excelle dans l'art d'exploiter cette ambiguïté consistant à faire du retour aux fondements de l'islam une voie vers sa réforme. Les Frères opposent notamment la modernité islamique à la modernité occiden-

---

1. RAMADAN Tariq, « Immigrations, intégration et politiques de coopération. L'islam d'Europe sort de l'isolement », *Le Monde diplomatique*, avril 1998.

tale et vont jusqu'à proposer une certaine révision
du statut des femmes, ce qui trouble les Occidentaux
cherchant à les confondre pour leur obscurantisme.
Mais le flou théorique à l'origine de leur succès ne
tient pas seulement à la nature paradoxale du réformisme musulman, il est accru par le fait que son
fondateur, Hassan al-Banna, va être assassiné avant
d'avoir pu finir d'exposer son idéologie, en proie
désormais à toutes les interprétations, y compris les
plus extrêmes. Certains, comme Sayyid Qotb, l'un
des théoriciens du Jihad armé auxquels se réfèrent la
plupart des terroristes islamistes, y verront un encouragement au Jihad armé et à l'assassinat des gouvernants imposteurs [1]. D'autres, comme Tariq Ramadan,
né et vivant en Occident, tentent d'y lire un appel à
la révolte plus constructif.

Le benjamin de la famille Ramadan est né à
Genève, où son père Saïd Ramadan, le disciple
favori d'Hassan al-Banna et le fondateur de la Ligue
islamique mondiale, a dirigé la communauté des
Frères Musulmans en exil. Sa mère, Wafa al-Banna,
est la fille aînée du fondateur des Frères Musulmans
et son frère, Hani Ramadan, poursuit très officiellement l'œuvre de ses parents au Centre islamique de
Genève. Si Tariq Ramadan se fâche lorsque l'on
évoque l'influence des Frères Musulmans – « Je suis
excédé d'avoir à répondre à ces procès d'intention [2] ! » – il ne renie rien de l'idéologie transmise

---

1. Qotb écrit cet appel à la révolte depuis les geôles nassériennes.
2. Cité par Xavier Ternisien qui a consacré un portrait à Tariq
Ramadan dans *La France des mosquées*, Paris, Albin Michel, 2002,
p. 206-215.

par son père et son grand-père, qu'il présente comme le « plus influent des réformistes musulmans de ce siècle [1] ». La moindre de ses apparitions ou de ses contributions ne choque d'ailleurs pas les autres héritiers d'Hassan al-Banna puisqu'elles sont retransmises et relayées dans toutes les librairies proches des Frères Musulmans. Partisan d'une religion sans contrainte – « Point de contrainte en religion », a dit le Prophète –, il use de son charisme oratoire pour toutefois prôner le port du voile devant des salles remplies d'hommes qui iront ensuite l'imposer à leurs femmes et à leurs filles. Son combat en faveur d'une amélioration du statut des femmes est sincère mais il bute indiscutablement sur les limites du cadre religieux : « L'islam offre un cadre de référence dans lequel se dessine une conception globale de l'être humain, de l'homme, de la femme, et de la famille. Deux principes sont essentiels : le premier fonde l'idée d'une égalité entre l'homme et la femme devant Dieu, le second celui de leur complémentarité sur le plan social. Selon cette conception, c'est l'homme qui est responsable de la gestion de l'espace familial mais le rôle de la mère y est central [2]. »

---

1. Tariq Ramadan rend systématiquement hommage à son grand-père, Hassan al-Banna. (RAMADAN Tariq, *Être musulman européen, étude des sources islamiques à la lumière du contexte européen*, Tawhid, 1999, 460 pages.) Quant à son père, Saïd Ramadan, il écrit : « Il avait tout appris d'un homme qui lui avait tant donné, tant offert et qui, très tôt, l'avait formé et protégé. À son sujet, il était intarissable : Hassan Al-Bannâ, par son total dévouement à Dieu et à ses enseignements, avait mis la lumière en son cœur et tracé le chemin de son engagement. » (Tarik RAMADAN, *Islam, le face-à-face des civilisations. Quel projet pour quelle modernité ?*, Tawhid, 2001, 364 pages.)
2. GRESH Alain, RAMADAN Tariq, *L'Islam en questions*, Arles, Actes Sud, 2002, p. 280.

On se félicitera que Tariq Ramadan n'aille pas jusqu'à interdire aux femmes de travailler – il est favorable à cette émancipation – mais on notera que ses ambitions égalitaires sont restreintes par une croyance sans faille en la nécessité d'une complémentarité sociale assignant les femmes à un rôle inamovible d'aide-ménagère et de mère.

On retrouve cette même tolérance, limitée, au sujet de l'homosexualité. Comme l'y invite le Prophète, Tariq Ramadan est l'un des rares conférenciers à aborder la sexualité en islam de façon plutôt sereine – ce qui lui vaut d'être écouté avec avidité par les jeunes musulmans – mais cette ouverture d'esprit bute une fois de plus sur le refus d'actualiser les commandements du Coran : « L'islam, par rapport à la sexualité, émet des limites. Dieu a voulu un ordre. Et cet ordre, c'est l'"homme pour la femme" et la "femme pour l'homme". [...] Le message de la sexualité à ce sujet est clair [...] l'homosexualité n'est pas quelque chose d'admis en islam. » À la différence d'autres fondamentalistes, Ramadan ne va pas toutefois jusqu'à prôner la condamnation à mort. Il tend au contraire à modérer ses congénères en les invitant à une relative tolérance qui n'a toutefois rien d'une acceptation[1]. Cette modération perd tout son sens lorsqu'on sait que Tariq Ramadan ne pense pas qu'un véritable musulman puisse pratiquer un islam libéral. « Tariq Ramadan affirme bien que les musulmans ont le droit de pratiquer ou non. Reste que,

---

1. Le problème des musulmans homosexuels reste posé : lorsque l'islam leur ferme ainsi ses portes, ils se trouvent dans l'obligation d'abandonner leur religion.

pour lui, ceux qui rejettent les lois fondées sur les textes clairs sont "sortis de la religion" puisqu'ils ne sont plus des musulmans », rappelle Leïla Babès : « Le droit à changer de conviction, comme celui d'avoir une opinion différente, est donc assimilé à un acte d'apostasie[1]. » Elle note également combien Tariq Ramadan use de son influence auprès des musulmans européens pour dénoncer au titre du « mimétisme » ce qui pourrait les conduire à adopter une vision de l'islam en adéquation réelle avec la laïcité – qu'il préfère entendre comme une acceptation de toutes les religions et non comme une séparation exigeante entre le religieux et le politique. C'est dire le trouble idéologique dans lequel sont plongés ceux qui tentent de le cerner. « Passé les premiers enthousiasmes, le "discours ramadien" doit faire face à un tir groupé. Les musulmans libéraux dénoncent la "subtilité" de sa pensée et l'accusent de tenir "un double discours" », relève Xavier Ternisien[2]. D'autres journalistes y voient davantage que de la subtilité. En octobre, le mensuel *Lyon Mag* publie une enquête sur les réseaux islamistes lyonnais dans laquelle Tariq Ramadan est décrit comme « le roi de l'ambiguïté », « en apparence inoffensif » mais constituant en réalité « une véritable bombe à retardement ». Excédé, le théoricien a poursuivi le jour-

---

1. BABÈS Leïla, « L'identité islamique européenne d'après Tariq Ramadan », *Islam de France*, n° 8.
2. TERNISIEN Xavier, *La France des mosquées, op. cit.* Voir aussi « Tariq Ramadan, cheval de Troie de l'islamisme », *Pour-Solidarité Algérie*.

nal devant le Tribunal correctionnel de Lyon[1]. Au cours de l'audience, tenue le 26 septembre 2002, Antoine Sfeir, directeur des *Cahiers de l'Orient*, est venu appuyer les propos du journal en rappelant que Djamel Beghal, un islamiste soupçonné de terrorisme arrêté à Dubaï en 2001, avait suivi assidûment les conférences de Tariq Ramadan. À ses côtés, deux militants associatifs, Rachid Kaci et Abderrahmane Dahmane, ont dressé le portrait d'un homme « doté d'une double personnalité », capable de tenir des propos dignes des Frères Musulmans comme de séduire la Ligue de l'Enseignement – où il a animé un groupe de travail sur l'islam et la laïcité, jusqu'à ce que certains responsables de la Ligue jugent son approche problématique. Tariq Ramadan a gagné un premier procès contre *Lyon Mag* mais il a perdu celui intenté contre ce même journal, toujours pour un article l'accusant de tenir un double langage, à partir d'une interview donnée par le directeur des *Cahiers de l'Orient*. Dans son jugement du 22 mai 2003, la cour d'appel de Lyon a donné raison à Antoine Sfeir, estimant que les discours de prédicateurs comme Tariq Ramadan « peuvent exercer une influence sur les jeunes islamistes et constituer un facteur incitatif pouvant les conduire à rejoindre les partisans d'actions violentes ». Du côté des soutiens, Alain Gresh, rédacteur en chef du *Monde diplomatique*, proteste : « Il n'y a pas encore de délit d'appartenance familiale. Ce qui m'intéresse, c'est la

---

1. « Le "double langage" de Tariq Ramadan en procès à Lyon », Xavier TERNISIEN, *Le Monde*, 27 septembre 2002.

lecture que Tariq Ramadan fait de la pensée de Hassan al-Banna. On peut être d'accord avec lui ou pas. Mais le présenter comme le sergent recruteur du terrorisme, c'est de la diffamation ! »

Alain Gresh n'a pas entièrement tort, Tariq Ramadan n'est sûrement pas un « sergent recruteur du terrorisme ». De même, il ne tient pas un « double langage » mais s'exprime au contraire au nom d'une vision religieuse parfaitement cohérente, bien que trompeuse sur ses intentions politiques. Si une certaine presse voit en Tariq Ramadan un défenseur de l'islam laïque, les leaders islamistes comme Hassan al-Tourabi voient en lui « l'avenir de l'islam » tel qu'ils le conçoivent – c'est-à-dire tout sauf laïque [1]. En fait, sa pensée s'inscrit dans la droite ligne de l'école réformiste, initiée par Ibn Taymiyya et poursuivie par le fondateur du wahhabisme, l'école salafiste et les Frères Musulmans. Ce réformisme n'a jamais prétendu être moderniste puisqu'il prône le retour aux fondements des enseignements du Prophète mais les Occidentaux s'obstinent à y voir une voie possible pour laïciser l'islam. Si Tariq Ramadan est bien réformiste, c'est uniquement en tant que fondamentaliste. Sa conception de la modernisation n'a rien d'un modernisme rationaliste, même si sa critique du rationalisme n'est jamais loin d'une rhétorique anti-impérialiste et anticapitaliste lui permettant de ne pas se couper du public de gauche : « À force de privilégier la rationalité, l'efficacité et le

---

1. « La langue d'Aladin », un portrait de Tariq Ramadan signé Christophe AYAD, *Libération*, 8 juillet 2003.

rendement pour plus de progrès, nos sociétés sont au bord du gouffre », explique-t-il dans son livre sur *Le Face-à-Face des civilisations : quel projet pour quelle modernité*[1] *?* Un peu plus loin, au sujet de l'évolution de la famille, il ajoute : « Les références islamiques s'opposent de la façon la plus claire au processus dont nous venons de parler. Si la modernité est à ce prix, on comprendra que tant le Coran que la Sunna affichent une fin de non-recevoir à l'actualisation de cette modernisation. » Cette double citation illustre parfaitement combien le combat tiers-mondiste ne va pas nécessairement de pair avec une vision progressiste malgré les confusions que ce positionnement produit...

Notre propos n'est pas d'enfermer ce théoricien dans une étiquette qui ne conviendrait sans doute pas à la complexité de son message mais de comprendre comment cette double culture – faite d'un héritage idéologique fondamentaliste réactionnaire et d'un ancrage militant tiers-mondiste – a permis de donner corps, en France, à un concept aussi ambigu que celui d'« islamophobie ». Le terme ne peut laisser insensible un homme qui doit assumer une réputation sulfureuse en Suisse comme en France : « En 1990, les journalistes genevois m'avaient élu et désigné comme un des dix Genevois de l'année pour la nature de mon engagement avec les jeunes dans le cadre de la promotion de la solidarité. Quelques mois plus tard, j'étais devenu un être suspect, retors,

---

1. RAMADAN, Tariq, *Islam, le face-à-face des civilisations. Quel projet pour quelle modernité ?*, *op. cit.*, p. 25-26.

dangereux, car j'avais osé me présenter comme musulman », raconte-t-il dans un livre-entretien publié avec Alain Gresh [1]. Il paraît difficile de croire que Ramadan doive sa perte de prestige au seul fait d'être musulman – puisqu'il a été élu personnalité de l'année pour son engagement auprès des jeunes musulmans – mais il le ressent comme tel, ce qui explique qu'il accueille le terme « islamophobie » avec enthousiasme. Adopté, le mot se retrouve ensuite sous la plume de son coconférencier et coauteur : Alain Gresh. Lui et Ramadan ont donné plusieurs conférences communes. Ils ont surtout publié un livre d'entretien, *L'Islam en questions*, d'où naîtra une conférence filmée diffusée par les éditions islamiques Tawhid [2] : « Après le 11 septembre, vers quel dialogue des civilisations ? » Leur complicité intellectuelle est très symptomatique du terrain d'entente susceptible de réunir certains militants de gauche et certains militants musulmans, même fondamentalistes, au nom du tiers-mondisme et de la lutte contre l'« islamophobie ». C'est pourquoi il est si important de décrire le parcours qui les a amenés à adopter de ce terme commun.

Tous deux ont leurs racines en Égypte. Alain Gresh y est né en 1948, dans une famille copte mais d'une mère juive d'origine russe. Il a grandi dans

---

1. Gresh Alain, Ramadan Tariq, *L'Islam en questions, op. cit.*
2. Les éditions Tawhid (« unicité » en arabe) sont la création de l'Union des jeunes musulmans, un groupe influencé par les Frères Musulmans pour diffuser en France « des ouvrages de vulgarisation et d'initiation à la religion musulmane sous ses différents aspects. Elles éditent aussi des ouvrages ayant trait à la présence de l'islam en Europe (pensée musulmane, laïcité, interreligieux) ».

une époque marquée par la lutte anticoloniale et s'est construit en vibrant au son des discours de Nasser. Le jeune Ramadan, lui, est né en Suisse, en exil, d'un père chassé par Nasser pour ses idées islamistes. Il ne pardonnera jamais au Raïs les persécutions dont ont été victimes les membres de sa famille en tant que leaders des Frères Musulmans. La vision du pouvoir nassérien est d'ailleurs sans doute l'un des sujets qui divise le plus les deux hommes. L'assassinat de leurs modèles parentaux est en revanche un point qui les rapproche. Ramadan a grandi dans le mythe d'Hassan al-Banna, assassiné en 1949. Quant à Alain Gresh, il a appris tardivement qu'il était le fils d'Henri Curiel, célèbre militant communiste qui prônait le soutien à la lutte indépendantiste des Arabes. Un temps enfermé dans les prisons françaises pour son aide au FLN algérien, Curiel meurt assassiné en 1978. C'est notamment sous son influence qu'Alain Gresh fera sa thèse sur l'OLP. Comme lui, il développe ce qu'il appelle une « vision non sectaire de la religion ». Gresh rappelle par exemple que le mouvement fondé par Curiel, Solidarité internationale, faisait une large place aux militants chrétiens : « J'ai toujours trouvé d'importantes convergences avec des croyants [...]. Ces hommes et ces femmes défendent aussi des principes moraux, qui dépassent les calculs politiques ou politiciens. Ce point de vue moral, ou plutôt l'incapacité à adopter ce point de vue, est l'une des raisons majeures, à mon sens, de l'échec de l'expérience communiste. » Cette confession éclaire peut-être le sens de sa collaboration avec un militant aussi religieux que Tariq

Ramadan. À l'évidence, l'écart idéologique séparant les deux hommes est adouci par leur rejet commun du colonialisme – hier celui en Égypte, aujourd'hui celui en Palestine[1]. Même s'ils ne se réclament pas des mêmes valeurs – l'un se sent concerné par les luttes anti-impérialistes par solidarité avec les « opprimés contre les oppresseurs », l'autre réfute cette logique de « dominé » et mène ce combat au nom de la morale[2] – ils utilisent tous les deux le terme d'« islamophobie », qu'ils vont contribuer à diffuser ensemble. Gresh reprend volontiers le terme dans le dossier *Islam contre islam* publié par *Le Monde diplomatique* en août 2002. Fouillé et documenté, ce dossier, où intervient Ramadan, a été pensé comme une « réponse à l'islamophobie ambiante[3] ». De fait, si le terme rencontre en quelques mois un tel succès, c'est qu'il répond à une vraie nécessité : à savoir construire au plus vite un discours qui résiste aux discours de haine antimusulmans et antiarabes. Ce double racisme, contre lequel se mobilisent les mouvements antiracistes européens depuis des décennies, menace régulièrement de se faire une cure de jou-

---

1. Dans un livre commun avec Alain Gresh, Tariq Ramadan explique que, puisque prôner la destruction d'Israël n'est pas tenable, il s'est rallié à la solution d'un État gouverné par des juifs, des chrétiens et des musulmans – ce qui revient à peu près au même, ce nouvel État devenant juste un pays musulman où Juifs et Chrétiens seraient tolérés.

2. Tariq Ramadan appelle à résister à la domination non pas au nom de la lutte contre l'oppression mais au nom de l'« universel », justifié par l'inspiration coranique, ce qui revient à une vision morale très éloignée de la lutte tiers-mondiste telle que la conçoit Alain Gresh. « Après le 11 septembre, vers quel dialogue des civilisations ? », conférence tenue par Alain Gresh et Tariq Ramadan (Tawhid).

3. « Plus qu'une religion », RAMONET Ignacio, *Islam contre islam*, *Le Monde diplomatique*, « Manière de voir », n° 62, juillet-août 2002.

vence sous prétexte de porter un regard légitimement critique sur l'islam en tant que religion. Ce qui était vrai pendant l'affaire Rushdie et pendant la guerre du Golfe l'est encore plus depuis le 11 septembre.

Les raisons du succès

Diffusé à l'origine par des mouvements intégristes, le mot « islamophobie » n'aurait jamais connu un tel succès s'il ne correspondait pas à un besoin réel. En France, son emploi abusif semble tenir à deux facteurs : la volonté d'utiliser un terme court pour pointer du doigt le risque d'un racisme antimusulmans et celle de s'inscrire en opposition au terme « judéophobie ». Le terme est très à la mode depuis que Pierre-André Taguieff l'utilise dans son essai *La Nouvelle Judéophobie*[1]. L'auteur – qui compte pourtant parmi les analystes les plus fins qui soient en matière de préjugés racistes – explique ce choix sémantique par sa gêne à désigner comme « antisémite » un sentiment antijuif que l'on trouve, selon lui, désormais chez une population elle-même sémite puisque arabe. Outre que cette stratégie déclenche le sentiment désagréable de désigner les Arabes comme seuls coupables du regain de la haine antijuifs, elle pose les mêmes problèmes sémantiques que le terme d'« islamophobie », à savoir confondre la dénonciation du racisme avec la dénon-

---

1. Taguieff Pierre-André, *La Nouvelle Judéophobie*, Paris, Fayard/ Mille et Une Nuits, 2002.

ciation de toute parole visant à critiquer une religion. Or, le succès du terme « islamophobie » s'inscrit visiblement dans une volonté, plus ou moins consciente, de contrer celui de « judéophobie ». Dans un article du *Monde*, Xavier Ternisien insiste sur le « danger de l'islamophobie », moins dénoncé selon lui que le danger « judéophobe » : « Le retour de l'antisémitisme dans notre pays a été légitimement condamné par les hommes politiques, les responsables associatifs et les représentants des grandes religions. Pour autant, sans minimiser la gravité de ces actes, il n'est pas inutile de rappeler que les musulmans restent les principales victimes d'un racisme au quotidien[1]. » Les faits démentent cette impression. Selon la Commission des droits de l'homme, en 2002 les actes antijuifs ont été de loin les plus nombreux avec 193 faits et 731 menaces antisémites, soit six fois plus qu'en 2001[2]. Pourtant, c'est le sentiment qui règne parmi certains journalistes et cela éclaire le contexte intellectuel ayant permis au concept d'« islamophobie » de se frayer un chemin. D'autant qu'aux États-Unis, en revanche, cette peur n'est pas tout à fait infondée. Mi-octobre, soit quelques semaines après les attentats du World Trade Center, la Commission américaine des droits civils disait avoir enregistré près de 200 agressions envers « les Américains arabes, et ceux du sous-

---

1. Ternisien Xavier, « Le danger de l'islamophobie », *Le Monde*, 11 mai 2002.

2. UEJF, SOS Racisme, *Les Antifeujs. Le livre blanc des violences antisémites en France depuis septembre 2000*, Paris, Calmann-Lévy, 2002, 232 pages.

continent indien ». À noter néanmoins, il s'agit d'une réaction raciste et non « islamophobe ». En effet, ce déferlement de haine a pris pour cibles des individus repérés pour leur apparence physique, avec toutes les approximations qu'une telle chasse au faciès suppose. Sur les 200 agressions, la plupart des victimes sont des Sikhs ou des Indiens. Le summum a été atteint en Californie, où un Américain d'origine copte est mort de ses blessures suite à l'attaque de son magasin. Il avait fui l'Égypte où sa communauté est persécutée par les islamistes...

Pourtant, c'est bien l'amalgame antimusulmans et non antiarabes que redoutent les intellectuels. Pour réagir, ils sont tentés de reprendre le terme d'« islamophobie », plus court que celui de « racisme antimusulmans ». Primo, le terme « racisme antimusulmans » demande que l'on explique aux lecteurs qu'il peut être employé sans risque de contresens : de même qu'il n'existe pas de « race » mais du « racisme », l'expression raciste ne désigne pas uniquement une volonté de discriminer des individus en fonction de leur origine, de leur nationalité ou de leur ethnie. Il peut s'agir plus généralement d'une tentative visant à enfermer une catégorie de population, quelle qu'elle soit, dans sa généralité afin de mieux développer des préjugés à son égard. Il n'y a donc aucun empêchement à utiliser l'expression « racisme antimusulmans », tandis que l'accusation d'« islamophobie », elle, tend à faire écrouler des années de pédagogie antiraciste. Deux affaires l'illustrent parfaitement : l'affaire Fallaci et l'affaire Houellebecq.

*L'inefficacité face à la montée
du racisme antimusulmans...*

Si les lois antiracistes ont été inventées, c'est sans doute pour qu'une décision de justice puisse souligner le caractère raciste de certains livres comme *La Rage et l'Orgueil* d'Oriana Fallaci[1]. Née en 1929 dans une famille antifasciste, entrée dans la Résistance à quatorze ans, journaliste et correspondante de guerre, Oriana Fallaci a toujours été connue pour ses coups de gueule. Comptant parmi les rares femmes à avoir interviewé Khomeyni, elle se rappelle avec âcreté la réflexion ironique de l'ayatollah lorsqu'elle refusa de porter le tchador : « Le voile n'est nécessaire qu'aux femmes vertueuses. » Sous-entendu : vous n'en avez pas besoin ! De ses révoltes passées, on gardait le souvenir d'une femme plutôt progressiste. Ce livre révèle au contraire un tempérament coléreux davantage dicté par l'orgueil que par un quelconque féminisme. D'ailleurs elle exècre autant le féminisme que l'intégrisme... À la retraite, cette septuagénaire vivait à New York lorsque les Twin Towers se sont effondrées. Fin septembre, le directeur du quotidien italien *Il Corriere della Sera* lui commande un article sur l'événement. Elle donne son accord mais à condition que son papier soit publié intégralement et sans aucune correction. Une absence de relecture qui laisse libre cours à *La Rage et l'Orgueil,* un brûlot où la critique de l'islamisme et celle de la religion musulmane dérapent à de mul-

---

1. FALLACI Oriana, *La Rage et l'Orgueil*, Paris, Plon, 2002.

tiples reprises. Certaines envolées témoignent d'une vision extraordinairement ethnocentrique : « Quel sens y a-t-il à respecter ceux qui ne nous respectent pas ? Quel sens y a-t-il à défendre leur culture ou présumée culture alors qu'ils méprisent la nôtre ? Je veux défendre la nôtre, pardieu, et je vous informe que Dante Alighieri me plaît plus qu'Omar Khayyâm [1]. » D'autres extraits révèlent un incroyable mépris pour tout ce qui n'est pas la « culture occidentale », qu'elle essentialise au passage : « Et au lieu des cloches, on se retrouve avec les muezzins, au lieu des minijupes on se retrouve avec le tchador ou le burka, au lieu du petit cognac on se retrouve avec le lait de chamelle [2]. » Enfin, assez souvent, Fallaci tombe dans l'allégorie clairement raciste : « Les fils d'Allah, au contraire, se multiplient comme les rats. Il y a du louche dans cette affaire [3]. » Ce livre ne serait qu'un brûlot infantile, mal écrit et dangereusement imbécile, s'il n'avait pas rencontré un impressionnant succès populaire. En Italie comme à l'étranger, il s'est vendu à plus d'un million d'exemplaires. On comprend dès lors que les associations antiracistes aient eu envie de réagir. Malheureusement, la stratégie qu'elles ont adoptée illustre assez bien à quel point elles ne savent plus faire la distinction entre des arguments relevant de la critique légitime de la religion et ceux purement racistes. Car ce ne sont pas les passages racistes que le MRAP choisit de poursuivre. L'organisation, qui

1. FALLACI Oriana, *ibid.,* p. 93.
2. FALLACI Oriana, *ibid.,* p. 96.
3. FALLACI Oriana, *ibid.,* p. 146.

qualifie le livre de « brûlot islamophobe », a visé en priorité les extraits critiquant la religion musulmane en tant que religion [1]. Bilan, le MRAP est débouté le 21 juin par le juge des référés. Mouloud Aounit, son président, ne semble pas déçu puisqu'il explique : « Nous ne souhaitons pas que ce livre soit interdit. Mais le demander était pour nous le seul moyen d'obtenir qu'un débat puisse être ouvert tant sur le plan judiciaire que médiatique. » On comprend ici que le but recherché n'est pas tant de faire condamner Oriana Fallaci pour son racisme que de céder à la mode de l'« anti-islamophobie », quitte à devenir les instruments d'une lutte qui n'est plus antiraciste mais antiblasphème. Cette maladresse permet en outre à Oriana Fallaci de s'estimer lavée de tout soupçon de racisme tout en apparaissant comme la nouvelle martyre de l'intolérance musulmane.

On retrouve très exactement la même démarche, avec les mêmes effets pervers, dans la plainte déposée contre l'écrivain Michel Houellebecq. L'auteur de *Plateforme* et des *Particules élémentaires* est un habitué de la provocation malsaine : dérapages racistes, descriptions sexistes, glorification du tourisme sexuel, etc. En ce qui concerne *Plateforme*, plusieurs passages ne sont pas tendres à l'égard des musulmans. Le personnage central voit sa compagne mourir dans un attentat islamiste et se réjouit de voir un terroriste palestinien tué. Mais ce n'est pas la fiction que des leaders communautaires musulmans

---

1. JOFFRIN Laurent, « Fallaci-la-haine », *Le Nouvel Observateur*, 27 juin-3 juillet 2002.

vont poursuivre. Ils reportent leur campagne sur des propos tenus par l'écrivain dans la presse, en tant que citoyen, même s'ils n'ont rien d'aussi révoltants que ceux tenus par ses personnages de fiction. En septembre 2001, dans *Lire*, Michel Houellebecq laisse échapper cette réflexion : « La religion la plus con, c'est quand même l'islam. Quand on lit le Coran, on est effondré... effondré[1]. » Rien de très alarmant, du moins si l'on considère que nous vivons dans un pays où l'on peut encore désacraliser les religions, et d'autant que l'auteur n'épargne aucun monothéisme. Au tribunal, il explique : « La Bible a plusieurs auteurs, certains géniaux, certains nuls à chier, le Coran en a un seul plutôt médiocre [...] les textes fondamentaux monothéistes ne prêchent ni la paix, ni l'amour, ni la tolérance. Dès le départ ce sont des textes de haine. » Le propos est ici clairement antireligieux mais nullement raciste. Pourtant quatre associations musulmanes portent plainte suite à l'interview de *Lire* : la société des Habous qui gère la Mosquée de Paris, la Ligue islamique mondiale – principal vecteur du wahhabisme et seule ONG reconnue d'Arabie saoudite ! –, la Fédération nationale des musulmans de France et la Mosquée de Lyon. Cette coalition rassemblant des associations aussi modérées qu'intégristes n'est pas sans rappeler l'alliance de circonstance qu'avait suscitée l'affaire

---

1. Pour sa défense Michel Houellebecq expliquera au tribunal que ses propos ont été tronqués, tout en en confirmant la globalité.

Rushdie[1]. Mais il existe une sacrée différence entre l'époque où les associations musulmanes intégristes et modérées se donnaient la main pour poursuivre Rushdie au nom du blasphème et l'époque où ces mêmes associations, ou presque, poursuivent Houellebecq pour « islamophobie ». Au plus fort de l'affaire Rushdie, les associations religieuses étaient bien seules. Elles étaient même dénoncées par les associations laïques pour leur intolérance et leurs atteintes à la liberté d'expression. Aujourd'hui, non seulement ces organisations ne sont pas le moins du monde brocardées mais la Ligue des droits de l'homme en personne vient leur prêter main-forte. La LDH se joint à leur plainte et devient le principal porte-parole de ce procès qu'elle présente comme réagissant à la haine « islamophobe » : « L'intolérable charge contre l'islam et les Musulmans[2] à laquelle s'est livré Michel Houellebecq [...] ne fait que précéder le livre d'Oriana Fallaci et tant d'autres expressions d'islamophobie[3]. »

On comprend que le contexte de regain de racisme antimusulmans ait pesé dans le changement d'atti-

---

1. En mars 1989, après la fatwa de Khomeyni, se crée un comité de coordination qui regroupe la Fédération nationale des musulmans de France (FNMF), l'Union des organisations islamiques de France (UOIF), l'Association des étudiants islamiques de France ainsi que la Mosquée de Paris.

2. On notera la faute typographique difficilement imputable à l'inculture d'un mouvement recrutant beaucoup parmi les enseignants : « Musulmans » désormais prend un M majuscule comme s'il s'agissait d'une nationalité et non plus d'une religion.

3. *Newspress* du 17 septembre 2002. « LA LDH se porte partie civile contre Michel Houellebecq ». Houellebecq risque jusqu'à un an de prison et 45 000 euros d'amende. Chacune des quatre associations demande 37 000 euros de dommages et intérêts.

tude de la Ligue des droits de l'homme mais l'on
ressent tout de même une certaine gêne à voir la
principale association laïque française se joindre à
des associations religieuses pour attaquer des propos
irrespectueux envers la religion. Une nuance qui
n'échappe pas au substitut du procureur, Béatrice
Angelleli, qui relève : « On ne peut pas dire que
quand on exprime une opinion sur l'islam, cela
implique qu'on attaque la communauté musulmane.
Nous ne sommes pas là pour faire ce glissement
sémantique [1]. » Ce glissement a en effet plusieurs
conséquences malheureuses. Michel Houellebecq
peut se vanter de ne pas être condamné pour racisme
mais surtout la lutte contre le blasphème se trouve
anoblie par la Ligue des droits de l'homme [2]. Tout
ça pour quoi ? À l'image de la plainte du MRAP
contre Fallaci, l'opération semble moins viser la
condamnation réelle de l'auteur que l'ouverture d'un
débat, médiatique et judiciaire, sur l'« islamophobie ». Tout ça pour obtenir quoi ? Une loi contre l'incitation à la haine en raison de la religion ? Le Code
de procédure pénale le prévoit déjà. Une loi contre
l'« islamophobie » en tant que critique de la religion
musulmane alors ? Cela reviendrait à obtenir ce que
les intégristes de toutes les religions ont toujours

---

1. *Libération*, 18 septembre 2002.
2. Seuls quelques journaux d'extrême gauche comme *Rouge* ont
résisté à la tentation d'encenser Houellebecq pour « son style percu-
tant » comme à celle de le poursuivre pour « islamophobie ». Dans
« À propos de l'"affaire" Houellebecq, extension du domaine de
l'arnaque », Marine Gérard écrit : « quand le prétendu "discours politiquement incorrect" est odieux, il mérite d'être combattu pour ce
qu'il est : réactionnaire, colonialiste, sexiste, raciste » (http://www.lcr-
rouge.org).

réclamé : une loi antiblasphème. Ainsi, parti d'une volonté intégriste de lutter contre le blasphème, le concept d'« islamophobie » est devenu une arme liberticide entre les mains de militants antiracistes. Et le risque est aussi valable pour « judéophobie » – qu'il est parfois tentant d'invoquer pour neutraliser une critique simplement antisioniste et non antisémite de la politique israélienne. Le risque de voir les lois antiracistes évoluer vers une jurisprudence antiblasphématoire a récemment été accru par une loi du député Pierre Lellouche visant à aggraver les sanctions du Code pénal contre les agressions racistes. Même si la loi elle-même n'intègre pas le concept d'« islamophobie », de « christophobie » ou de « judéophobie », le préambule met au même niveau les discriminations racistes et les paroles destinées à critiquer les religions ; ce qui revient à « religioser » un peu plus les lois antiracistes.

Les dangers du relativisme culturel

Sous prétexte de résister à l'« islamophobie » ambiante, plusieurs propos inquiétants ont fait irruption dans le débat public français depuis le 11 septembre. Le 13 janvier 2003, *Arte* a diffusé un documentaire que l'on peut considérer comme une forme de contre-offensive au livre *Jamais sans ma fille*. Vendu à des millions d'exemplaires, ce livre avait ému l'Amérique et l'Europe dans les années 80 en racontant l'histoire de Betty Mahmoody, une citoyenne américaine mariée à un Iranien. Partie s'installer en Iran avec son époux, elle a vécu un véritable calvaire pour fuir ce pays et soustraire sa fille à la cruauté de son mari, ainsi qu'à celle de sa belle-famille. Même s'il est loin d'être dénué de clichés sur les musulmans, son témoignage est devenu un exemple, une forme d'appel à la résistance des femmes face au fanatisme. Vingt ans plus tard, les temps ont bien changé. Chose impensable il y a quelques années, ce n'est plus Betty Mahmoody mais son ex-mari, Seyyed Bozorg Mahmoody, qui est à l'honneur dans *Sans ma fille*, un documentaire projeté à une heure de grande écoute sur plusieurs chaînes européennes. Réalisé par un Finlandais né en Iran, Alexis Kouros, ce film rend un véritable hommage à celui qu'il présente comme une victime des préjugés « islamophobes », voire comme un innocent sacrifié aux intérêts américano-sionistes. Le fait que ce documentaire soit diffusé sur *Arte*, sans qu'aucune critique ni réserve ne soient émises, en dit long sur l'apathie intellectuelle face à la propagande islamiste. Elle est partout visible, y compris dans les pages d'un grand quotidien comme *Le Monde*.

Le 10 septembre 2002, le journal a publié une tribune d'Hani Ramadan, « La Charia incomprise », qui exploite à merveille le terrain de l'anti-islamophobie pour mieux faire passer un message intégriste. Le frère de Tariq Ramadan connaît parfaitement la véritable portée du mot « islamophobie » puisqu'il tend à placer sous ce terme tout émoi soulevé par la lapidation des femmes ou le refus de comprendre que les musulmans interprètent le sida comme un châtiment divin. Il explique ainsi que la lapidation des femmes adultères « constitue une punition, mais aussi une forme de purification ». Il poursuit à propos du VIH : « Qui a créé le virus du sida ? Observez que la personne qui respecte strictement les commandements divins est à l'abri de cette infection, qui ne peut atteindre, à moins d'une erreur de transfusion sanguine, un individu qui n'entretient aucun rapport extraconjugal, qui n'a pas de pratique homosexuelle et qui évite la consommation de drogue. » Moralité : « Les musulmans sont convaincus de la nécessité, en tout temps et tout lieu, de revenir à la loi divine. » Hani Ramadan s'inscrit, plus encore que son frère, dans une tradition réformiste-fondamentaliste[1]. Le directeur du Centre islamique de Genève – congédié de l'Instruction publique suisse pour son extrémisme – a notamment publié un livre édifiant sur *La Femme en islam*. Contrairement à son frère, il y dévoile une conception très clairement antilaïque et antiféministe : « Le voile, en islam, est le signe de la soumission de la croyance aux commandements divins. Pourquoi donc vouloir empêcher une jeune lycéenne d'exprimer sa conviction ? La contraindre à se dévoiler, n'est-ce pas refaire le geste de l'Inquisition impitoyable et des bourreaux communistes ? » Et de conclure : « Contre les extrémistes laïques, l'islam restera en tous les cas une école de sagesse et de tolérance : "Pas de contrainte en religion", dit le Coran (2 ; 256). Leçon que les tortionnaires laïques ne nous ont pas apprise ! »

---

1. Ramadan Hani, *La Femme en islam*, Lyon, Tawhid, 2000.

Ce sont pourtant d'abominables « tortionnaires laïques » qui ont jugé bon de laisser passer le message d'Hani Ramadan dans les pages du *Monde*, quitte à confondre tolérance avec renoncement. Sa tribune est certainement digne de figurer dans les ouvrages diffusés par l'Union des organisations islamiques de France (UOIF) mais fallait-il vraiment qu'elle soit publiée par *Le Monde*[1] ? Quelques jours plus tard, la tribune d'un chercheur au CNRS, Albert Lévy, dénoncera cette « opération idéologique classique de naturalisation de pratiques culturelles et cultuelles », mais son point de vue ne change rien au fait que *Le Monde* ait jugé légitime d'offrir son espace de débat à Hani Ramadan[2]. Ce n'est d'ailleurs pas la première fois. Le 22 septembre 2001, le même a pu profiter du lectorat du *Monde* pour relativiser, tout en les justifiant, les châtiments corporels contenus dans la loi islamique[3]. Bien sûr, le

---

1. Interpellé à ce sujet par de nombreux lecteurs, assez choqués, le médiateur, Robert Solé, précise (sans convaincre) que « l'objectif des pages Débats n'est ni d'enfoncer des portes ouvertes ni de célébrer la langue de bois. Les libres opinions qui y sont sélectionnées doivent apporter des éclairages originaux ou des informations inédites, faire réfléchir, déranger au besoin et, normalement, susciter des réactions ». « Le lieu du débat », *Le Monde*, 15 septembre 2002. Robert Solé est aussi l'auteur de magnifiques romans faisant revivre les derniers moments de la communauté chrétienne égyptienne.

2. *Le Monde* 10 septembre 2002.

3. Extrait du *Monde* du 22 septembre 2001 : « Les peines concernant le vol et l'adultère ne peuvent être appliquées que dans une société où sont protégées les normes et les valeurs islamiques. Il est exclu de couper la main du voleur dans un État qui ne donne pas à ce dernier les moyens de vivre dignement. La lapidation prévue en cas d'adultère n'est envisageable que si quatre personnes ont été des témoins oculaires du délit. Ce qui est pratiquement irréalisable, à moins que le musulman choisisse d'avouer sa faute. Avant l'exécution de la sentence, les juristes précisent qu'il lui est toujours possible de revenir sur son aveu. »

journal avait aussi publié le point de vue diamétralement opposé. Fethi Benslama, psychanalyste, avait eu le droit de dénoncer « l'immense espace de répression et de privation qu'est le monde arabe ». Mais peut-on vraiment se contenter d'une vision du débat public où il suffit de donner le point de vue d'une victime pour justifier que l'on laisse également s'exprimer un point de vue de bourreau ? C'est ce que semble penser le médiateur du *Monde*, Robert Solé, qui n'hésite pas à mettre les deux approches sur un niveau d'équivalence : « Sans s'annuler ou se neutraliser, ces deux points de vue avaient le mérite d'exposer clairement une double réalité, sous la plume de musulmans. Peut-on, à propos de l'islam, se contenter d'analyses ou d'expertises extérieures[1] ? » Mais que veut dire cette notion d'« extérieur », si ce n'est de laisser penser que toute approche laïque est un objet exogène, occidental, disqualifié comme tel, tandis que tout point de vue de l'« intérieur », musulman, est intéressant – y compris s'il s'agit d'inciter à la haine – du seul fait de sa nature « exotique ». Le médiateur se veut rassurant lorsqu'il nous assure qu'il ne laisserait pas passer un auteur glorifiant Hitler et le gazage des juifs. À coup sûr, il n'hésiterait pas à refuser de passer la tribune d'un catholique intégriste faisant l'apologie du sida comme châtiment divin, alors que veut dire cette concession faite aux intégristes musulmans ?

Non seulement ce relativisme culturel conforte

---

1. « Le lieu du débat », *Le Monde*, 15 septembre 2002.

l'essentialisme – celui sur lequel pousse la thèse du *choc des civilisations* – mais il témoigne d'une formidable démission laïque. Celle-ci devient un espace neutre, vidé de tout sens, et donc idéale pour accueillir toutes les idées, y compris les plus destructrices, au nom de la tolérance. Le pire étant que cette démission, prônée au nom de la lutte contre l'« islamophobie », finit par avoir des répercussions sur la vie associative. Reconnu pour son action au service de la liberté de la presse, Reporters sans frontières n'hésite pas à soutenir officiellement des journalistes « de tendance islamiste » au nom d'une liberté de la presse qui ne devrait connaître aucune frontière, pas même celle de l'incitation à la haine. Depuis septembre 2001, l'organisation a choisi de parrainer une émission sur la chaîne de télévision Al Mustakillah, tenue par un fondamentaliste musulman, Mohammed Elhachmi, un disciple du Soudanais al-Tourabi. Son émission phare – « Le Grand Maghreb » – fustige régulièrement la démocratie et répète à qui veut l'entendre que l'antisémitisme n'existe que dans les pays européens. Elhachmi est peut-être un journaliste tunisien persécuté pour ses opinions mais ce qu'il reproche essentiellement à l'État tunisien, c'est de ne pas appliquer la Charia !

La démission laïque peut conduire des militants, y compris ceux soutenant les victimes de l'islamisme, à modérer leur discours vis-à-vis des bourreaux qu'ils combattent. Une des premières associations féministes à s'être mobilisée pour soutenir Amina Lawal, une jeune Nigériane condamnée à la lapidation pour adultère, semble avoir cédé à l'angoisse de l'« isla-

mophobie » au risque de perdre de vue le rôle de
la Charia dans cette affaire. Voilà ce que répond sa
présidente lorsqu'un journaliste de *L'Humanité* lui
demande si elle pense que l'islam est en question :
« Le problème n'est propre ni à l'islam ni au Nigeria,
il est lié à la montée des identités particulières. Avec
la mondialisation, il y a une telle paupérisation des
populations, une telle montée des inégalités que ça
entraîne des pertes de repères. » Loin de formuler la
moindre critique laïque, même mesurée, elle ajoute :
« La religion est souvent un moyen d'exprimer son
rejet du système dominant[1]. » Qu'il est loin le temps
où l'extrême gauche dénonçait la religion comme
l'« opium du peuple » !

On comprend que les militants antimondialisation
aient à cœur d'éviter la stigmatisation des musulmans mais au prix de quelle confusion... Ce n'est
pas parce que les musulmans sont minoritaires en
Europe que l'islam incarne toujours, et dans n'importe quel contexte, une religion de dominés.
Comme le catholicisme en France ou le protestantisme aux États-Unis, l'islam est aussi potentiellement une religion d'oppresseurs et la pauvreté ne
justifie certainement pas qu'on lapide une femme en
son nom. Il est vrai que les intégristes disent vouloir
revenir aux fondements de l'islam pour défier l'impérialisme occidental et ses valeurs, mais les militants anti-impérialistes occidentaux ne devraient pas
souscrire à cette réaffirmation identitaire et culturelle
– à moins de renoncer définitivement au droit

---

1. *L'Humanité*, 29 août 2002.

d'exercer leur esprit critique vis-à-vis de la religion et de l'intégrisme.

Voile : la lutte contre l'« islamophobie »
va-t-elle porter ses premiers fruits ?

Le débat sur le voile à l'école est un bel exemple des ravages politiques, antilaïcité, qu'est capable de produire l'entreprise de culpabilisation menée au nom de la lutte contre l'« islamophobie » dans un pays comme la France.

En 1989, la première affaire dite du « foulard » est née avec l'exclusion de trois jeunes filles voilées, âgées de quatorze ans, du collège de Creil. Le débat est passionné. Incapable de prendre position, Lionel Jospin, alors ministre de l'Éducation, préfère laisser le Conseil d'État trancher. Le 27 novembre 1989, ce dernier précise que le port du foulard ou de tout autre signe religieux n'est acceptable que s'il n'est pas « ostentatoire » et s'il ne constitue pas « un acte de pression, de provocation, de prosélytisme ou de propagande ». Le chapitre semble clos, jusqu'à ce que la montée des revendications religieuses le réveille quatorze ans plus tard.

Fin 2002, plusieurs incidents révèlent combien la situation est difficilement tenable lorsque la religion frappe chaque jour un peu plus à la porte des établissements scolaires français. Ici certains élèves exigent une salle de prière, d'autres sont menacées parce qu'elles ne portent pas de voile, d'autres enfin refusent de manger à la cantine si elle n'est pas strictement halal. La pression est si forte que certains proviseurs cèdent. En octobre 2002, un chef d'établissement d'un lycée des Yvelines a autorisé une candidate entièrement voilée, gantée de noir et accompagnée de son mari, à être entendue par un examinateur femme et non par l'examinateur homme en charge de l'épreuve. L'étape suivante est facile à imaginer. Unir, une association d'étudiants musulmans élue au Conseil de l'université de Paris-XIII, a remis en cause la légitimité d'un professeur au motif qu'un enseignant de culture occidentale n'avait pas à juger le travail d'un étudiant musulman. Le climat est tel que, en décembre, 80 % des enseignants du lycée La Martinière Duchère se sont mis en grève pour protester contre leur hiérarchie, prête à céder sur le port du voile de lycéennes pour éviter toute polémique. Mais un autre événement a relancé le débat. Le 15 avril 2003, Nicolas Sarkozy, ministre de l'Intérieur, se rend au congrès annuel de l'UOIF, une organisation représentant les radicaux de l'islam français. Le ministre se fait copieusement huer pour avoir simplement rappelé ceci : l'obligation de fournir des photos à visage découvert pour les cartes d'identité. Aisément compréhensible, cette contrainte s'applique à tous : à ceux qui voudraient mettre une casquette et des lunettes noires, aux religieuses catholiques qui voudraient poser en cornette comme aux femmes voilées. L'exigence de la France en la matière n'a donc rien de spécifique. Pourtant, les militants de l'UOIF vont tenter d'assimiler cette mesure à un acte discriminatoire. Ils ont notamment systématiquement recours à une métaphore particulièrement gênante : ils comparent l'interdiction (éventuelle) du voile à l'imposition de l'étoile jaune *(sic)*. C'est l'argument employé par une musulmane de Strasbourg lors de son interview, en direct au journal de 20 heures, le lendemain du congrès annuel de l'UOIF. C'est aussi le discours tenu par l'ancien président de l'organisation, Abdallah ben Mansour, lors de ce même congrès du Bourget : « On interdit aujourd'hui aux femmes musulmanes de porter le voile, comme on forçait naguère les juifs à porter l'étoile jaune... » L'intervention est saluée par le public, la plupart des participants se lèvent même pour applaudir. Comment peut-on comparer le port d'un signe de stigmatisation avec l'interdiction du port d'un signe de soumission ?

Cette récupération est d'autant plus étonnante qu'on l'attendrait plutôt du côté des femmes obligées de porter le voile de force et non le contraire. C'est d'ailleurs l'expression utilisée par la militante féministe algérienne Khalida Messaoudi, qui parle de l'obligation de se voiler comme d'une « étoile jaune ». En reprenant à leur compte cette métaphore, les partisans du voile font non seulement preuve d'un esprit banalisateur particulièrement malvenu mais ils retournent à leur profit le statut de victimes. Ce ne sont plus les femmes obligées de porter un signe distinctif symbolisant leur infériorité qui sont les martyres, mais eux. Mieux, en opérant ce renversement, ce sont toutes les femmes non voilées que les intégristes – et ceux qui sont prêts à leur trouver des circonstances atténuantes – sont en train de montrer du doigt. C'est l'un des enjeux oublié de ce débat... Si des jeunes femmes musulmanes peuvent demain se rendre à l'école voilées, il est évident que la pression augmentera sur les épaules de celles qui résistent à leur famille et ne veulent pas porter le voile.

En 2003, le mouvement Ni putes ni soumises a organisé une marche pour protester contre la terreur sexiste frappant les filles de certaines cités. Cette initiative a incontestablement pu libérer une parole relativement taboue jusque-là. Les médias se sont mis à parler des viols collectifs dans les caves, des filles que l'on menace de brûler parce qu'elles passent pour des femmes faciles, de celles qui sont obligées de se faire recoudre l'hymen pour ne pas passer pour des pestiférées... Ce contexte est à mettre en relation avec la reprise du débat sur le voile à l'école. Comment se feront appeler celles qui choisiront délibérément de s'habiller à l'occidentale et refuseront de porter le voile le jour où l'école autorisera le hidjab ? La question se pose lorsqu'on observe la réaction de certaines associations musulmanes au mouvement Ni putes ni soumises. Le 18 avril 2003 à Trappes, un rassemblement a souhaité faire contrepoids en réunissant 150 femmes voilées aux sons de « Touche pas à ma pudeur » et « Non à la voilophobie ». Cette manifestation « spontanée » est en réalité organisée par un militant en guerre permanente avec la mairie de Trappes pour obtenir des concessions telles que l'aménagement de baignades non mixtes à la piscine municipale. L'objectif de la manifestation est bien entendu de faire passer les interdits sexistes dus à l'intégrisme pour de la « pudeur » et, *a contrario*, les principes laïques pour de l'« islamophobie ». Ainsi vouloir lutter contre le harcèlement sexuel dans les cités, contre le patriarcat, contre le sexisme religieux et tout ce qui en découle est désormais désigné comme « islamophobe » parce que contraire à la pudeur islamique...

Le plus inquiétant n'est pas que des organisations religieuses tentent d'imposer un tel raisonnement, le plus terrifiant est que des journalistes et des militants antiracistes y participent. Ainsi, même s'il n'a pas soutenu officiellement le rassemblement « Touche pas à ma pudeur », le MRAP était présent, ce qui suffit à le cautionner. On retrouve cette même ambiguïté antiraciste dans un texte signé par Pierre Tévanian : « La logique du bouc émissaire (à propos du sexisme et de l'antisémitisme en banlieue... et ailleurs) ». Auteur d'ouvrages sur la paranoïa sécuritaire, l'auteur s'y plaint que l'on stigmatise sans cesse le sexisme, l'homophobie et l'antisémitisme des banlieues. Il a raison de rappeler que le sexisme, l'homophobie et l'antisémitisme existent ailleurs. Il n'a pas tort de relever que l'intérêt pour ces faits divers n'est pas anodin mais faut-il pour autant fermer les yeux sur ces formes de violence dès lors qu'elles existent en banlieue sous prétexte qu'il s'agit de minorités ou de milieux défavorisés ?

Pierre Tévanian est également à l'initiative d'un manifeste, signé par de nombreux universitaires et militants, refusant l'interdiction du voile à l'école, intitulé « Oui à la laïcité, non aux lois d'exception[1] ». Ses signataires font valoir que l'interdiction du voile relèverait d'une « logique punitive colonisant l'école ». Ils suspectent même une logique discriminante voire raciste derrière la volonté de ne pas laisser entrer ce signe distinctif religieux dans les établissements scolaires publics. Ils laissent entendre que l'émoi soulevé par le foulard islamique n'est pas sans relever d'une forme d'« islamophobie » et que personne ne se mobiliserait de la sorte s'il s'agissait d'une autre religion. C'est peut-être vrai. Mais c'est aussi valable *a contrario*. Peut-on imaginer une pétition d'universitaires et de militants de gauche qui prendrait la défense d'une militante chrétienne de Saint-Nicolas-du-Chardonnet souhaitant aller à l'école les cheveux couverts, une immense croix en bandoulière ? Sûrement pas. On ne nous parlerait pas de la laïcité comme d'une forme d'exclusion. Et c'est bien là que réside le danger. À force de se confondre avec la lutte légitime contre le racisme antiarabes, la lutte contre l'« islamophobie » agit comme un cheval de Troie qui affaiblit la laïcité. Un journal comme *Le Monde* a ouvertement pris position contre les opposants au voile dans les écoles. Xavier Ternisien y parle de « croisade antivoile », laquelle « pourrait bien être chez certains la fusée porteuse d'un racisme antimusulmans[2] ». Ce sont pourtant des intellectuels arabes et musulmans

---

1. Le texte est paru dans *Libération* sous un autre titre, non choisi par les auteurs, « Oui au foulard dans l'école laïque », 20 mai 2003.

2. TERNISIEN Xavier, « Pourquoi la polémique sur le foulard à l'école ? », *Le Monde*, 17 juin 2003.

qui implorent la France de ne pas céder au chantage du voile à l'école...

« Le courage de dire non ! », c'est le titre d'un coup de gueule poussé par Wassila Tamzali, présidente du Forum des femmes de la Méditerranée (Algérie), paru dans *Le Nouvel Observateur* : « Je récuse l'idée qu'il faudrait porter le voile pour être une bonne musulmane [...]. La frilosité collective face à ce problème me fait l'effet d'un racisme à l'envers ! Sur une question aussi grave que l'avortement, est-ce que le gouvernement a fait semblant d'écouter les cathos intégristes ? Non, il a été ferme sur sa position. Pourquoi ne le serait-il pas sur l'interdiction du voile à l'école, afin de garantir aux filles l'égalité des chances devant l'éducation [1] ? »

En 1989, déjà, une association de femmes iraniennes réfugiées en France, L'Éveil, mettait en garde contre toute tentation d'accepter le voile à l'école au nom d'un certain assouplissement de la laïcité : « Notre expérience en tant que femmes iraniennes montre clairement les conséquences néfastes de cette négligence. Des milliers de femmes iraniennes non voilées acceptèrent de porter le voile dans les manifestations contre le Shah pour symboliser l'alliance de toutes les forces anti-impérialistes. Nous pensions que cette lutte englobait tout et nous n'avons pas pris en considération les dangers de l'intégrisme religieux. Or, les intégristes ont bien profité de ce recul pour avancer de jour en jour et imposer

_____

1. *Le Nouvel Observateur*, jeudi 15 mai 2003.

leur loi aux femmes et à la société[1]. » Et elles concluent : « Oui nous avons payé cher notre simple négligence. »

Les démocrates arabes et/ou musulmans sont bien placés pour ne pas oublier que la religion peut à tout moment devenir une source inexcusable d'oppression, face à laquelle la laïcité est la seule source d'espoir. Le relativisme culturel paraissant justifier une pratique aussi fondamentaliste que le port du voile peut être vu comme une véritable trahison de la part de ces intellectuels espérant le soutien de militants vivant en Occident pour défendre la notion de laïcité. Maryam Namazie, directrice exécutive de la Fédération internationale des réfugiés iraniens, n'a toujours pas digéré certains propos tenus par des militants britanniques pétris de bonnes intentions. Elle a vivement réagi en entendant Jackie Ballard, une ancienne députée libérale anglaise, inviter les progressistes à mieux comprendre l'islam et notamment à comprendre que les femmes en Iran ont des « libertés que n'ont pas les hommes en Occident ». La dirigeante de la Fédération des réfugiés iraniens a tenu à faire cette précision concernant l'« islamophobie » : « [On] oublie commodément la distinction entre les sentiments anti-islamiques et le racisme contre des musulmans. Alors que le racisme est inacceptable, une attaque contre l'islam et des États et lois islamiques n'est pas seulement permise mais une nécessité, étant donné la violence et la misogynie indescriptibles accordées par l'islam au pouvoir poli-

---

1. *Paris féministe*, octobre 1989.

tique ». Elle ajoute : « La remontrance de Ballard ne fait que tenter de réduire au silence ceux qui parlent pour les droits civiques en les libellant racistes. En fait, ce sont ses affirmations culturellement relativistes qui sont racistes. En justifiant et en excusant le statut des femmes comme "culturel", elle nie aux femmes et aux personnes vivant au Moyen-Orient et en Iran leurs droits et leurs libertés universels [1]. »

Museler la critique de l'islam, même au nom de l'antiracisme, apparaît d'autant plus indécent que l'on doit mesurer ce qu'elle coûte aux intellectuels arabes et musulmans vivant sous le joug de l'obscurantisme. Eux qui résistent au fanatisme qui défigure leurs pays, étouffe leurs libertés et enserre leurs droits, doivent-ils en plus se battre pour que les intellectuels occidentaux bénéficiant des conforts de la laïcité n'aillent pas les poignarder dans le dos en adoptant les termes, pensés contre eux, par les intégristes ? Pour sauver leur vie et continuer à dénoncer les abus commis au nom de la Charia, certains sont obligés de s'exiler en Occident : doivent-ils craindre qu'on ne leur fasse des procès pour « islamophobie » ? Ce relativisme culturel irresponsable fait incontestablement partie des facteurs affaiblissant les contre-pouvoirs face à l'intégrisme musulman.

---

1. NAMAZIE Maryam, « Condemning islam isn't racist », *Iranian Secular Society*, 2002.

IV

L'emprise politique conjointe

Les intégristes de toutes les religions partagent l'idée selon laquelle la loi divine est supérieure à la loi des hommes, ce qui les amène logiquement à mépriser l'idéal démocratique et laïque. Malgré leurs conflits apparents, leurs efforts convergent pour faire reculer le sécularisme. À moins que le 11 septembre ne sonne comme une prise de conscience laïque, tout indique que les extrémistes des trois religions sont sur le point de profiter d'un climat international troublé pour consolider leur emprise – quitte à ramener le monde plusieurs siècles en arrière. Bien sûr, les uns et les autres ne tirent pas le même profit de cette reconquête religieuse en cours depuis les années 70. Il existe un ordre de grandeur qui va du plus dangereux au moins dangereux. Les islamistes ont assurément plus d'impact que les juifs ultra-orthodoxes. De même, la droite religieuse américaine a visiblement plus d'impact que les catholiques lefebvristes français. Non pas que leurs discours ou leur vision du monde soient fondamentalement différents mais ils n'évoluent pas du tout dans les mêmes contextes et ne rencontrent pas les mêmes contre-feux selon qu'ils agissent au Moyen-Orient ou en Europe, dans un pays démocratique ou théocratique. La résistance à une offensive politique réactionnaire peut être de deux ordres, intrinsèquement liés : l'État ou un autre mouvement issu de la société civile. En posant la question dans ce sens, et non du point de vue du danger intrinsèque à une religion, on comprend que c'est à la lumière du contexte géopolitique, de facteurs historiques, du rapport de forces entre mouvements sociaux et de l'état des relations internationales – et à cette lumière seule – que l'on peut tenter de cerner le risque de contagion totalitaire de chaque mouvement intégriste. Cette approche permet aussi de réaliser combien chacun d'eux contribue à faire reculer, partout où c'est possible, les contre-feux du sécularisme, au point que leur montée en puissance les a mutuellement renforcés.

Qu'adviendrait-il si nous vivions dans un monde où l'islamisme continuait à gagner du terrain malgré le 11 septembre ? Si, dans le même temps, le seul pays démocratique du Moyen-Orient, Israël, était grignoté de l'intérieur par des intégristes juifs ? Si, au même moment, les États-Unis – le gendarme du monde – étaient sous l'influence d'une droite religieuse ? Si, pendant ce temps, l'Europe – la seule voix susceptible d'introduire un peu de rationalisme dans le jeu international – renonçait à défendre un modèle laïque exigeant au profit d'une laïcité molle plus consensuelle ? Ce scénario, aboutissant à un formidable recul de l'idéal démocratique et laïque un peu partout dans le monde, est bien en train de se dérouler... En France, les intégristes chrétiens sont peut-être soumis aux contre-pouvoirs de la laïcité mais les revendications portées au nom du respect de l'islam sont sur le point de faire passer les partisans de la laïcité pour des « croisés » de l'intolérance. Or, la fermeté laïque n'est pas du tout le modèle majoritaire au sein de l'Union européenne élargie. Aux États-Unis, où la laïcité n'a jamais été autre chose qu'une neutralité permettant à toutes les religions de coexister, le gouvernement américain subit plus que jamais l'influence des grandes coalitions chrétiennes. Or sa politique a un impact direct sur le Moyen-Orient, où les tensions sont si fortes qu'elles prennent des allures prémessianiques. Les juifs orthodoxes n'ont jamais été si déterminés à peser sur le conflit israélo-palestinien et sur le destin même d'Israël. Leur rêve de posséder un jour Jérusalem n'est presque plus un fantasme... Quant aux intégristes musulmans, ils sont les premiers à profiter du climat apocalyptique ainsi généré pour monter en puissance.

Le jour où l'Europe renoncera
à une certaine exigence laïque

On imagine difficilement un mouvement d'intégristes chrétiens capable de présenter un risque pour le monde. *A priori*, le christianisme donne le sentiment d'incarner une religion plus « intégratrice » que totalitaire. Cette impression est en partie due au fait que nous associons l'image du christianisme à celle de l'Europe de l'Ouest – où l'effet conjoint d'une vie politique démocratique, du confort matériel et social et du principe de laïcité minimise considérablement l'impact des intégristes. Dans d'autres contextes et d'autres régions du monde, le christianisme exerce une emprise politique autrement plus forte. Même s'il n'est pas l'objet de notre étude, il ne faut pas minimiser l'impact des Églises orthodoxes, qui ne rencontrent pas du tout les mêmes contre-pouvoirs que l'Église romaine et n'ont jamais connu d'*aggiornamento* comme Vatican II. Elles restent aussi radicales que l'Église des premiers jours, ce qui leur permet de dicter une loi morale particulièrement intransigeante dans de nombreux pays de la Méditerranée, du Moyen-Orient mais aussi en Russie – où la religion chrétienne connaît un succès grandissant depuis l'écroulement du communisme. L'Europe de l'Ouest, en revanche, est largement déchristianisée. On en garde l'image d'églises vides ou fréquentées uniquement par des personnes âgées. Mais même cette image d'Épinal n'est plus tellement vraie. Partout dans le monde, y compris en France et en Europe, le catholicisme comme le protestantisme sont en train de connaître une véritable cure de jeunesse sous l'effet du Renouveau charismatique, un mouvement particulièrement enclin au fanatisme et qui pourrait, à terme, revigorer le potentiel extrémiste de la religion chrétienne.

Le christianisme fanatisé par le renouveau charismatique

Nés sur les traces du mouvement pentecôtiste, apparu au XIXᵉ siècle et souvent assimilé à la communauté afro-américaine, les courants néo-pentecôtistes ou charismatiques ont en commun de croire que l'Esprit saint peut se manifester physiquement en eux grâce à des séances de « parler en langues » (glossolalie). Des petits groupes se touchent. Ils sont peu à peu pris de spasmes et puis soudain certains se mettent à babiller du plus profond de leur gorge, dans des langues dont les sonorités semblent anciennes. Un peu à la façon du mouvement Dada, les participants s'abandonnent alors aux vocalises au gré de leurs émotions et de leur inspiration[1]. Une « glossolalie » que les charismatiques interprètent comme la prise de possession du corps du croyant par le Saint-Esprit. Ils s'identifient en cela aux premiers chrétiens et à un épisode survenu le jour de la Pentecôte que rapporte l'Acte II des Apôtres : « Quand le jour de la Pentecôte arriva, ils se trouvaient tous réunis ensemble. Tout à coup survint du ciel un bruit comme celui d'un violent coup de vent : la maison où ils se tenaient en fut toute remplie, alors

---

1. Le 20 janvier 1994, un congrès organisé à Toronto – que les charismatiques les plus radicaux tentent d'imposer comme une date clé du mouvement – s'est caractérisé par des manifestations de l'Esprit particulièrement hystériques : utilisation de rires incontrôlés, mise en scène de « mort dans l'esprit », aboiements et rugissements, personnes se roulant par terre, diffusion d'odeurs étranges, spasmes... Le tout sur fond de musique rock'n'roll dont les paroles sont censées aider les adeptes à se libérer.

apparurent comme des langues de feu qui se partageaient et il s'en posa sur chacun d'eux, ils furent tous remplis d'Esprit saint et se mirent à parler d'autres langues, comme l'Esprit leur donnait de s'exprimer. » Dans la Bible, cette scène les aide à convertir les non-chrétiens de Judée, de Cappadoce, d'Égypte et de Libye, car elle permet à chacun d'entre eux d'entendre le message de l'Esprit saint dans leur langue maternelle. À leur image, les mouvements pentecôtistes, néo-pentecôtistes et charismatiques tirent une force prosélyte indéniable de ce « parler en langues ». Toutes les publications charismatiques vous le diront : des croyants sont régulièrement interpellés par cette manifestation de l'esprit et cette révélation déclenche leur conversion.

Au-delà de sa capacité de séduction, cette pratique – que des linguistes ont analysée comme un babillage désordonné dicté par la pression du groupe[1] – symbolise le potentiel sectaire de la tendance charismatique. De par leur expérimentation du « parler en langues », les charismatiques se pensent dotés de

---

1. Bien que la pratique soit très impressionnante, elle semble facilement identifiable. Après avoir étudié plusieurs enregistrements de séances de « parler en langues », un linguiste américain, W. J. Samarin, a démontré que les « langues » parlées manquaient en réalité singulièrement de grammaire et de syntaxe. La fréquence des voyelles et des syllabes employées a certes la même structure que celle de la langue maternelle de celui qui parle, mais les syllabes sont employées parfaitement au hasard. En fait, celui qui parle tente de reproduire ce qu'il imagine être les sonorités d'une langue ancienne (langue du Christ, langues du Nord, langues asiatiques). Autre explication à ne pas négliger : la contrainte à l'imitation développée par ces groupes. On imagine la pression que doivent ressentir les fidèles lors de leur première séance de prière : ne pas se mettre à babiller de façon spasmodique reviendrait à dire que l'Esprit saint refuse de venir dans leur corps.

dons exceptionnels, notamment du « don de guéri-son », sans doute la manifestation la plus dangereuse de leur fanatisme. Considérant la maladie comme un signe que l'on est « coupé de Dieu », la prière est à leurs yeux l'unique moyen d'y remédier. Beaucoup sont impliqués dans l'existence de « sectes médica-les », lesquelles prêchent à leurs adeptes d'arrêter tout traitement thérapeutique à l'exception de la prière pour guérir du cancer ou du sida[1]. Cette idée obsède leurs publications, où se multiplient les témoignages de miraculés. Dans le numéro de février 1999 du *Ministère chrétien mondial*, une jeune femme noire déclare par exemple avoir été guérie du sida grâce à l'onction d'une huile sacrée lors d'une chaîne de prière : « Aujourd'hui je suis guérie... et dire que j'avais le sida[2] ! »

Le phénomène ferait sourire s'il était isolé mais il est populaire. Le succès de l'un des plus célèbres « guérisseurs par l'esprit », Émilien Tardif, en témoi-gne. Ce prêtre catholique charismatique d'origine canadienne dit avoir guéri d'une tuberculose pulmo-

---

1. Certaines toutefois ne prônent par forcément la guérison de l'es-prit comme remplacement mais en sus de la médecine classique.
2. Dans ce journal, Mme Marceline raconte son voyage au bout de l'enfer : un mari infidèle qui la quitte pour une autre, des problèmes d'argent, des idées de suicide et puis, un jour, c'est la rencontre avec un tract de l'Église universelle du Royaume de Dieu : « En rentrant chez moi, le mot "guérison" m'a frappée de plein fouet. Je me suis décidée à y aller. » Devenue adepte des « chaînes de Jéricho », Marce-line se dit persuadée d'être guérie suite à « l'onction d'huile » reçue un dimanche : « J'ai demandé à un médecin ce qu'il en était : sans même rien consulter, il m'a dit que c'était toujours la même chose. J'ai alors demandé les deux derniers examens afin de les comparer. La première feuille était positive et l'autre négative, au grand étonnement du méde-cin ! Dieu m'avait exaucée en m'accordant la guérison. »

naire grâce à la prière en juillet 1973. Depuis, il organise régulièrement des bains de foule et des séances de guérisons miraculeuses en France. En août 1995, son passage à Paray-le-Monial a attiré près de trente mille personnes. Le danger du mouvement charismatique vient bien de ce succès populaire, voire exotique, qui ferait presque oublier son caractère sectaire... Les éditions TF1, par exemple, n'ont pas hésité à collaborer avec les Éditions charismatiques de l'Emmanuel pour dédier un livre au père Tardif : *Lève-toi et marche*[1]. Sans recul aucun, son auteur, Marie-Sylvie Buisson, y raconte comment ce prêtre guérit des cancéreux, des cardiaques, des rhumatisants, etc. Une scène, extraite du livre, se passe lors d'un rassemblement dans un stade du Liban : « Un souffle incroyable traverse l'immense foule. [...] Oui, cette foule croit de tout son être à l'amour, à la puissance, à la visite de Dieu au milieu d'elle. Et le père Tardif va prononcer ces paroles inouïes [...] : "Ce soir, c'est une pluie de bénédictions qui tombe sur toute cette grande assemblée. [...] C'est par centaines que Dieu guérit ici ou au moyen de la télévision." » Loin d'apporter quelque réserve, la quatrième de couverture du livre édité par *TF1* cautionne l'action du prêtre charismatique : « Ce livre est un message d'espoir pour tous ceux qui souffrent dans leur chair. Nul ne peut sortir indemne d'une telle expérience. » *TF1* récidivera en diffusant un reportage élogieux sur Tardif, « le faiseur de

---

1. BUISSON Marie-Sylvie, *Émilien Tardif : Lève-toi et marche. M. S. Buisson a mené l'enquête sur ces guérisons qui bouleversent le monde*, Paris, Éditions de l'Emmanuel/TF1 Éditions, 1995, 262 pages.

miracles », montrant l'image d'un paralysé qui remarche[1] !

La bienveillance, et donc l'absence d'esprit critique, dont jouit la tendance charismatique fait partie de ses principaux atouts pour séduire un nombre grandissant d'adeptes. Beaucoup de ces mouvements ont recours à la musique et même à la transe, ce qui les rend très attractifs auprès de ceux qui souhaitent pratiquer une foi plus vivante, notamment auprès des jeunes. Le succès grandissant des JMJ, les Journées mondiales de la Jeunesse, n'est qu'un symptôme parmi d'autres. En France, le mouvement a ressuscité l'activité paroissiale de nombreux temples, comme à Belleville[2]. Plus surprenant encore, bien que d'origine protestante, le mouvement séduit de plus en plus de catholiques : 60 millions d'entre eux seraient devenus charismatiques depuis 1968. En tout, il y aurait 347 millions de chrétiens pentecô-

---

1. Nettement plus critique, *Golias* y consacrait, lui, un excellent dossier en 1990 (n° 24, novembre-décembre) sous le titre : « Charismatiques : l'arnaque aux miracles. Tardif est-il un escroc ? » Les 27 et 28 août, des journalistes de cette revue catholique de gauche ont eu l'occasion d'assister à l'un de ces rassemblements : « Même si quelques personnes rencontrées après ces assemblées de "surchauffe" spirituelle et religieuse ont éprouvé un mieux dans leur état psychologique et physique, beaucoup ont ressenti un réel malaise [...]. C'est vrai qu'une autre nous a dit qu'elle avait guéri des oreilles ; mais lorsqu'on a voulu rentrer dans le détail, elle a suffisamment été floue pour qu'on ait quelques doutes quant à la réalité effective de la guérison. Sa psychologie personnelle tendrait plutôt à nous faire croire à une sorte de mise en scène de valorisation personnelle à destination de son entourage immédiat : "Voyez, j'ai été touchée par la grâce de Dieu..." »

2. Loin des lieux de culte habitués à réunir un public de fidèles particulièrement âgés, le service du temple (passé sous influence charismatique) attire plusieurs centaines de croyants de toutes générations chaque semaine.

tistes dans le monde, en particulier en Amérique latine, où le mouvement compte même des adeptes célèbres comme les joueurs de l'équipe de football du Brésil[1]. Forts de cette aura populaire, les charismatiques bénéficient d'une place grandissante au sein même de l'Église catholique romaine. Lors de la Pentecôte de 1998, au cours d'une cérémonie rassemblant 300 participants venus de 50 mouvements charismatiques, Jean-Paul II a déclaré que certains de ces « nouveaux mouvements religieux » étaient le « nouveau printemps de l'Église », autrement dit l'avenir du catholicisme.

Ce réservoir de fidèles présente-t-il un risque politique ? Jusqu'ici, les mouvements charismatiques ont surtout donné l'impression de se contenter d'une conquête « par le bas », centrée sur des intérêts communautaires, mais comme toujours cet impact dépend des pays où ils évoluent. Depuis que la droite religieuse américaine a choisi de combattre la théologie de la libération en mettant tous ses moyens au service d'une évangélisation de l'Amérique latine, ces mouvements sectaires y pullulent au risque de se substituer à l'État à la moindre crise. Aux États-Unis, chaque fois que l'État démissionne, les mêmes mouvements charismatiques mettent à profit leurs talents populistes et démagogiques pour étendre leur influence sur la population. Il suffit de se rendre dans le Bronx, à la périphérie de Manhattan, pour réaliser à quel point leurs églises remplacent peu à peu les

---

1. Au moment de la Coupe du monde de 1998, l'Association Sport et Foi diffusait une brochure où des charismatiques comme Taffarel disaient que les buts étaient mis ou arrêtés grâce à Dieu.

commerces qui ont fui les banlieues défavorisées. En Europe, leur influence est pour l'instant essentiellement prosélyte. La pression du religieux sur le politique est un rôle surtout dévolu au Vatican, à l'extrême droite catholique et à certaines organisations musulmanes radicales. Les uns et les autres n'ont pas du tout le même écho selon qu'ils soient en position d'incarner une religion majoritaire ou qu'ils agissent au nom d'une position communautaire minoritaire, mais leurs actions convergent vers un affaiblissement certain de l'exigence laïque en France et en Europe.

La France résiste aux intégristes catholiques mais...

Le mouvement lefebvriste a eu la très mauvaise idée de naître en France, qui est certes la « fille aînée de l'Église », mais surtout le pays de la laïcité par excellence [1]. Terre de Révolution, la France dispose d'une longue tradition de séparation de l'Église et de l'État. Selon la loi de 1905, la République assure à tous « la liberté de conscience » mais « ne reconnaît, ne subventionne ni ne salarie aucun culte ». Malgré

---

1. La Convention du 26 Messidor an IX (15 juillet 1801) reconnaît « la religion catholique, apostolique et romaine » comme celle de « la grande majorité des Français » sans que cette déclaration n'autorise aucune prétention temporelle de la part de l'Église catholique. Napoléon, qui a presque sifflé le pape pour qu'il vienne le sacrer empereur, n'a jamais eu l'intention de céder la moindre parcelle de pouvoir. Il accepte la présence du pape à son couronnement pour renforcer son prestige et sa légitimité mais c'est lui, et non le pape, qui se pose la couronne de lauriers sur la tête. Tout un symbole qui n'est pas renié par le Concordat.

ses exceptions et ses lacunes, le principe de laïcité à la française présente un véritable avantage : il agit en puissant contre-pouvoir face à toute possibilité d'extension de l'intégrisme catholique. Aux États-Unis, les grandes coalitions religieuses et les associations antiavortement peuvent s'appuyer sur une droite religieuse partie prenante du Parti républicain et donc bénéficier de relais d'influence au plus haut niveau de l'État américain. En France, la seule tentative concrète de bâtir un réseau commun entre la droite et le mouvement catholique radical reste l'exemple, très marginal, de Christine Boutin. L'association qu'elle préside, l'Alliance pour les droits de la vie, est à l'image des coalitions religieuses américaines : un mélange de collectif associatif et d'agence électorale. Tout en relayant les campagnes d'associations provie qui lui sont proches [1], l'Alliance sert de caisse de résonance pour les combats que mène la députée des Yvelines depuis l'Assemblée nationale : contre la réforme de l'IVG, contre le PaCS, contre la parité, etc. Mais contrairement aux campagnes de la droite religieuse américaine, les croisades parlementaires de Christine Boutin ont pratiquement toutes échoué. Pour les avoir menées au nom de ses convictions religieuses – notamment

---

1. L'Alliance pour les droits de la vie joue un rôle centralisateur dans les campagnes de courriers-pétitions menées par les Relais pour la Vie, un réseau d'associations et d'individus provie utilisant la technique du *direct-mail* (les chaînes de courrier ayant fait le succès de la droite religieuse américaine) à l'encontre des minitels roses, de la pornographie dans les médias, du « mariage des homosexuels » ou encore de maisons d'édition pour enfants, comme l'École des loisirs (accusée de pervertir les enfants avec des livres abordant l'homosexualité ou le suicide).

pour avoir tendu la Bible en direction du perchoir de l'Assemblée au moment des débats sur le PaCS –, celle que l'on surnomme « la Madone des Yvelines » a sérieusement été brocardée par une partie de la presse française. Cette réaction est symptomatique d'un climat où il ne fait pas bon agir au nom de la religion catholique.

Lorsqu'ils tentent une action politique, les catholiques traditionalistes savent qu'ils doivent composer avec des médias nourris de laïcité et de respect des droits de l'homme. Leurs écrits comme leurs actions sont régulièrement épinglés voire ridiculisés. Les commandos antiavortement sont par exemple très mal perçus, les journalistes ont multiplié les enquêtes sur ces « croisés de l'ordre moral » se croyant au Moyen Âge. Cette résistance explique la différence de dangerosité entre les mouvements provie français et américains. Tous deux sont bien implantés – 60 associations provie en France contre une centaine en Amérique –, pourtant l'impact du mouvement provie français n'est pas comparable à celui du mouvement *prolife*. Aux États-Unis, le mouvement *prolife* reste extrêmement influent malgré des actions violentes et même meurtrières. En France, le mouvement provie est tellement marginalisé qu'il n'a jamais osé franchir cette étape, bien qu'à plusieurs reprises les théoriciens américains de « l'homicide justifié » – pensé pour justifier le meurtre des partisans de l'avortement – soient venus prêcher sur le territoire français. Des mesures ont été prises pour mettre fin aux commandos anti-IVG, notamment la loi Neiertz de 1993, et très peu de parlementaires osent prendre

leur défense. En dehors de quelques élus de la droite
classique, les idées catholiques radicales restent donc
portées par l'extrême droite de l'échiquier politique
français. Ce qui ne veut pas dire que cette marginalisation soit *ad vitam aeternam* une voie de garage.
Après tout, cette extrême droite ne cesse de gagner
du terrain...

Parti d'une divergence liturgique, d'une fronde
envers l'Église de Vatican II, l'attachement au rite
traditionnel est devenu en une trentaine d'années
bien plus qu'un simple courant. Même divisé, le
catholicisme radical constitue aujourd'hui une véritable posture politique ultra-réactionnaire, où le tra-
ditionalisme liturgique est devenu secondaire au
regard des combats moralistes. Ses militants les plus
actifs forment l'une des composantes majeures de
l'extrême droite française. Depuis ses débuts, en
1972, le Front national s'appuie sur deux réseaux
presque antinomiques : les nationaux-radicaux (souvent présentés comme païens) et les catholiques traditionalistes. La connexion se fait notamment par
l'entremise de Bernard Antony et de son Centre
Charlier, mais le FN est également soutenu pas des
catholiques « schismatiques ». Lorsqu'il était encore
en vie, il n'était pas rare de voir Monseigneur
Lefebvre marcher aux côtés de Jean-Marie Le Pen
lors du défilé organisé chaque 1er mai par le Front
national[1]. D'une façon générale, la plupart des

---

1. Après le ralliement de certains traditionalistes proches du Front
au Saint-Siège, c'est le pape en personne que Jean-Marie Le Pen va
vouloir saluer. Le 10 avril 1985, Bernard Antony organise une rencontre entre les dirigeants des droites radicales européennes (dont Jean-

cadres du Front national militent au nom d'une vision particulièrement radicale du catholicisme. C'est encore plus vrai depuis que les nationaux-radicaux ont claqué la porte du parti. Et cela s'est encore accentué depuis la scission du FN. Restés fidèles à Jean-Marie Le Pen lors du putsch avorté de Bruno Mégret, les catholiques intégristes structurent aujourd'hui la matrice idéologique d'un parti dont le candidat s'est retrouvé au second tour des élections présidentielles de 2002...

La tentation de céder à la mode de la laïcité molle

Malgré les scores élevés du Front national – davantage dû à un vote protestataire qu'à une réelle adhésion à des valeurs intégristes – le modèle laïque français semble modérer l'impact que pourraient avoir les extrémistes catholiques sur la vie en société. Mais ce modèle antidote est aussi fragile que tous les acquis et ses failles ressemblent de plus en plus à des talons d'Achille au fur et à mesure que croît la demande religieuse communautaire. Si le mouvement s'accentue, il n'est pas impossible que ce contre-pouvoir faiblisse. Il existe encore beaucoup d'aumôneries catholiques installées au cœur des collèges et lycées. Les gouvernements successifs se sont également tous arrangés pour ne jamais remettre en cause l'exception à la laïcité que repré-

---

Marie Le Pen) et Jean-Paul II. Selon Antony, ce dernier aurait dit à ses hôtes : « Opposez-vous avec vigueur à la décadence de l'Europe. »

sente l'Alsace-Moselle. Sous prétexte que les départements du Bas-Rhin, du Haut-Rhin et de la Moselle étaient rattachés à l'Allemagne en 1905, au moment du vote des lois laïques, le principe de laïcité ne s'y applique toujours pas. La plupart des salles de classe sont ornées d'un crucifix et il faut une dérogation pour ne pas assister au cours de catéchisme. En 2000, l'inspection académique a même menacé de retirer les allocations familiales à une mère sous prétexte que sa fille ne suivait pas ce cours[1]. La direction du lycée d'Hagondange a prétendu avoir reçu sa demande de dérogation trop tard pour en tenir compte et l'a inscrite d'office, contre son gré et pour toute l'année. L'État français finance tous les jours des catéchistes pour enseigner le culte dans ces départements. Toujours en 2000, le ministère de l'Éducation nationale a réservé au concours du CAPES 35 postes d'« enseignement religieux catholique » et 8 postes d'« enseignement religieux protestant »[2]. Il ne s'agit pas de cours destinés à enseigner l'histoire des religions mais bien de catéchisme financé par l'État français...

Le poids de l'Église dans ces départements n'est pas étranger aux concessions que leur accorde l'État français depuis un siècle. Mais ce clientélisme pro-

---

1. Favret-Saada Jeanne, « L'obligation de catéchisme au quotidien », *ProChoix*, n° 13, janvier-février 2002.
2. Cette mesure, destinée à faire entrer des postes de catéchistes dans le CAPES, n'a pas du tout été du goût des enseignants. Ils ont été nombreux à signer une pétition – « Non au CAPES de religion » – lancée par l'association ProChoix. L'organisation a même engagé un recours auprès du Conseil d'État, sans succès. *ProChoix*, n° 13, janvier-février 2002.

fite aussi aux autres communautés religieuses. En 2001, la Mairie de Strasbourg a accepté la requête d'une organisation de femmes juives orthodoxes réclamant qu'une piscine municipale leur soit réservée un jour par semaine ; et ce afin d'éviter toute promiscuité avec les hommes[1]. Les musulmanes radicales ayant les mêmes besoins de non-mixité que les juives orthodoxes, elles ont fini par pouvoir profiter, elles aussi, de cet aménagement. Depuis, la demande de plages horaires non mixtes dans les piscines municipales fleurit en terre laïque. À Lille, Martine Aubry a fini par céder : la piscine de Lille-Sud est désormais réservée aux femmes, le personnel est exclusivement féminin et des rideaux les protègent du monde extérieur. Certaines mairies refusent de céder à ce chantage au nom de la laïcité mais il est évident que la pression augmente. Or jamais les contre-pouvoirs n'ont été si proches de céder. Autant ils sont très efficaces contre l'intégrisme catholique agissant au nom de la morale, autant ils faiblissent lorsque des minorités religieuses demandent des aménagements portant atteinte à cette même laïcité, au nom du respect des cultures.

Nous avons vu précédemment combien la peur de l'« islamophobie » pouvait contribuer à baisser la garde face aux revendications intégristes dès lors que celles-ci émanent d'une communauté potentiellement victime de racisme comme la communauté musulmane. Cette baisse de vigilance se traduit concrètement par une résistance de la libre pensée

1. MONIN Isabelle, *Le Nouvel Observateur*, 15 mai 2003.

qui n'a pas la même force face aux intégristes catholiques que face aux intégristes musulmans. Les milieux antifascistes ou antiracistes qualifient facilement les militants catholiques antiavortement de « croisés de l'ordre moral ». En revanche, certains retournent ce terme contre les partisans de la laïcité quand il s'agit de défendre une lecture pourtant intégriste du Coran telle que l'obligation du voile. Pierre Tévanian parle par exemple de « croisés d'une laïcité qui exclut » à propos de ceux qui refusent de voir le voile islamique entrer à l'école au nom de la laïcité[1]. Cette approche s'inscrit dans une tendance plus générale au mépris pour la laïcité, où les intellectuels comme les journalistes français sont de plus en plus nombreux à utiliser des qualificatifs relativement dédaigneux – comme « laïcistes » ou « laïcards » – pour désigner ceux qu'ils estiment être des intolérants[2]. Ils regrettent régulièrement que la France n'abandonne pas son exigence laïque exceptionnelle au profit d'une « nouvelle laïcité », plus ouverte au religieux, qui imiterait davantage des pays comme les États-Unis. Cette tentation trouve particulièrement écho dans certaines pages du journal *Le Monde*. Henri Tincq n'hésite pas à sortir de son devoir de réserve journalistique pour y dénoncer, article après article, les « fantasmes » d'un certain « extrémisme laïque » : « On comprend l'argument

---

1. Pierre Tévanian parle de « nouveaux croisés d'une laïcité qui exclut » dans « Foulard : le "populisme" contre le peuple », paru sur le site web *Les Mots sont importants* en juin 2003.

2. Favret-Saada Jeanne, « La concorde fait rage : sur le "nouveau pacte laïque" », *Les Temps modernes*, n° 605, août-septembre 1999.

de ceux qui disent que l'un des effets les plus pervers de l'extrémisme religieux est de renforcer les tendances laïcistes *(sic)*[1]. » Ainsi ce n'est pas le terrorisme ou même l'intolérance que ce journaliste semble déplorer dans l'intégrisme, son principal « effet pervers » est à ses yeux de renforcer un danger autrement plus grand... les « tendances laïcistes » ! Xavier Ternisien, également chargé des questions religieuses au *Monde*, tient le même discours lorsqu'il s'en prend au « combat laïcard » et au « camp ultra-laïque » à qui il reproche de mener une « croisade antivoile *(re-sic)*[2] ».

Ce mépris affiché pour l'intransigeance laïque ne serait pas si grave si nous étions dans un contexte international apaisé, où la menace intégriste relève effectivement du « fantasme ». Mais ce n'est pas le cas. Le port du voile comme symptôme d'une revendication politique portée au nom de la religion jusqu'en France fait même partie des exemples cités par les intellectuels arabes pour mettre en garde contre l'extension de l'intégrisme. C'est en s'y référant qu'Adonis, le plus grand poète arabe contemporain, prend sa plume dans *Al-Hayat*, un journal arabe publié à Londres, pour s'émouvoir contre ce qu'il appelle « un voile sur la vie[3] » : « Certains prétendent que la femme musulmane en Occident choisit

1. TINCQ Henri, « Europe : Dieu en disgrâce ? », *Le Monde*, 12 juin 2003.

2. TERNISIEN Xavier, « Pourquoi la polémique sur le foulard à l'école ? », *op. cit.*

3. ADONIS, « Le foulard islamique est un voile sur la vie », extrait d'*Al-Hayat* reproduit dans *Courrier international*, n° 663, 17-23 juillet 2003.

le voile, et qu'elle est seule à décider de le porter, en toute liberté. C'est là un argument qui demanderait à être longuement discuté. Mais lorsqu'on voit à Paris, par exemple, des petites filles voilées qui n'ont pas plus de quatre ans, peut-on vraiment prétendre qu'elles portent le voile par leur seule volonté ? » Au-delà de l'argument, le fait que Paris puisse être citée comme un exemple de ville où le port du voile est particulièrement extrême – par un poète arabe né en Syrie et vivant au Liban – en dit long sur la régression laïque qui menace la France. Adonis ne s'y trompe pas : « Les interprétations religieuses qui imposent le voile à la femme musulmane dans un pays laïque distinguant le religieux du politique et affirmant l'égalité des droits et des devoirs entre les femmes et les hommes révèlent une mentalité qui ne se contente pas de voiler les femmes, mais désire profondément voiler l'Homme, la société, la vie dans son ensemble. Et voiler la Raison. »

Rien n'éclaire mieux ce phénomène que la capacité qu'ont les musulmans intégristes à récupérer tout argument provoile. Ainsi, lorsqu'une intellectuelle progressiste comme Sylvie Tissot prend sa plume pour fustiger les féministes opposées au voile, en les accusant de « totalitarisme » et en leur reprochant de ne pas comprendre que « le port du foulard est parfois ce qui permet à des jeunes filles d'oser investir des "domaines réservés" aux hommes *(sic)* », son article se retrouve aussitôt à la une du site web de l'UOIF[1]. Peu habituée à publier des

---

1. L'article de Sylvie Tissot – « Un féminisme à visage inhumain » – est paru sur le site *Les Mots sont importants*, en réaction à

textes signés par des femmes, l'Union des organisations islamiques de France commet l'erreur d'attribuer ce texte au coauteur masculin de Sylvie Tissot, Pierre Tévanian, mais le symbole est là. Et il prouve à quel point la dénonciation de l'exigence laïque par des élites de gauche intervient dans un climat à haut risque. La percée d'une organisation aussi radicale que l'UOIF au Conseil français du culte musulman nous enseigne combien il serait illusoire de croire que le risque intégriste n'existe pas en France.

La percée des radicaux au sein du Conseil français du culte musulman

Le fait que l'islam, la deuxième confession de France, soit une religion sans véritable hiérarchie représente un défi pour n'importe quel gouvernant souhaitant organiser ses relations avec l'État. Les musulmans de France, toutes tendances confondues, réclament depuis longtemps une structure pour encadrer la formation des imams, le financement des mosquées ou encore les boucheries halal. Bien que ce rôle soit déjà rempli par la Mosquée de Paris, cette demande peut s'entendre à condition que la structure en question n'ait aucune vocation politique. Malheureusement, l'instauration d'un Conseil fran-

l'article publié par Anne VIGUERIE et Anne ZÉLENSKY – « Laïcardes, puisque féministes » – paru successivement dans *Le Monde* et dans *ProChoix* en juin 2003. Il n'a pas été écrit pour l'UOIF mais a été recopié par elle. Au cours de l'été, le texte change d'auteur et devient signé par Pierre Tévanian, sur le site de l'UOIF puis sur celui des *Mots sont importants*.

çais du culte musulman sous l'égide du ministère de l'Intérieur révèle combien la frontière entre le religieux et le politique est franchie chaque fois que l'État se mêle du culte.

Depuis Joxe, tous les ministres de l'Intérieur ont trouvé sur leur bureau un épais dossier concernant la nécessité de créer un organe permettant d'encadrer le culte musulman en France. Jean-Pierre Chevènement est allé jusqu'à créer la Comor – la Consultation du culte musulman – en octobre 1999. Mais tous ont hésité à aller au-delà, notamment parce qu'ils se sont aperçus qu'ils risquaient de légitimer les courants les plus radicaux et néanmoins incontournables du culte musulman français. Nommé au poste de ministre de l'Intérieur en 2002, Nicolas Sarkozy n'a pas eu les mêmes hésitations. Il a délibérément pris le risque de leur donner une audience nationale en les intronisant par la grande porte du Conseil français du culte musulman[1]. Cet organe aurait pu se contenter d'être, à l'image d'autres structures communautaires religieuses, un collectif d'associations cooptées pour leurs compétences et leur aptitude à organiser le culte musulman. Mais Nicolas Sarkozy a souhaité que ce Conseil soit élu, quitte à faire du CFCM un organe de représentation, ce qui lui confère dès le départ une vocation politique. Or ce ne sont pas les 5 millions de musulmans vivant en France – largement déconfessionnalisés – qui ont voté mais 4 000 électeurs soigneusement présélectionnés, selon un rapport de force négocié auprès du

---

1. Déclaration du 10 mars 2003.

ministre de l'Intérieur. Cela ne pouvait que favoriser les organisations radicales et ultra-militantes telles que l'Union des organisations islamiques de France (UOIF), prête à mobiliser ses troupes pour transformer ce semblant d'élection en sacre. Les 6 et 13 avril 2003, l'élection de la première Assemblée générale du Conseil français du culte musulman l'a confirmé. Avec 30 % des voix, l'UOIF obtient 58 sièges. 3 % de plus et elle dépassait la FNMF, la Fédération nationale des musulmans de France, arrivée en tête avec seulement 32 % des voix – soit 60 sièges. Certes, il reste encore un réservoir d'électeurs modérés puisqu'il faut aussi noter le score de la Mosquée de Paris : 29 % des voix – soit 54 sièges. Mais même cumulés, les scores des libéraux restent décevants. Jusqu'à cette élection provoquée, la Mosquée de Paris incarnait un peu l'islam de France, elle servait en tout cas de référence. Après l'élection du CFCM, elle donne l'impression de n'être plus qu'une composante faisant jeu égal avec l'UOIF. C'est le premier effet politique non négligeable de ce Conseil français du culte musulman créé artificiellement : légitimer l'UOIF au point de donner l'impression qu'elle représente un tiers des musulmans de France. Ce qui ouvre la porte à un engrenage où les extrémistes l'emportent toujours sur les démocrates. Quelques semaines après ce premier succès, l'UOIF a renforcé un peu plus ses positions en remportant un succès écrasant lors des élections régionales du CFCM : elle emporte la présidence de 11 régions sur 25 – dont celles de l'Île-de-France-Centre et de la région Provence-Alpes-Côte d'Azur.

Provoquer une élection était déjà en soi un cadeau fait aux extrémistes, mais le ministère de l'Intérieur a en sus validé un découpage électoral propre à ravir l'UOIF. En effet, ce n'est pas le nombre de fidèles, l'ancienneté ou la légitimité qui ont été retenus comme critère pour établir le poids respectif des 900 lieux de cultes servant de bureau de vote pour l'élection, mais le nombre de mètres carrés de chaque mosquée. Or un tel prorata ne pouvait que survaloriser le poids de l'UOIF, dont les capitaux étrangers ont été mis à profit pour acquérir d'immenses hangars en guise de mosquées. Nicolas Sarkozy ne pouvait ignorer un tel phénomène puisque plusieurs membres de la Comor avaient déjà alerté ses prédécesseurs sur un tel risque. En février 2002, soit plus d'un an avant le scrutin, Soheib Bencheikh faisait part de ses inquiétudes dans *Le Nouvel Observateur* : « Prendre comme critère de vote la superficie des mosquées est ridicule : la surface d'une mosquée n'a rien à voir avec son rayonnement mais peut avoir un lien avec son financement. Ce système, surtout, est dangereux. À la faveur de la non-reconnaissance de l'islam, beaucoup de mosquées, petites ou grandes, ont été noyautées par des forces radicales, politisées, qui prêchent un islam obscurantiste. En leur permettant de participer de plein droit à la consultation, on légalise d'une certaine manière des forces souvent apparentées à des partis politico-religieux étrangers, qui sont un frein réel à l'intégration des musulmans dans la société française. Je ne suis ni un agitateur ni un polémiste, mais j'espère que ces interrogations seront prises en compte. L'islam de France, pays des droits de l'homme et de la liberté, ne peut être qu'un islam éclairé [1]. » Le mufti de Marseille n'est pas le seul à avoir tiré la sonnette d'alarme. Devant la place de choix promise à l'UOIF, la seule femme du Comor a claqué la porte. Née au Maroc de parents algériens, ancienne du FLN, Bétoule Fekkar-Lambiotte incarnait avec Soheib Bencheikh le camp des musulmans les plus progressistes. En février 2003, elle présente sa lettre de démission à Nicolas Sarkozy avec ce mot : « Je ne peux pas accepter pour la France ce que j'ai combattu de toutes mes forces en Algérie [2]. » Cet appel, comme tous ceux adressés par les musulmans libéraux au ministre de l'Intérieur, est resté lettre morte. Balayant les inquiétudes des musulmans non islamistes, Nicolas Sarkozy a enfermé les membres de la Comor à Nainville-les-Roches jusqu'à ce qu'ils signent un « accord ». En prévision d'élections qui assureraient visiblement le succès de l'UOIF, le ministre décide toutefois d'attribuer les postes des dirigeants à l'avance. Dalil Boubakeur, le recteur de la Mosquée de Paris, est

---

1. Semaine du jeudi 21 février 2002, n° 1946.
2. Coroller Catherine, *Libération*, 10 février 2003. Loin d'être interpellé, le ministère la remplace par une autre femme, nettement moins progressiste, puisqu'il s'agit de Dounia Bouzar, auteure de *L'une voilée l'autre pas,* un livre prônant notamment la tolérance du voile à l'école. Dans un ouvrage précédent sur *L'Islam des banlieues, les prédicateurs musulmans nouveaux travailleurs sociaux*, elle explique comment les nouveaux prédicateurs tels que Tariq Ramadan et Hassen Iquioussen aident les jeunes à se construire en insistant sur les valeurs communes entre l'islam et la France. Ce qu'il faut comprendre ici, c'est que, bien que modérés dans leurs formulations, tous deux restent des prédicateurs musulmans considérant que l'islam n'est pas seulement une affaire privée mais une philosophie devant se mêler des affaires du monde et de la cité.

désigné comme président tandis que les deux vice-présidences échoient l'une à la FNMF (Mohammed Bechari) et l'autre à l'UOIF (Fouad Alaoui). D'une certaine façon, avant même que les élections ne le confirment, le ministre de l'Intérieur avait permis à l'UOIF de représenter un tiers de l'islam français. Pourquoi cette concession et pourquoi prendre un tel risque ? Sans doute Nicolas Sarkozy a-t-il estimé qu'offrir une place de choix à l'UOIF dans le Conseil français du culte musulman était une manière de l'intégrer. Probablement a-t-il voulu réussir là où tous ses prédécesseurs avaient échoué, quitte à passer en force et dans la précipitation. Quelles que soient ses motivations, elles ne changent rien au résultat. À son arrivée au poste de ministre de l'Intérieur, Nicolas Sarkozy promettait de « débarrasser la laïcité des relents sectaires du passé ». À force de mixer dangereusement religieux et politique, il a surtout formidablement renforcé le pouvoir de nuisance des musulmans radicaux.

Devant un tel gâchis, Dalil Boubakeur, le président du CFCM, songe un temps à démissionner, puis il préfère rester pour jouer les garde-fous. Mais le malaise est grand parmi les musulmans de France. Certains ont décidé de réagir en fondant des coalitions de musulmans laïques[1]. Auront-elles un poids

---

1. Né en mai 2002 pour réagir au CFCM, le Mouvement des musulmans laïques de France dénonce « l'intégrisme islamique qui envahit les cités tout en éclipsant la majorité des musulmans, c'est-à-dire les modérés ». Une autre voix se fait entendre par le biais de Rachid Kaci, qui a fondé le Conseil français des musulmans laïques. Son fondateur a perdu beaucoup de sa crédibilité après que Xavier Ternisien a prétendu dans *Le Monde* qu'il s'était converti au christianisme. Ce « ou-

suffisant pour atténuer l'influence de l'UOIF à l'intérieur d'un Conseil français du culte musulman devenu incontournable puisque sorti de terre par l'État français lui-même ? Une chose est sûre : le score de l'UOIF va très vite devenir un test pour la laïcité française. Un premier incident en témoigne. Après avoir légitimé l'UOIF, Nicolas Sarkozy lui apporte une caution supplémentaire en se rendant au congrès annuel de la plus radicale des organisations du Conseil. Il est largement acclamé à son arrivée, par une salle où les femmes voilées sont d'un côté et les hommes de l'autre. L'ambiance se refroidit au milieu de son discours, lorsque Nicolas Sarkozy rappelle que la loi française exige que chacun pose tête nue sur sa carte d'identité. Il est alors copieusement hué par les militants, pourtant largement encadrés. La scène est aussitôt relayée par toutes les chaînes françaises, ce qui a pour effet de relancer le débat sur l'interdiction du voile à l'école. Ainsi, avant même de prendre ses marques, le CFCM sert déjà de prétexte à une tribune politique...

Ce n'est pas la première fois que l'UOIF cherche à radicaliser le débat sur le hidjab, mais c'est la première fois que l'organisation bénéficie d'une telle audience pour le faire. En 1989, l'Union était déjà intervenue pour durcir le ton. Alors que le principal du collège de Creil et les familles des trois jeunes filles exclues ont trouvé un arrangement – elles peuvent garder le voile dans la cour mais doivent l'enle-

---

ting » mensonger est particulièrement grave puisque l'apostasie est passible de la peine de mort pour un musulman.

ver en classe –, le président de l'UOIF (Ahmad Jaballah) et son fondateur (Abdallah Ben Mansour) demandent à être reçus par le principal. L'entrevue tourne court lorsque ce dernier comprend que les deux émissaires tentent de lui faire tenir des propos racistes et l'enregistrent à son insu. Dès la sortie de l'entretien, ils vont trouver les jeunes filles pour les inciter à ne céder sous aucun prétexte et à garder leur voile[1]. Malgré la décision du Conseil d'État, l'UOIF est désormais derrière chaque jeune fille voilée pour l'aider à porter plainte. Mais qui est donc cette organisation bien décidée à infléchir la laïcité française ?

Le poids grandissant de l'UOIF

L'Union des organisations islamiques de France a été fondée en 1983 par Abdallah Ben Mansour, un étudiant tunisien, et Mahmoud Zouheir, un ingénieur irakien. Elle est remarquablement implantée puisqu'elle compte plus de 200 associations réparties sur tout le territoire français. Certaines sont de simples antennes locales, d'autres sont de véritables associations nationales opérant sous un autre nom selon leur secteur d'activité : la Ligue de la femme musulmane, Jeunes musulmans de France, Étudiants musulmans

---

1. En novembre 1989, le président de l'UOIF adresse également une lettre à Michel Rocard, alors Premier ministre, dans laquelle il écrit : « Vous laissez entendre que le Coran n'impose pas le foulard. Or le livre sacré des musulmans est très clair et très explicite, et ne laisse aucun doute sur le devoir de chaque musulmane de porter le voile. » KEPEL Gilles, *À l'ouest d'Allah*, op. cit.

de France, Avicenne (une association de médecins musulmans), les Imams de France (une association de formation des imams) ou encore des associations de solidarité comme le Comité de bienfaisance et de secours à la Palestine. Deux structures transnationales complètent ce dispositif : le Conseil européen de la recherche et de la fatwa et l'Institut européen des sciences humaines.

Malgré son nom, l'UOIF n'a jamais eu une vocation franco-française. À l'origine, il ne s'agissait pas d'une organisation destinée aux musulmans français mais d'une structure pensée pour politiser les jeunes Arabes venus séjourner en France le temps de leurs études. Peu à peu les étudiants s'installent et la structure intéresse un nombre grandissant d'étudiants français de confession musulmane. À partir de 1995, l'UOIF s'adapte à cette nouvelle demande et ajuste ses instances dirigeantes en fonction. On trouve désormais deux Français d'origine marocaine à la tête de l'organisation : Thami Breze, politiste, et Fouad Alaoui, neuropsychologue. Malgré cette évolution, l'UOIF continue d'être une organisation où des étudiants français musulmans se politisent au contact d'étudiants étrangers plus radicaux. L'UOIF se charge notamment de faire le lien entre les militants français et de généreux donateurs saoudiens. Pendant le ramadan, ses responsables voyagent d'un pays du Golfe à l'autre pour récolter des fonds. Toutes ses activités sont loin d'être aussi sulfureuses. Comme toute association religieuse prosélyte, l'UOIF passe surtout beaucoup de temps à rendre service aux musulmans de France, que ce soit en éditant des documents facilitant leur pratique religieuse – tels que le calendrier annuel des horaires de prière – ou en organisant des événements à cheval entre militantisme et convivialité. De juillet à août, des rencontres estivales ont lieu chaque année au profit des familles et des jeunes. Selon l'association, « elles constituent un lieu de rencontre, d'émulation et d'éducation dans un cadre fraternel et convivial[1] ». Le point d'orgue de ces grandes rencontres populaires régionales et nationales étant le Congrès annuel du Bourget près de Paris, auquel participent des dizaines de milliers de sympathisants. Une partie de ses finances est également consacrée à l'organisation de « colloques de rencontre et de dialogue » sous le thème général « L'islam et l'Occident » dont le but est « de contribuer à un échange d'idées entre les intellectuels des deux côtés et de permettre de rapprocher les points de vue, de renforcer les relations et de clarifier l'image ternie de l'islam ». Ce dernier objectif est largement amplifié par la caisse de résonance que constituent certaines maisons d'édition amies comme les Éditions Tawhid. Officiellement, il n'existe aucun lien formel entre l'UOIF et la maison d'édition – qui est aussi une librairie –, mais elle est dirigée par Ayman Akari, le président de l'Union des jeunes musulmans, une association proche de l'UOIF[2]. Il est vrai que l'organisation excelle dans l'art de dissocier ses réseaux pour ne pas être prise en flagrant délit de radicalité

---

1. Présentation de l'UOIF.
2. Les Éditions Tawhid prospèrent notamment grâce au succès des œuvres (livres et cassettes) de Tariq Ramadan.

– une stratégie qui n'est pas sans faire penser à celle prônée par les Frères Musulmans.

L'UOIF proteste à chaque fois qu'un observateur rappelle leur proximité idéologique avec la matrice égyptienne. Lorsque l'on demande à Fouad Alaoui quels sont ses liens avec les Frères, il répond : « C'est un mouvement parmi d'autres. Nous le respectons, dans le sens où il a prôné un renouveau et une lecture moderniste de l'islam. Mais notre démarche en France se situe au-delà [...]. Nous n'avons aucun lien organique avec les Frères Musulmans. Nous n'éprouvons pas le besoin d'appartenir à une école de pensée extérieure. Nous nous considérons comme une école de l'islam de France. » En soi, l'admiration assumée pour les Frères Musulmans suffit à poser problème. Bien qu'autonome, l'idéologie de l'UOIF s'inscrit clairement dans cette filiation et ses principes sont presque tous inspirés par l'organisation égyptienne. L'une des brochures éditées par l'organisation – *Critères pour une organisation musulmane en France* – rend tout particulièrement hommage au fondateur des Frères : « Ce qui a distingué l'imam Hassan al-Banna que l'on place à juste titre et avec tout le mérite dans la lignée des grands penseurs et réformateurs [...] c'est qu'il a su greffer cette dimension organisationnelle à la dimension spirituelle et à la dimension intellectuelle. » Non seulement l'UOIF ne renie aucun des théoriciens ayant posé les jalons de l'intégrisme musulman mais elle traite d'« hérétiques » ceux qui s'avisent de les critiquer : « Aujourd'hui il y a des gens qui trouvent du plaisir en dénigrant Ibn Taymiyya, Mohamed Ibn Abdelwahab, Sayyed Qotb, Youcef al-Qaradawi ou Fayçal Maoulaoui. À quoi sert de détruire la mémoire musulmane ? À quoi sert de détruire ces références musulmanes ? À moins que cela soit la politique de la terre brûlée pratiquée par des gens haineux, ignorants ou hérétiques [1] ? » C'est dire si l'organisation ne fait rien pour dissimuler son héritage idéologique. Pourtant, le fait que l'UOIF refuse de reconnaître un lien officiel et formel avec les Frères Musulmans suffit à certains journalistes. Dans *Le Monde*, Xavier Ternisien explique : « Dès 1991, l'UOIE a décidé de n'avoir aucune relation de dépendance avec l'organisation d'origine égyptienne [...]. Les liens entre l'UOIF et les Frères Musulmans sont donc bien réels mais informels [2]. »

En réalité, même cette précision de langage est inutile. L'UOIF est en relation étroite et tout à fait directe avec des militants des Frères. Il suffit de creuser un peu pour s'en apercevoir. « Notre référence religieuse a longtemps été le cheikh libanais Fayçal Mawlawi », reconnaît Fouad Alaoui, le président de l'UOIF. Selon lui, cette influence aurait toutefois cessé lorsque Mawlawi a pris la tête de la Jamaat Islamiyya libanaise (une organisation liée aux Frères Musulmans), impliquée dans des attentats terroristes. Il est vrai que la référence est encom-

---

1. *Critères pour une organisation musulmane en France*, brochure de l'UOIF. Pour des raisons de cohérence, nous avons tenté de retranscrire le mieux possible les noms de famille des auteurs cités, notamment en prenant en compte leurs livres édités en français. Il ne nous est pas possible en revanche de modifier une citation, mais nos lecteurs auront reconnu Youssef Qaradhawi et Fayçal Mawlawi.

2. Ternisien Xavier, *Le Monde*, 12 décembre 2002.

brante. Pourtant, contrairement à ce que déclare le président de l'UOIF, Mawlawi continue d'influencer très directement l'organisation française. Il n'apparaît effectivement plus dans les textes officiels à partir du moment où son organisation commence à revendiquer des attentats, mais il est toujours numéro 2 du Conseil européen de la fatwa, fondé à Londres par l'UOIF, et il intervient toujours à l'institut de l'UOIF.

Ce lien n'est d'ailleurs qu'un lien parmi d'autres. La plupart des fatwas émises par l'UOIF sont dictées par l'interprète le plus radicalement intolérant du Coran, la référence actuelle de tous les Frères Musulmans vivant en Occident : Youssef Qaradhawi en personne. Il préside en effet le Conseil européen de la recherche et de la fatwa – c'est-à-dire la branche « Europe » de l'organisation. Son congrès d'inauguration s'est tenu à Londres les 29-30 mars 1997. Dans la lignée de tous les fondamentalistes souhaitant supplanter les quatre écoles juridiques de l'islam, le Conseil dit vouloir « réaliser le rassemblement des savants qui vivent en Europe et essayer d'unifier les avis juridiques à propos des principales questions de jurisprudence ». Pour ce faire, le Conseil se donne pour objectif d'« émettre des fatwas collectives qui répondent aux besoins des musulmans en Europe, qui résolvent leurs problèmes, conformément aux règles et aux objectifs de la Charia ». Un pari périlleux lorsqu'on connaît la composition du Conseil. La présence du numéro 2, l'islamiste libanais Fayçal Mawlawi, était déjà un signe de l'orientation donnée à cette structure. Le numéro 1, Qaradhawi, n'a rien à lui envier. Ainsi, ce sont donc deux Frères Musulmans vivant hors d'Europe – le premier vit au Liban et le second vit entre l'Égypte et le Qatar – qui dirigent la matrice idéologique destinée à « guider les musulmans en Europe » mise sur pied par l'UOIF. Parmi les 29 membres du Conseil, on compte seulement 16 sages vivant en Europe. Les autres viennent de Mauritanie, du Soudan ou d'Arabie saoudite. Autant dire qu'ils sont parfaitement armés pour comprendre les difficultés des musulmans européens... En revanche, le Conseil européen de la fatwa représente sans aucun doute un lieu où l'on exporte les idées les plus islamistes vers l'Occident. Un objectif dont il ne fait pas mystère puisqu'il dit vouloir « guider les Musulmans en Europe en général et ceux qui travaillent pour l'islam en particulier, en propageant des concepts islamiques corrects et des fatwas juridiques tranchantes ». Le mot « tranchant » prend tout son sens lorsqu'on prend connaissance de l'une de ces fatwas, émise pour justifier les opérations kamikazes. En théorie, l'islam interdit le suicide, ce qui pourrait dissuader d'éventuels candidats. Heureusement, le Conseil européen de la recherche et de la fatwa dirigé par Qaradhawi est là pour les tranquilliser. Sa onzième session, réunie à Stockholm en juillet 2003, a en effet décrété les opérations kamikazes comme étant parfaitement licites : « Les opérations martyres perpétrées par les factions palestiniennes pour résister à l'occupation sioniste n'entrent en aucun cas dans le cadre du terrorisme interdit, même s'il se trouve des civils parmi les victimes[1]. » Parmi les raisons invoquées, la branche européenne de l'UOIF explique que de toute façon « les soi-disant "civils" sont des "soldats" de l'armée des fils de Sion » et que « même avec le temps, des soi-disant "civils" [israéliens] ne cessent pas d'être des envahisseurs, des oppresseurs malfaisants et tyranniques ». Ce qui donne un aperçu du rôle joué par le Conseil européen de la recherche et de la fatwa dans la radicalisation des musulmans occidentaux.

Pour se faire une idée des propos et lectures formant la culture de base d'un jeune militant français de l'UOIF, nous nous sommes procuré les ouvrages les plus achetés sur les stands du Bourget en 2002 et en 2003. Dans *Le Mariage en islam. Modalité et finalité,* un livre que l'on trouve également dans les librairies islamistes proches des Frères Musulmans, il est par exemple recommandé de réciter une invocation avant chaque rapport sexuel : « Lorsque l'un de vous va avec sa femme, s'il dit alors "Au nom de Dieu, Ô Dieu écarte Satan de ce que tu nous donneras" et qu'un enfant leur soit alors assigné, Satan ne saurait lui nuire, ni avoir sur lui de pouvoir[2]. » Certaines positions sont clairement interdites. D'une façon générale, tous les ouvrages évoquant les femmes témoignent d'une vision sexiste : elles n'existent qu'au singulier et ne sont jamais évoquées

---

1. « Qaradhawi favorable aux opérations suicides lors d'une conférence islamique en Suède », MEMRI (Institut de recherche médiatique du Moyen-Orient), dépêche spéciale n° 542, 28 juillet 2003.

2. BOUDJENOUN M., *Le Mariage en islam. Modalités et finalités, op. cit.*

en dehors du cadre familial[1]. Parmi les ouvrages vendus au Bourget, on trouve également un livre intitulé *La Personnalité de la femme musulmane* qui n'a rien à envier aux écrits islamistes étrangers. On y apprend notamment que « la persistance de nombre de communautés humaines contemporaines à dévoiler les femmes, montrer leurs atours et exposer leurs traits est une preuve de la délinquance, de la déviation et de l'éloignement du chemin d'Allah non seulement dans les pays musulmans mais aussi dans le monde entier ». Le livre poursuit en expliquant que « si les Occidentaux demeurent indifférents devant cette déviation et persistent à innover de nouveaux styles de nudisme, de séduction et de libertinage sans qu'ils se heurtent à une dissuasion quelconque, les musulmans, eux, qui ont le livre saint d'Allah qu'ils récitent jour et nuit, ne peuvent accepter une telle débauche quelles que soient leur ignorance, leur faiblesse et leur négligence envers la religion ».

Ce sont des argumentaires de ce type qui forment la culture de base des jeunes militants de l'UOIF. Leur contact avec des théoriciens ou des militants plus radicaux et plus expérimentés passe par des moments de convivialité partagés mais aussi par des lectures conseillées. Ainsi, même si l'organisation fait bien attention de ne pas apparaître comme antisémite – notamment sur son site Web –, n'importe lequel de ses sympathisants peut se procurer *Les*

---

1. C'est notamment le cas du travail de Malika Dif intitulé *La Femme musulmane*. Lapsus révélateur, des extraits en ont été reproduits sur le site internet de l'UOIF mais sous le titre « La famille musulmane ».

Protocoles des sages de Sion, ce fameux best-seller antisémite imaginant un complot juif mondial, ainsi que les œuvres complètes du révisionniste Roger Garaudy, en se rendant à son congrès annuel. Le plus grave étant peut-être la vision de la laïcité et de la démocratie que l'UOIF inculque aux jeunes musulmans vivant en France. Dans ces deux domaines, l'auteur de référence, celui qui signe la plupart des ouvrages et fascicules destinés aux militants, s'appelle Hani Ramadan – celui qui profite des pages du *Monde* pour incendier les « tortionnaires laïques » qui ne comprennent rien aux bienfaits de la Charia. L'auteur a un mérite : il est extrêmement explicite. Ainsi, dans *Islam & démocratie*, un texte distribué sur les stands de l'UOIF, il met clairement en garde contre la démocratie accusée de tous les maux du seul fait qu'elle négocie ses lois en fonction du peuple et non de Dieu : « Dieu seul a le pouvoir absolu de déterminer les normes [1]. » Prenant exemple sur son grand-père, Hassan al-Banna, Hani Ramadan appelle de ses vœux un « État islamique authentique », où l'alcool, l'érotisme et l'homosexualité seront interdits et où, de fait, il n'y aura pas de place pour les désirs des non-musulmans...

À sa façon, une organisation aussi antidémocratique que l'UOIF pose un peu les mêmes problèmes que le Front national. Voilà deux entités qui prospèrent à l'ombre de la tolérance démocratique tout en rêvant de la poignarder. Bien sûr, l'idéal démocratique exige que ces organisations puissent s'exprimer

---

1. Dépliant édité par l'UOIF, série : « Islam, le saviez-vous ? »

librement, mais faut-il pour autant que l'État aille jusqu'à les favoriser ? La question s'est posée à propos des subventions publiques dont bénéficie le FN au même titre que tous les partis politiques obtenant plus de 5 % des suffrages. Elle se pose d'autant plus sérieusement à propos de l'UOIF que cette organisation est de nature religieuse. Le problème n'est pas que la communauté musulmane se dote d'un conseil pour organiser le culte musulman en France, encore moins que cette communauté s'organise pour représenter ses intérêts auprès de l'État français. Cela existe pour les juifs de France, dont les différentes tendances sont réunies par le Consistoire, et cela devrait exister pour toute communauté souhaitant se faire entendre. Mais ce type d'initiatives, surtout lorsqu'il s'agit d'associations religieuses, devrait rester le fait de la société civile et non de l'État, du moins si l'on ne veut pas créer des organes de représentation artificiellement dangereux. Ce n'est pas par caprice si les différentes tendances de l'islam français n'ont jamais réussi à s'entendre au point de former, de leur propre chef, une coalition, mais parce que les leaders musulmans tolérants et laïques ne peuvent pas cohabiter avec des islamistes ! En les forçant à collaborer dans le Conseil français du culte musulman, le ministre de l'Intérieur a créé un amalgame qui institutionnalise et donc légitime les extrémistes au sein d'une représentation parfaitement artificielle de l'islam français. C'est bien ce que dénonce l'une des fondatrices du Mouvement des musulmans laïques de France, Djida Tazdaït, qui qualifie le CFCM de mouvement politisé rassemblant « tous les musulmans sans aucune distinction : les fondamentalistes actifs et les modérés passifs ». La montée en puissance de l'UOIF, sa nouvelle visibilité, illustrent toute la difficulté d'une démarche souhaitant encadrer un culte au nom de l'État. À terme, cette première étape risque de déboucher sur la tentation de financer des activités religieuses, y compris celles des plus radicaux, au nom de cette même volonté d'encadrement. Ce qui serait une entaille de plus dans la laïcité française.

Soheib Bencheikh constate à juste titre qu'il règne en France une « véritable anarchie » de l'imamat, facilitée par le fait que la plupart des imams sont formés à l'étranger [1]. Débarqués des campagnes du Maghreb ou d'ailleurs, ces futurs prescripteurs de moralité sont d'autant plus décalés qu'ils ont très souvent grandi dans des sociétés non laïques et ne restent pas suffisamment longtemps en France pour s'adapter : « Ils n'auront ni le temps ni la volonté de s'adapter à leur nouvel environnement [...] je suis en général très sceptique quant au bienfait de l'enseignement de la plupart de ces imams, auprès des jeunes notamment. » Ce constat amène le mufti de Marseille à plaider en faveur d'un imamat encadré par l'État français. Dans le même esprit, on est tenté de penser que l'État français a tout intérêt à financer

---

1. « Imam » traduit celui qui est « devant », « celui qui se met en avant et que les gens écoutent comme un guide ». « Les imams, les religieux, ne sont ni des intermédiaires sacrés, ni des détenteurs de pouvoirs spirituels. Ils ne peuvent ni donner une bénédiction, ni garantir le pardon de Dieu, ni affirmer Sa condamnation. Ils ne proposent que des conseils valables pour le quotidien », précise Soheib Bencheikh. BENCHEIKH Soheib, *Marianne et le Prophète, op. cit.*, p. 195.

des mosquées plutôt que de laisser des fidèles prier dans la rue ou courir les pays du Golfe en quête de financements. Il faut toutefois mesurer le coût de telles concessions à la laïcité : l'État doit-il également se mettre à financer des églises ou des temples ? Le fait qu'il finance déjà des catéchistes en Alsace-Moselle doit-il être vu comme un modèle à méditer ou comme une incohérence à rectifier au plus vite ? La première option aurait un coût symbolique d'autant plus élevé que rien ne garantit son efficacité. Autant la laïcité affichée par le modèle républicain est un antidote certain face aux intégrismes, autant le fait de financer des lieux de culte et des lieux de formation pour imams ne garantit en rien la modération de cette nouvelle génération de fidèles. Car c'est bien la référence à une idéologie et non le pays où l'on naît qui pèse sur les choix politiques d'un individu. Soheib Bencheikh est né au Caire, il est issu d'une famille de religieux non francophones et il a étudié à l'Institut islamique d'Alger puis à Al Azhar, berceau des fondamentalistes égyptiens... Pourtant il défend un islam respectant la laïcité. À l'inverse, partir de l'idée que des imams seront plus modérés parce qu'ils seront nés et formés en France sous-estime la capacité d'embrigadement communautaire de toute entreprise politique. Or il ne faut pas négliger le risque de voir des subventions aboutir à la formation d'imams radicaux. C'est en tout cas le pari fait par l'UOIF avec son Institut européen des sciences humaines, basé à Château-Chinon depuis 1990. Officiellement, il a pour mission de former des « cadres musulmans ayant à la fois une qualification scientifique théologique et une bonne assimilation de la réalité occidentale [...] pour une intégration positive des musulmans dans les sociétés européennes ». Mais là encore, le but réel est de mettre en contact des étudiants français avec des théologiens proches des Frères Musulmans. Le conseil scientifique est composé de Frères adoubés par le Conseil de la fatwa, à commencer par le fameux Youssef Qaradhawi, l'enseignant phare de l'institut. Le site précise également que « l'IESH a, par exemple, des relations avec les universités islamiques d'Arabie saoudite, du Koweït, du Qatar, des Émirats arabes unis, du Pakistan et de Malaisie. Certains professeurs visitent l'institut dans le cadre des échanges scientifiques ». Parmi eux, on retrouve Fayçal Mawlawi, le Frère Musulman passé à l'action violente dont l'UOIF jure pourtant s'être éloignée.

C'est dire si, loin de développer une ouverture d'esprit, la formation des imams de Château-Chinon peut enfermer toute une génération d'imams français dans une vision de l'islam parfaitement fondamentaliste, radicale, et tout aussi dangereuse que s'ils avaient fait leurs études à l'étranger. Mais ce n'est pas le plus grave. Le plus grave serait que cet embrigadement se fasse avec le soutien et même le financement de l'État français. Ce diagnostic éclaire toutes les implications politiques et les défis qui attendent la laïcité française depuis que Nicolas Sarkozy a choisi de donner naissance à un Conseil français du culte musulman au sein duquel l'UOIF est si puissante. Opter pour une nouvelle laïcité plus poreuse aux revendications religieuses prend incon-

testablement le risque d'affaiblir l'antidote qui a jusqu'ici permis à la France de si bien résister à
l'intégrisme. Les partisans de cette option sont
inquiets de voir le débat sur le voile ressusciter la
passion pour l'exigence laïque. Qu'ils se rassurent,
si les revendications portées au nom du respect des
cultures ou de la lutte contre l'« islamophobie » ne
parviennent pas à ouvrir la brèche, l'exception française a encore une chance de succomber au détour
d'une Constitution européenne mal négociée.

L'Union européenne sous pression

Fragile, le modèle laïque français est une exception à l'échelle du globe. Il est même minoritaire au
sein de l'Europe. Va-t-il résister à l'élargissement et
à une construction européenne soumise au lobbying
intensif du Vatican ? Nous avons vu combien son
pouvoir d'influence pouvait se révéler redoutable au
sein des Nations unies (chapitre II). Son chantier
prioritaire est désormais de faire en sorte, par tous
les moyens, que l'Union européenne ne diffuse pas
une laïcité telle que la pratique la France. Même en
l'absence d'un statut consultatif, le Vatican parvient
d'autant mieux à se faire entendre que Bruxelles a
adopté des règles comparables à celles qui règnent à
Washington, où le travail de persuasion des groupes
les plus expérimentés et surtout les plus puissants
financièrement est toujours payant. Son lobbying le
plus officiel se fait par la voix de la Comece, la
Commission des épiscopats de la Communauté euro-

péenne. Le 7 février 1999, son secrétariat a demandé à ce que « le rôle de la foi religieuse en tant que source et fondement de nos valeurs européennes communes soit reconnu dans la version finale du Traité constitutionnel », prévu pour servir de corset idéologique à l'Union[1]. La stratégie est habile. Au lieu de militer frontalement contre la laïcité, le Vatican choisit d'ouvrir une première brèche dans le Traité de l'Union en prônant la reconnaissance de l'héritage chrétien. La suggestion paraît consensuelle voire anodine mais elle ne peut qu'initier un glissement dont le Saint-Siège saura ensuite tirer parti. Le Vatican milite notamment pour un morcellement communautaire où le centralisme du catholicisme sera forcément en situation de force. Il ne reste plus qu'à imposer une référence explicite à Dieu pour bénéficier d'un argument communautaire propre à légitimer son emprise.

À droite du Parlement européen, l'idée fait son chemin depuis que le Parti populaire européen est majoritaire. Le parti a présenté un projet de Constitution qui s'inspire de la Constitution polonaise et ne peut que ravir le Vatican. Son préambule insiste sur « l'héritage spirituel et moral », notamment sur « ce que l'Europe doit à son héritage religieux ». Le PPE a même proposé d'évoquer explicitement Dieu. L'article 57 de son projet explique que « les valeurs de l'Union incluent les valeurs de ceux qui croient en Dieu comme la source de la vérité, de la justice, du

---

1. Le projet a été finalisé en juin 2003 et devrait être voté courant 2004.

bien et de la beauté, comme celles de ceux qui ne partagent pas cette croyance mais respectent ces valeurs universelles émanant d'autres sources ». L'*Invocatio Dei* est particulièrement soutenue par les évêques polonais, qui disent agir avec la bénédiction du président Aleksander Kwasniewski (ex-communiste). On comprend pourquoi l'une des missions de la Comece aura été de militer pour l'élargissement de l'Union aux ex-pays de l'Est... Antiavortement et plus généralement antichoix, la Pologne n'hésite pas à donner la parole au Saint-Siège chaque fois que l'Union lui demande son avis.

Le débat sur l'élargissement de l'Europe a également montré combien les questions confessionnelles comptaient parmi les critères retenus pour accepter un pays membre. L'Union a ouvert les bras aux pays de l'Est, y compris à la Pologne, malgré la fracture visible séparant l'Europe de l'Ouest de l'Europe de l'Est. En revanche, elle a reporté l'examen de la candidature turque. Il y a bien des raisons de prendre le temps d'examiner cette option. Malheureusement, il paraît évident que ce report est avant tout dû au fait que la Turquie soit majoritairement musulmane. Elle fait peur à ceux qui défendent implicitement la vision d'une Europe chrétienne – un « club chrétien » pour reprendre l'expression chère à Valéry Giscard d'Estaing. Est-ce à dire que l'identité religieuse et non les valeurs constitue le critère d'appartenance à l'Europe ? Du point de vue des droits de l'homme, la Turquie a certainement du chemin à faire mais, en termes de laïcité, elle a incontestablement une longueur d'avance sur la Pologne... Son principe a été imposé par Atatürk dès l'article 2 de la Constitution et l'article 4 interdit de le modifier. L'autoritarisme de cette laïcité-là n'est sûrement pas un modèle à méditer mais le fait que l'Europe hésite à intégrer un pays musulman malgré cette garantie en dit long sur les non-dits chrétiens de ce club en construction. Soutenues par de nombreux populistes et quelques démocrates chrétiens, les Églises ont formulé trois exigences à l'égard de la convention chargée d'élaborer le projet de Constitution européenne sous la houlette de Valéry Giscard d'Estaing : obtenir un statut consultatif, la garantie d'un dialogue constant avec l'UE et que la Constitution fasse référence à Dieu et à l'héritage religieux. Toutes ces demandes ont été satisfaites à l'exception de l'*Invocatio Dei*. Le préambule de la future Constitution rend bien hommage « au patrimoine religieux » mais il n'épilogue pas, moins par conscience laïque que par désir de ne pas énumérer une liste de religions où le poids de chacune ferait l'objet d'âpres discussions. Ces pressions pourraient reprendre d'ici l'adoption définitive de la Constitution. Pour l'instant, l'Europe est sans doute la région du monde la moins menacée par l'intégrisme. Que sera le monde si elle renonce à défendre une laïcité ambitieuse ? L'exemple américain est peut-être un signal d'alarme à méditer...

Une première puissance sous influence
de la droite religieuse

Aux États-Unis, la question des relations entre les Églises et l'État ne se pose même pas. La religion colore naturellement la morale publique et les hommes politiques affichent souvent leurs convictions au nom de la foi. Ce phénomène plonge ses racines dans l'histoire même de l'Amérique. Les calvinistes qui s'embarquèrent à bord du *Mayflower* s'identifiaient au peuple élu et rêvaient de transformer l'Amérique en « une nouvelle Jérusalem ». Ils fuyaient l'Angleterre des Stuarts où ils avaient été mis au ban de la société pour avoir exigé une profonde réforme de la doctrine anglicane, notamment l'abandon du livre de prières, de toute hiérarchie épiscopale, du signe de croix et un plus grand respect du Sabbah. Depuis, le Nouveau Continent est une terre d'asile pour toutes les victimes de persécutions religieuses, tous les pratiquants opprimés mais aussi toutes les sectes. La séparation de l'Église et de l'État fait bien partie de la Constitution mais elle n'a jamais fait véritablement partie de la culture américaine. Les présidents des États-Unis prêtent serment sur la Bible, des plus républicains aux plus démocrates. Le billet vert, symbole de la puissance américaine, est frappé du sceau « *In God We Trust* » – « Dieu en qui nous croyons » – sans qu'il ait jamais été possible de le retirer. Ce n'est pas un hasard si la droite religieuse s'y épanouit au point d'être l'une des forces politiques les plus influentes du pays.

Le pacte à l'origine de la droite religieuse américaine

L'expression « droite religieuse » désigne l'alliance conclue entre des républicains ultra-religieux et des religieux ultra-réactionnaires depuis la fin des années 70[1]. Une nouvelle génération de leaders conservateurs cherche alors un moyen de renouveler et surtout de radicaliser le « bon vieux Parti républicain ». Contrairement à la France, où la Nouvelle Droite est plutôt païenne, la Nouvelle Droite américaine est profondément religieuse. Ses leaders – Paul Weyrich, Richard Viguerie – sont tous de fervents croyants et leurs prises de position politiques doivent beaucoup à la morale chrétienne. Ils vont vite comprendre l'intérêt de s'allier à des leaders intégristes au sommet de leur gloire et de leur puissance financière grâce au succès de leurs shows télévisés et radiophoniques[2]. Les deux partis ont tout à y gagner. D'un côté, l'aile droite du Parti républicain peut désormais compter sur une base électorale formidablement importante et facilement mobilisable. De l'autre, les leaders intégristes se dotent d'alliés influents, grâce auxquels ils espèrent pouvoir réintroduire la morale religieuse dans le jeu politique.

---

1. FOUREST Caroline, *Foi contre Choix. La droite religieuse et le mouvement prolife aux États-Unis, op. cit.* ; DIAMOND Sara, *Roads to Dominion. Right Wing Movements and Political Power in the United States*, New York, Guilford Press, 1995, 446 pages ; BEN BARKA Mokhtar, *La Nouvelle Droite américaine, des origines à nos jours*, Valenciennes, Presses universitaires de Valenciennes, 1995.

2. En 1979, le directeur exécutif de la National Religious Broadcasters estimait qu'à peu près 130 millions de personnes écoutaient des programmes religieux à la radio et à la télévision chaque semaine.

Depuis les années 20 et l'échec relatif de leurs campagnes contre l'enseignement de l'évolutionnisme, les milieux fondamentalistes et évangélistes[1] se sont réfugiés dans une forme de séparatisme. Ils ont choisi de construire une communauté à l'abri du modernisme – des universités où l'on enseigne le créationnisme et où l'on maintient la ségrégation – plutôt que d'interférer dans la vie de la cité. Mais une série de lois et d'arrêts rendus par la Cour suprême menacent la poursuite de cette vie séparée. La légalisation de l'avortement, le risque de voir une loi garantir l'égalité hommes-femmes (ERA), la revendication de droits pour les homosexuels, la fin de la prière obligatoire dans les écoles[2] et surtout l'obligation de cesser la ségrégation dans les universités sous peine de sanctions fiscales[3], toutes ces

---

1. Il est préférable d'utiliser le terme « évangéliste » plutôt qu'« évangélique » pour désigner le courant ultra-conservateur issu d'un protestantisme radical qui va naître à la fin des années 70. En soi, le mot « évangélique » fait simplement écho au protestantisme et à sa tradition consistant à raviver la foi par des campagnes d'évangélisation. « Évangéliste » décrit, en revanche, une conception particulièrement radicale et politique de l'évangélisation.

2. Avant chaque journée de cours, les élèves devaient réciter ceci : « Dieu Tout-Puissant, nous reconnaissons notre dépendance envers Toi, et nous implorons Ta bénédiction pour nous, pour nos parents, nos enseignants et notre pays. » Mais, en 1962, un arrêt Engel *vs* Vitale, plus connu sous le nom de *« School Prayer Decision »*, considère que ces prières violent le Premier Amendement et ne respectent pas la pluralité des cultes dans la mesure où l'on oblige des enfants issus d'autres religions à prier pour un dieu judéo-chrétien.

3. En 1954, l'arrêt Brown *vs* Board of Education of Topeka condamne la ségrégation dans les écoles. Il a particulièrement été mal vécu par les milieux fondamentalistes. D'autant que c'est sous la présidence de Carter (un président démocrate évangélique), en 1975, que l'IRS (l'équivalent du fisc) commence à faire sauter les exemptions d'impôts d'écoles privées menant des politiques racistes et discriminatoires.

avancées sont vécues comme autant de traumatismes contraignant les chrétiens à partir en croisade pour sauver l'âme de l'Amérique. Ce déclic n'aurait pas eu le même impact s'il n'avait pas coïncidé avec la révolution organisationnelle de la Nouvelle Droite. En quelques années, les ultra-conservateurs américains ont mis sur pied une nébuleuse de *think-tank*, des agences de lobbying redoutables. La plus connue reste l'Heritage Foundation[1], une organisation fondée par Paul Weyrich, mais il existe des dizaines et des dizaines d'agences ultra-conservatrices de ce type : Free Congress Foundation, Hoover Institute, American Entreprise Institute, etc. La force de l'extrême droite américaine vient aussi de son extraordinaire capacité à faire avancer son agenda politique grâce à des mécènes comme Joseph Coors, le propriétaire des brasseries du même nom, ou le milliardaire Scaife Mellon[2]. Grâce à leur soutien, les *think-tank* ultra-conservateurs ont les moyens de salarier n'importe quel universitaire, n'importe quel activiste, et surtout de publier chaque année des cen-

---

1. Dotée d'un spacieux immeuble à quelques mètres du Capitole, d'un budget confortable, l'Heritage Foundation inonde les parlementaires conservateurs de manuels de prêt à penser : environ 350 brochures par an. Objectifs affichés : « Resserrer les liens entre les alliés et les amis des États-Unis. Mettre le communisme sur la défensive. Promouvoir le système démocratique et le capitalisme fondé sur la libre entreprise en chaque occasion, sur tous les continents. »

2. Coors a versé 250 000 dollars pour la première année de l'Heritage Foundation, il finance largement la Nouvelle Droite et la droite religieuse américaines même si son entreprise tente de racheter son image en achetant quelques publicités dans des journaux gays ou de gauche. Quant à Scaife Mellon, héritier d'un richissime banquier, il devient le mécène attitré de l'extrême droite américaine. LAURENT Éric, *Le Monde secret de Bush, op. cit.*

taines d'ouvrages qui serviront de manuels de prêt à
penser pour les membres du Congrès. Ce sont eux
qui favorisent l'émergence d'intellectuels comme
Samuel Huntington (promettant un choc inéluctable
des civilisations), Dinesh D'Souza (en guerre contre
le politiquement correct, les Noirs et les pauvres) ou
Charles Murray (auteur de *The Bell Curve*, qui établit un lien entre la faiblesse du QI et la pauvreté).
Chacun de ces ouvrages connaît un succès opportun,
à un moment où il est susceptible d'influencer les
politiques publiques dans le sens d'une réaction
sociale. Ils forment à eux tous la bibliothèque dont
s'inspirent les responsables républicains les plus
radicaux. Non seulement ces agences servent à acheter des alliés mais elles forment des acteurs politiques de premier plan, que l'on trouve ensuite aux
postes clés du gouvernement américain : les néo-
conservateurs ou les faucons du Pentagone sont tous
proches d'un *think-tank* animant cette école de pensée. Or ce sont ces mêmes *think-tank* et leurs
mécènes qui vont permettre aux intégristes chrétiens
de s'organiser. À titre d'exemple, la famille Mona-
ghan, propriétaire de Pizza Domino, a créé une Fondation Corpus Christi, entièrement destinée à
financer des groupes intégristes et *prolife* tels que
Word of God, Human Life International, Feminist
for Life ou Focus on the Family. Les dons de ces
généreux donateurs viennent s'ajouter aux millions
que les télévangélistes gagnent déjà grâce à leurs
maisons de production. L'ensemble forme un mouvement doté de moyens exceptionnels, d'un sens de

l'organisation redoutable et d'une détermination à la hauteur de sa radicalité.

À la faveur de ce contexte, la plupart des coalitions formant la droite religieuse américaine commencent à apparaître à partir de 1979. Parmi elles, l'une des plus connues est la Moral Majority du télévangéliste Jerry Falwell. Même si elle est dirigée par un pasteur, l'idée revient au cofondateur de la Nouvelle Droite : Paul Weyrich. « À une pause déjeuner, raconte Falwell dans l'un de ses livres, Paul Weyrich, l'un de mes très bons amis et un grand Américain, me fixa de l'autre côté de la table et dit : "Jerry, il y a en Amérique une majorité morale d'accord sur un certain nombre de valeurs. Mais elle n'est pas organisée, n'a pas de plate-forme et les médias l'ignorent. Quelqu'un doit réunir cette majorité morale." » Le terme « Majorité Morale » fait écho à une vision que partagent tous les intégristes : puisque Dieu est de leur côté, il ne fait aucun doute qu'ils représentent la majorité. En vertu de quoi, ils ne lésinent pas sur les moyens pour imposer leurs idées. Leur premier atout repose sur le succès des shows religieux. Grâce à ces heures d'antenne sur les stations locales des radios et des télévisions américaines, les télévangélistes tels que Falwell ou Pat Robertson ont conquis un public impressionnant. Jerry Falwell dispose à lui seul d'une base de données de plus de 25 millions d'adresses lorsqu'il démarre la Majorité Morale.

Ses alliés de la Nouvelle Droite sont justement des spécialistes du démarchage par courrier. Redoutable businessman, Richard Viguerie a inventé le *direct-*

mail. La recette est simple mais remarquablement efficace. Un mailing, doté à la fois d'un message et d'une incitation à donner de l'argent – grâce à un bon détachable –, est envoyé à l'aveugle. Les dons financent la chaîne de courriers, le message se diffuse de foyer en foyer et génère des recettes. Une arme que Viguerie met au service de ses alliés de la droite religieuse. Dotée d'un budget annuel de 10 millions de dollars et d'un staff de 275 employés, la Majorité Morale dit vite rassembler 4 millions de sympathisants [1]. Elle essaime dans 50 États, publie régulièrement et profite des shows religieux du pasteur pour relayer ses idées sur les ondes – plus de 600 stations locales et 400 chaînes de télévision, soit 20 millions de téléspectateurs et d'auditeurs. On la voit partout se battre contre le droit à l'avortement, exiger le rétablissement de la prière dans les écoles, la censure de livres scolaires jugés trop progressistes, celle d'émissions de télé dites excessives, le maintien de la discrimination envers les homosexuels et enfin réclamer que l'on enseigne à nouveau la Genèse à la place de l'évolution dans les écoles.

Tout en se déclarant non partisanes, la Majorité Morale et les autres coalitions chrétiennes du même type mènent surtout campagne pour les ultra-conservateurs du Parti républicain. Elles mettent d'autant plus de cœur à l'ouvrage que leurs revendications sont désormais reprises. Dès 1980, la Nouvelle Droite choisit de se distinguer des autres courants du

---

1. Le Bars Sylvie, « To the right, march ! », Centre de télé-enseignement de Nancy.

Parti par un programme clairement antiféministe et antiavortement. Il est question d'une loi de « protection de la famille », d'interdire la mixité dans le sport, d'encourager des manuels scolaires glorifiant le rôle traditionnel de la femme, d'inciter les femmes mariées à rester à la maison et, bien sûr, de supprimer les subventions fédérales accordées aux centres d'information sur l'avortement[1]. La première victoire intervient avec l'élection de Ronald Reagan, en qui Falwell voit « l'instrument de Dieu pour reconstruire l'Amérique ». Sitôt installée à la Maison-Blanche, la droite religieuse ne manque pas une occasion de s'attribuer son succès. « De même que les leaders religieux ont été à l'origine du mouvement des droits civiques, la droite religieuse a [...] eu un effet sur les élections. Il n'y a pas de doute à ce sujet », déclare James Robison, un prédicateur fondamentaliste engagé dans la Religious Round Table, une coalition comparable à la Moral Majority. Cette emprise sur les élections américaines ne se démentira plus. Depuis les années 80, aucune campagne électorale ne peut prétendre passer sous silence les thèmes chers à la droite religieuse. Ils sont au cœur du débat public, font et défont les candidatures. Pourtant, au regard de l'énergie dépensée et du pouvoir d'influence qu'elle a acquis, la réaction sociale tant attendue par les fondamentalistes semble se faire attendre.

---

1. Rapport de la Moral Majority (23 novembre 1981) : « Family Protestation Report : Symbol and Substance », cité par Susan FALUDI, *Backlash*, *op. cit.*, p. 351.

Les contre-pouvoirs de la démocratie américaine

Malgré des positions très radicalement *prolife*, Reagan n'est pas parvenu à exaucer le souhait le plus cher de ses alliés : abroger l'arrêt Roe *vs* Wade légalisant l'avortement[1]. Depuis le début des années 80, plusieurs républicains ont bien déposé des projets de loi dans ce sens – au niveau fédéral ou dans certains États – mais leurs tentatives ont toujours été bloquées[2]. Dans une démocratie comme les États-Unis, le seul moyen de revenir sur un acquis fédéral dépend de la Cour suprême. Ses neuf juges détiennent le véritable pouvoir d'orienter durablement le cours de la loi. Nommé à vie par le président des États-Unis en exercice, chacun d'entre eux ne peut être remplacé que lorsqu'il décède ou part en retraite. Durant ses huit ans de mandat, Reagan a bien eu l'occasion de nommer des juges mais aucun n'a eu le poids ou la radicalité nécessaires pour casser la jurisprudence sur l'avortement. Le choix de Sandra Day O'Connor s'est même révélé particulièrement décevant aux yeux de la droite religieuse. Bien que très conservatrice, elle n'est jamais allée jusqu'à menacer le droit d'avorter, qu'elle a qualifié d'« essentiel[3] ». C'est dire si sa nomination a provoqué

---

1. Reagan sera le premier président des États-Unis à signer un article contre l'avortement dans une publication *prolife*, *Human Life Review*.

2. Plusieurs sénateurs républicains, comme le sénateur de Caroline du Nord, Jesse Helms, ou Orrin Watch, vont tout au long des années 80 menacer Roe *vs* Wade en reprenant le souhait des associations *prolife* de voir un amendement défendre la vie humaine dès sa conception.

3. Lors d'une décision rendue dans une affaire opposant le Planning familial de Pennsylvanie du Sud, à Casey, en 1992, Sandra O'Connor et Anthony Kennedy parlent de l'arrêt Roe *vs* Wade comme d'un droit

l'indignation de la droite religieuse, *The Conservative Digest* parle d'un « choix qui brise la promesse reaganienne [1] ».

Il ne faut toutefois pas prendre au pied de la lettre cette émotion, essentiellement destinée à renforcer la pression sur le gouvernement de l'époque. Parce que l'arrêt Roe *vs* Wade n'a pas été défait, de nombreux journalistes américains ont laissé entendre que la réaction sociale attendue durant les années Reagan avait été plus symbolique que réelle. Cet optimisme doit être relativisé. Même si aucun gouvernement républicain n'est encore parvenu à faire interdire l'avortement, de nombreuses mesures en ont déjà – discrètement mais profondément – dégradé l'application. L'amendement Hyde interdisant le remboursement de l'avortement a été reconduit. Sous la pression des *prolife*, les gouvernements successifs ont longtemps bloqué l'importation du RU 486, la pilule abortive mise au point par le professeur Beaulieu. L'utilisation de tissus fœtaux pour la recherche a été interdite. Enfin, et surtout, les élus conservateurs ont encouragé les nombreux groupes provie,

---

« essentiel ». Dans toutes les décisions auxquelles elle a pris part depuis sa nomination, elle n'est jamais allée jusqu'à décréter une morale d'État contraire au principe de liberté individuelle garanti par la Constitution. Sa nomination n'a donc pas fait basculer la jurisprudence dans le sens d'une interdiction de l'avortement comme l'auraient espéré les militants *prolife*. En 1986, dans une affaire opposant un particulier au Collège américain des gynécologues obstétriciens, la Cour suprême a même réaffirmé le droit à l'avortement comme un « choix fondamental ».

1. « Justice memo raises questions on O'Connor », *Human Events*, 18 juillet 1981, p. 5 ; « O'Connor choice breaks Reagan promise, made in haste and harms his coalition », *Conservative Digest*, août 1981, p. 3, 17.

plus organisés et plus violents que jamais, à agir sur le terrain. Grâce aux mécènes de la Nouvelle Droite au pouvoir, les années 80 et 90 constituent un véritable âge d'or pour ces groupes. Or le harcèlement est sans doute l'arme la plus efficace que les *prolife* aient trouvée pour dégrader le droit à l'avortement.

Si la droite religieuse n'est pas entièrement parvenue à ses fins, c'est moins par manque de volonté que parce qu'elle a rencontré des contre-pouvoirs : la Cour suprême, bien sûr, mais aussi une opposition sociale. Les mouvements féministes, gays, antiracistes, ainsi que des religieux prochoix – parfois unis dans des coalitions arc-en-ciel – se mobilisent régulièrement pour empêcher l'irréversible. En 1986, Reagan souhaite se rattraper auprès de la droite religieuse en nommant un militant *prolife* à la Cour suprême (Robert Bork) mais il recule devant l'ampleur des manifestations suscitées par une telle perspective. La motivation qui anime l'un des manifestants, venu du Texas pour marcher sur Washington, montre à quel point le droit de choisir est un acquis auquel tiennent les Américains : « La droite religieuse est à la Maison-Blanche [...]. Je crois que c'est très important d'être là pour faire partie des défenseurs des droits des femmes. Je devrai payer pour ce voyage pendant les six prochains mois, mais j'ai pensé que c'était important de venir. » Un autre électrochoc est intervenu en 1989, avec l'arrêt Webster *vs* Reproductive Health Center. Invitée à se prononcer sur une loi du Missouri décrétant que la vie de chaque être humain commence dès la conception, la Cour suprême reconnaît le droit de limiter l'accès à l'interruption de grossesse dans certains cas. Pour la première fois, il existe au plus haut niveau de l'État un risque réel de voir le droit à l'avortement interdit. La concrétisation de ce danger n'a qu'un seul avantage : offrir au camp prochoix le déclic et l'élan qui lui manquaient. Le Parti démocrate a mis longtemps avant de se sentir concerné par le droit de choisir, beaucoup de ses élus ont même voté l'amendement Hyde interdisant le remboursement de l'avortement. À la fin des années 80, il prend enfin conscience qu'une partie de l'Amérique, notamment l'électorat féminin, attend de lui une certaine résistance. En démocratie, l'opinion publique ne peut être totalement ignorée. Or les Américains tiennent majoritairement au droit à l'avortement. En juillet 1994, un sondage publié par *Newsweek* et Gallup montre que 58 % des Américains sont opposés à un changement de loi qui remettrait en cause Roe *vs* Wade, et ce malgré une adhésion massive à la religion [1]. À noter, cette majorité est relativement fragile mais elle sert pour l'instant de rempart. Bien qu'il ait toujours refusé que l'Arkansas rembourse l'avortement en tant que gou-

---

1. D'une façon générale, les études montrent que la religiosité des Américains est à interpréter en fonction d'une autre de leurs passions : celle pour la liberté. Toujours selon le même sondage, 95 % des Américains déclarent croire en Dieu ou du moins en un Esprit universel, 60 % assistent régulièrement à un office religieux et 90 % disent avoir le sentiment que l'Amérique s'enfonce dans la décadence morale. Pourtant, selon une étude réalisée par les sociologues Barry Kosmin et Seymour Lachman, cette ferveur n'empêche pas une certaine ouverture d'esprit. À titre d'exemple, moins de 21 % des catholiques américains s'estiment liés par les enseignements de l'Église à propos de la contraception et de l'avortement.

verneur, Clinton a usé de son veto pour bloquer à plusieurs reprises les projets de loi *prolife* émanant du groupe républicain. C'est cet équilibre des pouvoirs, et lui seul, qui parvient à atténuer l'impact de la droite religieuse américaine.

Du simple fait qu'ils évoluent dans un pays démocratique, les intégristes chrétiens américains ne pourront jamais prétendre contrôler entièrement la vie des Américains. Même infiltrés au sommet de l'État, ils doivent composer avec l'opinion publique, d'autant plus critique qu'elle peut lire une presse libre de dénoncer son extrémisme. Au moment même où le président Reagan se démène avec l'Irangate, ses alliés de la droite religieuse sont éclaboussés par une série de scandales. Le 26 janvier 1986, un article du *Charlotte Observer* révèle que deux des télévangélistes charismatiques très connus, Jim et Tammy Bakker, ont détourné des dons destinés à des missions de charité à leur profit personnel. Voiture de luxe, voyages et villa somptueuse, le couple vit dans un faste qui contraste fortement avec ses appels à dons alarmistes en faveur de la Corée du Sud ou du Brésil ! Plus embarrassant, la secrétaire de Jim Bakker aurait même reçu la somme de 275 000 dollars en échange de son silence, suite à leur liaison. On apprend également que Jim Bakker, champion de la moralité, a eu des liaisons homosexuelles et a eu recours aux services de prostituées. Quand ils ne veillent pas au bon fonctionnement des institutions démocratiques, certains journalistes américains contribuent donc à contrebalancer l'effet hypnotique des télévangélistes. Un autre sondage Gallup montre

que près de la moitié des personnes interrogées perçoivent l'affaire des époux Bakker comme un « indi-
cateur de la corruption morale qui règne parmi
les télévangélistes [1] ». Après des années de sermons ultra-moralistes, ces champions de la moralité publique connaissent donc une forme de
« revanche ».

Le travail d'enquête de la presse américaine va
surtout ôter toutes chances à Pat Robertson, un télévangéliste particulièrement radical, de représenter le
Parti républicain aux présidentielles de 1988. C'est
alors la première fois qu'un leader religieux ose
ouvertement briguer l'investiture. Cette option trahit
l'impatience ressentie par une partie de la droite religieuse face aux maigres victoires engrangées sous
Reagan. Néanmoins, Robertson va vite s'apercevoir
combien les ultra-religieux s'exposent à la critique
lorsqu'ils décident de se passer d'intermédiaires...
La campagne est rude et la presse américaine multiplie les révélations embarrassantes. Quelques jours
seulement après l'annonce de sa candidature à l'investiture, le *Wall Street Journal* révèle que le télévangéliste a menti à propos de la date de son mariage
pour dissimuler que sa femme était déjà enceinte
avant qu'il ne l'épouse. Plus grave aux yeux des
Américains, Robertson se vante d'avoir combattu
pendant la guerre de Corée, or un ancien vétéran l'accuse au contraire d'avoir bénéficié d'un poste loin du
front, grâce à son sénateur de père. Un autre vétéran
se souvient d'avoir entendu parler de liaisons entre

---

1. Sondage du 20 avril 1987.

le soldat Robertson et des prostituées. Le télévangéliste se serait même inquiété d'avoir contracté une MST en s'apercevant de problèmes urinaires. Enfin un autre scandale éclate à propos de Jimmy Swaggart, un télévangéliste proche de Robertson, qui est photographié entrant dans un motel en compagnie d'une prostituée... Après un début prometteur, la campagne de Robertson s'essouffle [1]. Il est finalement battu par George Bush senior. Ce dernier mettra d'ailleurs quelque temps à oublier cette rivalité. Cela ne signifie pas pour autant que Robertson ne va pas avoir un impact décisif sur le destin des Américains. Autant la vitalité démocratique de l'Amérique lui a coûté sa place à l'élection présidentielle, autant l'absence de laïcité culturelle va lui permettre de rebondir.

Le pouvoir de nuisance de la Coalition chrétienne

Robertson n'a pas tout perdu en se présentant à l'investiture. Grâce à la campagne de 1988, sa notoriété dépasse celle de Jerry Falwell. Fort de cette nouvelle popularité, il n'a plus qu'une idée en tête : fonder une grande coalition chrétienne provie qui

---

1. Lors de la Convention du Parti républicain en Caroline du Sud, les partisans de Bush ont beau invoquer certaines procédures tirées par les cheveux pour tenir à l'écart les envoyés de Robertson, le candidat de la droite religieuse rafle 40 à 50 % des sièges. John Courson, sénateur républicain, s'étrangle : « C'était comme un ouragan venu des Caraïbes. » Par la suite, en revanche, ses scores iront en s'écroulant. En tout, seulement 14 % des républicains ont voté pour sa candidature. Il n'est arrivé en tête dans aucun État. Il rendra aussitôt l'affaire Swaggart responsable de son échec.

appliquerait son programme électoral sur le terrain. Ce rêve va se réaliser après sa rencontre avec Ralph Reed, un jeune loup ultra-conservateur[1]. Ancien président des Étudiants pour l'Amérique, le groupe des jeunes républicains, Reed fait partie de cette génération d'hommes politiques intégristes décidés à remettre les valeurs chrétiennes au centre des préoccupations de la droite américaine. Jusqu'en 1989, son passe-temps favori consiste à pénétrer dans des cliniques où l'on pratique des avortements pour y lire la Bible et insulter le personnel avant de sortir entre deux agents de police[2]. Reed et Robertson sont deux personnalités très complémentaires. À l'image du pacte passé entre Paul Weyrich et Jerry Falwell au sein de la Majorité Morale une décennie plus tôt, leur alliance donne naissance à la Coalition chrétienne en 1990.

Dans une lettre appelant à donner de l'argent pour l'organisation, Pat Robertson ne cache pas ses ambitions : « Nous, à la Christian Coalition, sommes en

---

1. Ralph Reed est né le 24 juin 1961 à Portsmouth (Virginie). Élevé dans une famille méthodiste républicaine, il est rapidement convaincu de rouler pour le Parti républicain. Actif sur son campus, il soutient comme bénévole la campagne de Ronald Reagan en 1980 et milite pour un sénateur républicain de Géorgie. Quelques années plus tard, il débarque à Washington en pleine « révolution Reagan », où il poursuit sa carrière politique. Sa vocation de *born again* est alors vécue comme devant naturellement accompagner son engagement politique.

2. Il sera par exemple arrêté en 1985 pour avoir perturbé le service du Raleigh Women's Health Clinic. Dans la région, l'homme est connu pour avoir radicalisé le mouvement *prolife* local. Interrogée par des journalistes, une sage-femme raconte que : « Quand Reed était là... les gens cherchaient à nous effrayer, ils terrifiaient nos enfants, criaient des obscénités aux patients. » Fourest Caroline, *Foi contre Choix. La droite religieuse et le mouvement prolife aux États-Unis*, op. cit., p. 117.

train de lever une armée engagée. Nous entraînons
les gens pour être efficaces, pour être élus dans les
écoles, les conseils municipaux, les assemblées
législatives, pour occuper des positions clés dans les
partis politiques. À la fin de la décennie, si nous
continuons à travailler ainsi, à nous entraîner et à
nous organiser, la Christian Coalition deviendra l'organisation politique la plus puissante d'Amérique [1]. »
Pari tenu. En treize ans, ce mouvement est devenu
l'une des ONG les plus influentes des États-Unis. En
plus du *700 Clubs*, l'émission à succès animée par
Robertson, d'un empire télévisuel et radiophonique,
elle édite de nombreuses publications – parmi lesquelles *Religious Right Watch* ou *Christian America*
– lui conférant une audience considérable. Elle dit
rassembler 2 millions de militants et plus de 18 millions de sympathisants, mais ces chiffres sont sans
doute à relativiser. Contrairement à ce que rêve Pat
Robertson, la coalition n'a jamais véritablement
fédéré au-delà des cercles WASP – protestants
blancs et anglo-saxons. Devenir un véritable mouvement populaire en Amérique suppose de reconquérir
le public noir, le public féminin et d'autres religieux
comme les catholiques, les juifs et les musulmans.
Ce n'est pas le moindre des problèmes pour un mouvement perçu à juste titre comme machiste, anticatholique, antisémite et raciste. En 1994, selon les
chiffres mêmes de l'organisation, les catholiques
n'étaient que 5 % au sein de la coalition, contre 33 %

---

1. « Sing a little louder », un tract de Heritage House diffusé par
Sanctuary Life.

de baptistes, 9 % de membres des Assemblées de Dieu (des charismatiques), auxquels s'ajoutent 45 % issus d'autres courants évangélistes divers. Les juifs ne représentaient pas plus que 2 %, et encore il s'agit de juifs messianiques (Juifs pour Jésus). Quant aux Noirs américains, l'association déclarera en compter un peu moins de 5 %. Cette absence de pluralisme et de base populaire ne signifie pas pour autant que la Coalition chrétienne ne soit pas devenue, comme Robertson le promettait, « l'organisation politique la plus puissante d'Amérique ». Car sa force réside avant tout dans le lobbying. Son influence se fait notamment sentir au travers des consignes de vote qu'elle distribue sous forme de guide de vote – largement en faveur des républicains – à la sortie des églises. La Coalition se vante d'en avoir distribué près de 46,6 millions à la sortie de quelque 100 000 églises avant les élections de 1996[1]. Le problème est suffisamment sérieux pour que le candidat Clinton s'en alarme : « Ne soyez pas trompé à la dernière minute par un guide électoral distribué à l'extérieur de nos églises[2]. »

On ne peut pas mesurer l'impact réel de ces campagnes mais on estime que la droite religieuse influence 15 à 18 % de votants. Aucun républicain ne peut mépriser le renfort indéniable que lui fournit un tel allié. Majoritaires au Congrès depuis 1994, les conservateurs sont régulièrement tentés de renvoyer

1. Gribbin D.J., « Campaign to derail voter guide failed », *Christian America*, janvier-février 1997.
2. Cité par Kurtz H., « Clinton ad counters Christian Coalition's voter guide », *Washington Post*, 3 novembre 1996.

l'ascenseur. La législation sur le droit de mourir dans la dignité a été verrouillée. Le Parlement a également voté un *Defence Mariage Act* interdisant le mariage homo au plan fédéral. Avant les élections de 2000, les élus conservateurs étaient même sur le point de faire interdire l'avortement tardif – au-delà de six mois de grossesse – jusque-là soumis à l'approbation des médecins. Le fait que la Coalition chrétienne en soit réduite à espérer une restriction limitée – qui ne concerne que les avortements au-delà de six mois – en dit long sur l'impact que peut avoir la peur de l'opinion publique en démocratie. Cela ne signifie pas que les militants de la Coalition chrétienne ne soient plus favorables à une interdiction pure et simple de l'avortement mais ses cadres sont obligés de réfléchir à des propositions stratégiques s'ils veulent être écoutés au Congrès. C'est en tout cas l'avis de Ralph Reed, le cofondateur de la Coalition chrétienne, qui a toutefois dû démissionner pour avoir choisi cette tactique. À force de vouloir faire de la Christian Coalition une force de lobbying incontournable, ses amis lui reprochent de ne pas assez critiquer l'absence de radicalité de certains programmes républicains.

À la fin des années 90, en pleine série d'attentats *prolife* contre les cliniques, certains candidats conservateurs ont souhaité mettre en avant des thèmes plus consensuels que la lutte contre l'avortement. Newt Gingrich a notamment présenté un *Contrat avec l'Amérique* plutôt classique, où la restauration des valeurs familiales n'arrive qu'en dixième position. Tandis que James Dobson et son organisation *prolife*, Focus on the Family, mettent toute leur énergie à écrire aux 8 000 républicains les plus en vue pour les enjoindre à refaire de la lutte contre l'avortement leur priorité, Ralph Reed dit refuser de se laisser « ghettoïser par l'avortement, les droits des homosexuels ou la prière dans les écoles[1] ». Il ne pense pas que ces combats ne sont plus d'actualité mais il cherche une voie plus habile pour les inscrire au cœur de l'agenda politique américain. Son ambition et sa formation politique le poussent par exemple à préférer une bataille contre l'avortement tardif – qui a de bonnes chances d'aboutir – à une guerre contre l'avortement tout court[2]. Même s'il pense que l'homosexualité est une « déviation vis-à-vis de la conduite sexuelle normale et la loi de Dieu[3] », il enjoint ses camarades à modérer leurs propos tendant à faire du sida un châtiment divin justifié. Ses déclarations irritent et sa stratégie est

---

1. REED Ralph, « A strategy for evangelicals », *Christian America*, 15 janvier 1993. Cité par WATSON Justin, *The Christian Coalition*, New York, St. Martin's Press, 1997, 292 pages.

2. Le 17 mai 1995, la Christian Coalition a lancé une initiative qui n'est pas sans faire écho à la plate-forme républicaine : « Contrat avec les familles américaines ». Dix propositions législatives prônant notamment le bannissement des avortements tardifs et des avortements par « dilatation et extraction », ainsi que la restriction de l'utilisation des fonds d'un programme de santé pour le remboursement des avortements. On est loin de l'abrogation pure et simple de l'avortement quel qu'il soit, ce qui avait pourtant toujours été le mot d'ordre de la Moral Majority et de la Christian Coalition et apparaît donc comme une forme de « trahison » aux yeux de groupes *prolife* plus radicaux. Randall Terry, fondateur du groupe antiavortement le plus musclé, Operation Rescue, parle de « triche » : « Nous ne pouvons pas – au nom de la Christian Coalition – brader une loi de la Providence pour un résultat politique à moyen terme. C'est une abomination. »

3. REED Ralph, « Active Faith », cité par WATSON Justin, *The Christian Coalition*, op. cit.

de plus en plus critiquée. Reed démissionnera de la
Coalition chrétienne le 23 avril 1997. Quatre ans
plus tard, Pat Robertson va être obligé de passer
symboliquement la main à cause d'un cancer à la
prostate. Il nomme une femme pour lui succéder,
Roberta Combs, mais garde la présidence d'honneur.

Ces éléments pourraient donner l'impression que
la Coalition chrétienne est en perte de vitesse. En
réalité, avec l'élection de George W. Bush, son pouvoir d'influence ne s'est jamais aussi bien porté. Car
finalement la stratégie de Ralph Reed a payé. Bien
que démissionnaire de la Coalition chrétienne, il
n'en reste pas moins un conservateur intégriste ; or
il défend désormais les valeurs ultra-religieuses au
sein même de l'actuelle équipe présidentielle. Karl
Rove, l'un des plus proches conseillers de George
W. Bush, ne cache pas être « un grand fan de Ralph
Reed ». La presse a même révélé un montage financier illégal destiné à financer le concours du leader
intégriste à la campagne électorale de Bush. Selon le
New York Times, la société Enron lui aurait versé
entre 10 000 et 20 000 dollars par mois pour des
conseils qu'il donnait en fait à l'équipe de l'actuel
président[1]. On lui doit notamment les campagnes
menées par la droite religieuse pour discréditer son
adversaire aux primaires, John McCain. Autant son
père n'a pas été réélu à cause de la défection des
ultra-religieux, autant George W. Bush a retenu la
leçon et a fait en sorte de bénéficier directement de

---

1. BERKE Richard L., « Associates of Bush aide he helped win
contact », *New York Times*, 25 janvier 2002.

leur soutien. Depuis 1993 et sa candidature au poste de gouverneur du Texas, les conseillers de Bush ont toujours veillé à ne pas commettre la même erreur. Karl Rove parle de la droite religieuse comme d'« une force que l'on ne peut absolument pas s'aliéner car ils représentent près de 18 millions d'électeurs. On ne finasse pas avec ces gens-là et ils veulent que vous soyez comme eux ». Or qui mieux que George W. Bush ressemble au candidat rêvé par la droite religieuse américaine ? Pendant sa campagne présidentielle, la Coalition chrétienne a distribué 70 millions de *voter'guides* soutenant sa candidature. En échange, aucun président des États-Unis n'a jamais été aussi sensible aux valeurs intégristes.

George W. Bush ou le risque d'une régression sociale

Si la droite religieuse américaine devait un jour concrétiser ses projets pour l'Amérique, ce sera sous le règne de George W. Bush junior. Durant les trente-cinq jours qu'aura duré le dépouillage des urnes en Floride, ses troupes n'ont cessé de prier pour que le candidat républicain l'emporte. De tous les présidents américains qui se sont succédé depuis la fin des années 70, George W. Bush est, en effet, le plus proche des réseaux évangélistes. L'homme est le prototype même de l'Américain ayant grandi dans le sud des États-Unis, la ceinture de la Bible, où la vie sociale est rythmée par le base-ball et l'église. Généralement, la conversion à une foi plus exigeante, plus fondamen-

taliste, intervient après une crise ou une révélation à
partir de laquelle on se dit *born again* (né de nouveau
après avoir redécouvert la foi). Pour Bush junior, ce
déclic survient en 1986. Celui que l'on perçoit essentiellement comme « le fils de son père » est en pleine
crise existentielle, faite de dépression et d'abus d'alcool, lorsqu'il s'inscrit à un « groupe d'étude sur la
Bible » sur les conseils de son ami Bob Evans, son
actuel ministre du Commerce. Pendant deux ans, les
deux hommes participent à un groupe où on lit chaque
semaine un extrait du Nouveau Testament avant de le
commenter ensemble. Le parcours de Paul impressionne tout particulièrement le futur président. Mais il
n'a pas besoin d'aller si loin dans le temps pour trouver un modèle d'homme imposant ses convictions
politiques radicales au nom de la foi. Il fréquente
depuis toujours le plus célèbre des prédicateurs, Billy
Graham, un ami de la famille. Graham fait partie de
ces évangélistes farouchement anticommunistes, ce
qui l'a conduit très tôt à conseiller de nombreux présidents conservateurs comme Richard Nixon. Le scandale du Watergate le détourna un temps de la politique
officielle, mais il reste très engagé contre le communisme, l'interdiction des prières dans les écoles,
l'avortement et la fin des discriminations envers les
homosexuels... Des sujets qu'il aborde en priorité
avec les grands de ce monde comme la famille Bush.
George W. Bush dit de lui : « Le révérend Graham a
semé dans mon cœur les graines de la foi... C'était le
début d'un chemin qui doit me mener vers Jésus-
Christ. » Vers Jésus-Christ et vers la politique, les
deux passions inséparables de Graham. L'homme

passe de longues heures à rassurer Bush junior sur ses capacités à se lancer en politique. Il lui donne également des conseils pour bénéficier du précieux soutien de la droite religieuse ayant fait tant défaut à son père. Dans un article consacré à Bush et Dieu dans *Newsweek*, Howard Fineman décrit comment Bush a séduit les leaders de la droite religieuse, non pas en leur donnant raison sur les sujets qui leur tiennent à cœur, mais en leur donnant le sentiment d'être véritablement des leurs : « Bush, lui, parla uniquement de sa foi et les gens le croyaient et croyaient en lui. C'était une forme de génie [1]. » Depuis, il a toujours pratiqué une collaboration fusionnelle avec la droite religieuse. En tant que gouverneur du Texas, il était en contact permanent avec ses leaders. Il admire tout particulièrement James Dobson, le fondateur de Focus on the Family, un groupe très radicalement antiavortement et anti-homosexuels. On le voit également sur les plateaux des télévangélistes comme James Robison. Depuis, l'inspiration divine n'a cessé de lui porter chance.

Bush est persuadé que Dieu lui a demandé de devenir président des États-Unis. « Je crois que Dieu veut que je devienne président », déclare-t-il à la sortie d'une réunion en 1999. Concrètement, ce sont surtout les dons des amis de son père – des industriels pétroliers – qui vont l'aider à gravir les échelons de la vie politique [2]. Ceci dit, les prières ne seront pas de trop pour emporter le scrutin décisif de l'État de Floride. Gouverné par son frère, Jeb Bush,

---

1. FINEMAN Howard, « Bush and God », *Newsweek*, 10 mars 2003.
2. CANTALOUBE Thomas, *George W. Bush, l'héritier*, Villeurbanne, Golias, 2000, 142 pages.

les bulletins litigieux y sont si nombreux qu'il faut compter et recompter sans que l'on parvienne à établir clairement qui est le gagnant. C'est finalement un arrêt de la Cour suprême qui l'intronise président des États-Unis, malgré les 9 000 bulletins litigieux et le fait qu'il ait obtenu moins de voix que son adversaire. Le 21 janvier, il fait son entrée à la Maison-Blanche par ces mots : « Bénie soit la nation dont Dieu est le Seigneur ! » Son premier acte officiel est de proclamer par décret une journée nationale de prière pour placer son mandat sous le signe de la foi. Car, Bush en est persuadé, cette victoire il la doit à Dieu : « Il n'y a qu'une seule raison pour laquelle je me trouve dans le Bureau ovale et non pas dans un bar : j'ai trouvé la foi. J'ai trouvé Dieu. Je suis ici à cause de la puissance de la prière[1]. »

George W. Bush n'a décidément pas le même profil que Reagan ou que son père. Reagan était le premier président républicain à entrer en fonction grâce au soutien d'une droite religieuse constituée mais il considérait cette force comme un lobby, à qui l'on fait des promesses sans être forcément obligé de les tenir. George W. Bush senior, lui, n'a jamais véritablement aimé être soumis à la pression de la droite religieuse. Il garde un souvenir éprouvant de sa campagne pour les primaires contre Pat Robertson, ce qui lui a en partie coûté sa réélection. Contrairement à son père, George W. Bush junior, lui, se sent non seulement très à l'aise avec la droite religieuse mais

---

1. Déclaration faite dans le Bureau ovale, lors d'une réunion avec les représentants des principales congrégations protestantes.

il en fait partie. Pour reprendre l'expression de Charles Colson, un leader ultra-religieux : « Il était et il demeure l'un d'entre nous[1]. » C'est en effet le premier président républicain réellement intégriste à entrer en fonction depuis l'existence d'une droite religieuse organisée en Amérique. D'autres présidents américains, presque tous, ont rendu leur foi publique. Certains comme Jimmy Carter ont même été *born again*. Mais jamais aucun d'entre eux ne s'est montré si déterminé à appliquer une politique inspirée non pas par le religieux mais par l'intégrisme. Voilà pourquoi son mandat est si périlleux...

Premier indice inquiétant : la composition du gouvernement. Contrairement à Reagan, Bush n'a pas déçu ses alliés une fois installé à la Maison-Blanche. Malgré les protestations, son gouvernement compte deux républicains ouvertement *prolife* et pas à n'importe quels postes : à la Santé et à la Justice. Fils d'un pasteur haut gradé dans les Assemblées de Dieu (un mouvement d'intégristes charismatiques), ancien élève de l'université fondamentaliste Bob Jones, John Ashcroft, le nouveau ministre de la Justice, « tient à invoquer la présence de Dieu » dans tout ce qu'il fait, « y compris en politique »[2]. Son vieil ami Jerry Falwell n'a pas de mots assez flatteurs à son égard : c'est « un chrétien engagé et un leader américain de confiance qui a dédié sa vie à la politique ». Quant à Pat Robertson, c'est tout simplement le candidat qu'il rêvait de voir à la Maison-Blanche. La

---

1. Cité par Éric LAURENT, *Le Monde secret de Bush*, *op. cit.*, p. 18.
2. Cité par AUDIBERT Dominique, « John Ashcroft : Dieu est son droit », *Le Point*, 5 janvier 2001.

Coalition chrétienne a soutenu sa campagne. Elle n'est pas la seule. Parmi les donateurs du ministre de la Justice américain, on trouve aussi le lobby des armes avec la National Rifle Association. Car Ashcroft n'est pas seulement un militant antiavortement convaincu, c'est un ultra-conservateur pleinement antichoix, ennemi acharné de l'*affirmative action*[1], un proche des nostalgiques de la ségrégation, un militant antigay et un fervent partisan de la peine de mort. Selon ses propres mots, Ashcroft dit de l'homosexualité qu'il s'agit « clairement d'un choix, un choix qui peut être fait ou pas », autrement dit qui ne devrait pas être fait[2]. Lorsqu'on lui demande de préciser sa position, l'homme préfère s'en référer à la Bible : « Eh bien, vous savez, je crois que la Bible appelle ça un péché et c'est ce qui définit selon moi un péché[3]. » Cet ancien gouverneur du Missouri a maintes fois tenté de faire amender la Constitution dans le sens d'une interdiction du droit d'avorter, y compris en cas d'inceste et de viol. Le poste de ministre de la Justice ne lui permet pas un tel pouvoir législatif mais tout ce qu'il pourra entreprendre contre le droit de choisir trouvera à coup sûr le soutien de Tommy Thompson, le ministre de la Santé, également *prolife*. Dès sa nomination, Thompson a annoncé qu'il ferait tout pour revenir sur la décision de la Food and Drug Administration qui avait enfin autorisé, douze ans après l'Europe, l'entrée du

---

1. L'*affirmative action* permet aux minorités d'accéder à des études supérieures.
2. *San Francisco Chronicle*, 10 septembre 1996.
3. *National Liberty Journal Online*, août 1998.

RU486 sur le marché américain. En attendant, le gouvernement s'est mis à couper peu à peu tous les crédits accordés à la promotion du préservatif ou à l'information sur le droit à l'avortement. Il a annoncé la fin du financement des ONG étrangères encourageant la planification familiale, ce qui met en péril de nombreux Plannings dans le monde, notamment celui de Johannesbourg – dont la présence est pourtant dramatiquement nécessaire pour lutter contre le sida qui ravage l'Afrique du Sud. À l'inverse, les groupes de la droite religieuse et les mouvements *prolife* sont plus que jamais soutenus. Le 29 janvier 2001, le gouvernement Bush a annoncé qu'il comptait soutenir l'action sociale des organisations religieuses – autrement dit leurs campagnes contre l'avortement ou celles encourageant l'abstinence sexuelle comme seul moyen de se protéger du VIH...

Bush a envoyé un long et chaleureux message d'encouragement à la convention de la Coalition chrétienne de 2002. Encore récemment, il raccompagnait Roberta Combs, sa présidente, sur le perron de la Maison-Blanche avec ces mots : « continuez à faire du si bon travail ». S'il le peut, il fera tout pour leur donner satisfaction, notamment à propos de l'avortement. En février 2003, des parlementaires républicains déposaient de nouveau un projet de loi visant à interdire l'avortement tardif. Steve Chabot, rapporteur de ce texte, a fait valoir qu'aucune exception ne devrait permettre aux femmes d'avorter, y compris si la vie de la mère est en danger. En 1997, seul le veto du président Clinton avait empêché ce même projet de loi d'aboutir [1]. Il n'y a aucune raison d'imaginer que l'actuel président des États-Unis en fasse autant. En tant que gouverneur, Bush a fait passer plus de 16 lois restreignant le droit d'avorter dans son État. Quelques jours après son élection à la Présidence, la Naral, l'une des principales associations proavortement, avait prévenu : « Les libertés qu'il a fallu un siècle pour obtenir en Amérique sont désormais menacées de façon alarmante [2]. »

La prévention du sida, la non-discrimination des homosexuels, les droits des femmes, le droit à l'avortement, les mesures prises pour encourager les minorités ethniques (*affirmative action*), toutes ces conquêtes sociales sont constamment soumises aux agressions de la droite religieuse américaine sur le plan juridique. Des associations d'avocats – telles que la Federalist Society – planchent en permanence sur des projets de loi, des amendements ou des procès susceptibles de faire basculer la jurisprudence au niveau local et fédéral. Jusqu'à présent, nous l'avons vu, la plupart de ces avancées ne doivent leur maintien qu'à deux contre-pouvoirs : celui de la Cour suprême et celui de l'opinion publique. L'équilibre pourrait basculer du côté de la régression sociale si George W. Bush avait l'occasion de remplacer certains de ces neuf sages. Car, contrairement à Reagan, Bush ne tiendra absolument pas compte de l'opinion

---

1. Bien qu'en tant que gouverneur il ait toujours refusé que l'Arkansas rembourse l'avortement, Clinton comme l'ensemble des démocrates ne peut ignorer son électorat féminin et prochoix.

2. Communiqué de la National Association for the Repeal of Abortion Law.

publique... « Je ne serais pas devenu gouverneur si
je ne croyais pas à un plan divin qui remplace tous
les plans humains », déclarait-il en 1993. Cette façon
de considérer que son instinct, dicté par Dieu, doit
l'inspirer plus sûrement que n'importe quels sondage
ou mouvement d'opinion est un trait de caractère qui
n'a fait qu'empirer après son élection à la présidentielle. Qui plus est, il bénéficie d'un contexte politique exceptionnel, où la nation américaine n'a
jamais été aussi prompte à suivre aveuglément ses
dirigeants. Depuis les attentats du 11 septembre, ce
gouvernement jouit d'un prétexte inespéré – la
guerre préventive au terrorisme – pour prôner
l'union nationale et restreindre les libertés publiques[1]. La gauche américaine n'a jamais été aussi
soudée derrière un gouvernement républicain. Quant
aux associations progressistes, elles sont totalement
muselées par une opinion publique et une presse qui
ne veulent aucun remous. Le gouvernement Bush
peut mener, en toute tranquillité, une politique de
régression sociale particulièrement agressive et intégriste à l'intérieur des États-Unis, tout en se présentant comme le champion de la lutte contre
l'intégrisme au nom d'une vision messianique à l'extérieur.

---

1. Bolter Flora, « Credible Fear. Les libertés publiques en danger
aux États-Unis », *ProChoix*, nº 23, hiver 2002.

Une politique étrangère proche du messianisme

Tant que l'ONU ne disposera pas d'une force militaire indépendante à la hauteur de ses ambitions, l'Amérique restera la seule puissance capable de faire la police dans le monde. Ce n'est pas le moindre des problèmes lorsque l'on sait à quel point les radicaux du Pentagone se complaisent à apporter des réponses excessivement simplistes aux défis posés par les relations internationales. Plusieurs facteurs sont à l'œuvre derrière cette approche : le pragmatisme, l'hégémonisme mais aussi, parfois, une pointe de messianisme. Les ultra-conservateurs n'en font pas mystère : ils sont autant influencés par le christianisme radical en matière de politique intérieure qu'en matière de politique étrangère. « Seul le christianisme offre une voie pour vivre en ayant une réponse aux réalités que nous rencontrons dans le monde », a déclaré Tom Delay, le chef de file des républicains à la Chambre des représentants, l'homme le plus puissant du Congrès américain depuis 2002[1]. Il se dit investi d'une mission divine : celle de promouvoir « une vision biblique dans les politiques menées par les États-Unis ». Cette façon de se référer au christianisme pour justifier sa politique interventionniste trouve ses racines dans l'histoire même des États-Unis mais c'est incontestablement la guerre froide qui lui a permis d'émerger aussi clairement. Cette époque est évidemment propice à l'éclosion d'arguments permettant de présen-

---

1. Cité par Éric LAURENT, *Le Monde secret de Bush*, *op. cit.*, p. 78.

ter l'Amérique comme le camp du Bien (chrétien et capitaliste) contre celui du Mal (athée et marxiste). En pleine chasse aux sorcières, à l'époque du maccarthysme, Eisenhower a l'idée de faire ajouter la célèbre formule *One Nation Under God* – Une nation sous Dieu – sur tous les symboles de la nation américaine. Le fait que la Cour suprême ait récemment jugé cet ajout contraire à la Constitution a beaucoup choqué George W. Bush : « Ce serment est une confirmation que nous recevons notre droit de Dieu[1]. »

Cette idée selon laquelle les États-Unis peuvent avoir raison contre tous parce qu'ils sont une « nation sous Dieu » est plus qu'un symbole. C'est une incitation à mener une politique interventionniste messianique. Une quête où les intégristes chrétiens ne vont pas seulement servir de caution morale mais aussi de bailleurs de fonds. Les télévangélistes comme Pat Robertson ou Jerry Falwell ont aidé à financer plusieurs opérations hasardeuses du président Reagan. En 1984, un hélicoptère transportant des mercenaires américains s'écrase alors qu'il est en route pour soutenir les Contras au Nicaragua. On apprend à cette occasion que la maison de production du télévangéliste Pat Robertson a profité de l'exemption d'impôts accordée aux programmes religieux pour reverser 3 millions de dollars au FDN, The Fuerza Democratica Nicaraguense. Deux ans plus tôt, Pat Robertson et d'autres leaders de la droite religieuse ont également soutenu l'aide mili-

---

1. Déclaration au sommet du G8. Voir « *In God we trust* », *op. cit.*

taire américaine qui devait porter au pouvoir le dicta-
teur du Guatemala, le général Efrain Rios Montt.
L'apport des chrétiens intégristes ne se limite pas à
soutenir les mouvements anticommunistes. Leur
ennemi principal, celui qu'ils sont venus chasser en
Amérique latine avec l'aide de la CIA, s'appelle la
théologie de la libération. Et ils la combattent en
implantant, partout où c'est possible, des Églises
pentecôtistes, charismatiques, et en soutenant le
moindre mouvement sectaire pouvant faire contrepoids. C'est ainsi que Paul Weyrich, l'homme qui a
eu l'idée de la Majorité Morale, joue l'ambassadeur
de Tradition-Famille-Propriété, une secte si radicale
qu'elle inquiète les évêques brésiliens. Réunis en
assemblée générale en avril 1985, ils ont très fermement mis en garde leurs fidèles contre son fanatisme [1]. L'épiscopat n'a guère digéré qu'un membre de
la TFP ait fomenté un attentat contre le pape au
Venezuela en 1984 [2]. Sans doute y avait-il été incité
par les nombreux prêches de haine du fondateur de
la secte, Plinio de Oliveira, qui considère le pape
comme un « apostat ». À ses yeux, la Sainte Inquisition est le dernier moment de gloire de l'Église. Cet
extrémisme ne dissuade pas Paul Weyrich et la
droite religieuse américaine de soutenir son mouve-

---

1. « Il est notoire que la TFP n'est pas en communion avec l'Église
du Brésil, avec sa hiérarchie et le Saint-Père. En effet, la TFP par son
caractère ésotérique, par son fanatisme religieux, par le culte voué à la
personnalité de son chef créateur, par l'utilisation abusive du nom de
la Très Sainte Vierge Marie, d'après les informations véhiculées, ne
peut en aucune façon mériter l'approbation de l'Église. »

2. Rapport de Catholics for a Free Choice, « A new rite : Conservative catholic organisations and their allies », p. 56.

ment. Il est vrai que la secte brésilienne a rendu bien des services. L'organisation a développé plusieurs groupes de pression à travers une quinzaine de pays – dont une bonne partie en Europe de l'Est – où elle a chaque fois mené croisade contre le communisme. Elle a notamment été impliquée dans le putsch ayant démis de ses fonctions le président brésilien Goulard en 1964[1].

Ce type de collaboration, où l'intégrisme mêlé d'anticommunisme coïncide avec les plans des ultra-conservateurs du gouvernement américain, n'est qu'un exemple parmi d'autres. Depuis la fin des années 70, la droite religieuse américaine n'a cessé de soutenir le modelage du monde pensé et mis en application depuis le gouvernement de la première puissance mondiale par les néo-conservateurs. On désigne par là toute une génération d'hommes entrés en politique sous Reagan, par haine viscérale du communisme, et qui se sont habitués à voir le monde au travers d'une tension bipolaire[2] : Richard Perle, Paul Wolfowitz (ministre adjoint de la Défense) ou Donald Rumsfeld (ministre de la Défense). La plupart sont issus des *think-tank* ayant fait le succès de la Nouvelle Droite : l'Heritage Foundation, l'American Institute ou la Hoover Institution[3]. Même lors-

---

1. On la voit aussi intervenir en Afrique du Sud et en Namibie aux côtés de l'extrême droite blanche pro-apartheid.
2. HEILBRUNN Jacob, « Qui sont les va-t-en-guerre autour de Bush ? », *Los Angeles Times*, repris par *Courrier international*, n° 620, 19-25 septembre. Lire aussi FRACHON Alain, VERNET Daniel, « Le stratège et le philosophe », *Le Monde*, 16 avril 2003.
3. « L'irrésistible montée des "think-tank" conservateurs », *The Economist*, reproduit dans *Courrier international*, n° 645, 13-19 mars 2003.

qu'ils se revendiquent comme juifs, leur conception radicale et unilatérale de la politique étrangère est en parfaite symbiose avec l'approche messianique et millénariste des intégristes chrétiens. Le communisme n'est plus l'ennemi principal mais leur alliance n'a pas cessé pour autant. Ils s'entendent désormais pour apporter un soutien inconditionnel à Israël. Une continuité que l'on retrouve dans le parcours de certains hommes. Ainsi, le très pratiquant Elliott Abrams, nommé directeur du Moyen-Orient au Conseil national de sécurité de la Maison-Blanche en décembre 2002, est justement celui qui a orchestré la politique américaine en Amérique latine sous Reagan, notamment en encourageant des milices anticommunistes au Salvador[1].

Autant la lutte des intégristes chrétiens contre le communisme a quelque chose d'évident, autant leur soutien à la cause israélienne donne le sentiment d'un certain paradoxe. En effet, sans remonter jusqu'au Klu Klux Klan – qui détestait autant les Noirs que les Juifs –, de nombreux évangélistes ont tenu des propos témoignant d'un violent antisémitisme. Billy Graham, l'homme qui a semé des « graines de foi » dans le cœur de George W. Bush, s'est plaint de la « domination des Juifs dans les médias américains » auprès du président Nixon. Malheureusement pour lui, cette conversation – tenue dans le Bureau ovale – était sur écoute et a largement circulé dans la

---

1. Il était alors assistant du secrétaire d'État et se définit lui-même comme le « gladiateur » de Reagan. LAURENT Éric, *Le Monde secret de Bush*, *op. cit.*, p. 112.

presse au moment du Watergate [1]. On a pu également entendre l'ancien président de l'Église baptiste du Sud, Bailey Smith, affirmer que « Dieu n'entend pas les prières des Juifs ». Ces dérapages ne sont pas des accidents. Ils révèlent un antijudaïsme parfaitement cohérent avec un certain christianisme extrémiste. Pourtant, il existe des intégristes chrétiens sionistes. Dans *Le Monde secret de Bush*, Éric Laurent fait remonter leur collaboration avec le Likoud à 1977, lorsque Menahem Begin et son parti arrivent pour la première fois au pouvoir en Israël. Ils s'unissent alors pour tenter de faire fléchir Jimmy Carter. Non seulement le président américain s'est mis à dos les milieux fondamentalistes américains pour avoir appliqué un décret qui leur interdit de pratiquer la ségrégation à l'intérieur de leurs universités mais il souhaite à tout prix relancer les négociations en faveur d'un État palestinien. Depuis, cette collaboration entre le Likoud et les intégristes chrétiens en vue d'un lobbying sur l'État américain n'a jamais cessé. Si bien que lorsque Benyamin Netanyahu se rend à Washington en 1998, sa première visite sera pour Jerry Falwell, lors d'un meeting organisé en son honneur par les chrétiens fondamentalistes. Les liens sont encore plus forts depuis que Sharon est au pouvoir. « Nous vous considérons comme nos meil-

---

1. Bien qu'il se défende d'avoir connu le sénateur McCarthy, l'un des plus célèbres prêcheurs américains, Billy Graham fait partie des premiers religieux à avoir renoué avec le monde politique par peur de l'invasion communiste. Passé par la Bob Jones University et le Florida Bible Institute, il inaugure sa collaboration avec les hommes politiques en 1952. Il participera ensuite aux campagnes d'Eisenhower, Lyndon Johnson, Richard Nixon (dont il sera particulièrement proche).

leurs amis à travers le monde », a déclaré le Premier ministre israélien à quelque 1 500 chrétiens sionistes venus à Jérusalem en décembre 2002. Une chose est sûre, la droite radicale israélienne peut toujours compter sur le soutien financier de la droite religieuse américaine. Ehud Olmert, qui a longtemps été maire de Jérusalem et qui est aujourd'hui vice-Premier ministre de Sharon, a récolté quelque 400 000 dollars auprès de la droite religieuse américaine par le biais de sa fondation. Il existe de nombreux dîners lucratifs – dits de « solidarité chrétienne avec Israël » – qui ne profitent en réalité qu'aux intégristes juifs ou à l'extrême droite israélienne. Yechiel Eckstein, le rabbin nommé par Ariel Sharon comme ambassadeur des relations publiques avec la communauté chrétienne, déclare ainsi avoir amassé près de 60 millions de dollars, principalement en Amérique, depuis 1993[1]. Selon lui, près de 200 000 juifs américains, russes et argentins auraient été incités à immigrer en Israël grâce à cet argent. Une telle générosité vaut bien que les intégristes juifs feignent d'oublier ce qui pousse réellement les intégristes chrétiens à les soutenir.

Pat Robertson a reçu le Prix des amis d'Israël. Pourtant, si lui et ses amis militent pour qu'un maximum de juifs regagnent la Terre promise, ce n'est pas par amitié pour le peuple de la Torah. Mais parce que ce retour est perçu comme une étape nécessaire à la seconde venue du Christ – laquelle n'annonce rien de bon pour ceux qui seront restés attachés à

---

1. LAURENT Éric, *Le Monde secret de Bush*, *op. cit.*, p. 148-149.

l'Ancien Testament. Selon la théorie dispensationaliste prémillénariste – à laquelle croient les évangélistes – deux tiers des juifs mourront au cours de la
bataille finale d'Harmageddon, et le tiers restant se
convertira au christianisme [1]. Voilà pourquoi les intégristes chrétiens s'empressent de soutenir la droite
israélienne et sa politique de colonisation des Territoires occupés. L'espoir de voir revenir le Christ –
et donc d'assister à la conversion de tous les juifs au
christianisme – fait partie des premières motivations
(35 %) guidant les militants de la Coalition chrétienne pro-Israël.

Lors de la convention de la Coalition chrétienne
tenue à Washington du 11 au 12 octobre 2002, de
nombreux militants arboraient des drapeaux israéliens. À la tribune, plusieurs figures de la droite religieuse – Jesse Helms, Henry Hyde, Jerry Falwell,
Trent Lott, Phyllis Schlafly, Ken Starr, Tommy
Thompson – ont pris la parole aux côtés de leaders
de la droite israélienne comme Benyamin Neta-

---

1. La théorie dispensationaliste prémillénariste détaille toute une
série d'événements aussi effrayants que spectaculaires : les vrais chrétiens s'envoleront vers le ciel, tandis que le reste du monde devra
affronter sept ans de tribulations qui précéderont l'établissement du
royaume de Dieu sur terre. Parmi ces tribulations, l'Antéchrist profa-
nera le Temple de Jérusalem – ce qui suggère qu'il aura été reconstruit
entre-temps mais pour mieux être profané. Tim LaHaye et d'autres
évangélistes sionistes se sont bâti des fortunes en écrivant des livres
spéculant sur cette fin du monde. La collection « Left Behind », une
succession de récits à suspense, de Jerry Jenkins et Tim LaHaye, a été
vendue à dix millions d'exemplaires. *The Late Great Planet Earth*
(1970), de Hal Lindsey, une autre manière de traiter des « derniers
temps » et du retour de Jésus, s'est vendu à quelque 34 millions
d'exemplaires, dans cinquante-quatre langues, et pourrait être le livre
au plus fort tirage du xxe siècle.

nyahu, Ehud Olmert ou Benny Elon, un ancien
ministre du Tourisme israélien d'extrême droite, partisan du transfert des Palestiniens en Jordanie. Il y
avait aussi des leaders juifs intégristes comme le rabbin Yechiel Eckstein ou le rabbin Daniel Lapin, un
habitué des réunions de la Coalition chrétienne. L'intérêt financier et le lobbying exercé par la Coalition
chrétienne sur le gouvernement américain en faveur
d'Israël suffisent à expliquer pourquoi ces leaders
religieux juifs feignent d'ignorer ce qui pousse leurs
homologues chrétiens à se montrer si dévoués. Mais
cet aveuglement est facilité par le fait que les acteurs
de ces deux intégrismes n'ont aucune difficulté à se
trouver des ennemis communs. Le premier d'entre
eux s'appelle bien entendu l'humanisme séculier.
Après le 11 septembre, l'un des tout premiers
réflexes de Falwell et de Robertson fut de fustiger la
gauche américaine, les homosexuels et l'avortement
comme étant la source de tous leurs malheurs. Le
rabbin Daniel Lapin tient exactement le même discours accusateur : « Les juifs d'Amérique ne sont
pas violés, dévalisés ou tués par des chrétiens reve-
nant de la messe le dimanche. L'effrayante brutalité
des centres urbains est perpétrée au contraire par le
produit du gauchisme laïque. » En conséquence de
quoi, cet intégriste juif américain appelle à l'union
des juifs et des chrétiens conservateurs : « Nous, les
juifs, devons nous libérer d'une croyance mal placée
dans le gauchisme laïque et faire face à la vérité : le
renouveau du christianisme en Amérique n'est pas
une menace, c'est une bénédiction. »

Depuis le 11 septembre, les intégristes chrétiens

et juifs ont un autre ennemi commun : l'islamisme. Bien qu'elle continue de travailler avec les intégristes de pays musulmans soutenant le terrorisme comme si de rien n'était lors des conférences mondiales des Nations unies, la droite religieuse américaine se sent désormais solidaire des juifs victimes du terrorisme au nom de l'islam. Alors que son père était surtout prompt à dénoncer la mainmise des juifs sur les médias, Franklin Graham, le fils de Billy Graham, multiplie désormais les invectives contre les musulmans : « Le Dieu de l'islam n'est pas le même Dieu que celui des chrétiens. C'est un Dieu différent et je crois que c'est une religion très malveillante et très mauvaise [1]. » Les intégristes chrétiens ne sont pas loin de voir Ben Laden ou Saddam Hussein comme des Antéchrists dignes de déclencher la fameuse bataille d'Harmageddon, celle où le Christ reviendra triomphant pour régner durant mille ans. Ces fondamentalistes espèrent autant le Millenium que les intégristes juifs attendent le Messie. Dans un cas comme dans l'autre, leurs rêves ne pourront s'accomplir que si les frontières de l'actuel Israël s'étendent jusqu'à atteindre celles de la Terre promise.

En sus des drapeaux israéliens, les militants présents à la dernière convention de la Coalition chrétienne tenaient des pancartes où l'on pouvait lire : « L'Amérique et Israël se battent contre la même guerre. » Un appel directement destiné au président des États-Unis. Lors de la même convention, George

---

1. Cité par Éric LAURENT, *Le Monde secret de Bush, op. cit.*, p. 103.

W. Bush a lui aussi adressé un message à ses amis de la Coalition chrétienne. Dans une séquence préenregistrée diffusée sur écran géant, il les remercie de l'éclairer sur le chemin à suivre : « Je suis très honoré de retrouver mes amis de la Coalition chrétienne. Vous êtes guidés par des valeurs qui ne changent pas au gré des sondages et des enquêtes d'opinion. Ces valeurs vous diront où aller et pour quoi vous battre. Des valeurs que je partage avec vous et qui rendront l'Amérique meilleure, plus forte et plus sûre [1]. »

Croisade vs *Jihad* ?

Au lendemain du 11 septembre, George W. Bush n'a pas seulement déclaré la guerre à l'Afghanistan et à l'Irak, il est entré en croisade contre l'« axe du Mal ». L'irruption d'un vocabulaire emprunté à la théologie ne doit rien au hasard. Depuis l'attentat contre le World Trade Center, le président des États-Unis a souvent puisé dans la Bible pour justifier ses choix politiques – quitte à leur donner des airs de croisade particulièrement malvenus. Cette rhétorique religieuse est sans doute destinée à masquer l'absence de motifs sérieux lui permettant de décréter une « guerre préventive » à l'encontre de certains pays sur la liste, mais elle révèle tout de même une conception messianique particulièrement dangereuse lorsqu'on souhaite lutter contre un terrorisme se

---

1. Diffusée dans « *In God we trust* », *op. cit.*

nourrissant de l'intégrisme. « Nous sommes dans un conflit entre le Bien et le Mal », dira George W. Bush dans un discours à West Point le 1er juin 2002. « Et la lumière brillera dans l'obscurité. Et l'obscurité ne vaincra pas », ajoute-t-il pour commémorer le premier anniversaire du 11 septembre[1].

Le millénarisme chrétien est à l'image du messianisme juif et du fanatisme musulman : à partir du moment où des individus disent agir au nom de Dieu, ils n'estiment plus avoir de comptes à rendre à la communauté des hommes. Si Dieu est du côté de l'Amérique, pourquoi tiendrait-elle du refus des Nations unies ou des millions de manifestants dans les rues pour faire ce que bon lui semble, notamment déclencher une seconde guerre du Golfe de tous les dangers ? La France a été l'un des pays qui se sont le plus fermement opposés à cette guerre. Beaucoup d'observateurs ont laissé entendre que le président français nourrissait une réelle antipathie pour le messianisme du président américain après que celui-ci lui aurait confié « être inspiré par Dieu » dans son combat face à l'« axe du Mal »[2]. La mauvaise nouvelle n'est pas que l'Amérique ait mis fin au règne dictatorial de Saddam Hussein. La mauvaise nouvelle vient du fait qu'à défaut de preuves convaincantes concernant sa détention d'« armes de destruction massive », Bush et son gouvernement ont donné l'impression de déclencher une guerre sainte devant impliquer les croyants du monde entier, au

1. Une citation faisant référence à Jean au sujet de l'arrivée du Christ.
2. « Chirac, le prix du refus », *L'Express*, 17 avril 2003.

risque d'alimenter comme jamais la propagande jihadiste...

La première guerre du Golfe, menée suite à une
agression irakienne, avait déjà fanatisé le monde
arabo-musulman. On imagine avec angoisse ce que
sera l'effet d'une seconde guerre menée sous les auspices d'une croisade. Le 27 mars, la Chambre des
représentants a voté une résolution demandant au
président George Bush de décréter « un jour d'humilité, de prière et de jeûne pour le peuple des États-
Unis » par 346 voix contre 49, avec 33 abstentions.
Interrogé par *Le Monde*, Joseph Loconte de l'Heritage Foundation a expliqué qu'« il fallait faire
preuve d'humilité et proclamer son obéissance à
Dieu au moment de franchir une étape qui changeait
la nature de la guerre[1] ». Les associations de la
droite religieuse ont également été actives sur le terrain. À quelques kilomètres à peine de Bagdad, alors
qu'ils reçoivent difficilement leur approvisionnement en eau et en nourriture, les soldats américains
ont eu la surprise de recevoir un petit guide intitulé
« Votre devoir de chrétien ». Non sans cynisme, ce
guide incitait les soldats à retourner un formulaire
dûment rempli pour prouver qu'ils priaient pour le
président Bush[2] ! Sous prétexte de charité chrétienne, des associations baptistes ont également
imaginé un moyen d'inciter les musulmans irakiens
à se convertir au christianisme. Elles ont dépensé

---

1. *Le Monde*, 29 mars 2003.
2. Le courrier a été rédigé par In touch Ministries, un groupe de la
droite religieuse américaine qui organise chaque jour des prières pour
Bush.

250 000 dollars pour faire parvenir des couvertures et du lait en poudre pour bébé afin de prendre contact avec la population, non sans arrière-pensée. Mark Kelly, porte-parole des baptistes, espère ainsi gagner des fidèles sur les infidèles : « les conversations tourneront rapidement en faveur de notre foi ». Pourtant, après quelques semaines d'une guerre meurtrière, le renversement de Saddam Hussein donne surtout l'impression d'avoir ouvert la voie au chaos et donc de favoriser l'emprise des mollahs chiites – seul leadership encore légitime aux yeux de la majorité des Irakiens. Décidément, quoi qu'il fasse, l'intégrisme chrétien semble prédestiné à renforcer l'intégrisme juif comme l'intégrisme musulman. Les deux étant déjà remarquablement doués pour s'attiser mutuellement.

Israël menacé de l'intérieur
par les intégristes juifs

On pourrait s'attendre à ce que l'influence de la religion coule de source en Terre sainte. C'est oublier que le sionisme est à l'origine un mouvement socialiste laïque – dont le 2e Congrès, convoqué en 1898, n'aborde la religion qu'au chapitre des choix individuels ne devant revêtir aucune forme d'obligation pour la collectivité[1]. Opposés à cette vision du

---

1. BAUER Julien, *Les Partis religieux en Israël*, Paris, PUF, coll. « Que sais-je ? », 1998.

judaïsme mais surtout à la proclamation d'un État juif bâti par des socialistes et non par Dieu, les juifs religieux ont longtemps combattu le sionisme, avec d'autant plus d'hostilité que la Bible invite tous ceux qui la lisent de façon littéraliste à penser que la diaspora est un châtiment infligé pour ne pas avoir été assez pratiquants. Yahvé les prévient avant même qu'ils prennent possession du pays de Canaan : « Autant le Seigneur s'était plu à vous combler de ses bienfaits et à vous multiplier, autant il se plaira à consommer votre perte, à vous anéantir ; et vous serez arrachés de ce sol dont vous allez prendre possession. Et l'Éternel te dispersera parmi tous les peuples, d'une extrémité de la Terre à l'autre [1]. » Cette menace aura maintes fois l'occasion d'être mise à exécution puisque les Hébreux arrivent dans un pays déjà partiellement occupé et qui est au carrefour de toutes les ambitions territoriales des grandes dynasties conquérantes de l'Histoire. Depuis leur installation, au XIIIᵉ siècle av. J.-C., leur destin croise celui d'une région occupée successivement par les Assyriens, les Chaldéens, les Perses, les Grecs, les Ptolémées, les Séleucides, les Romains, les Omeyyades puis les Abbassides, les Croisés, les Mamelouks, les Ottomans, jusqu'au protectorat britannique et à la déclaration d'un État israélien en 1948. Entre-temps, chaque fois que les Hébreux sont chassés de la Terre promise par des envahisseurs – comme après la destruction du Temple par Nabuchodonosor en 587 av. J.-C. – ils pensent devoir leurs

---

1. Deutéronome XXVIII, 63-65, *La Bible du rabbinat*, Éditions Colbo.

péripéties à leur infidélité envers Dieu, si bien qu'ils raffermissent leur foi pendant l'exil. C'est à Babylone, où ils pleurent « en se souvenant de Sion » et où ils ressassent leurs péchés, que les Hébreux deviennent des Juifs après avoir créé l'institution rabbinique. Depuis, on désigne par ce terme une communauté qui n'est plus nécessairement synonyme d'une nation ou d'un pays mais d'une appartenance identitaire.

Le maintien de cette appartenance, malgré les épreuves et la diaspora, a d'ailleurs donné lieu à deux visages du judaïsme. Une première approche considère le judaïsme comme une communauté de destin, où les juifs ont en commun de subir l'adversité du fait de l'antisémitisme. Tandis qu'une seconde lecture, plus religieuse, considère les Juifs comme les héritiers des Hébreux, ceux à qui Yahvé a promis la Terre sainte à condition qu'ils suivent ses commandements. Ces deux approches ne sont pas des catégories tranchées, plutôt des sensibilités, mais elles permettent de mieux comprendre les paradoxes d'un État comme Israël, où coexistent des façons extrêmement variées et même conflictuelles de vivre son judaïsme et le sionisme. Pour schématiser, on pourrait dire qu'il existe au moins deux Israël : un Israël des juifs laïques dont la capitale serait Tel-Aviv et un Israël des juifs religieux dont la capitale serait Jérusalem. Tandis que le premier Israël vit dans la crainte de perdre le seul lieu où il espère pouvoir échapper à l'antisémitisme, le second Israël ne peut être qu'en guerre avec le premier puisqu'il vit dans la hantise des punitions divines promises par la Bible aux Hébreux chaque fois qu'ils deviennent moins pratiquants. D'une certaine façon, les orthodoxes et les ultra-orthodoxes contemporains sont les héritiers de cette hantise ancestrale. Leur conviction selon laquelle la diaspora est un châtiment divin les place dans une situation particulièrement ambiguë par rapport à l'État israélien, qu'ils négocient en fonction de leurs stratégies et du contexte. Plutôt séparatistes, les ultra-orthodoxes préfèrent nier Israël tout en colonisant un à un ses quartiers, tandis que les orthodoxes s'investissent plus volontiers dans le processus politique, quitte à reconnaître la légitimité de cet État, pour veiller à ce qu'Israël se rapproche de son destin biblique. Dans un cas comme dans l'autre, le seul fait qu'ils incarnent le judaïsme dans un pays établi à l'emplacement même de la Terre promise confère aux juifs religieux une force symbolique que n'ont pas les laïcs. À terme, on ne voit pas comment leur emprise pourrait ne pas faire basculer le destin d'Israël.

Influencer le destin d'Israël tout en niant son État

Pour les haredim, qui rejettent en bloc tout modernisme et perçoivent la société israélienne comme une société corrompue par les mœurs occidentales, il n'est en principe pas question de reconnaître l'État israélien. Ils se pensent comme les gardiens d'une Terre promise qui ne pourra se proclamer « État juif » qu'au retour du Messie : « Le Tout-Puissant nous a interdit de créer un État. Il avait dit qu'Il nous punirait en nous dispersant et que nous devions nous repentir et nous accrocher à Lui. Et si nous nous détachons de Lui, si nous commençons à Le combattre en créant un État, alors nous deviendrions des athéistes », explique le rabbin Weiss, membre des Netourei Karta, un mouvement ultra-orthodoxe et antisioniste[1]. Les plus religieux ont tendance à considérer que l'enjeu n'est pas de défendre l'État israélien impie – qu'ils distinguent de la Terre d'Israël – mais de mériter, par une foi extrêmement rigoriste, cette terre promise par Dieu. Certaines de ces familles ultra-orthodoxes ont commencé à s'établir dans la région bien avant le mouvement sioniste. Beaucoup sont arrivés avant la déclaration Balfour en 1917. Le groupe des Netourei Karta installé à Jérusalem a même écrit à la Société des Nations puis à l'ONU pour demander que l'État d'Israël ne soit pas reconnu[2]. Même lorsqu'elle vit sur le territoire israélien et non dans la diaspora, cette communauté séparatiste préfère détenir un passeport jordanien plutôt qu'israélien et n'envoie jamais ses lettres d'Israël.

D'autres haredim ont infléchi leur intransigeance avec le début des premières persécutions antisémites. Installée depuis des siècles, la communauté juive a toujours vécu sans problème en Palestine mais la situation se dégrade brutalement avec l'arrivée de nouveaux immigrants. En 1929, la communauté juive d'Hébron est massacrée par des Palestiniens

---

1. Interview donnée à la chaîne *Al-Jazeera*, juin 2002.
2. *Statement to the UN. Special Committee on Palestine*, 16 juillet 1947, Chief Rabbi Yosef Tzvi Dushinsky.

arabes qui souhaitent envoyer un signal fort aux nouvelles familles juives souhaitant s'installer. Le message sera peu dissuasif. Car pendant ce temps, en
Europe et en Russie, les pogroms ont déjà commencé
et les juifs n'ont d'autre alternative que d'émigrer.
Ce mouvement va bien entendu considérablement
s'accélérer après la Seconde Guerre mondiale. Des
juifs arrivent désormais par milliers avec l'espoir de
vivre dans un pays où ils n'auront plus jamais à subir
l'antisémitisme. La cohabitation est tout de suite difficile avec les ultra-religieux. Ces derniers ne sont
jamais loin d'interpréter la Shoah comme un « holocauste [1] », un sacrifice religieux rendu nécessaire par
la décadence des juifs libéraux. Ils voient d'un très
mauvais œil le débarquement massif de sionistes
socialistes qu'ils considèrent comme des « envahisseurs » susceptibles de bouleverser leur mode de vie.
Les plus orthodoxes décident de se recroqueviller sur
des quartiers qui existaient bien avant 1948 : Mea
Shéarim (autour de Jérusalem) ou Bnei Braq (près
de Tel-Aviv). Leur vie sociale se concentre autour
des yeshivot et des synagogues, où les hommes passent leur journée à étudier le Talmud pendant que
leur femme assure simultanément les rentrées du
foyer et leur rôle de mère. Paradoxalement, après la
création de l'État d'Israël, ces familles ne survivront
que grâce aux allocations de l'État-providence israé-

---

1. Au point que le terme religieux d'« holocauste » est employé aux
États-Unis à la place de « génocide » ou de « Shoah ». Les historiens
le contestent car il insinue que ce qui s'est passé pendant la Deuxième
Guerre mondiale était de l'ordre d'un sacrifice religieux en vue de laver
le peuple juif de ses péchés.

lien. Un statut que l'on peut comparer à un privilège puisque, dans le même temps, cette population n'est pas soumise aux mêmes devoirs : les ultra-orthodoxes sont dispensés de faire leurs trois ans d'armée comme tout citoyen israélien[1]. Lorsque Ben Gourion dut accorder cette dispense militaire aux étudiants des yeshivot en échange d'une paix civile préalable à l'établissement d'Israël, il pensait sans doute faire une concession minime face à une demande qui irait en faiblissant au fur et à mesure que l'État laïque se fortifierait. Ce faux pari illustre toute l'ambiguïté d'un pays construit par des laïcs sur une terre sainte, en référence à la religion. Car si les étudiants religieux n'étaient que 400 du temps de Ben Gourion, ils sont aujourd'hui plus de 60 000 à bénéficier de cette dispense pour étudier dans les yeshivot d'Israël. C'est d'ailleurs en grande partie la défense de ces intérêts communautaires qui a poussé les ultra-orthodoxes à exercer un chantage électoral par le biais de partis religieux – comme Agoudat Israël ou Degel ha-Torah – malgré leur antisionisme originel[2].

À force de débats, les mouvements religieux sont en effet de plus en plus nombreux à accepter l'idée de participer au processus électoral. Si le ralliement

---

1. DIECKHOFF Alain, « Les visages du fondamentalisme juif en Israël », *Cahiers d'étude sur la Méditerranée orientale et le monde turco-iranien*, n° 28, juin-décembre 1999.

2. L'Agoudat, l'un des principaux partis de juifs orthodoxes antisionistes, est né sous l'impulsion de rabbins d'Allemagne, de Pologne, de Russie, de Lituanie et de Hongrie, désireux d'unir leurs forces face aux avancées du judaïsme libéral. Elle abrite des tendances allant de l'opposition la plus catégorique à toute forme de sionisme à celle, beaucoup plus minoritaire, reconnaissant une certaine valeur religieuse au mouvement de retour en Terre sainte.

au sionisme reste toujours un effort pour les ultra-orthodoxes, la plupart des orthodoxes ont trouvé le moyen de fusionner messianisme et sionisme sous l'influence du premier Grand Rabbin de Palestine : Abraham Yitzhak Hacohen Kook (1865-1935). Son inspiration kabbalistique permet d'interpréter le sionisme comme un instrument de Dieu, si bien que la victoire inespérée remportée par Tsahal lors de la guerre des Six-Jours accélère considérablement l'implication des orthodoxes dans la vie politique israélienne [1]. Ce succès militaire est considéré comme un encouragement divin, d'autant plus symbolique que le territoire d'Israël se rapproche désormais des frontières bibliques de la Terre promise. Regroupés au sein du centre spirituel du Mizrahi, les disciples de Kook militent désormais dans le cadre de l'Organisation sioniste mondiale avec pour mot d'ordre « une Terre d'Israël pour le peuple d'Israël selon la Torah d'Israël [2] ».

Décomplexés de participer à un État béni par Dieu, les partis religieux renforcent leurs positions à la Knesset après 1973, avec la création du Goush Emounim, le Bloc des Croyants. Créé à l'initiative d'un disciple du rabbin Kook, ce parti n'accepte les principes démocratiques que pour mieux servir sa

---

1. DIECKHOFF Alain « Les visages du fondamentalisme juif en Israël », *op. cit.*
2. Le sionisme des mizrahistes est tel qu'ils parviennent à interpréter la Halakha de façon à autoriser le service militaire féminin. En revanche, ils démissionneront le 1er juillet 1958, suite au débat interminable sur le thème « Qui est juif ? ». Une définition que ces sionistes religieux ne peuvent considérer en dehors de critères religieux. BAUER Julien, *Les Partis religieux en Israël*, *op. cit.*, p. 20-24.

vision messianique en faveur d'une colonisation active et inamovible de la Cisjordanie et de Gaza. En s'alliant avec la Jeune Garde, il fera pression sur Golda Meir pour refuser toute concession territoriale. Leur pouvoir d'obstruction est tel qu'elle est dans l'obligation de former un gouvernement d'union avec le Likoud[1]. En 1977, pour la première fois, le soutien du Mafdal, le parti national religieux, permet à un candidat de la droite israélienne d'être élu. Menahem Begin devient Premier ministre. « Pour la première fois, nous voyons un Premier ministre juif et non un goy ! » s'écrie à la Knesset un leader d'Agoudat Israël. Les orthodoxes n'acceptent pas encore de postes dans le gouvernement. Ce pas sera franchi en 1984, lorsqu'un membre du Shas – le parti des Gardiens séfarades de la Torah – décroche le ministère de l'Intérieur. Né dans les années 80, le Shas fait partie d'une nouvelle génération de partis religieux, plus résolus encore à peser sur la vie politique israélienne. Il recrute essentiellement parmi les séfarades défavorisés – dont il exploite le ressentiment à l'égard des ashkénazes. Mais il ne se contente pas de fédérer les mécontentements, il remplit véritablement son rôle de parti en détournant vers le Likoud des séfarades qui ont jusque-là toujours voté travailliste. La gauche israélienne est donc de plus en plus fragilisée par les consignes de vote des religieux. En 1996, les Loubavitch font campagne pour Netanyahu avec ce slogan : « Bibi, c'est bon pour les juifs. » L'avis des

1. BAUER Julien, *Les Partis religieux en Israël*, *ibid.*, p. 25.

extrémistes est devenu incontournable. Leur poids apparaît de façon éclatante en mars 1990, lorsque les voix des partis religieux permettent de faire passer une motion de censure qui provoque la chute du gouvernement Shamir. Depuis, les ultra-religieux participeront régulièrement au gouvernement en échange de ministères clés servant leurs objectifs.

Aux élections de 2001, après le déclenchement de la seconde Intifada, les orthodoxes ont raflé 27 sièges. En échange de sa participation au gouvernement Sharon, le parti Shas obtient 5 portefeuilles majeurs : le ministère de l'Intérieur, le ministère du Travail, le ministère de la Santé, le ministère des Affaires religieuses et le ministère des Affaires de Jérusalem. A mi-parcours, un autre portefeuille tombe dans l'escarcelle de l'extrême droite religieuse : le ministre du Tourisme est assassiné et on le remplace par Benyamin Elon, un rabbin orthodoxe élu sur une liste d'extrême droite. Il défend une conception toute personnelle du tourisme puisqu'il profite de ce poste pour prôner l'idée d'un transfert des Palestiniens vers des pays d'accueil. En 2003, en revanche, les partis religieux sont sortis relativement perdants des élections. Le parti Shas a perdu 170 000 électeurs, ce qui ne lui permet d'obtenir que 11 sièges contre 17 auparavant. À eux tous, les partis religieux représentent tout de même 22 sièges sur 120 soit 16,7 % des électeurs israéliens. Ils ne conservent qu'un portefeuille : celui du Travail et des Affaires sociales. Benyamin Elon, lui, est toujours ministre du Tourisme chargé des Territoires. Cette perte d'audience s'explique en grande partie par le score du Shinouï, un parti nationaliste antireligieux qui semble avoir touché la corde sensible en accusant les ultra-orthodoxes d'être des parasites refusant de servir dans l'armée... Ce score traduit très certainement l'exaspération croissante d'une partie de la population vis-à-vis des Gardiens de la Torah. Cela ne signifie pas pour autant leur perte d'influence. Quand bien même les partis religieux ne dépasseraient jamais les 20 % de suffrages, leur ombre plane désormais sur tous les pans de la société israélienne. Même lorsqu'ils s'abstiennent de briguer des portefeuilles ministériels, ils s'arrangent pour placer des hommes dans certaines commissions clés. En 2003, par exemple, ils ont obtenu que Yaakov Litzman, un de leurs députés, préside le Comité des finances chargé de gérer le budget national et de déterminer la politique fiscale. Ainsi les étudiants des yeshivot bénéficient désormais de 70 % d'exemption de taxes municipales en vertu du fait que « l'étude de la Torah est leur profession »[1]. Pour les religieux, la représentation politique n'est souvent qu'un moyen de garantir leurs privilèges. C'est sur le terrain que se manifeste leur réel pouvoir de nuisance.

La guerre civile des religieux contre les laïcs

L'emprise religieuse a saisi l'État d'Israël dès sa naissance. Le 19 juin 1947, pour éviter que les

---

1. HEMRICOURT Patricia de, *Proche-Orient Info*, 20 février 2003.

membres de l'Agoudat ne s'opposent à sa création et ne protestent devant les instances internationales, comme c'est arrivé par le passé, Ben Gourion leur écrit une lettre par laquelle il précise comment les sionistes envisagent les relations entre l'État et la religion. Selon ce document, les futurs dirigeants d'Israël s'engagent à garantir l'exclusivité des tribunaux rabbiniques en matière de statut personnel des Juifs, à faire en sorte que le shabbat et les fêtes juives soient reconnus comme jours de repos, à garantir le respect des lois alimentaires dans toutes les institutions d'État et à préserver l'autonomie du système d'éducation ultra-orthodoxe[1]. Depuis, beaucoup d'historiens ont débattu pour savoir quelle portée donner à cette lettre dite du *statu quo*. La pression mise, dès le départ, par les orthodoxes explique en tout cas pourquoi Israël n'a jamais pu se doter d'une Constitution civile ; ce qui aurait nui à leur emprise. Dès 1949, lors de la première Knesset, un représentant de l'Agoudat Israël prévient les parlementaires : « Une Constitution ne peut être valide que si elle s'identifie totalement à la Torah. Toute autre tentative en Israël serait une violation de la loi. Je vous avertis : toute tentative de rédiger une Constitution mènera inévitablement à un conflit idéologique brutal et sans compromission possible[2]. » Cette menace de guerre civile n'est que la première d'une longue série.

Les laïcs n'ont jamais pu revenir sur cette pro-

---

1. GREILSAMMER Ilan, *op. cit.*, p. 50.
2. Cité par VIDAL Dominique, « Des facteurs politiques de l'emprise de la religion en Israël », Paris, *Actes*, avril 1992.

messe faite par Ben Gourion aux religieux. En 1953,
sur leur insistance, une loi fut même votée pour élargir la juridiction des tribunaux rabbiniques en
matière de mariage et de divorce. Ce qui est le signe
flagrant d'une faille dans la laïcité affichée d'Israël
est aussi le lieu où les juifs religieux ont imposé leur
pouvoir sur leurs concitoyens. En l'absence d'une
Constitution garantissant à chaque citoyen une égalité de traitement, Israël fonctionne comme le Liban
ou n'importe quel pays non modernisé de l'ex-
Empire ottoman. Chaque citoyen dépend de son
culte pour tout ce qui est relatif à sa vie civile :
mariage, divorce, pensions alimentaires, garde des
enfants, successions, testaments, enterrements, etc.
Comme à l'époque de l'Empire ottoman, les citoyens
israéliens ne sont pas jugés par les mêmes tribunaux
selon qu'ils sont musulmans, druzes, chrétiens ou
juifs. Tant pis pour les athées, ils sont rattachés de
force à leur religion d'origine. De par cette disposition, les juifs laïques sont extrêmement dépendants
des rabbins – souvent les plus orthodoxes – qui siè-
gent dans ces tribunaux. Cette disposition leur donne
par exemple le pouvoir d'empêcher toute union entre
des personnes qu'ils ne considèrent pas comme
juives du point de vue de la loi religieuse : les personnes n'ayant qu'un père juif, celles qui ont été
converties au judaïsme par des rabbins non orthodoxes, etc. Le Grand Rabbinat d'Israël a ainsi établi
une liste noire de 4 000 personnes dont le judaïsme
est jugé douteux et pour qui le droit au mariage sera
soumis à une enquête scrupuleuse. Les juges imposent également que le mariage soit célébré selon les

rites prescrits par la loi religieuse : inscription au rabbinat, cérémonie de la *houppa* devant le rabbin orthodoxe, bain rituel pour la femme, observance éventuelle des règles du lévirat. Les couples mixtes, entre juifs et non-juifs, n'ont qu'à s'envoler vers Chypre, tout comme leurs voisins libanais – eux aussi interdits de mariages mixtes.

L'intransigeance des tribunaux est tout aussi pesante en matière de divorce, unilatéralement à la faveur des hommes puisqu'ils sont les seuls, selon la loi religieuse, à pouvoir dissoudre le mariage par la délivrance du *get*. En 2003, le tribunal rabbinique de Haïfa a refusé d'accorder le divorce à une femme que son époux forçait à voter comme lui, pour le Likoud, et lui a conseillé de voter comme son mari pour éviter toute dispute conjugale[1]. Ce type de jugement est parfois cassé par la Cour suprême, comme en février 1994, lorsqu'un tribunal rabbinique a refusé d'accorder les biens qui revenaient à une femme venant de divorcer au motif que la loi juive ne prévoit rien pour l'épouse. C'est d'ailleurs pour pouvoir contrer ce type d'interventions de l'État israélien que les intégristes se sont organisés en lobby électoral. Le numéro deux du Parti national religieux ne s'en cache pas : « Nous entendons renforcer le rabbinat pour ce qui concerne les mariages, les divorces et les enterrements. Nous veillerons à ce que le repos du shabbat soit respecté. La Cour suprême s'est accordé trop de prérogatives[2]. »

---

1. *Libération*, 21 janvier 2003.
2. Cité par Emmanuel HAYMANN, *Au cœur de l'intégrisme juif. France, Israël, États-Unis, op. cit.*, p. 100.

Les juifs religieux ne reculent devant aucun procédé pour tenter de contrôler la vie des juifs laïques. Leurs diktats se font sentir dans le domaine de l'éducation, contre l'ouverture des commerces le samedi ou dans les transports publics. En 2001, malgré le tollé déclenché par cette décision, les hommes en noir ont obtenu une ligne de bus réservée aux haredim, où les hommes montent à l'avant et les femmes à l'arrière. La société Dan avait déjà équipé ses 3 100 autobus d'une pancarte incitant à prier. Son concurrent, la société Egged, a été chargé par le ministère des Transports d'ouvrir une ligne d'autobus ségréguée. Elle a d'abord reculé puis a cédé lorsque les ultra-orthodoxes ont contre-attaqué en ouvrant une ligne de bus pirate. Cette fois, leur victoire a été totale puisque la compagnie leur a même accordé 20 % de réduction sur ces lignes. Mieux, les commerces situés aux alentours de la station centrale ont été invités à tenir compte des sensibilités haredim : un magasin de lingerie a par exemple dû modifier sa vitrine. Depuis, d'autres lignes ségréguées ont vu le jour, toujours dotées d'un tarif préférentiel. Encouragés par un tel succès, les ultra-orthodoxes ont récemment déposé une requête auprès du ministère des Transports pour obtenir des lignes d'autobus réservées aux hommes.

Quand le lobbying ne suffit pas, les soldats de la Torah n'hésitent pas à recourir à la force. En décembre 2001, c'est à coups de pierres qu'ils ont obtenu que certains arrêts de bus soient déplacés en dehors de la nouvelle gare routière afin d'éviter aux haredim d'avoir à passer par le centre commercial pour prendre leur bus. Le samedi, la moindre activité peut être prise en otage au nom du respect du shabbat. Le 11 juillet 1999, une centaine de jeunes haredim ont organisé un véritable blocage humain pour que la route reliant Rehov Bar à Ilan soit fermée du vendredi soir au samedi soir. Depuis 1997, aux termes de négociations délicates, les Israéliens laïques étaient pourtant parvenus à un compromis [1]. Mais les ultra-orthodoxes peuvent à tout moment changer d'avis et faire pression. Dans un pays aussi petit, ils bénéficient de troupes rapidement mobilisables, nombreuses et qui n'entendent rien moins que la loi des hommes. De toute façon, comme dirait l'ancien Grand Rabbin Shlomo Goren, « la démocratie n'est pas une valeur juive »...

Le 14 février 1999, 250 000 militants religieux ont manifesté contre un jugement de la Cour suprême qui condamnait les auteurs d'un commando d'ultra-orthodoxes ayant ravagé la maison de deux femmes chrétiennes qu'ils accusaient de vouloir convertir les juifs au christianisme [2]. Selon la police, ce fut la plus grande manifestation religieuse depuis la création de l'État hébreu. Outre la libération de leur camarade, les manifestants exigeaient surtout la fin de ce qu'ils appellent « les arrêts antireligieux de la Cour suprême ». Depuis quelques mois, la Cour a en effet permis aux magasins des kibboutz d'ouvrir le samedi et aboli la dispense militaire pour 28 000 haredim. Des arrêts que les manifestants dénoncent non seulement

---

1. 11 juillet 1999, *Jerusalem Post.*
2. HÉLOU Nelly, « Démonstration pacifique de force des ultra-orthodoxes à Jérusalem », http://www.rdl.com

comme antireligieux mais qu'ils disent même antisémites. « Si la Cour suprême n'est pas convaincue de la nécessité de cesser d'interférer dans les affaires religieuses, la guerre aura lieu », promet l'un des leaders. Un avis partagé par Eliahou Suissa, numéro deux du Shas et ministre de l'Intérieur sous Netanyahu : « Si la Cour suprême continue de se mêler de nos affaires, il y aura une guerre ici[1]. »

En face, les laïcs ont bien du mal à trouver la rage nécessaire pour résister. Le jour de cette démonstration de force, une contre-manifestation de laïcs réunissait près de 50 000 personnes – dont beaucoup de jeunes venus avec des banderoles comme « Empêchons qu'Israël ne devienne un nouvel Iran ». La crainte de voir leur pays dériver, celle surtout que la tension entre laïcs et orthodoxes ne tourne au conflit, hantent la vie quotidienne de ces Israéliens. Les haredim, eux, ne font que rêver à une guerre civile juive. Il n'est pas rare de retrouver des appels incitant à la haine des laïcs dans leurs journaux : « Il existe également un noyau dur de déchet... dont la haine envers la Torah et ses préceptes est chronique, et ils sont les plus infâmes des âmes, génération après génération. Contre eux, il faudrait faire la guerre[2]. »

Avant le début de la seconde Intifada, les Israéliens étaient 60 % à redouter d'abord les clivages internes contre 30 % les conflits externes[3]. Et pour

---

1. Cité par Joseph ALGAZY, « Israël, la mosaïque se défait », *Le Monde diplomatique*, mai 1999.
2. Extrait du quotidien haredi *Hamodia* en 1998.
3. Selon une enquête du Centre Steinmetz.

cause, les juifs intégristes ne se contentent pas de menacer les Juifs laïcs, souvent ils passent à l'acte. Le 10 février 1983, alors que des milliers de manifestants pacifistes défilent sous les fenêtres de Menahem Begin pour protester contre la guerre menée au Liban par Israël, un groupe d'extrême droite lance une grenade dans la foule. Une manifestante est tuée et dix autres personnes sont blessées. En 1989, un groupe se revendiquant des sicaires – ces juifs intégristes nationalistes qui poignardaient les juifs qu'ils jugeaient contaminés par les mœurs de l'occupant romain – organise une série d'attentats à l'encontre d'Israéliens progressistes : la directrice d'un institut de sondage qui avait osé publier une enquête montrant que la majorité des Israéliens étaient favorables à des négociations avec l'OLP, un écrivain regrettant la mort d'enfants palestiniens, mais aussi le maire de Petah Tikva, qui avait autorisé l'ouverture d'un cinéma pendant le shabbat, ou encore le patron du journal *Haaretz*, jugé coupable de « nuire au moral national ». L'écrivain Amos Oz, comme beaucoup d'Israéliens laïques, est ulcéré par ce climat de terreur entretenu au nom du nationalisme religieux : « Eretz Israël sert de camouflage à son objectif véritable : imposer à l'État d'Israël sa propre vision hideuse et déformée du judaïsme. Si elle veut chasser les Arabes, c'est pour opprimer ensuite les Juifs et nous soumettre tous à la tyrannie de ses faux prophètes barbares. Il y va du caractère de la civilisation juive. Car sous l'extérieur patriotique de cette secte, se cache le fanatisme d'un Hezbollah juif impitoyable, ennemi de la liberté[1]. » En réalité, la menace que font peser les orthodoxes sur le destin d'Israël est plus sourde que celle d'un groupe terroriste. C'est par la colonisation intérieure et non par la provocation que ces mouvements espèrent gagner leur guerre contre les laïcs...

Jérusalem, bientôt capitale d'un État orthodoxe ?

Du fait de leur extension démographique, les haredim font régulièrement reculer les frontières de leur ghetto au point de coloniser petit à petit Israël de l'intérieur. Tandis que Tel-Aviv résiste et demeure la capitale de la vie israélienne moderne – où l'on danse le disco le soir du shabbat et où l'on accorde des droits aux couples mixtes et homos –, Jérusalem bascule un peu plus chaque jour. Au départ les laïcs n'ont pas vu venir le danger. Les habitants de plusieurs quartiers de Jérusalem (Ha-Bukharim, Har Nof, Meqor Brukh, Ramot) ont d'abord cru que l'arrivée de ces nouveaux voisins n'allait rien changer[2]. Mais la construction de yeshivot, de bains rituels et d'écoles élémentaires religieuses a conduit de plus en plus de propriétaires laïques à vendre leurs maisons à des haredim. Et la vie des laïcs s'en est trouvée considérablement bouleversée. Le harcèlement

1. HAYMANN Emmanuel, *Au cœur de l'intégrisme juif. France, Israël, États-Unis*, *op. cit.*, p. 35, 36.
2. HASSON Schlomo, *The Relations between Religion, Society and State : Scenarios for Israel*, Rapport du Floersheimer Institute for Policy Studies, 2002.

quotidien a même fini par leur donner envie de déménager. Seuls les quartiers les plus récemment convoités se sont mis à faire de la résistance. Des Israéliens ont racheté des maisons entre laïcs, ils refusent de louer aux familles ultra-orthodoxes et ils veillent à accueillir des commerces non casher. Mais à terme leur résistance paraît plutôt vaine.

À force de conquérir un à un chaque quartier de la ville, les orthodoxes sont déjà parvenus à placer Ouri Lupolansky, un homme proche d'eux, à la tête de la Ville sainte. Le nouveau maire a beau promettre de maintenir un semblant de *statu quo*, ce type de compromis a toujours été à la faveur des extrémistes. La politique ayant permis la colonisation des quartiers de Jérusalem doit déjà beaucoup à Ehud Olmert, l'ancien maire de Jérusalem, l'homme qui finance ses projets politiques grâce au soutien des intégristes chrétiens. « Olmert est en train d'abandonner des zones entières de la ville aux haredim d'une façon jamais vue auparavant », s'alarmait un leader progressiste au Conseil de la ville en 1993. Durant le mandat de celui qui est aujourd'hui vice-Premier ministre de Sharon, plus de 62 terrains ont été attribués à la construction de synagogues orthodoxes et plus de 111 sites (soit 90 655 m^2) ont été accordés à des institutions religieuses[1]. À terme, les ultra-religieux sont confiants. Ils travaillent déjà sur les plans du nouveau temple qu'ils voudraient voir s'ériger sur les ruines du Temple de Salomon, en sus

---

1. Chiffres donnés par le quotidien *Haaretz*, cité par Emmanuel HAYMANN, *Au cœur de l'intégrisme juif. France, Israël, États-Unis, op. cit.*, p. 123-124.

et place de l'actuelle mosquée d'Omar. Des extrémistes juifs ont déjà essayé de la faire exploser. Les
fidèles du mont du Temple ne s'en cachent pas, leur
objectif est de « libérer le mont du Temple de l'occupation arabe [islamique] » pour « faire de Jérusalem
la capitale biblique, réelle, indivisible de l'État d'Israël ». Zvi Weinman, un rabbin ultra-orthodoxe, est
lui aussi très clair sur les ambitions des intégristes :
« Nous sommes réalistes. Nous ne vous parlons pas
de contrôler la totalité du pays, mais nous voulons
Jérusalem. Nous, le Old Yishuv [la communauté tra-
ditionnelle], nous étions là quand les sionistes sont
venus. Ils sont les envahisseurs, pas nous. Et moi
aussi, j'ai le droit à ma terre. Ma terre c'est Jérusalem. Aujourd'hui les religieux représentent 50 % de
la population grâce à nos enfants. Même si les laïcs
restent, nous serons 80 % dans les années à venir et
c'est ceux qui vivent dans une ville qui la contrôlent [1]. »

Ce scénario est pris très au sérieux par l'Institut
Floersheimer pour les politiques publiques, un
groupe de recherche laïque. Il estime que la possibilité de voir Jérusalem tomber aux mains des haredim
est tout à fait crédible. Dans un pays aussi petit qu'Israël (un peu moins de 21 000 km^2), le moindre changement démographique peut faire basculer le destin
de la région. Or tout indique que le poids démographique des orthodoxes et des ultra-orthodoxes ne fait
que croître. Certes, selon un sondage, seuls 13 % des
Israéliens se définissent comme « orthodoxes » et

---

1. *Haaretz*, 28 novembre 1987.

4,5 % comme « ultra-orthodoxes » contre 49 % se définissant comme laïques[1]. Mais avec le temps ce rapport de forces ne peut qu'évoluer à la faveur des intégristes, notamment du fait de la fécondité des familles ultra-religieuses. En 1999, 83 % des enfants de Jérusalem scolarisés en maternelle venaient de familles haredim[2]. Sans préjuger du choix qu'ils feront en grandissant, ces enfants viennent pour l'instant s'ajouter aux nombreux juifs touchés par le phénomène de *hazara betshouva*, le retour à la foi. Ils étaient 17 % à faire ce chemin entre 1992 et 1998[3]. En l'espace de six ans, 13 000 laïcs sont ainsi devenus orthodoxes. Dans le même temps, beaucoup de religieux ont fait un pas de plus vers l'intégrisme : 24 000 juifs religieux sont devenus haredim.

Comme les intégristes musulmans, les intégristes juifs recrutent en occupant le terrain social, au travers de nombreuses œuvres de bienfaisance. Quand les autorités décident de supprimer les repas offerts aux enfants défavorisés des établissements publics, les écoles du Shas, elles, promettent de les assurer. Elles proposent en prime des cours supplémentaires à domicile et même un bus pour transporter les enfants jusqu'à l'école. Résultat : le nombre d'enfants inscrits dans les maternelles du Shas augmente

---

1. Centre Steinmetz, *Peace in Brief*, Tel-Aviv, janvier 1998.

2. En 1993, les haredim formaient 21,9 % des élèves de lycée, 38,83 % des élèves du secondaire et 55 % des jardins d'enfants. On estime qu'en 2005 ils seront 54 % des élèves de lycée, 66 % des élèves du secondaire et 80 % dans les jardins d'enfants. (Jerusalem Education Administration Survey, Jerusalem Municipality, 1995.)

3. *Yedioth Aharonot*, 15 octobre 1997. Cité par Joseph ALGAZY, *op. cit.*

régulièrement. Beaucoup de ces nouveaux inscrits sont laïques. Ils viennent le premier jour sans kippa puis finissent par faire comme leurs petits camarades. Par le biais des enfants, ce sont des familles entières qui basculent dans l'intégrisme [1]. Si elles ne basculent pas, elles sont déchirées. Face à cette menace grandissante, Dan et Sophia Malher ont fondé une association – l'Association contre la coercition religieuse – qui se charge d'aider les nombreuses familles soumises à la pression des ultra-religieux. Beaucoup ont perdu un fils ou une fille du fait de l'endoctrinement, subi soit dans l'armée soit à l'école. Ce qui fait dire à Dan Malher : « L'une des principales lois bibliques porte sur le respect dû aux parents par les enfants, "Honore ton père et ta mère", ordonne le Cinquième Commandement... Mais chez les orthodoxes, le premier geste exigé d'un adolescent est de couper toutes attaches familiales si ses parents sont considérés comme des mécréants. Désormais, son rabbi, son rabbi seulement, décidera de tout et représentera l'autorité. Ces jeunes subissent un véritable lavage de cerveau [2] ! »

Le nombre des enfants scolarisés dans les établissements religieux représentait 34 % des élèves juifs du pays en 1995. Depuis, ce chiffre n'a cessé d'augmenter [3]. À elles toutes, ces écoles enseignent à des générations de citoyens israéliens une vision du

---

1. Raconté par Joseph ALGAZY, journaliste au quotidien *Haaretz* (Tel-Aviv). Voir « En Israël, l'irrésistible ascension des "hommes en noir" », *Le Monde diplomatique*, février 1998.
2. HAYMANN Emmanuel, *Au cœur de l'intégrisme juif. France, Israël, États-Unis, op. cit.*, p. 96-97.
3. *Haaretz*, 24 novembre 1995.

monde parfaitement incompatible avec la laïcité.
Dans *Au cœur de l'intégrisme juif*, Emmanuel Haymann rapporte un entretien édifiant qu'il a eu avec
Yehoshua Kratzniker, un étudiant de Bar-Ilan, l'université religieuse de Tel-Aviv. L'homme vote pour
le Parti national religieux mais ne se considère pas
comme un extrémiste. Voici pourtant ce qu'il déclare
lorsqu'on lui demande s'il souhaite un État régi par
les lois religieuses : « J'espère évidemment un État
guidé par les lois religieuses. Cela arrivera dans deux
ou trois générations, tout dépendra du rythme des
naissances chez les religieux et du rythme des naissances chez les non-religieux. La loi du pays sera
alors fondée sur la Halakha. » Autrement dit, les
hommes et les femmes seront lapidés s'ils commettent l'adultère, ceux qui ne mangeront pas casher
seront battus. Le journaliste demande si un tel programme ne lui évoque pas celui « des pays musulmans extrémistes où l'on coupe la main des
voleurs » ? Mais l'étudiant religieux ne se laisse pas
un seul instant troubler : « Pas du tout, il y a une
très grande différence entre la Halakha juive et la loi
musulmane, la Halakha est très morale, elle véhicule
de belles et grandes valeurs. » Pour lui, sa foi est
incompatible avec la moindre concession dans le
cadre du processus de paix : « En tant que religieux,
je sais, moi, que l'on possède le pays d'Israël par la
grâce de Dieu. Il n'y a donc aucune raison de donner
aux Arabes une parcelle de cette terre, même pour
un accord de paix[1]. »

---

1. HAYMANN Emmanuel, *Au cœur de l'intégrisme juif. France,
Israël, États-Unis*, op. cit., p. 146-147.

Bloquer le processus de paix ou se soumettre

Le poids grandissant des intégristes n'est pas seulement une menace pour les habitants laïques de Jérusalem, c'est une épine dans le pied d'Israël qui menace le processus de paix au point de risquer l'avenir du pays tout entier. Depuis la victoire éclair remportée par Israël lors de la guerre des Six-Jours et le ralliement des orthodoxes au sionisme, les extrémistes religieux sont devenus les principaux obstacles à la fin de l'occupation des Territoires. Ce scénario est en effet jugé incompatible avec l'Alliance conclue entre Dieu et Abraham concernant le don d'Eretz Israël au peuple juif. Le fait qu'Israël ait agrandi son territoire à l'issue de victoires inespérées, le fait que ses frontières se rapprochent désormais des frontières prévues par la Bible, ont été perçus comme le signe annonciateur du retour du Messie, tant attendu des communautés religieuses. Si bien que, à l'inverse, toute rétrocession territoriale est vécue comme une trahison impardonnable envers Dieu, le signe que le Messie ne viendra pas parce que les hommes l'ont trahi. C'est dire l'énergie fanatique que mettent les hommes en noir à rendre impossible cette rétrocession. Pour mieux assurer la défense des nouvelles frontières d'Israël, le rabbi Schneerson a autorisé les Loubavitch à servir dans Tsahal. Mais leur meilleure arme, les extrémistes religieux le savent, c'est encore leur nombre. Grâce à leur poids démographique, grâce aussi aux campagnes mises en œuvre pour inciter les familles religieuses les plus pauvres à s'installer dans les

Territoires, les organisations telles que le Goush Emounim multiplient les implantations depuis 1973. De 1973 à 1980, la population juive installée dans les Territoires est passée de 3 000 à 15 000 habitants. Ainsi, non seulement les partis religieux pèsent au sommet de l'État dans le sens d'une intransigeance qui bloque toute chance de négocier avec les Palestiniens, mais leurs colonies contribuent, de fait, à ôter toute chance d'un règlement à l'amiable. Bien sûr, cette politique ne pourrait se faire sans l'approbation du gouvernement. À partir de 1980, l'État israélien a lui-même encouragé la construction d'habitations à loyer modéré dans les Territoires pour accélérer l'installation de familles haredim. En dix ans, 80 000 personnes ont ainsi rejoint les colonies. En acceptant d'entrer dans ce jeu, l'État n'a fait qu'accentuer le risque d'une guerre civile juive en cas de négociations avec les Palestiniens.

Avant que la seconde Intifada ne s'en charge, les intégristes juifs avaient déjà creusé la tombe du processus de paix en appelant à se révolter contre la politique d'Yitzhak Rabin prévoyant le retrait de certaines colonies. En 1995, les menaces de guerre civile vont plus loin que jamais. Les orthodoxes manifestent dès le moindre signe de démantèlement, comme à Jéricho et à Hébron. Le Goush Emounim, par exemple, dispose d'un réseau de petits comités à l'affût du moindre mouvement. Daniela Weiss, l'une de ses militantes, prévient : « Nous nous opposerions par la force et, s'il y avait un danger, nous pourrions mobiliser 50 à 60 000 personnes en vingt-quatre heures[1]... » Fort de 150 000 membres à travers le monde, le mouvement des Loubavitch se dit lui aussi prêt à se mobiliser en cas de démantèlement. « Si les pionniers se trouvent confrontés à une agression du gouvernement israélien, ils pourront compter sur des juifs partout dans le monde. En tout cas, nous serons dans le premier train », déclare également Jacques Kupfer, président du Betar-France[2]. Aux États-Unis, des groupes commencent à lister des noms de gens prêts à partir sur-le-champ pour Israël. Ils pourront toujours compter sur les intégristes chrétiens pour financer leur voyage... Sur place, l'ancien Grand Rabbin d'Israël, Schlomo Goren, lance cet avertissement : « Les colons sont les propriétaires du pays. Il n'y a aucune force au monde qui puisse les enlever de là. » Et il ajoute : « La Cisjordanie, la Judée, la Samarie, le Golan, Gaza et Jéricho resteront juifs jusqu'à ce que le Messie arrive. » Il appelle aussi l'armée israélienne à la désobéissance civile. Sans être nécessairement religieux, de nombreux militaires israéliens disent refuser de tirer sur des colons juifs en cas d'obstruction. Pour Yitzhak Shamir, il ne fait aucun doute qu'Israël va vers « la guerre civile ».

La guerre civile a bien eu lieu, même si elle n'a fait qu'un seul mort : Yitzhak Rabin, tué par un extrémiste ultra-orthodoxe le 6 novembre 1995. Comme beaucoup d'autres, le rabbin orthodoxe Elon ne cache pas sa satisfaction : « Le pays était au bord

---

1. Cité par Emmanuel Haymann, *ibid.*, p. 162-163.
2. Interview diffusée dans un reportage réalisé en 1995 par Ghislain Allon et Michaela Heine (produit par Charisma films), rediffusé en 2003 sur *TFJ*.

de la guerre civile, l'assassinat l'a révolue[1]. » Un cynisme qui en dit long sur l'impact de la détermination intégriste en Israël.

Tandis qu'un courant devenu sioniste met toute sa radicalité au service de la tension entre Israéliens et Palestiniens, un courant ultra-orthodoxe resté antisioniste pourrait très bien s'accommoder d'une guerre qui mettrait fin à l'État d'Israël. On se souvient que les Netourei préfèrent dépendre de l'État jordanien plutôt que de reconnaître l'État juif[2]. Leur antisionisme radical, le fait qu'ils comparent systématiquement le sionisme à un crime pire que le nazisme, font d'eux la coqueluche des islamistes radicaux. À la conférence de Durban, trois de leurs représentants furent même accrédités par la Ligue islamique pour manifester contre Israël. Les journalistes ont multiplié les photos de ces trois rabbins brandissant des pancartes antisionistes aux côtés d'un militant en keffieh. Il s'agissait de Massoud Shaterjee, un militant anglais d'origine pakistanaise proche des réseaux de Ben Laden. Un an plus tôt, le 8 juin 2000, une délégation des Netourei s'est rendue en Iran, pour discuter avec des représentants du régime des mollahs[3]. Ils rencontrent régulièrement Arafat, à Jéricho ou à Ramallah, et soutiennent ouvertement l'OLP. Les Netourei Karta – dont cer-

---

1. *Proche-Orient Info*, 13 mai 2002.
2. Le 20 février 1924, le chef des Netourei avait demandé la protection du roi Hussein (arrière-grand-père du roi Abdallah).
3. Parmi les officiels rencontrés, l'ayatollah Taskhiri. Des articles sont publiés par l'Islamic Republic News Agency, mais aussi sur le site des Netourei.

tains groupes se sont établis au Yémen – ne cachent pas qu'ils préféreraient vivre dans un État palestinien plutôt qu'en Israël. Voici ce que déclarait le rabbi Weiss sur la chaîne *Al-Jazeera* en juin 2002 : « Nous voulons que les Palestiniens règnent sur la Palestine. Nous attendons la venue du Messie, et non la venue d'Israël [...]. Notre rêve n'est pas la création d'une entité sioniste athée, mais l'unité des peuples servant Dieu. C'est ce que nous attendons du Messie. » Ce type de raisonnement est moins marginal qu'il n'y paraît. Un négociateur haredi détenant un important portefeuille paraît lui aussi prêt à s'accommoder de cette éventualité : « Sur certains domaines, nous collaborons plus facilement avec les religieux arabes qu'avec les Juifs laïques. À propos de la pudeur, par exemple, nous n'avons aucun problème avec les Arabes. À propos de l'avortement, nous n'avons aucun problème avec les Arabes. Nous avons des points communs avec les Arabes, ce qui rend possible une nouvelle coexistence pacifique entre Juifs et Arabes à Jérusalem. » Alain Dieckhoff note très justement combien le « providentialisme intégral » dominant chez certains haredim tend à leur imposer « une posture de passivité[1] ». Ils sont parfois prêts à toutes les conciliations pour éviter la colère des non-Juifs, ce qui en fait finalement les meilleurs alliés potentiels dont puissent rêver les intégristes musulmans ou les États arabes souhaitant la fin de l'État d'Israël. De fait, en minant la laïcité israélienne de l'intérieur, en transformant ses quartiers en dépo-

---

1. DIECKHOFF Alain, *op. cit.*

toirs, en détournant l'argent de l'État-providence et surtout en grossissant les rangs des remparts humains devenus inamovibles dans les colonies, mais encore en assassinant Yitzhak Rabin, le seul homme juif capable de faire la paix avec Arafat, les juifs ultra-orthodoxes ont réussi à prouver qu'ils pouvaient être les meilleurs alliés dont puissent rêver leurs homologues musulmans pour monter en puissance...

Et si l'islamisme en profitait pour s'étendre ?

Certains essayistes, comme Alexandre Del Valle[1], ont volontiers décrit l'islamisme comme un totalita-

---

1. Alexandre Del Valle est un des experts mis en avant par les médias après le 11 septembre. Auteur de *Guerres contre l'Europe* (Éditions des Syrtes, 2001) et du *Totalitarisme islamiste à l'assaut des démocraties* (Éditions des Syrtes, 2002), il se positionne clairement dans la logique d'Huntington (théoricien du *Choc des civilisations*). Malgré une érudition incontestable sur les rapports de forces entre les groupes, Del Valle cède à la facile tentation de considérer que l'islam constitue le plus grand danger car il contiendrait un potentiel de violence intrinsèque. Del Valle n'hésite pas non plus à considérer que les islamistes sont seuls responsables du recul de la consommation de porc en France : « Résultat, les pôles de l'islamisme ont réussi à faire reculer de façon significative l'un des piliers du patrimoine culinaire français et européen en général, la consommation de porc, dans la quasi-totalité des lieux publics (cantines scolaires, self-services, lignes aériennes) et surtout dans les zones urbaines à forte proportion d'immigrés musulmans, à la faveur des pressions communautaristes exercées continuellement par leurs militants manipulés, sous couvert de défense de l'identité d'origine et de solidarité minoritaire. »

risme « vert », digne de remplacer le totalitarisme nazi et le totalitarisme communiste. Malgré un travail d'investigation minutieux, l'auteur n'échappe pas à la tentation d'interpréter ce danger en fonction de la nature même de l'islam – qu'il est arrangeant de considérer comme fondamentalement plus barbare que les autres religions. Pourtant, nous l'avons vu, les interprètes radicaux de l'islam, du judaïsme et du christianisme partagent la même intolérance. Alors pourquoi, malgré l'incroyable proximité de leurs intentions et de leurs discours, l'islamisme paraît-il présenter une menace d'expansion mondiale plus actuelle ? Chercher une réponse sincère à cette question exige que l'on évite les raccourcis et que l'on formule précisément sa question. L'islamisme est-il capable, plus qu'un autre, de transformer un mouvement religieux radical en un mouvement de masse – transcendant les frontières et les classes sociopolitiques – au point de constituer un bloc suffisamment uni et puissant pour présenter un risque totalitaire ? Nous pensons que oui. Le pourquoi de cette menace s'explique à la lumière d'une cascade de facteurs historiques, géopolitiques et identitaires. La menace islamiste existe avant tout parce que des mouvements intégristes sont en position de tirer profit d'une vie publique dramatiquement insatisfaisante dans de nombreux pays arabo-musulmans sous l'effet combiné de l'absence de laïcité et de l'absence de démocratie.

La sourate oubliée

Si les intégristes partagent le même souci d'imposer leurs valeurs à l'ensemble de la société, nous
avons pu noter que cette emprise n'avait pas du tout
le même impact selon qu'elle s'exerçait dans des
pays sécularisés ou non. La force des mouvements
islamistes réside dans le fait de pouvoir s'appuyer
sur un nombre élevé de pays préférant appliquer la
Charia plutôt que rendre justice au nom des droits
de l'homme et de l'intérêt collectif, même lorsque
l'État est censé ne pas dépendre des religieux et
même s'il persécute par ailleurs les islamistes.
Serait-ce là le signe que l'islam est moins apte
qu'une autre religion à la sécularisation et donc à la
démocratisation ?

La dernière des trois religions du Livre est souvent
présentée comme celle qui confond le plus volontiers
le religieux et le juridique. Comme Moïse et Jésus
avant lui, Mahomet incarne un Prophète qui est aussi
un leader, au sens où il prêche pour que les gens se
convertissent à une nouvelle façon de voir la vie en
société. Vus sous cet angle, tous les Prophètes sont
politiques car tous délivrent des enseignements –
comme les Dix Commandements – qui dictent une
conduite à suivre. Ayant régné sur une ville de
fidèles, Mahomet a rendu toute une série d'avis à la
suite de questions que lui posaient ses contemporains. Les sourates révélées à La Mecque, datant de
l'époque où Mahomet n'était qu'un leader communautaire, n'ont d'ailleurs pas la même portée ni la
même précision que celles révélées à Médine, où

Mahomet gouverne. Elles régulent davantage la vie sociale et quotidienne des croyants. Associés aux Hadiths, pouvant à l'occasion les compléter, ces avis font du Coran un livre révélé touchant parfois à des domaines très concrets. Mais contrairement à ce que l'on pense, cette emprise est moins politique que juridique.

L'implication politique du Coran a souvent été relativisée par de nombreux juristes, théologiens arabes et musulmans[1]. Ils rejettent l'idée selon laquelle Mahomet aurait créé, de son vivant, le noyau d'un État islamique dont les successeurs naturels seraient les premiers califes. Ali Abderraziq, qui sert de référence aux partisans de cette lecture, note par exemple que le Prophète n'a pris aucune disposition explicite en vue d'assurer la continuité de sa gouvernance, comme le ferait n'importe quel chef d'État[2]. Ce qui fait dire à Malika Zeghal que même en islam le lien entre le politique et le religieux peut être vu comme une « tension » plutôt qu'une « fusion »[3]. De fait, contrairement à la Torah – qui raconte comment l'« Éternel » se rallie un temps à l'idée d'instaurer une royauté pour mieux faire appliquer sa loi –, le Coran ne fait référence à aucun mode de gouvernement précis. Au contraire, selon Ghaleb

---

1. Parmi eux, Abdelmajid Charfi, professeur de civilisation à Tunis.
2. ABDERRAZIQ Ali, *L'Islam et les fondements du pouvoir*, Paris, La Découverte, 1994. Voir aussi FILALI-ANSARY Abdou, auteur de plusieurs essais et articles sur l'islam et la laïcité, notamment « Islam, laïcité, démocratie », paru dans la revue *Pouvoirs*, n° 104, 2003.
3. Malika Zeghal est chargée de recherche au Centre d'études interdisciplinaires des faits religieux, CNRS. ZEGHAL Malika, « Le gouvernement de la cité : un islam sous tension », *Pouvoirs,* n° 104, 2003.

Bencheikh, plusieurs versets donnent à penser que Mahomet souhaitait que les hommes instaurent une démocratie après lui, où ils feraient la distinction entre le politique et le religieux. L'un d'eux dit : « Ce qui vous est donné ne profite qu'en cette vie, mais ce qui est près de Dieu vaut mieux et dure plus pour les croyants qui se fient à leur Seigneur, qui évitent le péché grave et l'infamie, qui pardonnent dans leur colère, qui répondent à leur Seigneur, qui font la prière, qui délibèrent entre eux de leurs affaires[1]. » Cette dernière recommandation est tellement importante qu'elle donne son nom à la sourate dite de la « délibération ». Ce texte invite clairement à faire une distinction entre le comportement individuel (qui doit se fier au Seigneur) et les affaires de la cité (qui doivent être délibérées collectivement). Certes ce passage n'est pas vraiment connu mais le fameux « il faut rendre à César ce qui est à César », prononcé par Jésus, ne l'était pas plus jusqu'à ce que des religieux progressistes le mettent à l'honneur pour justifier la laïcité.

Attribuer le retard des sociétés arabo-musulmanes en matière de sécularisation à la spécificité coranique, c'est oublier que l'histoire n'est pas le fait de Dieu mais celui des hommes[2]. Même si Jésus prétendait « rendre à César ce qui est à César », cela n'a jamais empêché les popes orthodoxes d'être des leaders temporels ni la hiérarchie catholique de s'op-

---

1. Sourate XLII (« La délibération »), 36-38, *Le Coran*, Points Seuil.
2. Voir l'excellent livre *Démocraties sans démocrates, sur les politiques d'ouverture dans le monde arabe et islamique*, sous la direction de Ghassan SALAMÉ, Paris, Fayard, 1994.

poser de toutes ses forces au principe de séparation de l'Église et de l'État. Vécue comme antireligieuse, la laïcité a violemment été condamnée par les papes Grégoire XVI et Pie IX. Les lois de 1905 entérinant la laïcité française ne doivent leur existence qu'à la détermination de citoyens et d'élus radicaux de gauche prêts à prendre le risque d'une rupture diplomatique avec le Vatican. D'une façon générale, la sécularisation a toujours été un processus arraché à la religion. Un jour sans doute, les musulmans redécouvriront massivement la sourate de la délibération et en feront le point de départ d'un islam laïque. Malheureusement, pour l'instant, le sens de l'Histoire n'a guère joué en faveur des partisans de cet *aggiornamento*. En attendant que l'Umma fasse un tel chemin, cette lecture du Coran a rarement le poids suffisant pour contrecarrer les projets politiques des fondamentalistes musulmans. Il leur est facile d'interpréter le califat comme l'« âge d'or », celui d'un mode de gouvernement parfait puisque marchant dans les pas du Prophète.

Le califat érigé en modèle

La mort de Mahomet a aussitôt été suivie d'une dispute pour le pouvoir entre Médinois et Mecquois. La tradition parle d'une réunion du « vestibule » où Abu Bakr va finalement s'imposer en invoquant un Hadith allant dans son sens et en prétendant oublier ceux désignant éventuellement Ali, le gendre du Prophète, ou Omar, un autre compagnon. Pendant ce temps, personne ne pensa à rendre hommage au Prophète défunt, qui ne sera enterré que trois jours plus tard, lorsque les musulmans auront fini de délibérer entre eux pour lui désigner un successeur politique et se seront rappelé de le mettre en terre. À sa mort, les disciples de Mahomet ont donc bien délibéré mais ils n'ont pas opté pour une séparation officielle entre le religieux et le politique. Voilà qui est bien compréhensible pour une époque si proche de la Révélation, où la foi allait servir de ciment à un début d'empire rêvant d'extension prosélyte – comme toutes les communautés humaines venant de se rallier au monothéisme. Le califat, la première pratique politique étatique islamique, est un choix circonstanciel, fait non pas du temps du Prophète mais en son absence, mais cela suffit à laisser la trace d'un gouvernement que tous les fondamentalistes érigeront en modèle pour les siècles des siècles.

Le premier calife, Abu Bakr, était un fidèle compagnon de Mahomet, un converti des tout premiers temps. Son titre de calife – qui signifie « lieutenant » – indique qu'il se considérait comme un modeste successeur du Prophète. Depuis, chaque fois qu'une dynastie prétendra au pouvoir, elle ne pourra le faire qu'en se plaçant dans les pas du fondateur de l'islam. Comme si l'invocation d'un retour aux fondements de la religion, sur ses traces, était le seul moyen d'asseoir sa légitimité politique. La surenchère fondamentaliste se trouve au cœur de la première vraie crise de succession ayant déchiré l'islam. Au moment de désigner l'héritier du troisième calife

(Uthman, mort en 656), des proches de Mahomet prennent la tête de troupes irakiennes pour tenter d'imposer Ali. Ils affrontent pour cela les troupes du gouverneur de Syrie, Mu'awiyya, jusqu'à ce qu'une commission d'arbitrage finisse par l'imposer comme le quatrième calife. Un épisode d'où naîtra la division entre chiites (partisans d'Ali), kharidjites (ayant refusé l'arbitrage) et sunnites (rangés à l'autorité des califes au nom de la tradition). Cet épisode marquera à jamais la pratique politique au nom de l'islam. Elle génère notamment la théorie d'un califat sunnite nécessairement autoritaire, comme si la coercition était le seul moyen d'éviter un nouveau risque de division[1]. Il sonne également le début d'une instrumentalisation du religieux au service des ambitions politiques du moindre prétendant au pouvoir. Car l'empire bâti depuis Médine ne cesse de s'agrandir et de nombreuses dynasties s'en disputent le leadership. Après le règne des quatre premiers califes (632-661) vient celui des califes Omeyyades (661-750), des Abbassides (750-1258) et bien sûr celui des Ottomans[2]. Cette succession de dynasties est souvent présentée comme une histoire linéaire de conquêtes, que les islamistes aiment se représenter

---

1. Marqué par le déchirement de l'islam, l'un des plus célèbres théologiens musulmans, Abu Hamid al-Ghazali (XIe siècle), expliquera notamment qu'il vaut mieux un chef injuste que de mettre la communauté à l'épreuve d'une dissension. Cité par Malika ZEGHAL, « Le gouvernement de la cité : un islam sous tension », art. cité.

2. À chaque grand changement dynastique, le califat s'étend, de la Péninsule arabique jusqu'au cœur de l'Espagne, en passant par le Maghreb et le Moyen-Orient. Ce vaste ensemble géographique prit tour à tour pour capitale Médine, Damas, Bagdad avant de passer sous domination ottomane.

comme un âge d'or sans faille depuis Mahomet jusqu'à l'abolition du califat. La réalité historique est autrement plus chaotique. Cette mosaïque de conquêtes est sans cesse menacée de déliquescence et l'autorité centrale doit constamment être réaffirmée. « L'histoire islamique est dominée par des conflits politiques de caractère tribal dissimulés sous le manteau de la religion[1] », explique Muhammad Saïd al-Ashmawy, l'ancien président de la Haute Cour de justice égyptienne en lutte depuis des années contre l'islamisme. Chaque fois ou presque, l'islam dans sa version la plus fondamentaliste est appelé au secours des prétendants au pouvoir.

On retrouve par exemple cette course à la légitimité religieuse au xe siècle, en Iran oriental, lorsque les Seldjoukides s'attirent les faveurs du calife abbasside en se présentant comme les champions de l'orthodoxie sunnite. L'histoire du wahhabisme s'inscrit elle aussi dans cette tradition. En 1744, la Péninsule arabique est peuplée de tribus qui toutes se disputent le pouvoir lorsqu'un chef de village, Mohammad Al Saoud, comprend qu'il ne pourra l'emporter sans une alliance avec un prédicateur reconnu pour son fondamentalisme, un certain Muhammad Ibn Abdel Wahhab. L'homme – qui

---

1. ASHMAWY, Muhammad Saïd al-, *L'Islamisme contre l'islam*, Paris, La Découverte, 1991, p. 14. L'homme a coutume de rappeler : « Faites bien la différence entre l'islam authentique et l'islam politique [...]. L'islam politique est une idéologie au même titre que le fascisme ou le nazisme. [...] Cette idéologie détruit l'islam authentique et met en danger les valeurs des musulmans et les valeurs fondatrices de l'humanité. » LABÉVIÈRE Richard, *Les Dollars de la terreur. Les États-Unis et les islamistes*, Paris, Grasset, 1999, p. 129.

s'inspire d'Ibn Taymiyya et rejette toute innovation par rapport au Coran et à la Sunna – prône un État nécessairement théocratique qui convient parfaitement aux ambitions de Saoud. Les deux hommes concluent un pacte ayant pour but d'instaurer un État islamique selon la conception théologico-politique de Wahhab mais qui sera gouverné par les Saoud. Les deux familles scellent même cette union par un mariage entre un fils d'Ibn Saoud et une fille d'Ibn Abdel Wahhab. Le wahhabisme est né et donnera toute sa légitimité à la famille régnante. C'est dire l'intérêt, pour un chef d'État musulman, de se faire plus prophète que le Prophète en prétendant mener une politique d'inspiration fondamentaliste. Cette tradition perdure jusqu'à aujourd'hui. Dans les pays du Golfe, les gouvernants redoutent la fronde d'un Oussama Ben Laden mais les princes l'admirent en secret et tout le monde finance largement un wahhabisme et à travers lui les mouvements islamistes. Cette manne financière, ajoutée au désir collectif de renouer avec un califat triomphant, sont deux atouts majeurs permettant à l'islamisme contemporain de prospérer.

L'aggiornamento compromis
par le traumatisme de la division

L'Umma est sortie traumatisée de la guerre de succession ayant divisé l'islam en 656. Ce traumatisme est d'autant plus grand que le Coran met constamment en garde contre le risque de commettre

les mêmes erreurs que les juifs, si bien que l'idée de
revenir à l'islam des débuts, à ses fondements, séduit
massivement chaque fois qu'un danger paraît menacer l'unité des croyants. Tout comme chaque exil ou
chaque déportation ont raffermi l'orthodoxie juive,
chaque soubresaut de l'histoire a profité aux fondamentalistes musulmans. Lorsqu'il pose les fondements d'un littéralisme religieux propre à dépasser
les divisions sunnites, Ibn Taymiyya – le père du
fondamentalisme inspirant les islamistes contemporains – cherche déjà à résoudre la crise identitaire de
son époque. Au milieu du XIIIᵉ siècle, la destruction
de Bagdad par les Mongols, le déclin politique qui
s'ensuit, poussent les musulmans conservateurs à
orienter tous « leurs efforts vers la seule préservation
d'une vie sociale uniforme pour la population [1] ». En
prétendant dépasser les divisions des quatre écoles
juridiques sunnites, ce théoricien espère rassembler
la communauté des croyants menacée d'éclatement.
Sept siècles plus tard, le réflexe est intact. C'est ins-
tinctivement du côté du fondamentalisme que se
tournent les opposants à la dislocation de l'Empire
ottoman sous l'effet de la colonisation.

Dans son dernier essai, *Que s'est-il passé ? L'islam, l'Occident et la modernité* [2], Bernard Lewis
insiste sur le traumatisme entraîné par cette forme
d'humiliation historique, interprétée comme la fin de

---

1. Iqbal, *Reconstruire la pensée religieuse de l'islam*, Lahore,
M. Ashraf, 1951, p. 149.
2. Lewis Bernard, *Que s'est-il passé ? L'islam, l'Occident et la
modernité*, Paris, Gallimard, 2002. Même si le titre de l'ouvrage semble
répondre à l'actualité du 11 septembre, le livre de Bernard Lewis est
en fait né de conférences données par l'auteur entre 1980 et 1999.

l'âge d'or commencé avec le Prophète. Il faut se remémorer le faste et la grandeur de cette civilisation musulmane aujourd'hui minée par l'absence de sécularisation. Jusqu'au XIXᵉ siècle, c'était l'Occident chrétien qui effrayait les musulmans par son aspect rustre, arriéré et barbare. Or, en l'espace de quelques décennies, l'Occident devient au contraire le continent de la toute-puissance. La philosophie des Lumières, son rationalisme éclairé et les innovations techniques qui en découlent, font partie de ces forces nouvelles qui lui permettent de s'étendre au détriment de l'Empire ottoman. Résultat, à la fin du XIXᵉ siècle, le Croissant fertile est mourant. La Première Guerre mondiale en sonne le glas. En 1919, l'abolition du califat par Atatürk marque le début de son démantèlement. De toutes parts, les restes de l'Empire sont convoités et colonisés. « Outre leur soumission, les mondes de l'islam ressentent comme un chancre qui grossit l'installation de colons qui prennent des terres et font ville à part », raconte Marc Ferro [1].

C'est à la lisière de ce traumatisme qu'il faut lire la révolte des sociétés arabo-musulmanes vis-à-vis de l'Occident et le retard que cette opposition, bien compréhensible, leur a coûté. La naissance des Frères Musulmans, en 1928, intervient quelques années après l'abolition traumatique du califat. Comme le rappelle Gilles Kepel, « le monde de l'islam est donc à la fois dépecé par les puissances chré-

---

1. FERRO Marc, *Le Choc de l'islam*, Paris, Odile Jacob, 2002, p. 24, 29.

tiennes, et bouleversé de l'intérieur : le califat, qui symbolisait l'unité des croyants à travers le monde, est remplacé par une république turque et laïque. La création des Frères Musulmans est l'une des formes de réponse à ce désarroi[1]. » Le mouvement fondé par Hassan al-Banna propose une alternative théocratique – « le Coran est notre Constitution » – qui trouve écho dans la partie de la population la plus modeste, religieuse par tradition, et qui comprend plus facilement ce message que l'idéologie nationaliste séculière développée par les élites arabo-musulmanes[2]. Le succès des Frères va mettre un coup d'arrêt à toute possibilité de voir le réformisme musulman évoluer vers une forme de modernisme.

Depuis le XIXᵉ siècle, une pensée réformiste avait commencé à naître chez les musulmans mais elle a finalement pris une coloration intégriste. À ses débuts pourtant, le réformisme d'un Jamal al-Din al-Afgani (1838-1897) influence à la fois les réformistes fondamentalistes et les réformistes sécularistes. Bien que très opposés sur les questions de régime politique et de morale sociale, les deux courants partagent un tronc commun : réformer l'islam pour mieux lutter contre la colonisation. Les uns et les autres font toutefois preuve de réelles nuances dans le dosage de ces deux priorités. Les réformistes modernistes ou sécularistes luttent en priorité pour une démocratisation de la vie politique. À l'image d'Abd al-Raziq, ils souhaitent avant tout un système

---

1. KEPEL Gilles, *Jihad*, *op. cit.*, p. 38.
2. À noter, Thami Breeze, président de l'UOIF, utilise lui aussi l'expression « le Coran est notre Constitution ».

où l'islam ne serait plus manipulé par le politique mais conserverait la seule part qui ne la dénature pas : celle du spirituel[1]. Leur nationalisme est né en réaction à l'occupation illégitime de leur pays par des puissances coloniales. Chez les réformistes fondamentalistes, en revanche, l'important est surtout de mettre fin à la corruption et à l'impotence des régimes en place pour retrouver un âge d'or mythique, celui d'un califat théocratique conquérant. D'où l'idée de revenir à une vision extrêmement rigoriste et littéraliste de l'islam. Malgré l'image positive que certains intellectuels voudraient en donner, c'est incontestablement cette seconde lecture, intégriste, qui l'emporte au sein de l'école salafiste – « *salaf* » signifiant retour aux sources – conduite par Jamal al-Din al-Afgani[2]. Car c'est bien une lecture fondamentaliste refusant toute interprétation progressiste des commandements du Prophète et donc toute modernisation de la vie politique et sociale que l'on retrouve sous la plume d'Hassan al-Banna, fondateur des Frères Musulmans, ainsi que chez la plupart de ses héritiers. Tout en se revendi-

---

1. ZEGHAL Malika, art. cité.
2. Dans son livre *Aux sources du renouveau musulman (op. cit.)*, Tariq RAMADAN cite volontiers des extraits de conférences censées persuader du modernisme d'Afgani, notamment lorsqu'il rappelle que le Prophète blâmait « l'ignorance, la sottise, l'aveuglement et l'obscurantisme » et louait « la science, la philosophie, la connaissance, la pénétration, la réflexion et la clairvoyance ». Il faut pourtant comprendre qu'ici, comme souvent, la notion d'« obscurantisme » est très subjective et ne renvoie pas à un rejet du fanatisme religieux mais simplement au rejet de l'idolâtrie polythéiste face à laquelle le monothéisme ferait preuve de « clairvoyance ». En soulignant cette rhétorique du Prophète, Afgani n'appelle pas du tout à une réforme rationaliste, il est au contraire parfaitement fidèle au fondamentalisme archaïque.

quant du réformisme, leur conception du monde, si elle était appliquée, aboutirait alors au résultat exactement opposé à celui qu'appellent de leurs vœux les musulmans libéraux : à savoir une société où la Charia s'imposerait à tous sous l'autorité d'un calife, lequel dicterait l'ordre social au nom d'une vision politique et littéraliste de l'islam des origines.

Le rationalisme vécu comme un diktat de l'Occident

Si la colonisation n'est pas directement responsable du manque de démocratisation qui existait avant elle et qui lui survivra dans les pays musulmans, elle peut se vanter d'avoir fait grossir les franges des réformistes fondamentalistes au détriment des réformistes sécularistes parmi les couches musulmanes les plus populaires du monde entier. L'unité des croyants n'était plus qu'une illusion depuis longtemps, mais la colonisation a révélé ce processus et a endossé le rôle du diviseur. En conséquence de quoi, elle a permis aux fondamentalistes d'apparaître comme des rassembleurs. Un autre de ses cadeaux les plus empoisonnés pourrait être d'avoir rendu le monde arabo-musulman allergique au rationalisme. Le fait que ce rationalisme soit à la base des innovations techniques et commerciales ayant permis à l'Occident d'asseoir sa domination sur l'Empire ottoman en a fait des valeurs « maudites » – que l'on peut facilement présenter comme le symptôme de la civilisation ennemie. Non sans cynisme puisque cette allergie est le plus sûr moyen

de ne jamais rattraper son retard en matière de développement et donc de rester inféodé aux pays du
Nord. À croire qu'ils finissent par le comprendre,
certains pays occidentaux comme les États-Unis ont
multiplié les greffes démocratiques d'inspiration
hégémoniste propres à renforcer cette allergie depuis
que la colonisation ne peut plus jouer ce rôle.

L'histoire du dernier Shah d'Iran – qui finira renversé au profit de Khomeyni – est un exemple à
méditer par tous ceux qui prétendent pouvoir imposer le réflexe rationaliste d'en haut. Reza Khan, son
père, n'a jamais été crédible aux yeux de la population iranienne. En 1920, il s'est emparé du pouvoir
à la suite d'un coup d'État soutenu par les Britanniques, ce qui a suffi à délégitimer d'avance tous ses
efforts pour mener l'Iran sur la voie de la modernité.
Pour atteindre cet objectif, Khan ordonne le dévoilement obligatoire des femmes. Résultat, il parvient
surtout à générer une rancœur populaire. Même les
élites iraniennes les plus éclairées sont choquées par
une telle mesure. Le docteur Mohammad Mossadegh
– qui prendra la tête d'un mouvement nationaliste
pour renverser le successeur du Shah – n'a jamais
cru qu'un tel changement pouvait s'imposer :
« J'étais opposé au dévoilement obligatoire. »
L'homme a vécu en Europe où sa famille a abandonné le port du voile de son plein gré. Son opposition est une opposition de principe à l'obligation :
« Je pense que le retrait du voile doit avoir lieu dans
un processus évolutif impliquant la population du

pays et non sur les ordres d'une personne[1]. » En 1952, Mossadegh parvient à destituer le successeur de Reza Khan, son fils Mohammad Reza. Il prend la tête d'un gouvernement nationaliste démocratique jusqu'en 1953, date où il est renversé par un coup d'État américano-britannique qui réinstalle le Shah au pouvoir. Mossadegh venait de nationaliser le pétrole iranien, ce qui n'a pas été du goût de la British Petroleum... Dommage car, durant cette brève période, il était parvenu à initier quelques réformes – comme le droit de vote des femmes aux élections municipales – qui étaient cette fois très bien accueillies par la population. Il en sera tout autrement lorsque le nouveau Shah prendra des mesures allant dans le même sens. Les femmes obtiennent le droit de vote, elles accèdent au divorce, l'âge du mariage des filles est élevé à dix-huit ans, mais voilà comment ces mesures sont perçues : « Après le coup d'État, le Shah engage des réformes sur l'ordre de l'administration américaine pour tenter de combler son manque de légitimité chez les Iraniens et assurer sa survie. [...] En réalité, ces mesures cherchent à préparer le terrain à l'entrée des femmes sur le marché du travail comme travailleurs bon marché. » Ce témoignage émane du Conseil national de la résistance iranienne, un mouvement d'opposants aux mollahs qui n'en est pas moins fondamentaliste. Il nous renseigne toutefois sur la contre-performance absolue de réformes venant d'un chef d'État instru-

---

1. AFCHAR Iraj, *Mossadegh et les questions de lois et de politiques*, Téhéran, 1979.

mentalisé par l'Occident. La moindre tentative de « démocratisation » est d'autant moins efficace qu'elle est ressentie comme une humiliation nationale et qu'elle est immédiatement suspectée d'arrière-pensées. Les Iraniens s'y plient avec amertume, par peur de la police secrète. Quand ils expriment leur mécontentement, leurs manifestations sont réprimées dans le sang. Face à autant de mépris, le clergé chiite n'a aucun mal à fédérer les révoltés. C'est en libérateur et avec le soutien des femmes que Khomeyni renverse le Shah le 11 février 1979. Un basculement qui devrait être médité après la seconde guerre menée par la coalition américano-britannique contre l'Irak...

Aujourd'hui encore, après plusieurs décennies d'indépendance, dans de nombreux pays, la peur de l'ingérence occidentale bloque tout processus de sécularisation. Le Nigeria offre un parfait exemple des effets dévastateurs combinés du réformisme fondamentaliste, de la colonisation et de l'impotence coupable de ses gouvernants. Au XIXe siècle, le Nord nigérian a connu un important mouvement de réformisme fondamentaliste qui aboutit à l'instauration d'un califat à Sokoto[1]. Sur ces entrefaites, l'administration britannique – qui tâcha d'interférer le moins possible – ne toucha pas au principe d'une justice rendue au nom de l'islam. Elle se contenta d'adoucir les peines qui lui paraissaient insoutenables comme l'amputation en cas de vol... Même minime, cet ali-

---

1. Sur le Nigeria, voir BACH Daniel C., « Fin de partie au Nigeria », *Pouvoirs*, n° 104, 2003.

gnement de la justice nigériane sur le Code criminel
britannique est encore plus mal vécu après l'indépendance, le système judiciaire étant totalement discrédité du fait de sa lourdeur administrative et de sa
propension à la corruption. En réaction, le retour à
une justice intransigeante rendue par des tribunaux
islamiques au nom de la Charia fut largement plébis-
cité. Depuis 1999, certains États du nord du Nigeria,
essentiellement ruraux, ont mis en place de nouveaux codes pénaux permettant aux tribunaux islamiques de prononcer la peine de mort pour des
infractions qui n'étaient pas sanctionnées aussi sévèrement jusque-là [1]. C'est dans ce contexte que Safiya
Hussaini a été condamnée à la lapidation pour adultère... alors qu'elle avait été victime d'un viol.
Devant l'émotion suscitée – notamment celle du
Vatican, intervenu pour défendre cette femme de
confession chrétienne –, le gouvernement nigérian a
tenté de faire pression sur le tribunal mais sa difficulté à se faire entendre est symptomatique de la
résistance qu'engendre encore aujourd'hui le sentiment antioccidental. Le 18 mars 2002, Kanu Godwin
Agabi, ministre de la Justice du Nigeria, a rappelé
aux gouverneurs des États appliquant ces nouveaux
codes pénaux que la loi islamique était contraire à la

---

1. Les nouveaux codes entrent en vigueur en novembre dans l'État
de Zamfara, puis du Niger, Sokoto, et Kano (douze États du Nord au
total). Les crimes passibles de la peine capitale ne relèvent plus de la
compétence de la Haute Cour de chaque État, malgré la signature de
nombreux instruments internationaux relatifs aux droits humains rati-
fiés par le Nigeria, comme la Convention contre la torture et autres
peines ou traitements cruels, inhumains ou dégradants et le Pacte international relatif aux droits civils et politiques (PIDCP).

Constitution, plus neutre, du pays. Il s'est fait renvoyer dans ses pénates par Ahmed Sani, gouverneur de l'État de Zamfara : les « lettres de mécontentement au sujet de la Charia envoyées du monde occidental avec des *a priori* chrétiens sont insuffisantes pour conclure à l'illégalité de la Charia [1] ». Cette réponse en dit long sur le besoin d'affirmation identitaire ressenti chaque fois que la Charia est pointée du doigt pour son atteinte aux droits de l'homme. Cette exigence même est dénoncée comme le signe d'un impérialisme culturel. L'impérialisme remplaçant commodément le colonialisme dans la liste des boucs émissaires.

Il est vrai que beaucoup de pays secoués par l'islamisme sont ceux où la colonisation occidentale a coïncidé avec la fin de l'Empire ottoman : l'Algérie (où le FIS et le GIA terrorisent la population), l'Égypte (berceau des Frères Musulmans), les Philippines (où le groupe Abu Sayyaf prend en otage des Occidentaux), le Pakistan (d'où les militants de la Jaamat-i-Islami soutiennent les talibans et organisent les manifestations contre un Salman Rushdie), le Soudan (où al-Tourabi a hébergé un temps Oussama Ben Laden), et, à moindre échelle, le Maroc et la Tunisie (où les mouvements islamistes menacent toujours un processus timide de modernisation). Mais ils ne sont pas les seuls à être touchés par ce phénomène. La Turquie, l'Arabie, le Yémen, l'Iran et l'Afghanistan n'ont pas été colonisés et pourtant ils sont sans doute les plus puissants diffuseurs d'in-

---

1. Cité par Nicole NEPTON, 11 septembre 2002, *Cybersolidaires*.

tégrisme musulman. Dans ces pays, la menace impérialiste, le fait de subir l'hégémonie américaine
génèrent également un sentiment antioccidental
propre à raviver l'intégrisme : comme en Iran du
temps du Shah ou en Arabie saoudite après la première guerre du Golfe. En Afghanistan, c'est l'invasion soviétique qui remplit ce rôle. Pour la majorité
des peuples du Machrek et du Maghreb, le fait qu'Israël occupe des territoires en Palestine sert aussi souvent de prétexte pour reporter l'*aggiornamento* de
l'islam à plus tard. C'est en tout cas l'argument
avancé par certains gouvernements dictatoriaux pour
refuser la démocratisation de leur pays. En Syrie,
l'état d'urgence au motif de la guerre contre Israël
dure depuis 1966 et il permet aux cadres du parti
Baath de différer sans cesse le « printemps de
Damas ». Ici comme ailleurs, la désignation de l'Occident comme responsable de tous les maux affli-
geant le monde arabe et/ou musulman présente
l'avantage certain de pouvoir déresponsabiliser ceux
qui devraient s'atteler à son redressement. L'impérialisme et l'occupation, le conflit israélo-palestinien, comme jadis la colonisation, facilitent
incontestablement le succès des intégristes auprès
des peuples musulmans mais ils n'expliquent pas
tout. Faire de l'islamisme contemporain l'héritage
empoisonné de cette histoire, ce serait oublier une
responsabilité importante : celle des dirigeants de ces
peuples. Leur refus de mener leurs peuples sur la
voie de la démocratisation est incontestablement à
l'origine d'une immense frustration sur laquelle
pousse l'intégrisme.

Des islamistes perçus comme une alternative à la sclérose politique

L'*aggiornamento* compromis de l'islam n'est pas seulement le choix des élites arabo-musulmanes ayant préféré le fondamentalisme au rationalisme. Si la « rue arabe » se tourne aussi massivement vers les réseaux islamistes, c'est avant tout parce qu'elle cherche désespérément une alternative aux régimes dictatoriaux et corrompus qu'elle n'en finit plus de subir. La carte des régimes politiques du Maghreb et du Moyen-Orient est assez variée : il y a les monarchies (Jordanie, Maroc), les démocraties officielles tenues d'une main de fer par l'armée ou la police (Turquie, Tunisie, Égypte), les dictatures séculières (Syrie, Libye, Irak de Saddam Hussein) et les dictatures théocratiques (Arabie saoudite, Iran). À des degrés bien évidemment divers, tous ces pays ont en commun d'être soumis à un pouvoir autoritaire et étouffant. Ils ont fait naître des générations entières prêtes à se tourner vers la moindre source de pouvoir alternatif leur faisant miroiter un vent de réforme. Or, nous l'avons vu, l'invocation du retour aux fondements de l'islam est un argument qui a toujours fait ses preuves depuis la mort du Prophète.

Ibn Taymiyya, le penseur auquel se réfèrent les fondamentalistes, se servait déjà de la Charia pour mettre en cause la légitimité des Princes. Contrairement aux oulémas suivistes de son époque – qui préféraient laisser faire les despotes par peur de raviver des querelles propres à diviser les croyants –, il s'insurgea contre la tradition dynastique, ce qui lui valut d'être persécuté[1]. Aujourd'hui encore, il incarne un modèle à suivre pour tous les islamistes voulant se rebeller contre le pouvoir politique. Les Frères Musulmans y voient incontestablement une continuité avec ce qu'ils appellent le « martyr » d'Hassan al-Banna. En 1949, alors que l'Égypte est encore sous protectorat, le fondateur des Frères est invité à une série de rencontres avec le gouvernement. Mais un soir, alors qu'il rentre d'une réunion, il est assassiné. Ses partisans y voient une opération de basse police. À leurs yeux, cet assassinat prouve que la « réconciliation » avec le pouvoir est impossible. La radicalisation des Frères Musulmans ne fera qu'empirer après l'indépendance. Nasser a fréquenté les Frères Musulmans. Il a même profité de leurs réseaux pour réaliser l'union nationale face aux occupants anglais. Mais une fois au pouvoir, tout change. Les Frères Musulmans représentent une menace pour son autorité et il devient impitoyable. L'organisation est dissoute, ses cadres exilés ou emprisonnés. C'est dans ce contexte, depuis la prison où il croupit, que l'un des Frères, Sayyid Qotb, va élaborer une doctrine de rupture radicale dont s'inspirent encore aujourd'hui les mouvements islamistes pour appeler au Jihad et à l'action armée[2]. On

---

1. Kepel Gilles, *La Revanche de Dieu : chrétiens, juifs et musulmans à la reconquête du monde*, op. cit., p. 53. Sur Ibn Taymiyya, voir aussi Kepel Gilles, « L'Égypte d'aujourd'hui, mouvement islamiste et tradition savante », *Annales ESC*, n° 4, 1984. Laoust Henri, *Essai sur les doctrines politiques et sociales d'Ibn Taymiyya*, Le Caire, IFAO, 1939, et Sivan Emmanuel, « Ibn Taïmiya, father of the islamic revolution », *Encounter*, mai 1993.

2. Kepel Gilles, *Le Prophète et Pharaon. Aux sources des mouvements islamistes*, op. cit.

retrouve chez lui la même accusation de décadence hantant les fondamentalistes protestants vis-à-vis de l'humanisme séculier. Dans deux ouvrages majeurs – *Sous l'égide du Coran* et *Signes de pistes* – Qotb compare le monde contemporain à une époque de *jahiliyya,* la période d'idolâtrie et de barbarie censée régner à La Mecque avant l'instauration de l'islam par Mahomet. À l'image du Prophète et de ses compagnons, les véritables musulmans doivent selon lui comprendre qu'il est temps de se révolter contre le pouvoir impie – qu'il s'agisse des Occidentaux colonisateurs ou des dirigeants indignes. Une accusation grave puisqu'en islam il est licite de verser le sang impie... C'est à partir de cette lecture que des islamistes proches des Frères vont assassiner Sadate, dont le geste de paix envers Israël est interprété comme un signe d'impiété. C'est également en son nom que les opposants au régime saoudien proches de Ben Laden jugent la monarchie pétrolière impie. Elle qui s'est compromise avec les États-Unis au point de laisser des soldats américains stationner à proximité des Lieux saints. C'est aussi cet appel à la rupture radicale qui guide des mouvements comme le FIS puis le GIA – lequel accuse le FIS d'être compromis avec le pouvoir – au point de faire basculer l'Algérie dans la guerre civile.

En Égypte comme en Algérie, l'islamisme radical n'aurait jamais rencontré un tel écho s'il ne fédérait pas les déçus du nationalisme arabe, dans lequel se sont investis les réformistes sécularistes. Tant que la colonisation pouvait encore jouer son rôle de bouc émissaire, le nationalisme suffisait à calmer l'impatience des peuples. Mais plus l'indépendance est loin, plus il devient évident que la fin de cette tutelle ne signifie pas pour autant le retour de l'âge d'or, ni même le début d'une démocratisation de la vie politique. Difficile d'ailleurs qu'il en soit autrement puisque certains nationalistes, comme ceux du parti Baath – à l'œuvre en Syrie et en Irak –, ont ouvertement pris exemple sur le totalitarisme nazi. Comme en Europe, leur national-socialisme a conduit à l'instauration d'insoutenables dictatures. La situation est différente en Turquie, en Algérie ou en Tunisie. Ces pays sont loin de vivre sous un régime totalitaire mais ils ont en commun de subir l'autoritarisme de l'armée ou de la police. Face à un pouvoir parfois étouffant, un mouvement politique souhaitant incarner une alternative peut difficilement faire l'économie de la référence à l'islam. Comment être plus légitime que l'État si ce n'est en marchant dans les pas du Prophète ? Cet adage est même valable en Turquie, le siège de l'Empire ottoman transformé en symbole de la laïcité par Atatürk.

La République kémaliste est sans doute celle qui s'est montrée la plus déterminée à éradiquer l'arriération due à la religion – qu'Atatürk rendait responsable du déclin de l'Empire ottoman. C'est armé d'une volonté de fer qu'il va s'atteler à moderniser le pays. Il commence par abolir le califat et par proclamer un nouvel État en 1923. Il lui donne même un nouveau nom pour substituer la référence ethnique à la référence religieuse. Jusque-là, le pays était souvent désigné comme « un royaume protégé de

Dieu[1] ». Désormais, il s'appelle Turquie – le pays
des Turcs – et tout est entrepris pour faire entrer
cette nouvelle Turquie dans la modernité laïque. Atatürk impose l'alphabet latin et abolit les tribunaux
islamiques ; ce qui met fin au port du voile obligatoire, à la polygamie, ainsi qu'à l'inégalité des
femmes devant le mariage, en matière de répudiation
et dans le domaine de l'héritage. Il donne même le
droit de vote aux femmes avant la France. La séparation du politique et du religieux est clairement inscrite dans le Code pénal et dans la Constitution. La
laïcité est affirmée dès l'article 2 de la Constitution
et l'article 3 interdit de le modifier. Atatürk ayant
une tout autre légitimité que le Shah d'Iran, ces
réformes ont fini par entrer dans les mœurs turques.
Malheureusement, cette marche forcée vers la laïci-
sation n'a jamais abouti à une réelle démocratisation
qui aurait privé l'armée de son pouvoir arbitraire. Au
contraire, les militaires turcs se posent en gardiens
intraitables de l'héritage kémaliste. Leur brutalité et
leurs abus de pouvoir étouffent les Turcs – sans parler du sort réservé aux Kurdes. Résultat, quelques
années après la mort du père de la laïcité turque, les
mouvements islamistes ont commencé à voir le jour.
Créé en 1972, le Parti du Salut national prône le
retour aux fondements de l'islam, dénonce l'idolâtrie
laïque mais il aspire également à l'urbanisation et à
l'industrialisation pour sortir les Turcs de l'impasse
sociale. Pour être entendus, ces islamistes ont dû tou-

---

1. HERVÉ Jane, *La Turquie*, Paris, Éditions Karthala, 1996 ; MAN-
TRAN Robert (dir.), *Histoire de l'Empire ottoman*, Paris, Fayard, 1998,
810 pages.

tefois considérablement policer leur discours et promettre de respecter la laïcité avant d'accéder au
pouvoir en 2003 sous la bannière du Parti de la Justice et du Développement. Un parti que l'on présente
souvent comme « islamiste modéré ». De fait, les
islamistes turcs sont bien différents des intégristes
saoudiens ou syriens : ils sont atlantistes, prônent
l'entrée de la Turquie dans l'Union européenne et se
présentent même comme l'équivalent des démocrates chrétiens tels que la CDU : « Nous sommes
un parti conservateur démocratique, comme la CDU
allemande avec laquelle nous avons beaucoup de
points communs. Nous défendons les mêmes idées
en ce qui concerne la famille et les valeurs traditionnelles », répète à qui veut l'entendre le leader de
l'AKP, Tayyip Erdogan [1]. Le fait que le parti islamiste au pouvoir en Turquie doive se justifier et se
positionne dans le sillage des démocrates chrétiens
n'est pas anodin, cela confirme combien une Constitution laïque sert à contenir l'intégrisme, même si
elle ne peut être totalement efficace tant qu'elle n'est
pas accompagnée d'une réelle démocratisation.

L'archaïsme favorise les fondamentalistes au détriment des modernistes

Les dirigeants arabes ne sont pas seulement responsables de la montée de l'islamisme du fait qu'ils
attisent les superstitions et les peurs ancestrales au

---

1. *Courrier international*, n° 628, 14-20 novembre 2002.

profit de leur dictature, ils le sont surtout par leur incapacité à offrir un autre horizon à leur peuple que la frustration. En 2002, le PNUD, le Programme des Nations unies pour le développement, publiait un *Rapport sur le développement humain dans les pays arabes* écrit par des experts arabes sur la situation dans ces pays. 22 membres de la Ligue arabe sont concernés et le bilan est pour le moins catastrophique. Bien que la région se soit globalement enrichie, les secteurs de la santé et de l'éducation sont toujours gravement négligés. Selon les auteurs, la richesse humaine des pays est étouffée par « l'absence de liberté de choix, le défaut de promotion des femmes et les carences de connaissance ». 65 millions d'adultes sont illettrés et 10 millions d'enfants n'ont pas accès à l'école. Le phénomène ne peut qu'empirer puisque les dépenses pour l'éducation sont passées de 20 % dans les années 80 à 10 % aujourd'hui. L'ouverture au monde extérieur fait elle aussi cruellement défaut. Le monde arabe, dans son ensemble, traduit à peine 300 livres par an, soit cinq fois moins qu'un pays comme la Grèce. La participation des femmes à la vie politique et économique reste la plus faible au monde. Enfin, les 22 pays comptent près de 22 millions de chômeurs. Dans cette région du monde, l'État n'est jamais une ressource mais un poids oppressant, qu'il faut supporter du mieux que l'on peut tout en ayant recours aux stratégies individuelles et aux solidarités de réseaux. La démission de l'État associée à sa brutalité ne peut que pousser la population dans les bras du premier mouvement capable de pallier ses besoins matériels, surtout s'il est capable de faire rêver[1]. C'est notamment sur ce double terrain, de l'éducation et de l'espoir délaissés, que fleurissent les madrasas de la Jammat el-islamiyya. En 1992, l'organisation islamiste pakistanaise a ouvert une douzaine de madrasas au Baloutchistan. Comme au Pakistan, en l'absence d'une politique d'instruction publique efficace, les écoles religieuses intégristes sont devenues le seul lieu de socialisation de milliers de jeunes, une terre de refuge et d'assistance publique[2]. Comment s'étonner ensuite qu'ils subissent la propagande islamiste ?

Pour autant, cela ne veut pas dire que la friche sociale ou le désespoir puissent à eux seuls expliquer le passage à l'action terroriste. Nous le verrons dans le chapitre suivant, les kamikazes islamistes sont bien souvent des militants dont la radicalité vient de la haine et non du désespoir. Beaucoup ont grandi en Occident, où ils ont bénéficié d'un certain confort social. Il faut bien distinguer le passage à l'action terroriste de quelques individus du retard général en matière de sécularisme. Si la précarité n'est en rien à l'origine du terrorisme, il est clair, en revanche, que

---

1. Les laïcs musulmans ne cessent de rappeler ces faits. Ainsi Malek Chebel : « Le plus grand danger qui guette les populations arabes et musulmanes vient du refus des gouvernants de vouloir moderniser les systèmes politiques, largement éculés et anachroniques, et de l'ajournement systématique des réformes qui fâchent : Code civil, représentativité politique et surtout durée des mandats électifs. [...] Ou le Parlement de chaque pays grave dans le marbre la nécessaire séparation des deux corps, le religieux d'une part, le politique de l'autre – ce n'est pas une sinécure –, ou l'ensemble du domaine arabe sera théocratique dans moins de dix ans. » *Le Monde*, 11 mars 2003.

2. MALEY William (dir.), *Fundamentalism Reborn*, New York, New York University, 2001, p. 74.

le manque de développement de certains pays arabes et/ou musulmans est à mettre en relation avec leur incapacité au sécularisme. Ces deux phénomènes s'auto-entretiennent.

Les forces susceptibles de moderniser, de démocratiser et de rationaliser l'espace politique du monde arabe et/ou musulman existent. Même en Arabie saoudite, il y a des journalistes comme Raid Saud Qusti pour tenter, article après article, de faire réfléchir leurs concitoyens sur l'archaïsme de certaines lois sur les femmes, les étrangers et sur le pouvoir aberrant de la police religieuse. C'est par la voix de ces élites – et non des bombes américaines – que l'on peut espérer voir cette région du monde sortir de l'emprise de la religion. Rien n'a plus d'impact qu'une manifestation populaire telle que celle organisée par les Marocains après les attentats islamistes ayant défiguré leur pays en mai 2003. Rien ne peut soulever plus d'espoir que la révolte des universités iraniennes de cette même année. À coups de klaxons ou de grèves, la rue ose enfin réclamer la liberté dont elle rêve. Le régime prétendument réformateur des mollahs pourrait bien succomber pour avoir trahi cette promesse ; même s'il tente pour l'instant de discréditer le mouvement en le disant manipulé de l'étranger. « Quinze mille coups de téléphone vers l'étranger ont été enregistrés par nos services », a déclaré le ministre de l'Information pour tenter de faire croire à un complot fomenté par l'Amérique [1]. Sa priorité est d'empêcher par tous les moyens

---

1. Hachemi Akbar, « Iran : la fronde a été matée. Jusqu'à la prochaine fois », *Hamchahri* (Téhéran), reproduit par *Courrier international*, n° 662, 10-16 juillet 2003.

la diffusion de NITV, la voix des dissidents iraniens émettant depuis Los Angeles.

Quelque chose bouge du Moyen-Orient au Maghreb. Les peuples découvrent un nouveau sens critique grâce au satellite. Malgré un contenu éditorial souvent problématique, la naissance d'une chaîne comme *Al Jazeera* est incontestablement la meilleure chose qui soit arrivée aux arabophones depuis longtemps. Pour la première fois, ils voient leurs dirigeants interrogés sans ménagement par des journalistes arabes libres. La liberté de ton est en effet la seule vraie garantie d'audience tant les Arabes sont rassasiés de discours contrôlés. Du coup, l'initiative qatarienne a fait des émules : Abu Dhabi et les Émirats ont eux aussi initié des chaînes de télévision où la liberté de ton est de mise. Ces chaînes leur apportent la possibilité d'un esprit critique – enfin venu de l'intérieur et non imposé de l'extérieur –, qui est la seule voie possible vers une émancipation démocratique. En attendant, les élites du monde arabo-musulman ne ménagent pas leurs efforts pour tenter d'accélérer ce processus. Les propos tenus lors de la Conférence pour la culture arabe tenue au Caire du 1er au 3 juillet 2003 vont dans ce sens. Parmi les invités de marque, le poète égyptien Ahmed Abdulmoaty Hegazy a appelé de ses vœux l'application du principe de séparation entre le religieux et le politique dans les pays arabes : « Nous avons besoin de cette séparation plus que l'Ouest et les Chrétiens [1]. » Plus symbolique encore, Gamal al-

---

1. Cité dans « Religion takes a stand », *Dar al-Hayat*, 8 juillet 2003.

Banna lui-même a profité de cette conférence pour souhaiter le développement du sécularisme au motif que « le pouvoir politique ruine la religion » : « l'islam est une religion et une nation de fidèles, pas une religion et un État ». Il ajoute : « L'État ne peut rien apporter de bon à la religion, cela ne peut qu'apporter terreur et oppression. » À sa suite, l'intellectuel soudanais Haydar Ibrahim a invité les Arabes à l'autocritique : « Les sociétés arabes sont très réticentes au changement. Nous parlons sans arrêt des problèmes extérieurs et nous évoquons sans arrêt la théorie du complot pour éviter de regarder en face nos malheurs intérieurs. »

Ces appels finiront par porter leurs fruits dès qu'un climat international apaisé le permettra. En attendant, l'autocritique reste effectivement un exercice périlleux dans le monde arabo-musulman. Le 27 mai 2003, le rédacteur en chef du quotidien saoudien *El Watan*, Djamel Khashoggi, a été limogé sur l'ordre du ministère saoudien de l'Information pour avoir critiqué l'influence qu'exerce Ibn Taymiyya – le père spirituel du wahhabisme – sur les jihadistes : « Comment ces assassins en sont-ils venus à faire couler le sang des musulmans et des enfants ? Ils se sont basés sur une fatwa d'Ibn Taymiyya qui décrète que si des infidèles se réfugient derrière des musulmans, c'est-à-dire si ces musulmans servent de bouclier à des infidèles, il est permis de tuer ces musulmans pour atteindre les infidèles [1]. » L'auteur

---

1. GHANAMI Khaled al-, « L'individu et la patrie passent avant Ibn Taymiyya », *El Watan*, 22 mai 2003. Traduit par le Middle East Media Research Institute.

critique Taymiyya en rappelant que son message est contraire aux paroles du Prophète – qui recommandait aux guerriers du Jihad de ne tuer ni femmes ni enfants. Il dénonce sans détour le rôle dramatique joué par ce modèle : « Nous devons cesser de nous montrer doucereux et affirmer : ces paroles étaient une erreur, un vrai désastre, qui ont conduit à l'anarchie, à la menace de l'unité nationale et au retour à la Jahaliya car tous ceux qui se prennent pour des dignitaires religieux essaieront de faire disparaître ce qu'ils considèrent comme des vices. Ceux qui pensent que la musique doit être interdite feront sauter les magasins qui vendent des cassettes ; ceux qui considèrent que fumer du narguilé est interdit feront sauter les boutiques qui en proposent, et ainsi de suite. Et ceci n'est pas une exagération ; le jour n'est pas loin où ils ouvriront le feu sur les antennes paraboliques. » À noter : l'auteur avait déjà été écarté du quotidien *Arab News* pour ses articles contre les Mutaween, la police religieuse saoudienne.

L'incapacité à évoluer vers la modernité n'est pas le fait de l'islam puisqu'il existe des musulmans suffisamment éclairés pour souhaiter cette évolution. Malheureusement, pour l'instant, ces élites sont encore minoritaires. Par refus de l'hégémonie occidentale, les seuls mouvements sociaux réellement populaires ne sont pas guidés par l'esprit des Lumières mais puisent leur radicalité dans le fondamentalisme musulman, quitte à entretenir l'archaïsme et le sous-développement ayant permis à l'Occident d'asseoir son hégémonie sur l'Orient. Face au constat sans appel d'un manque cruel de démocratisation et de libertés individuelles dans les pays musulmans, il est tentant de continuer à regarder vers le passé plutôt que vers l'avenir. Résultat, les intellectuels musulmans qui pourraient initier une actualisation des préceptes de l'islam sont réduits au silence au prétexte que le réformisme fondamentaliste est le seul moyen de relever la tête des musulmans face à l'impérialisme occidental. L'islamisme profite plus sûrement qu'aucun intégrisme d'un contexte international lui permettant de jouer le rôle du résistant martyr face à l'impérialisme, au sionisme ou aux pouvoirs corrompus et dictatoriaux des pays arabes et/ou musulmans. Ces différents régimes ont beau les persécuter par peur d'être renversés, ils ne feront que les renforcer tant qu'ils ne couperont pas définitivement le cordon ombilical reliant le politique au religieux. Le seul fait d'agir au nom de la religion dans un pays où le pouvoir temporel est indistinct du pouvoir spirituel rend en effet les intégristes supérieurs aux laïcs. En se revendiquant du fondamentalisme, les intégristes musulmans apparaissent aux yeux de la population comme légitimes dès lors qu'un pays applique des lois vaguement inspirées de la Charia. Or, l'emprise juridique de l'islam ne cesse de s'accentuer depuis que les dirigeants de pays musulmans soumis à la pression américaine de l'après-11 septembre croient pouvoir négocier la fin du terrorisme en cédant aux intégristes sur la Charia...

L'illusion de la normalisation islamiste
ou le poids bien réel de la Charia

En 2000, soit un an avant le 11 septembre, Gilles Kepel concluait au « déclin annoncé de l'islamisme » dans un livre consacré au Jihad[1]. D'autres observateurs ont produit une littérature abondante pour montrer que la révolution iranienne n'a pas été aussi contagieuse qu'on aurait pu le croire. Il est vrai qu'un État chiite avait peu de chances d'embraser le monde musulman sunnite... En Algérie, on notait que la guérilla était toujours dans l'impasse. En Égypte, l'islamisme des Frères Musulmans semblait s'épuiser. On disait les islamistes philippins anéantis. Quant à l'islam marocain, tunisien ou turc, il n'inquiétait plus vraiment. Vu sous cet angle, même le 11 septembre peut donner l'impression de n'être qu'un baroud d'honneur, une action spectaculaire masquant l'incapacité des mouvements islamistes à prendre le pouvoir.

Cette analyse bute sur un écueil relativement classique : à force de se concentrer sur les risques d'une prise de pouvoir par le haut, beaucoup de chercheurs et de journalistes en oublient que la menace peut venir du bas. Autrement dit, à force de se concentrer uniquement sur les questions de politique politicienne ou sur les relations internationales, ces mêmes observateurs minimisent l'impact que peut avoir l'intégrisme sur la vie de tous les jours, sur des questions de société qui font aussi partie du politique

---

1. KEPEL Gilles, *Jihad*, *op. cit.*

– telles que les droits des femmes, la question des minorités sexuelles ou de la culture. Or depuis quelques années, certains dirigeants de pays secoués par l'islamisme sont tentés de négocier une forme de trêve en échange d'un poids accru de la Charia. Plus ils doivent faire le grand écart entre l'aspiration antiaméricaine de leur population et la demande internationale, plus ils font des concessions sociales aux islamistes.

Cet exercice d'équilibriste est particulièrement flagrant en Égypte. Ces dernières années, les islamistes ont fait certains efforts : la Gamaat Islamiyya, par exemple, a approuvé la réforme agraire menée par Hosni Moubarak. Quant au Djihad islamique égyptien, il a publiquement condamné l'attentat du 11 septembre et la tendance jihadiste de Ben Laden. En échange, le gouvernement égyptien n'a jamais été aussi prompt à faire respecter la morale religieuse. Le sort à rebondissements de 52 homosexuels égyptiens en témoigne. Dans la nuit du 11 au 12 mai 2001, le gouvernement d'Hosni Moubarak ordonne une descente musclée contre le *Queen Boat*, une boîte de nuit où des gays se rencontrent. Les policiers mettent les étrangers de côté pour n'appréhender que les Égyptiens. La façon dont la presse égyptienne va couvrir l'événement en dit long sur l'enjeu caché de cette arrestation toute symbolique. Comme dans certains États du Nigeria, la société égyptienne semble se souder contre les homosexuels, moins par envie réelle de les combattre que par désir de les sacrifier en symbole de résistance aux valeurs occidentales. *Al Maasa*, un quotidien proche du pou-

voir égyptien, explique par exemple que les « sata-
nistes » se sont confessés : ils ont « importé leurs
idées perverses d'un groupe européen[1] ». Pour Rose
al Youssef, un journaliste égyptien, « Israël est fortement impliqué dans l'affaire ». L'homme dit également avoir découvert le manifeste secret d'une
organisation où l'on apprend que la religion des
inculpés est celle de Loth ! En théorie, ce type de
discours ne devrait être qu'une figure de style typiquement islamiste. En pratique, le gouvernement
égyptien s'est fait une spécialité de surenchérir sur
les mouvements extrémistes qu'il prétend combattre.
Al-Ahram, journal d'État, publie un papier du même
acabit. Il s'agit de montrer que personne mieux que
le gouvernement ne sait se montrer intraitable en
matière de moralité et donc que les islamistes sont
inutiles.

Évitant tout acte de courage, les ONG égyptiennes
comme l'Organisation égyptienne des droits humains,
pourtant affiliée à la Fédération internationale des
droits de l'homme, n'ont rien fait. Au contraire, son
secrétaire général, Hafez Abou Saada, a déclaré :
« Nos activités, fondées sur un mandat populaire, ne
peuvent en aucun cas aller à l'encontre des convictions prédominantes dans la société [...]. Ceci n'est
pas un procès lié aux libertés, mais une affaire de
prostitution [...]. On ne peut pas approuver les pratiques extrémistes et anormales[2]. » Un aveu de faiblesse qui en dit long sur l'impuissance des militants

---

1. *Al Maasa*, 13 mai 2001.
2. *Al-Ahram al-Arabi*, mai 2001.

des droits de l'homme dans un pays comme l'Égypte, et donc sur l'absence de contre-feux capables d'amoindrir le pouvoir de nuisance des intégristes. Puisque toute résistance semble impossible de l'intérieur, elle ne peut venir que de l'extérieur, quitte à donner du grain à moudre aux mouvements islamistes dénonçant l'ingérence occidentale. Amnesty International rappelle que « cette disposition contrevient à l'article 14 (5) du Pacte international relatif aux droits civils et politiques, que l'Égypte a signé ». De nombreux chefs d'État, notamment Jacques Chirac, interviennent auprès d'Hosni Moubarak. Chaque déplacement du chef d'État égyptien en Occident est accueilli par des manifestations. En juin 2002, il finit par revenir sur la sentence de 21 condamnés[1]. Pourquoi la moitié ? Cette décision, mi-figue mi-raisin, est un peu à l'image de la politique à double tranchant que mènent à vue de nez certains gouvernements arabes comme le gouvernement égyptien. Jusqu'au 11 septembre, sa priorité était de donner des gages aux islamistes. Après quoi, il est surtout question de calmer les Américains. Les 52 homosexuels, eux, sont les otages de ces tâtonnements. Le sort évolue en fonction des besoins politiques du moment. Ainsi, après avoir été accusé d'être pro-israélien pendant des mois, Chérif Farahat, le principal inculpé, est désormais soupçonné d'être un terroriste musulman : « Chérif a été arrêté pour mépris de l'islam, et quand nous avons protesté, les services de sécurité ont

---

1. *Al-Ahram*, 30 mai-5 juin 2002.

remis à la cour un mémorandum indiquant qu'il est membre actif du mouvement Jihad », s'étonne son avocat, Mᵉ Farid al-Dib.

L'art du revirement auquel s'adonne un chef d'État comme Moubarak est très symptomatique du double jeu interne/externe auquel s'adonnent les leaders de pays gangrenés par l'islamisme. Vis-à-vis de l'extérieur, il s'agit de faire croire que l'on contrôle la situation et les islamistes. En interne, il faut au contraire prouver à son peuple que l'on résiste à la pression occidentale et à ses valeurs. Si bien que le 11 septembre a sonné une formidable recrudescence des condamnations pour adultère ou des décapitations pour homosexualité, comme au Nigeria ou en Arabie saoudite... La tendance officielle est bien à une normalisation des rapports entre les différents régimes politiques et les islamistes mais ce n'est pas une bonne nouvelle. Olivier Roy note que de nombreux islamistes feignent de délaisser leurs ambitions de Jihad international au profit de centres d'intérêts plus pragmatiques et plus nationaux – ce qu'il appelle « la nationalisation de l'islamisme [1] ». Mais cette nationalisation a pour effet de les démarginaliser dans leurs pays respectifs. Résultat, ils n'ont jamais eu autant d'impact juridique. Or, l'emprise juridique est le premier facteur favorisant l'emprise politique de l'islam. Tant qu'un lien unit la religion au droit, les tentatives menées pour délégitimer les intégristes s'apparentent au travail du jardinier qui voudrait tuer une mauvaise herbe en coupant ses

---

1. Roy Olivier, « Islamisme et nationalisme », *Pouvoirs*, nᵒ 104.

feuilles, sans la déraciner. Résultat, loin de s'effondrer, les partis islamistes se font une cure de jouvence depuis le 11 septembre. Le Parti de la Justice et du Développement est arrivé au pouvoir en Turquie. Le parti portant le même nom au Maroc a triplé son nombre de sièges au Parlement. Les partis islamistes et chiites ont remporté une victoire écrasante au Sultanat de Bahreïn. En Jordanie, des élections ont été annulées par peur d'un raz-de-marée [1]...

1. SAMAHA Joseph, « Les urnes plutôt que les armes », *The Daily Star* de Beyrouth, reproduit par *Courrier international*, nᵒ 628, 14-20 novembre 2002.

V

La haine entretient la haine

La violence des attentats du 11 septembre a parfois été interprétée comme le signe d'une barbarie propre à l'intégrisme musulman. Le terrorisme, et plus généralement le recours à la violence, ne sont pourtant pas le monopole de l'islamisme, même si l'instrumentalisation de l'islam fait effectivement partie des atouts majeurs dont usent certains groupes terroristes pour galvaniser leurs troupes. Ainsi le Hamas encourage ses militants à devenir des martyrs en leur promettant qu'Allah sera à leurs côtés : « Allah a dit : je donnerai la victoire à mes envoyés. Allah est fort et puissant[1]. » Faut-il pour autant en déduire, comme Jerry Falwell l'a fait au lendemain des attentats du World Trade Center, que « Mahomet était un terroriste » ? Falwell lui-même tente d'imposer sa loi au nom d'une religion qui n'a pas toujours été pacifiste. Sans remonter jusqu'aux croisades, l'histoire récente est peuplée de crimes commis au nom du christianisme. La foi en général représente

---

1. Coran, LVIII, 21, cité dans l'article 12 de la charte du Hamas.

un prétexte idéal pour figer des camps et envoyer des hommes se tuer en son nom. S'il existe des différences entre les trois religions du Livre – dues au contexte de leur éclosion et à la personnalité de leurs prophètes – il est un point sur lequel toutes se rejoignent : elles prétendent détenir la vérité au nom d'une révélation irrationnelle, ce qui les rend potentiellement propices à des entreprises fanatiques. Autrement dit, les religieux juifs, chrétiens et musulmans ont peut-être une approche et une pratique qui divergent sur quelques points, mais les intégristes, eux, sont presque jumeaux. Si bien qu'on pourrait énumérer à l'infini le nombre de massacres, d'attentats ou de guerres menés sous couvert de la religion. Cette violence n'est pas un accident. Elle fait partie du message originel délivré par chacune des Révélations dans la mesure où chaque religion a été pensée pour sacraliser une croyance au détriment de toute autre. Ce qui faisait dire à Claude Lévi-Strauss : « Il n'est rien de plus dangereux pour l'humanité que les religions monothéistes. »

La première religion du Livre, le judaïsme, est sans doute la plus repliée sur elle-même. Cette volonté endogame de multiplier les fidèles par la naissance et non par la conversion n'est pas pour autant une incitation à la tolérance ou à la coexistence pacifique avec les autres croyants. Le Dieu de la Torah est un Dieu menaçant, qui promet sans cesse des représailles à ceux qui cesseraient de l'adorer ou de suivre ses commandements : « Mais si vous ne m'écoutez point et que vous cessiez d'exécuter tous ces commandements [...] je susciterai contre

vous d'effrayants fléaux[1]. » Il prédit la maladie, la
stérilité et même d'envoyer des bêtes sauvages. Les
menaces s'égrènent verset après verset : « Si ces châtiments ne vous ramènent pas à moi et que votre
conduite reste hostile à mon égard, moi aussi je me
conduirai à votre égard avec hostilité, et je vous frap-
perai, à mon tour, sept fois pour vos péchés. Je ferai
surgir contre vous le glaive, vengeur des droits de
l'Alliance, et vous vous replierez dans vos villes ;
puis j'enverrai la peste au milieu de vous, et vous
serez à la merci de l'ennemi[2]. » Dieu met plusieurs
fois et de façon sanglante ses menaces à exécution.
Avant la sortie d'Égypte, il durcit le cœur du Pharaon pour qu'il n'accepte pas tout de suite d'affranchir les Hébreux et qu'il puisse le punir en faisant
mourir tous les premiers-nés des hommes et des ani-
maux du pays, y compris ceux des esclaves non
hébreux. Même libres, les Hébreux ne sont pas véritablement encouragés à la tolérance. Dieu les enjoint
de se montrer méfiants vis-à-vis des étrangers,
encourage l'esclavage, refuse de voir des handicapés
participer au culte et réduit en cendres ceux qui n'auraient pas respecté le rituel à la lettre. L'un des Dix
Commandements a beau être « Tu ne tueras point »,
c'est la première chose que fait Moïse lorsque des
Hébreux se désintéressent du monothéisme et
s'adonnent à un rituel païen symbolisé par le Veau
d'or. Ce jour-là, il fait exécuter 3 000 hommes en
guise de punition : « Que chacun de vous s'arme de

---

1. Lévitique xxvi, 14, 16, *La Bible du rabbinat*, Éditions Colbo.
2. Lévitique xxvi, 23-25 *La Bible du rabbinat*, Éditions Colbo.

son glaive ! Passez et repassez d'une porte à l'autre
dans le camp, et immolez, au besoin, chacun son
frère, son ami, son parent[1] ! » Ce terrible degré
d'exigence dont témoigne Yahvé envers les Hébreux
est à la mesure du désir de vengeance qu'il éprouve
à l'égard de toute tribu faisant obstacle à la prise de
possession de la Terre promise par son peuple.
Yahvé est un dieu sans pitié pour ses ennemis et il
recommande aux Hébreux de se montrer sangui-
naires. Tout en refusant aux étrangers de se mêler
à la communauté des purs, il ordonne à Moïse de
persécuter les polythéistes qu'ils trouveront installés
en Terre sainte : « Vous renverserez leurs autels,
vous briserez leurs monuments, vous abattrez leurs
bosquets, vous livrerez leurs statues aux flammes.
Car tu es un peuple consacré à l'Éternel, ton dieu ; il
t'a choisi, l'Éternel, ton dieu, pour lui être un peuple
spécial entre tous les peuples qui sont sur la face de
la terre[2]. » Plus archaïque et donc plus violente, cette
incitation à la haine a toutefois le mérite d'être cir-
conscrite au seul territoire de la Terre promise. Elle
présente donc un moindre risque d'extension que les
deux autres religions. Qui plus est, depuis, le Talmud
a considérablement adouci les formes les plus flagrantes d'incitation à la violence. Mais comment
s'étonner que des ultra-orthodoxes juifs se montrent
si intolérants et jettent des pierres contre ceux qu'ils
estiment être des mécréants ?

Même si Jésus ne « jette pas la première pierre »,

---

1. Exode XXXII, 28, *La Bible du rabbinat*, Éditions Colbo.
2. Deutéronome VII, 5-6, *La Bible du rabbinat*, Éditions Colbo.

il n'est pas non plus un homme de paix. Il n'a qu'une obsession : convertir les juifs à sa religion, quitte à diviser les familles et les monter les unes contre les autres. N'a-t-il pas dit : « N'allez pas croire que je sois venu apporter la paix sur la terre ; je ne suis pas venu apporter la paix, mais le glaive[1] » ? Et plus loin : « Car je suis venu opposer l'homme à son père, la fille à sa mère et la bru à sa belle-mère : on aura pour ennemi les gens de sa famille[2]. » Il conseille à ses disciples de se montrer « malins comme des serpents » et « candides comme des colombes » dans chaque ville où ils vont prêcher car il sait que son message va déclencher l'hostilité : « Le frère livrera son frère à la mort, et le père son enfant ; les enfants se dresseront contre les parents et les feront mourir[3]. » Au jour du Jugement dernier, seuls ceux qui auront cru en lui seront sauvés, ce qui semble justifier le déchaînement prosélyte des intégristes chrétiens. Bien sûr, il existe bien d'autres passages de la Bible incitant à plus de passivité, à l'image d'un Jésus préférant se sacrifier pour les hommes. Pourtant, le seul fait que le christianisme soit une religion prétendant détenir la vérité, et non une philosophie assumée comme une préférence, a suffi à transformer la passivité de Jésus-Christ en appel à la conquête. Ses successeurs, comme saint Paul ou les Pères de l'Église, avaient déjà consommé son héri-

---

1. Évangile selon saint Matthieu x, 34, *La Bible de Jérusalem*, Éditions du Cerf.
2. Évangile selon saint Matthieu x, 35, *La Bible de Jérusalem*, Éditions du Cerf.
3. Évangile selon saint Matthieu x, 21, *La Bible de Jérusalem*, Éditions du Cerf.

tage tolérant lorsque l'empereur Constantin choisit le christianisme comme religion d'État, au IVe siècle après Jésus-Christ, et s'en servit pour unifier son empire conquis depuis Byzance.

Arrivé en troisième position, l'islam est une religion clairement prosélyte, où Dieu demande à ses fidèles de convaincre les juifs et les chrétiens d'adhérer à ses dernières recommandations. L'« Éternel » s'appelle alors Allah, puisque ce troisième Livre est écrit en arabe, mais son message fait terriblement penser à celui de la Torah, auquel on aurait ajouté une dose de christianisme. Ce qui est bien logique puisque Allah se présente comme le Dieu des juifs et des chrétiens et qu'il cite en permanence l'Ancien et le Nouveau Testament. Fidèle au seul enseignement qui n'ait jamais varié d'un Livre à l'autre, Allah demande de croire en lui à l'exclusion de toute autre divinité : « Dieu, nul n'est Dieu que lui, le Vivant, le Mainteneur. Il te révèle le livre avec la vérité pour confirmer les révélations antérieures. Il a révélé la Torah et l'Évangile jadis pour guider les hommes. Et il révèle le critère. Ceux qui ne croient pas aux versets de Dieu, à eux un châtiment terrible, car Dieu est le puissant et il dispose de la vengeance [1]. » On retrouve bien là le Dieu de la vengeance que nous a présenté la Torah, avec une légère évolution – toute chrétienne –, celle de la pitié. Allah demande bien à ses fidèles de combattre pour lui mais il insiste pour que ce combat soit justifié par une provocation de la part des non-croyants : « Com-

---

1. Sourate III (« La famille d'Amran »), 2-5, *Le Coran*, Points Seuil.

battez au sentier de Dieu ceux qui vous combattent, mais ne soyez pas des transgresseurs. Tuez-les où que vous les trouviez, chassez-les d'où qu'ils vous chassent. Mais ne les combattez pas près de la Mosquée sainte avant qu'ils ne vous combattent. S'ils vous combattent, tuez-les, c'est le salaire des incroyants. Mais s'ils s'arrêtent, Dieu leur pardonne, il a pitié [1]. » Une fois encore, cette notion de pitié est toute relative au regard de la marge offerte aux hommes pour l'interpréter. Il leur est facile de ne retenir que la notion de combat et de prosélytisme, présente d'un bout à l'autre du Coran malgré ses appels répétés à la tempérance et à la modération. De même que le judaïsme a eu pour effet de pousser le peuple hébreu à conquérir le pays de Canaan, de même que le christianisme a permis de justifier les conquêtes des Byzantins et des croisés, l'islam va vite devenir un prétexte aux entreprises expansionnistes. En réalité, Mahomet n'a jamais appelé à la guerre sainte telle qu'on l'entend aujourd'hui. La seule guerre pratiquée du temps du Prophète fut la razzia contre les caravanes mecquoises, qui permit d'enrichir les premiers musulmans retranchés à Médine et même de séduire de nouveaux fidèles en quête de butin. Une fois le Prophète défunt, les premiers califes cherchent par tous les moyens à éloigner certains fidèles en manque d'exercice afin d'éviter tout risque de révolte. Ils transforment alors la pratique des razzias en campagnes de conquêtes tournées vers l'extérieur, grâce à une vision isla-

---

1. Sourate ɪ (« L'entrée »), 190-193, *Le Coran*, Points Seuil.

mique répartissant le monde en deux zones : *dar el islam* (la demeure de l'islam) et *dar el harb* (la demeure de la guerre). L'objectif étant d'accroître la terre de l'islam par le Jihad. Non seulement cet esprit de conquête est le fruit d'une manipulation – politique et tardive – des textes, mais il n'est pas interdit de l'interpréter autrement. Tariq Ramadan propose de faire évoluer la notion de territoire de guerre vers celle de « terre de témoignage ». Il ne s'agit plus de conquérir les terres non musulmanes mais d'y répandre sa foi de façon prosélyte : « Nous portons la responsabilité de rappeler aux hommes la présence de Dieu et d'agir de telle manière que notre présence parmi et avec eux soit, en elle-même, un rappel du Créateur, de la spiritualité et de l'éthique [1]. » Les musulmans libéraux, quant à eux, entendent souvent le mot « jihad » comme une forme d'appel à l'introspection, une guerre contre ses démons visant à s'améliorer sans cesse... C'est dire, une fois de plus, combien l'inspiration religieuse ne peut être jugée sans son usage politique.

Puisqu'un passage de la Bible ou du Coran peut entraîner le pire comme le meilleur, le plus destructif comme le plus constructif, il n'y a guère de sens à se demander si la guerre sainte menée au nom de l'islam est fondamentalement plus diabolique que celle menée au nom du christianisme ou du judaïsme. En revanche, il est éminemment utile de se demander quels sont les crimes commis de nos

---

1. RAMADAN Tariq, *Dar Ash-Shahada. L'Occident espace du témoignage,* Lyon, Tawhid, 2002, p. 65.

jours au nom de Dieu. Les statistiques du Département d'État américain donnent un aperçu du retour en force de la violence religieuse. En 1980, du temps de Reagan, le Département d'État ne comptait qu'une seule organisation religieuse parmi les groupes terroristes internationaux à surveiller. En 1998, sous Madeleine Albright, plus de la moitié des groupes terroristes ainsi répertoriés étaient religieux. Et encore, la liste ne tenait absolument pas compte des groupes *prolife* ou des milices chrétiennes américaines. Avant même le 11 septembre, Warren Christopher, secrétaire d'État américain sous Clinton, considérait le terrorisme religieux comme « le plus important problème de sécurité de l'après-guerre froide [1] ».

Que toutes les religions se confessent

Parmi les crimes récents, le 11 septembre emporte assurément la palme de l'attaque la plus violente et la plus spectaculaire. Elle ne doit pas faire oublier les autres, moins télégéniques et moins meurtrières, mais qui témoignent elles aussi d'une volonté de terroriser au nom de Dieu. L'étude du terrorisme *prolife* révèle par exemple qu'il existe des intégristes chrétiens américains suffisamment fanatiques pour tuer

---

1. Juergensmeyer Mark, *Au nom de Dieu, ils tuent !*, Paris, Autrement, 2003 (1re éd. angl. 2000), p. 12.

et se suicider au nom de Dieu. Sur la piste de
l'anthrax, on découvre que la menace bactériologique que George W. Bush voulait traquer en Irak
est surtout une spécialité de l'extrême droite américaine. L'histoire des attentats kamikazes est, elle
aussi, riche en enseignements. Ce que l'on interprète
volontiers comme le symptôme d'une violence proprement islamiste ou palestinienne est en réalité le
fruit d'une tradition japonaise. Enfin, il n'existe pas
que des terroristes musulmans, les intégristes juifs,
eux aussi, sont prêts à recourir à la violence meurtrière au nom de leur foi.

Provie mais meurtriers au nom de Dieu

Après les attentats du 11 septembre, de nombreux
évangélistes ont tenté de s'exonérer de leurs propres
péchés sur le dos de l'islam. Le révérend Franklin
Graham, le fils du célèbre pasteur évangélique ayant
ravivé la foi de George W. Bush, a déclaré que l'islam était la religion du diable[1]. D'après lui, non seulement « le Dieu de l'islam n'est pas celui des
chrétiens » mais « le Coran prêche la violence ». Il
ajoute : « Ne me dites pas que c'est une religion de
la paix. Quand un terroriste se fait sauter avec sa
bombe, ce n'est pas pacifique. Les baptistes ne font
pas ça. Les pentecôtistes non plus[2]. » Un observateur
un tant soit peu au fait de l'intégrisme chrétien amé-

---

1. Interview donnée à la *NBC* en septembre 2001.
2. DUIN Julia, « Graham speaks out on islam », *The Washington
Times*, 8 août 2002.

ricain pourrait trouver le révérend de mauvaise foi...
Contrairement au monde dont il rêve, l'histoire
récente de la droite religieuse américaine nous offre
l'exemple de militants chrétiens fanatiques, capables
non seulement de se sacrifier mais de tuer au nom
de Dieu.

Au début des années 90, des leaders *prolife*
comme Paul Hill (un pasteur), Don Treshman (président de Rescue America) et David Torsh (un prêtre)
se sont mis à revendiquer la théorie de l'« homicide
justifié » à l'encontre des partisans de l'avortement.
Il s'agit d'encourager tout militant à appliquer la justice divine en exécutant celles et ceux qui participent
à un avortement. Faut-il s'en étonner ? À force de
prêches et de sermons qualifiant l'avortement de
« pire des crimes contre l'humanité », les Églises
catholiques et protestantes doivent bien s'attendre à
ce que certains de leurs fidèles cherchent à jouer aux
« justes ». Si l'avortement est effectivement le pire
des crimes contre l'humanité, comme le clament le
pape et les pasteurs fondamentalistes, n'est-il pas
normal d'entrer en résistance pour sauver des fœtus
quitte à prendre la vie de leurs « meurtriers » ? David
Torsh, prêtre catholique, est de cet avis : « Je suis
fidèle à cent pour cent aux Saintes Écritures et aux
dogmes de l'Église » ; « La vie est sacrée dès l'instant de la conception. Le fœtus et même l'embryon
ont le droit d'être protégés par tous les moyens [1]. »
Son supérieur, l'archevêque Monseigneur Oscar Lips-

---

1. GELIE Philippe, « Cette "théologie du meurtre" qui ensanglante
l'Amérique », *Le Figaro*, 27 août 1994.

comb, a bien tenté de l'envoyer réfléchir quelque temps dans un monastère, mais sans succès. Même suspendu de ses responsabilités paroissiales, Torsh peut légitimement continuer de croire qu'il est fidèle aux Saintes Écritures lorsqu'il appelle à la lutte armée contre l'avortement. Il promet des représailles sanglantes qui vont effectivement se réaliser... En décembre 1991, un homme masqué entre dans une clinique de Springfield. Il ouvre le feu et paralyse à vie un employé qui se trouvait là. Le 19 août 1993, à Wichita dans le Kansas, le docteur George Tiller est quant à lui blessé aux deux bras par une militante *prolife,* Shelly Shanon. Cette activiste n'en est pas à son premier coup d'essai. Au moment où les policiers se sont saisis d'elle pour l'emmener, des témoins l'ont entendue crier : « Est-ce que je l'ai eu[1] ? » Un peu plus tôt en Floride, le 10 mars, un autre médecin, le docteur David Gun, est tué alors qu'il entre dans sa clinique, cernée par une manifestation provie. Michael Griffin, son meurtrier, est membre de Rescue America, le groupe *prolife* de Don Treshman, l'un des théoriciens de l'homicide justifié[2]. Interviewé par le *New York Times*, Treshman dit n'avoir aucun regret : « Nous sommes en guerre [...]. Jusqu'à présent les pertes ne se comptaient que dans un seul camp : 30 millions de bébés morts, et seulement cinq personnes de l'autre côté, donc il n'y a pas lieu d'en faire toute une histoire. »

Face à cette escalade de violence, le gouverne-

---

1. Elle sera condamnée à onze ans de prison.
2. Il est arrêté et condamné à perpétuité.

ment Clinton autorise les cliniques à faire appel aux forces de l'ordre pour se protéger. En janvier 1994, la Cour suprême prévoit également la création d'une « zone d'exclusion » censée protéger leurs alentours[1]. En réalité, ces mesures de protection sont dérisoires. Même lorsqu'elles se décident enfin à réagir, les forces de sécurité américaines sont aussi démunies face au terrorisme chrétien *prolife* que face au terrorisme islamiste. Dans les deux cas, elles n'ont pas affaire à des réseaux extrêmement structurés mais à une nébuleuse d'individus prêts à commettre l'irréparable à la moindre illumination – ce qui peut prendre la forme d'une cassette de Ben Laden diffusée sur *Al-Jazeera* ou d'un sermon invitant à se révolter contre l'avortement sur une chaîne locale américaine... À tout moment, où qu'il se trouve, un intégriste peut décider de passer à l'acte et il n'a pas besoin de beaucoup de matériel pour faire des dégâts. De toute façon, en Amérique, rien n'est plus facile que de se procurer une arme... Le pasteur Paul Hill n'a pas dû chercher longtemps avant de trouver les balles grâce auxquelles il mettra à mort le docteur Britton et l'homme qui l'escortait. « Le Seigneur m'a parlé et m'a montré la voie », a-t-il expliqué dans une lettre au révérend Bray, un autre activiste *prolife*. C'est en se référant à un extrait des Psaumes de la Bible qu'il justifie son geste dans une autre lettre envoyée à ses sympathisants : « Tu ne craindras ni les terreurs de la nuit, ni

---

la flèche qui vole de jour [1]... » Le premier terroriste antiavortement à être condamné à mort est aussitôt devenu un martyr aux yeux des *prolife*.

Comme les martyrs islamistes, son exemple suscite des vocations. Le 30 décembre 1994, soit quelques semaines après l'arrestation de Hill, un homme vêtu de noir fait son entrée dans le Centre de planification de Brooklyn armé d'un fusil à pompe. Il tire et tue la réceptionniste. Il se dirige alors vers une clinique voisine, où il blesse cinq personnes dont une autre réceptionniste. Le tueur sera arrêté le lendemain, après avoir ouvert le feu dans une troisième clinique à Norfolk. Les policiers sont arrivés juste à temps pour l'empêcher de retourner l'arme contre lui. John Salvi voulait mettre fin à sa vie. Il n'y a pas que les islamistes qui savent mourir en martyrs, les intégristes chrétiens savent le faire aussi... En revanche, contrairement au terrorisme islamiste, peu de gens mettent en cause la religion lorsqu'un croyant tue au nom du christianisme. Pourtant, les meurtriers *prolife* sont toujours des militants chrétiens.

Le 23 octobre 1998, le docteur Barnett Slepian est abattu par un sniper au travers de la fenêtre de sa cuisine pendant qu'il prépare à manger pour sa famille. Il meurt sous les yeux de sa femme et de ses enfants. Son assassin, James Kopp, un catholique de 46 ans, est connu de longue date des services de police. L'homme qui se fait appeler le « chien atomi-

---

1. Ces lettres sont citées par Mark JUERGENSMEYER, *Au nom de Dieu, ils tuent !, op. cit.*, p. 25, 134.

que » a participé à de nombreuses manifestations antiavortement. Il est également soupçonné d'avoir envoyé des menaces anonymes par courrier à plusieurs médecins et d'être à l'initiative de quatre autres agressions de ce type. Le meurtre n'est qu'une étape de plus dans son parcours aux côtés d'organisations *prolife*, dont l'idéologie a été initiée par le Vatican et répandue par la droite religieuse américaine. En vertu de quoi Polly Rothstein, la présidente de la Coalition proavortement de Westchester, estime que les leaders du mouvement *prolife* sont coresponsables des crimes commis « au nom de la vie » : « Sans ces leaders vomissant la haine, il n'y aurait pas de mouvements antiavortement » et donc pas de meurtres. Mais cette invitation à un examen de conscience est aussitôt récusée par les principaux intéressés. En tant que représentant de l'Église catholique américaine à l'origine du mouvement *prolife*, le cardinal O'Connor refuse d'être considéré comme « l'homme derrière l'homme qui a tué le médecin ». Il dénonce au contraire les prochoix qui utilisent, selon lui, le meurtre de Barnett Slepian pour faire reculer l'opinion provie dans le pays. Plus mal à l'aise, l'Association américaine des gynécologues obstétriciens *prolife* ressent le besoin de se désolidariser de la théorie de l'« homicide justifié » : « Aucun des membres de l'Association des gynécologues obstétriciens *prolife* ne trouve des excuses à la violence ou à des actes qui mèneraient à la violence. » Un site provie diffuse même l'avis de recherche de la police. Mais l'autocritique s'arrête là. Si aucun médecin n'a été assassiné depuis le meurtre du docteur Slepian, la violence, elle, est loin de s'estomper.

En vingt ans, le mouvement *prolife* a commis 44 400 actes de violence à l'encontre des partisans de l'avortement, 16 tentatives de meurtre, 2 400 assauts ou attentats à la bombe[1]. Comment qualifier un réseau capable d'autant de violence si ce n'est de « terroriste » ? Pourtant, ces terroristes-là n'incarnent visiblement pas l'« axe du Mal » aux yeux du président Bush puisqu'il s'inscrit dans la tradition voulant que le Parti républicain protège ses alliés *prolife*. Sous Reagan, les attentats perpétrés par des militants *prolife* ont même été passés sous silence – le FBI avait reçu pour consigne de ménager ces groupes[2]. Les exécutions de médecins ont perduré jusqu'à ce que le gouvernement Clinton fasse fermer un site internet *prolife* – *Le Nuremberg pour la vie* – qui relayait la théorie de l'« homicide justifié ». Conçu par le révérend Michael Bray, un pasteur intégriste, le serveur incitait clairement au meurtre des partisans de l'avortement. Il fournissait non seulement le nom mais aussi l'adresse et toutes les coordonnées des médecins dignes, selon lui, d'être condamnés à mort pour « crime contre l'humanité ». Le nom du docteur Slepian y figurait... Loin d'être isolé, le site du *Nuremberg pour la vie* est un véritable lieu de rendez-vous pour les assassins de médecins. Le révérend Michael Bray est un ami de Paul

---

1. D'après la National Abortion Federation.

2. BLANCHARD Dallas, PREWITT Terry J., *Religious Violence and Abortion. The Gideon Project*, Gainsville, University Press of Florida, 1993, 348 pages.

Hill et tous deux connaissaient Shelly Shanon, celle qui tenta d'assassiner le docteur Tiller. Il a lui-même signé un livre – *Il y a un temps pour tuer* – qui justifie le meurtre des partisans de l'avortement en paraphrasant l'Ecclésiaste. Féru de littérature « reconstructionniste », prônant la reconstruction d'un ordre politique soumis à Dieu, il considère que l'avortement et l'homosexualité donnent aux chrétiens le droit d'entrer en guerre pour résister[1]. Son site semble bien avoir joué un rôle majeur dans la diffusion de la théorie de l'homicide justifié, jusqu'à ce qu'il se signale en rayant le nom du docteur Slepian. Une façon d'indiquer que la sentence avait été exécutée. Ce qui lui a valu d'être fermé sous peine d'une amende de 107 millions de dollars le 5 février 1999. Depuis, aucun meurtre de médecin n'a été commis. Le meurtrier de Slepian, James Kopp, a même été arrêté en France en 2001, après que l'administration Clinton l'a fait figurer au palmarès des dix hommes les plus recherchés par le FBI. Il attend d'être jugé dans un pays suffisamment démocratique pour que le ministre de la Justice ne puisse pas l'absoudre malgré ses convictions *prolife*. En revanche, quelques jours à peine après l'arrestation de Kopp, la justice américaine a donné le feu vert à la réouverture du site *Le Nuremberg pour la vie*.

---

1. Voir le portrait-entretien réalisé par Mark JUERGENSMEYER, *Au nom de Dieu, ils tuent !*, *op. cit.*

L'anthrax : une spécialité islamiste ou américaine ?

Quelques jours seulement après les attentats du 11 septembre, l'Amérique a vécu dans la crainte d'une attaque bactériologique. Une pluie de lettres piégées à l'anthrax – cette substance déclenchant la maladie du charbon – fait alors immédiatement penser à un attentat islamiste, la proximité avec les attentats du 11 septembre ne pouvant être une coïncidence. Sans le moindre début de piste sérieuse, les médias titrent sur cette menace comme s'il s'agissait du dernier-né des projets islamistes. Pourtant ce bacille n'a rien de nouveau. Et puis surtout, il n'a rien d'une spécialité islamiste. En fait, même si aucun média et surtout pas le gouvernement Bush ne l'ont relevé, la lettre piégée à l'anthrax est une spécialité de l'extrême droite américaine[1].

En 1998 déjà, plusieurs cliniques d'Arizona pratiquant des avortements ont reçu des lettres disant contenir de l'anthrax en guise de représailles provie. Certes, le bacille n'était qu'une version *light* de celle qui terrifiera l'Amérique au lendemain des attentats, mais le réflexe est là et la liste des cibles choisies après le 11 septembre donne à réfléchir. Dans l'ordre, les lettres contenant de l'anthrax ont touché le leader de l'opposition démocrate, un juge de la Cour suprême, la Food and Drug Administration et plusieurs Plannings familiaux. Drôles de symboles s'il devait s'agir d'une attaque d'islamistes... Par

---

1. Fourest Caroline, *Foi contre Choix. La droite religieuse et le mouvement prolife aux États-Unis, op. cit.*

contre, aucun symbole honni par l'extrême droite *prolife* ne manque à l'appel. À commencer par la Cour suprême, responsable de la légalisation de l'avortement, et que les militants *prolife* maudissent. Pourquoi des islamistes viseraient-ils un juge de la Cour suprême ? Et pourquoi s'intéresseraient-ils à la Food and Drug Administration, la commission chargée des labels pour l'importation ? En revanche, elle est très clairement dans la ligne de mire des *prolife* depuis qu'elle a autorisé l'entrée du RU 486, la pilule abortive, sur le marché américain. Sans parler du Planning familial, la cible la plus durement touchée avec quelque 500 lettres et 120 Fedex disant contenir de l'anthrax. D'ailleurs cette fois le crime est signé. Près de 250 lettres reçues sont accompagnées de ce mot : « Vous avez été exposé à l'anthrax. Maintenant vous allez mourir. Army of God. » L'Armée de Dieu n'est autre que le nom utilisé par des militants *prolife* pour signer des attentats depuis les années 80. Il a notamment servi à revendiquer le double attentat à la bombe, contre une clinique et un bar lesbien, qui fit un mort et 150 blessés à Atlanta en 1998. Les seules traces formelles de l'organisation sont une vague page Web, sur laquelle on retrouve un communiqué dénonçant l'arrestation de James Kopp. L'Armée de Dieu est également célèbre pour avoir signé un mode d'emploi pour apprentis terroristes *prolife* qui n'a rien à envier aux cahiers secrets d'Al Qaïda.

Pourquoi, alors qu'un groupe terroriste comme l'Armée de Dieu revendique certaines lettres piégées à l'anthrax, l'enquête est-elle au point mort ? Aussi

invraisemblable que cela puisse paraître, bien que
l'hypothèse selon laquelle l'extrême droite religieuse
américaine soit liée aux menaces à l'anthrax puisse
difficilement être écartée, ces faits n'ont pas été
portés à la connaissance du grand public. Or il y a
une piste que le gouvernement Bush est tout particulièrement impardonnable d'avoir négligée : celle de
l'extrême droite américaine néo-nazie et pro-isla-
miste.

Au lendemain du 11 septembre, un groupe néo-
nazi américain, Aryan Nation, a rendu hommage aux
talibans et à Al Qaïda sur son site Web : « Aryan
Nation soutient les talibans et Al Qaïda dans leur
combat contre la tyrannie juive. » Non seulement
Aryan Nation entretient une certaine sympathie pour
les islamistes mais elle est en rapport avec l'Armée
de Dieu, le groupe *prolife* à l'origine de menaces
à l'anthrax envoyées au Planning. Outre une vision
religieuse extrême, le mouvement raciste chrétien et
les islamistes se comprennent sur la base d'un antisémitisme forcené et d'une certaine fascination pour
l'efficacité antijuive des nazis. En effet, ceux que
l'on appelle parfois « Christian Identity » ne sont pas
loin de considérer les Juifs comme le fruit d'un
accouplement illicite entre Satan et Ève. Il se trouve
que le cofondateur d'Aryan Nation[1], Larry Harris,
est justement un spécialiste des menaces bactériolo-
giques et qu'il a travaillé dans certains pays du
Moyen-Orient. Il se vante notamment d'avoir formé
plusieurs techniciens irakiens. En 1995, il a été arrêté

---

1. Il en a été le lieutenant-colonel de 1990 à 1995.

pour possession de trois fioles contenant des souches de peste bubonique. On a également retrouvé chez lui des souches d'anthrax, qu'il aurait commandées par Internet pour 240 dollars à un laboratoire du Maryland. Ironiquement, son métier lui a valu d'être interviewé en tant qu'expert au début de la crise sur l'anthrax, jusqu'à ce que ses accointances nazies soient révélées. Entre-temps, il aura pu distiller quelques conseils pragmatiques sur les antennes. Dans un livre censé aider les citoyens américains à se protéger en cas d'attaque bactériologique – mais que beaucoup jugent comme un mode d'emploi –, Harris écrit : « La peste et l'anthrax sont des bactéries faciles à travailler. En effet si vous prenez la dose suffisante d'antibiotique et que vous désinfectez bien votre zone de travail vous ne risquez rien. Par contre la moindre souche restante vous tuera en deux jours. L'anthrax devrait être utilisé pour les grandes villes [1]. » Un peu plus loin, il explique que les avions et les rats sont un bon moyen pour diffuser une attaque bactériologique. Autant dire que, en plus d'un fanatisme forcené, les intégristes chrétiens américains partagent certaines recettes avec les intégristes musulmans. L'histoire du terrorisme réserve bien d'autres surprises, notamment lorsqu'on se penche sur l'origine des opérations suicides dites kamikazes...

---

1. *Bacteriological Warfare : A Major Threat to North America.*

Les attentats kamikazes :
une tradition islamiste ou japonaise ?

En sacrifiant leur vie pour pouvoir tuer un maximum d'innocents, les terroristes du 11 septembre ont peut-être eu l'impression d'agir au nom d'Allah. Pourtant, ils n'ont pris modèle sur aucune sourate du Coran, ni même sur un Hadith qu'aurait pu inspirer la vie du Prophète. En réalité, comme son nom l'indique, l'attentat kamikaze s'inscrit dans la tradition japonaise. S'il fallait chercher des pères fondateurs à cette méthode, on les trouverait auprès des samouraïs, ces soldats qui allaient jusqu'à se suicider avec leur sabre s'ils perdaient leur honneur. Inconsciemment, lorsque les avions percutèrent les Twin Towers, les commentateurs télé parlèrent tout de suite d'un événement comparable à Pearl Harbor. En effet, la dernière fois que les États-Unis ont réellement subi des pertes par surprise, c'était déjà sous le coup d'une attaque kamikaze, lors du raid mené le 5 octobre 1944 par l'amiral Masabumi Arima et ses hommes contre la base navale et aéronavale américaine du Pacifique. La propagande japonaise parlait alors de « nouveaux samouraïs », des pilotes qui avaient reçu pour instruction « de ne pas rentrer vivants » : « Votre mission, c'est la mort[1]. »

Comment une tradition typiquement nippone a-t-elle pu inspirer les terroristes islamistes au point de devenir leur atout le plus redoutable ? Le chaînon

---

1. BÉLIER-GARCIA Frédéric, « L'éphémère épopée des kamikazes », *Le Nouvel Observateur*, 18-24 avril 1996.

manquant a été identifié par Michaël Prazan, dans un livre consacré à l'Armée rouge japonaise intitulé : *Les Fanatiques*[1]. Au terme d'une enquête remarquablement documentée, l'auteur montre que c'est en prenant exemple sur leurs camarades de l'Armée rouge japonaise, venus soutenir l'Intifada au Liban, que les militants palestiniens ont opté pour ce mode d'action jugé révolutionnaire.

Issue des rangs de la contestation estudiantine de 1968, l'Armée rouge japonaise compte alors parmi les mouvements d'extrême gauche les plus radicaux. Elle signe des détournements d'avions et des prises d'otages sanglantes aux quatre coins du Japon. On découvre aussi des purges internes qui mettent à mal l'organisation. Dans l'impasse, une branche décide de privilégier la lutte armée internationale, notamment par le biais de la solidarité avec la cause palestinienne, sous l'impulsion de Fusako Shigenobu. Celle que l'on surnommera la « Reine rouge » entretient des relations privilégiées avec George Habache. Le leader du FPLP, le Front pour la libération de la Palestine, sera même son amant. Avec son accord, elle installe son QG à Beyrouth, dans un camp d'entraînement du FPLP. Elle publie même un texte dans un journal palestinien, où elle déclare : « Nous, l'Armée rouge, nous déclarons ouvert notre partenariat, main dans la main, avec les Palestiniens, et nous nous engageons à faire tout ce qui est en notre pouvoir pour triompher de l'ennemi israélien. » Elle

1. PRAZAN Michaël, *Les Fanatiques. Histoire de l'Armée rouge japonaise*, Paris, Seuil, 2002, 300 pages.

ajoute : « Seule la violence révolutionnaire nous permettra de vaincre les impérialistes du monde entier.
Si les impérialistes s'accordent le droit de massacrer
les Vietnamiens et les Palestiniens, nous avons donc
le droit de faire sauter le Pentagone et de massacrer
les impérialistes [1]. »

La concrétisation de cet appel ne se fait pas
attendre. Sous son commandement, trois militants –
Okudaira, Okamoto et Yasuda – décident de frapper
fort en commettant le premier attentat suicide de
l'histoire de la révolution palestinienne. Le mardi
30 mai 1972, ils débarquent à l'aéroport de Lod à
Tel-Aviv et mitraillent au hasard 120 passagers por-
toricains venus en pèlerinage. Bilan : 26 morts et
plus d'une centaine de blessés. Cette violence
aveugle impressionne d'autant plus que les terroristes cherchent aussitôt à se suicider (deux y par-
viendront) [2]. Contrairement aux samouraïs de la
Seconde Guerre mondiale – qui ne visaient que des
cibles militaires – l'Armée rouge japonaise inaugure
le suicide aveugle, destiné à tuer des civils. Le président Kadhafi est admiratif, il incite vivement les
Palestiniens à suivre cet exemple : « Nous deman-
dons que les opérations des fedayins ne soient pas
seulement pratiquées par des Japonais. Pourquoi les
Palestiniens ne seraient-ils pas capables d'exécuter
de telles opérations ? On les voit écrire plein de théories dans des livres et des magazines, mais ils sont

1. *Al Hadaf*, cité par Michaël PRAZAN, *ibid.*
2. L'un d'entre eux, Okamoto, ne parvient pas à se suicider. Après
un long séjour en prison, il est acclamé en Libye comme un héros.
PRAZAN Michaël, *ibid.*

incapables de pratiquer des opérations aussi coura-
geuses que celles effectuées par des Japonais venus
de l'océan Pacifique[1]. »

La consigne est donnée, et c'est donc en suivant
l'exemple de militants de l'extrême gauche japonaise
que des militants palestiniens adoptent la méthode
du commando suicide. Par identification à la cause
palestinienne, cette méthode va devenir l'une des
forces du terrorisme islamiste. Mais elle est moins
le fruit d'une culture religieuse que d'une influence
politique. Même si les religions abrahamiques bai-
gnent dans la notion de sacrifice, le suicide n'est
encouragé ni par la Bible ni par le Coran. « Dans le
Coran, beaucoup de sourates insistent sur l'importance de la vie et interdisent le sacrifice humain »,
rappelle Ghassan Salamé, spécialiste du Moyen-
Orient. Cette interdiction est toutefois à géométrie
variable selon les imams et les circonstances.

Après les attentats du 11 septembre, de nombreuses fatwas ont rappelé l'interdiction faite aux
musulmans de se suicider. Le cheikh Ibn Uthay-
meen, un théologien islamiste de *Fatwa on Line*,
évoque un Hadith particulièrement mystérieux où il
serait toutefois permis de s'exposer à un danger si
on le fait pour le bénéfice des musulmans. Mais le
cheikh rappelle également qu'il existe une différence
entre le fait de se mettre en danger et celui de mettre
délibérément fin à sa vie – ce qui s'apparente à un
« suicide » et conduit à brûler éternellement en enfer.
Selon lui, si une personne se tue sans que cela rap-

---

1. Cité par Michaël PRAZAN, *ibid.*, p. 108.

porte quoi que ce soit à l'islam, elle commet un acte négatif dans la mesure où il rend l'ennemi encore plus déterminé : « C'est ce que l'on retient de la pratique des juifs sur le peuple de Palestine. Quand un Palestinien se fait exploser et tue 6 ou 7 personnes, alors en réponse, ils prennent la vie de 60 personnes ou plus. Donc cela ne produit aucun bénéfice pour les musulmans. Donc les personnes qui commettent ce type de suicide ont commis un mauvais suicide qui les conduira dans le feu de l'Enfer. Cette personne n'est pas un martyr. Nous espérons seulement que si cette personne a commis ce suicide en pensant que c'était permis, il sera sauvé de son péché. » Selon cette analyse, les terroristes d'Al Qaïda ont du souci à se faire. En effet, parmi les 3 000 personnes mortes dans les décombres du World Trade Center, près de 500 étaient d'origine arabe et/ou musulmane... En quelques minutes, les kamikazes et leurs commanditaires ont donc réussi l'incroyable exploit anticoranique de tuer plus de musulmans que l'armée de Sharon n'en avait tué depuis la reprise de la seconde Intifada. Ils ont surtout durablement terni l'image de l'islam – ce qui, selon la logique de *Fatwa on Line*, devrait les conduire tout droit en Enfer...

Prêts à mourir et à tuer pour Israël

Le sacrifice de sa vie pour une cause n'est pas propre aux islamistes. Les intégristes juifs, eux aussi, se disent prêts à mourir plutôt que de rendre les terri-

toires occupés par Israël. « Je suis prête à mourir car
je sais que cette cause est la plus juste au monde »,
a déclaré une jeune étudiante orthodoxe devant des
journalistes en 1995[1]. Les ultra-religieux font régulièrement allusion aux zélotes qui préférèrent se suicider collectivement plutôt que de se rendre lorsque
les Romains menaçaient la forteresse de Massada, en
73 après Jésus-Christ. La notion de martyr est toujours d'actualité pour ceux qui considèrent que les
juifs ont le devoir de précipiter le retour de Yahvé
en Terre sainte, quitte à y perdre la vie comme les
nombreux Hébreux qui combattirent contre les envahisseurs pour pouvoir perpétuer leurs rites et reconstruire leur Temple. C'est à cela que rêvent de
nombreux orthodoxes et ultra-orthodoxes lorsqu'ils
vont prier contre le mur de l'Ouest, seule ruine
encore debout du Temple bâti au temps de la royauté
hébraïque, détruit tantôt par les Babyloniens tantôt
par les Romains puis transformé en esplanade des
Mosquées par les dynasties musulmanes. Quiconque
ne comprend pas l'importance de ce symbole ne peut
pas mesurer les tensions, à fleur de peau, qui subsis-
tent entre les juifs allant prier en bas du mur de
l'Ouest et les musulmans montant sur l'esplanade
pour aller prier dans la mosquée Al-Aqsa. De part et
d'autre, la mémoire d'un âge d'or religieux à retrouver est si vive qu'elle peut conduire à justifier tous
les crimes et toutes les violences. Les juifs orthodoxes vivent dans un monde où l'histoire contempo-

---

1. Reportage réalisé en 1995 par Ghislain Allon et Michaela Heine
(produit par Charisma films), rediffusé en 2003 sur *TFJ*.

raine n'est qu'une parenthèse qui les unit à l'époque biblique. Ils conservent la mémoire de cette violence ancestrale comme si elle pouvait s'appliquer de nos jours, qu'il s'agisse de punir les juifs laïques – que la Bible accuse d'avoir provoqué la destruction du Temple par leurs péchés – ou de repousser les Palestiniens, perçus comme les héritiers des tribus menaçant les Hébreux depuis leur installation en Terre promise.

Sabra et Chatila – que l'opinion publique a retenu comme le signe de la barbarie d'Ariel Sharon – est un massacre que l'on doit en réalité aux milices chrétiennes intégristes libanaises. Certes le général en chef de l'une des Armées d'occupation s'appelait alors Sharon et il n'est pas intervenu ; mais ce sont des intégristes chrétiens, les kataëb, qui sont entrés de force dans les camps pour y massacrer des réfugiés palestiniens. En revanche, à partir des années 80, ce sont effectivement des intégristes juifs – notamment des membres du Goush Emounim – qui sont impliqués dans des attentats à l'encontre d'étudiants de l'université d'Hébron et contre les maires palestiniens de Naplouse et de Ramallah. En 1984, un fondamentaliste juif israélien a fait exploser un autobus arabe de Jérusalem-Est avec un missile. Le 25 février 1994, le docteur Baruch Goldstein, un militant ultra-orthodoxe, a tué 29 Palestiniens musulmans devant le caveau des Patriarches à Hébron, une ville des Territoires occupés[1]. Le docteur Goldstein

---

1. KEPEL Gilles, *La Revanche de Dieu : chrétiens, juifs et musulmans à la reconquête du monde, op. cit.*, p. 195.

n'était pas un détraqué mais un médecin américain
orthodoxe qui avait choisi de veiller, comme des milliers d'autres colons, à ce que des juifs puissent
continuer à vivre à proximité de l'un des lieux les
plus saints du monothéisme : le tombeau des
Patriarches – où sont enterrés Abraham, Sarah et leur
fils Isaac. L'histoire veut qu'il n'aurait pas supporté
d'entendre des Arabes crier « mort aux Juifs » à l'entrée du caveau – qui est aussi considéré comme un
lieu saint de l'islam et du christianisme – alors qu'il
s'y rendait pour lire le Livre d'Esther en compagnie
d'un groupe[1]. Le lendemain, il revient armé d'un
fusil d'assaut et tire dans la foule en train de prier
sur les tapis de la partie musulmane. Il est lynché
par les survivants et devient aussitôt un martyr. Sa
tombe, un imposant monument en granite orné de
lampadaires installé à Kiriat Arba, est devenue un
lieu de pèlerinage autour duquel des membres du
Goush Emounim se relaient pour expliquer aux pèle-
rins, notamment aux nouveaux émigrants russes,
combien le docteur a été héroïque...

Cette façon de glorifier la violence ne concerne
pas seulement le Goush Emounim. Le rabbin d'une
yeshiva de Naplouse, Yitzhak Ginsburgh, a été
emprisonné pour « incitation au meurtre » quelque
temps après l'assassinat d'Yitzhak Rabin. Il ne ces-
sait d'approuver publiquement le massacre de
Baruch Goldstein. Le rabbin s'est également rendu
célèbre pour imaginer des façons particulièrement

---

1. Voir Juergensmeyer Mark, *Au nom de Dieu, ils tuent !, op. cit.*,
p. 52.

sanglantes de résoudre le conflit israélo-palestinien. Il propose notamment de tuer « femmes, enfants et vieillards » dans les villes et villages palestiniens. Et il ne s'en tient pas qu'aux mots... En 1989, il emmena des élèves de sa yeshiva de Naplouse faire un « tour à pied » dans les Territoires. La marche s'est terminée dans un village palestinien, où les jeunes élèves se sont mis à tirer sur les Palestiniens. Bien que la population ait réagi en jetant des pierres, une jeune Palestinienne de treize ans a été tuée à bout portant par l'un des étudiants de la yeshiva. Des laïcs israéliens n'ont pas hésité à qualifier cette marche de « pogrom[1] ». Au procès du jeune meurtrier, le rabbin Ginsburgh n'a laissé poindre aucun regret au motif que la vie d'un goy n'avait aucune valeur : « Le peuple d'Israël doit se soulever et déclarer publiquement qu'un juif et un goy ne sont pas la même chose. Tout procès qui part du principe qu'ils seraient équivalents commet un simulacre de justice. »

L'extrémisme d'un Ginsburgh choque l'immense majorité des citoyens israéliens et il serait resté ultra-marginal si le déclenchement de la seconde Intifada n'avait pas rendu plus entendables les discours intégristes. En 2001, on lui ouvre les micros pour connaître son avis sur la manière dont Israël doit se comporter. La réponse a le mérite de la clarté : « Premièrement nous devons détruire les propriétés des

---

1. « En d'autres termes, ce tour était simplement un pogrom, tout comme ceux organisés en Cisjordanie par les gardiens de la Torah. » Texte d'Israel Shahak, voir Mezvinsky Norton, Shahak Israel, *Jewish Fundamentalism in Israel*, Londres, Pluto, 1999, 176 pages.

Arabes. En second, il faudra tuer les saboteurs. » Les partisans d'Israël notent à juste titre que l'Intifada est injustifiable du fait qu'elle s'en prend aux civils et non aux militaires mais un homme comme le rabbin Ginsburgh ne souhaite pas plus épargner les innocents les terroristes : « D'après la Halakha, pendant la guerre, il ne doit y avoir aucune distinction. Certains peuvent fuir mais le village entier doit être brûlé, un peu comme ce qu'il est advenu à Sodome et Gomorrhe [1]. » Dans son sermon précédent Pessah, un autre rabbin, Ovadia Yosef, invite à n'avoir pitié d'aucun Palestinien : « Il est interdit d'avoir pitié d'eux. Nous devons leur envoyer des missiles, les annihiler. Ils sont le diable, ils sont damnés [2]. » De tels discours s'entendent constamment dans la bouche d'imams incitant à la haine contre les juifs mais, à leur différence, les rabbins intégristes doivent rendre des comptes pour leurs propos. La justice israélienne les condamne régulièrement pour incitation à la haine raciste. En 2003, le procureur général E. Rubinstein a poursuivi le rabbin Ginsburgh suite à une déclaration où il exigeait que l'on bombarde Beit Jalla, un village palestinien d'où sont partis des tirs contre des Israéliens. En revanche, la justice des hommes n'a pas empêché le rabbin Shlomo Goren de continuer à déclarer jusqu'à sa mort que la vie d'un million de Palestiniens était moins importante que l'ongle d'un juif... Persuadé que l'Arche d'Alliance était dans les fondations du

---

1. *Maariv*, 12 janvier 2001.
2. *Haaretz*, 12 avril 2001.

Temple – donc sous la mosquée Al-Aqsa – l'ancien
Grand Rabbin d'Israël n'a cessé d'inciter les plus
intégristes à faire sauter la mosquée. En juin 1969,
un Australien tenta de la brûler. Cet incendie a servi
de déclencheur à la création de l'Organisation de la
conférence islamique[1]. Preuve, s'il en était besoin,
que l'extrémisme juif renforce le camp des ennemis
d'Israël. L'exemple le plus flagrant étant bien sûr le
meurtre d'Yitzhak Rabin...

Le 4 novembre 1995, au soir d'une grande manifestation pour la paix, devant 100 000 personnes
pleines d'espoir, Rabin fait sans doute l'un de ses
plus beaux discours. Puis il redescend de la tribune
dressée place de l'Hôtel de Ville pour regagner sa
voiture. Il ne l'atteindra jamais. Ygal Amir, un jeune
étudiant de l'université religieuse de Tel-Aviv, lui
tire dessus à bout portant. Pourquoi le Premier
ministre – qui se savait menacé – n'a-t-il pas pris
plus de mesures de sécurité ? La réponse tient dans
l'aveu, désarmant, de sa femme, Leah Rabin :

---

1. L'émotion des pays arabes, à peine remis de la guerre de 1967,
est à son comble. Le roi Fayçal (Arabie saoudite) appelle à un sommet
islamique. Lors de la réunion des ministres des Affaires étrangères au
Caire (25 au 28 août 1969), il est décidé de la tenue d'une conférence
islamique sous l'égide du Maroc. Le sommet, suivi par 35 États, a lieu
le 25 septembre 1969 à Rabat. Il est suivi de la Conférence des
ministres des Affaires étrangères à Djedda (mars 70) qui élabore les
bases d'un Secrétariat permanent chargé d'assurer la liaison entre les
États participants et de coordonner leur action. Mais ce n'est qu'en
mars 1972, lors de la 3e Conférence de Djedda, qu'est créée l'Organisation de la conférence islamique. Parmi les organes de l'organisation,
on trouve la création d'une Cour islamique internationale de justice.
Une histoire de la création de l'OCI a été publiée par Amin AL-MIDANI,
président du Centre arabe pour l'éducation au droit international huma-
nitaire et aux droits humains, Lyon.

« Nous ne pensions pas qu'un juif aurait été capable de tuer un autre juif[1]. » Et pourtant... Ygal Amir n'a pas agi sur un coup de tête. Il dit avoir agi au nom du « jugement des poursuivants », un principe inscrit dans la loi juive qui ordonne aux fidèles de tuer quiconque « représente un danger moral » pour les Juifs. Or c'est bien ce que beaucoup de rabbins orthodoxes et ultra-orthodoxes reprochaient à Rabin depuis qu'il se montrait décidé à restituer certains territoires aux Palestiniens. Bien qu'une loi israélienne interdise d'inciter au meurtre et donc d'approuver un tel acte, la plupart se sont félicités du meurtre de Rabin et présentent Amir comme un héros. Plusieurs orthodoxes se rassemblent régulièrement aux portes de la prison pour lui souhaiter son anniversaire en chanson. Quant à Amir, il n'a aucun regret, persuadé qu'il est d'avoir agi « pour accomplir la volonté de Dieu[2] ». Son acte a dramatiquement contrarié le processus de paix, ce qui a servi de prétexte à une seconde Intifada. Tout comme le meurtre commis par Barush Goldstein, en plein ramadan, est invoqué par les membres du Hamas pour justifier le recours aux attentats suicides...

---

1. Propos recueilli par Mark JUERGENSMEYER, *Au nom de Dieu, ils tuent !*, *op. cit.*, p. 50.
2. Cité par Mark JUERGENSMEYER, *Au nom de Dieu, ils tuent !*, *ibid.*

Les atouts du terrorisme islamiste

Nous venons de le voir, le recours à la violence n'est pas le monopole de l'intégrisme musulman. En revanche, il existe une série de facteurs qui expliquent le surcroît de dangerosité de l'islamisme. Avant toute chose, il est le seul à bénéficier d'un stock de bombes humaines. C'est l'un des atouts essentiels lui permettant de frapper sans crier garde y compris au cœur de la première puissance mondiale.

Au milieu des années 90, Ghassan Salamé analysait le recours aux attentats suicides comme une forme d'arme du pauvre, « une manière désespérée d'attirer l'attention du monde ». Le fait que le sacrifice puisse être invoqué de part et d'autre, du côté palestinien comme du côté israélien, mais surtout qu'il ait été pratiqué par différents mouvements – comme l'extrême gauche japonaise –, indique pourtant qu'il est moins le signe du désespoir que d'une réelle détermination politique. Dans *Les Nouveaux Martyrs d'Allah,* Farhad Khosrokhavar note que, sur 150 personnes impliquées dans les attentats suicides, aucune n'était ni spécialement pauvre ni spécialement désespérée : « Aucun des martyrs n'était illettré, misérable, ni même déprimé selon son entourage. Beaucoup d'entre eux appartenaient aux classes moyennes et à moins de se trouver en fuite, ils avaient tous un emploi rétribué. » Toujours selon lui : « On assiste donc à une grande diversification des personnes impliquées, comme si le sentiment de révolte contre le pouvoir israélien l'emportait sur les considérations personnelles de sécurité des classes moyennes[1]. » Un constat partagé par Olivier Roy : « Si la première génération des partisans de Ben Laden est venue directement de pays arabes en Afghanistan, la seconde (en tout cas pour les cadres terroristes) est surtout composée de jeunes musulmans (dont des convertis) qui se sont radicalisés en Occident[2]. »

Depuis le 11 septembre, plusieurs enquêtes et reportages ont souligné l'attrait que pouvait exercer l'islamisme sur des jeunes Français d'origine arabe. Devant les caméras, lorsque des journalistes prononcent le nom de Ben Laden ou de Saddam Hussein, il arrive que certains feignent de les admirer. Ces provocations ne sont pas nécessairement le symptôme d'une adhésion réelle aux valeurs islamistes. Néanmoins, cette tentation est symptomatique d'un malaise où l'islam radical sert d'exutoire d'un bout à l'autre du monde. Il séduit incontestablement ceux qu'un sentiment de frustration ou d'humiliation conduit à rêver de revanche. Selon Olivier Roy, « en France, l'engagement militant au nom de l'islam est le fait de jeunes musulmans de deuxième génération, acculturés, francophones, ayant une faible formation religieuse, scolarisés, mais en échec professionnel ou déçus par les perspectives de promotion sociale[3] ». C'est bien un malaise identitaire, davantage qu'éco-

1. KHOSROKHAVAR Farhad, *Les Nouveaux Martyrs d'Allah*, Paris, Flammarion, 2002, 370 pages.
2. ROY Olivier, *Les Illusions du 11 septembre, le débat stratégique face au terrorisme*, Paris, Seuil, 2002, p. 48.
3. ROY Olivier, *L'Islam mondialisé, op. cit.*, p. 201.

nomique, qui explique cet engagement puisque l'islam radical séduit des adeptes vivant dans des situations sociales et économiques radicalement différentes, de Gaza jusqu'en France.

La quête identitaire de Zacarias Moussaoui

Le parcours d'un Zacarias Moussaoui – accusé d'avoir été pressenti pour être le vingtième pirate de l'air des attentats du 11 septembre – illustre parfaitement combien l'islam radical et même terroriste peut fasciner un jeune Français dont la « panne sociale » est surtout identitaire. Son frère aîné, Abd Samad, attribue en premier lieu sa dérive sectaire à la mauvaise influence du wahhabisme et aux idées de Sayyid Qotb diffusées par les Frères Musulmans[1]. En amont, il explique que cette propagande n'aurait pas touché son frère s'il n'avait pas été fragilisé par des brimades racistes : « Il a toujours pensé qu'il n'était pas reconnu à sa juste valeur et il s'est toujours dit victime de brimades racistes. C'était le terrain idéal pour une idéologie de rupture et de haine. » À l'occasion, ce frère aîné parle aussi volontiers du rôle déficient de sa mère et de l'absence du père : « Nous avons tous les deux ramé pour nos

---

1. De façon assez ironique, ce discours permet au frère aîné d'avoir lui-même l'air d'un champion de l'islam modéré et laïque. Tout juste relève-t-on qu'il appartient au mystérieux mouvement des Ahbaches. Celui qu'il présente volontiers comme un « mouvement ouvert, combattant les intégristes » est pourtant loin d'être dénué d'ambiguïté. Sa haine vouée aux wahhabites et aux qotbistes tient moins à une guerre idéologique qu'à une rivalité d'influence.

études, nous avons tous les deux subi le racisme ordinaire dans la vie quotidienne et la discrimination à notre arrivée sur le marché du travail. Comme nous avons tous les deux souffert du manque d'affection de notre mère, de l'absence de notre père, du déracinement avec notre famille au Maroc[1]. » Cette dernière tentative d'explication est peut-être la moins convaincante. Car s'il existait une médaille du martyr, c'est bien Aïcha el-Wafi, la mère de Zacarias, qui mériterait de la porter.

Il faut aller sur le site de *Femmes du Maroc*, un magazine dédié aux femmes marocaines, pour découvrir un autre visage de cette femme et de ses fils[2]. Aïcha el-Wafi n'est pas la mauvaise mère, dépassée et ignare, que l'on se plaît à croire. Si les fils Moussaoui ont grandi sans père, c'est avant tout parce que leur mère a dû fuir son emprise autoritaire et violente. Mariée de force à quatorze ans, elle a eu le courage de quitter son mari – qui la battait – pour élever volontairement ses enfants loin des diktats sexistes de l'islam. À l'âge de 24 ans, elle trouve un moyen pour partir en France avec ses quatre enfants, où elle assume son foyer sans le moindre soutien de sa famille et sans jamais demander l'aide d'une assistante sociale : « Je n'ai jamais été au chômage.

---

1. Interview dans *Paris-Match*, 25 septembre 2002. À noter : Abd Samad, comme son frère Zacarias, entretient des relations distantes avec sa mère. Il la rend notamment responsable d'avoir trop voulu intégrer ses enfants, quitte à négliger de leur enseigner l'islam : « plus le jeune musulman ignore sa religion, plus il est vulnérable » et donc susceptible de sombrer dans l'islam radical.

2. Propos recuillis par Yann Barte, *Femmes du Maroc*, n° 76, avril 2002.

Je n'ai jamais demandé l'aide d'une assistante sociale. J'ai horreur de ça. Je me suis toujours débrouillée toute seule. » Couturière de métier, elle rentre à France Télécom comme femme de service. En plus de son emploi, des travaux de la maison et des enfants, elle suit des cours du soir d'aide-technicien. Malgré les difficultés que l'on imagine, elle fait tout pour que ses enfants ne manquent de rien. Zacarias Moussaoui, son frère et ses sœurs n'ont pas eu une enfance misérable. Non seulement le travail de leur mère leur a permis de grandir dans un pavillon plutôt confortable mais Aïcha el-Wafi ne recule devant aucune dépense pour leur faire plaisir : « En 1979, j'ai acheté un magnétoscope, 4 500 francs ! Je me suis dit : comme ça, ils resteront à la maison. Ils n'iront pas rôder dehors. » Aujourd'hui, elle se demande presque si elle n'a pas trop donné : « Le mercredi, je me rappelle, j'allais travailler. Lorsque je revenais le midi tout le monde dormait encore (rires). » Une chose est sûre, l'enfance du jeune Zacarias ne ressemble en rien à celle d'un jeune de la Bande de Gaza. En France, où il a grandi, il n'y avait aucun char israélien à l'horizon. Pourtant c'est sans doute ainsi qu'il a ressenti les premières vexations racistes dont il a été victime. Un traumatisme que sa mère regrette aujourd'hui d'avoir sousestimé : « Les garçons ont plus souffert que leurs sœurs du racisme. Peut-être que ça, je ne l'ai pas senti. Je n'ai jamais vraiment pris au sérieux ce que Zacarias me disait à ce propos. Quand Zacarias me disait "on m'a traité de sale négro, de sale Arabe !", je l'embrassais et je rigolais... Mais je crois que les gens doivent faire attention. Quand un enfant se fait insulter vers treize, quatorze ans et plus tard rejeter des boîtes, ou rejeter par les parents des filles qu'il fréquente... toutes ces choses s'accumulent dans le cœur, dans la tête du jeune. »

L'insulte raciste est une forme de rappel à l'ordre social d'une violence extrême, qui peut expliquer l'adhésion à une idéologie radicale. Pourtant, ce n'est pas encore suffisant pour conduire Zacarias sur le chemin de l'islamisme. C'est au contact de sa cousine, Fouzia – qui va devenir la femme de son frère aîné –, que le jeune homme s'est radicalisé. En 1990, Aïcha va rendre un service à sa famille qu'elle paiera très cher. Une de ses nièces restées au Maroc fréquente les Frères Musulmans, alors dans la ligne de mire d'Hassan II. Son père – qui est gendarme – craint pour sa place et envoie sa fille en France, où elle est gentiment prise en charge par Aïcha, malgré les difficultés financières que l'on imagine. Sans doute veut-elle faire preuve de cette solidarité dont elle n'a jamais bénéficié. Malheureusement, le profil des deux femmes est très différent : l'une a quitté le Maroc parce qu'elle voulait vivre en femme libre tandis que l'autre part en France à cause de son engagement intégriste. Sans avoir à endurer les épreuves que sa tante a dû traverser pour bâtir un foyer en France, elle amène bien vite avec elle ces diktats qu'Aïcha voulait fuir : « Elle a commencé à parler d'islam. Avant, mes garçons et mes filles participaient à tout. Les filles faisaient la cuisine, les garçons passaient l'aspirateur, faisaient la vaisselle, moi je m'occupais du linge. [...] Tout le monde me disait que j'avais des enfants gentils. C'est tout ce que je demandais. Tout a changé quand elle est arrivée... » La rupture intervient quelque temps après : « Abd Samad, le frère de Zacarias, était assis dans ce canapé. Je lui ai dit : "Soit vous participez, soit vous partez !" Ils avaient 22 et 23 ans. Abd Samad m'a répondu : "Tu crois qu'on a peur de toi ? On fait tout comme des femmes ici ! On passe l'aspirateur, on fait la vaisselle..." Et moi je lui ai dit : "Tu crois que je vais tout faire pendant que tu regardes la télé ?" Là, il se retourne vers sa cousine Fouzia et lui demande : "Chez toi tes frères ils ne font rien du tout, n'est-ce pas ?" Alors, j'ai compris que ça venait d'elle. Ils ont quitté ce jour-là tous les trois la maison pour Montpellier. »

Il faut noter le cynisme de cette histoire – celle d'une jeune Marocaine qui rêvait d'élever ses enfants dans un climat laïque non sexiste et qui se retrouve piégée par une autre jeune Marocaine, tout aussi révoltée mais islamiste celle-là. En l'accueillant à bras ouverts, malgré ses moyens modestes, en la soustrayant à la répression d'Hassan II, Aïcha el-Wafi voit toute son éducation mise à sac et ses deux fils lui échapper. S'il existe une victime dans ce gâchis, c'est bien la mère de Zacarias et non son fils. Né homme, élevé en France, Zacarias Moussaoui a bénéficié de bien plus de facilités que sa mère, et même que ses sœurs, obligées de faire face au sexisme en plus du racisme. Pourtant aucune d'elles n'est devenue islamiste : « Les filles voulaient vivre leur vie comme les Français. Les garçons, eux, ont ouvert leurs yeux vers l'islam... qui profite toujours plus à l'homme. J'ai éduqué mes enfants de la même façon. » Ces avantages tirés du patriarcat ne sont pas à négliger si l'on veut comprendre un basculement aussi spectaculaire que celui de Zacarias Moussaoui. C'est un jeune homme réfléchi, cultivé et plein d'avenir qui bascule volontairement dans l'intégrisme après avoir confondu l'humiliation du peuple palestinien avec le racisme qu'il a ressenti en France : « C'était le début de la guerre du Golfe, raconte son frère dans *Paris Match*, les agressions envers la communauté maghrébine se faisaient de plus en plus nombreuses, tout du moins dans le Sud où nous vivions. Et puis il y a eu la guerre en Yougoslavie, en Bosnie, l'épuration ethnique, les massacres des musulmans. » Cette phrase où l'injustice du racisme se mêle à l'abomination de l'épuration ethnique montre à quel point l'identification en cours ne sait plus distinguer l'intolérable de l'insoutenable. Au lieu de se relativiser, les humiliations des uns s'ajoutent à l'oppression des autres. « Zac, à l'époque, lisait *Le Monde diplomatique* et le *Courrier international*, il était féru d'information. Mais peu à peu, il n'a plus fréquenté de "Français de souche". Avec ses nouveaux amis, il semblait cultiver un sentiment de révolte. » Lorsqu'il se met à fréquenter la mosquée de Baker Street, où prêche notamment le cheik Abu Omar, Zacarias est à Londres pour décrocher un Master en commerce international. Son frère ne le reverra que par écran de télévision interposé, après les attentats du 11 septembre [1].

---

1. Interview dans *Paris Match*, 25 septembre 2002.

L'effet détonateur du conflit israélo-palestinien

Olivier Roy interprète comme le signe d'un « islam mondialisé » le fait que l'intégrisme musulman soit une idéologie capable de conquérir des adeptes par-delà les frontières, de classes ou de pays. Ce chercheur analyse l'intégrisme musulman comme « un agent de déculturation » du fait qu'il « se réfère à une Oumma imaginaire, au-delà de toutes les différenciations ethniques, culturelles, linguistiques ». Il parle même d'« Oumma virtuelle » pour souligner que les néo-fondamentalistes utilisent Internet. Ce constat est juste mais il est évidemment valable pour tout mouvement social, pour toute idéologie véhiculés dans un monde où les médias et Internet facilitent les échanges et les phénomènes d'identification. Dans le cas de l'islamisme, c'est incontestablement l'actualité au Proche-Orient et l'affrontement entre Israéliens et Palestiniens qui sert de cri de ralliement.

En soi s'identifier au conflit israélo-palestinien n'a rien de négatif, à moins de considérer le fait de se révolter ou de prendre parti comme un acte terroriste ! En revanche, le conflit est une aubaine pour théâtraliser une forme d'affrontement entre le Bien et Mal propre à exporter la colère. Sa médiatisation agit un peu à la façon d'une émission de télé-réalité. Chacun prend parti pour le (ou la) candidat(e) qui lui ressemble le plus. Les téléspectateurs réagissent en fonction de leur origine, de leur confession ou encore en fonction du rapport qu'ils entretiennent avec la domination et la violence. Parce qu'ils ont le sentiment d'être injustement dominés, beaucoup de jeunes Français s'identifient au peuple palestinien et rêvent d'une fierté transnationale retrouvée. Ce processus est très bien retranscrit dans une enquête de *Libération* signée Florence Aubenas. La journaliste – qui a enquêté dans plusieurs cités – parle d'une « recherche identitaire et d'une ghettoïsation croissante ». Âgés d'une quinzaine d'années, trois jeunes de la Seine-Saint-Denis se souviennent du début de la seconde Intifada au journal de 20 heures : « Les informations télévisées, c'était pire qu'un feuilleton : on ne voulait pas rater la Palestine. Là-bas, les musulmans sont tellement humiliés qu'ils montent au suicide pour se défendre. Un soir, la meuf du journal nous a vraiment chauffés. Elle montrait bien les morts, le sang, tout ça. J'avais l'impression qu'elle m'envoyait un message[1]. » Énervés, révoltés, les jeunes finissent par descendre dans la cour de la cité pour chercher des pierres : « On voulait montrer aux Palestiniens qu'il y a aussi des Arabes en France. » Or il y a toujours deux camps dans un jeu de rôles. Et ces jeunes Français ne s'imaginent pas représenter les Palestiniens sans taper sur ceux qui incarnent à leurs yeux les Israéliens : « On ne savait pas où taper Israël. Ils sont trop forts, ils ont les USA derrière eux. On n'avait pas d'autres idées que la synagogue du quartier. Je crois qu'on l'a un peu touchée avec des boulons et des vis. » Le bilan est léger. Mais ce type d'incident s'est multiplié depuis la seconde Intifada, contribuant à faire régner un climat

---

1. « Un soir, la meuf du JT nous a chauffés », *Libération*, 2 avril 2002.

antisémite que l'on croyait devoir appartenir au passé. Bien sûr, il ne faut pas tout mélanger. Ces provocations ne sont pas à mettre sur le même niveau que celles, bien plus graves, ayant fini en agressions ou en incendies de synagogues. Ces opérations portent la marque de militants organisés et non celle de jeunes banlieusards surchauffés par la télévision. Il faut une culture politique autrement plus profonde pour passer d'un sentiment de révolte instinctif à une action terroriste. Il faut une propagande susceptible de convertir la frustration en rage.

Le cas de Zacarias Moussaoui est très révélateur de l'attraction que peut exercer un mouvement radical comme l'islamisme auprès de jeunes s'imaginant être en « panne sociale » : le seul fait de pouvoir reprendre du pouvoir grâce aux bienfaits de la domination masculine garantie par l'intégrisme musulman est une première forme de rétribution. Mais, pour pouvoir se constituer un stock de bombes humaines corvéables à merci, les islamistes ont imaginé bien d'autres motivations. Ils ont notamment détourné un Hadith de façon à promettre bien des plaisirs aux kamikazes après leur mort. Non contents de rejoindre Dieu, ils seraient attendus au Paradis par soixante-dix vierges [1] ! Le Coran parle bien de Houri – des vierges aux grands yeux – censées attendre les fidèles au Paradis. Mais c'est une promesse faite à tous les bons musulmans, pieux et pratiquants, et non une récompense promise à ceux qui se tueraient pour

---

1. « Être kamikaze, gagner le Paradis et 25 000 dollars », *The Guardian*, publié dans *Courrier international*, n° 618, 5-11 septembre 2002.

Dieu. Enfin et surtout, les exégètes s'accordent pour y voir une allégorie. Le fait de transformer cette allégorie en promesse permet incontestablement de séduire un certain nombre de candidats kamikazes masculins. La rétribution virile s'ajoute alors à la rétribution honorifique. En sus de fournir une échappatoire à leurs frustrations, la propagande islamiste promet une forme d'ascension sociale fulgurante – devenir un héros de l'islam ! – à ceux qui se sentent dans une impasse identitaire. Ce qui est valable en Occident l'est encore plus en Palestine...

Le témoignage d'une mère de kamikaze est toujours éclairant pour comprendre le rôle joué par l'endoctrinement religieux dans le basculement des jeunes Palestiniens. Interviewée par le quotidien londonien *Al-Sharq al-Awsat*[1], Um Nidal – une mère qui avait déjà caché chez elle un membre de la fraction armée du Hamas – explique : « Le Djihad est un commandement [divin]. Nous devons sans relâche chercher à l'inculquer à nos fils. [...] C'est parce que j'aime mon fils que je l'ai exhorté à mourir en martyr au nom d'Allah... Le Djihad est un devoir religieux. J'ai sacrifié Mohammed par esprit de devoir. » Elle n'en doute pas une seconde, la vie de son fils sera meilleure dans l'au-delà du fait de son statut de martyr : « Mon fils n'est pas détruit ; il n'est pas mort. Sa vie est meilleure que la mienne. Si mes pensées se limitaient à ce monde, je ne l'aurais pas sacrifié. » Um Nidal est persuadée que tous les religieux

---

1. *Al-Sharq al-Awsat* (Londres), 5 juin 2002, traduit par le Middle East Media Research Institute.

musulmans s'accordent pour approuver le Djihad et le martyr : « Il n'y a aucun désaccord en la matière [parmi les autorités religieuses]. Le bonheur sur terre est incomplet. Le bonheur éternel, c'est la vie dans le monde à venir, atteignable par le martyre. Loué soit Allah : mon fils a atteint ce bonheur. »

Voilà bien le rôle joué par la propagande islamiste. Le Coran désapprouve clairement le suicide mais les membres des Frères Musulmans, dont le Hamas est la branche palestinienne, font tout pour donner une légitimité religieuse à ces opérations kamikazes[1]. Pour éviter le terme de « suicide », problématique, ils utilisent le terme de « martyr consenti ». Ils se raccrochent en cela aux extraits du Coran promettant le paradis à ceux qui sont morts « sur le sentier de Dieu ». Un endoctrinement qu'ils assènent pendant des semaines voire des mois aux candidats, souvent recrutés dans le cercle d'amis ou le cercle familial. Une fois qu'ils ont signé un pacte avec leur recruteur, ils doivent garder le secret et ne rien dire de leur projet à leurs proches. Un testament, souvent enregistré sur cassette vidéo, les dissuade de faire machine arrière. Mais toute cette mise en scène ne pourrait se faire sans l'accord de religieux. En 1996, Qaradhawi – le théoricien que met en avant l'UOIF française pour former ses imams – est le premier clerc musulman à justifier les attentats suicides en proclamant que les kamikazes étaient des martyrs. Aujourd'hui encore la fatwa du cheikh Qaradhawi

---

1. Ainsi c'est à l'université d'Al Azhar que les Frères et le Hamas annoncent en juillet 2003 qu'ils ont formé une escouade de martyrs potentiels.

trône sur le site du Hamas en guise de carte blanche. Depuis, elle a été renforcée par un second avis, rendu par le Conseil européen de la fatwa, qui tente définitivement de donner un blanc-seing aux kamikazes qui redouteraient de commettre un acte contraire à l'islam en se suicidant : « Contrairement au suicide, qui a pour seul objectif d'échapper au conflit, l'opération martyre a un but précis, qui est de réjouir Allah[1]. » Ce type d'incitation religieuse n'est pas seulement le fait des Frères Musulmans ou du Hamas. Bien que Yasser Arafat dise s'opposer aux opérations suicides, plusieurs religieux officiels de l'Autorité palestinienne approuvent le recours aux bombes humaines. Le vice-ministre des Cultes de l'Autorité palestinienne officiant à la mosquée Al-Aqsa, le cheik Youssef Juma Salamah, a déclaré : « L'équation entre opérations martyres et terrorisme est fausse et diffamatoire. Le peuple palestinien... n'a pas d'autre façon de se défendre, de défendre sa terre et son honneur. [...] Je rappelle que la résistance armée continue. Notre peuple tient bon. Toutes ses factions religieuses concordent sur la nécessité de la résistance armée face à l'occupation israélienne, quel que soit le nombre de victimes. Le peuple palestinien dans son ensemble soutient ses dirigeants dont le seul but est de mettre fin à l'occupation et de créer un État palestinien avec Jérusalem pour capitale[2]. »

1. « Qaradhawi favorable aux opérations suicides lors d'une conférence islamique en Suède », MEMRI, 28 juillet 2003.

2. Déclaration du 13 juin 2002, « Débat palestinien sur les opérations martyres 1re partie : dissensions au sein de l'Autorité palestinienne », Middle East Media Research Institute, *Enquêtes et analyses*, n° 100, 4 juillet 2002.

La propagande politique est telle qu'il arrive que les religieux soient dépassés par le mouvement qu'ils initient. Ainsi, le cheikh Yassine, le penseur du Hamas, tient à faire cette précision à propos des femmes prenant l'initiative de devenir kamikazes : « Dans notre société palestinienne, les femmes affluent vers le Djihad et le martyre, tout comme les hommes. Mais la femme a cela de particulier que l'islam pose quelques restrictions en ce qui la concerne, et si elle sort se battre au nom du Djihad, elle doit être chaperonnée par un homme[1]. » À force d'élever des générations entières dans le culte du martyr – que ce soit à l'école, en famille ou lors des enterrements – tout en promettant sans cesse une vie de rêve après la mort, l'Autorité palestinienne se trouve de plus en plus confrontée à des phénomènes suicidaires chez les enfants, les premiers à prendre au pied de la lettre cette propagande. Ce qui n'est pas la moindre des entorses au code du Jihad. Ashraf al-Ajrami, chroniqueur au quotidien de l'Autorité palestinienne *Al-Ayyam*[2], s'est interrogé pour comprendre comment on avait pu en arriver là : « L'honneur et l'estime que le peuple palestinien accorde aux martyrs ont, sans aucun doute, joué un rôle déterminant dans l'émergence de ce phénomène. De même, les funérailles des martyrs et les célébrations tenues en leur honneur sont toujours accompagnées de discours sur la vie future et la sérénité

---

1. *Al-Sharq al-Awsat* (Londres), 31 janvier 2002, traduit par le Middle East Media Research Institute.

2. *Al-Ayyam* (Autorité palestinienne), 3 mai 2002, traduit par le Middle East Media Research Institute.

éternelle [dont les martyrs jouissent] aux cieux, ce qui amène les gens à se dire : "Pourquoi attendre et s'acharner à vivre une vie de misère quand il suffit d'appuyer sur un bouton ou tout simplement de se placer à portée des tirs israéliens pour se retrouver au Paradis ?" » Le chroniqueur palestinien relève que de plus en plus d'enfants prennent des risques insensés car ils n'ont plus du tout la notion de la mort : « Certains enfants de Gaza subissent l'influence de l'école, de la mosquée ou de rassemblements où l'on fait l'éloge du sacrifice et du martyre. Contre paiement, certaines personnes sont prêtes à armer les enfants de pistolets, grenades et bâtons de dynamite, disponibles pour quelques shekels seulement. Ces enfants au cerveau lavé sont imprégnés du désir d'approcher l'implantation la plus proche, où les soldats de l'occupation auront vite fait de les tuer. »

La force fédératrice de la haine antijuive

Par-delà la seule question palestinienne, le mythe d'un califat restauré – où tous les musulmans seraient de nouveau conquérants, heureux et unis – permet à l'islamisme de rallier tous ceux qui, du Proche-Orient jusqu'en France, veulent croire que leurs frustrations quotidiennes ne dépendent pas d'eux mais des autres. Quels autres ? L'Occident, l'Amérique, les Juifs... Tous ceux qui, en menant une politique colonialiste ou impérialiste, peuvent ressusciter, par opposition, l'unité des croyants. Dans *Les*

Communautés imaginées, Benedict Anderson analyse le nationalisme comme une reconstruction où
l'on fait croire à une identité commune par le biais
de représentations, de mythes et de frontières plus
imaginés que réels [1]. Les frontières de l'identité sont
exacerbées par la réécriture de l'histoire que l'on
manipule en fonction de ses besoins de propagande.
C'est bien ce que fait Ayman al Zawahari, l'un des
leaders du Djihad islamique, lorsqu'il fait remonter
l'humiliation dont l'islam serait victime à une tragédie « qui ne devra pas se répéter : l'expulsion des
Morisques d'Espagne », en 1492 [2] ! *A contrario*, il
évoque la glorieuse bataille de Jérusalem, quand
Saladin chassa les croisés du royaume qu'ils avaient
constitué en Palestine – une allusion à l'existence de
l'État d'Israël et à sa fin annoncée en terre d'islam [3].
C'est dans cette capacité à faire croire que l'âge d'or
reviendra grâce à la guerre sainte contre Israël que
résident notamment la force et le danger de l'islamisme actuel. Cette façon de manipuler l'histoire
fige les individus dans des identités aussi abstraites
que ridicules mais elle permet de placer le conflit
israélo-palestinien au cœur de tous les enjeux. Non
seulement la confrontation avec Israël soude une
communauté imaginaire qui a toujours peur de se
dissoudre, mais elle fournit l'occasion de fédérer

---

1. ANDERSON Benedict, *Imagined Communities : Reflections on the Origin and Spread of Nationalism*, 1991, 224 pages.
2. Lors de sa première intervention publique, en septembre 2001.
3. Noté par Marc FERRO, *Le Choc de l'islam, op. cit.*, p. 24.

grâce à la technique éprouvée du « bouc émissaire »[1].

Lorsqu'il parvient à confondre « antisionisme » avec « antisémitisme », l'islamisme renoue avec une haine antijuive qui a de tout temps fait la preuve de son efficacité pour mettre les frustrations individuelles au service d'un mouvement totalitaire. Pour cela, il lui suffit d'opérer un tri sélectif parmi les recommandations du Prophète à propos des juifs. Comme les chrétiens, les musulmans entretiennent une relation ambiguë avec les précurseurs du monothéisme. Ils ne peuvent pas les renier – puisqu'ils croient au même Dieu et partagent les mêmes références – mais il faut bien se justifier de croire en une autre version du monothéisme. Le Coran fait bien la distinction entre les juifs jugés impies et ceux ayant la foi. Les juifs croyants sont placés sous la protection de Dieu : « Ceux-là sont parmi les gens de bien [...]. Et quelque bien qu'ils fassent, il ne leur sera pas dénié. Car Dieu connaît bien les pieux[2]. » Les Juifs non croyants, en revanche, héritent de tous les reproches. Ceux-là sont maudits : « [Nous les avons maudits] à cause de leur rupture de l'engagement, leur mécréance aux révélations de Dieu, leur meurtre injustifié des Prophètes, et leur parole : "Nos cœurs sont [enveloppés] et imperméables." En réalité, c'est Dieu qui a scellé leurs cœurs à cause de leur

---

1. Un ouvrage collectif consacré à la question de l'individu au Moyen-Orient concluait récemment que la lutte contre Israël était le seul ciment susceptible d'empêcher la « nation arabe » de se désagréger. *The Predicament of the Individual in the Middle East*, Londres, Saqi Books, 2002.

2. Sourate III (« La famille d'Amram »), *Le Coran*, Points Seuil.

mécréance, car ils ne croyaient que très peu [1]. » Ces
juifs « impies » sont également décrits comme des
« égarés » que Dieu a transformés en singes et en
porcs. Ce sont des « semeurs de désordre », des
rebelles au message divin. Ils ne méritent que la
haine : « Nous avons jeté parmi eux l'inimitié et la
haine jusqu'au Jour de la Résurrection [2]. » Ces
extraits ne seraient que des messages d'intolérance
parmi d'autres si les écoles de certains pays, comme
l'Arabie saoudite, ne continuaient pas de les enseigner comme étant toujours d'actualité. Dans leurs
manuels scolaires, les jeunes Saoudiens de 14 ans
apprennent ainsi que le Jugement dernier n'arrivera
pas avant que les musulmans aient combattu et tué
tous les juifs [3].

Cette propagande s'est largement diffusée grâce
au mécénat wahhabite soutenant la plupart des mouvements islamistes de par le monde. En 2002, un
jeune Français de 24 ans, proche du Tabligh, tenait
exactement le même propos : « C'est une nécessité
pour tous les musulmans de combattre les juifs et les
croisés. » Il ajoute : « L'histoire veut que les musulmans restent en guerre avec les juifs jusqu'à la fin
du monde [4]. » Si un tel endoctrinement marche en
France, il est évidemment terriblement répandu au
Moyen-Orient. Il suffit de se rendre dans une librairie d'Aman ou de Beyrouth pour s'en rendre compte.

---

1. Sourate IV (« Les Femmes »), 155, *Le Coran*, Points Seuil.
2. Dans la sourate V (« La table servie »), 60-64, *Le Coran*, Points
Seuil.
3. Cité dans « Hardtalk », *BBC*, 17 juin 2003 lors de l'entretien avec
le ministre saoudien des Affaires islamiques.
4. « La tentation antijuive », *Marianne*, 5-11 août 2002.

Les rayons foisonnent d'ouvrages que même les librairies néo-nazies européennes hésitent à diffuser. On y trouve des couvertures montrant des hommes au nez crochu en train de saliver devant des femmes dénudées, des étoiles de David mises à toutes les sauces du sang impur, et bien sûr *Les Protocoles des sages de Sion*. Bien que fantaisiste, il reste l'irremplaçable best-seller de toutes les librairies du Moyen-Orient – où il a été rejoint par un nombre incalculable de livres dénonçant le moindre complot judéo-maçonnique et d'autres comparant les sionistes aux nazis[1]. Sans parler des grands classiques de l'antisémitisme français : Henry Coston, l'héritier de Drumont et l'auteur d'un livre de dénonciation sur la *France juive* dans les années 30, Faurisson, un autre Français qui nie l'existence des chambres à gaz, et bien sûr Roger Garaudy, le dernier-né des négationnistes. Parfois, il ne faut guère fouiller pour tomber sur une version flambant neuve de *Mein Kampf*, ornée d'un portrait d'Hitler et d'un drapeau nazi. Cette culture de la haine n'a pas que laissé des traces en Europe... Durant la Seconde Guerre mondiale, le Grand Mufti de Jérusalem, Hadj al-Husseini[2], avait demandé aux musulmans de se battre aux côtés de l'Allemagne nazie. Il a même formé deux divisions bosniaques chargées du massacre de la population

---

1. L'un des ouvrages que nous avons trouvés dans une librairie d'Aman porte sur *Les Sionistes et les nazis*, 304 pages.

2. Incidemment l'oncle de Yasser Arafat. Une incidence qui pourrait être considérée comme déplacée si Arafat lui-même ne revendiquait pas publiquement et fièrement cette parenté et son héritage.

serbe, Handjar et Kama, toutes deux revêtues de l'uniforme de la SS[1].

Une certaine extrême droite chrétienne est séduite

Le racisme antijuifs ne permet pas seulement de souder la Umma aux quatre coins du globe, elle fait aussi partie de ces références idéologiques propres à fédérer par-delà les clivages politiques et religieux. Avant d'être la référence d'une certaine contre-culture palestinienne, *Les Protocoles des sages de Sion* ont été importés au Moyen-Orient par la bourgeoisie chrétienne du Liban, de Palestine et d'Égypte[2]. C'est également le livre de chevet des milices chrétiennes racistes américaines.

Vu de France, il paraît inconcevable que des militants d'extrême droite, connus pour leur racisme antiarabes, puissent partager certaines références avec des militants islamistes. C'est oublier qu'ils ont en commun de haïr les juifs et d'être intégristes. Si un parti comme le Front national doit son succès populaire à son racisme, ses dirigeants, eux, sont sur-

---

1. « Quand l'extrême droite défend l'islamisme », par Sophie Kulbach, Haaretz.com (http://haaretz.free.fr/articles/art60.php3). À ne pas confondre avec le journal *Haaretz*.

2. La première version est publiée vers 1925, traduite d'après la version d'Urbain Gohier dans *La Vieille France* sans doute au Caire. Une autre version paraît le 15 janvier 1926 dans la revue de la communauté catholique romaine de Jérusalem. Cette version des *Protocoles* est, selon Pierre-André Taguieff, publiée au Caire par Antoine Al Khoury. Taguieff Pierre-André (dir.), *Les Protocoles des sages de Sion II, études et documents*, Paris, Berg, « Faits et Représentations », 1992, 816 pages.

tout influencés par l'intégrisme religieux. Leur volonté d'imposer un retour aux valeurs morales croise celle des intégristes musulmans. Personne ne décrit mieux cette convergence d'intérêts que *Radio Islam*, un site Internet basé en Suède à l'intention des musulmans de France. Il a clairement appelé à voter Le Pen aux élections présidentielles de 2002 : « Votez Le Pen. Et ne vous laissez pas manipuler par les mensonges de la propagande mensongère des juifs qui veulent se battre contre la France jusqu'au dernier "beur" [1] ! » Après avoir mis en garde contre « la propagande socialo-sioniste » prétendant lutter contre le racisme, le site invite ses compatriotes musulmans à prendre conscience qu'en « dépit de quelques militants de base manipulés et dont le comportement imbécile est surmédiatisé par les sionistes, Le Pen n'est pas antiarabes ». *Radio Islam* rappelle qu'en 1956, alors qu'il combattait en Algérie, l'officier Jean-Marie Le Pen a donné l'ordre à ses soldats d'enterrer les musulmans vers La Mecque, afin de respecter les traditions musulmanes. Il cite également un discours du leader frontiste datant de l'époque où il était député (29 janvier 1958) : « J'affirme que dans la religion musulmane rien ne s'oppose, au point de vue moral, à faire du croyant ou du pratiquant musulman un citoyen français complet. Bien au contraire. Sur l'essentiel, ses préceptes sont les mêmes que ceux de la religion chrétienne, fondement de la civilisation occidentale. »

Parmi les gestes qui ont marqué les intégristes

---

1. Intervention de Kamal Khan.

musulmans, il faut rappeler que Jean-Marie Le Pen
a apporté son soutien à Saddam Hussein au moment
de la première guerre du Golfe et que sa femme,
Jany Le Pen, est à la tête d'une association de solidarité avec les Irakiens victimes de l'embargo. « Jean-
Marie Le Pen n'est pas raciste, insiste *Radio Islam*,
c'est un Français qui lutte pour libérer la France de
l'occupation juive – comme vous luttez pour libérer
vos pays de cette occupation – ce qui est normal. »
À noter : les islamistes de *Radio Islam* soutiennent
le Front national par antisionisme et par haine antijuive, tandis que du côté des intégristes chrétiens
c'est l'antijudaïsme et la haine de la laïcité qui les
motivent pour se rapprocher des intégristes musulmans. Le même consensus existe chez une certaine
extrême droite américaine, même après le 11 septembre. Nous avons vu comme Aryan Nation, un
groupe néo-nazi américain inspiré par le fondamentalisme protestant, rendait hommage aux talibans et
à Al Qaïda sur son site Internet : « Aryan Nation
soutient les talibans et Al Qaïda dans leur combat
contre la tyrannie juive. » En guise d'explication, le
groupe précise : « Nous condamnons les actes des
Américains qui prouvent une fois de plus qu'il s'agit
d'un gouvernement marionnette d'Israël qui attaque
les combattants libres talibans. Nous pensons que
c'est l'élite dirigeante – les juifs – qui a attaqué le
World Trade Center le 11 septembre, pour nous
réduire en esclavage dans un État policier. »

*Une certaine gauche anti-impérialiste
lui trouve des circonstances atténuantes*

Malheureusement, il n'est pas nécessaire d'aller sur des sites aussi « exotiques » que celui d'Aryan Nation pour se trouver face à des alliances douteuses grâce aux vertus fédératrices de l'antisémitisme. Organisée en principe sur le thème du racisme, la Conférence mondiale de Durban d'août 2001 restera gravée comme un moment où certains militants d'extrême gauche se sont rapprochés des islamistes au nom de la lutte contre l'américano-sionisme. Lors du discours de Fidel Castro, au forum des ONG, certains activistes ont clairement entendu fuser quelques « *Kill Jews* » à la suite de « *Free Palestine* ». Des participants s'en sont même pris physiquement à des militants identifiés comme juifs. Tant pis si ceux-là militaient justement contre la politique de Sharon... Un tract assimilant les juifs aux nazis a également été distribué par l'Union des avocats de la Ligue arabe. On y voit notamment des soldats israéliens arborer des drapeaux avec des croix gammées. Plus anonyme, un tract montre une photo de Hitler sous-titrée ainsi : « Et s'il avait gagné ? Il n'y aurait pas eu Israël et il n'y aurait pas eu de sang palestinien versé. » Toujours sur le stand de l'Union des avocats de la Ligue arabe, on pouvait bien sûr acheter *Les Protocoles des sages de Sion*, pour l'équivalent de deux euros. La conférence était censée voir encouragée une réflexion sur l'incitation à la haine, elle a surtout donné l'impression que les victimes de l'islamisme ne pourraient pas toujours compter sur l'extrême gauche pour les défendre.

Que penser de la caution apportée à la propagande islamiste par Thierry Meyssan, un militant d'extrême gauche, avec *L'Effroyable Imposture* ? Ce livre dédouane en partie les islamistes puisque selon lui aucun avion ne s'est écrasé sur le Pentagone et que la liste des kamikazes embarqués à bord de l'avion aurait été rajoutée *a posteriori* par le FBI. On ne comprend pas bien pourquoi l'État américain aurait cherché à faire croire qu'un avion s'est écrasé sur le Pentagone en plein effondrement des deux tours du World Trade Center... Mais on en sort avec le sentiment que le gouvernement américain est extrêmement manipulateur et finalement presque plus dangereux que l'islamisme. On comprend dès lors pourquoi il connaît un tel succès au Moyen-Orient – où il est devenu le deuxième best-seller après *Les Protocoles des sages de Sion*. Depuis sa sortie, Thierry Meyssan est invité à donner des conférences un peu partout dans le monde arabo-musulman : on le voit en photo aux côtés de mollahs iraniens, du responsable du Hezbollah libanais. Pourtant, il y a quelques mois encore, Thierry Meyssan et son association, le Réseau Voltaire, incarnaient l'extrême gauche la plus opposée aux intégristes qui soit, l'homme qui se battait pour la liberté des mœurs contre la calotte ! Il faut croire que sa défense des valeurs laïques ne s'exerce pas de la même façon face aux intégristes musulmans. Aujourd'hui, le Réseau Voltaire continue bien son combat contre l'intégrisme catholique mais il se montre moins agressif envers l'islamisme. Sur son site Web, le Réseau décrit par exemple le Hezbollah comme un « mouvement social d'inspiration religieuse faisant penser à la théologie de la libération » !

L'absence de mobilisation contre l'intégrisme musulman se rapproche d'une certaine complicité chez certains militants en lutte contre l'impérialisme et le sionisme. Contrairement à l'intégrisme juif et chrétien, visiblement assimilable à une démarche politique conservatrice voire réactionnaire, il bénéficie d'une double résonance idéologique, à la fois réactionnaire et révolutionnaire, qui lui permet de rallier plus largement qu'un autre intégrisme. Et ce phénomène n'est pas propre à l'Europe. Aux États-Unis aussi, la gauche radicale a vu quelques-uns de ses militants céder à la fascination pour l'islam terroriste au nom de la lutte anti-impérialiste. Lynne Stewart a longtemps figuré parmi les avocates engagées les plus admirées de l'extrême gauche américaine. En 1994, après avoir défendu des jeunes défavorisés puis des groupes se définissant comme l'Armée rouge américaine, elle accepte d'assurer la défense du cheikh Abdel Rahman, l'un des leaders islamistes égyptiens les plus radicaux[1]. L'homme est soupçonné d'avoir planifié des attentats terroristes contre des ponts et des tunnels de New York. On l'accuse également d'être impliqué dans le premier attentat contre le World Trade Center de 1993. Au moment de sa plaidoirie, Stewart tentera de convaincre le jury

---

1. PACKER George, « L'enfant perdue de la gauche radicale américaine », extrait du *New York Times* repris par *Courrier international*, 16-22 janvier 2003.

qu'il s'agit avant tout d'un homme dressé contre l'injustice : « Il a dénoncé la souffrance du peuple égyptien [...]. Pour cela, il a lutté par tous les moyens possibles, et ce gouvernement ne l'accepte pas. »

Bien que jadis féministe, athée et marxiste, Stewart s'est véritablement prise d'affection pour son client – qu'elle perçoit avant tout comme un révolutionnaire luttant contre l'impérialisme. Lorsque le jury rend son verdict et le condamne à la prison à perpétuité, elle fond en larmes. Depuis, elle n'a cessé de lui rendre visite en prison. En mai 2000, lors d'un entretien à la prison de Rochester (Minnesota), elle accepte même de servir de messagère indirecte entre le cheikh et son groupe, Gamaat Islamiyya. De sa cellule, le cheikh veut inciter ses troupes à rompre la trêve décrétée depuis l'attentat contre des touristes à Louxor. Devant la perplexité de ses partisans – ils doutent de la véracité du message – Lynne Stewart va jusqu'à organiser une conférence de presse pour confirmer son appel à la reprise des actions terroristes. Le 9 avril 2002, elle est arrêtée pour avoir contribué à une entreprise terroriste. Une réflexion lui vient lorsqu'elle apprend que le Centre pour les Droits constitutionnels refuse de la soutenir : « Il est largement soutenu par les sionistes ! » Même après le 11 septembre, Stewart ne regrette pas d'avoir soutenu les islamistes : « Je me suis faite à l'idée que des gens meurent en cas de guerre ou de lutte armée. Ils meurent parce qu'ils se trouvent au mauvais endroit, qu'ils soient dans une discothèque en Israël, à la Bourse de Londres ou quelque part en Algérie. » Stewart confie même ne pas trouver Ben Laden si

« répugnant » que ça... Ainsi, même s'ils militent au nom de la morale, les islamistes ne sont pas dénués de soutiens à gauche, parmi les organisations ou auprès des militants que l'on trouve d'ordinaire prêts à barrer la route au fascisme. Ce qui renforce encore le sentiment d'un terrorisme bénéficiant de moins de contre-feux et donc d'un potentiel de dangerosité accru. D'autant que son financement, lui aussi, bénéficie d'une absence de garde-fous.

Un financement sans garde-fous

Même si le terrorisme moderne paraît ne pas nécessiter d'imposants moyens financiers – un homme décidé à mourir peut faire des ravages avec un équipement minimum –, l'entretien d'un réseau terroriste, notamment de réseaux dormants et de camps d'entraînement, demande de solides ressources financières. Or, dans ce domaine, l'intégrisme musulman bénéficie sans conteste d'une longueur d'avance sur ses équivalents juif et chrétien. La différence ne tient pas tant au degré de générosité de leurs mécènes potentiels qu'aux conditions émises par ces mécènes. Sans leur accord, il est impossible de basculer de l'intégrisme au terrorisme. Or si les trois intégrismes peuvent se vanter de réserves financières solides, seuls les musulmans bénéficient de ressources financières libres de tout contre-pouvoir et donc susceptibles d'être mises au service d'une entreprise terroriste.

Les intégristes catholiques proches du Vatican

n'ont pas le plus pauvre des alliés mais le Saint-Siège est une institution qui se montre très embarrassée lorsque des *prolife* vont trop loin à cause de ses encouragements. Les lefebvristes, quant à eux, peuvent compter sur quelques vieilles fortunes françaises et sur quelques industriels acquis aux idées véhiculées par la droite radicale, mais cela ne permet pas de nourrir des ambitions démesurées. Les acteurs de la droite religieuse américaine sont incontestablement mieux lotis. À la tête de maisons de production rapportant chacune plusieurs millions de dollars, ces rois de l'entreprise religieuse ont même tellement d'argent qu'ils mécènent les campagnes électorales de certains républicains. Ils prospèrent grâce aux bienfaits du capitalisme à l'américaine mais même ce capitalisme-là impose que l'on suive certaines règles sous peine de faire peur au marché. L'islamisme, en revanche, bénéficie de capitaux qui ne sont pas dépendants d'une économie nationale mais transnationale, toujours moins régulée. Ces réseaux savent le pouvoir que procure notamment l'approvisionnement en argent sale. C'est bien pour cela qu'ils se livrent à toutes sortes de trafics. Ainsi, les talibans, ces champions de l'ordre moral, n'ont eu aucun scrupule à s'enrichir grâce aux bénéfices du trafic de hachisch et d'opium bien qu'ils aient voulu faire croire le contraire en détruisant quelques arpents pour le symbole[1]. Ailleurs, d'autres groupes sont liés au trafic de drogues – toujours intimement

---

1. Koutouzis Michel, *L'Argent du Djihad*, Paris, Mille et Une Nuits, 2002, 128 pages ; Labévière Richard, *Les Dollars de la terreur. Les États-Unis et les islamistes*, *op. cit.*

lié à celui de la prostitution – quitte à bafouer les plus élémentaires des enseignements coraniques. Quand ils ne se livrent pas au trafic, les islamistes radicaux peuvent compter sur les richesses de milliardaires du Golfe qui, sous prétexte de verser leur contribution à la charité islamique, financent à l'aveugle toute action pouvant se revendiquer de l'islam. Ces « fonds de pension » de l'islamisme sont souvent entre les mains d'individus, de princes, de rois et de chefs d'État qui ne se soucient jamais de rendre des comptes et donc alimentent un terrorisme sans contre-pouvoir[1]. Son atout majeur vient du fait que ces transactions se font sous le regard bienveillant d'une multitude d'États complices, là où les autres intégrismes sont régulés par les contre-pouvoirs des démocraties où ils sont en activité.

Dans la mesure où ils ne travaillent pas mais souhaitent passer leur temps à étudier la Torah, la plupart des juifs intégristes dépendent des allocations de l'État israélien. En contrepartie, ce dernier n'hésite pas à profiter de la malléabilité sociale de ces familles pour encourager leur implantation dans des colonies qui serviront ensuite de monnaie d'échange. Dans les deux cas, leaders palestiniens et leaders israéliens manipulent leur peuple au gré de leurs

---

1. D'après la Commission de surveillance de l'ONU, Al Hosni continuerait d'être alimentée par les fonds personnels d'Oussama Ben Laden. Répartis au Maghreb, au Moyen-Orient et en Asie, ses partenaires financiers gèrent plus de 30 millions de dollars de placements. Sans parler des dons privés, estimés à 16 millions, et qui continuent d'arriver comme si de rien n'était. LYNCH Colum, « Les finances du réseau se portent bien », *The Washington Post*, publié dans *Courrier international*, n° 618, 5-11 septembre 2002.

besoins politiques : les uns comme boucliers humains, les autres comme bombes humaines. Mais l'intérêt d'Israël réside bien dans la colonisation de territoire et non dans l'attaque frontale. Si bien que les intégristes juifs ne rencontrent aucun encouragement lorsqu'ils se décident à pratiquer le terrorisme. En juin 1967, le rabbin Shlomo Goren, alors aumônier dans l'armée israélienne, a l'idée de faire sauter le dôme du Rocher et la mosquée Al-Aqsa avec cent kilogrammes d'explosifs. Mais il fait part de ses intentions au général Uzi Sarkiss qui le met aussitôt en garde : s'il tente quelque chose, il sera mis aux arrêts[1]. Plus récemment, en avril 2002, une patrouille de police israélienne a désamorcé une voiture piégée, prévue pour exploser devant l'école des filles du village arabe d'A-Tur, à l'est de Jérusalem[2]. Israël communique très peu sur les attentats déjoués de son côté, sans doute pour ne pas alimenter l'image d'un conflit entre intégristes de part et d'autre. La différence est pourtant plutôt à son avantage puisque le gouvernement israélien peut se vanter de désamorcer les bombes avant qu'elles n'explosent. En face, les États arabes et l'Autorité palestinienne ne font pas preuve de la même détermination pour dissuader leurs concitoyens de se transformer en bombes humaines.

1. Ces révélations ne sont publiées qu'à sa mort, selon ses volontés. *Haaretz*, 17 décembre 1997.

2. Parmi les suspects figurent les noms de deux activistes d'extrême droite : Menashe Levinger, fils de Moshe Levinger, un des fondateurs du Goush Emounim, et Noam Federman, ancien leader du mouvement Kach. ZONSZAIN Pascale, « Les nouveaux terroristes de l'extrême droite juive », *Proche-Orient Info*, 18 mai 2002.

Pour justifier les attentats suicides, le Hamas explique volontiers qu'il a recours « à cette tactique et à ce moyen car il ne dispose pas de F16, d'hélicoptères Apache, de chars et de missiles ». Mais pourquoi, plutôt que d'investir leurs pétrodollars en Palestine, les dictateurs arabes et les princes saoudiens préfèrent-ils encourager les Palestiniens à se faire exploser ? Aux cas où la promesse d'un au-delà fait d'orgies en compagnie de soixante-dix vierges ne suffirait pas, les kamikazes sont incités à se sacrifier par des compensations financières versées à leur famille par des pays qui auraient les moyens d'investir dans des infrastructures. L'Arabie saoudite et même l'administration de Yasser Arafat ont l'habitude de payer un voyage à La Mecque aux familles des Palestiniens tués pour la cause, auxquels ils intègrent les kamikazes. Une fondation jadis dirigée par Saddam Hussein n'hésitait pas à verser des primes de 25 000 dollars pour financer le pèlerinage de familles ayant perdu un enfant en « martyr ». Ces sommes sont sans comparaison avec celles que versent des pays comme l'Iran (entre 20 et 30 millions de dollars) et l'Arabie saoudite (4 milliards de dollars ont été distribués aux familles de martyrs depuis 1998 par la famille royale[1]). Dans son enquête sur *Les Nouveaux Martyrs d'Allah,* Farhad Khosrokhavar relève que la plupart des candidats au suicide appartiennent au Hamas ou au Jihad islamique. Or les ressources de ces groupes proviennent en grande

---

1. STALINSKY Steven, « Soutien financier de la famille royale saoudienne », Middle East Media Research Institute, 8 juillet 2003.

partie des pays du Golfe. Même s'il se vit comme l'incarnation d'un prolétariat opprimé, l'islamisme est assis sur un tas d'or, de « l'or noir » bien sûr. Et l'Amérique – le pays qui est sans doute le plus dépendant à l'égard de cette source d'énergie – n'a pas toujours cherché à freiner cet approvisionnement.

Le 11 septembre peut-il changer quelque chose ?

Avant le 11 septembre, les États-Unis ne voyaient aucun mal à collaborer avec les extrémistes musulmans si cela pouvait les aider dans leur croisade contre le communisme. Voici par exemple ce qu'écrivait Graham Fuller, l'ancien vice-président de la CIA, dans les pages du *Monde diplomatique* en 1999 : « Il ne fait aucun doute que certains mouvements islamistes comptent de nombreux éléments réactionnaires et violents dans leurs rangs, mais les stéréotypes ne doivent pas empêcher de voir qu'il existe de puissantes forces modernisatrices en leur sein. Parce qu'il est tout entier consacré au changement, l'islam politique est moderne. Il peut être le vecteur principal de la dislocation de régimes antédiluviens et du changement dans le monde arabe[1]. » L'auteur poursuit en nous exposant les vertus d'un islam qui « s'est systématiquement opposé à l'adoption de mesures socialistes et exprime sa préférence

---

1. « De puissantes forces modernisatrices », FULLER Graham, « Islam contre islam », *Le Monde diplomatique*, n° 48, novembre-décembre 1999.

pour les principes de l'économie de marché ». Ce qu'il faut lire entre les lignes de ce manuel pour agent secret expliqué au grand public, c'est que jusqu'à très récemment l'Amérique n'avait aucun scrupule à encourager le développement des mouvements isla-mistes un peu partout dans le monde dans la mesure où l'intégrisme musulman valait mieux que le communisme. C'était l'époque où l'Amérique et l'Arabie saoudite se donnaient la main pour soutenir les moudjahidines afghans contre les Soviétiques. Ensemble, ils ont versé près de 30 millions de dollars à la résistance afghane[1]. Parmi eux, beaucoup de futurs talibans...

Oussama Ben Laden lui-même a fait ses premières armes aux côtés des soldats américains pour chasser les Soviétiques d'Afghanistan. Ce n'est qu'après la guerre du Golfe, lorsque des troupes américaines se sont mises à stationner sur le sol de La Mecque, que le milliardaire saoudien est devenu le pire ennemi des États-Unis. Jusque-là il incarnait parfaitement l'amitié américano-saoudienne, faite d'intérêts finan-ciers communs et de refus commun du communisme. Dans le monde de l'après-11 septembre au contraire, il a endossé à lui tout seul tous les péchés de l'isla-misme. Un fait n'a pourtant pas échappé à la presse américaine : sur 19 pilotes kamikazes à l'origine des attentats, 15 étaient saoudiens. Même si Ben Laden est *persona non grata* aux yeux de la famille royale, plus personne n'ignore que l'une des matrices princi-pales de l'islam radical s'appelle le wahhabisme et

---

1. Laurent Éric, *La Guerre des Bush*, *op. cit.*, p. 90.

qu'elle est diffusée par l'Arabie saoudite. Ce n'est pas le moindre des problèmes quand on sait les liens de dépendance économique existant entre l'Arabie saoudite et l'Amérique. Les pays du Golfe ont besoin des pétrodollars et les États-Unis ont besoin de son pétrole.

Cette dépendance mutuelle éclaire toute la complexité d'une guerre déclarée au terrorisme islamiste qui n'a pas la volonté ou la capacité de s'attaquer aux bailleurs de fonds de ce terrorisme. Jusqu'au 11 septembre, le gouvernement américain prêtait peu d'attention aux circuits empruntés par l'argent du Jihad. Depuis 1996, des experts avaient pourtant établi une liste de 31 organisations de charité saoudiennes fortement suspectées de verser leur obole à des organisations terroristes[1]. Il aura fallu le 11 septembre pour que les autorités américaines commencent enfin à s'intéresser à certaines d'entre elles, notamment à la fondation Muwafaq que l'on établit comme bailleur de fonds des réseaux Al Qaïda[2]. Mais cela ne veut pas dire que le gouvernement américain ait réellement les moyens de mettre un

---

1. LAURENT Éric, *ibid.*, p. 116.
2. La plus grosse partie des fonds de l'organisation, 20 millions de dollars, provient d'un homme : Khalid Ben Mahfouz. Un affairiste qu'Éric Laurent, auteur de *La Guerre des Bush*, décrit comme l'un des soutiens financiers de la famille Bush, du temps où les Bush et Ben Laden étaient en affaires. Jim Bath, l'homme d'affaires de Ben Laden, détenait même 5 % du capital d'Arbusto Energy, la société pétrolière éphémère montée par George W. Bush junior. Il était déjà à ses côtés en 1978, lorsque le fils Bush voulut se présenter à une élection. Sa candidature avait également reçu le soutien de Ben Mahfouz. Aujourd'hui, l'homme vit en résidence surveillée en Arabie saoudite et les liens sont incontestablement plus distants entre la famille Bush et les hommes d'affaires proches de Ben Laden. LAURENT Éric, *ibid.*, p. 31.

terme au mécénat de centaines de princes et de princesses wahhabites. Une fuite dans la presse soigneusement rectifiée par la Maison-Blanche atteste de la marge de manœuvre relativement serrée de Washington. Le Defence Policy Board, un *think-tank* présidé par Richard Perle – rattaché au Pentagone mais de façon informelle –, a laissé filtrer qu'il était temps de sanctionner l'Arabie saoudite pour son rôle dans le développement du terrorisme islamiste. Lors d'une réunion rendue partiellement publique, un analyste de la Rand Corporation, un autre organisme proche du ministère, a même qualifié l'Arabie saoudite de « graine de terrorisme » et de « premier et plus grand adversaire des États-Unis ». L'homme est allé jusqu'à prôner le gel des avoirs saoudiens et la scission de la province orientale où se trouvent les gisements du royaume[1]. L'avis de ces laboratoires d'idées ne peut pas être pris à la légère lorsque l'on sait combien ils influencent la politique du Pentagone actuel. Officiellement pourtant, George Bush a dû immédiatement prendre son téléphone pour rassurer le prince héritier d'Arabie saoudite et lui dire combien ces propos ne reflétaient pas l'avis de son gouvernement[2]. L'un des facteurs expliquant le surcroît de dangerosité de l'islamisme tient à cette question : les États-Unis ont-ils l'intention ou les moyens de mettre un terme au carburant du terrorisme ? Autrement dit, un gouvernement de néo-conservateurs américains élu grâce au soutien du lobby pétro-

---

1. Laurent Éric, *ibid.*, p. 109-111.
2. Le 26 août 2002.

lier [1] – mais aussi grâce à celui du lobby intégriste – est-il bien placé pour mener une politique réellement efficace contre ce terrorisme : à savoir en luttant contre l'intégrisme nourrissant ce terrorisme ? Sous la pression de l'opinion publique, il est évident que la marge de manœuvre de Riyad se resserre. Mais cela ne veut pas dire que l'après-11 septembre va pour autant déboucher sur un recul de l'intégrisme.

Moins de terrorisme contre plus d'intégrisme ?

Nous avons vu combien les dirigeants de pays musulmans étaient tentés de faire des concessions sociales et juridiques aux islamistes chaque fois que la pression occidentale augmente sur leurs épaules. Ce réflexe s'est bien entendu accru depuis le 11 septembre, notamment dans un pays aussi équilibriste que l'Arabie saoudite. Depuis qu'elle doit faire oublier à ses partenaires américains combien elle finance le Jihad islamique, elle multiplie les décapi-

---

1. Le père de George W. Bush a fait fortune dans le pétrole. Lui-même a bénéficié du soutien d'industriels pour sa campagne. Le lobby pétrolier lui a versé près de 2 millions de dollars pour se présenter aux présidentielles. En contrepartie, plusieurs membres de son gouvernement lui sont acquis. Condoleezza Rice, par exemple, a siégé neuf ans au conseil d'administration de la société pétrolière Chevron. Dick Cheney, le vice-Président, n'est autre que l'ancien PDG d'Halliburton, l'une des plus importantes compagnies d'exploitation pétrolière. Il a dû démissionner de son poste avant de devenir vice-Président mais il a toujours des actions et des stock-options d'une valeur de 20 millions de dollars dans cette compagnie. Voir « Liaisons dangereuses », un reportage de Pascal Golomer, Tristan Lebras, Édouard Perrin, Martine Alison (réalisation : Nicolas Maupied ; rédaction en chef : Patrick Boitet) diffusé par *France 2* en décembre 2002.

tations de femmes et d'homosexuels... C'est dire si la pression internationale exercée pour inciter à combattre le terrorisme ne tue pas l'intégrisme. Le gouvernement américain – lui-même allié à une droite religieuse sexiste et homophobe – est tout sauf préoccupé par cet effet secondaire de la lutte contre le terrorisme. De même qu'il ne fait aucun effort pour éviter de mener cette guerre sous les auspices d'une croisade propre à générer un sentiment anti-américain dont se nourrit l'islamisme. D'autant que si le terrorisme nuit à l'Occident, l'extension de la Charia, elle, ne fait qu'accroître les souffrances des populations de l'Orient.

Le cas du Pakistan est un bel exemple des effets secondaires que l'on peut attendre chaque fois que les États-Unis luttent contre le terrorisme musulman sans se soucier de la dimension intégriste. Le régime des talibans a bien été renversé et plusieurs terroristes pakistanais ont bien été arrêtés mais au prix de quel regain de l'islamisme ! Au terme d'une campagne antiaméricaine qui a fait son succès, la coalition de six partis islamistes, le Muttahida Majlis-e-Amal, a remporté les élections du Nord-Ouest pakistanais[1]. Depuis, elle se garde de dénoncer trop ouvertement la chasse aux terroristes musulmans mais elle a interdit la musique et multiplie les décrets restaurant une Charia intransigeante : les femmes n'ont plus le droit de soutenir des examens devant des enseignants hommes, les hommes ne peuvent

---

1. « La Charia étend son emprise dans la province du Nord-Ouest », *Le Monde*, 3 juillet 2003.

plus non plus assister à des compétitions sportives féminines, le costume exigé à l'école se rallonge de semaine en semaine... Bref, le nord-ouest du Pakistan se rapproche de plus en plus du régime taliban voisin, destitué par les Américains. Et le même phénomène s'observe en Irak où l'intervention américaine a certes mis fin à la dictature de Saddam Hussein mais certainement pas à l'islamisme. Ainsi, non seulement la politique américaine soutenue par la droite religieuse chrétienne a pour effet d'étendre l'emprise religieuse de l'islam mais elle contribue à diffuser un intégrisme sur lequel poussent les terroristes de demain, tel un cercle infernal promettant d'autres 11 septembre.

Regarder le monde sous cet angle et non plus sous celui du choc des civilisations en dit long sur l'ambiguïté d'une lutte contre le terrorisme religieux menée sans une réflexion approfondie sur les convergences intégristes. À la différence du pape – qui est resté cohérent vis-à-vis de ses alliés musulmans en prenant vivement position contre la guerre en Irak –, les extrémistes chrétiens de la droite religieuse américaine donnent le sentiment de jouer sur les deux tableaux. Officiellement, ils sont en guerre contre leurs homologues musulmans. Jerry Falwell n'a pas hésité à déclarer que Mahomet était un « terroriste » et Franklin Graham, un autre évangéliste célèbre, répète à qui veut l'entendre que « le Dieu de l'islam n'est pas le même Dieu que celui des chrétiens ». Il parle de l'islam comme d'une religion « très malveillante et très mauvaise[1] ». Pourtant, la droite religieuse américaine est toujours à l'unisson des pays islamiques chaque fois qu'il s'agit de faire front contre les droits reproductifs et sexuels aux Nations unies. Tout simplement parce que les intégristes des trois religions auront toujours une priorité commune : la lutte contre le sécularisme. Au lendemain des attentats du 11 septembre, Jerry Falwell était plus enclin à fustiger les gays et les lesbiennes que les islamistes : « Je pense réellement que sont responsables les païens, les avorteurs, les féministes et les gays et lesbiennes qui essaient activement de prôner un style de vie alternatif. » Il ajoute : « Tous ceux qui ont essayé de séculariser l'Amérique. Je vous désigne du doigt et je vous accuse en vous disant dans les yeux : "vous avez aidé a ce que cela arrive"[2]. » Même son de cloche chez Pat Robertson, le fondateur de la Coalition chrétienne, qui attribue la fin de la protection divine accordée à l'Amérique aux pro-avortement : « Cette nation a le sang de quarante millions de fœtus sur les mains[3]... » Cette façon de considérer les laïcs – et non les autres intégristes – comme les véritables responsables des crimes commis par des fanatiques se retrouve chez tous les religieux radicaux. Ainsi Ben Shlomo, un député orthodoxe du parti Shas, a-t-il stupéfié une partie de

---

1. Cité par Éric LAURENT, *Le Monde secret de Bush*, *op. cit.*, p. 103.
2. Communiqué de presse de Jerry Falwell, 12 septembre 2001. Dans la même optique, Pat Robertson déclarera : « Nous avons insulté Dieu au plus haut niveau du gouvernement et après nous disons : "Pourquoi cela arrive-t-il ?" »
3. Intervention à la tribune de la convention de la Coalition chrétienne, diffusée dans « *In God we trust* », *op. cit.*

la Knesset en rendant le libertinage supposé des femmes soldats israéliennes – et non l'OLP ou les soldats syriens – responsable des pertes côté israélien durant la guerre du Liban : « Si six cent trois soldats israéliens sont morts durant la guerre du Liban, c'est à cause de la conduite sexuelle licencieuse des femmes soldats [1]. » Bien qu'ils puissent donner l'impression d'être en guerre les uns contre les autres, les intégristes savent qu'ils défendent une seule et même vision du monde. Le fait qu'ils accusent systématiquement les laïcs et non les autres intégristes à la moindre crise prouve que leur ennemi prioritaire reste les non-intégristes. Or avoir le même ennemi, c'est déjà faire partie du même camp.

---

1. Cité par Emmanuel HAYMANN, *Au cœur de l'intégrisme juif. France, Israël, États-Unis, op. cit.*, p. 105.

À moins d'un renouveau laïque transculturel...

Tout au long de ce livre, nous avons tenté de comparer les intégrismes juif, chrétien et musulman afin de comprendre si leurs actions divergeaient ou convergeaient. Cette entreprise aura permis de redécouvrir une première réalité masquée par l'illusion d'un choc des civilisations : bien qu'ils donnent l'impression d'être en guerre, les extrémistes des trois monothéismes partagent les mêmes valeurs et rêvent d'un monde infiniment proche.

Cette proximité n'a finalement rien d'étonnant. Après tout, le judaïsme, le christianisme et l'islam partagent les mêmes références textuelles, les mêmes références prophétiques, et participent tous trois d'une seule et même volonté de se distinguer du polythéisme par l'adhésion au monothéisme. Ceux qui souhaitent mettre en pratique cet héritage sans le replacer dans son contexte ont tous pour objectif prioritaire de faire reculer l'idéal démocratique et laïque au nom d'une loi divine jugée supérieure à celle des hommes. Bien sûr, ce projet n'a pas toujours le même impact. Bien que les trois intégrismes soient à l'évidence des jumeaux dans leurs intentions, il serait faux d'affirmer que l'intégrisme musulman ne présente pas un risque accru. L'islamisme occupe effectivement la *pole position* chez les intégristes. Il est actuellement le mieux placé pour exercer ses diktats et terroriser ceux qui lui résistent. Mais cette force n'est pas liée à une différence de fond avec ses homologues juif et chrétien. Le pouvoir de nuisance des intégristes dépend avant tout des résistances qu'il rencontre. Or l'intégrisme musulman rencontre moins d'opposition que l'intégrisme juif ou chrétien du seul fait qu'il évolue dans un nombre important de pays où la religion inspire toujours la loi commune, ce qui a pour effet de rendre les islamistes supérieurs aux laïcs, même lorsqu'ils sont persécutés par le régime politique en place. Ce surcroît de nocivité n'a rien à voir avec la religion mais avec l'instrumentalisation politique de la religion.

Au risque de décevoir ceux qui voudraient croire à une barbarie propre à l'islam, le Coran n'est pour rien dans le retard démocratique et séculier des pays musulmans. Comme la Bible, il peut d'un moment à l'autre être appelé à la rescousse de musulmans prônant la séparation entre le religieux et le politique à grande échelle. Le fameux verset « Il faut rendre à César ce qui est à César » trouve un équivalent islamique dans la sourate de la délibération : « Que les hommes délibèrent entre eux. » De même que les citoyens vivant dans des pays de culture chrétienne ont dû se battre pour arracher la laïcité à l'emprise religieuse, des musulmans libéraux se battent aujourd'hui pour remettre à l'honneur ce verset. Ils sont les premiers à rêver d'un islam enfin libéré du politique, libre de regagner la sphère privée tandis que la loi commune serait dictée par une délibération réellement démocratique. Pour cela, ils mènent une guerre particulièrement éprouvante contre les islamistes. Cette guerre, ils ne pourront la gagner sans un climat international apaisé, n'offrant plus l'occasion aux islamistes de se poser en héros d'un monde arabo-musulman bafoué, humilié et menacé d'être divisé sous le coup de l'hégémonie occidentale ou de l'occupation israélienne. Or, c'est là que les deux autres intégrismes interviennent dans le sens d'une histoire qui profite aux islamistes, au détriment des laïcs.

À côté de l'intégrisme musulman, les intégrismes juif et chrétien donnent l'impression de phénomènes marginaux, plutôt folkloriques, en tout cas sans conséquences. Le pouvoir de nuisance des islamistes ne serait pourtant pas ce qu'il est sans l'action des intégristes juifs et chrétiens dans certaines zones clés du monde comme l'Amérique et le Moyen-Orient. Par-delà le seul réseau Al Qaïda, leur influence s'étend aux quatre coins du monde grâce à l'échange « plus d'intégrisme contre moins de terrorisme » pratiqué par les dirigeants de pays musulmans, mais aussi grâce la haine antiaméricaine, à la martyrologie développée grâce au conflit israélo-palestinien et aux moyens colossaux dont ils bénéficient en provenance des pays du Golfe. Sur plusieurs de ces points, le lobbying des fondamentalistes chrétiens sur le gouvernement de la première puissance mondiale a pour effet d'entretenir la flamme islamiste. Notamment lorsqu'il pousse le gouvernement américain à mener une guerre contre le terrorisme sous les auspices

d'une croisade chrétienne, ce qui alimente la propagande des intégristes musulmans. Aussi parce qu'il
dissuade le gouvernement américain de mener une
politique anti-intégriste et non pas seulement antiter-
roriste, ce qui est le plus sûr moyen d'entretenir le
fanatisme. Enfin parce que la droite religieuse américaine soutient à coups de millions de dollars le
Likoud, mais aussi les intégristes juifs pour qu'ils
colonisent des territoires, entravant ainsi le processus
de paix au Proche-Orient.

Un intégrisme ne prospère jamais seul. Même
lorsqu'ils se détestent, les intégristes se renforcent
les uns les autres. Pat Robertson emploie des télévangélistes pour qui « Dieu n'entend pas les prières
des juifs », pourtant il est le meilleur allié des intégristes juifs. Jerry Falwell déclare que « Mahomet
est un terroriste », pourtant la droite religieuse américaine travaille de concert avec les pays de la Conférence islamique dès qu'il s'agit de lutter contre les
droits reproductifs et sexuels aux Nations unies. Les
intégristes juifs prétendent résister aux islamistes,
pourtant leurs colonies et leurs appels à la haine ne
font que donner du grain à moudre aux plus radicaux
de la cause palestinienne. À quelques années d'écart,
les islamistes qui ont assassiné Sadate – le premier
président égyptien à ouvrir le dialogue avec Israël –
et les juifs intégristes qui ont assassiné Yitzhak
Rabin – le seul Israélien capable de négocier avec
Arafat – ont réussi, chacun de leur côté, à bloquer
durablement le processus de paix. La situation a
pourri et leur a permis d'entretenir la haine dont ils
se nourrissent aujourd'hui l'un comme l'autre. Plus

les tensions perdurent, plus leur pouvoir sur les individus se renforce. C'est le principal point commun des intégristes juifs, chrétiens et musulmans : ils tirent toujours profit du chaos. Cette règle est vieille comme le monde. La rationalité a toujours été mise en péril par la peur et la peur a toujours servi le fanatisme. Les intégristes le savent. Sans même se concerter, leurs agendas politiques vont dans le même sens et se rejoignent.

Il existe aussi des cas où cette alliance est tout à fait formelle, où les intégristes des trois religions se croisent, parlent, échangent et collaborent. Les Nations unies sont un peu le carrefour de cette alliance objective. Côté pile, lors des conférences mondiales portant sur des questions de société, les intégristes juifs, chrétiens et musulmans participent au même front de refus du sécularisme grâce à l'intermédiaire du Vatican. Côté face, lors du Conseil de sécurité portant sur des questions de politique internationale, les pays de culture chrétienne et musulmane donnent l'impression d'une hostilité ouverte. Pourtant, les trois intégristes monothéistes s'arrangent pour faire durer le conflit israélo-palestinien au cœur de ces tensions internationales. Cette fois ce sont les intégristes juifs qui jouent d'une certaine façon les chevilles ouvrières. Tandis que les orthodoxes sionistes participent aux réunions de la Coalition chrétienne et se financent grâce au mécénat des intégristes chrétiens américains, les intégristes juifs non sionistes multiplient les rencontres avec les islamistes et les pro-Palestiniens : Arafat mais aussi les mollahs iraniens. Il ne s'agit pas d'un complot ni même d'un plan tout à fait cohérent, mais d'une articulation faite d'intérêts respectifs allant dans le même sens.

Avant d'être en guerre contre les autres religions, les intégristes de tous bords sont avant tout en guerre contre le sécularisme. Leur mépris de la délibération démocratique en fait des précipiteurs d'apocalypse, des facteurs de radicalisation et de tensions. Si bien que leurs actions convergent vers un monde toujours plus violent et plus instable dont ils profitent ensemble. Meir Kahane, un intégriste juif américain assassiné par un islamiste, déclarait moins mépriser les Arabes que l'État juif laïque : l'« ennemi numéro un [1] ». À l'inverse, les militants du Hamas, comme le docteur Rantisi, insistent sur le fait qu'ils ne sont pas en guerre contre les juifs « parce qu'ils sont juifs » mais à cause de la question palestinienne. Ces musulmans – qui considèrent que l'islam n'admet pas la possibilité d'un État laïque – se voient très bien vivre dans un État arabe où les juifs religieux seraient protégés, comme l'y invite le Coran. Une proposition acceptée d'avance par un groupe ultra-orthodoxe comme les Netourei Karta, lesquels déclarent vouloir que « les Palestiniens règnent sur la Palestine », « l'unité des peuples servant Dieu ». Une fois réconciliés avec les juifs religieux, les islamistes n'auront plus qu'à s'entendre avec les intégristes chrétiens américains. Abou Halima, l'un des intégristes musulmans soupçonnés d'avoir participé

---

1. Cité par Mark Juergensmeyer, *Au nom de Dieu, ils tuent !*, *op. cit.*, p. 58.

aux attentats contre le World Trade Center en 1993, déteste les États-Unis mais en tant qu'État laïque. Lorsqu'on lui demande s'il respecterait davantage les États s'il s'agissait d'États chrétiens, il répond sans hésiter : « Oui, au moins, ils ne seraient pas dénués de moralité[1]. » Voilà un point qui mettra d'accord le révérend Bray, un activiste *prolife* américain, qui déteste l'État laïque américain et ne cache pas ressentir une certaine admiration pour les théocraties musulmanes tentées au Soudan ou en Afghanistan[2].

Un choc est bien en cours mais ce n'est pas celui des civilisations ni même celui des religions. La véritable ligne de fracture se situe entre démocrates et théocrates de tous les pays, entre les partisans d'un monde rationaliste et les partisans d'un monde fanatique. C'est celle que devrait nous révéler le 11 septembre si l'on veut tenter de mettre un terme au regain de fièvre religieuse que subit le monde depuis la fin des années 70. Notre étude ne porte à proprement parler que sur la France, les États-Unis, Israël et le Machrek, mais d'autres parties du globe sont rattrapées par ce réveil religieux, notamment l'Amérique latine – cernée par les Églises charismatiques – et les pays de l'Est comme la Russie, où la religion chrétienne est en passe de remplacer l'idéal communiste (la Douma examine même une loi contre le blasphème et la possibilité d'interdire l'avortement). Le 11 septembre peut servir d'électrochoc. À condi-

---

1. *Ibid.*, p. 70.
2. *Ibid.*, p. 207.

tion qu'il ne débouche pas sur une stigmatisation stérile de l'islam mais sur un véritable renouveau laïque transculturel. L'image du World Trade Center est sans doute le plus puissant ennemi, le plus redoutable contre-pouvoir que l'intégrisme doive désormais affronter. Au lieu de nous faire céder à la mode du tout-religieux, nous devrions profiter de cet avertissement pour redécouvrir la valeur que nous devrions tous attacher au principe de laïcité – les musulmans comme les juifs, les catholiques comme les protestants, les croyants comme les athées, les habitants de l'Orient comme ceux de l'Occident.

Au nom de la lutte tiers-mondiste, les réformistes musulmans disent vouloir retrouver les valeurs de l'islam pour ne pas se laisser contaminer par celles de l'Occident colonisateur. Ce prétexte présente l'immense avantage d'être simple, comme tous les raccourcis, et donc de servir merveilleusement les intérêts de leur propagande. Il est pourtant le plus sûr moyen de maintenir les pays arabes et/ou musulmans dans un état de fragilité propre à subir la domination culturelle de l'Occident. C'est faire preuve d'un incroyable « instinct de colonisé » – pour reprendre l'expression de Tariq Ramadan – que de renoncer aux valeurs qui ont fait la grandeur de son « ennemi » simplement parce que son ennemi s'en est emparé le premier... L'Afrique du Nord et le Moyen-Orient sont riches d'une histoire à côté de laquelle l'Amérique devrait pâlir. Pourtant, le seul fait que les États-Unis soient un pays où règne la liberté lui donne le droit de s'enorgueillir. Se recroqueviller sur des valeurs archaïques sous prétexte de lui résister est le plus beau cadeau dont rêvent inconsciemment les faucons du Pentagone.

Il est urgent de renverser ce rapport de forces en réaffirmant que la rationalité et le sécularisme garantis par la laïcité ne doivent pas rester le monopole de quelques pays mais doivent pouvoir être partagés par le plus grand nombre. Ce mouvement ne peut toutefois pas venir d'en haut. Rien ne serait plus catastrophique qu'une laïcité imposée par un régime illégitime ou vécue comme une manipulation occidentale, comme ce fut le cas avec le Shah d'Iran. Les Américains ne réussiront qu'à raviver l'intégrisme chaque fois qu'ils se mêleront de la vie des pays arabes ou musulmans, de même que les dirigeants des pays islamiques échoueront toujours à implanter une réelle laïcité tant qu'un mouvement social, venu de la base, ne viendra pas la lui réclamer par soif de démocratie rationaliste. La diffusion de l'information, l'apprentissage de l'esprit critique grâce aux chaînes du satellite, font partie des facteurs pouvant laisser espérer une telle évolution. En attendant, il est urgent de construire un mouvement laïque transculturel qui puisse faire reculer l'intégrisme où qu'il se trouve. Cette approche transversale est sans aucun doute le meilleur moyen d'éviter que la lutte contre cet intégrisme ne stigmatise une confession plutôt qu'une autre. C'est aussi le seul espoir de voir reculer durablement la reconquête entreprise conjointement par les différents intégristes. Mais c'est surtout bien plus qu'une approche.

Depuis la chute du mur de Berlin, on s'est complu

à croire que nous vivions la fin des idéologies. La
bataille des idées entre capitalistes et communistes
est peut-être dépassée depuis la fin de la guerre
froide mais celle qui oppose les intégristes aux ratio-
nalistes est bien vivante. Contrairement à ce que
voudraient laisser croire certains partisans de la laïcité molle, la laïcité n'est pas un espace neutre et
vide de sens. C'est un idéal. Il faut réapprendre à
défendre cet idéal et cesser de le confondre avec un
renoncement idéologique. Un pays véritablement
laïque n'est pas un pays où l'État se contente de
garantir un traitement équitable entre toutes les religions – quitte à faire de leur juxtaposition communautaire la seule source de sens. La laïcité doit
revendiquer cette production de sens et revendiquer
un monde toujours plus rationaliste, car seule la Raison permet de faire progresser les lois vers plus de
justice, d'égalité et de liberté. Cette laïcité est non
seulement un idéal mais c'est un idéal qui doit sans
cesse être justifié et défendu. Car il est en guerre
contre une autre conception de la vie en société, celle
où les croyances religieuses sont sacralisées au point
de ne pouvoir être critiquées. Il faut pouvoir dire que
les religions monothéistes ne vont pas dans le sens
de cet idéal. L'« Éternel » qui guide la vie en société
des religieux n'est pas un dieu égalitaire prônant la
liberté de chacun et donc de tous. C'est un « Dieu
jaloux », pour ne citer que la Bible, qui inspire la
division et même exige de ses fidèles d'être adoré à
l'exception de toute autre croyance. Comment
s'étonner, dès lors, que les fidèles s'étripent en son
nom ? Comment s'étonner que des intégristes soient

tentés de s'emparer de ces Livres pour justifier la haine de l'autre et l'instauration de dictatures ?

La religion, si elle est appliquée à la sphère politique ou publique, ne laisse aucune place aux non-croyants, tandis que l'idéal laïque ne demande pas aux religieux de renoncer à leurs croyances à titre privé. Non seulement la laïcité et la démocratie sont les plus sûrs facteurs de bien-être collectif – car ils n'imposent rien qui ne soit délibéré –, mais leur combinaison est aussi la seule garantie d'une vie en société où les convictions spirituelles sont respectées pour ce qu'elles sont : des convictions privées ne devant jamais s'imposer aux autres. C'est le lieu où la religion s'épanouit dans la mesure où elle cesse d'être prise en otage par le politique.

Bien entendu, cette tolérance fait toute sa force mais aussi sa faiblesse. Car il est évident que la démocratie laïque est en danger chaque fois qu'un intégrisme tente d'user de sa tolérance pour la terrasser. Cette menace ne doit jamais être perdue de vue. Vu depuis la France, un pays déchristianisé et enraciné dans la séparation de l'Église et de l'État, la laïcité donne le sentiment d'un acquis voire d'une « pensée dominante » à toute épreuve. À l'échelle du monde, elle reste pourtant une exception cernée de toutes parts par l'adversité. Il faut réapprendre à la défendre et à l'aimer si nous ne voulons pas voir cette faible bougie soufflée sous l'effet de la montée en puissance des obscurantismes. C'est notre seule raison d'espérer que le XXIe siècle ne soit pas celui du triomphe des intégristes sur les démocrates mais bien celui de la lumière sur l'obscurité.

BIBLIOGRAPHIE

Pour des raisons de place il est impossible de produire ici une bibliographie exhaustive. Nous avons simplement indiqué les livres qui nous ont été précieux lors de la rédaction. Les lecteurs désireux d'aller plus avant pourront démarrer par cette liste et la compléter avec les bases de données disponibles sur le Web, notamment le catalogue de la bibliothèque de Sciences Po-Paris (http://www.sciences-po.fr) ou encore Libdex qui relie la plupart des catalogues internationaux (http://www.libdex.com).

ABDEL-WAHAB Ahmad, *La Situation de la femme dans le judaïsme, le christianisme et l'islam*, Paris, AEIF éditions, 1994, 122 pages.

ABDERRAOUF Ben Halima, *Tabligh Étape IV*, Saint-Étienne, Le Figuier, 2000, 94 pages.

ABDERRAZIQ Ali, *L'Islam et les fondements du pouvoir*, Paris, La Découverte, 1994, 178 pages.

AHMAD KANAAN Muhammad, *Les Fondements de la vie conjugale*, Paris, Éditions Maison d'Ennour, 2001, 80 pages.

AMDOUNI Hassan, *Science, foi et bon comportement*, Paris/Beyrouth, Al Bouraq, 2001, 92 pages.

ANDERSON Benedict, *Imagined Communities : Reflections on the Origin and Spread of Nationalism*, Londres, Verso, 1991 (1re éd. 1983), 224 pages.

ASCHA Ghassan, *Du statut inférieur de la femme en islam*, Paris, L'Harmattan, 1989, 238 pages.

ASHMAWY Muhammad Saïd al-, *L'Islamisme contre l'islam*, Paris, La Découverte, 1991, 144 pages.

BABÈS Leïla, OUBROU Tareq, *Loi d'Allah, loi des hommes. Liberté, égalité et femmes en islam*, Paris, Albin Michel, 2002, 364 pages.

BADRI Malik, *The AIDS Crisis : a Natural Product of Modernity's Sexual Revolution*, Kuala Lumpur, Medeena Books, 2000 (1re éd. 1997), 382 pages.

BAUBÉROT Jean, *Vers un nouveau pacte laïque ?*, Paris, Seuil, 1990, 266 pages.

BAUER Julien, *Les Partis religieux en Israël*, Paris, PUF, 1998, 128 pages.

BEBE Pauline, *Isha, dictionnaire des femmes et du judaïsme*, Paris, Calmann-Lévy, 2001, 440 pages.

BEN BARKA Mokhtar, *La Nouvelle Droite américaine, des origines à nos jours*, Valenciennes, Presses universitaires de Valenciennes, 1995, 192 pages.

BENCHEIKH Soheib, *Marianne et le Prophète*, Paris, Grasset, 1998, 282 pages.

BESHIR Ekram, BESHIR Mohammed Rida, *Parenting in the West. An Islamic Perspective*, Maryland, Amana Publications, 1998, 156 pages.

BLANCHARD Dallas, PREWITT Terry J., *Religious Violence and Abortion. The Gideon Project*, Gainsville, University Press of Florida, 1993, 348 pages.

BOTIVEAU Bernard, CESARI Jocelyne, *Géopolitique des islams*, Paris, Économica, 1997, 110 pages.

BOUBAKEUR Dalil, *Non ! L'islam n'est pas une politique*, Paris, Desclée de Brouwer, 2003, 216 pages.

BOUDJENOUN M., *Le Mariage en islam. Modalités et finalités*, Paris, Éditions Maison d'Ennour, 2001, 80 pages.

BOUHDIBA Abdelwahab, *La Sexualité en islam*, Paris, PUF, 2001 (6ᵉ éd.), 320 pages.

CANTALOUBE Thomas, *George W. Bush, l'héritier*, Villeurbanne, Golias, 2000, 142 pages.

CARRÉ Olivier, *L'Islam laïque ou le retour de la grande tradition*, Paris, Armand Colin, 1993, 168 pages.

CARRÉ Olivier, *Mystique et politique. Lecture révolutionnaire du Coran par Sayyid Qutb, Frère Musulman radical*, Paris, FNSP/Éditions du Cerf, 2001, 248 pages.

CHARFI Mohamed, *Islam et Liberté. Le malentendu historique*, Paris, Albin Michel, 1998, 274 pages.

CRAIG Barbara, O'BRIEN David, *Abortion and the American Politics*, Chatham, Chatham House, 1993, 382 pages.

DALIN David, SARNA Jonathan, *Religion and State in the American Jewish Experience*, Notre Dame, Indiana, University of Notre Dame Press, 1997, 332 pages.

DIAMOND Sara, *Roads to Dominion. Right Wing Movements and Political Power in the United States*, New York, Guilford Press, 1995, 446 pages.

FALLACI Oriana, *La Rage et l'Orgueil*, Paris, Plon, 2002, 196 pages.

FALUDI Susan, *Backlash*, New York, Crown Publishers, 1991 ; Paris, Éditions des Femmes, 1993, 744 pages.

FALWELL Jerry, *An Autobiography*, Lynchburg, Liberty House Publishers, 1997, 484 pages.

FERRO Marc, *Le Choc de l'islam*, Paris, Odile Jacob, 2002, 270 pages.

FOUREST Caroline, *Foi contre Choix. La droite religieuse et le mouvement prolife aux États-Unis*, Villeurbanne, Golias, 2001, 336 pages.

FREEDMAN Samuel G., *Jew vs Jew. The Struggle for the Soul of American Jewry*, New York, Touchstone, 2000, 398 pages.

FRIEDMAN Robert I., *The False Prophet : Rebbi Meir Kahane. From FBI Informant to Knesset Member*, New York, Laurence Hill Books, 1990, 282 pages.

FRIEDMAN Robert I., *Zealots for Zion. Inside Israel's West Bank Settlements*, New York, Random House, 1992, 264 pages.

GALLAGHER John, BULL Chris, *Perfect Enemies, the Religious Right, the Gay Movement, and the Politics of the 1990's*, New York, Crown Publishers, 1996, 300 pages.

GAUDIN Philippe (dir.), *La Violence. Ce qu'en disent les religions*, Paris, Éditions de l'Atelier, 2002, 176 pages.

GHALIOUN Burhan, *Islam et Politique. La modernité trahie*, Paris, La Découverte, 1997, 254 pages.

GREILSAMMER Ilan, *Israël. Les hommes en noir*, Paris, Presses de la Fondation nationale des sciences politiques, 1991, 286 pages.

GRESH Alain, RAMADAN Tariq, *L'Islam en questions*, Arles, Actes Sud, 2002, 344 pages.

HALLIDAY Fred, *Islam and the Myth of Confrontation.*

Religion and Politics in the Middle East, Boulder, IB Tauris, 1996, 256 pages.

HASSON Shlomo, *The Struggle for Hegemony in Jerusalem : Secular and Ultra-Orthodox Urban Politics*, Jérusalem, Floersheimer Institute for Policy Studies, 2002, 116 pages.

HAYMANN Emmanuel, *Au cœur de l'intégrisme juif. France, Israël, États-Unis*, Paris, Albin Michel, 1996, 254 pages.

HUSBAND Mark, *Warriors of the Prophet. The Struggle for Islam*, Westview Press, 1998, 228 pages.

IBN ABDEL WAHHAB Muhammad, *Ce qui distingue le musulman du polythéiste*, Riyad, Anas, 2000, 46 pages.

JABER Hala, *Hezbollah. Born with a Vengeance*, New York, Columbia University Press, 1997, 240 pages.

JUERGENSMEYER Mark, *Au nom de Dieu, ils tuent !*, Paris, Autrement, 2003 (1ʳᵉ éd. 2000), 240 pages.

KAUFMAN, Debra R., *Rachel's Daughters : Newly Orthodox Jewish Women*, New Brunswick, Rutgers University Press, 1991, 244 pages.

KARPIN Michael, FRIEDMAN Ina, *Murder in the Name of God. The Plot to kill Yitzhak Rabin*, Londres, Macmillan, 1999, 292 pages.

KEPEL Gilles, *Le Prophète et Pharaon. Aux sources des mouvements islamistes*, Paris, Seuil, 1993 (1ʳᵉ éd. 1984), 312 pages.

KEPEL Gilles, *La Revanche de Dieu : chrétiens, juifs et musulmans à la reconquête du monde*, Paris, Seuil, 1991, 282 pages.

KEPEL Gilles, *À l'ouest d'Allah*, Paris, Points Seuil, 1994, 380 pages.

KEPEL Gilles, *Jihad*, Paris, Gallimard/Folio, 2000, 712 pages.

KÉRALY Hugues, *Sida, la stratégie du virus*, Paris, Éditions du Ranelagh, coll. « Qui croire ? », 1987, 126 pages.

KLINGHOFFER David, *The Lord will gather me in. My Journey to Jewish Orthodoxy*, New York, Free Press, 1999, 262 pages.

KOUTOUZIS Michel, *L'Argent du Djihad,* Paris, Mille et Une Nuits, 2002, 128 pages.

LABÉVIÈRE Richard, *Les Dollars de la terreur. Les États-Unis et les islamistes*, Paris, Grasset, 1999, 438 pages.

LAURENT Éric, *La Guerre des Bush*, Paris, Plon, 2003, 250 pages.

LAURENT Éric, *Le Monde secret de Bush*, Paris, Plon, 2003, 218 pages.

LESSELIER Claudie (dir.), VENNER Fiammetta (dir.), *L'Extrême droite et les femmes*, Villeurbanne, Golias, 1997, 300 pages.

LEVEAU Rémy, MOHSEN FINAN Khadija, WIHTOL DE WENDEN Catherine, *L'Islam en France et en Allemagne*, Paris, La Documentation française, 2001, 150 pages.

LEWIS Bernard, *Que s'est-il passé ? L'islam, l'Occident et la modernité*, Paris, Gallimard, 2002, 230 pages.

MALEY William, *Fundamentalism Reborn*, New York, New York University Press, 2001, 254 pages.

MARTIN William, *With God on our Side. The Rise of Religious Right in America*, New York, Broadway Books, 1996, 418 pages.

MARX Paul, *Faithful for Life, the Autobiography of*

Father Paul Marx, Front Royal, HLI, 1997, 386 pages.

MARX Paul, *Confessions of a Prolife Missionary. The Journeys of Fr. Paul Marx*, Gaithersburg, HLI, 1988, 354 pages.

MAWDUDI Sayyid Abdul, *The Moral Foundation of the Islamic Movement*, Lahore, Islamic Publications Ltd., 1976, 56 pages.

MAWDUDI Sayyid Abdul, *The Process of Islamic Revolution*, Lahore, Islamic Publications Ltd., 1993, 48 pages.

MAWDUDI Sayyid Abdul, *The Islamic State. An Out Line of the Fundamental Principles*, Londres, UK Islamic Mission Dawah Center, 1994, 40 pages.

MAWDUDI Sayyid Abdul, *Human Rights in Islam*, Lahore, Islamic Publications Ltd., 1995 (1re éd. 1977), 40 pages.

MAWDUDI Sayyid Abdul, *Comprendre l'islam*, Paris, AEIF éditions, 1999 (1re éd. 1932), 186 pages.

MAWDUDI Sayyid Abdul, *Come let us change this World*, Delhi, Markazi Maktaba Islami, 1996 (1re éd. 1991), 114 pages.

MEDDEB Abdelwahab, *La Maladie de l'islam*, Paris, Seuil, 2002, 224 pages.

MERNISSI Fatima, *Sexe, idéologie, islam*, Paris, Éditions Tierce, 1983, 200 pages.

MEZVINSKY Norton, SHAHAK Israel, *Jewish Fundamentalism in Israel*, Londres, Pluto, 1999, 176 pages.

MILLETT Kate, *Going to Iran*, New York, Coward, McCann & Geoghegan, 1982, 334 pages.

MINCES Juliette, *Le Coran et les femmes*, Paris, Hachette Littératures, 1996, 184 pages.

MOSTYN Trevor, *Censorship in Islamic Societies*, Londres, Saqi Books, 2002, 216 pages.

MOTAH-HARY Morteza, *The Martyr*, Houston, Free Islamic Literatures, 1980, 28 pages.

NEW David S., *Holy War. The Rise of Christian, Jewish and Islamic Fundamentalism*, Jefferson, Mac Farland, 2001, 234 pages.

PELEG Samuel, *Zealotry and Vengeance : Quest of a Religious Identity Group : a Sociopolitical Account of the Rabin Assassination*, Lanham, Lexington Books, 2002, 190 pages.

PRAZAN Michaël, *Les Fanatiques. Histoire de l'Armée rouge japonaise*, Paris, Seuil, 2002, 300 pages.

QARADHAWI Youssef, *Le Licite et l'Illicite en islam*, Paris, Éditions Al-Qalam, 1992, 364 pages.

QARADHAWI Youssef (dir.), *Recueil de fatwas. Avis juridiques concernant les musulmans d'Europe*, préface et commentaire Tariq Ramadan, Lyon, Tawhid, 2002, 190 pages.

RABBI DE LOUBAVITCH, *Un jour, une pensée. Recueil de propos et d'enseignements du Rabbi de Loubavitch*, Paris, Les éditions du Beth Loubavitch, 2003, 38 pages.

RAMADAN Hani, *La Femme en islam*, Lyon, Tawhid, 2000, 64 pages.

RAMADAN Saïd, *Islam, doctrine et mode de vie*, Lyon, Tawhid/Centre islamique de Genève, 1993 (1re éd. 1961), 30 pages.

RAMADAN Saïd, *Trois Grands Problèmes de l'Islam dans le monde contemporain. La confusion entre fiqh et Shariah. La situation de la femme dans les sociétés musulmanes. Déformation dans la compré-*

hension des notions coraniques d'obéissance et de concertation, Lyon, Tawhid/Centre islamique de Genève, 1998 (1ʳᵉ éd. 1961), 44 pages.

RAMADAN Tariq, *Être musulman européen. Étude des sources islamiques à la lumière du contexte européen*, Lyon, Tawhid, 1999, 460 pages.

RAMADAN Tariq, *Islam. Le face-à-face des civilisations. Quel projet pour quelle modernité ?*, Lyon, Tawhid, 2001, 364 pages.

RAMADAN Tariq, *Aux sources du renouveau musulman. D'al-Afgani à Hassan al-Banna, un siècle de réformisme islamique*, Lyon, Tawhid, 2002, 480 pages.

RAMADAN Tariq, *Dar Ash-Shahada. L'Occident espace du témoignage*, Lyon, Tawhid, 2002.

RAMADAN Tariq, *Jihad, violence, guerre et paix en islam*, Lyon, Tawhid, 2002, 80 pages.

RAMADAN Tariq, *Musulmans d'Occident. Construire et contribuer*, Lyon, Tawhid, 2002, 70 pages.

RÉMOND René (dir.), *Les Nouveaux Enjeux de la laïcité*, Paris, Le Centurion, 1990, 274 pages.

RODINSON Maxime, *L'Islam : politique et croyance*, Paris, Fayard, 1993, 334 pages ; Pocket, 1995.

ROY Olivier, *L'Islam mondialisé*, Paris, Seuil, 2002, 214 pages.

SALAMÉ Ghassan (dir.), *Démocraties sans démocrates, sur les politiques d'ouverture dans le monde arabe et islamique,* Paris, Fayard, 1994, 452 pages.

SCHIMMEL Annemarie, *L'Islam au féminin. La femme dans la spiritualité musulmane*, Paris, Albin Michel, 2000 (1ʳᵉ éd. 1995), 224 pages.

SHAARAWI Metwalli al-, *La Fin du monde*, Paris, Éditions Essalam, 2002, 118 pages.

SHAARAWI Metwalli al-, *Le Licite et l'Illicite*, Paris, Éditions Essalam, 2002, 172 pages.

SHAPIRO Sarah (dir.), *Of Home and Hearts. Reflections on the World of the Jewish Woman*, Artscroll, Mesorah Publications, 1993, 430 pages.

SPENCER Colin, *Histoire de l'homosexualité, de l'Antiquité à nos jours*, Paris, Le Pré-aux-Clercs, 1998 (1re éd. 1995), 472 pages.

SPRINZAK Ehud, *Brother against Brother : Violence and Extremism in Israeli Politics from Altalena to the Rabin Assassination*, New York, Free Press, 1999, 366 pages.

TAGUIEFF Pierre-André, *La Nouvelle Judéophobie*, Paris, Fayard/Mille et Une Nuits, 2002, 234 pages.

TAGUIEFF Pierre-André (dir.), *Les Protocoles des sages de Sion*, vol. II, *Faits et Représentations*, Paris, Berg, 1992, 816 pages.

TERNISIEN Xavier, *La France des mosquées*, Paris, Albin Michel, 2002, 284 pages.

TERRY Randall, *Operation Rescue*, New York, Withaker House, 1988, 288 pages.

TERTULLIEN, *Traité de l'ornement des femmes*, Paris, 1844.

UEJF, SOS Racisme, *Les Antifeujs. Le Livre blanc des violences antisémites en France depuis septembre 2000*, Paris, Calmann-Lévy, 2002, 232 pages.

VASSILIEV Alexei, *The History of Saudi Arabia*, Londres, Saqi Books, 2000 (1re éd. 1998), 576 pages.

VENNER Fiammetta, *L'Opposition à l'avortement : du lobby au commando*, Paris, Berg, 1995, 198 pages.

VENNER Fiammetta, *Les Mobilisations de l'entre-soi. Définir et perpétuer une communauté. Le cas de la droite radicale française (1981-1999)*, thèse soutenue à l'Institut d'études politiques de Paris sous la direction de Pascal Perrineau, 2002.

WATHAN Abd al-Rahman al-, *Jalons sur le chemin de la chasteté. Les dangers de la mixité dans le domaine du travail*, Bruxelles, Éditions Al Hadith, 2001, 148 pages.

WATSON Justin, *The Christian Coalition*, New York, St. Martin's Press, 1997, 292 pages.

ZAKARIYA Fouad, *Laïcité ou Islamisme. Les Arabes à l'heure du choix*, Paris, La Découverte, 1991 (1re éd. 1986), 166 pages.

Table

II
UNIS CONTRE LES DROITS
REPRODUCTIFS ET SEXUELS

Table 539

III
L'INTOLÉRANCE CULTURELLE PARTAGÉE

IV
L'EMPRISE POLITIQUE CONJOINTE

Table 541

V
LA HAINE ENTRETIENT LA HAINE

REMERCIEMENTS

Merci à Liliane Kandel, à Julio Soro, à Marc Théobald, à Alex Lassalle et à Lola Devolder, pour nos discussions, leur patience, la finesse de leurs remarques et leurs talents de relectrices et de relecteurs.

Merci à Miky Causse, à M. Simon et à tous ceux qui nous ont permis de participer à la Conférence contre le racisme de Durban, un moment éprouvant mais déclencheur.

Merci au Remarque Institute pour nous avoir permis de séjourner sur le campus de la New York University le temps de nos recherches, en particulier à Jair Kessler pour la qualité de son accueil et son sens de l'organisation.

Merci à la Ligue marocaine des droits des femmes, pour nous avoir permis de vivre des échanges passionnants lors de notre séjour à Casablanca.

Des mêmes auteurs :

VENNER Fiammetta, *L'Opposition à l'avortement : du lobby au commando*, Paris, Berg, 1995.

VENNER Fiammetta (dir.), LESSELIER Claudie (dir.), *L'Extrême Droite et les femmes*, Villeurbanne, Golias, 1997.

FOUREST Caroline, VENNER Fiammetta, *Le Guide des sponsors du Front national et de ses amis*, Paris, Raymond Castells, 1998.

FOUREST Caroline, VENNER Fiammetta, *Les Anti-PaCS*, Paris, Éditions Prochoix, 1999.

FOUREST Caroline, *Foi contre Choix. La droite religieuse et le mouvement prolife aux États-Unis*, Villeurbanne, Golias, 2001.

Composition réalisée par NORD COMPO

Imprimé en France sur Presse Offset par

BRODARD & TAUPIN

GROUPE CPI

La Flèche (Sarthe).
N° d'imprimeur : 29535 – Dépôt légal Éditeur : 58458-05/2005
Édition 1
LIBRAIRIE GÉNÉRALE FRANÇAISE – 31, rue de Fleurus – 75278 Paris cedex 06.

ISBN : 2 - 253 - 11437 - 5   ◈ 31/1437/8